BOUSSOLE

DU MÊME AUTEUR

LA PERFECTION DU TIR (prix des Cinq Continents de la francophonie), Actes Sud, 2003 ; Babel n° 903.

REMONTER L'ORÉNOQUE, Actes Sud, 2005 ; Babel n° 1373.

BRÉVIAIRE DES ARTIFICIERS (illustrations de Pierre Marquès), Verticales, 2007 ; Folio n° 5110.

ZONE (prix Décembre, bourse Thyde-Monnier SGDL, prix Cadmous, prix Candide, prix du Livre Inter 2009, prix Initiales 2009), Actes Sud, 2008 ; Babel n° 1020.

MANGÉE, MANGÉE. UN CONTE BALKANIQUE ET TERRIFIQUE (illustrations de Pierre Marquès), Actes Sud Junior, 2009.

PARLE-LEUR DE BATAILLES, DE ROIS ET D'ÉLÉPHANTS (prix Goncourt des lycéens, prix du livre en Poitou-Charentes 2011), Actes Sud, 2010 ; Babel n° 1153.

L'ALCOOL ET LA NOSTALGIE, Inculte-Dernière Marge, 2011 ; Babel n° 1111.

RUE DES VOLEURS (prix Liste Goncourt / Le Choix de l'Orient, prix littéraire de la Porte Dorée, prix du Roman-News), Actes Sud, 2012 ; Babel n° 1259.

TOUT SERA OUBLIÉ (illustrations de Pierre Marquès), Actes Sud BD, 2013.

BOUSSOLE (prix Goncourt), Actes Sud, 2015.

DERNIÈRE COMMUNICATION À LA COMMUNAUTÉ PROUSTIENNE DE BARCELONE, Inculte-Dernière Marge, 2016.

Illustrations :
p. 279 : © Service historique de la Défense, CHA/Caen ; 2747 x 4294
p. 283 : Édition du journal "El Jihad", camp de Wünsdorf / Zossen.
Extrait de l'album photo de Otto Stiehl
Photo © BPK, Berlin, Dist. RMN-Grand Palais / image BPK.
Les autres illustrations sont issues des archives privées de l'auteur.

ISBN 978-2-330-08149-2

MATHIAS ENARD

BOUSSOLE

roman

BABEL

Die Augen schließ' ich wieder,
Noch schlägt das Herz so warm.
Wann grünt ihr Blätter am Fenster ?
Wann halt' ich mein Liebchen im Arm ?

Je referme les yeux,
Mon cœur bat toujours ardemment.
Quand reverdiront les feuilles à la fenêtre ?
Quand tiendrai-je mon amour entre mes bras ?

WILHELM MÜLLER & FRANZ SCHUBERT,
Le Voyage en hiver.

Nous sommes deux fumeurs d'opium chacun dans son nuage, sans rien voir au-dehors, seuls, sans nous comprendre jamais nous fumons, visages agonisants dans un miroir, nous sommes une image glacée à laquelle le temps donne l'illusion du mouvement, un cristal de neige glissant sur une pelote de givre dont personne ne perçoit la complexité des enchevêtrements, je suis cette goutte d'eau condensée sur la vitre de mon salon, une perle liquide qui roule et ne sait rien de la vapeur qui l'a engendrée, ni des atomes qui la composent encore mais qui, bientôt, serviront à d'autres molécules, à d'autres corps, aux nuages pesant lourd sur Vienne ce soir : qui sait dans quelle nuque ruissellera cette eau, contre quelle peau, sur quel trottoir, vers quelle rivière, et cette face indistincte sur le verre n'est mienne qu'un instant, une des millions de configurations possibles de l'illusion – tiens M. Gruber promène son chien malgré la bruine, il porte un chapeau vert et son éternel imperméable ; il se protège des éclaboussures des voitures en faisant de petits bonds ridicules sur le trottoir : le clébard croit qu'il veut jouer, alors il bondit vers son maître et se prend une bonne baffe au moment où il pose sa patte crasseuse sur l'imper de M. Gruber qui finit malgré tout par se rapprocher de la chaussée pour traverser, sa silhouette est allongée par les réverbères, flaque noircie au milieu des mers d'ombre des grands arbres, déchirées par les phares sur la Porzellangasse, et *Herr* Gruber hésite apparemment à s'enfoncer dans la nuit de l'Alsergrund, comme moi à laisser ma contemplation des gouttes d'eau, du thermomètre et du rythme des tramways qui descendent vers Schottentor.

L'existence est un reflet douloureux, un rêve d'opiomane, un poème de Roumi chanté par Shahram Nazeri, l'*ostinato* du *zarb* fait légèrement vibrer la vitre sous mes doigts comme la peau de la percussion, je devrais poursuivre ma lecture au lieu de regarder M. Gruber disparaître sous la pluie, au lieu de tendre l'oreille aux mélismes tournoyants du chanteur iranien, dont la puissance et le timbre pourraient faire rougir de honte bien des ténors de chez nous. Je devrais arrêter le disque, impossible de me concentrer ; j'ai beau relire ce tiré à part pour la dixième fois je n'en comprends pas le sens mystérieux, vingt pages, vingt pages horribles, glaçantes, qui me parviennent précisément aujourd'hui, aujourd'hui qu'un médecin compatissant a peut-être nommé ma maladie, a déclaré mon corps officiellement malade, presque soulagé d'avoir posé – baiser mortel – un diagnostic sur mes symptômes, un diagnostic qu'il convient de confirmer, tout en commençant un traitement, disait-il, et en suivre l'évolution, l'évolution, voilà, on en est là, contempler une goutte d'eau évoluer vers la disparition avant de se reformer dans le Grand Tout.

Il n'y a pas de hasard, tout est lié, dirait Sarah, pourquoi reçois-je précisément aujourd'hui cet article par la poste, un tiré à part d'autrefois, de papier et d'agrafes, au lieu d'un PDF assorti d'un message souhaitant "bonne réception", un mail qui aurait pu transmettre quelques nouvelles, expliquer où elle se trouve, ce qu'est ce Sarawak d'où elle écrit et qui, d'après mon atlas, est un État de Malaisie situé dans le Nord-Ouest de l'île de Bornéo, à deux pas de Brunei et de son riche sultan, à deux pas aussi des gamelans de Debussy et de Britten, me semble-t-il – mais la teneur de l'article est bien différente ; pas de musique, à part peut-être un long chant funèbre ; vingt feuillets denses parus dans le numéro de septembre de *Representations*, belle revue de l'université de Californie dans laquelle elle a déjà souvent écrit. L'article porte une brève dédicace sur la page de garde, sans commentaire, *Pour toi très cher Franz, je t'embrasse fort, Sarah*, et a été posté le 17 novembre, c'est-à-dire il y a deux semaines – il faut encore deux semaines à un courrier pour faire le trajet Malaisie-Autriche, peut-être a-t-elle radiné sur les timbres, elle aurait pu ajouter une carte postale, qu'est-ce que cela signifie, j'ai parcouru toutes les traces d'elle que j'ai dans mon appartement, ses articles, deux livres, quelques photographies, et même une version de sa thèse de doctorat, imprimée et reliée en Skivertex rouge, deux forts volumes de trois kilos chacun :

"Dans la vie il y a des blessures qui, comme une lèpre, rongent l'âme dans la solitude", écrit l'Iranien Sadegh Hedayat au début de son roman *La Chouette aveugle* : ce petit homme à lunettes rondes le savait mieux que quiconque. C'est une de ces blessures qui l'amena à ouvrir le gaz en grand dans son appartement de la rue Championnet à Paris, un soir justement de grande solitude, un soir d'avril, très loin de l'Iran, très loin, avec pour seule compagnie quelques poèmes de Khayyam et une sombre bouteille de cognac, peut-être, ou un galet d'opium, ou peut-être rien, rien du tout, à part les textes qu'il gardait encore par-devers lui et qu'il a emportés dans le grand vide du gaz.

On ignore s'il laissa une lettre, ou un signe autre que son roman *La Chouette aveugle*, depuis longtemps achevé, et qui lui vaudra, deux ans après sa mort, l'admiration d'intellectuels français qui n'avaient jamais rien lu de l'Iran : l'éditeur José Corti publiera *La Chouette aveugle* peu après *Le Rivage des Syrtes* ; Julien Gracq connaîtra le succès quand le gaz de la rue Championnet venait de faire son effet, l'an 1951, et dira que le *Rivage* est le roman de "toutes les pourritures nobles", comme celles qui venaient d'achever de ronger Hedayat dans l'éther du vin et du gaz. André Breton prendra parti pour les deux hommes et leurs livres, trop tard pour sauver Hedayat de ses blessures, s'il avait pu être sauvé, si le mal n'était pas, très certainement, incurable.

Le petit homme à épaisses lunettes rondes était dans l'exil comme en Iran, calme et discret, parlant bas. Son ironie et sa méchante tristesse lui valurent la censure, à moins que ce ne fût sa sympathie pour les fous et les ivrognes, peut-être même son admiration pour certains livres et certains poètes ; peut-être le censura-t-on parce qu'il tâtait un peu de l'opium et de la cocaïne, tout en se moquant des drogués ; parce qu'il buvait seul, ou avait la tare de ne plus rien attendre de Dieu, pas même certains soirs de grande solitude, quand le gaz appelle ; peut-être parce qu'il était misérable, ou parce qu'il croyait raisonnablement à l'importance de ses écrits, ou qu'il n'y croyait pas, toutes choses qui dérangent.

Toujours est-il que rue Championnet aucune plaque ne signale son passage, ni son départ ; en Iran aucun monument ne le rappelle, malgré le poids de l'histoire qui le rend incontournable, et le poids de sa mort, qui pèse encore sur ses compatriotes. Son œuvre vit aujourd'hui à Téhéran comme lui mourut, dans la misère et la clandestinité, sur les étals des marchés aux puces, ou dans des rééditions tronquées, élaguées de toute allusion pouvant précipiter le lecteur dans la drogue ou le suicide, pour la préservation de la jeunesse iranienne, atteinte de ces maladies de désespoir, le suicide et la drogue et qui se jette donc sur les livres de Hedayat avec délectation, quand elle y parvient, et ainsi célébré et mal lu, il rejoint les grands noms qui l'entourent au Père-Lachaise, à deux pas de Proust, aussi sobre dans l'éternité qu'il le fut dans la vie, aussi discret, sans fleurs tapageuses et recevant peu de visites, depuis ce jour d'avril 1951 où il choisit le gaz et la rue Championnet pour mettre un terme à toutes choses, rongé par une lèpre de l'âme, impérieuse et inguérissable. "Personne ne prend la décision de se suicider ; le suicide est en certains hommes, il est dans leur nature", Hedayat écrit ces lignes à la fin des années 1920. Il les écrit avant de lire et de traduire Kafka, avant de présenter Khayyam. Son œuvre s'ouvre par la fin. Le premier recueil qu'il publie débute par *Enterré vivant, Zendé bé gour*, le suicide et la destruction, et décrit clairement les pensées, pensons-nous, de l'homme au moment où il s'abandonne au gaz vingt ans plus tard, se laissant somnoler doucement après avoir pris soin de détruire ses papiers et ses notes, dans la minuscule cuisine envahie par l'insupportable parfum du printemps qui arrive. Il a détruit ses manuscrits, peut-être plus courageux que Kafka, peut-être parce qu'il n'a aucun Max Brod sous la main, peut-être parce qu'il n'a confiance en personne, ou qu'il est convaincu qu'il est l'heure de disparaître. Et si Kafka s'en va en toussant, corrigeant jusqu'à la dernière minute des textes qu'il voudra brûler, Hedayat part dans la lente agonie du sommeil lourd, sa mort déjà écrite, vingt ans plus tôt, sa vie toute marquée par les plaies et les blessures de cette lèpre qui le rongeait dans la solitude, et dont nous devinons qu'elle est liée à l'Iran, à l'Orient, à l'Europe et à l'Occident, comme Kafka était dans Prague à la fois allemand, juif et tchèque sans être rien de tout cela, perdu plus que tous ou plus libre que tous. Hedayat avait une de ces plaies du soi qui vous font tanguer dans le monde, c'est cette faille qui s'est ouverte jusqu'à devenir crevasse ; il y a là, comme dans l'opium, dans l'alcool, dans tout ce qui vous ouvre en deux, non pas une maladie mais une décision, une volonté de se fissurer l'être, jusqu'au bout.

Si nous entrons dans ce travail par Hedayat et sa *Chouette aveugle*, c'est que nous nous proposons d'explorer cette fêlure, d'aller voir dans la lézarde, de nous introduire dans l'ivresse de celles et ceux qui ont trop vacillé dans l'altérité ; nous allons prendre la main du petit homme pour descendre observer les blessures qui rongent, les drogues, les ailleurs, et explorer cet entre-deux, ce *barzakh*, le monde entre les mondes où tombent les artistes et les voyageurs.

Ce prologue est décidément bien surprenant, ces premières lignes sont toujours, quinze ans après, aussi déroutantes – il doit être tard, mes yeux se ferment sur le vieux tapuscrit malgré le *zarb* et la voix de Nazeri. Sarah avait été furieuse, au moment de la soutenance de sa thèse, qu'on lui reproche le ton "romantique" de son préambule et ce parallèle "absolument hors sujet" avec Gracq et Kafka. Pourtant Morgan son directeur de recherche avait essayé de la défendre, d'une façon d'ailleurs assez naïve, en disant "qu'il était toujours bon de parler de Kafka", ce qui avait fait soupirer ce jury d'orientalistes vexés et de mandarins assoupis qui ne pouvaient être tirés de leur sommeil doctrinal que par la haine qu'ils éprouvaient les uns envers les autres : ils oublièrent d'ailleurs assez vite le liminaire si inusité de Sarah pour se chamailler à propos de questions de méthodologie, c'est-à-dire qu'ils ne voyaient pas en quoi *la promenade* (le vieux type crachait ce mot comme une insulte) pouvait avoir quelque chose de scientifique, même en se laissant guider par la main de Sadegh Hedayat. J'étais à Paris de passage, content d'avoir l'occasion d'assister pour la première fois à une soutenance "en Sorbonne" et que ce soit la sienne, mais une fois passés la surprise et l'amusement de découvrir l'état de vétusté des couloirs, de la salle et du jury, relégués au fin fond de Dieu sait quel département perdu dans le labyrinthe de la connaissance, où cinq sommités allaient, l'une après l'autre, faire montre de leur peu d'intérêt pour le texte dont on était censé parler, tout en déployant des efforts surhumains – comme moi dans la salle – pour ne pas s'endormir, cet exercice me remplit d'amertume et de mélancolie, et au moment où nous quittions l'endroit (salle de classe sans faste, aux pupitres d'aggloméré fendu, fêlé, qui ne recelaient pas le savoir, mais les graffitis distrayants et les chewing-gums collés) afin de laisser ces gens délibérer, j'ai été saisi par un puissant désir de prendre mes jambes à mon cou, descendre le boulevard Saint-Michel et marcher au bord de l'eau pour ne pas croiser Sarah et qu'elle ne devine pas mes impressions sur cette fameuse soutenance qui devait être si importante pour elle. Il y avait une trentaine de personnes dans le public, autant dire foule pour le couloir minuscule où nous nous sommes retrouvés compressés ; Sarah est sortie en même temps que l'assistance, elle parlait à une dame plus âgée et très élégante, dont je savais qu'elle était sa mère, et à un jeune homme qui lui ressemblait d'une façon troublante, son frère. Il était impossible d'avancer vers la sortie sans les croiser, j'ai fait demi-tour pour regarder les portraits d'orientalistes qui ornaient le corridor, vieilles gravures jaunies et plaques commémoratives d'une époque fastueuse et révolue. Sarah bavardait, elle avait l'air épuisée mais pas abattue ; peut-être, dans le feu du combat scientifique, en prenant des notes pour préparer ses répliques, avait-elle eu une sensation tout à fait différente de celle du public. Elle m'a aperçu, et m'a fait un signe de la main. J'étais surtout venu pour l'accompagner, mais aussi pour me préparer, ne serait-ce qu'en imagination, à ma propre soutenance – ce à quoi je venais d'assister n'était pas pour me rassurer. Je me trompais : après quelques minutes de délibérations, lorsqu'on nous a de nouveau admis dans la salle, elle a obtenu la note la plus élevée ; le fameux président ennemi de la "promenade" l'a complimentée chaudement pour son travail et aujourd'hui, en relisant le début de ce texte, il faut bien admettre qu'il y avait quelque chose de fort et de novateur dans ces quatre cents pages sur les images et les représentations de l'Orient, non-lieux, utopies, fantasmes idéologiques dans lesquels s'étaient perdus beaucoup de ceux qui avaient voulu les parcourir : les corps des artistes, poètes et voyageurs qui avaient tenté de les explorer étaient poussés petit à petit vers la destruction ; l'illusion rongeait, comme disait Hedayat, l'âme dans la solitude – ce qu'on avait longtemps appelé folie, mélancolie, dépression était souvent le résultat d'un frottement, d'une perte de soi dans la création, au contact de l'altérité, et même si cela me paraît aujourd'hui un peu rapide, romantique, pour tout dire, il y avait sans doute déjà là une véritable intuition sur laquelle elle a bâti tout son travail postérieur.

Une fois le verdict rendu et très heureux pour elle je suis allé la féliciter, elle m'a chaleureusement embrassé en me demandant mais que fais-tu ici, je lui ai répondu qu'un heureux hasard m'avait amené à Paris à ce moment-là, gentil mensonge, elle m'a invité à me joindre à ses proches pour la coupe de champagne traditionnelle, ce que j'ai accepté ; nous nous sommes retrouvés à l'étage d'un café du quartier, où se célébraient souvent ce genre d'événements. Sarah avait soudain l'air abattue, j'ai remarqué qu'elle flottait dans son tailleur gris ; ses formes avaient été avalées par l'Académie, son corps portait les traces de l'effort fourni au cours des semaines et des mois précédents : les quatre années antérieures avaient tendu vers cet instant, n'avaient eu de sens que pour cet instant, et maintenant que le champagne coulait elle affichait un doux sourire rendu de parturiente – ses yeux étaient cernés, j'imaginais qu'elle avait passé la nuit à revoir son exposé, trop excitée pour trouver le sommeil. Gilbert de Morgan, son directeur de thèse, était là bien sûr ; je l'avais déjà croisé à Damas. Il ne cachait pas sa passion pour sa protégée, il la couvait d'un œil paternel qui louchait doucement vers l'inceste au gré du champagne : à la troisième coupe, le regard allumé et les joues rouges, accoudé seul à une table haute, je surpris ses yeux errer des chevilles jusqu'à la ceinture de Sarah, de bas en haut puis de haut en bas – il lâcha aussitôt un petit rot mélancolique et vida son quatrième verre. Il remarqua que je l'observais, me roula des yeux furibards avant de me reconnaître et de me sourire, nous nous sommes déjà rencontrés, non ? Je lui ai rafraîchi la mémoire, oui, je suis Franz Ritter, nous nous sommes vus à Damas avec Sarah – ah bien sûr, le musicien, et j'étais déjà tellement habitué à cette méprise que je répondis par un sourire un peu niaiseux. Je n'avais pas encore échangé plus de deux mots avec la récipiendaire, sollicitée par tous ses amis et parents que j'étais déjà coincé en compagnie de ce grand savant que tout le monde, en dehors d'une salle de classe ou d'un conseil de département, souhaitait ardemment éviter. Il me posait des questions de circonstance sur ma propre carrière universitaire, des questions auxquelles je ne savais pas répondre et que je préférais même ne pas me poser ; il était néanmoins plutôt en forme, gaillard, comme disent les Français, pour ne pas dire paillard ou égrillard, et j'étais loin de m'imaginer que je le retrouverais quelques mois plus tard à Téhéran, dans des circonstances et un état bien différents, toujours en compagnie de Sarah qui, pour l'heure, était en grande conversation avec Nadim – il venait d'arriver, elle devait lui expliquer les tenants et aboutissants de la soutenance, pourquoi n'y avait-il pas assisté, je l'ignore ; lui aussi était très élégant, dans une belle chemise blanche à col rond qui éclairait son teint mat, sa courte barbe noire ; Sarah lui tenait les deux mains comme s'ils allaient se mettre à danser. Je me suis excusé auprès du professeur et suis allé à leur rencontre ; Nadim m'a aussitôt donné une accolade fraternelle qui m'a ramené en un instant à Damas, à Alep, au luth de Nadim dans la nuit, enivrant les étoiles du ciel métallique de Syrie, si loin, si loin, déchiré non plus par les comètes, mais par les missiles, les obus, les cris et la guerre – impossible, à Paris en 1999, devant une coupe de champagne, de s'imaginer que la Syrie allait être dévastée par la pire violence, que le souk d'Alep allait brûler, le minaret de la mosquée des Omeyyades s'effondrer, tant d'amis mourir ou être contraints à l'exil ; impossible même aujourd'hui d'imaginer l'ampleur de ces dégâts, l'envergure de cette douleur depuis un appartement viennois confortable et silencieux.

Tiens, le disque est terminé. Quelle force dans ce morceau de Nazeri. Quelle simplicité magique, mystique, cette architecture de percussion qui soutient la pulsation lente du chant, le rythme lointain de l'extase à atteindre, un *zikr* hypnotique qui vous colle à l'oreille et vous accompagne des heures durant. Nadim est un joueur de luth internationalement reconnu aujourd'hui, leur mariage avait fait grand bruit dans la petite communauté étrangère de Damas, si imprévu, si soudain qu'il en devenait suspect aux yeux de beaucoup et surtout de l'ambassade de France en Syrie – une des innombrables surprises dont Sarah est coutumière, la dernière en date étant cet article particulièrement saisissant sur le Sarawak : peu de temps après l'arrivée de Nadim je leur ai dit au revoir, Sarah m'a longuement remercié d'être venu, elle m'a demandé si je restais quelques jours à Paris, si nous aurions le temps de nous revoir, j'ai répondu que je rentrais en Autriche dès le lendemain ; j'ai salué respectueusement l'universitaire désormais tout à fait avachi sur sa table et je suis parti.

Je suis sorti du café et j'ai repris ma promenade parisienne. J'ai ressassé longuement, les pieds traînant dans les feuilles mortes des quais de la Seine, les raisons réelles qui avaient bien pu me pousser à perdre mon temps ainsi, à une soutenance de thèse et au pot qui avait suivi, et j'entrevois, dans le halo de lumière entourant, à Paris, les bras fraternels des ponts en les arrachant au brouillard, un moment d'une trajectoire, d'une déambulation dont le but et le sens n'apparaîtront peut-être qu'*a posteriori*, et passent évidemment par ici, par Vienne où M. Gruber revient de sa promenade avec son clebs infect : pas lourds dans l'escalier, chien qui jappe, puis au-dessus de moi, sur mon plafond, galopades et grattements. M. Gruber n'a jamais su être discret et pourtant il est le premier à se plaindre de mes disques, Schubert, passe encore, dit-il, mais ces vieux opéras et ces musiques, hum, exotiques, ce n'est pas forcément du goût de tout le monde, vous voyez ce que je veux dire. Je comprends que la musique vous gêne, monsieur Gruber, vous m'en voyez désolé. Je tiens à vous signaler néanmoins que j'ai pratiqué toutes les expériences possibles et imaginables sur l'ouïe de votre chien, en votre absence : j'ai découvert que seul Bruckner (et encore, à des niveaux sonores frisant l'inacceptable) calme ses grattements sur le parquet et réussit à faire taire ses aboiements suraigus, dont tout l'immeuble se plaint par ailleurs, ce que je me propose de développer dans un article scientifique de musicothérapie vétérinaire qui me vaudra sans nul doute les félicitations de mes pairs, "Des effets des cuivres sur l'humeur canine : développements et perspectives".

Il a de la chance que je sois moi-même fatigué, Gruber, parce que je lui remettrais bien un coup de *tombak* à fond les manettes, de musique exotique pour son chien et lui. Fatigué de cette longue journée de souvenir pour échapper – pourquoi se voiler la face – à la perspective de la maladie, ce matin déjà en rentrant de l'hôpital j'ai ouvert la boîte aux lettres, j'ai pensé que l'enveloppe molletonnée contenait ces fameux résultats d'examens médicaux dont le laboratoire doit m'envoyer une copie : avant que le cachet de la poste ne me détrompe j'ai hésité de longues minutes à ouvrir. Je croyais Sarah quelque part entre Darjeeling et Calcutta et voilà qu'elle apparaît dans une jungle verdoyante du Nord de l'île de Bornéo, dans les ex-possessions britanniques de cette île ventrue. Le sujet monstrueux de l'article, le style sec, si différent de son lyrisme habituel, est effrayant ; il y a des semaines que nous n'avons échangé aucun courrier et précisément à l'instant où je traverse la plus difficile période de ma vie elle réapparaît de cette façon singulière – j'ai passé la journée à relire ses textes, avec elle, ce qui m'a évité de penser, m'a sorti de moi, et alors que je m'étais promis de commencer à corriger le mémoire d'une étudiante il est temps de dormir, je crois que je vais attendre demain matin pour me plonger dans les considérations de cette élève, *L'Orient dans les opéras viennois de Gluck*, parce que la fatigue fait que mes yeux se ferment, que je dois abandonner toute lecture et aller au lit.

La dernière fois que j'ai vu Sarah, elle passait trois jours à Vienne pour je ne sais quelle raison académique. (Je lui avais bien évidemment proposé de loger ici, mais elle avait refusé, arguant que l'organisation qui la recevait lui offrait un magnifique hôtel très viennois dont elle n'entendait pas se passer au profit de mon canapé *avachi*, ce qui m'avait, reconnaissons-le, vexé comme un pou.) Elle était très en forme et m'avait donné rendez-vous dans un café du 1er arrondissement, un de ces somptueux établissements auxquels l'affluence des touristes, seigneurs du lieu, confère un air décadent qui lui plaisait. Elle a très vite insisté pour que nous nous promenions, malgré la bruine, ce qui m'a contrarié, je n'avais aucune envie de jouer les vacanciers par un après-midi d'automne humide et froid, mais elle débordait d'énergie et a fini par me convaincre. Elle voulait prendre le tram D jusqu'à son terminus, là-haut à Nussdorf, puis marcher un peu sur le Beethovengang ; je lui ai rétorqué que nous marcherions surtout dans la boue, qu'il valait mieux rester dans le quartier – nous avons flâné sur le Graben jusqu'à la cathédrale, je lui ai raconté deux ou trois anecdotes sur les chansons paillardes de Mozart qui l'ont fait rire.

— Tu sais Franz, m'a-t-elle dit au moment où nous longions les files de calèches au bord de la place Saint-Stéphane, il y a quelque chose de très intéressant chez ceux qui pensent que Vienne est la porte de l'Orient, ce qui m'a fait rire à mon tour.

— Non non, ne rigole pas, je pense que je vais écrire là-dessus, sur les représentations de Vienne en *Porta Orientis*.

Les chevaux avaient les naseaux fumants de froid et déféquaient tranquillement dans des sacs de cuir accrochés sous leurs queues pour ne pas souiller les très nobles pavés viennois.

— J'ai beau réfléchir, je ne vois pas, j'ai répondu. La formule de Hofmannsthal, "Vienne porte de l'Orient", me paraît très idéologique, liée au *désir* de Hofmannsthal quant à la place de l'empire en Europe. La phrase est de 1917... Bien sûr, il y a des *ćevapčići* et du paprika, mais à part ça, c'est plus la ville de Schubert, de Richard Strauss, de Schönberg, rien de très oriental là-dedans, d'après moi. Et même dans la représentation, dans l'imagerie viennoise, à part le croissant j'avais du mal à entrevoir quoi que ce soit qui évoque un tant soit peu l'Orient.

C'est un cliché. Je lui avais asséné mon mépris pour cette idée si rebattue qu'elle n'avait plus aucun sens :

— Ce n'est pas parce qu'on a eu deux fois les Ottomans à ses portes qu'on en devient précisément la porte de l'Orient.

— La question n'est pas là, la question n'est pas dans la réalité de cette idée, ce qui m'intéresse c'est de comprendre pourquoi et comment tant de voyageurs ont vu en Vienne et en Budapest les premières villes "orientales" et ce que cela peut nous apprendre sur le sens qu'ils donnent à ce mot. Et si Vienne est la *porte* de l'Orient, vers quel Orient ouvre-t-elle?

Sa quête du sens de l'Orient, interminable, infinie – j'avoue avoir douté de mes certitudes, réfléchi à mon tour, et en y repensant maintenant, en éteignant la lumière, il y avait peut-être dans le cosmopolitisme de la Vienne impériale quelque chose d'Istanbul, quelque chose de l'*Öster Reich*, de l'empire de l'Est, mais qui me paraissait loin, très loin aujourd'hui. Vienne n'est plus la capitale des Balkans depuis longtemps et les Ottomans n'existent plus. L'empire des Habsbourg était certes l'empire du Milieu, et avec le calme de la respiration qui précède l'endormissement, en écoutant les voitures glisser sur la chaussée humide, l'oreiller encore délicieusement frais contre ma joue, l'ombre du battement du *zarb* toujours dans l'oreille, il faut que je convienne que Sarah connaît sans doute mieux Vienne que moi, plus profondément, sans s'arrêter à Schubert ou Mahler, comme souvent les étrangers connaissent mieux une ville que leurs habitants, perdus dans la routine – elle m'avait traîné, il y a longtemps, avant notre départ à Téhéran, après mon installation ici, elle m'avait traîné au Josephinum, l'ancien hôpital militaire où se trouve un musée des plus atroces : l'exposition des modèles anatomiques de la fin du XVIIIe siècle, conçus pour l'édification des chirurgiens de l'armée et leur apprentissage, sans dépendre des cadavres ni de leurs odeurs – des figures en cire commandées à Florence dans un des plus grands ateliers de sculpture; parmi les modèles exposés dans des vitrines de bois précieux se trouvait, sur un coussin rose pâli par le temps, une jeune femme blonde aux traits fins, allongée le visage tourné sur le côté, la nuque un peu fléchie, les cheveux détachés, un diadème d'or au front, les lèvres légèrement entrouvertes, deux rangs de belles perles autour du cou, un genou à demi plié, les yeux ouverts dans une pose plutôt inexpressive mais qui, si on l'observait assez longtemps, suggérait l'abandon ou du moins la passivité : entièrement nue, le pubis plus foncé que la chevelure et légèrement rebondi, elle était d'une grande beauté. Ouverte tel un livre depuis la poitrine jusqu'au vagin, on pouvait voir son cœur, ses poumons, son foie, ses intestins, son utérus, ses veines comme si elle avait été soigneusement découpée par un criminel sexuel d'une habileté prodigieuse qui aurait incisé son thorax, son abdomen et l'aurait mise au jour, l'intérieur d'une boîte à couture, d'une horloge de grand prix, d'un automate. Ses longs cheveux déployés sur le coussin, son regard calme, ses mains à demi repliées suggéraient même qu'elle ait pu y prendre plaisir, et l'ensemble, dans sa cage de verre aux montants d'acajou, provoquait à la fois le désir et l'effroi, la fascination et le dégoût : j'imaginais, près de deux siècles plus tôt, les jeunes apprentis médecins découvrant ce corps de cire, pourquoi penser à ces choses avant de s'endormir, il vaudrait bien mieux imaginer le baiser d'une mère sur notre front, cette tendresse qu'on attend dans la nuit et qui n'arrive jamais plutôt que des mannequins anatomiques ouverts de la clavicule jusqu'au bas-ventre – que méditaient ces toubibs en herbe face à ce simulacre nu, arrivaient-ils à se concentrer sur le système digestif ou respiratoire alors que la première femme qu'ils voyaient ainsi, sans vêtements, du haut de leurs gradins et de leurs vingt ans était une blonde élégante, une fausse morte à laquelle le sculpteur s'était ingénié à donner tous les aspects de la vie, pour qui il avait employé tout son talent, dans le pli du genou, dans la carnation des cuisses, dans l'expression des mains, dans le réalisme du sexe, dans le jaune nervuré de sang de la rate, le rouge foncé et alvéolaire des poumons. Sarah s'extasiait devant cette perversion, regarde ces cheveux, c'est incroyable, disait-elle, ils sont savamment disposés pour suggérer la nonchalance, l'amour, et j'imaginais un amphithéâtre entier de carabins militaires pousser des oh admiratifs lorsqu'un rude professeur à moustaches dévoilait ce modèle pour dénombrer, baguette à la main, les organes un à un et tapoter, d'un air entendu, le clou du spectacle : le minuscule fœtus contenu dans la matrice rosâtre, à quelques centimètres du pubis aux poils blonds, évanescents, délicats, d'une finesse qu'on imagine être le reflet d'une douceur terrifiante et interdite. C'est Sarah qui me l'a fait remarquer, tiens, c'est fou, elle est enceinte, et je me suis demandé si cette gravidité cireuse était un caprice de l'artiste ou une exigence des commanditaires, montrer l'éternel féminin sous toutes ses coutures, dans toutes ses possibilités ; ce fœtus, une fois découvert, au-dessus de la toison claire, rajoutait encore à la tension sexuelle qui s'échappait de l'ensemble, et une immense culpabilité vous étreignait, car vous aviez trouvé de la beauté dans la mort, une étincelle de désir dans un corps si parfaitement dépecé – on ne pouvait s'empêcher d'imaginer l'instant de la conception de cet embryon, un temps perdu dans la cire, et de se demander quel homme, de chair ou de résine, avait pénétré ces entrailles si parfaites pour les ensemencer, et vous détourniez immédiatement la tête : Sarah souriait de ma pudeur, elle m'a toujours cru prude, sans doute parce qu'elle ne pouvait percevoir que ce n'était pas la scène en elle-même qui me faisait détourner le regard, mais celle qui se dessinait dans mon esprit, bien plus troublante, en vérité – moi, ou quelqu'un qui me ressemblait, en train de pénétrer cette morte-vivante.

Le reste de l'exposition était à l'avenant : un écorché vif reposait tranquillement le genou plié comme si de rien n'était, alors qu'il n'avait plus un centimètre carré de peau, plus un, pour montrer toute la complexité colorée de sa circulation sanguine ; des pieds, des mains, des organes divers se tenaient dans des boîtes en verre, des détails d'os, d'articulations, de nerfs, enfin tout ce que le corps contient de mystères grands et petits, et bien évidemment il faut que je pense à ça maintenant, ce soir, cette nuit, alors que j'ai lu ce matin l'horrible article de Sarah, que j'ai eu moi-même l'annonce de la maladie et que j'attends ces saloperies de résultats d'analyses, changeons-nous les idées, retournons-nous, l'homme qui cherche à s'endormir se retourne et c'est un nouveau départ, un nouvel essai, respirons profondément.

Un tramway bringuebale sous ma fenêtre, encore un qui descend la Porzellangasse. Les tramways montants sont plus silencieux, ou peut-être y en a-t-il moins, tout simplement; qui sait, il est possible que la municipalité souhaite amener les consommateurs vers le centre, sans se soucier de les ramener ensuite chez eux. Il y a quelque chose de musical dans ce bringuebalement, quelque chose du *Chemin de fer* d'Alkan en plus lent, Charles Valentin Alkan maître oublié du piano, ami de Chopin, de Liszt, de Heinrich Heine et de Victor Hugo, dont on raconte qu'il est mort écrasé par sa bibliothèque en attrapant le Talmud sur une tablette – j'ai lu récemment que c'était sans doute faux, une légende de plus à propos de ce compositeur légendaire, si brillant qu'on l'oublia pendant plus d'un siècle, il semble qu'il soit mort écrasé par un portemanteau ou une lourde étagère sur laquelle on rangeait les chapeaux, le Talmud n'avait rien à voir là-dedans, *a priori*. En tout cas son *Chemin de fer* pour piano est absolument virtuose, on y entend la vapeur, le grincement des premiers trains; la locomotive y galope à la main droite, et ses bielles roulent sous la gauche, ce qui donne une impression de démultiplication du mouvement ma foi assez étrange, et à mon avis atrocement difficile à jouer – kitsch, aurait asséné Sarah, très kitsch cette histoire de train, et elle n'aurait pas eu complètement tort, il est vrai que les compositions programmatiques "imitatives" ont quelque chose de suranné, pourtant il y aurait peut-être là une idée d'article, "Bruits de trains : le chemin de fer dans la musique française", en ajoutant à Alkan la *Pacific 231* d'Arthur Honegger, les *Essais de locomotives* de

Florent Schmitt l'orientaliste et même le *Chant des chemins de fer* de Berlioz : je pourrais moi-même composer une petite pièce, *Tramways de porcelaine*, pour clochettes, *zarb* et bols tibétains. Il est fort possible que Sarah trouve cela du dernier kitsch, est-ce qu'elle verrait l'évocation du mouvement d'un rouet, de la course d'un cheval ou la dérive d'une barque tout aussi kitsch, sans doute pas, je crois me souvenir qu'elle appréciait, comme moi, les *Lieder* de Schubert, en tout cas nous en parlions souvent. Le madrigalisme est définitivement une grande question. Je n'arrive pas à m'enlever Sarah de la tête, dans la fraîcheur de l'oreiller, du coton, de la tendresse des plumes, pourquoi m'avait-elle traîné dans cet incroyable musée de cire, impossible de m'en souvenir – sur quoi travaillait-elle à ce moment-là, au moment de mon installation ici, alors que j'avais l'impression d'être Bruno Walter appelé pour seconder Mahler le Grand à l'Opéra de Vienne, cent ans après : revenu victorieux d'une campagne en Orient, à Damas précisément, j'étais mandé pour seconder mon maître à l'université et j'avais presque immédiatement trouvé ce logement à deux pas du magnifique campus où j'allais officier, appartement certes petit, mais agréable, malgré les grattements de l'animal de *Herr* Gruber, et dont le canapé-lit, quoi qu'en dise Sarah, était tout à fait honorable, la preuve : quand elle était venue pour la première fois, au moment de cette visite étrange au musée des belles découpées, elle y avait dormi une semaine au moins sans s'en plaindre. Enchantée de voir Vienne, enchantée que je lui fasse découvrir Vienne, disait-elle, même si c'était elle qui me traînait dans les endroits les plus insoupçonnés de la ville. Bien sûr je l'ai emmenée voir la maison de Schubert et les nombreuses demeures de Beethoven ; bien sûr j'ai payé (sans lui avouer, en lui mentant sur le prix) une fortune pour que nous puissions aller à l'opéra – le *Simon Boccanegra* de Verdi plein d'épées et de fureur dans la mise en scène de Peter Stein le Grand, Sarah était ressortie enchantée, ébahie, époustouflée par le lieu, l'orchestre, les chanteurs, le spectacle, Dieu sait pourtant que l'opéra peut être kitsch, elle s'était pourtant rendue à Verdi et à la musique, non sans me faire remarquer, comme à son habitude, une coïncidence amusante : Tu as vu que le personnage manipulé tout au long de l'opéra s'appelle Adorno ? Celui qui croit avoir raison, se révolte, se trompe, mais finit par être proclamé doge ? C'est fou tout de même. Elle était incapable de mettre son esprit en sommeil, même à l'Opéra. Qu'avions-nous fait ensuite, sans doute pris un taxi pour monter dîner dans un *Heuriger* et profiter de l'air exceptionnellement tiède du printemps, quand les collines viennoises sentent les grillades, l'herbe et les papillons, voilà qui me ferait du bien, un peu de soleil de juin, au lieu de cet automne interminable, de cette pluie continue qui frappe ma vitre – j'ai oublié de tirer les rideaux, quel idiot, pressé de me coucher et d'éteindre la lumière, il va falloir que je me relève, non, pas maintenant, pas maintenant que je suis dans un *Heuriger* sous une treille à boire du vin blanc avec Sarah, à évoquer Istanbul peut-être, la Syrie, le désert, qui sait, ou à parler de Vienne et de musique, de bouddhisme tibétain, du séjour en Iran qui se profilait. Les nuits de Grinzing après les nuits de Palmyre, le *Grüner Veltliner* après le vin libanais, la fraîcheur d'une soirée printanière après les veillées étouffantes de Damas. Une tension un peu gênée. Est-ce qu'elle discourait déjà de Vienne comme *porte de l'Orient*, elle m'avait choqué en descendant en flammes le *Danube* de Claudio Magris, un de mes livres préférés : Magris est un habsbourgeois nostalgique, disait-elle, son *Danube* est terriblement injuste pour les Balkans ; plus il s'y enfonce, moins il donne d'informations. Les mille premiers kilomètres du cours du fleuve occupent plus des deux tiers du livre; il consacre seulement une centaine de pages aux mille huit cents suivants : dès qu'il quitte Budapest, il n'a presque plus rien à dire, donnant l'impression (contrairement à ce qu'il annonce dans son introduction) que toute l'Europe du Sud-Est est beaucoup moins intéressante, qu'il ne s'y est rien joué ni rien construit d'important. C'est une vision terriblement "austrocentriste" de la géographie culturelle, une négation presque absolue de l'identité des Balkans, de la Bulgarie, de la Moldavie, de la Roumanie et surtout de leur héritage ottoman.

À côté de nous une tablée de Japonais engloutissait des escalopes viennoises d'une taille rocambolesque, qui pendaient de chaque côté d'assiettes pourtant démesurées, oreilles d'ours en peluche géants.

Elle s'échauffait en disant cela, ses yeux s'étaient assombris, le coin de sa bouche tremblait un peu; je n'ai pas pu m'empêcher de rigoler :

— Désolé, je ne vois pas l'enjeu; le livre de Magris me paraît savant, poétique et même parfois drôle, une promenade, une promenade érudite et subjective, quel mal y a-t-il à cela, certes Magris est un spécialiste de l'Autriche, il a écrit une thèse sur la vision de l'empire dans la littérature autrichienne du XIXe siècle, mais que veux-tu, tu ne m'enlèveras pas de l'idée que ce *Danube* est un grand livre, un succès mondial, qui plus est.

— Magris est comme toi, c'est un nostalgique. C'est un Triestin mélancolique qui regrette l'empire.

Elle exagérait, bien sûr, le vin aidant, elle montait sur ses grands chevaux, parlait de plus en plus fort, à tel point que nos voisins japonais se retournaient parfois vers nous; je commençais à être un peu embarrassé – de plus, même si l'idée d'un austrocentrisme à la fin du XXe siècle me paraissait du plus haut comique, tout à fait réjouissante, elle m'avait vexé avec le mot nostalgique.

— Le Danube est le fleuve qui relie le catholicisme, l'orthodoxie et l'islam, ajouta-t-elle. C'est cela qui est important : c'est plus qu'un trait d'union, c'est… C'est… Un moyen de transport. La possibilité d'un passage.

Je l'ai regardée, elle paraissait tout à fait calmée. Sa main était posée sur la table, un peu avancée vers moi. Autour de nous, dans le jardin verdoyant de l'auberge, entre les ceps des treilles et les troncs des pins noirs, les serveuses en tabliers brodés couraient avec de lourds plateaux chargés de carafes dégueulant un peu, au gré des pas des jeunes filles sur les graviers, leur vin blanc si fraîchement tiré du baril qu'il en était trouble et mousseux. J'avais envie d'évoquer des souvenirs de Syrie ; je me retrouvais à disserter sur le *Danube* de Magris. Sarah.

— Tu oublies le judaïsme, j'ai dit.

Elle m'a souri, plutôt surprise ; son regard s'est éclairé un instant,

— Oui, bien sûr, le judaïsme aussi.

Était-ce avant ou après qu'elle m'emmène au Musée juif de la Dorotheergasse, je ne sais plus, elle avait été outrée, absolument choquée, par "l'indigence" de ce musée – elle avait même rédigé un *Commentaire annexe au guide officiel du Musée juif de Vienne*, très ironique, plutôt hilarant. Je devrais y retourner un de ces jours, voir si les choses ont changé ; à l'époque la visite était organisée par étage, expositions temporaires d'abord, puis collections permanentes. Le parcours *holographique* des personnalités juives éminentes de la capitale lui avait paru d'une vulgarité sans nom, des hologrammes pour une communauté disparue, pour des fantômes, quelle horrible évidence, sans parler de la laideur de ces images. Elle n'était encore qu'au début de son indignation. Le dernier étage l'a fait ni plus ni moins éclater de rire, un rire qui s'est changé petit à petit en une rage triste : des dizaines de vitrines débordaient d'objets en tout genre, des centaines de coupes, de chandeliers, de tefillins, de châles, des milliers de *judaica* entassés sans ordre aucun, avec une sommaire et terrifiante explication : *articles spoliés entre 1938 et 1945, dont les propriétaires ne se sont jamais fait connaître*, ou quelque chose d'équivalent, des prises de guerre retrouvées parmi les débris du Troisième Reich et entassées sous les toits du Musée juif de Vienne comme dans le grenier d'un aïeul un peu désordonné, une accumulation, un tas de vieilleries pour un antiquaire sans scrupule. Et il n'est point douteux, disait Sarah, que cela s'est fait avec les meilleures intentions du monde, avant que la poussière ne prenne le dessus et que le sens de cet amoncellement ne se perde totalement pour laisser la place à un *capharnaüm*, qui est le nom d'une ville de Galilée, n'oublie pas, disait-elle. Elle alternait entre le rire et la colère : mais quelle image de la communauté juive, quelle image, je te jure, imagine les enfants des écoles qui visitent ce musée, ils vont s'imaginer que ces Juifs disparus étaient des argentiers collectionneurs de bougeoirs, et elle avait sans doute raison, c'était déprimant et me faisait sentir un peu coupable.

La question qui hantait Sarah après notre visite du Musée juif, c'était celle de l'altérité, de quelle façon cette exposition éludait la question de la différence pour se centrer sur des "personnalités éminentes" qui ressortissaient au "même" et une accumulation d'objets dénuée de sens qui "désamorçait", disait-elle, les différences religieuses, cultuelles, sociales et même linguistiques pour présenter la culture matérielle d'une civilisation brillante et disparue. Cela ressemble à l'entassement de scarabées fétiches dans les vitrines en bois du Musée du Caire, ou aux centaines de pointes de flèches et de grattoirs en os d'un musée de la Préhistoire, disait-elle. L'objet remplit le vide.

Voilà, j'étais tranquillement dans un *Heuriger* à profiter d'une magnifique soirée de printemps et maintenant j'ai Mahler et ses *Kindertotenlieder* dans la tête, chants des enfants morts, composés par celui qui tint sa propre fille morte dans ses bras à Maiernigg en Carinthie trois ans après les avoir composés, des chants dont on ne comprendra l'horrible étendue que bien après sa propre disparition en 1911 : parfois le sens d'une œuvre est atrocement amplifié par l'histoire, multiplié, décuplé dans l'horreur. Il n'y a pas de hasard, dirait Sarah pétrie de bouddhisme, la tombe de Mahler se trouve dans le cimetière de Grinzing, à deux pas de ce fameux *Heuriger* où nous passions une si belle soirée malgré la "dispute" danubienne et ces *Kindertotenlieder* sont des poèmes de Rückert, premier grand poète orientaliste allemand avec Goethe, l'Orient, toujours l'Orient.

Il n'y a pas de hasard, mais je n'ai pas encore fermé les rideaux et le lampadaire du coin de Porzellan me dérange. Courage; il est pénible à celui qui vient de se coucher de se relever, qu'il ait omis un besoin naturel que son corps soudain lui rappelle ou qu'il ait oublié son réveil loin de lui, c'est une saloperie, vulgairement parlant, de devoir repousser la couette, de chercher de la pointe des pieds des pantoufles qui ne devraient pas être loin, de décider qu'on se fout des pantoufles pour un si court trajet, de bondir jusqu'aux cordons des rideaux, de se résoudre à un crochet rapide jusqu'à la salle de bains, d'uriner assis, les pieds en l'air, pour éviter un contact prolongé avec le carrelage glacé, d'effectuer le trajet inverse le plus vite possible pour enfin rejoindre les rêves qu'on n'aurait jamais dû quitter, toujours la même mélodie dans cette tête qu'on repose, soulagé, sur l'oreiller – adolescent, c'était le seul morceau de Mahler que je supportais, et même plus, une des rares pièces qui était capable de m'émouvoir aux larmes, le pleur de ce hautbois, ce chant terrifiant, je cachais cette passion comme une tare un peu honteuse et aujourd'hui c'est bien triste de voir Mahler si galvaudé, avalé par le cinéma et la publicité, son beau visage maigre tellement utilisé pour vendre Dieu sait quoi, il faut se retenir de détester cette musique qui encombre les programmes d'orchestre, les bacs des disquaires, les radios et l'année dernière, au moment du centenaire de sa mort, il a fallu se boucher les oreilles tellement Vienne a suinté du Mahler jusque par les fentes les plus insoupçonnées, on voyait les touristes arborer des tee-shirts à l'effigie de Gustav, acheter des posters, des aimants pour leurs frigos et sûr qu'à Klagenfurt il y avait foule pour visiter sa cabane au bord du Wörthersee – je n'y suis jamais allé, voilà une excursion que je pourrais proposer à Sarah, aller parcourir la Carinthie mystérieuse : il n'y a pas de hasard, l'Autriche est entre nous au milieu de l'Europe, nous nous y sommes rencontrés, j'ai fini par y revenir et elle n'a cessé de m'y rendre visite. Le Karma, le Destin, selon le nom qu'on veut bien donner à ces forces auxquelles elle croit : la première fois que nous nous sommes vus c'était en Styrie, à l'occasion d'un colloque, une de ces grands-messes de l'orientalisme organisées à intervalles réguliers par les ténors de notre branche et qui, comme il se doit, avaient accepté quelques "jeunes chercheurs" – pour elle, pour moi, le baptême du feu. J'ai fait le trajet de Tübingen en train, *via* Stuttgart, Nuremberg et Vienne, profitant du magnifique voyage pour mettre la dernière main à mon intervention ("Modes et intervalles dans la théorie musicale d'Al Farabi", titre tout à fait prétentieux d'ailleurs, étant donné le peu de certitudes que contenait ce résumé de mon mémoire) et surtout à lire *Un tout petit monde*, ouvrage désopilant de David Lodge qui constituait, pensais-je, la meilleure introduction possible au monde universitaire (il y a longtemps que je ne l'ai pas relu, tiens, voilà qui pourrait agrémenter une longue soirée d'hiver). Sarah présentait un papier bien plus original et abouti que le mien, "Le merveilleux dans *Les Prairies d'or* de Massoudi", tiré de sa maîtrise.

Seul “musicien”, je me retrouvais dans un panel de philosophes ; elle participait étrangement à une table ronde sur “Littérature arabe et sciences occultes”. Le colloque avait lieu à Hainfeld, demeure de Joseph von Hammer-Purgstall, premier grand orientaliste autrichien, traducteur des *Mille et Une Nuits* et du *Divan* de Hafez, historien de l'Empire ottoman, ami de Silvestre de Sacy et de tout ce que la petite bande des orientalistes comptait comme membres à l'époque, désigné seul héritier d'une aristocrate de Styrie très âgée qui lui avait légué son titre et ce château en 1835, le plus grand *Wasserschloss* de la région. Von Hammer le maître de Friedrich Rückert, auquel il enseigna le persan à Vienne, et avec lequel il traduisit des extraits du *Divan-e Shams* de Roumi, un lien entre un château oublié de Styrie et les *Kindertotenlieder*, qui unit Mahler à la poésie de Hafez et aux orientalistes du XIXe.

D'après le programme du colloque, l'université de Graz, notre hôte dans l'illustre palais, avait bien fait les choses ; nous serions logés dans les petites villes de Feldbach ou de Gleisdorf toutes proches ; un autobus *spécialement affrété* nous amènerait tous les matins à Hainfeld et nous ramènerait le soir après le dîner, *servi dans l'auberge du château* ; trois salles du bâtiment avaient été préparées pour les débats, l'une d'elles étant la splendide bibliothèque de Hammer lui-même, dont les rayonnages étaient encore garnis de ses collections et, cerise sur ce gâteau, l'office du tourisme de Styrie proposerait en permanence sur place *dégustations et vente de produits locaux* : tout cela paraissait particulièrement “auspicieux”, comme dirait aujourd'hui Sarah.

L'endroit était tout à fait étonnant.

De larges douves d'agrément, coincées entre une ferme moderne, un bois et un marécage entouraient un bâtiment de deux étages, aux toits pentus recouverts de tuiles sombres, qui fermait une cour carrée de cinquante mètres de côté – si étrangement proportionné que, de l'extérieur, et malgré les larges tours d'angle, ce château paraissait trop bas pour une telle dimension, écrasé dans la plaine par la paume d'un géant. Les austères murs extérieurs perdaient leur enduit gris en grandes plaques dévoilant les briques et seul le vaste porche de l'entrée – un tunnel long et sombre, voûté en ogive surbaissée – avait conservé sa splendeur baroque et surtout, à la grande surprise de tous les orientalistes qui franchissaient ce seuil, une inscription en arabe, calligraphiée en ronde-bosse dans la pierre, qui protégeait la demeure et ses habitants par ses bénédictions : il s'agissait sans nul doute du seul *Schloss* de toute l'Europe à brandir ainsi le nom d'Allah tout-puissant sur son frontispice. Je me suis demandé, en descendant du bus, ce que ce troupeau d'universitaires pouvait bien contempler, le nez en l'air, avant d'être estomaqué, à mon tour, par le petit triangle d'arabesques perdu en terres catholiques, à quelques kilomètres des frontières hongroises et slovènes : Hammer avait-il rapporté cette inscription de l'un de ses nombreux voyages, ou l'avait-il fait péniblement recopier par un tailleur de pierres local ? Ce message de bienvenue arabe n'était que la première des surprises, la seconde était elle aussi de taille : une fois le tunnel de l'entrée franchi, on avait soudain l'impression de se retrouver dans un monastère espagnol, voire un cloître italien ; tout autour de l'immense patio, et sur ses deux étages, courait une interminable suite d'arcades, d'arches couleur terre de Sienne, interrompue uniquement par une chapelle baroque blanche dont le clocher à bulbe tranchait avec l'aspect méridional de l'ensemble. Toutes les circulations du château se faisaient donc par cet immense balcon sur lequel donnaient, avec une régularité monastique, les si nombreuses pièces, ce qui était bien surprenant dans un recoin d'Autriche dont le climat n'était pas réputé pour être parmi les plus doux d'Europe en hiver mais qui s'expliquait, je l'appris plus tard, par le fait que l'architecte, italien, n'avait visité la région qu'en été. La vallée de la Raab prenait donc, pourvu que l'on restât dans ce *cortile* surdimensionné, un air de Toscane. Nous étions début octobre et il ne faisait pas très beau le lendemain de notre arrivée dans la Marche styrienne, chez feu Joseph von Hammer-Purgstall ; un peu abruti par mon voyage en train j'avais dormi comme un sonneur dans une petite auberge proprette au cœur d'un village qui m'avait paru (peut-être à cause de la fatigue du trajet ou du brouillard dense sur la route serpentant entre les collines pour venir de Graz) bien plus lointain que les organisateurs ne l'avaient annoncé, dormi comme un sonneur, c'est bien le moment d'y penser, peut-être devrais-je maintenant aussi trouver un moyen de m'abrutir, un long voyage en train, une course en montagne, ou arpenter les bars louches pour essayer de mettre la main sur une boulette d'opium, mais dans l'Alsergrund il y a peu de chances que je tombe sur une bande de *teriyaki* iraniens : malheureusement de nos jours l'Afghanistan, victime des marchés, exporte surtout de l'héroïne, substance encore plus effrayante que les comprimés prescrits par le Dr Kraus, mais j'ai bon espoir, j'ai bon espoir de trouver le sommeil, et sinon à un moment le soleil finira bien par se lever. Toujours cet air de malheur dans la tête. Il y a dix-sept ans (essayons par un mouvement d'oreiller de chasser Rückert, Mahler et tous les enfants morts) Sarah était beaucoup moins radicale dans ses positions, ou peut-être tout aussi radicale, mais plus timide ; j'essaye de la revoir descendre de cet autocar devant le château de Hainfeld, ses cheveux roux, longs et bouclés ; ses joues rebondies et ses taches de rousseur lui donnaient un air enfantin qui contrastait avec son regard profond, presque dur ; elle avait déjà un je-ne-sais-quoi d'oriental dans le visage, dans le teint et la forme des yeux, qui s'est accentué avec l'âge me semble-t-il, je dois avoir quelque part des photos, sans doute pas de Hainfeld mais beaucoup de clichés oubliés de Syrie et d'Iran, feuilles d'album, je me sens très calme maintenant, engourdi, bercé par le souvenir de ce colloque autrichien, du château de Hammer-Purgstall et de Sarah, sur son parvis, en train d'en contempler l'inscription arabe avec un hochement de chef incrédule et l'air ébloui, ce même chef que j'ai observé osciller si souvent entre émerveillement, perplexité et froideur blasée, celle dont elle fait preuve quand je la salue pour la première fois, après son intervention, attiré par la qualité de son texte et, bien sûr, sa grande beauté, la mèche auburn qui dissimule son visage lorsque, un peu émue les premières minutes, elle lit son papier sur les monstres et les miracles des *Prairies d'or* : des goules terrifiantes, des djinns, des *hinn*, des *nisnas*, des *hawatif*, créatures étranges et dangereuses, pratiques magiques et divinatoires, peuples demi-humains et animaux fantastiques. Je m'approche d'elle en traversant la foule de savants qui se pressent autour du buffet de la pause café, sur un de ces balcons à arcades où s'ouvre la cour si italienne du château styrien. Elle est seule, appuyée à la rambarde, une tasse vide à la main ; elle observe la façade blanche de la chapelle, où se reflète le soleil d'automne et je lui dis excusez-moi, magnifique intervention sur Massoudi, incroyables tous ces monstres, et elle me sourit gentiment sans rien répondre, en me regardant me débattre entre son silence et ma timidité : je comprends immédiatement qu'elle attend de voir si je vais m'enfoncer dans des banalités. Je me contente de lui proposer de lui remplir sa tasse, elle me sourit de nouveau, et cinq minutes plus tard nous sommes en grande conversation, à parler de goules et de djinns ; ce qui est fascinant, me dit-elle, c'est le tri qu'opère Massoudi entre créatures *attestées, véridiques* et pures inventions de l'imagination populaire : les djinns et les goules sont bien réels pour lui, il en recueille des témoignages acceptables par ses critères de preuve, alors que les *nisnas*, par exemple, ou les griffons et le phœnix sont des légendes. Massoudi nous apprend beaucoup de détails sur la vie des goules : puisque leur forme et leurs instincts les isolent de tous les êtres, dit-il, elles recherchent les solitudes les plus sauvages et ne se plaisent que dans les déserts. Par le corps, elles tiennent à la fois de l'homme et de l'animal le plus brutal. Ce qui intéresse le "naturaliste" qu'est Massoudi, c'est de comprendre comment naissent et se reproduisent les goules, s'il s'agit bien d'animaux : les rapports charnels avec des humains, au milieu du désert, sont envisagés comme une possibilité. Mais la thèse qu'il privilégie est celle de savants des Indes, qui considèrent que les goules sont une manifestation de l'énergie de certaines étoiles, quand elles se lèvent.

Un autre congressiste se mêle à notre conversation, il a l'air très intéressé par les possibilités d'accouplement entre êtres humains et goules; c'est un Français plutôt sympathique, du nom de Marc Faugier, qui se définit avec beaucoup d'humour comme un "spécialiste de l'accouplement arabe" – Sarah se lance dans des explications assez terrifiantes sur les charmes de ces monstres : au Yémen, dit-elle, si un homme a été violé par une goule dans son sommeil, ce qu'on détecte par une forte fièvre et des pustules mal placées, on utilise une thériaque composée d'opium et de plantes apparues au lever de l'étoile du Chien, ainsi que des talismans et des incantations; si la mort survient, il faut brûler le corps dans la nuit suivant le décès pour éviter la naissance de la goule. Si le malade survit, ce qui est rare, on lui tatoue alors un dessin magique sur la poitrine – en revanche aucun auteur ne décrit, apparemment, la naissance du monstre… Les goules, vêtues de haillons, de vieilles couvertures, cherchaient à dérouter les voyageurs en leur chantant des chansons; ce sont un peu les sirènes du désert : si leur visage et leur odeur véritables sont bien ceux d'un cadavre en décomposition, elles ont néanmoins le pouvoir de se transformer pour charmer l'homme égaré. Un poète arabe antéislamique, surnommé Taabbata Sharran, "celui qui porte le malheur sous son bras", parle de sa relation amoureuse avec une goule femelle : "Au lever de l'aurore, dit-il, elle s'est présentée à moi pour être ma compagne ; je lui ai demandé ses faveurs et elle s'est agenouillée. Si l'on m'interroge sur mon amour, je dirai qu'il se cache dans les replis des dunes."

Le Français a l'air de trouver cela joyeusement ignoble ; cette passion du poète et du monstre me paraît plutôt touchante. Sarah est intarissable ; elle continue à parler, sur ce balcon, alors que la plupart des savants s'en retournent à leurs panels et travaux. Bientôt nous restons seuls, dehors, tous les trois, dans le soir qui tombe ; la lumière est orangée, derniers débris de soleil ou premières lueurs électriques dans la cour. Les cheveux de Sarah brillent.

— Savez-vous que ce château de Hainfeld recèle lui aussi des monstres et des merveilles ? C'est bien sûr la demeure de Hammer l'orientaliste, mais c'est aussi l'endroit qui a inspiré à Sheridan Le Fanu son roman *Carmilla*, la première histoire de vampires qui fera frémir la bonne société britannique, une décennie avant *Dracula*. En littérature, le premier vampire est une femme. Avez-vous vu l'exposition au rez-de-chaussée ? C'est absolument incroyable.

L'énergie de Sarah est extraordinaire ; elle me fascine ; je vais la suivre dans les couloirs de l'immense demeure. Le Français est resté à ses activités scientifiques, nous faisons l'école buissonnière, Sarah et moi, à la recherche, dans la nuit des ombres et des chapelles oubliées, des souvenirs des vampires de la Styrie mystérieuse – l'exposition se trouve en réalité au sous-sol, plus qu'au rez-de-chaussée, dans des caves voûtées aménagées pour l'occasion ; nous sommes les seuls visiteurs ; dans la première salle, plusieurs grandes crucifixions en bois peint alternent avec de vieilles hallebardes et des représentations de bûchers – des femmes en haillons qui brûlent, *Les Sorcières de Feldbach*, explique le commentaire ; le scénographe ne nous a pas épargné le son, des hurlements lointains noyés dans des crépitements sauvages. Je suis troublé par la grande beauté de ces êtres qui payent leur commerce avec le Démon et que les artistes médiévaux montrent à demi nues, chair ondulant dans les flammes, des ondines maudites. Sarah observe et commente, son érudition est extraordinaire, comment peut-elle connaître si bien tous ces récits, toutes ces histoires de Styrie, alors qu'elle aussi vient d'arriver à Hainfeld, c'en est presque inquiétant. Je commence à être effrayé, j'étouffe un peu dans cette cave humide. La seconde salle est consacrée aux philtres, aux breuvages magiques ; une vasque de granit gravée de runes contient un liquide noir, peu appétissant et lorsqu'on s'en approche retentit une mélodie au piano, dans laquelle je crois reconnaître un thème de Georges Gurdjieff, une de ses compositions ésotériques ; au mur, sur la droite, une représentation de Tristan et Iseult, sur un bateau, devant un jeu d'échecs ; Tristan boit dans une grande coupe qu'il tient dans sa main droite pendant qu'un page enturbanné verse d'une outre le philtre à Iseult, qui regarde le jeu d'échecs et tient une pièce entre le pouce et l'index – derrière eux, la servante Brangien les observe, et la mer infinie déploie ses ondulations. J'ai soudain la sensation que nous sommes dans la forêt obscure, auprès de cette fontaine de granit, dans *Pelléas et Mélisande* ; Sarah s'amuse à jeter une bague dans le liquide noir, ce qui a pour effet d'augmenter le volume de l'ample et mystérieuse mélodie de Gurdjieff ; je la regarde, assise sur la margelle de la vasque de pierre ; ses longues boucles caressent les runes alors que sa main plonge dans l'eau sombre.

La troisième salle, sans doute une ancienne chapelle, est celle de *Carmilla* et des vampires. Sarah me raconte comment l'écrivain irlandais Sheridan Le Fanu a passé tout un hiver à Hainfeld, quelques années avant que Hammer l'orientaliste ne s'y installe ; *Carmilla* est inspirée d'une histoire vraie, dit-elle : le comte Purgstall a bel et bien recueilli une de ses parentes orpheline nommée Carmilla, qui s'est immédiatement liée d'une profonde amitié avec sa fille Laura, comme si elles se connaissaient depuis toujours – très vite, elles deviennent intimes ; elles partagent secrets et passions. Laura commence à rêver d'animaux fantastiques qui lui rendent visite la nuit, l'embrassent et la caressent ; parfois, dans ses songes, ils se transforment en Carmilla, à tel point que Laura finit par se demander si Carmilla n'est pas un jeune homme déguisé, ce qui expliquerait son trouble. Laura tombe malade d'une maladie de langueur qu'aucun médecin ne parvient à guérir, jusqu'à ce que le comte ait vent d'un cas semblable, à quelques milles de là : plusieurs années auparavant une jeune femme est morte, deux trous ronds au haut de la gorge, victime de la vampire Millarca Karstein. Carmilla n'est autre que l'anagramme et la réincarnation de Millarca ; c'est elle qui suce la vitalité de Laura – le comte devra l'abattre et la renvoyer dans la tombe par un rituel terrifiant.

Au fond de la crypte où de grands panneaux rouge sang expliquent la relation de Hainfeld avec les vampires se trouve un lit à baldaquin, un lit bien fait, aux draps blancs, aux boiseries tendues de voiles de soie brillants que le scénographe de l'exposition a éclairé par en dessous, avec des lumières très douces ; sur le lit, un corps de jeune femme est allongé, dans une robe vaporeuse, une statue de cire imitant le sommeil, ou la mort ; elle a deux marques rouges sur le torse, au niveau du sein gauche, que la soie ou la dentelle laisse complètement percevoir – Sarah s'approche, fascinée ;

elle se penche sur la jeune femme, la caresse doucement de ses cheveux, de sa poitrine. Je suis gêné, je me demande ce que signifie cette passion soudaine, avant de ressentir moi-même un désir étouffant : j'observe les cuisses de Sarah dans leurs collants noirs frotter l'étoffe légère de la chemise de nuit blanche, ses mains effleurer le ventre de la statue, j'ai honte pour elle, très honte, je me noie tout à coup, j'inspire profondément, je relève la tête de mon oreiller, je suis dans l'obscurité, il me reste cette dernière image, ce lit baroque, cette crypte effrayante et douce à la fois, j'ouvre grande la bouche pour retrouver l'air frais de ma chambre, le contact rassurant de l'oreiller, le poids de l'édredon.

Une grande honte mêlée de traces de désir, voilà ce qui reste.

Quelle mémoire dans les songes.

On s'éveille sans s'être endormi, en cherchant à rattraper les lambeaux du plaisir de l'autre en soi.

Il y a des recoins faciles à éclairer, d'autres plus obscurs. Le liquide sombre a sans doute à voir avec le terrifiant article reçu ce matin. Amusant que Marc Faugier s'invite dans mes rêves, je ne l'ai pas revu depuis des années. Spécialiste du coït arabe, voilà qui le ferait bien rigoler. Bien sûr il n'était pas présent à ce colloque. Pourquoi y est-il apparu, par quelle association secrète, impossible à savoir.

C'était bien le château de Hainfeld, mais en encore plus grand me semble-t-il. Je ressens un manque physique très fort, maintenant, la douleur d'une séparation, comme si on venait de me priver du corps de Sarah. Les philtres, les caves, les jeunes filles mortes – en y repensant j'ai l'impression que j'étais moi-même allongé sous ce baldaquin, que je souhaitais ardemment les caresses consolatrices de Sarah, sur mon propre lit de mort. La mémoire est bien surprenante, l'horrible Gurdjieff, mon Dieu. Que venait-il faire là, ce vieil occultiste oriental, je suis sûr que cette mélodie douce et envoûtante n'est pas de lui, les rêves superposent les masques et celui-là était bien obscur.

De qui est cette pièce pour piano, je l'ai sur le bout de la langue, ce pourrait être Schubert, mais ce n'est pas lui, un passage d'une *Romance sans paroles* de Mendelssohn peut-être, en tout cas ce n'est pas quelque chose que j'écoute souvent, c'est certain. Si je me rendors immédiatement je vais peut-être la retrouver, avec Sarah et les vampires.

Que je sache il n'y avait pas de crypte dans le château de Hammer, ni crypte ni exposition, au rez-de-chaussée se trouvait une auberge tout à fait styrienne où l'on servait des escalopes, du goulasch et des *Serviettenknödel* – il est vrai que nous avons immédiatement sympathisé, Sarah et moi, même sans goules ni coïts surnaturels, pris tous nos repas ensemble et détaillé longuement les étagères de la bibliothèque de l'étonnant Joseph von Hammer-Purgstall. Je lui traduisais les titres allemands qu'elle déchiffrait mal ; son niveau d'arabe, bien supérieur au mien, lui permettait de m'expliquer le contenu d'ouvrages auxquels je ne comprenais goutte et nous sommes restés seuls longtemps, épaule contre épaule, alors que tous les orientalistes s'étaient précipités vers l'auberge, de peur qu'il n'y ait pas assez de patates pour tout le monde – je la connaissais depuis la veille et déjà nous étions l'un contre l'autre, penchés sur un vieux livre ; mes yeux devaient danser sur les lignes et ma poitrine se serrer, je sentais le parfum de ses boucles pour la première fois, je faisais l'expérience de la puissance de son sourire et de sa voix pour la première fois : il est bien étrange de penser que, sans aucune surveillance spéciale, dans cette bibliothèque dont la grande fenêtre (seul accident de la façade extérieure, d'une régularité frisant la monotonie) s'ouvrait sur un petit balcon surplombant la douve sud, nous avions dans les mains un recueil de poèmes de Friedrich Rückert dédicacé de sa main à son vieux maître Hammer-Purgstall – écriture large et étalée, signature compliquée et un peu jaunie, datée de Neuses, quelque part en Franconie, en 1836, alors que devant nous frémissaient, au bord de l'eau, ces acores odorants qu'on appelle *Kalmus*, dans lesquels autrefois on taillait les calames. *"Beshnow az ney tchoun hekayat mikonad"*, "Écoute le *ney*, comme il raconte des histoires", dit-on au début du *Masnavi* de Roumi et c'était merveille de découvrir que ces deux traducteurs du persan, Hammer et Rückert, étaient là ensemble, alors qu'au-dehors les roseaux nous offraient une majestueuse synesthésie, convoquant, d'un coup, la tendresse des lieder de Schubert et de Schumann, la poésie persane, les plantes aquatiques dont on fait les flûtes, là-bas en Orient et nos deux corps, retenus immobiles et se frôlant à peine, dans la lumière presque absente – d'époque – de cette bibliothèque aux immenses étagères de bois cintrées par le poids des ans ou des ouvrages, derrière leurs vitrines aux marqueteries précieuses. J'ai lu pour Sarah quelques poèmes dans ce petit recueil de Rückert, j'ai essayé de les lui traduire du mieux que je pouvais – ça ne devait pas être brillant brillant, cette traduction à vue, mais je ne voulais pas que le moment passe, je prenais mon temps, je le reconnais, et elle n'avait pas un geste pour écourter mes hésitations, comme si nous lisions un serment.

Un drôle de serment, car il y a fort à parier qu'elle ne se rappelle plus ce moment ou, plutôt, qu'elle n'y ait jamais attaché la même importance que moi, la preuve, ce matin elle m'envoie, sans un mot, cet article contre nature qui me fait faire des cauchemars dignes d'un vieil opiomane.

Mais maintenant les yeux grands ouverts, soupirant, un peu fiévreux, je vais devoir essayer de me rendormir (quelques frissons sur les mollets, j'ai chaud extrême en endurant froidure, comme qui dirait) et d'oublier Sarah. On ne compte plus les moutons depuis longtemps ; *"Go to your happy place"*, disait-on à un agonisant dans une série télévisée, quelle serait ma *happy place*, je me le demande, quelque part dans l'enfance, au bord d'un lac en été dans le Salzkammergut, à une opérette de Franz Lehár à Bad Ischl, ou aux autos tamponneuses avec mon frère au Prater, peut-être en Touraine chez Grand-Mère, pays qui nous paraissait extraordinairement exotique, étranger sans l'être, où la langue maternelle dont nous avions presque honte en Autriche devenait soudain majoritaire : à Ischl tout était impérial et dansant, en Touraine tout était français, on assassinait des poules et des canards, on ramassait des haricots verts, on chassait le moineau, on mangeait des fromages pourrissants roulés dans la cendre, on visitait des châteaux de contes de fées et on jouait avec des cousins dont on ne comprenait pas tout à fait l'idiome, car nous parlions un français d'adultes, le français de notre mère et des quelques francophones de notre entourage, un français de Vienne. Je me revois en roi du jardin un bâton à la main, en capitaine sur une gabarre descendant la Loire sous les murs d'Alexandre Dumas à Montsoreau, à bicyclette dans les vignes autour de Chinon – ces territoires d'enfance me provoquent une terrible douleur, peut-être à cause de leur disparition brutale, qui préfigure la mienne, la maladie et la peur.

Une berceuse ? Essayons le catalogue des berceuses : Brahms qui sonne comme une boîte à musique bon marché, que tous les enfants d'Europe ont entendu dans leur lit, au creux d'une peluche bleue ou rose, Brahms la Volkswagen de la berceuse, massive et efficace, il n'y a rien qui vous endort plus vite que Brahms, ce méchant barbu pillard de Schumann sans l'audace ni la folie – Sarah adorait un des sextuors de Brahms, le premier sans doute, opus 18 dans mon souvenir, avec un thème, comment dire, envahissant. C'est amusant, le véritable hymne européen, celui qui retentit depuis Athènes jusqu'à Reykjavík et se penche sur nos charmantes têtes blondes c'est cette foutue berceuse de Brahms, atrocement simple, comme le sont les coups d'épée les plus efficaces. Avant lui Schumann, Chopin, Schubert, Mozart et *tutti quanti*, tiens, il y aurait peut-être là un projet d'article, l'analyse de la berceuse comme genre, avec ses effets et ses préjugés – peu de berceuses pour orchestre, par exemple, la berceuse appartient par définition à la musique de chambre. Il n'existe pas, à ma connaissance, de berceuse avec électronique ou pour piano préparé, mais il faudrait vérifier. Est-ce que je suis capable de me rappeler une berceuse contemporaine ? Arvo Pärt le fervent Estonien a composé des berceuses, des berceuses pour chœurs et ensembles à cordes, des berceuses pour endormir des monastères entiers, j'en ai parlé dans ma note assassine sur sa pièce pour orchestre *Orient – Occident* : on imagine parfaitement des dortoirs de moinillons chanter avant de s'endormir sous la direction de popes barbus. Pourtant, il faut bien le reconnaître, il y a quelque chose de consolant dans la musique de Pärt, quelque chose de ce désir spirituel des foules occidentales, désir de musiques simples sonnant comme des cloches, d'un *Orient* où rien n'aurait été perdu de la relation qui unit l'homme au ciel, un *Orient* rapproché d'un *Occident* par le *credo* chrétien, un débris spirituel, une écorce pour des temps de déréliction – quelle berceuse pour moi, donc, allongé dans le noir, ici et maintenant, alors que j'ai peur, j'ai peur, j'ai peur de l'hôpital et de la maladie : j'essaye de fermer les yeux mais j'appréhende ce face-à-face avec mon corps, avec les battements de mon cœur que je vais trouver trop rapides, les douleurs qui, lorsqu'on s'y intéresse, se multiplient dans tous les recoins de la chair. Il faudrait que le sommeil vienne par surprise, par-derrière, comme le bourreau vous étrangle ou vous décapite, comme l'ennemi vous frappe – je pourrais prendre un comprimé, tout simplement, au lieu de me recroqueviller comme un chien pétri d'angoisse entre mes couvertures moites que je retire, trop chaud là-dessous, revenons à Sarah et au souvenir puisqu'ils sont aussi inévitables l'un que l'autre : elle aussi a sa maladie, bien différente de la mienne c'est certain, mais une maladie tout de même. Cette histoire de Sarawak confirme peut-être mes doutes, est-ce qu'elle ne se serait pas perdue à son tour, perdue corps et biens dans l'Orient comme tous ces personnages qu'elle a tant étudiés.

Ce qui a réellement scellé notre amitié, après Hainfeld et les lectures de Rückert, c'est la petite excursion à trente kilomètres de là que nous avons accomplie à la fin du colloque ; elle m'avait proposé de l'accompagner, j'avais évidemment accepté, en mentant sur la possibilité de changer mon billet de train – après, donc, un léger mensonge, j'ai participé à cette balade, au grand dam du serveur de l'auberge qui conduisait la voiture et pensait, certainement, se retrouver seul dans la campagne avec Sarah. Il m'apparaît très clairement maintenant que c'était sans doute la raison de cette invitation, je devais servir de chaperon, ou retirer tout possible caractère romantique à cette promenade. Qui plus est, comme Sarah savait très peu d'allemand et que le chauffeur improvisé maîtrisait assez mal l'anglais, j'étais requis (de cela je me rendis compte, pour mon malheur, assez vite) pour nourrir la conversation. J'avais été passablement impressionné par ce que Sarah tenait à voir, la raison de cette randonnée : le monument à la bataille de Saint-Gothard, plus exactement de Mogersdorf, à une portée de flèche de la Hongrie – pourquoi pouvait-elle bien s'intéresser à une bataille de 1664 contre les Ottomans, victoire du Saint-Empire et de ses alliés français, dans un village perdu, une colline surplombant la vallée de la Raab, affluent du Danube qui coulait à quelques centaines de mètres des roseaux de Hainfeld, je n'allais pas tarder à le savoir, mais avant je devais souffrir trois quarts d'heure de palabres avec un jeune type pas spécialement avenant, très déçu de me voir là, à ses côtés, où il avait imaginé Sarah et sa minijupe – moi-même je me demandais bien pourquoi j'avais engagé tous ces frais, billet de train, nuit d'hôtel supplémentaire à Graz, pour discuter le bout de gras avec ce garçon d'auberge qui, avouons-le, n'était pas le mauvais bougre. (Je me rends compte que Sarah, tranquillement assise à l'arrière, devait bien se marrer, intérieurement, d'avoir réussi à déjouer deux pièges érotiques d'un coup, les deux prétendants s'annulant l'un l'autre dans une triste et réciproque déception.) Il était de Riegersburg et avait étudié à l'école hôtelière du coin ; sur la route, il nous raconta une ou deux anecdotes sur le *burg* de la Gallerin, fief des Purgstall, nid d'aigle perché depuis l'an mille au haut d'une aiguille que ni les Hongrois ni les Turcs n'ont jamais réussi à prendre. La vallée de la Raab déroulait ses frondaisons orangées par l'automne et, autour de nous, les collines et les vieux volcans éteints de la Marche verdoyaient à l'infini dans le ciel gris, alternant forêts et vignes sur leurs coteaux, un parfait paysage *Mitteleuropa* ; il ne manquait que quelques nappes de brouillard, des cris de fées ou de sorcières en fond sonore pour que le tableau soit complet – une bruine fine s'était mise à tomber ; il était 11 heures du matin mais il aurait aussi bien pu être 5 heures de l'après-midi, je me demandais ce que je foutais là, un dimanche, alors que j'aurais pu tranquillement être dans mon train pour Tübingen au lieu d'aller sur un champ de bataille perdu avec une inconnue ou presque et un garçon d'auberge rural qui ne devait avoir son permis de conduire que depuis l'été précédent – petit à petit je me renfrognais dans la voiture ; bien évidemment nous avons raté un embranchement et nous sommes arrivés à la frontière hongroise, face à la ville de Szentgotthárd dont on apercevait les immeubles au-delà des baraques de la douane ; le jeune chauffeur était embarrassé ; nous avons fait demi-tour – le village de Mogersdorf se trouvait à quelques kilomètres, sur le flanc du promontoire qui nous intéressait : le camp du Saint-Empire, marqué par une croix monumentale en béton d'une dizaine de mètres de haut, construite dans les années 1960 ; une chapelle du même matériau et de la même époque complétait l'ensemble, à peu de distance, et une table d'orientation en pierre déployait le scénario de la bataille. La vue était dégagée ; on voyait la vallée, qui se poursuivait plein est, sur notre gauche, direction Hongrie ; vers le sud, des collines plissaient les trente ou quarante kilomètres qui nous séparaient de la Slovénie. Sarah, à peine descendue du véhicule, s'était agitée ; une fois orientée, elle avait observé le paysage, puis la croix, et n'arrêtait pas de dire "C'est juste extraordinaire", elle allait et venait sur le site, de la chapelle au monument, avant de revenir à la grande table gravée. Je me demandais (et l'aubergiste aussi, apparemment, il fumait accoudé à la portière de son véhicule, en m'adressant de temps en temps des coups d'œil un peu paniqués) si nous n'assistions pas à la reconstitution d'un crime, façon Rouletabille ou Sherlock Holmes : je m'attendais à ce qu'elle déterre des épées rouillées ou des os de chevaux, à ce qu'elle nous détaille l'emplacement de tel ou tel régiment de uhlans ou de piquiers piémontais, s'il y avait eu des uhlans et des Piémontais dans cette mêlée, face aux janissaires féroces. J'espérais que cela me donne l'occasion de briller en jetant dans la bataille mes connaissances de musique militaire turque et de son importance pour le style *alla turca* si fréquent au XVIIIe siècle, Mozart en étant l'exemple le plus célèbre, bref, j'attendais mon heure en embuscade près de notre carrosse, avec le cocher, sans me soucier d'aller crotter mes souliers plus loin vers le bord du promontoire, la table d'orientation et l'immense croix, mais cinq minutes plus tard, ses circonvolutions achevées, Sarah la détective sauvage était toujours en grande contemplation face à la carte de pierre, comme si elle attendait que je la rejoigne : je me suis donc avancé, imaginant une manœuvre féminine pour m'inciter à me rapprocher d'elle, mais peut-être le souvenir des batailles n'est-il pas réellement propice au jeu amoureux, ou sans doute connaissais-je bien mal Sarah : j'ai eu l'impression de la déranger dans ses pensées, sa lecture du paysage. Bien sûr, ce qui l'intéressait dans cet endroit c'était la façon dont s'était organisé le souvenir, pas tellement l'affrontement en lui-même ; pour elle, l'important c'était la grande croix de 1964 qui, en commémorant la défaite turque, traçait une frontière, un mur, face à la Hongrie communiste, l'Est de l'époque, le nouvel ennemi, le nouvel Orient qui remplaçait naturellement l'ancien. Il n'y avait de place ni pour moi ni pour la *Marche turque* de Mozart dans ses observations ; elle a tiré un petit carnet de sa poche et a pris quelques notes, puis elle m'a souri, visiblement très heureuse de son expédition.

Il recommençait à pleuvoir ; Sarah referma son carnet, le rangea dans la poche de son imperméable noir ; j'avais dû garder mes considérations sur l'influence de la musique militaire turque et de ses percussions pour le chemin du retour : il est certain qu'en 1778, lorsque Mozart compose sa onzième sonate pour piano, la présence ottomane, le siège de Vienne ou cette bataille de Mogersdorf sont déjà bien loin et pourtant son *Rondo alla turca* est très certainement la pièce de l'époque qui entretient la relation la plus étroite avec les *mehter*, les fanfares des janissaires ; est-ce à cause de récits de voyageurs, ou tout simplement parce qu'il a le génie de la synthèse et reprend, magnifiquement, toutes les caractéristiques du style "turc" de l'époque, on l'ignore, et moi-même, pour briller dans cette bagnole se traînant au milieu de la Styrie suintant l'automne, je n'hésitais pas à synthétiser (à pomper, quoi) les travaux d'Eric Rice et de Ralph Locke, indépassables sur le sujet. Mozart réussit si bien à incarner le "son" turc, les rythmes et les percussions, que même Beethoven l'immense avec le *tam taladam tam tam taladam* de sa propre marche turque des *Ruines d'Athènes* parvient tout juste à le copier, ou à lui rendre hommage, peut-être. N'est pas un bon orientaliste qui veut. J'aimerais beaucoup raconter à Sarah, maintenant, pour la faire rire un peu, cette performance hilarante, enregistrée en 1974, de huit pianistes mondialement célèbres, interprétant la *Marche turque* de Beethoven sur scène, huit immenses pianos en cercle. Ils jouent cet arrangement étrange pour seize mains une première fois, puis, après les applaudissements, ils se rassoient et l'interprètent à nouveau, mais dans une version burlesque : Jeanne-Marie Darré se perd dans sa partition ; Radu Lupu sort d'on ne sait où un tarbouche et se le visse sur le crâne, peut-être pour bien montrer que lui, Roumain, est le plus oriental de tous ; il tire même un cigare de sa poche et joue n'importe comment, les doigts encombrés par le tabac, au grand dam de sa voisine Alicia de Larrocha qui n'a pas l'air de trouver cela très drôle, ce concert de dissonances et de fausses notes, pas plus que la pauvre Gina Bachauer, dont les mains paraissent minuscules auprès de son gigantesque corps : très certainement la *Marche turque* est la seule pièce de Beethoven avec laquelle ils pouvaient se permettre cette farce potache, même si on rêverait que l'exploit soit réédité pour, par exemple, une ballade de Chopin ou la *Suite pour piano* de Schönberg ; on aimerait entendre ce que l'humour et la clownerie pourraient apporter à ces œuvres-là. (Voilà une autre idée d'article, sur les détournements et l'ironie en musique au XXe siècle ; un peu vaste sans doute, il doit déjà y avoir des travaux sur le sujet, il me semble me rappeler vaguement une contribution [de qui ?] sur l'ironie chez Mahler, par exemple.)

Ce qui était fascinant chez Sarah, c'est à quel point, déjà, à Hainfeld, elle était savante, curieuse et savante, avide de connaissances : avant même d'arriver elle avait potassé (et pas question d'un coup de Google en ces temps déjà anciens) la vie de Hammer-Purgstall l'orientaliste, à tel point que je la soupçonnais d'avoir lu ses Mémoires, et donc de me mentir quand elle disait savoir très peu d'allemand ; elle avait préparé sa visite à Mogersdorf, connaissait tout de cette bataille oubliée et de ses circonstances : comment les Turcs, supérieurs en nombre, avaient été surpris par la cavalerie du Saint-Empire dévalant la colline alors qu'ils venaient de traverser la Raab et que leurs lignes n'étaient pas formées ; des milliers de janissaires coincés entre l'ennemi et la rivière avaient tenté une retraite désespérée, et grande partie d'entre eux s'étaient noyés ou avaient été massacrés depuis la rive, à tel point qu'un poème ottoman, racontait Sarah, décrit le corps mutilé d'un soldat dérivant jusqu'à Györ : il avait promis à sa bien-aimée de revenir et le voilà, tout croupi, les yeux cavés par les corbeaux, qui conte l'horrible issue du combat, avant que sa tête ne se sépare de son tronc et ne poursuive son terrifiant chemin au gré du Danube, jusqu'à Belgrade ou même Istanbul, preuve du courage des janissaires et de leur ténacité – sur le chemin du retour, j'essayais de traduire ce récit pour notre chauffeur, qui, je voyais ses yeux dans le rétroviseur, observait Sarah à ses côtés avec un air un rien effrayé : il n'est certes pas facile de conter fleurette à une jeune femme qui vous parle de batailles, de cadavres pourrissants et de têtes arrachées, même si elle relatait ces histoires avec une véritable compassion. Avant de pouvoir songer au beau, il fallait se plonger dans la plus profonde horreur et l'avoir parcourue tout entière, voilà la théorie de Sarah.

Notre jeune accompagnateur était tout compte fait très sympathique, il nous a déposés à Graz en milieu d'après-midi, avec armes et bagages, non sans nous avoir indiqué (et même être descendu de voiture pour nous y présenter) une auberge de sa connaissance, dans la vieille ville, à deux pas de la montée vers le Schlossberg. Sarah l'a chaleureusement remercié, et moi aussi. (Comment s'appelait ce garçon qui nous avait promenés si gentiment ? Dans mon souvenir il porte un prénom appartenant d'habitude à une génération antérieure à la sienne, genre Rolf ou Wolfgang – non Wolfgang, je m'en souviendrais ; Otto, peut-être, ou Gustav, voire Winfried, ce qui avait pour effet de le vieillir artificiellement et créait en lui une tension étrange, accentuée par une moustache qui, claire et juvénile, cherchait à dépasser la commissure des lèvres aussi vainement que l'armée turque la Raab fatidique.)

J'aurais pu aller à la gare et attraper le premier train pour Vienne, mais cette jeune femme, avec ses histoires de monstres, d'orientalistes et de batailles me fascinait trop pour que je la quitte aussi vite, alors que j'avais la possibilité de passer la soirée en tête à tête avec elle plutôt qu'avec Maman, ce qui n'était pas désagréable, mais trop habituel – si je résidais quelque temps à Tübingen c'était précisément pour quitter Vienne, trop étouffante, trop familière, pas pour revenir dîner avec ma mère tous les dimanches. Six semaines plus tard je devais partir à Istanbul pour la première fois, et les prémices turques de ce séjour en Styrie m'enchantaient – le jeune drogman Joseph Hammer lui-même n'avait-il pas commencé sa carrière (après tout de même huit ans d'école d'interprète à Vienne) à la légation autrichienne sur le Bosphore ? Istanbul, le Bosphore, voilà une *happy place*, un lieu où je retournerais immédiatement si je n'étais pas retenu dans la Porzellangasse par les médecins, je m'installerais dans un minuscule appartement au sommet d'un immeuble étroit d'Arnavutköy ou de Bebek et je regarderais passer les bateaux, je les compterais, en observant la rive orientale changer de couleur au gré des saisons ; parfois je prendrais un bus maritime qui m'amènerait à Üsküdar ou à Kadiköy pour voir les lumières de l'hiver sur Bagdat Caddesi, et je rentrerais gelé, les yeux épuisés, regrettant de ne pas avoir acheté de gants dans un de ces centres commerciaux si illuminés, les mains dans les poches et caressant du regard la tour de Léandre qui paraît si proche dans la nuit au milieu du Détroit, puis chez moi, là-haut, essoufflé par l'ascension je me servirais un thé bien fort, bien rouge, très sucré, je fumerais une pipe d'opium, une seule, et je m'assoupirais doucement dans mon fauteuil, réveillé de temps à autre par les cornes de brume des tankers en provenance de la mer Noire.

L'avenir était aussi radieux que le Bosphore un beau jour d'automne, s'annonçait sous des auspices aussi brillants que cette soirée à Graz seul avec Sarah dans les années 1990, premier dîner en tête à tête, moi j'étais intimidé par ce que ce protocole impliquait de romantisme (même s'il n'y avait pas de bougeoir en étain sur la table de la *Gasthaus*), pas elle : elle parlait de la même façon, exactement, et des mêmes choses horribles que si nous avions dîné, par exemple, à la cafétéria d'une résidence universitaire, ni plus bas, ni plus fort, alors que pour ma part l'atmosphère feutrée, les lumières basses et le chic distant des serveurs me poussaient à chuchoter, sur le ton de la confidence – je ne voyais pas trop quels secrets j'aurais pu confier à cette jeune femme qui poursuivait ses récits de batailles turques, encouragée par notre visite de Graz et de la Landeszeughaus, l'Arsenal de Styrie, tout droit sorti du XVIIe siècle. Dans cette belle maison ancienne aux façades décorées se trouvaient des milliers d'armes bien rangées, savamment disposées, comme si quinze mille hommes devaient demain faire la queue dans la Herrengasse pour prendre qui un sabre, qui un plastron, qui une arquebuse ou un pistolet et courir défendre la région contre une improbable attaque musulmane : des milliers de mousquets, des centaines de piques, de hallebardes pour arrêter les chevaux, de casques et de heaumes pour protéger fantassins et cavaliers, des myriades d'armes de poing, d'armes blanches prêtes à être saisies, de poires à poudre prêtes à être distribuées, et il était assez effrayant de voir, dans cette accumulation si ordonnée, que beaucoup de ces objets avaient servi : les armures portaient les traces des balles qu'elles avaient arrêtées, les lames étaient usées par les coups portés et on imaginait aisément la douleur que toutes ces choses inertes avaient provoquée, la mort répandue autour d'elles, les ventres percés, les corps mis en pièces dans l'énergie de la bataille.

On entendait dans cet Arsenal, disait Sarah, le grand silence de ces instruments guerriers, leur silence éloquent, ajoutait-elle, tant cette accumulation d'engins mortels ayant survécu à leurs propriétaires dessinait les souffrances de ceux-ci, leurs destins et, enfin, leur absence : voilà ce dont elle me parlait au cours de ce dîner, du silence que la Landeszeughaus représentait, comment elle mettait ce silence en relation avec les nombreux récits qu'elle avait lus, turcs principalement, voix oubliées contant ces affrontements – j'avais dû passer la soirée à la regarder et à l'écouter, ou du moins je m'imagine, sous le charme, ensorcelé par son discours, qui mêlait histoire, littérature et philosophie bouddhiste ; est-ce que j'avais détaillé son corps, ses yeux dans son visage comme au musée, les deux nuées de taches de rousseur sur les pommettes, sa poitrine qu'elle cachait souvent avec ses avant-bras en croisant les poignets sous le menton, comme si elle était nue, dans un geste machinal qui m'a toujours paru charmant, pudique, et vexant à la fois, car il me renvoyait à la concupiscence supposée de mon regard sur elle. C'est chose étrange que la mémoire ; je suis incapable de retrouver son visage d'hier, son corps d'hier, ils s'effacent pour laisser la place à ceux d'aujourd'hui, dans le décor du passé – j'avais sans doute ajouté à la conversation une précision musicale : il y avait bien un musicien dans cette bataille de Mogersdorf, un compositeur baroque oublié, le prince Pál Esterházy premier du nom, seul grand guerrier-compositeur ou grand compositeur-guerrier que l'on connaisse, qui s'est battu un nombre incalculable de fois contre les Turcs, auteur de cantates dont le magnifique cycle *Harmonia caelestis* et grand claveciniste lui-même – on ignore s'il fut le premier à s'inspirer de cette musique militaire turque qu'il entendait si souvent, mais j'en doute : après tant de batailles et tant de désastres sur ses terres, il devait surtout avoir envie d'oublier la violence et de se consacrer (avec succès) à l'Harmonie Céleste.

Tiens, à propos de musique militaire : la galopade de M. Gruber qui va se coucher. Il est donc 23 heures – incroyable quand même que ce monsieur *courre* vers la salle de bains, tous les soirs, chaque soir que Dieu fait *Herr* Gruber se précipite vers ses chiottes à 11 heures pétantes en faisant craquer le parquet et trembler mes lustres.

En rentrant de Téhéran, je m'étais arrêté à Istanbul où j'avais passé trois jours splendides, seul ou presque, à part une virée mémorable avec Michael Bilger pour "fêter ma libération", tant il est vrai qu'après dix mois sans sortir de Téhéran et une immense tristesse je méritais une fête à tout casser, en ville, dans des bars enfumés, des tavernes où il y avait de la musique, des filles et de l'alcool, et je pense que c'est la seule fois où j'ai été soûl de ma vie, réellement ivre, ivre de bruit, ivre des cheveux des femmes, ivre de couleurs, de liberté, ivre d'oubli de la douleur du départ de Sarah – Bilger l'archéologue prussien était un excellent guide, il m'a promené de bar en bar à travers Beyoglu avant de m'achever dans une boîte de nuit je ne sais plus où : je me suis effondré au milieu des putes et de leurs robes bariolées, le nez dans une coupelle contenant des carottes crues et du jus de citron. Il m'a raconté le lendemain avoir été obligé de me porter jusqu'à ma chambre d'hôtel, d'après lui je chantais à tue-tête (quelle horreur !) la *Marche de Radetzky*, mais ça je n'arrive pas à y croire, pourquoi diantre (même si j'étais en route pour Vienne) chanter ce thème martial dans la nuit stambouliote, sûr qu'il se foutait de moi, Bilger s'est toujours moqué de mon accent viennois – je ne pense pas avoir jamais chanté Johann Strauss à tue-tête, ni même siffloté ne serait-ce que le *Pas des patineurs*, déjà au lycée les cours de valse étaient une véritable torture, d'ailleurs la valse est la malédiction de Vienne et aurait dû être interdite après l'avènement de la République, en même temps que l'usage des titres de noblesse : cela nous épargnerait nombre d'affreux bals nostalgiques et d'atroces concerts pour touristes. Toutes les valses, sauf bien sûr la petite valse pour flûte et violoncelle de Sarah, le "thème de Sarah" qui était une de ces petites phrases mystérieuses, enfantines, fragiles, dont on se demandait où elle avait bien pu la dénicher et qui est aussi un endroit où il fait bon retourner, la musique est un beau refuge contre l'imperfection du monde et la déchéance du corps.

Le lendemain à Istanbul je me suis réveillé fringant, comme si de rien n'était, tant l'énergie de la ville et le plaisir de la parcourir effaçaient puissamment les effets de l'alcool ingurgité la veille, pas de maux de tête, pas de nausées, rien qui ne s'envolât d'un coup, Sarah et les souvenirs, nettoyés par le vent du Bosphore.

La petite valse est une drogue puissante : les cordes chaleureuses du violoncelle enveloppent la flûte, il y a quelque chose de fortement érotique dans ce duo d'instruments qui s'enlacent chacun dans son propre thème, sa propre phrase, comme si l'harmonie était une distance calculée, un lien fort et un espace infranchissable à la fois, une rigidité qui nous soude l'un à l'autre en nous empêchant de nous rapprocher tout à fait. Un coït de serpents, je crois que l'image est de Stravinski, mais de quoi parlait-il, certainement pas de valse. Chez Berlioz, dans son *Faust*, dans *Les Troyens* ou *Roméo et Juliette*, l'amour est toujours le dialogue d'un alto et d'une flûte ou d'un hautbois – il y a longtemps que je n'ai pas écouté *Roméo et Juliette*, ses passages saisissants de passion, de violence et de passion.

Il y a des lumières dans la nuit, sous les rideaux ; je pourrais tout aussi bien me remettre à lire, il faut que je me repose, je vais être épuisé demain.

À Graz sans doute avais-je mal dormi aussi, après le dîner en tête à tête, je me sentais un rien déprimé par la perfection de cette fille, sa beauté mais surtout sa facilité à disserter, à commenter, à exposer avec un naturel extraordinaire les connaissances les plus improbables. Étais-je déjà conscient de nos trajectoires si proches, ai-je eu l'intuition de ce qui s'ouvrait par ce dîner, ou me laissai-je guider par mon désir, en lui souhaitant la bonne nuit dans un couloir que je revois parfaitement, murs couverts d'un feutre marron, meubles en bois clair, abat-jours vert foncé, comme je me revois allongé ensuite sur le lit étroit les bras croisés sous la tête, soupirant en regardant le plafond, déçu de ne pas être à ses côtés, de ne pas découvrir son corps après avoir été charmé par son esprit – ma première lettre sera pour elle, me suis-je dit en pensant à mon voyage en Turquie ; j'imaginais une correspondance torride, mélange de lyrisme, de descriptions et d'érudition musicale (mais surtout de lyrisme). Je suppose que je lui avais raconté dans le détail le but de mon séjour stambouliote, la musique européenne à Istanbul du XIXe au XXe siècle, Liszt, Hindemith et Bartók sur le Bosphore, d'Abdülaziz à Atatürk, projet qui m'avait valu une bourse de recherche d'une fondation prestigieuse dont je n'étais pas peu fier et qui allait déboucher sur mon article à propos du frère de Donizetti, Giuseppe, comme introducteur de la musique européenne dans les classes dirigeantes ottomanes – je me demande ce que vaut ce texte aujourd'hui, pas grand-chose sans doute, à part la reconstruction de la biographie de ce singulier personnage presque oublié, qui vécut quarante ans à l'ombre des sultans et fut enterré dans la cathédrale de Beyoglu au son des marches militaires qu'il avait composées pour l'Empire. (La musique militaire est décidément un point d'échange entre l'Est et l'Ouest, aurait dit Sarah : il est extraordinaire que cette musique si mozartienne "retrouve" en quelque sorte son point d'origine, la capitale ottomane, cinquante ans après la *Marche turque*; après tout il est logique que les Turcs aient été séduits par cette transformation de leurs propres rythmes et sonorités, car il y avait – pour emprunter le vocabulaire de Sarah – du soi dans l'autre.)

Je vais essayer de réduire mes pensées au silence, au lieu de m'abandonner au souvenir et à la tristesse de cette petite valse; je vais utiliser une de ces techniques de méditation dont Sarah est familière et qu'elle m'expliquait, en rigolant un peu tout de même, ici à Vienne : essayons de respirer profondément, de laisser glisser les pensées dans un immense blanc, paupières closes, mains sur le ventre, singeons la mort avant qu'elle ne vienne.

23 H 10

Sarah à demi nue dans une chambre au Sarawak, à peine vêtue d'un débardeur et d'un short en coton ; un peu de sueur entre les omoplates et au creux des genoux, un drap repoussé, en bouchon, à la moitié des mollets. Quelques insectes s'accrochent encore à la moustiquaire, attirés par le battement du sang de la dormeuse, malgré le soleil qui perce déjà à travers les arbres. La *long house* s'éveille, les femmes sont dehors, sous le porche, sur la terrasse de bois ; elles préparent le repas ; Sarah perçoit vaguement les bruits d'écuelles, sourds comme des simandres, et les voix étrangères.

Il est sept heures de plus en Malaisie, le jour s'y lève.

J'ai tenu quoi, dix minutes sans presque penser à rien ?

Sarah dans la jungle des Brooke, les rajas blancs du Sarawak, la dynastie de ceux qui voulaient être rois en Orient et le sont devenus, tenant le pays pendant près d'un siècle, parmi les pirates et les coupeurs de têtes.

Le temps a passé.

Depuis le château de Hainfeld, les promenades viennoises, Istanbul, Damas, Téhéran, nous sommes allongés chacun de notre côté séparés par le monde. Mon cœur bat trop vite, je le sens ; je respire trop souvent ; la fièvre peut provoquer cette légère tachycardie, a dit le médecin. Je vais me lever. Ou prendre un livre. Oublier. Ne pas penser à ces saloperies d'examens, à la maladie, à la solitude.

Je pourrais lui écrire une lettre, tiens ; voilà qui m'occuperait – "Très chère Sarah, merci pour l'article, mais j'avoue que son contenu m'inquiète : vas-tu bien ? Que fais-tu au Sarawak ?" Non, trop anodin. "Chère Sarah, il faut que tu saches que je suis mourant." Un peu prématuré. "Chère Sarah, tu me manques", trop direct. "Très chère Sarah, est-ce que les douleurs anciennes ne pourraient pas un jour redevenir joies ?" C'est beau ça, *les douleurs anciennes*. Est-ce que j'avais pompé des poètes, dans mes lettres d'Istanbul ? J'espère qu'elle ne les a pas conservées – un monument à la forfanterie.

La vie est une symphonie de Mahler, elle ne revient jamais en arrière, ne retombe jamais sur ses pieds. Dans ce sentiment du temps qui est la définition de la mélancolie, la conscience de la finitude, pas de refuge, à part l'opium et l'oubli ; la thèse de Sarah peut se lire (j'y pense seulement maintenant) comme un catalogue de mélancoliques, le plus étrange des catalogues d'aventuriers de la mélancolie, de genres et pays différents, Sadegh Hedayat, Annemarie Schwarzenbach, Fernando Pessoa, pour ne citer que ses préférés – qui sont aussi ceux auxquels elle consacre le moins de pages, contrainte qu'elle est par la Science et l'Université à coller à son sujet, aux *Visions de l'autre entre Orient et Occident*. Je me demande si ce qu'elle a cherché, au cours de cette vie scientifique qui recouvre totalement la sienne, sa quête, n'était pas sa propre guérison – vaincre la bile noire par le voyage, d'abord, puis par le savoir, et par la mystique ensuite et sans doute moi aussi, moi aussi, si l'on considère que la musique est le temps raisonné, le temps circonscrit et transformé en sons, si je me débats aujourd'hui dans ces draps, il y a gros à parier que je suis moi aussi atteint de ce Haut Mal que la psychiatrie moderne, dégoûtée de l'art et de la philosophie, appelle *dépression structurelle*, même si les médecins ne s'intéressent, dans mon cas, qu'aux aspects *physiques* de mes maux, sans doute tout à fait réels, mais dont j'aimerais tellement qu'ils soient imaginaires – je vais mourir, je vais mourir, voilà le message que je devrais envoyer à Sarah, respirons, respirons, allumons la lumière, ne nous laissons pas emporter sur cette pente-là. Je vais me débattre.

Où sont mes lunettes ? Cette lampe de chevet est vraiment indigente, il faut absolument que je la change. Combien de soirs l'ai-je allumée puis éteinte en me disant cela ? Quel laisser-aller. Il y a des livres partout. Des objets, des images, des instruments de musique dont je ne saurai jamais jouer. Où sont ces lunettes ? Impossible de remettre la main sur les actes du colloque de Hainfeld où se trouve son texte sur les goules, les djinns et autres monstres à côté de mon intervention sur Farabi. Je ne jette rien, et pourtant je perds tout. Le temps me dépouille. Je me suis rendu compte qu'il manquait deux volumes à mes œuvres complètes de Karl May. Qu'à cela ne tienne, je ne les relirai sans doute jamais, je mourrai sans les avoir relues, c'est atroce de penser cela, qu'un jour on sera trop mort pour relire *Les Déserts et les Harems*. Que mon *Panorama d'Istanbul depuis la tour de Galata* finira chez un antiquaire viennois qui le vendra en expliquant qu'il provient de la collection d'un orientaliste mort récemment. À quoi bon changer la lampe de chevet, du coup ? *Panorama d'Istanbul*… ou ce dessin de David Roberts lithographié par Louis Hague et colorisé soigneusement à la main pour la Souscription royale, représentant l'entrée de la mosquée du sultan Hassan au Caire, il ne faudra pas qu'il la brade, l'antiquaire, j'ai payé cette gravure une fortune. Ce qui est fascinant chez Sarah, c'est qu'elle ne possède rien. Ses livres et ses images sont dans sa tête ; dans sa tête, dans ses innombrables carnets. Moi les objets me rassurent. Surtout les livres et les partitions. Ou m'angoissent. Peut-être m'angoissent-ils autant qu'ils me rassurent. J'imagine tout à fait sa valise pour le Sarawak : sept culottes trois soutiens-gorges autant de tee-shirts, de shorts et de jeans, une foultitude de carnets à moitié remplis et point. Lorsque j'étais parti pour Istanbul la première fois Maman m'avait forcé à emporter du savon, de la lessive, une trousse de secours et un parapluie. Ma malle pesait trente-six kilos ce qui m'avait valu des ennuis à l'aéroport de Schwechat ; il avait fallu que j'en abandonne une partie à Maman, elle avait eu le bon goût de m'accompagner : je lui avais laissé à contrecœur la correspondance de Liszt et les articles de Heine (ils m'ont manqué par la suite), impossible de lui refiler le paquet de lessive, le chausse-pied ou mes chaussures de montagne, elle me disait "mais c'est indispensable, tu ne vas pas partir sans chausse-pied ! En plus ça ne pèse rien", pourquoi pas un tire-botte tant que j'y étais, j'emportais déjà tout un assortiment de cravates et de vestes "au cas où je serais invité chez des gens bien". Pour un peu elle m'aurait contraint à prendre un fer à repasser de voyage, mais j'avais réussi à la convaincre que, s'il était effectivement douteux que l'on trouvât de la bonne lessive autrichienne dans ces terres lointaines, les appareils électroménagers y étaient nombreux, y pullulaient même, étant donné la proximité de la Chine et de ses usines, ce qui ne l'avait que très moyennement rassurée. Cette valise est donc devenue ma croix, trente kilos de croix traînés douloureusement (les roulettes surchargées ont évidemment explosé au premier cahot) de logement en logement dans les rues aux pentes terrifiantes d'Istanbul, de Yeniköy à Taksim, et m'ont valu bien des sarcasmes de mes cothurnes, surtout pour la lessive et la pharmacie. Je voulais donner l'image d'un aventurier, un explorateur, un condottiere, et je n'étais qu'un fils à maman chargé de médicaments contre la diarrhée, de boutons et de fil à coudre *au cas où.* C'est un peu déprimant d'admettre que je n'ai pas changé, que les voyages n'ont pas fait de moi un homme intrépide, courageux et bronzé, mais un pâle monstre à lunettes qui tremble aujourd'hui à l'idée de traverser son quartier pour se rendre au lazaret.

Tiens les reflets de la lampe soulignent la poussière sur le *Panorama d'Istanbul depuis la tour de Galata*, on ne voit presque plus les bateaux, il faudrait que je la nettoie et surtout que je remette la main sur ces foutues lunettes. J'ai acheté cette photochromie dans une boutique derrière Istiqlal Caddesi, beaucoup de la crasse doit provenir d'Istanbul elle-même, saleté d'origine, en compagnie de Bilger l'archéologue – aux dernières nouvelles il est toujours aussi fou et alterne les séjours à l'hôpital avec des périodes d'une exaltation terrifiante où il découvre des tombeaux de Toutankhamon dans les jardins publics de Bonn, avant de retomber, vaincu par les drogues et la dépression, et on se demande dans laquelle de ces phases il est le plus inquiétant. Il faut l'entendre crier en gesticulant qu'il est victime de la malédiction du pharaon et décrire la conspiration scientifique qui l'écarte des postes importants pour se rendre compte à quel point il est atteint. La dernière fois, invité pour une conférence à la Beethovenhaus, j'ai cherché à l'éviter, mais par malchance il n'était pas à la clinique, il se tenait dans le public, au premier rang s'il vous plaît, et a évidemment posé une question interminable et incompréhensible sur une conspiration anti-Beethoven dans la Vienne impériale, où tout se mélangeait, le ressentiment, la paranoïa et la certitude d'être un génie incompris – l'assistance le regardait (à défaut de l'écouter) avec un air absolument consterné et l'organisatrice me lançait des regards terrifiés. Dieu sait pourtant si nous étions proches, autrefois – il était "promis à un grand avenir" et avait même dirigé, par intérim pendant quelques mois, l'antenne du prestigieux Deutsches Archäologisches Institut à Damas.

Il gagnait beaucoup d'argent, arpentait la Syrie dans un 4×4 blanc impressionnant, passait de chantiers de fouilles internationaux à la prospection de sites hellénistiques inviolés, déjeunait avec le directeur des Antiquités nationales syriennes et fréquentait de nombreux diplomates de haut rang. Nous l'avions accompagné, une fois, sur l'Euphrate, dans une visite d'inspection au milieu du désert derrière l'atroce ville de Raqqa, et c'était merveille de voir tous ces Européens suer sang et eau au milieu des sables pour diriger des commandos d'ouvriers syriens, véritables artistes de la pelle, et leur indiquer où et comment ils devaient creuser le sable pour en faire renaître les vestiges du passé. Dès l'aube glacée, pour éviter la chaleur de la mi-journée, des indigènes en keffiehs grattaient la terre sous les ordres de savants français, allemands, espagnols ou italiens dont beaucoup n'avaient pas trente ans et venaient, gratuitement le plus souvent, profiter d'une expérience de terrain sur un des tells du désert syrien. Chaque nation avait ses sites, tout au long du fleuve et jusque dans les terres mornes de Jéziré aux confins de l'Irak : les Allemands Tell Halaf et Tell Bi'a, qui recouvrait une cité mésopotamienne répondant au doux nom de Tuttul ; les Français Doura Europos et Mari ; les Espagnols Halabiya et Tell Haloula et ainsi de suite, ils se battaient pour les concessions syriennes comme des compagnies pétrolières pour des champs pétrolifères, et étaient aussi peu enclins à partager leurs cailloux que des enfants leurs billes, sauf quand il fallait profiter de l'argent de Bruxelles et donc s'allier, car tous se mettaient d'accord quand il s'agissait de gratter, non plus la terre, mais les coffres de la Commission européenne. Bilger était dans ce milieu comme un poisson dans l'eau ; il nous semblait être le Sargon de ces foules besogneuses ; il commentait les chantiers, les trouvailles, les plans ; il appelait les ouvriers par leurs petits noms, Abou Hassan, Abou Mohammed :

ces terrassiers "locaux" gagnaient une misère, mais une misère bien supérieure à ce qu'un chantier de construction du cru leur aurait rapporté, sans compter le divertissement de travailler pour ces Francs en sahariennes et foulards couleur crème. C'était le gros avantage des campagnes de fouilles "orientales" : là où en Europe ils étaient contraints par leurs budgets à creuser eux-mêmes, les archéologues en Syrie, à l'image de leurs glorieux prédécesseurs, pouvaient déléguer les basses besognes. Comme disait Bilger, citant *Le Bon, la brute et le truand* : "Le monde se divise en deux catégories : ceux qui ont un revolver, et ceux qui creusent." Les archéologues européens avaient donc acquis un vocabulaire arabe tout à fait particulier et technique : creuser ici, dégager là, à la pelle, à la pioche, à la petite pioche, à la truelle – le pinceau était l'apanage des Occidentaux. Creuser *doucement*, dégager *vite*, et il n'était pas rare d'assister au dialogue suivant :

— Descendre ici un mètre.

— Oui chef. À la pelle de chantier ?

— Euh, grosse pelle... Grosse pelle non. *Plutôt* pioche.

— À la grosse pioche ?

— Grosse pioche non. Petite pioche.

— Donc on creuse un mètre à la petite pioche ?

— *Na'am na'am.* Chouïa chouïa, *hein, n'allez pas me défoncer toute la muraille pour terminer plus vite*, OK ?

— D'accord chef.

Dans ces circonstances, il y avait bien évidemment des malentendus qui donnaient lieu à des pertes irréparables pour la science : nombre de murs et de stylobates sont tombés victimes de l'alliance perverse de la linguistique et du capitalisme, mais dans l'ensemble les archéologues étaient contents de leur personnel, qu'ils formaient, pour ainsi dire, saison après saison : certains étaient terrassiers archéologiques de père en fils depuis plusieurs générations, avaient connu les grands ancêtres de l'archéologie orientale et figuraient sur les photos de fouilles depuis les années 1930. Il est étrange de se demander, d'ailleurs, quelle pouvait être leur relation à ce passé qu'ils contribuaient à restituer ; bien évidemment Sarah avait posé la question :

— Je suis curieuse de savoir ce que représentent ces excavations, pour ces ouvriers. Est-ce qu'ils ont la sensation qu'on les dépouille de leur histoire, que l'Européen leur vole, une fois de plus, quelque chose ?

Bilger avait une théorie, il soutenait que pour ces terrassiers tout ce qui est antérieur à l'Islam ne leur appartient pas, est d'un autre ordre, d'un autre monde, qu'ils relèguent dans le *qadim jiddan*, le "très ancien" ; Bilger affirmait que pour un Syrien, l'histoire du Monde se divise en trois périodes : *jadid*, récent ; *qadim*, ancien ; *qadim jiddan*, très ancien, sans que l'on sache très bien si ce n'était pas, tout simplement, son propre niveau d'arabe qui était la cause d'une telle simplification : quand bien même ses ouvriers l'auraient-ils entretenu de la succession des dynasties mésopotamiennes, ils auraient été obligés de s'en remettre, à défaut d'une langue commune et pour qu'il comprenne, au *qadim jiddan*.

L'Europe a sapé l'Antiquité sous les Syriens, les Irakiens, les Égyptiens ; nos glorieuses nations se sont approprié l'universel par leur monopole de la science et de l'archéologie, dépossédant avec ce pillage les populations colonisées d'un passé qui, du coup, est facilement vécu comme allogène : les démolisseurs écervelés islamistes manient d'autant plus facilement la pelleteuse dans les cités antiques qu'ils allient leur profonde bêtise inculte au sentiment plus ou moins diffus que ce patrimoine est une étrange émanation rétroactive de la puissance étrangère.

Raqqa est aujourd'hui une des villes administrées directement par l'État islamique d'Irak et de Syrie, ce qui ne doit pas la rendre beaucoup plus accueillante, les égorgeurs barbus s'en donnent à cœur joie, tranchent des carotides par-ci, des mains par-là, brûlent des églises et violent des infidèles à loisir, des mœurs *qadim jiddan*, la démence semble avoir pris la région, peut-être tout aussi incurable que celle de Bilger.

Je me suis souvent interrogé sur les signes avant-coureurs de la folie de Bilger et, contrairement à la folie de la Syrie elle-même, à part son extraordinaire énergie, son entregent et sa mégalomanie, j'en vois peu, ce qui est peut-être déjà beaucoup. Il semblait tout à fait équilibré et responsable ; lors de notre rencontre à Istanbul, avant son départ pour Damas, il était passionné et efficace – c'est lui qui m'avait présenté Faugier : il cherchait un colocataire, alors que je parcourais en vain toutes les institutions germanophones afin de trouver un logement pour les deux mois qui me restaient à passer sur le Bosphore, ayant épuisé la gentillesse du Kulturforum au palais de Yeniköy, magnifique siège de l'ambassade puis du consulat général d'Autriche, tout là-haut après Roumeli Hisar, à deux pas de la maison de Büyükdere où était logé mon éminent compatriote von Hammer-Purgstall. Ce palais était un endroit sublime qui avait pour seul inconvénient d'être, dans cette ville rongée par les embouteillages, extraordinairement difficile d'accès : ma valise et moi étions donc bien heureux de trouver une chambre à louer dans l'appartement d'un jeune chercheur français, scientifique social, qui s'intéressait à la prostitution à la fin de l'Empire ottoman et au début de la République turque, sujet que j'ai évidemment caché à Maman, de peur qu'elle ne m'imagine habitant dans un bordel. Un appartement central, qui me rapprochait de mes recherches musicales et de l'ex-Société chorale italienne dont le siège se trouvait à quelques centaines de mètres. Faugier s'intéressait certes à la prostitution, mais à Istanbul il était "en exil" :

son véritable terrain, c'était l'Iran, et il avait été recueilli par l'Institut français d'études anatoliennes en attendant d'obtenir un visa pour se rendre à Téhéran, où je le retrouverais d'ailleurs des années plus tard : il n'y a pas de hasard dans le monde des études orientales, aurait dit Sarah. Il faisait profiter son institut d'adoption de ses compétences et préparait un article sur "La régulation de la prostitution à Istanbul au début de la République", dont il me parlait jour et nuit – c'était un étrange érotomane ; un voyou parisien, plutôt élégant, de bonne famille mais affublé d'un horrible franc-parler, qui n'avait rien à voir avec la subtile ironie de Bilger. Comment et pourquoi espérait-il obtenir un visa pour l'Iran, c'était un mystère pour tout le monde ; quand on lui posait la question, il se contentait d'un "ah ah ah, Téhéran est une ville très intéressante, pour les bas-fonds, il y a de tout là-bas", sans vouloir comprendre que notre étonnement provenait non pas des ressources de la ville quant à une telle recherche, mais de la sympathie que pouvait accorder la République islamique à cette branche plutôt olé olé de la science. (Mon Dieu je pense comme ma mère, *olé olé*, personne n'utilise plus cette expression depuis 1975, c'est Sarah qui a raison, je suis prude et vieux jeu, indécrottable, il n'y a rien à faire.) Contrairement à ce qu'on aurait pu imaginer, il était extraordinairement respecté dans son domaine et écrivait de temps en temps des chroniques dans les grands journaux français – c'est amusant qu'il s'invite dans mes rêves, *spécialiste du coït arabe*, ça ne lui aurait pas déplu, même si, que je sache, il n'a aucune relation avec le Monde arabe, uniquement avec la Turquie et l'Iran, mais allez savoir. Nos rêves sont peut-être plus savants que nous.

Ce fou de Bilger riait beaucoup de m'avoir "mis en ménage" avec un tel individu. À l'époque il profitait d'une de ses innombrables bourses, se liait d'amitié avec tous les

Prominenten possibles et imaginables – il m'avait même utilisé pour s'introduire auprès des Autrichiens, et était devenu très vite bien plus proche que moi de nos diplomates.

Je correspondais régulièrement avec Sarah, cartes postales de Sainte-Sophie, vues de la Corne d'Or : comme disait Grillparzer dans son journal de voyage, "le monde entier n'offre peut-être rien de comparable". Il décrit, subjugué, cette succession de monuments, de palais, de villages, la puissance de ce site qui me frappait moi aussi en plein et me remplissait d'énergie, tant cette ville est ouverte, une plaie marine, une faille où la beauté s'engouffre ; se promener dans Istanbul était, quel que soit le but de l'expédition, un déchirement de beauté dans la frontière – que l'on voie Constantinople comme la ville la plus à l'est de l'Europe ou la plus à l'ouest de l'Asie, comme une fin ou un commencement, comme une passerelle ou une lisière, cette mixité est fracturée par la nature, et le lieu y pèse sur l'histoire comme l'histoire elle-même sur les hommes. Pour moi, c'était la limite de la musique européenne, la destination la plus orientale de l'infatigable Liszt, qui en avait fabriqué les contours ; pour Sarah c'était le début du territoire où s'étaient égarés ses voyageurs, dans un sens comme dans l'autre.

Il était extraordinaire, en arpentant les pages du *Journal de Constantinople – Écho de l'Orient* à la bibliothèque, de se rendre compte à quel point la ville avait de tout temps attiré (grâce, entre autres, aux largesses d'un sultan pourtant, dans la seconde moitié du XIXe siècle, largement ruiné) tout ce que l'Europe comptait de peintres, de musiciens, d'hommes de lettres et d'aventuriers – découvrir que, depuis Michel-Ange et Vinci, tous avaient rêvé du Bosphore était absolument merveilleux. Ce qui m'intéressait à Istanbul, pour reprendre les termes de Sarah, c'était une variation du "soi", les visites et voyages des Européens dans la capitale ottomane, plus que réellement l'"altérité" turque ; à part le personnel local des différents instituts et quelques amis de Faugier ou de Bilger, je n'en fréquentais pas : une fois de plus la langue était un obstacle insurmontable, et malheureusement j'étais bien loin d'être comme Hammer-Purgstall qui pouvait, dit-il, "traduire du turc ou de l'arabe en français, en anglais ou en italien, et parler le turc aussi bien que l'allemand" ; peut-être me manquait-il de jolies Grecques ou Arméniennes avec qui, comme lui, me promener chaque après-midi au bord du Détroit pour pratiquer la langue. Sarah gardait à ce propos un souvenir horrifié de son premier cours d'arabe à Paris : une sommité, un orientaliste de renom, Gilbert Delanoue, avait asséné, du haut de sa chaire, la vérité suivante : "Pour bien savoir l'arabe, il faut vingt ans. Cette durée peut être ramenée à la moitié avec l'aide d'un bon dictionnaire en peau de fesses." "Un bon dictionnaire en peau de fesses", voilà ce que semblait avoir Hammer, et même plusieurs ; il ne cache pas que ce qu'il sait de grec moderne, il le doit aux jeunes filles de Constantinople à qui il contait fleurette au bord de l'eau. C'était ainsi que j'imaginais la "méthode Faugier" ; il parlait le persan et le turc couramment, un turc des bas-fonds et un vrai persan de bazar, appris dans les bordels d'Istanbul et les parcs de Téhéran, sur le tas. Sa mémoire auditive était prodigieuse ; il était capable de se rappeler et de réutiliser des conversations entières, mais il manquait curieusement d'oreille : toutes les langues, dans sa bouche, ressemblaient à un obscur dialecte parisien, à tel point qu'on pouvait se demander s'il ne le faisait pas exprès, persuadé de la supériorité de l'accent français sur la phonétique indigène. Les Stambouliotes ou les Téhéranais, peut-être parce qu'ils n'avaient jamais eu la chance d'entendre Jean-Paul Belmondo baragouiner leur idiome, étaient envoûtés par l'étrange mélange de raffinement et de vulgarité qui naissait de cette monstrueuse association, celle de leurs pires endroits de perdition et d'un savant européen à l'élégance de diplomate. Il était d'une grossièreté constante dans toutes les langues, même en anglais. La vérité, c'était que j'étais terriblement jaloux de sa prestance, de son savoir, de son franc-parler comme de sa connaissance de la ville – peut-être aussi de son succès auprès des femmes. Non, *surtout* de son succès auprès des femmes : dans ce cinquième étage perdu au fond d'une ruelle de Cihangir que nous partagions, dont la vue ressemblait à celle du *Panorama*, il y avait très souvent des soirées, organisées par lui, où accouraient grand nombre de jeunes personnes tout à fait désirables ; j'ai même dansé (quelle honte) un soir, sur un tube de Sezen Aksu ou d'Ibrahim Tatlıses, je ne sais plus, en compagnie d'une jolie Turque (cheveux mi-longs, pull moulant en coton rouge vif assorti au rouge à lèvres, maquillage bleu autour d'yeux de houri) qui s'était ensuite assise à côté de moi sur le canapé, nous discutions en anglais ; autour de nous, d'autres danseurs, des bières à la main ; derrière elle s'étalaient les lumières de la rive asiatique du Bosphore jusqu'à la gare de Haydar Pasha ; elles encadraient son visage aux pommettes saillantes. Les questions étaient banales, que fais-tu dans la vie, que fais-tu à Istanbul, et comme d'habitude j'étais dans l'embarras :

— I'm interested in the history of music.

— Are you a musician ?

(Embarras) — No. I... I study musicology. I'm a... a musicologist.

(Étonnement, intérêt) — How great, which instrument do you play ?

(Vif embarras) — I... I don't play any instrument. I just study. I listen and write, if you prefer.

(Déception, étonnement désappointé) — You don't play ? But you can read music ?

(Soulagement) — Yes, of course, that's part of my job.
(Surprise, suspicion) — You read, but you don't play?
(Mensonge éhonté) — Actually I can play several instruments, but poorly.

Ensuite je me lançai dans une longue explication de mes recherches, après un détour pédagogique par les arts plastiques (tous les historiens et critiques d'art ne sont pas peintres). Il m'a fallu admettre que je ne m'intéressais pas trop à la musique "moderne" (enfin, scientifiquement parlant, j'avais dû mentir et m'inventer une passion pour la pop turque, tel que je me connais) au profit de la musique du XIXe siècle, occidentale et orientale ; le nom de Franz Liszt lui était familier, celui de Haci Emin Effendi ne lui disait absolument rien, sans doute parce que je le prononçais affreusement. J'avais dû faire le malin en lui parlant de mon enquête (que je trouvais passionnante, haletante, même) à propos du piano de Liszt, ce fameux piano "à queue, grand modèle *la*, *mi*, *la*, à sept octaves et trois cordes, mécanique à double échappement Érard, avec tous les perfectionnements, en acajou, etc." sur lequel il avait joué devant le sultan en 1847.

Entretemps les autres convives s'étaient assis à leur tour, avaient repris des bières et Faugier, alors qu'il avait jusqu'ici prêté plutôt attention à une autre, a jeté son dévolu sur la jeune femme à qui je racontais péniblement, en anglais (ce qui est toujours laborieux, comment dit-on acajou, par exemple, *Mahagoni* comme en allemand ?), mes grandes petites affaires : en un clin d'œil et en turc, il l'a fait rire aux éclats, à mes dépens je suppose ; puis, toujours dans la même langue, ils ont parlé musique, enfin je crois, je comprenais Guns N' Roses, Pixies, Nirvana, puis ils sont partis danser ; j'ai contemplé un long moment le Bosphore qui brillait à la fenêtre, et le cul de la fille turque qui ondulait presque sous mes yeux, alors qu'elle se déhanchait face à ce bellâtre content de lui de Faugier – il vaut mieux en rire, mais j'avais été plutôt vexé, à l'époque.

Bien évidemment j'ignorais la réalité de la faille, de la fêlure de Faugier qui allait devenir faille – il a fallu attendre Téhéran des années plus tard pour que je découvre ce qui se cachait derrière cette façade de séducteur, la tristesse et la sombre folie solitaire de cet arpenteur de bas-fonds.

C'est bien sûr à Faugier que je dois d'avoir fumé ma première pipe d'opium – passion et technique qu'il avait rapportées de son premier séjour en Iran. Fumer de l'opium à Istanbul me paraissait d'un autre âge, une lubie d'orientaliste, et précisément pour cette raison, moi qui n'ai jamais touché à aucune drogue illégale ni eu aucun vice, je me laissai tenter par la thébaïque : très ému, effrayé même, mais d'une peur de jouissance, celle des enfants face à l'interdit, pas celle des adultes devant la mort. L'opium était, dans notre imaginaire, tellement associé à l'Extrême-Orient, à des chromos de Chinois allongés dans des fumeries qu'on en oubliait presque qu'il était originaire de Turquie et d'Inde et qu'on l'avait fumé de Thèbes à Téhéran en passant par Damas, ce qui, dans mon esprit, aidait aussi à éloigner l'appréhension : fumer à Istanbul ou à Téhéran c'était retrouver un peu l'esprit du lieu, participer d'une tradition que nous connaissions mal et remettre au jour une réalité locale que les clichés coloniaux avaient déplacée ailleurs. L'opium est encore traditionnel en Iran, où les *teriyaki* se comptent par milliers ; on voit des grands-pères amaigris, vindicatifs et gesticulants, fous, jusqu'à ce qu'ils fument leur première pipe ou dissolvent dans leur thé un peu du résidu brûlé la veille et redeviennent doux et sages, enveloppés dans leur épais manteau, à se réchauffer auprès d'un brasero dont ils utiliseront les charbons pour allumer leur *bâfour* et soulager leur âme et leurs vieux os. Faugier me racontait tout cela, pendant les semaines qui précédaient mon initiation, qui allait me rapprocher de Théophile Gautier, de Baudelaire, et même du pauvre Heinrich Heine, qui trouva dans le laudanum et surtout dans la morphine un remède à ses maux, une consolation dans son interminable agonie. Faugier avait utilisé ses contacts parmi les tenanciers de bordels et les gardiens de boîtes de nuit pour obtenir quelques rondelles de cette résine noire qui laissait sur les doigts une odeur très particulière, un parfum inconnu qui rappelait l'encens, mais comme caramélisé, sucré et bizarrement amer à la fois – un goût qui vous hante longtemps, qui revient par moments dans les sinus et dans l'arrière-gorge, au hasard des jours ; si je le convoque maintenant, ce goût, je le retrouve en avalant ma salive, en fermant les yeux, comme je suppose qu'un fumeur doit pouvoir le faire avec l'horrible relent de goudron brûlé du tabac, bien différent, car contrairement à ce que je croyais avant d'en faire l'expérience, l'opium ne brûle pas, mais bout, fond et dégage une vapeur épaisse au contact de la chaleur. C'est sans doute la complexité de la préparation qui préserve les foules européennes de devenir des *teriyaki* à l'iranienne ; fumer de l'opium est un savoir-faire traditionnel, un *art*, disent certains, qui est bien plus lent et complexe que l'injection – d'ailleurs dans *Rohstoff*, son roman autobiographique, Jörg Fauser, le Burroughs allemand, décrit les hippies des années 1970 à Istanbul, occupés toute la sainte journée à s'injecter, sur les lits crasseux des innombrables pensions de Küçükayasofia Caddesi, de l'opium brut qu'ils dissolvaient à la va-vite dans tous les liquides possibles, incapables de le fumer efficacement.

Dans notre cas, la préparation était *à l'iranienne*, selon Faugier ; j'ai pu vérifier par la suite, en comparant ses gestes à ceux des Iraniens, à quel point il maîtrisait le rituel, ce qui était assez mystérieux : il ne semblait pas opiomane, ou du moins n'avait aucun des symptômes que l'on associe communément aux drogués, lenteur, maigreur, irascibilité, difficultés de concentration et pourtant il était passé maître dans la préparation des pipes, selon la qualité de la substance qu'il avait sous la main, opium brut ou fermenté, et le matériel dont il disposait, dans notre cas un *bâfour* iranien, dont la grosse tête en terre cuite réchauffait doucement dans un petit brasero ; les rideaux soigneusement tirés, comme à présent mes lourds rideaux en tissu d'Alep, rouge et or, aux motifs orientaux épuisés par des années de pauvre lumière viennoise – à Istanbul il fallait se résoudre à cacher le Détroit de nos stores pour ne pas être vus des voisins, mais les risques étaient limités ; à Téhéran on risquait bien plus gros : le régime avait déclaré la guerre contre la drogue, les Gardiens de la Révolution affrontaient dans de véritables batailles rangées les contrebandiers à l'est du pays et pour ceux qui auraient douté de la réalité de ce combat, l'avant-veille de Now-Rouz, le Nouvel An iranien, en 2001, alors que je venais d'arriver, les juges de la République islamique ont organisé un spectacle d'une cruauté extraordinaire, et diffusé les images à travers la planète entière : l'exécution publique de cinq trafiquants dont une jeune femme de trente ans, pendus à des camions-grues, les yeux bandés, doucement soulevés dans les airs, la corde au cou, les jambes battant jusqu'à ce que mort s'ensuive et que leurs pauvres corps pendouillent au bout des bras télescopiques ; la fille s'appelait Fariba, elle était vêtue d'un tchador noir ; son vêtement gonflé par la brise faisait d'elle un oiseau terrifiant, un corbeau malheureux qui maudissait les spectateurs de ses ailes et on avait plaisir à imaginer que la foule de brutes (des hommes, des femmes, des enfants) qui criait des slogans en regardant s'élever ces pauvres diables vers la mort allait être frappée par sa malédiction et connaître les souffrances les plus atroces. Ces images m'ont hanté longtemps : elles avaient au moins le mérite de nous rappeler que, malgré tous les charmes de l'Iran, nous nous trouvions dans un pays maudit, territoire de la douleur et de la mort, où tout, jusqu'aux coquelicots, fleurs du martyre, était rouge de sang. On s'empressait d'essayer d'oublier tout cela dans la musique et la poésie, parce qu'il faut bien vivre, comme les Iraniens qui sont passés maîtres dans l'art de l'oubli – les jeunes fumaient de l'opium qu'ils mélangeaient avec du tabac, ou prenaient de l'héroïne; les drogues étaient extraordinairement bon marché, même en monnaie locale : malgré les efforts des mollahs et les exécutions spectaculaires, le désœuvrement de la jeunesse était tel que rien ne pouvait les empêcher de chercher la consolation dans la drogue, la fête et la fornication, comme le dit Sarah dans l'introduction de sa thèse.

Faugier examinait tout ce désespoir en spécialiste, en entomologiste de l'accablement, se livrant lui aussi aux excès les plus formidables, dans une sorte de contagion de son objet d'étude, rongé par une tristesse galopante, une tuberculose de l'âme qu'il soignait, comme le professeur Laennec ses poumons, par des quantités formidables de stupéfiants.

Ma première pipe d'opium me rapprochait de Novalis, de Berlioz, de Nietzsche, de Trakl – j'entrais dans le cercle fermé de ceux qui avaient goûté au fabuleux nectar que servit Hélène à Télémaque, pour qu'il oublie un moment sa tristesse : "Alors Hélène, fille de Zeus, eut une autre pensée, et, aussitôt, elle versa dans le vin qu'ils buvaient un baume, le népenthès, qui donne l'oubli des maux. Celui qui aurait bu ce mélange ne pourrait plus répandre des larmes de tout un jour, même si sa mère et son père étaient morts, même si on tuait devant lui par l'airain son frère ou son fils bien-aimé, et s'il le voyait de ses yeux. Et la fille de Zeus possédait cette liqueur excellente que lui avait donnée Polydamna, femme de Thôs, en Égypte, terre fertile qui produit beaucoup de baumes, les uns salutaires et les autres mortels. Là tous les médecins sont les plus habiles d'entre les hommes, ils sont de la race de Paièôn", et il est bien vrai que l'opium chassait tout chagrin, toute peine, morale ou physique et guérissait, temporairement, les maux les plus secrets, jusqu'au sentiment même du temps : l'opium induit un flottement, ouvre une parenthèse dans la conscience, parenthèse intérieure où l'on a l'impression de toucher à l'éternité, d'avoir vaincu la finitude de l'être et la mélancolie. Télémaque profite de deux ivresses, celle que lui provoque la contemplation du visage d'Hélène, et la puissance du népenthès et moi-même, une fois, en Iran, en fumant seul avec Sarah, alors qu'elle n'avait aucune passion pour les drogues douces ou dures, j'ai eu la chance d'être caressé par sa beauté lorsque la fumée grise vidait mon esprit de tout désir de possession, de toute angoisse, de toute solitude : je la voyais réellement, et elle resplendissait de lune – l'opium ne déréglait pas les sens, il les rendait objectifs; il faisait disparaître le sujet, et ce n'est pas la moindre des contradictions de ce stupéfiant mystique que de, tout en exacerbant la conscience et les sensations, nous tirer de nous-mêmes et nous projeter dans le grand calme de l'universel.

Faugier m'avait prévenu qu'un des nombreux alcaloïdes qui composent l'opium possède un pouvoir vomitif, et que les premières expériences opiacées peuvent s'accompagner de violentes nausées, ce qui ne fut pas mon cas – le seul effet secondaire, à part d'étranges rêves érotiques dans des harems de légende, fut une saine constipation : autre avantage du pavot pour le voyageur, toujours sujet à des dérèglements intestinaux plus ou moins chroniques et qui comptent, avec les vers et autres amibes, parmi les compagnons de route de ceux qui parcourent l'Orient éternel, même s'ils en font rarement état dans leurs souvenirs.

Pourquoi l'opium a-t-il aujourd'hui disparu de la pharmacopée européenne, je l'ignore; j'ai bien fait rire mon médecin quand je lui ai demandé de m'en prescrire – il sait pourtant que je suis un malade sérieux, un bon patient, et que je n'en abuserais pas, si tant est que l'on puisse (et c'est le danger, bien évidemment) ne pas abuser de cette panacée, mais Faugier m'assurait, pour dissiper mes dernières craintes, qu'on ne développait pas de dépendance en fumant une ou deux pipes par semaine. Je revois ses gestes, alors qu'il préparait le *bâfour*, dont le fourneau de terre cuite avait été chauffé au milieu des braises ; il découpait la pâte noire et durcie en petits morceaux qu'il ramollissait en les approchant de la chaleur du foyer, avant de se saisir de la pipe tiède – le bois ciré cerclé de laiton rappelait un peu une douçaine ou une bombarde sans anche ni trous, mais pourvue d'un bec doré que Faugier embouchait ; puis il prenait délicatement un des charbons brûlants à l'aide d'une pince et l'appuyait contre la partie supérieure du foyer ; l'air qu'il aspirait rougissait la braise, son visage se couvrait de reflets couleur bronze ; il fermait les yeux, l'opium fondait en produisant un infime grésillement et il recrachait, quelques secondes plus tard, un léger nuage, le trop-plein que ses poumons n'avaient pas réussi à conserver, un souffle de plaisir ; c'était un flûtiste antique jouant dans la pénombre, et le parfum de l'opium brûlé (épicé, âpre et sucré) emplissait le soir.

J'ai le cœur battant en attendant mon tour ; je me demande quel effet va produire le latex noir ; j'ai peur, je n'ai jamais fumé, à part un joint d'herbe au lycée ; je me demande si je ne vais pas tousser, vomir, m'évanouir. Faugier profère une de ses horribles phrases, “bordel à queues, c'est pas dégueu”, il me tend la pipe sans la lâcher, je la soutiens de la main gauche et je me penche, l'embout de métal est tiède, je découvre le goût de l'opium, d'abord lointain, puis, quand j'aspire alors que Faugier rapproche du fourneau un charbon incandescent dont je perçois la chaleur contre ma joue, soudain puissant, plus puissant, si puissant que je n'en sens plus mes poumons – je suis surpris par la douceur presque aqueuse de cette fumée, surpris par la facilité avec laquelle elle s'avale, même si, à ma grande honte, je ne ressens rien d'autre que la disparition de mon appareil respiratoire, une grisaille de l'intérieur, on m'a noirci la poitrine au crayon à papier. Je souffle. Faugier m'observe, il a un sourire figé sur le visage, il s'inquiète – Alors ? Je prends une moue inspirée, j'attends, j'écoute. Je m'écoute, je cherche en moi des rythmes et des accents nouveaux, j'essaye de suivre ma propre transformation, je suis très attentif, je suis tenté de fermer les yeux, je suis tenté de sourire, je souris, je pourrais même rire, mais je suis heureux de sourire car je sens Istanbul autour de moi, je l'entends sans la voir, c'est un bonheur très simple, très complet qui s'installe, ici et maintenant, sans rien attendre d'autre qu'une perfection absolue de l'instant suspendu, dilaté, et je suppose, à cet instant, que l'effet est là.

J'observe Faugier gratter avec une aiguille le résidu d'opium.

Le brasero devient gris ; petit à petit les charbons refroidissent et se couvrent de cendres ; bientôt il faudra souffler dessus pour les débarrasser de cette peau morte et retrouver, s'il n'est pas trop tard, la flamme qui reste en eux. J'écoute un instrument de musique imaginaire, un souvenir de ma journée ; c'est le piano de Liszt ; il joue devant le sultan. Si j'osais, je demanderais à Faugier : d'après toi, qu'est-ce que Liszt a bien pu jouer au palais de Çiragan, en 1847, devant la cour et tous les étrangers importants que comptait la capitale ottomane ? Est-ce que le sultan Abdülmecit était aussi mélomane que le sera son frère Abdülaziz, premier wagnérien d'Orient ? Des *Mélodies hongroises*, très certainement, et très certainement aussi le *Grand galop chromatique* qu'il a joué si souvent dans l'Europe entière et jusqu'en Russie. Peut-être, comme ailleurs, des *Improvisations sur un thème local mêlé aux Mélodies hongroises*. Est-ce que Liszt a pris de l'opium ? Berlioz en tout cas, oui.

Faugier modèle une nouvelle boulette de pâte noire dans le fourneau de la pipe.

J'entends paisiblement cette mélodie lointaine, je regarde, de haut, tous ces hommes, toutes ces âmes qui se promènent encore autour de nous : qui a été Liszt, qui a été Berlioz, qui a été Wagner et tous ceux qu'ils ont connus, Musset, Lamartine, Nerval, un immense réseau de textes, de notes et d'images, net, précis, un chemin visible de moi seul qui relie le vieux von Hammer-Purgstall à tout un monde de voyageurs, de musiciens, de poètes, qui relie Beethoven à Balzac, à James Morier, à Hofmannsthal, à Strauss, à Mahler et aux douces fumées d'Istanbul et de Téhéran, est-il possible que l'opium m'accompagne encore après toutes ces années, qu'on puisse convoquer ses effets comme Dieu dans la prière – rêvais-je de Sarah dans le pavot, longuement, comme ce soir, un long et profond désir, un désir parfait, car il ne nécessite aucune satisfaction, aucun achèvement ; un désir éternel, une interminable érection sans but, voilà ce que provoque l'opium.

Il nous guide dans les ténèbres.

Franz Liszt le beau gosse parvient à Constantinople en provenance de Jassi, ville des sanglants pogroms, *via* Galatz sur la mer Noire à la fin du mois de mai 1847. Il arrive d'une longue tournée, Lemberg, Czernowitz, Odessa, tout ce que l'Est de l'Europe compte de salles, grandes ou petites, et de notables, grands ou petits. C'est une étoile, un monstre, un génie ; il fait pleurer les hommes, s'évanouir les femmes et on peine à croire, aujourd'hui, ce qu'il raconte de son succès : cinq cents étudiants l'accompagnent, à cheval, jusqu'au premier relais de poste lorsqu'il quitte Berlin ; une foule de jeunes filles l'arrose de pétales de fleurs à son départ d'Ukraine. Il n'y a pas d'artiste qui connaisse aussi bien l'Europe, jusque dans ses frontières les plus reculées, ouest ou est, de Brest à Kiev. Partout il déclenche des rumeurs, des bruits qui le précèdent dans la ville suivante : il a été arrêté, il s'est marié, est tombé malade ; partout on l'attend et, le plus extraordinaire, c'est que partout il arrive, annoncé par l'apparition de son piano Érard, au moins aussi infatigable que lui, que le fabricant parisien fait dépêcher en bateau ou en voiture, dès qu'il sait la destination de son meilleur représentant ; le *Journal de Constantinople* publie donc, le 11 mai 1847, une lettre reçue de Paris, du facteur Sébastien Pierre Érard lui-même, qui annonce l'arrivée imminente d'un piano grand modèle, en acajou, avec tous les perfectionnements possibles, envoyé de Marseille le 5 avril. Liszt va donc venir ! Liszt vient ! J'ai beau chercher, je ne découvre que peu de détails sur son séjour à Istanbul, à part peut-être le nom de celle qui devait l'y accompagner :

> Et cette pauvre Mariette Duplessis qui est morte… C'est la première femme dont j'ai été amoureux, qui se trouve dans je ne sais quel cimetière, livrée aux vers du sépulcre ! Elle me le disait bien il y a quinze mois : "Je ne vivrai pas ; je suis une singulière fille et je ne pourrai y tenir à cette vie que je ne sais pas mener et que je ne pourrai pas non plus supporter. Prends-moi, emmène-moi où tu voudras ; je ne te gênerai pas, je dors toute la journée, le soir tu me laisseras aller au spectacle et la nuit tu feras de moi ce que tu voudras." Je lui avais dit que je l'emmènerais à Constantinople, car c'était là le seul voyage sensément possible que je pouvais lui faire faire. Maintenant la voilà morte…

Sarah trouvait cette phrase extraordinaire, "Prends-moi, emmène-moi où tu voudras ; je ne te gênerai pas, je dors toute la journée, le soir tu me laisseras aller au spectacle et la nuit tu feras de moi ce que tu voudras", une déclaration d'une beauté et d'un désespoir absolus, une totale nudité – contrairement à Liszt je sais dans quel cimetière elle est enterrée, le cimetière de Montmartre, que Sarah m'a fait découvrir. Le destin du modèle n'a rien à envier à celui de la Dame aux camélias, le fils Dumas a même, si l'on en juge par cette phrase, un peu terni son personnage : l'adaptation de Verdi de la vie de Marie Duplessis est quant à elle certes *musicale*, mais un peu outrée dans le drame. *La Traviata* fut créée à Venise en 1853, les choses allaient vite à l'époque ; sept ans après sa mort, la petite courtisane Marie Duplessis *alias* Marguerite Gautier *alias* Violetta Valéry est célèbre, avec Dumas fils et Verdi, dans l'Europe entière. Liszt confie tristement :

> Si par hasard je m'étais trouvé à Paris lors de la maladie de la Duplessis, j'aurais tâché de la sauver à tout prix car c'était vraiment une ravissante nature, et que l'habitude de ce qu'on nomme (et de ce qui est peut-être) corrupteur n'atteignit jamais au cœur. Croiriez-vous que je m'étais pris pour elle d'un attachement sombre et élégiaque, lequel, bien à mon insu, m'avait remis en veine de poésie et de musique. C'est la dernière et la seule secousse que j'aie éprouvée depuis des années. Il faut renoncer à expliquer ces contradictions, et le cœur humain est une étrange chose !

Le cœur humain est certes une étrange chose, ce cœur d'artichaut de Franz Liszt n'a cessé de tomber amoureux, même de Dieu – dans ces réminiscences d'opium, alors que j'entends rouler comme les tambours du supplice les virtuosités de Liszt qui m'occupaient tant à Constantinople, m'apparaît aussi une *singulière fille*, là-bas dans son Sarawak, même si Sarah n'a rien à voir avec la Duplessis ni avec Harriet Smithson ("Voyez-vous cette grosse Anglaise assise à l'avant-scène", raconte Heinrich Heine dans son compte rendu), la comédienne qui inspira la *Symphonie fantastique*. Pauvre

Berlioz, perdu dans sa passion pour l'actrice de la "*poor Ophelia*" : "Pauvre grand génie, aux prises avec les trois quarts de l'impossible !", comme l'écrit Liszt dans une de ses lettres.

Il faudrait une Sarah pour s'intéresser à tous ces destins tragiques de femmes oubliées – quel spectacle, tout de même, que celui de Berlioz, fou d'amour, jouant les timbales dans sa propre *Marche au supplice* dans la grande salle du Conservatoire. Ce quatrième mouvement est une pure folie, un rêve d'opium, d'empoisonnement, de torture ironique et grinçante, une marche vers la Mort, écrite en une nuit, une nuit de pavot, et Berlioz, raconte Heinrich Heine, Berlioz depuis sa timbale regardait Harriet Smithson, il la fixait, et chaque fois que ses yeux croisaient les siens, il frappait plus fort sur son instrument, comme un possédé. (Heine note par ailleurs que la timbale, ou les percussions en général, était un instrument qui seyait à Berlioz. Berlioz n'a jamais voyagé en Orient, mais était, depuis ses vingt-cinq ans, fasciné par *Les Orientales* d'Hugo. Il y aurait donc un Orient *second*, celui de Goethe ou d'Hugo, qui ne connaissent ni les langues orientales, ni les pays où on les parle, mais s'appuient sur les travaux des orientalistes et voyageurs comme Hammer-Purgstall, et même un Orient *troisième*, un *Tiers-Orient*, celui de Berlioz ou de Wagner, qui se nourrit de ces œuvres elles-mêmes indirectes. Le *Tiers-Orient,* voilà une notion à développer. Comme quoi, il y a plus de choses qu'on ne croit dans une timbale.) Toujours est-il que cette pauvre Ophélie de Harriet Smithson, contrairement aux troupes britanniques, succomba aux percussions françaises et épousa l'artiste. Ce mariage *forcé par l'art* se termina en désastre, parfois la musique ne peut pas tout, et Heine remarque, quelques années plus tard, alors que l'on rejoue la *Symphonie fantastique* au Conservatoire, que "Berlioz est de nouveau assis derrière l'orchestre, aux percussions, que la grosse Anglaise est toujours à l'avant-scène, que leurs regards se croisent de nouveau… mais qu'il ne frappe plus si fort sur sa timbale".

Il faut être Heine pour dessiner ainsi, en dix lignes, le roman d'un amour défunt ; *le bon et spirituel Henri Heine*, comme l'appelle Théophile Gautier, Heine qui lui pose la question, alors que le haschischin est sur le point de partir pour Constantinople, à Paris au concert de Liszt, avec son accent allemand plein d'humour et de malice : "Comment ferez-vous pour parler d'Orient quand vous y serez allé ?" Question qu'on aurait pu poser à tous les voyageurs à Istanbul, tant le voyage diffuse son objet, le dissémine et le multiplie dans les reflets et les détails jusqu'à lui faire perdre sa réalité.

Franz Liszt raconte d'ailleurs bien peu de chose sur cette visite en Turquie qu'une plaque commémorative, dans la ruelle qui descend vers le palais de France à Beyoglu, rappelle brièvement aux passants. On sait qu'il fut reçu, dès sa descente de bateau, par le maître de musique Donizetti et l'ambassadeur d'Autriche que le sultan avait mandés à sa rencontre ; qu'il logea au palais de Chagatay, quelques jours, invité du Grand Seigneur, et qu'il y donna un concert sur ce fameux piano Érard ; qu'il passa ensuite un temps au palais d'Autriche puis au palais de France où il fut l'hôte de l'ambassadeur François-Adolphe de Bourqueney et donna un second concert, toujours sur le même instrument qui le suivait décidément partout ; qu'il rencontra l'ambassadeur lui-même à la fin de son séjour, car la femme de celui-ci était auparavant souffrante ; qu'il donna un troisième concert à Péra et retrouva deux vieilles connaissances, un Français et un Polonais, avec lesquels il fit une excursion en Asie ; qu'il remercia par courrier Lamartine, grand spécialiste de l'Empire ottoman, qui lui avait envoyé une lettre d'introduction pour le ministre des Affaires étrangères Rechid Pasha : c'est à peu près tout ce que l'on peut dire de source sûre.

Je revois mes promenades entre deux séances d'archives et de journaux d'époque ; mes visites aux spécialistes susceptibles de me renseigner, toujours des historiens plutôt bougons, effrayés, comme souvent dans l'Académie, par la possibilité qu'un jeune homme puisse en savoir plus qu'eux ou les mettre en défaut, surtout si ce jeune homme n'était pas turc, mais autrichien, et encore, à demi, et que son sujet de recherche tombait dans un vide scientifique, un trou, entre histoire de la musique turque et européenne : parfois, ce qui était un peu déprimant, j'avais l'impression que mes considérations étaient comme le Bosphore – un bel endroit entre deux rives, certes, mais qui, au fond, n'était que de l'eau, pour ne pas dire du vent. J'avais beau me rassurer en me disant que le colosse de Rhodes ou Hercule avaient eu eux aussi en leur temps un pied sur chaque rive, les regards moqueurs et les remarques acerbes des spécialistes réussissaient souvent à me décourager.

Heureusement il y avait Istanbul, et Bilger, et Faugier, et l'opium qui nous ouvrait les portes de la perception – ma théorie sur l'illumination de Liszt à Constantinople surgissait des *Harmonies poétiques et religieuses*, et principalement de la "Bénédiction de Dieu dans la solitude", qu'il compose peu de temps après son séjour stambouliote, à Woronince ; "l'adaptation" musicale du poème de Lamartine répondait à la question des premiers vers, "D'où me vient, ô mon Dieu ! cette paix qui m'inonde ? / D'où me vient cette foi dont mon cœur surabonde ?" et j'étais intimement persuadé qu'elle avait trait à la rencontre de la lumière orientale et non pas, comme le décrivaient souvent les commentateurs, à un souvenir amoureux de Marie d'Agoult "remâché" pour la princesse Carolyne de Sayn-Wittgenstein.

Après sa visite à Istanbul, Liszt renonce à sa vie de musicien errant, renonce au succès des années brillantes et entame, depuis Weimar, un long trajet vers la contemplation, nouveau voyage qui s'ouvre – même si certains de ces morceaux avaient été effectivement ébauchés avant – par les *Harmonies poétiques et religieuses*. La "Bénédiction"... a beau être massacrée par tous les pianistes novices, elle n'en reste pas moins non seulement la mélodie la plus belle de Liszt, mais encore l'accompagnement le plus simplement complexe du compositeur, accompagnement (et c'était, à mes oreilles débutantes, ce qui rapprochait cette pièce d'une *illumination*) qu'il fallait faire sonner comme la foi surabondante, là où la mélodie représentait la paix divine. Cela me paraît aujourd'hui une lecture un peu "téléologique" et simpliste (la musique étant rarement réductible aux causes de sa composition), et être surtout lié à ma propre expérience d'Istanbul – par une matinée d'un bleu intense, à l'air encore croustillant de froid, quand les îles aux Princes se détachent dans la lumière rasante après la pointe du Sérail et que les minarets du vieux Stamboul strient le ciel de leurs lances, de leurs crayons à papier pour écrire le centième nom de Dieu au creux de la pureté des nuées, il y a encore peu de touristes ou de passants dans la ruelle étrange (hauts murs en pierre aveugles, anciens caravansérails et bibliothèques fermées) qui mène à l'arrière de la mosquée Süleymaniye, construite par Sinan le Divin pour Soliman le Magnifique. Je passe le péristyle de marbre coloré; quelques mouettes volettent entre les colonnes de porphyre; le dallage luit comme s'il avait plu. Je suis déjà entré dans plusieurs mosquées, Sainte-Sophie, la Mosquée bleue, et j'en verrai d'autres, à Damas, à Alep, à Ispahan même, mais aucune n'aura sur moi cet effet immédiat, une fois laissées mes chaussures dans un casier de bois et pénétrée la salle de prière, un serrement de poitrine, une perte de repères, j'essaye vainement de marcher et je me laisse tomber là où je me trouve, sur le tapis rouge à fleurs bleues, en essayant de reprendre mes esprits. Je découvre que je suis seul dans le monument, seul entouré de lumière, seul dans cet espace aux proportions déroutantes ; le cercle de l'immense coupole est accueillant et les centaines de fenêtres m'enveloppent – je m'assois en tailleur. Je suis ému à pleurer mais je ne pleure pas, je me sens soulevé de terre et je parcours des yeux les inscriptions des faïences d'Iznik, le décor peint, tout scintille, puis c'est un grand calme qui me prend, un calme déchirant, un sommet entrevu, mais bien vite la beauté m'élude et me rejette – petit à petit je retrouve mes sens ; ce que mes yeux perçoivent maintenant me paraît certes magnifique, mais n'a rien à voir avec la sensation que je viens d'en avoir. Une grande tristesse m'étreint, soudain, une perte, une sinistre vision de la réalité du monde et de toute son imperfection, sa douleur, tristesse accentuée par la perfection du bâtiment et une phrase me vient, seule les proportions sont divines, le reste appartient aux hommes. Alors qu'un groupe de touristes entre dans la mosquée j'essaye de me mettre debout et mes jambes ankylosées par les deux heures passées assis me font tituber et quitter la Süleymaniye comme un homme ivre, un homme qui hésite entre la joie et les larmes, et fuit, j'ai fui plus que je ne suis sorti de la mosquée ; le grand vent d'Istanbul a achevé de m'éveiller, et surtout le froid du marbre de la cour, j'avais oublié mes chaussures, tout désorienté, en me rendant compte que j'avais passé deux heures immobile ou presque, deux heures en allées, inexistantes, rappelées uniquement par ma montre : je découvre soudain que je suis en chaussettes au milieu de la cour et que mes pompes ont disparu du casier où je les avais laissées, voilà qui vous ramène instantanément aux supplices du Monde – j'ai volé à mon tour une paire de grosses sandales en plastique bleu, après quelques essais infructueux de palabres avec un concierge moustachu qui se frappait les bras contre le corps en signe d'impuissance, *"no shoes, no shoes"*, mais m'a laissé m'approprier ces claquettes de maître nageur qui traînaient par là, avec lesquelles j'ai traversé Istanbul comme un derviche, l'âme en peine.

Et la mémoire est une chose bien triste, car je me rappelle plus clairement ma honte à marcher dans la ville en chaussettes dans mes savates fatiguées en latex bleu roi que l'émotion qui m'avait pris et les heures disparues dans la Süleymaniye, premier émoi spirituel que je n'éprouve pas par la musique – quelques années plus tard, racontant cette histoire à Sarah, qu'elle appelait *Le Satori de la godasse*, je me suis souvenu de ce quatrain de Khayyam :

Je suis allé à la mosquée, j'y ai volé un tapis.
Bien plus tard, je me suis repenti,
Je suis retourné à la mosquée : le tapis était usé,
Il fallait le changer.

Contrairement au vieil Omar Khayyam je n'ai jamais osé retourner à la Süleymaniye, la dernière fois que je suis passé par Istanbul je suis resté dans le jardin, pour voir la tombe de cet architecte, Sinan, qui était, comme peu d'hommes, un intermédiaire entre nous et Dieu ; je lui ai adressé une courte prière, et j'ai repensé aux galoches infâmes dont j'avais hérité ce jour-là et que j'avais perdues ou jetées depuis sans vérifier, homme de peu de foi que j'étais, qu'elles n'étaient pas miraculeuses.

Syndrome de Stendhal ou réelle expérience mystique, je n'en sais rien, mais j'imaginais que Liszt le Gitan céleste avait pu trouver là, lui aussi, un déclencheur, une force, dans ces paysages et ces bâtiments ; que peut-être un peu de cette lumière d'Orient qu'il portait en lui s'était ravivée lors de son séjour à Constantinople. C'était sans doute une intuition intéressante sur le plan personnel mais pour la science, eu égard au peu de commentaires que nous avons de Liszt lui-même à propos de son passage sur le Bosphore, une ambition totalement démesurée.

Ce que je réussis en revanche à reconstituer, c'est une description à peu près plausible du premier ensemble ottoman, l'orchestre privé d'Abdülaziz, qui jouait assis par terre sur les tapis du sérail ; on sait que le sultan s'énervait des tics "orientaux" de ses violonistes quand ils interprétaient des œuvres italiennes et allemandes et qu'il avait organisé un chœur pour des versions de concert privées d'opéras, notamment *Les Noces de Figaro* : le grand homme se mettait en rage car ses chanteurs peinaient à chanter autrement qu'à l'unisson et que les duos, trios, quatuors, octuors virtuoses des *Noces* devenaient une bouillie sonore qui arrachait des larmes d'impuissance au monarque mélomane, et ce malgré tous les efforts des eunuques aux voix d'anges et les conseils avisés du maître de musique italien. Istanbul avait pourtant déjà donné naissance, en 1830, à un grand compositeur oublié, August von Adelburg Abramović, dont j'avais patiemment retracé l'existence : après une enfance sur le Bosphore, Adelburg se rendit célèbre à Budapest par un opéra "national", *Zrinyi*, où il essayait de démontrer que, contrairement à ce qu'affirmait Liszt, la musique hongroise n'était pas d'origine tzigane – il y a là quelque chose de fascinant, que ce soit précisément un Levantin qui se fasse le chantre du nationalisme hongrois par l'intermédiaire de son héros Miklós Zrinyi, grand pourfendeur de Turcs ; c'est sans doute cette contradiction intime et profonde qui le poussera vers la folie, folie si grave qu'elle conduira à son internement et à sa mort, à l'âge de quarante-trois ans. Adelburg, premier musicien européen d'importance né dans l'Empire ottoman, termine sa vie dans la démence, dans la faille de l'altérité ; comme si, malgré tous les ponts, tous les liens tendus par le temps, la mixité s'avérait impossible face à la pathologie nationaliste qui envahit petit à petit le XIXe siècle et détruit, doucement, les passerelles fragiles construites auparavant pour ne laisser la place qu'aux rapports de domination.

Mes lunettes étaient sous la pile de livres et de revues, évidemment, je suis d'un distrait. En même temps, pour contempler les ruines de ma chambre à coucher (ruines d'Istanbul, ruines de Damas, ruines de Téhéran, ruines de moi-même) je n'ai pas besoin d'y voir, je connais tous ces objets par cœur. Les photochromies et gravures orientalistes jaunies. Les œuvres poétiques de Pessoa sur un lutrin en bois sculpté censé recevoir le Coran. Mon tarbouche d'Istanbul, mon lourd manteau d'intérieur en laine du souk de Damas, mon luth d'Alep acheté avec Nadim. Ces volumes blancs, un profil noir à la mèche rebelle sur la tranche, ce sont les journaux de Grillparzer – bien sûr ça avait fait marrer tout le monde à Istanbul, qu'un Autrichien se promène avec son Grillparzer. De la lessive passe encore, mais Grillparzer ! Les Allemands sont jaloux, voilà tout. Je sais d'où vient la querelle : les Allemands ne peuvent supporter l'idée (ce n'est pas moi qui l'invente, c'est Hugo von Hofmannsthal qui l'affirme dans un article fameux, "Nous Autrichiens et l'Allemagne") que Beethoven soit parti pour Vienne et n'ait jamais voulu retourner à Bonn. Hofmannsthal le plus grand librettiste de tous les temps a par ailleurs écrit un étrange dialogue théâtral entre von Hammer-Purgstall l'éternel orientaliste et Balzac l'infatigable, que Sarah cite abondamment dans son article sur Balzac et l'Orient ; j'avoue que je ne me souviens plus très bien de quoi il s'agit, j'ai ressorti l'article hier, il est là, tiens il y a un petit morceau de papier conservé à l'intérieur, un mot, une vieille lettre écrite sur une page déchirée, avec des marges tracées en rouge et des lignes bleues, un demi-feuillet de cahier d'écolier :

Très cher Franz,

Alors voici enfin la publication qui m'a occupée ces derniers mois. Je suis un peu loin de mes chers monstres et autres horreurs, comme tu dis, mais ce n'est que temporaire. Le colloque de Hainfeld s'est révélé plutôt fructueux, tu peux en juger par toi-même… Et pas seulement en termes universitaires !

Je ne te remercierai jamais assez pour l'image du château et tes traductions.

Je suppose que tu es sur le point de quitter Istanbul, j'espère que ton séjour t'a été profitable. Un immense merci pour la "commission" et les photos ! Elles sont magnifiques ! Ma mère est ravie. Tu as vraiment de la chance, quel rêve, découvrir Constantinople… Rentreras-tu à Vienne ou à Tübingen ? Surtout n'oublie pas de me faire signe la prochaine fois que tu passes par Paris,

À bientôt j'espère, je t'embrasse,

Sarah

P.-S. : Je suis curieuse de savoir ce que tu vas penser de cet article "viennois" – du bien j'espère !

C'est agréable de retrouver par surprise cette chère écriture, à l'encre, un peu pressée, un peu difficile à lire mais tendre et élégante – aujourd'hui que les ordinateurs ont pris le dessus, on voit rarement la calligraphie de nos contemporains, peut-être la cursive manuscrite va-t-elle devenir une forme de nudité, une manifestation intime et cachée, dissimulée à tous sauf aux amants, aux notaires et aux banquiers.

Voilà, je n'ai plus sommeil. Le sommeil n'a jamais vraiment envie de moi, il m'abandonne très vite, aux alentours de minuit, après m'avoir harcelé toute la soirée. Le sommeil est un monstre d'égoïsme qui n'en fait qu'à sa tête. Le

Dr Kraus est un piètre médecin, je devrais en changer. Le renvoyer. Je pourrais m'offrir le luxe de renvoyer mon médecin, de le mettre à la porte, un médecin qui vous parle de repos à chaque visite mais est incapable de vous faire dormir ne mérite pas le nom de médecin. Il faut reconnaître, à sa décharge, que je n'ai jamais avalé les cochonneries qu'il me prescrit. Mais un médecin qui ne devine pas que vous n'allez pas prendre les cochonneries qu'il vous prescrit n'est pas un bon médecin, c'est pour cette raison qu'il faut que j'en change. Kraus a pourtant l'air d'un homme intelligent, je sais qu'il aime la musique, non, j'exagère, je sais qu'il va au concert, ce qui ne prouve rien. Pas plus tard qu'hier il m'a dit "Je suis allé entendre Liszt au Musikverein", je lui ai répondu qu'il avait eu de la chance, qu'il y avait bien longtemps que Liszt n'avait pas joué à Vienne. Il a ri, bien sûr, en disant "Ah docteur Ritter vous me faites mourir de rire", ce qui est tout de même une phrase étrange, de la part d'un médecin. Je ne lui pardonne toujours pas d'avoir ri aussi quand je lui ai demandé de me prescrire de l'opium. "Ah ah ah, je peux vous rédiger l'ordonnance, mais ensuite il va vous falloir trouver une pharmacie du XIXe siècle." Je sais qu'il ment, j'ai vérifié dans le *Journal officiel*, un médecin autrichien a le droit de prescrire jusqu'à 2 g d'opium par jour et 20 g de laudanum, on doit donc en trouver. Ce qui est saugrenu, c'est qu'un vétérinaire de la même nationalité peut, lui, prescrire jusqu'à 15 g d'opium et 150 g de teinture, ça donne envie d'être un chien malade. Je pourrais peut-être supplier le clebs de Gruber de me vendre un peu de ses médicaments à l'insu de son maître, voilà qui donnerait enfin une utilité à ce cabot.

Je me demande pourquoi je m'obsède aujourd'hui avec cette question, je n'ai jamais été attiré par l'ivresse et j'ai fumé en tout et pour tout cinq ou six pipes dans ma vie – il y a des années. Sans doute à cause du texte de Balzac que cite Sarah dans cet article jauni, aux agrafes rouillées, dont la poussière colle aux doigts :

Ils demandaient à l'opium de leur faire voir les coupoles dorées de Constantinople, et de les rouler sur les divans du sérail, au milieu des femmes de Mahmoud : et là, ils craignaient, enivrés de plaisir, soit le froid du poignard, soit le sifflement du lacet de soie ; et, tout en proie aux délices de l'amour, ils pressentaient le pal… L'opium leur livrait l'univers entier !…

Et, pour trois francs vingt-cinq centimes, ils se transportaient à Cadix ou à Séville, grimpaient sur des murs, y restaient couchés sous une jalousie, occupés à voir deux yeux de flamme – une Andalouse abritée par un store de soie rouge, dont les reflets communiquaient à cette femme la chaleur, le fini, la poésie des figures, objets fantastiques de nos jeunes rêves… Puis, tout à coup, en se retournant ils se trouvaient face à face avec le terrible visage d'un Espagnol armé d'un tromblon bien chargé !…

Parfois ils essayaient la planche roulante de la guillotine et se réveillaient du fond des fosses, à Clamart, pour se plonger dans toutes les douceurs de la vie domestique : un foyer, une soirée d'hiver, une jeune femme, des enfants pleins de grâce, qui, agenouillés, priaient Dieu, sous la dictée d'une vieille bonne… Tout cela pour trois francs d'opium. Oui, pour trois francs d'opium, ils rebâtissaient même les conceptions gigantesques de l'Antiquité grecque, asiatique et romaine !… Ils se procuraient les anoplothérions regrettés et retrouvés çà et là par M. Cuvier. Ils reconstruisaient les écuries de Salomon, le temple de Jérusalem, les merveilles de Babylone et tout le Moyen Âge avec ses tournois, ses châteaux, ses chevaliers et ses monastères !…

Pour trois francs d'opium ! Balzac se moque, c'est certain, mais quand même, trois francs, qu'est-ce que cela peut représenter en schillings ? Non, pardon, en florints, à l'époque. J'ai toujours été mauvais pour les conversions. Il faut reconnaître à Sarah qu'elle a le chic pour tomber sur les histoires les plus incroyables et oubliées. Balzac, qui en théorie ne s'est passionné que pour les Français et leurs mœurs, écrire un texte sur l'opium, un de ses premiers textes publiés, qui plus est. Balzac, le premier romancier français à inclure un texte en arabe dans un de ses romans ! Balzac le Tourangeau qui devient ami avec Hammer-Purgstall le grand orientaliste autrichien, au point de lui dédicacer un de ses ouvrages, *Le Cabinet des Antiques*. Voilà un article qui aurait pu faire sensation – mais rien ne fait sensation, dans l'Université, du moins en sciences humaines ; les articles sont des fruits isolés et perdus que personne ou presque ne croque, j'en sais quelque chose. Pourtant, le lecteur qui ouvrait sa réédition de *La Peau de chagrin* en 1837 trouvait ceci, d'après Sarah :

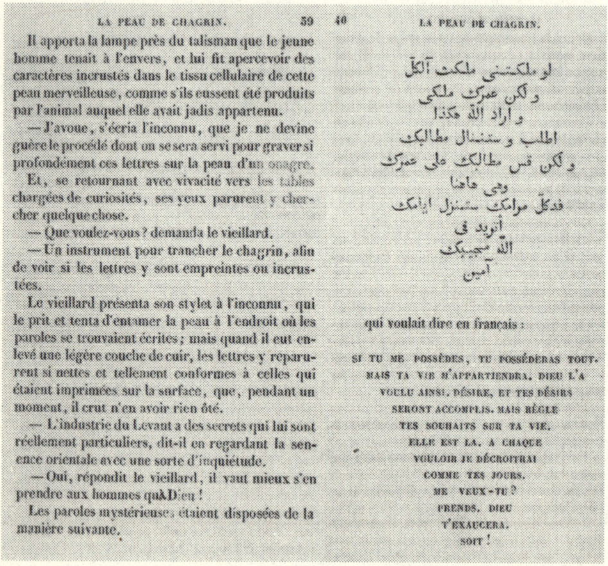

LA PEAU DE CHAGRIN. 39

Il apporta la lampe près du talisman que le jeune homme tenait à l'envers, et lui fit apercevoir des caractères incrustés dans le tissu cellulaire de cette peau merveilleuse, comme s'ils eussent été produits par l'animal auquel elle avait jadis appartenu.

— J'avoue, s'écria l'inconnu, que je ne devine guère le procédé dont on se sera servi pour graver si profondément ces lettres sur la peau d'un onagre.

Et, se retournant avec vivacité vers les tables chargées de curiosités, ses yeux parurent y chercher quelque chose.

— Que voulez-vous ? demanda le vieillard.

— Un instrument pour trancher le chagrin, afin de voir si les lettres y sont empreintes ou incrustées.

Le vieillard présenta son stylet à l'inconnu, qui le prit et tenta d'entamer la peau à l'endroit où les paroles se trouvaient écrites ; mais quand il eut enlevé une légère couche de cuir, les lettres y reparurent si nettes et tellement conformes à celles qui étaient imprimées sur la surface, que, pendant un moment, il crut n'en avoir rien ôté.

— L'industrie du Levant a des secrets qui lui sont réellement particuliers, dit-il en regardant la sentence orientale avec une sorte d'inquiétude.

— Oui, répondit le vieillard, il vaut mieux s'en prendre aux hommes qu'à Dieu !

Les paroles mystérieuses étaient disposées de la manière suivante.

40 LA PEAU DE CHAGRIN.

لو ملكتني ملكت آلكلّ
ولكن عمرك ملكي
واراد الله هكذا
اطلب وستنال مطالبك
ولكن قس مطالبك على عمرك
وهى هاهنا
فبكلّ مرامك ستنزل ايامك
أتريد فى
الله مجيبك
آمين

qui voulait dire en français :

SI TU ME POSSÈDES, TU POSSÉDERAS TOUT.
MAIS TA VIE M'APPARTIENDRA. DIEU L'A
VOULU AINSI. DÉSIRE, ET TES DÉSIRS
SERONT ACCOMPLIS. MAIS RÈGLE
TES SOUHAITS SUR TA VIE.
ELLE EST LA. A CHAQUE
VOULOIR JE DÉCROITRAI
COMME TES JOURS.
ME VEUX-TU ?
PRENDS. DIEU
T'EXAUCERA.
SOIT !

Alors que dans l'édition originale de 1831, on trouvait seulement le texte suivant :

116 LA PEAU DE CHAGRIN.

— Que voulez-vous?... demanda le vieillard.

— Un instrument pour trancher le chagrin afin de voir si les lettres y sont empreintes ou incrustées...

Le vieillard lui présenta le stylet. Il le prit et tenta d'entamer la peau à l'endroit où les paroles se trouvaient écrites; mais quand il eut enlevé une légère couche du cuir, les lettres y reparurent si nettes et si conformes à celles imprimées sur la surface, qu'il crut, pendant un moment, n'en avoir rien ôté.

—L'industrie du Levant a des secrets qui lui sont réellement particuliers! dit-il en regardant la sentence talismanique avec une sorte d'inquiétude.

— Oui!... répondit le vieillard, il vaut mieux s'en prendre aux hommes qu'à Dieu!

Les paroles mystérieuses étaient disposées de la manière suivante :

LA PEAU DE CHAGRIN. 117

SI TU ME POSSÈDES TU POSSÉDERAS TOUT.
MAIS TA VIE M'APPARTIENDRA. DIEU L'A
VOULU AINSI. DÉSIRE, ET TES DÉSIRS
SERONT ACCOMPLIS. MAIS RÈGLE
TES SOUHAITS SUR TA VIE.
ELLE EST LA. A CHAQUE
VOULOIR JE DÉCROITRAI
COMME TES JOURS.
ME VEUX - TU?
PRENDS. DIEU
T'EXAUCERA.
— SOIT!

—Ah! vous lisez couramment le sanscrit?... dit le vieillard. Vous avez été peut-être au Bengale, en Perse?...

— Non, Monsieur, répondit le jeune homme en tâtant avec une curiosité digitale cette peau symbolique, assez semblable à une feuille de métal par son peu de flexibilité.

Le vieux marchand remit la lampe sur la

Abstract

Parmi les nombreuses relations des auteurs et artistes européens de la première moitié du xixe siècle avec l'Orient, beaucoup ont déjà été explorées. On connaît assez précisément, par exemple, les modalités de cette rencontre chez Goethe ou Hugo. En revanche, un des rapports entre orientalisme scientifique et littérature les plus surprenants est celui qu'entretiennent Honoré de Balzac et l'orientaliste autrichien Joseph von Hammer-Purgstall (1774-1852) et qui non seulement conduit à la première inclusion d'un texte directement en langue arabe dans un ouvrage destiné au grand public français mais explique aussi très certainement le sens, jusqu'ici obscur, du dialogue où Hugo von Hofmannsthal met en scène les deux hommes à Vienne en 1842 *(sic)*, *Sur les personnages du roman et du drame* (1902). On assiste ici à la formation d'un réseau artistique qui *irrigue* depuis Hammer-Purgstall l'orientaliste toute l'Europe de l'Ouest, de Goethe à Hofmannsthal, en passant par Hugo, Rückert et Balzac lui-même.

Ce résumé est impeccable, j'avais complètement oublié cet article, il est bien *viennois*, comme elle dit – elle m'avait demandé de retrouver la gravure du château de Hainfeld que Hammer envoie à Balzac dans une lettre peu après son séjour. Sarah ajoute une pierre française à la théorie (d'ailleurs défendue par Hofmannsthal) selon laquelle l'Autriche est la terre des rencontres, une terre de frontière bien plus riche en contacts et mélanges que l'Allemagne proprement dite qui, au contraire, cherche à extirper *l'autre* de sa culture, à se plonger au fond du *soi*, en termes sarahïens, même si cette quête doit déboucher sur la plus grande violence. Cette idée mériterait d'être creusée – j'avais dû recevoir cet article à Istanbul, donc, si j'en crois le petit mot qui me demande "si je rentrerai à Vienne ou à Tübingen" ; elle me remercie pour les photos qu'elle m'avait commandées, mais c'est moi qui aurais dû la remercier : elle m'avait donné l'occasion de visiter un magnifique quartier d'Istanbul dans lequel je ne me serais jamais rendu sinon, loin des touristes et de l'image habituelle de la capitale ottomane, Hasköy l'inaccessible au fond de la Corne d'Or – en cherchant bien je devrais pouvoir retrouver la lettre où elle me demandait d'aller photographier pour elle (aujourd'hui internet rend sans doute ce genre d'excursions inutiles) le lycée de l'Alliance israélite universelle où avait été scolarisé son arrière-grand-père maternel dans les années 1890, et il y avait quelque chose de très émouvant à aller, sans elle, découvrir ces lieux d'où elle provenait, pour ainsi dire, mais qu'elle n'avait jamais vus et sa mère non plus. Comment un Juif de Turquie s'était-il retrouvé en Algérie française avant la Première Guerre mondiale, je n'en sais absolument rien, et Sarah n'est pas sûre de le savoir elle-même – un des nombreux mystères du XXe siècle, qui souvent cachent violence et douleur.

Il pleuvait sur Hasköy, une de ces pluies d'Istanbul qui tournoient dans le vent et, bien qu'elles ne soient qu'un fin crachin, peuvent vous tremper jusqu'aux os en une seconde au détour d'une ruelle ; j'abritais soigneusement mon appareil photo dans mon imperméable, j'avais deux films de trente-six poses, 400 ASA couleur, une véritable archéologie ces mots aujourd'hui – est-ce que les négatifs se trouvent encore dans ma boîte à photos, c'est fort probable. J'avais aussi un plan de la ville, dont je savais d'expérience qu'il était très incomplet quant aux noms des rues et un parapluie à crosse de bois tout à fait viennois. Parvenir jusqu'à Hasköy était en soi tout un programme : il fallait faire le tour par le nord *via* Shishli, ou alors longer la Corne d'Or à travers Kasimpasha, trois quarts d'heure de marche depuis Cihangir sur les pentes de Beyoglu. J'ai maudit Sarah lorsqu'une voiture a repeint de boue mes bas de pantalons en me dépassant en trombe, et failli remettre aux calendes cette expédition qui s'annonçait sous les plus noirs augures, déjà conchié, l'imper maculé, les pieds trempés, dix minutes après être sorti de la maison où Faugier, observant les nuages obscurcir le Bosphore, cuvant son raki de la veille un thé à la main, m'avait pourtant gentiment prévenu : c'est un jour à ne pas mettre un orientaliste dehors. Je me suis décidé à prendre un taxi, ce que je souhaitais éviter, évidemment pas par radinerie, mais tout simplement parce que je ne savais pas lui expliquer où j'allais : je me contentai de *Hasköy eskelesi, lütfen*, et après une bonne demi-heure d'embouteillages je me suis retrouvé au bord de l'eau, sur la Corne d'Or, devant un petit port tout à fait charmant ; derrière moi, une de ces collines colorées à la pente bien raide dont Istanbul a le secret, une rue escarpée au bitume recouvert d'une fine couche de flotte, un ruisseau transparent qui profitait gentiment de la déclivité pour rejoindre la mer – cette étrange ascension aquatique me rappelait nos divertissements au bord des torrents de montagne en Autriche ; je sautais d'un côté à l'autre de la venelle au gré des caprices de cette rivière urbaine, sans trop savoir où aller ; l'inconvénient d'avoir les chaussures mouillées était largement compensé par le plaisir du jeu. J'imagine que les passants devaient penser qu'un touriste cinglé affligé d'aquaphilie se prenait pour une truite dans leur quartier. Après quelques centaines de mètres et un essai infructueux pour déplier mon plan sous mon parapluie un homme d'un certain âge avec une courte barbe blanche s'est approché de moi, il m'a observé de la tête aux pieds avant de me poser cette question :

— Are you a Jew ?

Qu'évidemment je n'ai pas comprise, j'ai répondu What ? ou Comment ?, avant qu'il ne précise, en souriant, sa demande :

— I can make a good Jewish Tour for you.

J'avais été abordé par un prophète qui venait me sauver des eaux – Ilya Virano était un des piliers de la communauté juive de Hasköy, il m'avait vu perdu et avait deviné (comme il le reconnaissait lui-même, les touristes n'étaient pas légion dans le coin) que je cherchais vraisemblablement quelque chose qui avait trait à l'histoire juive du quartier, dans lequel il nous a promenés, mon appareil photo et moi, le reste de la journée. M. Virano parlait un français parfait, appris dans un lycée bilingue d'Istanbul ; sa langue maternelle était le ladino, dont j'apprenais l'existence : les Juifs chassés d'Espagne et installés dans l'Empire y avaient apporté leur langue, et cet espagnol de la Renaissance avait évolué avec eux dans leur exil. Les Juifs d'Istanbul étaient soit byzantins, soit séfarades, soit ashkénazes, soit karaïtes, par ordre d'arrivée dans la capitale (les mystérieux karaïtes étaient plus ou moins les derniers venus, la majorité d'entre eux s'étant installés après la guerre de Crimée) et c'était absolument miraculeux d'entendre Ilya Virano raconter les grandes heures de cette diversité, au gré des bâtiments du district : la synagogue karaïte était la plus impressionnante, presque fortifiée, entourée de murailles aveugles enfermant de petites maisons de bois et de pierre dont certaines étaient habitées et d'autres menaçaient ruine – ma naïveté a fait sourire Ilya Virano lorsque je lui ai demandé si leurs occupants étaient toujours karaïtes : il y a bien longtemps qu'il n'y en a plus par ici.

La plupart des familles juives d'Istanbul se sont réinstallées ailleurs, dans des quartiers plus modernes, à Shishli ou de l'autre côté du Bosphore, quand elles n'ont pas émigré en Israël ou aux États-Unis. Ilya Virano expliquait tout cela sans nostalgie, très simplement, de la même façon qu'il m'initiait aux différences théologiques et rituelles entre les nombreuses branches du judaïsme au gré des visites, marchant d'un pas alerte dans les rues si pentues, presque respectueux de mon ignorance ; il m'a demandé le nom de famille de cet aïeul sur les traces duquel je me trouvais : c'est dommage que vous ne sachiez pas, m'a-t-il dit, peut-être a-t-il encore des cousins par ici.

M. Virano devait avoir environ soixante-cinq ans, il était grand, plutôt élégant, avec un côté athlétique ; son costume, sa courte barbe et ses cheveux gominés en arrière lui donnaient un peu l'air d'un jeune premier allant chercher une fille chez ses parents pour l'emmener au bal du lycée, en un peu blanchi bien sûr. Il parlait beaucoup, heureux, me disait-il, que je comprenne le français : la plupart des touristes des Jewish Tours sont des Américains ou des Israéliens, et il avait peu l'occasion, disait-il, de pratiquer cette belle langue.

L'ancien temple des Juifs expulsés de Majorque, la synagogue Major, était occupé par un petit atelier de mécanique ; elle avait conservé sa coupole de bois, ses colonnes et ses inscriptions en hébreu ; ses dépendances servaient d'entrepôts.

J'avais terminé ma première pellicule, et nous n'étions pas encore arrivés à l'ancien lycée de l'Alliance israélite universelle, il avait cessé de pleuvoir et, contrairement à mon hôte, je me sentais pris d'un léger spleen, une vague tristesse inexplicable – tous ces lieux étaient fermés, paraissaient abandonnés ; l'unique synagogue encore en fonction, avec ses pilastres de marbre byzantin en façade, ne servait qu'exceptionnellement ; le grand cimetière avait été rogné d'un quart par la construction d'une autoroute et était envahi de graminées. Le seul mausolée d'importance, d'une grande famille, m'expliquait Virano, une si grande famille qu'elle possédait un palais sur la Corne d'Or, un palais où se trouve aujourd'hui je ne sais quelle institution militaire, ressemblait à un vieux temple romain, à un lieu de prière oublié, dont les seules couleurs étaient les tags rouges et bleus qui l'ornaient ; un temple des morts qui dominait la colline d'où l'on surplombait la fin de la Corne d'Or, quand elle cesse d'être un estuaire pour redevenir une simple rivière, au milieu des bagnoles, des cheminées d'usine et des grands ensembles d'immeubles. Les pierres tombales paraissaient jetées çà et là dans la pente (couchées, comme le veut la coutume, m'expliquait mon guide), parfois brisées, souvent illisibles – il me déchiffrait pourtant les noms de famille : l'hébreu résiste mieux au temps que les caractères latins, disait-il, et j'avais du mal à comprendre cette théorie, mais le fait est qu'il parvenait à prononcer les noms de ces disparus et parfois à leur trouver des descendants ou des liens de parenté, sans aucune émotion apparente ; il montait souvent jusqu'ici, disait-il ; depuis qu'il y a l'autoroute il n'y a plus de chèvres, plus de chèvres donc moins de crottes de chèvre mais de l'herbe à foison, disait-il. Les mains dans les poches, déambulant entre les tombes, je cherchais quelque chose à dire ; il y avait des graffitis, de-ci, de-là, j'ai dit *antisémitisme* ? il m'a répondu non non non, *amour*, comment ça de l'amour, oui, un jeune qui a écrit le nom de son amoureuse, *À Hülya pour la vie*, ou quelque chose du genre, et j'ai compris qu'il n'y avait rien à profaner ici que le temps et la ville n'eussent déjà profané, et que sans doute bientôt les tombes, leurs dépouilles et leurs dalles seraient déplacées et empilées ailleurs pour laisser la place aux pelleteuses ; j'ai pensé à Sarah, je n'ai pas pris de photo du cimetière, pas osé sortir mon appareil, même si elle n'avait rien à voir avec tout cela, même si personne n'avait à voir avec ce désastre qui était le nôtre à tous, et j'ai demandé à Ilya Virano de bien vouloir m'indiquer où se trouvait l'école de l'Alliance israélite, alors qu'un beau soleil commençait à se refléter sur les Eaux-Douces d'Europe et à illuminer Istanbul jusqu'au Bosphore.

La façade néoclassique du lycée était d'un gris foncé, rythmé de demi-colonnes blanches, il n'y avait pas d'inscription sur le fronton triangulaire. Ce n'est plus une école depuis bien longtemps, m'a expliqué Ilya Virano ; c'est aujourd'hui une maison de repos – j'ai consciencieusement photographié l'entrée et la cour ; quelques pensionnaires très âgés prenaient le frais sur un banc sous un porche ; j'ai pensé, alors que M. Virano allait les saluer, qu'ils avaient sans doute commencé leur vie dans ces murs, qu'ils avaient étudié ici l'hébreu, le turc, le français, qu'ils avaient joué dans ce patio, qu'ils y avaient aimé, recopié des poèmes et s'y étaient battus pour d'insurmontables peccadilles et que maintenant, la boucle bouclée, dans le même bâtiment un peu austère au carrelage immaculé, ils finissaient doucement leurs jours, en regardant par les fenêtres, du haut de leur colline, Istanbul avancer à grands pas dans la modernité.

23 H 58

À part ce mot retrouvé dans l'article balzacien, je ne me souviens pas que Sarah m'ait jamais reparlé de ces clichés d'Istanbul arrachés à la pluie et à l'oubli – je suis rentré déprimé à Cihangir, j'avais envie de dire à Bilger (il prenait le thé chez nous quand je suis arrivé) que l'archéologie me semblait la plus triste des activités, que je ne voyais pas de poésie dans la ruine, ni aucun plaisir dans le remuage de la disparition.

Je sais toujours aussi peu de chose de la famille de Sarah, d'ailleurs, à part que sa mère a passé son enfance à Alger, qu'elle a quitté au moment de l'indépendance pour s'installer à Paris ; j'ignore si l'arrière-grand-père stambouliote fut du voyage. Sarah est née quelques années plus tard à Saint-Cloud, et a grandi à Passy, dans ce 16e arrondissement dont elle parlait comme d'un quartier très agréable, avec ses parcs et ses recoins, ses vieilles pâtisseries et ses nobles boulevards – quelle coïncidence étrange, que nous ayons chacun passé une partie de notre enfance à côté d'une maison de Balzac : elle rue Raynouard, où le grand homme avait habité longtemps, et moi à quelques kilomètres de Saché, petit château de Touraine où il avait fréquemment séjourné. C'était une excursion presque obligatoire, chaque été, au cours de nos vacances chez Grand-Mère, que de rendre visite à M. de Balzac ; ce château avait l'avantage d'être beaucoup moins fréquenté que ceux des alentours (Azay-le-Rideau ou Langeais) et avait un *fonds culturel*, pour reprendre l'expression de Maman – j'imagine que Grand-Mère serait contente de savoir que ce Balzac qu'elle considérait un peu comme son cousin (après tout, ils avaient tous deux été à l'école à Tours) était venu à Vienne, lui aussi, comme elle ; une fois ou deux elle nous rendit visite, mais, ainsi Balzac, elle n'aimait pas les voyages, et se plaignait qu'elle ne pouvait abandonner son jardin trop longtemps, pas plus qu'Honoré ses personnages.

> Balzac visite Vienne où il retrouve son grand amour Mme Hanska en mai 1835. "Le 24 mars 1835, note Hammer-Purgstall, en rentrant d'une soirée en plaisante compagnie chez la comtesse Rzewuska [nom de jeune fille d'Ewelina Hanska], je trouve une lettre du capitaine Hall [notons ici que le capitaine Hall n'est autre que Basil Hall (1788-1844), officier de marine, ami de Walter Scott, auteur de nombreux récits de voyages et notamment de *Hainfeld's Castle: A Winter in Lower Styria*, qui inspirera Sheridan Le Fanu pour son roman *Carmilla*][18] qui m'informe de la gravité de l'état de santé de mon amie la baronne Purgstall, mourante[19]."
>
> Nous savons donc que c'est par l'intermédiaire de Mme Hanska que le grand orientaliste connaît l'œuvre de Balzac, et qu'il fréquentait la comtesse et ses amis depuis quelque temps déjà[20]. Ce n'est qu'à son retour de Styrie, en avril, après le décès de la baronne Purgstall, que Joseph von Hammer apprend que Balzac vient passer quelques semaines à Vienne[21]. Ils se rendent mutuellement visite, s'apprécient. Hammer nous permet même de juger de la célébrité européenne du romancier : un jour, raconte-t-il, alors qu'il se rend au domicile viennois de Balzac, on lui répond que celui-ci est absent, qu'il est parti chez le prince

> Metternich ; Hammer décide de le rejoindre au palais, puisqu'il devait lui-même s'y rendre. Il trouve foule dans l'antichambre, et le chambellan lui explique que tous ces messieurs attendent pour leur audience, mais que le prince s'est enfermé avec Balzac voilà plus de deux heures et a interdit qu'on le dérange[22].

Incroyable de penser que Metternich lui-même se passionnait pour cet homme criblé de dettes, qui vivait à Paris sous des noms d'emprunt et courait l'Europe pour poursuivre celle qu'il aimait, entre deux romans. De quoi ont-ils bien pu parler, pendant deux heures ? De politique européenne ? Des opinions de Balzac sur le gouvernement de Louis-Philippe ? De *La Peau de chagrin* ? L'article de Sarah met surtout en avant le rôle de Mme Hanska comme entremetteuse entre Balzac et l'Orient ; si Hammer offre finalement à Balzac la traduction en arabe du texte qui orne *La Peau de chagrin*, c'est par l'intermédiaire de la comtesse Rzewuska. De même, l'entretien avec Metternich lui est certainement dû. J'imagine le Balzac de Saché, enfermé avec ses feuilles, sa plume et sa cafetière, qui sortait peu, et encore, uniquement pour faire le tour du parc et se dérouiller les jambes ; il *faisait l'huître*, comme il disait ; il descendait jusqu'à la rivière, il ramassait quelques marrons tombés et jouait à les jeter dans l'eau, avant de remonter retrouver *Le Père Goriot* là où il l'avait laissé ; est-ce le même que l'amoureux éperdu de Vienne, toujours éconduit par la prude Évelyne Hanska, éconduit pendant quinze ans, voilà qui dit beaucoup de la force de caractère et de la patience de Balzac. Il a fini par l'épouser, en 1848, c'est rassurant ; juste avant de mourir en 1850, ce qui l'est moins. Peut-être était-ce en partie le désir qui empêchait de tomber cet homme qui titubait, on a l'impression que Balzac s'abîme dans le travail et l'écriture parce qu'il titube, parce que sa vie (en dehors de ses phrases, où il est Dieu) lui échappe, qu'il bringuebale de créancier en créancier, d'amour impossible en désir inassouvi et que seuls les livres sont un monde à sa mesure, lui qui a été imprimeur avant d'être écrivain. Trois mille pages de lettres, voilà le monument qu'il a construit à son amour, et souvent, il parle à Évelyne de Vienne, de son futur voyage à Vienne, où il souhaite se rendre pour aller à Wagram et à Essling visiter les champs de bataille, car il a en projet l'écriture d'un récit de bataille, un formidable récit de bataille, qui se déroulerait tout entier au cœur du combat, sans en sortir, en une journée furieuse; comme Sarah à Saint-Gothard, je devine Balzac arpenter Aspern en prenant des notes, en imaginant les mouvements des troupes sur les collines, l'endroit où le maréchal Lannes fut blessé à mort, repérer les perspectives, les arbres dans le lointain, la forme des collines, toutes choses qu'il n'écrira pas, car il s'est attardé à Vienne et ce projet n'était peut-être qu'un prétexte : il sera trop occupé, par la suite, à se débattre dans *La Comédie humaine* pour trouver le temps de donner corps à cette idée – pas plus que Sarah, que je sache, n'a écrit en détail sa vision de la bataille de Morgersdorf, mélangeant tous les récits, turcs et chrétiens, accompagnés de la musique de Pál Esterházy, si elle en a jamais eu le projet.

Tiens, Sarah reproduit dans cet article la gravure du château de Hainfeld que Hammer envoie à Balzac après son retour à Paris, j'avais dû arpenter tous les antiquaires de Vienne pour lui rendre ce service – Hammer envoie à ses proches une image de son château comme aujourd'hui une photographie, ce bon Hammer dont Balzac dit qu'il est "patient comme une chèvre qui s'étrangle" auquel il dédicacera, pour le remercier de ses connaissances orientales, *Le Cabinet des Antiques*. Je suppose que je courais les marchands d'antiquités à Vienne comme Balzac derrière

Évelyne Hanska, éperdument, jusqu'à mettre la main sur cette vignette, qu'elle reproduit au milieu des citations de la correspondance qui ont trait au séjour viennois :

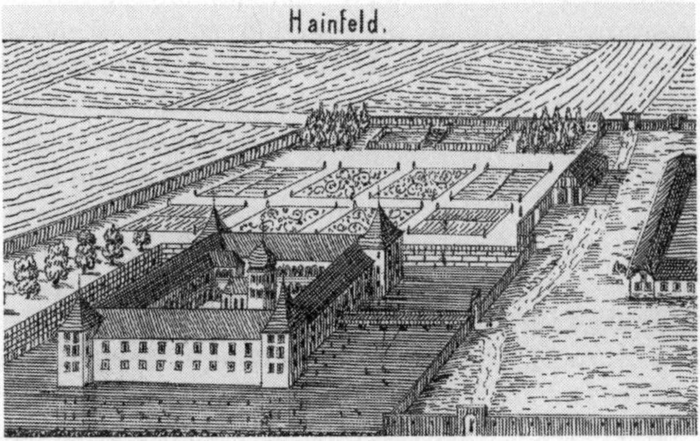

28 avril 1834 : *Si j'étais riche, je me plairais à vous envoyer un tableau, un* Intérieur d'Alger, *peint par Delacroix, qui me semble excellent*[31].

9 mars 1834 : *D'ici Vienne, il n'y a que travail et solitude*[32].

11 août 1834 : *Oh, passer l'hiver à Vienne. J'y serai, oui*[33].

25 août 1834 : *J'ai bien besoin de voir Vienne. Il faut que j'aie exploré les champs de Wagram et d'Essling avant juin prochain. J'ai surtout bien besoin des gravures qui représentent les uniformes de l'armée allemande, et j'irai les chercher. Ayez la bonté de me dire seulement si ça existe*[34].

18 octobre 1834 : *Oui, j'ai humé un peu de l'automne de Touraine; j'ai fait la plante, l'huître et quand le ciel était si beau, je pensais que c'était un présage et que de Vienne viendrait une colombe avec un rameau vert dans le bec*[35].

Pauvre Balzac, qu'a-t-il obtenu à Vienne, quelques baisers et des serments, si l'on en croit ces lettres que Sarah cite abondamment – et moi, qui me faisais toujours une joie de sa venue dans ma capitale, jusqu'à renouveler chaque fois ma garde-robe et aller chez le coiffeur, qu'ai-je obtenu, un nouveau tiré à part que je n'ose pas déchiffrer – la vie fait des nœuds, la vie fait des nœuds et ce sont rarement ceux de la robe de saint François ; nous nous croisons, nous nous courons après, des années, dans le noir et quand nous pensons tenir enfin des mains entre les nôtres, la mort nous reprend tout.

Jane Digby n'apparaît pas dans l'article de Sarah sur Balzac et l'Orient, c'est pourtant un des liens indirects entre le Tourangeau et la Syrie ; la belle, la sublime Jane Digby, dont le corps, le visage et les yeux de rêve firent bien des ravages dans l'Europe et l'Orient du XIXe siècle – une des vies les plus surprenantes de l'époque, des plus *aventureuses*, dans tous les sens du terme. Anglaise scandaleuse divorcée à vingt ans, bannie pour sa "promiscuité" par l'Angleterre victorienne, puis successivement maîtresse d'un noble autrichien, femme d'un baron bavarois, amante du roi Louis Ier de Bavière, mariée à un noble corfiote répondant au nom magnifique de comte Spyridon Théotoky, enfin enlevée (pas contre son gré) par un pirate albanais, Lady Jane Ellenborough née Digby finit par trouver la stabilité amoureuse au désert, entre Damas et Palmyre, dans les bras du cheikh Medjuel el-Mezrab, prince de la tribu des Annazahs de vingt ans son cadet qu'elle épousa à cinquante ans passés. Elle vécut les vingt dernières années de sa vie en Syrie, dans le bonheur le plus parfait, ou presque – elle connut les horreurs de la guerre lors des massacres de 1860, où elle fut sauvée par l'intervention de l'émir Abd el-Kader, en exil à Damas, qui protégea de nombreux chrétiens syriens et européens. Mais l'épisode sans doute le plus atroce de son existence eut lieu bien plus tôt, en Italie, à Bagni di Lucca, au pied des Apennins. Ce soir-là, Leonidas, son fils de six ans, le seul de ses enfants pour lequel elle éprouvait un amour immense, voulait rejoindre sa maman, qu'il apercevait en bas, devant le porche de l'hôtel, depuis le balcon de sa chambre – il se pencha, tomba, et s'écrasa sur le sol de la terrasse, aux pieds de sa mère, mort sur le coup.

C'est peut-être cet horrible accident qui empêcha Jane de connaître le bonheur ailleurs qu'au bout du monde, dans le désert de l'oubli et de l'amour – sa vie, comme celle de Sarah, est un long chemin vers l'est, une suite de stations qui la mènent, inexorablement, toujours plus loin vers l'Orient à la recherche de quelque chose qu'elle ignore. Balzac croise cette femme extraordinaire au début de son immense parcours, à Paris d'abord, aux alentours de 1835, alors que "Lady Ell'" trompe son Bavarois de baron von Venningen avec Théotoky ; Balzac raconte à Mme Hanska que Lady Ell'… vient encore de se sauver avec un Grec, que le mari est venu, qu'il s'est battu en duel avec le Grec, l'a laissé pour mort et a ramené sa femme avant de faire soigner l'amant – "quelle singulière femme", note Balzac. Puis, quelques années plus tard, alors qu'il rentre de Vienne, il s'arrête au château de Weinheim, près de Heidelberg, pour rendre visite à Jane ; il relate ces journées par lettre à Mme Hanska et on peut légitimement soupçonner qu'il ment, pour ne pas déclencher les fureurs jalouses d'Évelyne, dont on sait qu'elles sont fréquentes, quand il dit "encore une de ces accusations qui me font rire". Je me demande si Balzac a bel et bien été séduit par la scandaleuse aventurière aux yeux bleus, c'est possible ; on sait qu'elle lui inspira en partie le personnage de Lady Arabelle Dudley du *Lys dans la vallée*, Lady Dudley conquérante, amoureuse et charnelle. Ce roman, je l'ai lu à quelques milles de Saché, dans ces paysages de Touraine où chevauchent

Lady Dudley et cet idiot de Félix de Vandenesse ; j'ai pleuré pour la pauvre Henriette, morte de tristesse – j'ai été un peu jaloux, aussi, des plaisirs érotiques qu'offrait la fougueuse Arabelle à Félix. Déjà Balzac oppose un Occident chaste et terne aux délices de l'Orient ; on a l'impression qu'il entrevoit, à travers les tableaux de Delacroix qu'il apprécie tant, dans l'imaginaire orientaliste qui se fabrique déjà, le destin postérieur de Jane Digby, comme un prophète ou un voyant : "Son désir va comme le tourbillon du désert, le désert dont l'ardente immensité se peint dans ses yeux, le désert plein d'azur, avec son ciel inaltérable, avec ses fraîches nuits étoilées", écrit-il de Lady Dudley avant une longue comparaison entre l'Occident et l'Orient, Lady Dudley comme l'Orient "exsudant son âme, enveloppant ses fidèles d'une lumineuse atmosphère", et chez Grand-Mère, dans ce fauteuil crapaud au tissu brodé, près de la fenêtre dont les rideaux de dentelle blanche laissaient passer la lumière déjà tamisée par les maigres chênes de l'orée de la forêt, je m'imaginais à cheval avec cette Diane chasseresse britannique tout en souhaitant (j'étais à la lisière de l'enfance) que Félix finisse par épouser Henriette la morfondue, hésitant moi aussi entre les transports de l'âme et les plaisirs de la chair.

Balzac et Hanska, Majnoun et Leyla, Jane Digby et cheikh Medjuel, voilà un beau catalogue à monter, un livre pourquoi pas, je pourrais écrire un livre, j'imagine déjà la couverture :

Des différentes fformes de ffolie en Orient
Volume premier
Les Orientalistes amoureux

Il y aurait là un beau matériau, chez les fous d'amour de toutes espèces, heureux ou malheureux, mystiques ou pornographes, femmes et hommes, si seulement j'étais bon à autre chose qu'à ressasser de vieilles histoires assis dans mon lit, si j'avais l'énergie de Balzac ou de Liszt, et surtout la santé – je ne sais pas ce qu'il adviendra de moi les jours prochains, je vais devoir m'en remettre à la médecine, c'est-à-dire au pire, je ne m'imagine pas du tout à l'hôpital, que vais-je faire de mes nuits d'insomnie ? Victor Hugo l'Oriental raconte l'agonie de Balzac dans ses *Choses vues*, M. de Balzac était dans son lit, dit-il, la tête appuyée sur un monceau d'oreillers auxquels on avait ajouté des coussins de damas rouge empruntés au canapé de la chambre. Il avait la face violette, presque noire, inclinée à droite, la barbe non faite, les cheveux gris et coupés court, l'œil ouvert et fixe. Une odeur insupportable s'exhalait du lit. Hugo souleva la couverture et prit la main de Balzac. Elle était couverte de sueur. Il la pressa. Balzac ne répondit pas à la pression. Une vieille femme, la garde, et un domestique se tenaient debout des deux côtés du lit. Une bougie brûlait derrière le chevet sur une table, une autre sur une commode près de la porte. Un vase d'argent était posé sur la table de nuit. Cet homme et cette femme se taisaient avec une sorte de terreur et écoutaient le mourant râler avec bruit, Mme Hanska était rentrée chez elle, sans doute car elle ne pouvait supporter les râles de son mari, et son agonie : Hugo raconte toutes sortes d'horreurs sur l'abcès aux jambes de Balzac, qui s'était percé quelques jours auparavant.

Quelle malédiction que le corps, pourquoi n'a-t-on pas donné à Balzac de l'opium ou de la morphine comme à Heinrich Heine, pauvre corps de Heine, lui aussi, Heine persuadé de mourir lentement de la syphilis alors que les médecins d'aujourd'hui penchent plutôt pour une sclérose en plaques, une longue maladie dégénérative en tout cas qui le cloua au lit *des années*, mon Dieu, un article scientifique détaille les doses de morphine que prenait Heine, aidé par un pharmacien bienveillant qui avait mis à sa disposition cette innovation récente, la morphine, le suc du suc du divin pavot – au moins au XXIe siècle on ne refuse pas ces soins à un mourant, on essaye juste d'en éloigner les vivants. Je ne sais plus quel écrivain français nous reprochait d'être en vie alors que Beethoven est mort, ce qui m'avait extraordinairement irrité, le titre était *Quand je pense que Beethoven est mort alors que tant d'imbéciles sont en vie*, ou quelque chose d'approchant, ce qui divisait l'humanité en deux catégories, les idiots, et les Beethoven, et il était à peu près certain que cet auteur se rangeait bien volontiers parmi les Beethoven, dont la gloire immortelle rachèterait les tares présentes et souhaitait à tous notre mort, pour venger celle du maître de Bonn : dans cette librairie parisienne, Sarah, qui parfois manque de discernement, trouva ce titre plutôt amusant – elle avait dû me reprocher une fois de plus mon sérieux, mon intransigeance, comme si elle ne l'était pas, elle, intransigeante. La librairie se trouvait place de Clichy, à la fin de notre expédition chez Sadegh Hedayat rue Championnet et au cimetière de Montmartre où nous avions vu les tombes de Heine et de Berlioz, avant un dîner dans une brasserie agréable qui porte un nom allemand, je crois. Sans doute ma colère contre ce livre (dont l'auteur avait lui aussi me semble-t-il un patronyme allemand, encore une coïncidence) était-elle une volonté d'attirer l'attention sur moi, de me faire remarquer aux dépens de cet écrivain, et de briller par ma connaissance de Beethoven – Sarah était en pleine rédaction de sa thèse, elle n'avait d'yeux que pour Sadegh Hedayat ou Annemarie Schwarzenbach. Elle avait beaucoup maigri, elle travaillait quatorze, voire seize heures par jour, sortait peu, se débattait dans son corpus comme un nageur de combat, sans presque se nourrir; malgré tout elle paraissait heureuse. Après l'incident d'Alep, la chambre de l'hôtel Baron, je ne l'avais pas vue pendant des mois, suffoqué que j'étais par la honte. C'était bien égoïste de ma part que de l'emmerder en pleine thèse avec ma jalousie, quel idiot prétentieux : je faisais le coq, alors que j'aurais dû m'occuper d'elle, être aux petits soins, et éviter de monter sur ces grands chevaux beethovéniens dont j'ai remarqué, avec le temps, qu'ils ne me rendent pas extraordinairement populaire auprès des femmes. Peut-être, au fond, ce qui m'énervait tant avec ce titre, *Quand je pense que Beethoven est mort alors que tant d'imbéciles sont en vie*, c'est que son propriétaire avait trouvé le moyen de se rendre drôle et sympathique en parlant de Beethoven, ce que des générations de musicologues, la mienne comprise, ont cherché à faire en vain.

Joseph von Hammer-Purgstall l'orientaliste, toujours lui, raconte qu'il fréquentait Beethoven à Vienne par l'intermédiaire du Dr Glossé. Quel monde tout de même que ces capitales au début du XIXe siècle, où les orientalistes fréquentaient les princes, les Balzac et les musiciens de génie. Ses Mémoires contiennent même une anecdote terrifiante, pour l'année 1815 : Hammer assiste à un concert de Beethoven, dans un de ces extraordinaires salons viennois ; on imagine facilement les cabriolets, les laquais, les centaines de bougies, les lustres aux perles de verre ; il fait froid, c'est l'hiver, l'hiver du congrès de Vienne et on a chauffé le plus possible chez la comtesse Thérèse Apponyi, qui reçoit – elle a à peine trente ans, elle ne sait pas que quelques années plus tard elle charmera le Tout-Paris ; Antoine et Thérèse Apponyi seront les hôtes, dans leur ambassade du faubourg Saint-Germain, de tout ce que la capitale française compte d'écrivains, d'artistes et de musiciens importants. Le noble couple autrichien sera l'ami de Chopin, de Liszt, de la scandaleuse George Sand ; ils recevront Balzac, Hugo, Lamartine et tous les trublions de 1830. Mais ce soir d'hiver, c'est Beethoven qu'elle reçoit ; Beethoven qui n'est pas sorti dans le monde depuis des mois – comme les grands fauves c'est sans doute la faim qui le tire de sa triste tanière, il a besoin d'argent, d'amour et d'argent. Il donne donc un concert pour cette comtesse Apponyi et le cercle immense de ses amis, dont Hammer. L'orientaliste diplomate est bien en cour, au moment de ce congrès de Vienne, où il s'est rapproché de Metternich ; il a fréquenté Talleyrand, dont on ne sait s'il s'agit d'un furet pervers ou d'un faucon altier – une bête de proie, dans tous les cas. L'Europe fête la paix, l'équilibre retrouvé dans le jeu des puissances, et surtout la fin de Napoléon, qui trépigne à l'île d'Elbe ; les Cent-Jours passeront tel un frisson de peur dans le dos d'un Anglais. Napoléon Bonaparte est l'inventeur de l'orientalisme, c'est lui qui entraîne derrière son armée la science en Égypte, et fait entrer l'Europe pour la première fois en Orient au-delà des Balkans. Le savoir s'engouffre derrière les militaires et les marchands, en Égypte, en Inde, en Chine ; les textes traduits de l'arabe et du persan commencent à envahir l'Europe, Goethe le grand chêne a lancé la course ; bien avant *Les Orientales* d'Hugo, au moment même où Chateaubriand invente la littérature de voyage avec l'*Itinéraire de Paris à Jérusalem*, alors que Beethoven joue ce soir-là pour la petite comtesse italienne mariée à un Hongrois devant les plus beaux habits de Vienne, l'immense Goethe met la dernière main à son *West-östlicher Divan*, directement inspiré de la traduction de Hafez qu'a publiée Hammer-Purgstall (Hammer est là bien sûr, on lui prend son manteau, il se penche pour faire semblant d'effleurer des lèvres le gant de Teresa Apponyi, en souriant, car il la connaît très bien, son mari est aussi un diplomate du cercle de Metternich) en 1812, alors que ce dragon de Napoléon, cet horrible Méditerranéen pensait pouvoir affronter les Russes et leur terrifiant hiver, à trois mille lieues de la France. Ce soir-là, pendant que Napoléon tape du pied en attendant les bateaux à Elbe, il y a Beethoven, et il y a le vieux Hafez, et Goethe, et donc Schubert, qui mettra en musique des poèmes du *Divan occidental-oriental*, et Mendelssohn, et Schumann, et Strauss et Schönberg, eux aussi reprendront ces poèmes de Goethe l'immense, et à côté de la comtesse Apponyi se trouve Chopin le fougueux, qui lui dédicacera deux Nocturnes ; près de Hammer s'assoient Rückert et Mowlana Jalal od-Din Roumi, et Ludwig van Beethoven, leur maître à tous, s'installe au piano.

On imagine Talleyrand, soudainement réchauffé par les poêles en faïence, s'endormir avant même que les doigts du compositeur ne touchent le clavier ; Talleyrand le diable boiteux a joué toute la nuit, mais pas de la musique, aux cartes : une petite banque de pharaon avec du vin, beaucoup de vin, et il a les yeux qui se ferment. C'est le plus élégant des évêques défroqués, et aussi le plus original ; il a servi Dieu, servi Louis XVI, servi la Convention, servi le Directoire, servi Napoléon, servi Louis XVIII, il servira Louis-Philippe et deviendra l'homme d'État dont les Français feront leur modèle, eux qui croient sincèrement que les fonctionnaires doivent être comme Talleyrand, des bâtiments, des églises inamovibles qui résistent à toutes les tempêtes et incarnent la fameuse *continuité de l'État*, c'est-à-dire la veulerie de ceux qui subordonnent leurs convictions à la puissance, quelle qu'elle soit – Talleyrand rendra hommage à l'expédition d'Égypte de Bonaparte et à tout ce que Denon et ses savants ont rapporté de connaissances sur l'Égypte antique en ordonnant que son corps soit embaumé *à l'égyptienne*, momifié, sacrifiant à la mode pharaonique qui a envahi Paris, mettant un peu d'Orient dans son cercueil, lui le prince qui avait toujours rêvé transformer son boudoir en harem.

Joseph Hammer ne s'endort pas, il est mélomane ; il apprécie le beau monde, la belle compagnie, les belles assemblées – il a un peu plus de quarante ans, des années d'expérience du Levant, il parle six langues parfaitement, a fréquenté les Turcs, les Anglais et les Français et apprécie, quoique différemment, ces trois nations dont il a pu admirer les qualités. C'est un Autrichien, fils d'un fonctionnaire de province, et il ne lui manque qu'un titre et un château pour réaliser ce Destin dont il sent qu'il est le sien – il lui faudra attendre vingt ans de plus et un coup du sort pour hériter de Hainfeld, de la baronnie qui l'accompagne et devenir von Hammer-Purgstall.

Beethoven a salué l'assistance. Ces années sont bien pénibles pour lui, il vient de perdre son frère Carl et se lance dans un long procès pour qu'on lui confie la garde de son neveu ; l'avancée de sa surdité l'isole de plus en plus. Il est obligé d'utiliser ces énormes cornets acoustiques en cuivre, aux formes étranges, que l'on voit à Bonn, dans une vitrine de la Beethovenhaus, et qui lui donnent l'air d'un centaure. Il est amoureux, mais d'un amour dont il pressent, soit à cause de sa maladie ou de la haute naissance de la jeune femme, qu'il ne donnera rien d'autre que de la musique ; comme Harriet pour Berlioz, cet amour est là, dans la salle ; Beethoven commence à jouer, sa vingt-septième sonate, composée quelques mois plus tôt, avec vivacité, sentiment et expression.

Le public tremble un peu ; il y a un murmure que Beethoven n'entend pas : Hammer raconte que le piano, peut-être en raison du chauffage, n'a pas tenu l'accord et sonne horriblement – les doigts de Beethoven jouent parfaitement, et il entend, intérieurement, sa musique telle qu'elle devrait être ; pour le public, c'est une catastrophe sonore et si Beethoven observe de temps en temps sa bien-aimée, il doit s'apercevoir, petit à petit, que les visages sont envahis par la gêne, la honte, même, d'assister ainsi à l'humiliation du grand homme. Heureusement la comtesse Apponyi est une dame de tact, elle applaudit à tout rompre, elle fait discrètement signe d'abréger la séance, et l'on imagine la tristesse de Beethoven, lorsqu'il comprendra de quelle horrible farce il a été victime – ce sera son dernier concert, nous apprend Hammer. J'aime imaginer que lorsque Beethoven composera, quelques semaines plus tard, le cycle de lieder *An die ferne Geliebte*, à l'aimée lointaine, c'est à cette distance de la surdité qu'il pensera, qui l'éloigne du monde plus sûrement que l'exil, et même si on ignore encore, malgré les recherches passionnées des spécialistes, qui était cette jeune femme, on devine, dans le *Nimm sie hin, denn, diese Lieder* final, toute la tristesse de l'artiste qui ne peut plus chanter ou jouer lui-même les mélodies qu'il écrit pour celle qu'il aime.

Pendant des années, j'ai collectionné toutes les interprétations possibles des sonates pour piano de Beethoven, les bonnes et les mauvaises, les attendues comme les surprenantes, des dizaines de vinyles, de CD, de bandes magnétiques, et chaque fois que j'entends le deuxième mouvement de la vingt-septième, pourtant *très chantant* je ne peux m'empêcher de songer à la honte et l'embarras, la honte et l'embarras de toutes les déclarations d'amour qui tombent à plat, et je vais rougir de honte assis dans mon lit la lumière allumée si je repense à cela, nous jouons notre sonate tout seuls sans nous apercevoir que le piano est désaccordé, pris par nos sentiments : les autres entendent à quel point nous sonnons faux, et au mieux en conçoivent une sincère pitié, au pire une terrible gêne d'être ainsi confrontés à notre humiliation qui les éclabousse alors qu'ils n'avaient, le plus souvent, rien demandé – Sarah n'avait rien demandé, ce soir-là à l'hôtel Baron, enfin si, peut-être, je n'en sais rien, j'avoue que je n'en sais plus rien, aujourd'hui, après tout ce temps, après Téhéran, les années, ce soir, alors que je m'enfonce dans la maladie comme Beethoven et que, malgré le mystérieux article de ce matin, Sarah est plus lointaine que jamais, *ferne Geliebte*, heureusement que je ne compose pas de poèmes, et plus de musique depuis bien longtemps.

Ma dernière visite à la Beethovenhaus de Bonn pour cette conférence sur "*Les Ruines d'Athènes* et l'Orient" remonte à quelques années, et est aussi marquée par la honte et l'humiliation, celle de la folie de ce pauvre Bilger – je le revois debout, au premier rang, la bave aux lèvres, commencer par déblatérer sur Kotzebue (l'auteur du livret des *Ruines d'Athènes* qui n'avait, lui non plus, rien demandé à personne et dont la seule gloire est sans doute d'avoir pris un coup de poignard fatal) puis tout mélanger, l'archéologie et le racisme antimusulman, car le "Chœur des derviches" dont je venais de parler nomme le Prophète et la Kaaba et c'est pour cette raison qu'il n'est jamais interprété de nos jours, criait Bilger, nous respectons trop al-Qaida, notre monde est en danger, plus personne ne s'intéresse à l'archéologie grecque et romaine, seulement à al-Qaida et Beethoven avait bien compris qu'il faut rapprocher les deux côtés dans la musique, l'Orient et l'Occident, pour repousser la fin du monde qui s'approche et toi Franz (c'est là que la dame de la Beethovenhaus s'est tournée vers moi avec un air consterné auquel j'ai répondu par une lâche moue dubitative qui signifiait "j'ignore absolument qui est cet énergumène") tu le sais mais tu ne le dis pas, tu sais que l'art est menacé, que c'est un symptôme de la fin du monde tous ces gens qui se tournent vers l'islam, vers l'hindouisme et le bouddhisme, il n'y a qu'à lire Hermann Hesse pour le savoir, l'archéologie est une science de la terre et tout le monde l'oublie, comme on oublie que Beethoven est le seul prophète allemand – j'ai été pris d'une brusque et terrifiante envie d'uriner, soudain je n'entendais plus ce que baragouinait Bilger, debout au milieu de l'assistance, je n'écoutais que mon corps et ma vessie, il me semblait qu'elle allait exploser, je me disais "j'ai bu du thé, j'ai bu trop de thé", je ne vais pas tenir, j'ai une formidable envie de pisser je vais mouiller mon pantalon et mes chaussettes c'est affreux, devant tout le monde, je ne vais pas pouvoir me retenir plus longtemps, je devais pâlir à vue d'œil et alors que Bilger bafouillait encore ses imprécations inaudibles pour moi je me suis levé et j'ai couru, en me tortillant, la main à l'entrejambe, me réfugier dans les chiottes, pendant que derrière moi un tonnerre d'applaudissements saluait mon départ, interprété comme le désaveu de l'orateur cinglé. À mon retour, Bilger n'était plus là ; il était parti, me raconta la brave dame de la Beethovenhaus, peu après ma disparition, non sans auparavant me traiter de pleutre et de traître, ce en quoi, je dois bien l'admettre, il n'avait pas tort.

Cet incident m'avait profondément attristé ; alors que je me faisais une joie de revoir en détail les objets de la collection Bodmer, je passai à peine dix minutes dans les salles du musée ; la conservatrice qui m'accompagnait nota mon humeur chagrine et chercha à me rassurer, vous savez, des fous, il y en a partout et, même si l'intention était louable, l'idée qu'il puisse y avoir *partout* des aliénés comme Bilger acheva de me déprimer. Est-ce que ses trop nombreux séjours en Orient avaient agrandi une fêlure de l'âme préexistante, est-ce qu'il avait contracté là-bas une maladie spirituelle, ou est-ce que la Turquie et la Syrie n'avaient rien à voir dans tout cela et qu'il serait devenu tout aussi fou s'il n'avait jamais quitté Bonn, on n'en sait rien – un client pour ton voisin, aurait dit Sarah, en faisant référence à Freud, et j'avoue que j'ignore absolument si le genre de délire paranoïaque façon Bilger n'est pas *au-delà* de la psychanalyse, plutôt du ressort de la trépanation, malgré toute la sympathie que m'inspirent le bon Dr Sigmund et ses acolytes. "Tu résistes", aurait dit Sarah ; elle m'avait expliqué le concept extraordinaire de *résistance* en psychanalyse, je ne sais plus à quel propos, et j'avais été outré par la simplicité de l'argument, tout ce qui va à l'encontre de la théorie psychanalytique est du domaine de la *résistance*, c'est-à-dire le fait de malades qui refusent de guérir, refusent de voir la lumière dans les paroles du bon docteur. C'est certainement mon cas, maintenant que j'y pense, je résiste, je résiste depuis des années, je ne suis même jamais entré dans l'appartement du cocaïnomane spécialiste de la vie sexuelle des nourrissons, je n'ai même pas accompagné Sarah quand elle y est allée, tout ce que tu veux, j'ai dit, je veux bien aller voir des femmes découpées dans un musée d'anatomie mais pas visiter l'appartement du charlatan, d'ailleurs rien n'a changé, tu sais, l'escroquerie continue : on va te faire payer une fortune pour voir un logement totalement vide, car ses possessions, son divan, son tapis, sa boule de cristal et ses tableaux de femmes nues se trouvent à Londres. C'était évidemment de la mauvaise foi, encore une façon de faire le malin, je n'ai rien contre Freud, bien sûr, et elle l'avait deviné, comme d'habitude. Peut-être Freud réussirait-il à m'endormir avec son pendule d'hypnotiseur, voilà une heure que je suis assis dans mon lit la lumière allumée avec mes lunettes sur le nez un article dans les mains à fixer bêtement les rayonnages de ma bibliothèque – "Les temps sont si mauvais que j'ai décidé de parler tout seul", dit cet essayiste espagnol, Gómez de la Serna, et je le comprends.

Moi aussi il m'arrive de parler tout seul.

De chanter, même, parfois.

Tout est calme chez Gruber. Il doit dormir, il se relèvera vers 4 heures pour ses besoins, sa vessie ne le laisse pas tranquille, un peu comme la mienne à Bonn, quelle honte, quand j'y pense, tout le monde a cru que je quittais la salle outré par les propos de Bilger, j'aurais dû lui crier "Souviens-toi de Damas! Rappelle-toi le désert de Palmyre!" Et peut-être est-ce qu'il se serait réveillé brusquement, comme un patient de Freud qui découvre soudain, en pleine séance, qu'il a confondu le *fait-pipi* de son père avec celui d'un cheval et s'en trouve, tout à coup, immensément soulagé – cette histoire du *Petit Hans* est tout de même incroyable, j'ai oublié son vrai nom mais je sais que par la suite cet homme est devenu metteur en scène d'opéra, et qu'il a milité toute sa vie pour que l'opéra soit un spectacle populaire, qu'est-il advenu de sa phobie des chevaux, est-ce que le bon Dr Freud l'en a guéri, je n'en sais rien, on espère qu'il n'emploie plus en tout cas l'expression *fait-pipi*. Pourquoi l'opéra ? Sans doute parce qu'on y croise beaucoup moins de *fait-pipis* que, mettons, dans le cinéma – et très peu de chevaux. Je m'étais refusé à accompagner Sarah chez Freud, j'avais boudé (ou résisté, selon la terminologie). Elle était revenue enchantée, débordante d'énergie, les joues rougies par le froid (il soufflait un beau vent glacial sur Vienne ce jour-là), je l'attendais dans le café Maximilien à l'angle de la place de la Votivkirche, en lisant le journal, bien caché dans un coin derrière le *Standard*, qui suffit à peine pour vous dissimuler des étudiants et des collègues qui fréquentent cet établissement, mais avait à l'époque édité une série de DVD de cent *films autrichiens* et méritait d'être récompensé pour cette initiative intéressante, la célébration du *cinéma autrichien* ; bien évidemment, un des premiers de la série était *La Pianiste*, film terrifiant adapté du roman de la non moins terrifiante Elfriede Jelinek, et je pensais à ces choses un peu tristes abrité derrière mon *Standard* quand Sarah est revenue toute pimpante et guillerette de chez M. Freud : j'ai immédiatement mélangé dans ma tête le petit Hans, l'agoraphobie de Jelinek et sa volonté de couper tous les *fait-pipis*, des hommes comme des chevaux.

Sarah avait fait une découverte, elle en était tout émue ; elle a repoussé le journal et m'a attrapé la main, elle avait les doigts gelés.

SARAH *(agitée, enfantine)*. Tu sais quoi ? C'est incroyable, est-ce que tu devines comment s'appelle la voisine du dessus du Dr Freud ?

FRANZ *(confus)*. Comment ? Quelle voisine de Freud ?

SARAH *(légèrement irritée)*. Sur la boîte aux lettres. L'appartement de Freud est au premier. Et il y a des gens qui habitent l'immeuble.

FRANZ *(humour viennois)*. Ils doivent supporter les cris des hystériques, ça doit être encore plus pénible que le chien de mon voisin.

SARAH *(sourire patient)*. Non non sans rire, est-ce que tu sais comment s'appelle la dame qui occupe l'appartement situé au-dessus de chez Freud ?

FRANZ *(détaché, un peu snob)*. Aucune idée.

SARAH *(air victorieux)*. Eh bien elle s'appelle Hannah Kafka.

FRANZ *(blasé)*. Kafka ?

SARAH *(sourire extatique)*. Je te jure. C'est une très belle coïncidence. Karmique. Tout est lié.

FRANZ *(exagération éhontée)*. Voilà bien une réaction de Française. Il y a beaucoup de Kafka à Vienne, c'est un nom de famille très répandu. Mon plombier s'appelle Kafka.

SARAH *(outrée par la mauvaise foi, vexée)*. Mais enfin reconnais quand même que c'est extraordinaire !

FRANZ *(lâchement)*. Je te fais marcher. Bien sûr que c'est extraordinaire. C'est peut-être l'arrière-cousine de Franz, qui sait.

SARAH *(beauté solaire, rayonnante)*. Oui, hein ? C'est… *fantastique* comme découverte.

Kafka était une de ses passions, un de ses "personnages" préférés et qu'elle puisse le croiser ainsi au-dessus de chez Freud à Vienne la mettait en joie. Elle adore lire le monde comme une suite de coïncidences, de rencontres fortuites qui donnent un sens à l'ensemble, qui dessinent le *samsara*, la pelote de laine de la contingence et des phénomènes ; elle m'avait bien évidemment fait remarquer que je m'appelais Franz, comme Kafka : il avait fallu que je lui explique que c'était le prénom de mon grand-père paternel, qui s'appelait Franz Josef, parce qu'il était né le jour de la mort de l'empereur du même nom, le 21 novembre 1916 ; mes parents avaient été assez bons pour ne pas m'infliger le *Josef*, ce qui l'avait beaucoup fait rire – Tu imagines, tu devrais t'appeler François-Joseph ! (Elle m'a appelé d'ailleurs plusieurs fois François-Joseph dans des lettres ou des messages. Heureusement que Maman ne s'est jamais rendu compte qu'on se moquait ainsi de ses choix patronymiques, elle en aurait été bien attristée.) Par chance, mon frère ne s'appelle pas Maximilien mais Peter, pour des raisons que j'ignore, d'ailleurs. Maman a toujours eu l'impression, depuis son arrivée à Vienne en 1963, d'être une princesse française qu'un jeune noble habsbourgeois était venu tirer de sa campagne pour l'emmener profiter du lustre de sa brillante capitale – elle a conservé un accent français très fort, *de film d'époque*, j'avais horriblement honte de cette intonation quand j'étais petit, de cette façon d'accentuer toutes les phrases et tous les mots de toutes les phrases sur la dernière syllabe en décorant le tout de quelques voyelles nasales ; bien sûr les Autrichiens trouvent cet accent *charmant*, *sehr charmant*. Les Syriens en dehors des grandes villes étaient quant à eux si surpris qu'un étranger puisse parler même quelques mots d'arabe qu'ils ouvraient des yeux ronds, et faisaient mille efforts d'attention pour essayer de pénétrer les mystères de l'articulation exotique des Francs ; Sarah parle bien mieux l'arabe ou le persan que l'allemand, il faut le dire, et j'ai toujours eu du mal à l'entendre parler notre idiome, peut-être, quelle horrible pensée, parce que sa prononciation me rappelle celle de ma mère. Ne nous aventurons pas sur ce terrain glissant, laissons ce domaine au bon docteur, le voisin du dessous de Mme Kafka. Sarah me racontait qu'à Prague, Kafka est un héros au même titre que Mozart, Beethoven ou Schubert à Vienne ; il possède son musée, ses statues, sa place ; l'office du tourisme organise des Kafka Tours et on peut acheter des plaques magnétiques avec le portrait de l'écrivain pour coller sur son frigo géant à Oklahoma City en rentrant chez soi – on ignore pourquoi les jeunes Américains se sont entichés de Prague et de Kafka ; ils y traînent en bandes, en grand nombre, passent plusieurs mois dans la capitale tchèque, quand ce n'est pas des années, surtout les écrivains en herbe sortis des universités de *creative writing*; ils viennent à Prague comme on allait autrefois à Paris, pour l'inspiration ; ils tiennent des blogs et remplissent des carnets ou noircissent des pages virtuelles dans des cafés, boivent des litres et des litres de bière tchèque, et je suis sûr qu'on en retrouve certains à la même place dix ans plus tard, mettant toujours la dernière main à leur premier roman ou au recueil de nouvelles censé les propulser vers la gloire – à Vienne fort heureusement nous avons surtout de *vieux* Américains, des couples d'un âge respectable qui profitent des palaces en surnombre, font la queue pour visiter le Hofburg, mangent des *Sachertorte*, vont à un concert où l'on joue Mozart en perruque et en costume et rentrent à pied dans le soir jusqu'à leur hôtel, bras dessus bras dessous, avec la sensation de traverser le XVIIIe et le XIXe siècle en entier, gentiment émoustillés par la peur qu'un coupe-jarret pourrait surgir d'une de ces ruelles baroques désertes et silencieuses pour les dévaliser, ils restent deux, trois, quatre jours puis vont à Paris, Venise, Rome ou Londres avant de retrouver leur pavillon à Dallas et de montrer à leur entourage ébahi leurs photos et leurs souvenirs. Depuis Chateaubriand on voyage pour raconter ; on prend des images, support de la mémoire et du partage ; on explique qu'en Europe "les chambres sont minuscules", qu'à Paris "toute la chambre d'hôtel était plus petite que notre salle de bains", ce qui provoque les frissons de l'assistance – et aussi une lumière d'envie dans les regards, "Venise est magnifiquement décadente, les Français sont extraordinairement discourtois, en Europe il y a du vin dans toutes les épiceries et tous les supermarchés, partout", et on est content, et on meurt en ayant vu le Monde. Pauvre Stendhal, il ne savait pas ce qu'il faisait en publiant ses *Mémoires d'un touriste*, il inventait bien plus qu'un mot, "grâce au Ciel, disait-il, le présent voyage n'a aucune prétention à la statistique et à la science", sans se rendre compte qu'il poussait des générations de voyageurs vers la futilité, avec l'aide du ciel, qui plus est. Amusant que ce Stendhal soit associé non seulement au mot touriste, mais aussi au syndrome du voyageur qui porte son nom ; il paraît que l'hôpital de Florence possède un service psychiatrique à part pour les étrangers qui se pâment devant le musée des Offices ou le Ponte Vecchio, une centaine par an, et je ne sais plus qui m'a raconté qu'à Jérusalem il y avait un asile spécial pour les délires mystiques, que la seule *vue* de Jérusalem pouvait provoquer des fièvres, des étourdissements, des apparitions de la Vierge, du Christ et de tous les prophètes possibles, au milieu des intifadas et des Juifs orthodoxes qui s'en prennent aux minijupes et aux décolletés comme leurs collègues arabes aux militaires, à coups de pierre, à l'ancienne et de façon *qadim jiddan*, au milieu de tout ce que la planète compte comme savants laïques et religieux penchés sur de vénérables textes, des torahs, des évangiles et même des corans dans toutes les langues anciennes et toutes les européennes, selon les écoles, protestants allemands, hollandais, britanniques et américains, papistes français, espagnols, italiens jusqu'aux Autrichiens, aux Croates, aux Tchèques sans parler de la kyrielle d'Églises autocéphales, les Grecs, les Arméniens, les Russes, les Éthiopiens, les Égyptiens, les Syriaques, tous avec leur version uniate, ajoutés à l'infinité de variantes possibles du judaïsme, réformées ou non, rabbiniques ou non, et des schismes musulmans, musulmans pour qui Jérusalem est certes moins importante que La Mecque, mais reste un lieu très saint, ne serait-ce que parce qu'on ne souhaite pas l'abandonner aux autres confessions : tous ces savants, toutes ces sommités se regroupaient en autant d'écoles, de revues scientifiques, d'exégèses ; Jérusalem se découpait entre traducteurs, pèlerins, herméneutes et visionnaires, au milieu de tout le saint-frusquin de la parade commerciale, des marchands de châles, d'icônes, d'huiles saintes et culinaires, de croix en bois d'olivier, de bijoux plus ou moins sacrés, d'images pieuses ou profanes et le chant qui montait vers le ciel toujours pur était une atroce cacophonie mêlant les polyphonies aux cantilènes, les pieuses monodies aux lyres païennes des soldats. Il fallait voir à Jérusalem les pieds de cette foule et la diversité de ses chausses : sandales christiques, avec ou sans chaussettes, *caligae*, bottes de cuir, claquettes, tongs, mocassins écrasés au talon ; pèlerins, militaires ou vendeurs ambulants pouvaient se reconnaître sans lever les yeux du sol crasseux de la vieille ville de Jérusalem, où l'on croisait aussi des pieds nus, des pieds noircis qui avaient marché au moins depuis l'aéroport Ben Gourion, mais parfois de plus loin, enflés, bandés, sanguinolents, velus ou glabres, des extrémités masculines ou féminines – on pourrait passer des jours à Jérusalem juste en observant les arpions de la multitude, la tête baissée, les yeux vers le bas en signe d'humilité fascinée.

Stendhal ferait l'effet d'un débutant avec sa pâmoison florentine face aux ivresses mystiques des touristes à Jérusalem. Je me demande ce que le Dr Freud penserait de ces troubles ; il faudrait que je demande à Sarah, spécialiste du sentiment océanique et de la perte de soi sous toutes ses formes – comment interpréter mes propres émotions spirituelles, cette force, par exemple, qui me pousse vers les pleurs lorsque je vais au concert, certains moments, si forts et si brefs, où je sens que mon âme touche à l'ineffable de l'art et regrette, ensuite, dans la tristesse, cet avant-goût de paradis dont elle vient de faire l'expérience ? Que penser de mes absences dans certains lieux chargés de spiritualité, comme la Süleymaniye ou le petit couvent de derviches de Damas ? Autant de mystères pour une prochaine vie, comme dirait Sarah – j'ai envie d'aller chercher son terrifiant article sur le Sarawak, pour le relire, vérifier s'il contient des allusions subtiles à notre histoire, à Dieu, à la transcendance, au-delà de l'horreur. À l'Amour. À cette relation entre l'Amant et l'Aimé. Peut-être le texte le plus mystique de Sarah est-il cet article simple et édifiant, "L'orientalisme est un humanisme", consacré à Ignaz Goldziher et Gershom Scholem, paru précisément dans une revue de l'université de Jérusalem ; je dois l'avoir quelque part par là, est-ce que je me lève, se lever signifierait renoncer au sommeil jusqu'à l'aube, je me connais.

Je pourrais faire une tentative pour me rendormir, je pose mes lunettes et le tiré à part balzacien, tiens, mes doigts ont laissé des traces sur la couverture jaunie, on oublie que la sueur est acide et marque le papier ; c'est peut-être la fièvre qui me fait suer des doigts, j'ai effectivement les mains moites, pourtant le chauffage est éteint et je n'ai pas la sensation d'avoir chaud, il y a aussi quelques gouttes de sueur sur mon front, comme du sang – les chasseurs appellent le sang du gibier *sueur*, à la chasse en Autriche il n'y a pas de sang mais de la *sueur*, la seule fois où j'ai accompagné mon oncle chasser j'ai vu un chevreuil touché au poitrail, les chiens jappaient devant l'animal sans s'en approcher, la bête tremblait et creusait l'humus de ses sabots, un des chasseurs lui a planté un couteau dans la poitrine, comme dans un conte des frères Grimm, mais ce n'était pas un conte des Grimm c'était un gros type bourru avec une casquette, j'ai soufflé à mon oncle "On aurait peut-être pu le soigner, le pauvre", un étrange réflexe naïf qui m'a valu une bonne taloche derrière la tête. Les chiens léchaient les feuilles mortes. "Ils récupèrent le sang", commentai-je, écœuré ; mon oncle m'a regardé d'un œil noir et a grogné "Ce n'est pas du sang. Il n'y a pas de sang. C'est de la *sueur*." Les chiens étaient trop bien dressés pour s'approcher du chevreuil mourant ; ils se contentaient, en douce, des gouttes tombées, de ces traces qu'ils avaient si bien suivies, de la *sueur* que la bestiole avait perdue en courant à mort. J'ai cru que j'allais vomir, mais non ; la tête du chevreuil crevé bringuebalait à droite et à gauche pendant qu'on le portait vers la voiture, je regardais tout le temps par terre, les yeux dans les brindilles, les marrons et les glands secs, pour éviter de marcher dans cette *sueur* que j'imaginais dégoutter du cœur transpercé de l'animal et l'autre jour, au laboratoire d'analyses, quand l'infirmière a appliqué son garrot élastique autour de mon biceps, j'ai détourné les yeux en disant tout haut "Ce n'est pas du sang. Il n'y a pas de sang. C'est de la *sueur*", la jeune femme a dû me prendre pour un fou, c'est certain, et mon portable s'est mis à sonner à cet instant précis, au moment où elle allait planter son instrument dans ma veine, mon téléphone était dans ma veste auprès du bureau, "Avec la garde montante, comme de petits soldats" avec une horrible tonalité informatique a retenti dans le cabinet médical ; cet appareil qui ne sonne absolument jamais a choisi précisément ce moment-là pour brailler *Carmen* à tue-tête, alors que cette dame s'apprêtait à me *suer*. Le téléphone se trouvait à cinq mètres de là, j'étais attaché par un garrot, prêt à être cloué par une aiguille, je n'ai jamais rien vécu d'aussi embarrassant – l'infirmière hésitait, la seringue en l'air ; la garde n'en finissait pas de monter, Bizet se faisait complice de l'humiliation, la préposée à l'extraction m'a demandé si je voulais répondre, j'ai fait non de la tête, elle m'a planté avant que je ne puisse regarder ailleurs ; j'ai vu le métal s'enfoncer dans la veine saillante et bleue, senti le garrot claquer, le sang m'a paru bouillonner dans le récipient, "Avec la garde montante", combien de temps peut sonner un téléphone, ma *sueur* était noire comme l'encre de ces stylos rouges transparents que j'utilise pour corriger les copies des étudiants, "comme de petits soldats", tout cela n'allait donc jamais finir, parfois la vie est longue, dit T. S. Eliot, la vie est très longue, "Avec la garde montante", l'infirmière a retiré son éprouvette en plastique, le téléphone s'est enfin tu et elle a sans pitié remis un second tube à la place du premier, en laissant quelques secondes la canule abandonnée pendouiller sur mon bras.

Ce n'est pas du sang, il n'y a pas de sang, c'est de la *sueur*.

Heureusement je ne saigne pas mais c'est tout de même inquiétant, ces sudations nocturnes, cette fièvre.

Kafka crachait du sang, lui, ça devait être autrement désagréable, ces traces rouges dans son mouchoir, quelle horreur ; en 1900 un Viennois sur quatre mourait de tuberculose, paraît-il, est-ce que c'est cette maladie qui rend Kafka si populaire et est à l'origine de cette "méprise" sur sa personnalité, peut-être. Dans une de ses dernières lettres, terrifiantes, Kafka écrit à Max Brod depuis le sanatorium de Kierling, à Klosterneuburg près du Danube : "Cette nuit j'ai pleuré plusieurs fois sans raison, mon voisin est mort cette nuit", et deux jours plus tard Franz Kafka était mort à son tour.

Chopin, Kafka, sale maladie à laquelle on doit tout de même *La Montagne magique*, ne l'oublions pas – il n'y a pas de hasard, Thomas Mann le grand était le voisin de Bruno Walter à Munich, leurs enfants jouaient ensemble, raconte son fils Klaus Mann dans ses Mémoires, quelle famille que les grands hommes. Sarah avait bien évidemment relevé tous ces petits liens qui unissaient ses "personnages" : Kafka apparaît dans sa thèse pour deux de ses nouvelles, *Dans la colonie pénitentiaire* et *Chacals et Arabes* ; pour Sarah, le *déplacement* kafkaïen est intimement lié à son identité-frontière, à la critique de l'Empire autrichien finissant et, au-delà, à la nécessité de l'acceptation de l'altérité comme partie intégrante du soi, comme contradiction féconde. D'autre part l'injustice coloniale (et c'est là toute l'originalité de sa thèse) entretient avec les savoirs "orientalistes" le même type de relations que les chacals avec les Arabes dans la nouvelle de Kafka ; ils sont peut-être inséparables, mais la violence des uns ne peut en aucun cas être mise sur le compte des autres. Pour Sarah, considérer Kafka comme un romantique souffreteux et gris perdu dans une administration stalinienne est une aberration absolue – c'est oublier le *rire*, la moquerie, la jubilation qui naissent au creux de sa lucidité. Transformé en produit pour touristes, le pauvre Franz n'est plus qu'un masque pour le triomphe du capitalisme, et cette vérité l'attristait à tel point qu'elle avait refusé, alors que Kafka venait d'apparaître dans le café Maximilien à l'angle de la Votivkirche grâce à la voisine du Dr Freud, que nous allions à Klosterneuburg voir ce qui restait du sanatorium où le Praguois était mort en 1924. L'idée de prendre le S-Bahn ne m'enchantait pas vraiment, je n'ai donc pas insisté, même si, pour lui faire plaisir, j'aurais été prêt à me geler les choses dans le vent de cette noble banlieue, que je soupçonnais tout à fait glacial.

Ce n'est pas du sang, il n'y a pas de sang, c'est de la *sueur*.

Peut-être aurais-je dû insister, parce que l'alternative s'est révélée au moins aussi pénible ; je connaissais la passion de Sarah pour les monstruosités, même si à l'époque cet intérêt envers la mort et le corps des morts ne se manifestait pas avec autant de vivacité qu'aujourd'hui. Il m'avait déjà fallu supporter la sinistre exposition des modèles anatomiques et voilà qu'elle m'emmenait de l'autre côté du canal à Leopoldstadt dans un musée "que Magris citait dans *Danube*" et qui l'avait toujours intriguée – le musée du Crime, ni plus ni moins, que je connaissais de nom mais où je n'avais jamais mis les pieds : le musée officiel de la Police de Vienne, toujours l'horreur et toujours les monstres, des crânes défoncés et des photos de cadavres mutilés en veux-tu en voilà, je me demande bien pourquoi elle s'intéresse aux entrailles de ma ville alors que j'aurais tant de beautés à lui montrer, l'appartement de Mozart, le Belvédère et les tableaux de Leopold Carl Müller surnommé l'Égyptien ou *Orient-Müller*, avec Rudolf Ernst et Johann Viktor Krämer l'un des meilleurs peintres orientalistes autrichiens, et tant de choses de moi, le quartier de mon enfance, mon lycée, la boutique d'horloger de grand-père, etc. Qu'est-ce que Balzac avait bien pu visiter à Vienne, à part des champs de bataille et des libraires pour trouver des gravures d'uniformes allemands, on sait qu'il empruntait son valet de pied à Hammer pour l'accompagner dans ses promenades, mais rien ou presque de ses impressions ; un jour il faudrait que je lise ses *Lettres à l'étrangère* en entier, enfin une histoire d'amour qui finit bien, plus de quinze ans de patience, quinze ans de patience.

Allongé sur le dos dans le noir il va m'en falloir, de la patience, respirons calmement, allongé sur le dos dans le profond silence de minuit. Ne pensons pas au seuil de cette chambre de l'hôtel Baron à Alep, ne pensons pas à la Syrie, à l'intimité des voyageurs, au corps de Sarah allongé de l'autre côté de la cloison dans sa chambre de l'hôtel Baron à Alep, immense pièce au premier étage avec un balcon donnant sur la rue Baron, ex-rue du Général-Gouraud, bruyante artère à deux pas de Bab el-Faraj et de la vieille ville par des ruelles tachées d'huile de vidange et de sang d'agneau, peuplées de mécaniciens, de restaurateurs, de marchands ambulants et de vendeurs de jus de fruits ; la clameur d'Alep franchissait les volets dès l'aube ; elle s'accompagnait d'effluves de charbon de bois, de diesel et de bestiaux. Pour qui arrivait de Damas, Alep était exotique ; plus cosmopolite peut-être, plus proche d'Istanbul, arabe, turque, arménienne, kurde, à quelques lieues d'Antioche, patrie des saints et des croisés, entre les cours de l'Oronte et de l'Euphrate. Alep était une ville de pierre, aux interminables dédales de souks couverts débouchant contre le glacis d'une citadelle imprenable, et une cité moderne, de parcs et de jardins, construite autour de la gare, branche sud du Bagdad Bahn, qui mettait Alep à une semaine de Vienne *via* Istanbul et Konya dès janvier 1913 ; tous les passagers qui arrivaient par le train logeaient à l'hôtel Baron, équivalent alépin du Péra Palace stambouliote – l'Arménien qui tenait l'hôtel quand nous y sommes descendus pour la première fois en 1996 était le petit-fils du fondateur, il n'avait pas connu les hôtes illustres qui rendaient l'établissement célèbre : Lawrence d'Arabie, Agatha Christie ou le roi Faysal avaient dormi dans cette bâtisse aux fenêtres en ogive ottomane, à l'escalier monumental, aux vieux tapis usés et aux chambres défraîchies où traînaient encore d'inutiles téléphones en bakélite et des baignoires de métal à pattes de lion dont la tuyauterie sonnait comme une mitrailleuse lourde dès qu'on en ouvrait le robinet, au milieu des papiers peints fanés et des couvre-lits tachés de rouille. Le charme de la décadence, disait Sarah ; elle était heureuse d'y retrouver l'ombre d'Annemarie Schwarzenbach, sa Suissesse errante, qui y avait promené son spleen pendant l'hiver 1933-1934 – les derniers vestiges de la république de Weimar s'étaient effondrés, *un Peuple, un Empire, un Guide* résonnait sur toute l'Allemagne et la jeune Annemarie voyageait éperdument pour échapper à la tristesse européenne qui envahissait même Zurich. Le 6 décembre 1933, Annemarie débarquait à Alep, à l'hôtel Baron ; Sarah était aux anges quand elle découvrit, sur une page jaunie et poussiéreuse, l'écriture fine et ramassée de la voyageuse, qui avait rempli en français la fiche d'arrivée – elle brandissait le registre dans le hall de l'hôtel sous les regards amusés du patron et du personnel, habitués à ce que les archives de leur établissement crachent les noms célèbres comme une locomotive la fumée ; le directeur n'avait pas l'heur de connaître cette Suissesse morte qui lui valait une telle démonstration d'affection mais (personne n'a jamais été insensible aux charmes de Sarah) il avait l'air sincèrement heureux de la trouvaille responsable de ces transports, à tel point qu'il se joignit à nous pour fêter la découverte au bar de l'hôtel : sur la gauche de la réception s'ouvrait une petite pièce encombrée de vieux fauteuils clubs et de meubles en bois sombre, un comptoir avec une barre de cuivre et des tabourets recouverts de cuir, dans un style néo-britannique équivalent en laideur aux salons orientalistes du Second Empire ; derrière le comptoir, une grande niche ogivale avec des étagères sombres regorgeait d'objets promotionnels de marques de boissons des années 1950-1960, des Johnnie Walker en céramique, des chats de la même matière, de vieilles bouteilles de Jägermeister, et de chaque côté de ce musée terne et poussiéreux pendouillaient, sans qu'on comprenne pourquoi, deux cartouchières vides, comme si elles venaient de servir pour chasser les faisans imaginaires et les nains de porcelaine qu'elles encadraient mollement. Le soir, dès la tombée du jour, ce bar se remplissait non seulement des clients de l'hôtel, mais aussi de touristes logés ailleurs et venus profiter d'un bain de nostalgie en buvant une bière ou un arak dont l'odeur d'anis, mêlée à celle de la cacahuète et de la clope, était la seule touche orientale du décor. Les tables rondes débordaient de guides touristiques et d'appareils photo et on entendait, au vol, dans les conversations des clients, les noms de T. E. Lawrence, d'Agatha Christie et de Charles de Gaulle – je revois Sarah au comptoir, les jambes voilées de noir croisées sur un tabouret, le regard dans le vague, et je sais qu'elle pense à Annemarie, la journaliste-archéologue suisse : elle l'imagine au même endroit soixante ans plus tôt, sirotant un arak, après un bon bain pour se débarrasser de la poussière de la route ; elle arrive d'un chantier de fouilles entre Antioche et Alexandrette. Tard dans la nuit, elle écrit une lettre à Klaus Mann, que j'avais aidé Sarah à traduire ; une lettre à en-tête de cet hôtel Baron où soufflaient encore la nostalgie et la décadence, comme aujourd'hui les obus et la mort – j'imagine les volets fermés, criblés d'éclats ; la rue parcourue en trombe par des soldats, les civils qui se cachent, autant que possible, des snipers et des tortionnaires ; Bab el-Faraj en ruine, la place jonchée de débris ; les souks incendiés, leurs beaux khans noircis et effondrés par endroits ; la mosquée des Omeyyades sans son minaret dont les pierres gisent éparses dans la cour aux marbres brisés et l'odeur, l'odeur de la bêtise et de la tristesse, partout. Impossible alors, au bar de l'hôtel Baron, de prévoir que la guerre civile allait s'emparer de la Syrie, même si la violence de la dictature et ses signes étaient omniprésents, si présents qu'on préférait les oublier, car il y avait un confort certain pour les étrangers dans les régimes policiers, une paix ouatée et silencieuse de Deraa à Qamishli, de Kassab à Quneytra, une paix bruissant de haine rentrée et de destins ployant sous un joug dont tous les savants étrangers s'accommodaient bien volontiers, les archéologues, les linguistes, les historiens, les géographes, les politologues, tous profitaient du calme de plomb de Damas ou d'Alep, et nous aussi, Sarah et moi, en lisant les lettres d'Annemarie Schwarzenbach l'ange inconsolable dans le bar de l'hôtel Baron, en mangeant des graines de courge à la gangue blanche et des pistaches allongées, étroites, à la coquille d'un brun pâle, nous profitions du calme de la Syrie de Hafez el-Assad le père de la Nation – depuis quand étions-nous à Damas ? J'avais dû arriver au début de l'automne ; Sarah était déjà là depuis quelques semaines, elle m'a accueilli chaleureusement et m'a même logé deux nuits dans son petit appartement de Chaalane à mon arrivée. L'aéroport de Damas était un endroit inhospitalier peuplé de types patibulaires et moustachus aux pantalons à pinces remontés jusqu'au nombril et dont on apprenait très vite qu'ils étaient les sbires du régime, les fameux *mukhabarat*, innombrables informateurs et policiers secrets : ces chemises pelles à tarte conduisaient des 504 Peugeot break ou des Range Rover ornés de portraits du président Assad et de toute sa famille, à tel point qu'une blague racontait, à l'époque, que le meilleur espion syrien à Tel-Aviv avait fini, après des années, par tomber aux mains des Israéliens : il avait collé sur sa vitre arrière une photo de Netanyahu et de ses enfants – cette histoire nous faisait mourir de rire, nous les orientalistes de Damas, représentant toutes les disciplines, l'histoire, la linguistique, l'ethnologie, les sciences politiques, l'histoire de l'art, l'archéologie et même la musicologie. On trouvait de tout en Syrie, depuis des spécialistes suédoises de littérature féminine arabe ou des exégètes catalans d'Avicenne, la plupart étaient liés d'une façon ou d'une autre à l'un des centres de recherches occidentaux installés à Damas. Sarah avait obtenu une bourse pour quelques mois de recherches à l'Institut français d'études arabes, gigantesque institution regroupant des dizaines d'Européens, français bien sûr, mais aussi espagnols, italiens, britanniques, allemands, et ce petit monde, quand il n'était pas engagé dans des recherches doctorales ou postdoctorales, se consacrait à l'étude de la langue. Tous étaient formés ensemble, dans la plus pure tradition orientaliste : futurs savants, diplomates et espions étaient assis côte à côte et s'adonnaient de conserve aux joies de la grammaire et de la rhétorique arabes. Il y avait même un jeune prêtre catholique romain qui avait laissé sa paroisse pour se consacrer à l'étude, version moderne des missionnaires de jadis – en tout, une cinquantaine d'étudiants et une vingtaine de chercheurs profitaient des installations de cet institut et surtout de sa gigantesque bibliothèque, fondée à l'époque du mandat français en Syrie, sur laquelle planaient encore les ombres coloniales de Robert Montagne ou d'Henri Laoust. Sarah était très heureuse de se retrouver au milieu de tous ces orientalistes, et de les observer ; on avait parfois l'impression qu'elle décrivait un zoo, un monde en cage, où beaucoup cédaient à la paranoïa et perdaient le sens commun en développant des haines magnifiques les uns envers les autres, des folies, des pathologies de toutes sortes, des eczémas, des délires mystiques, des obsessions, des blocages scientifiques qui les amenaient à travailler, à travailler, à lustrer de leurs coudes des heures durant leurs bureaux sans rien produire, rien, à part de la vapeur de méninges qui s'échappait par les fenêtres du vénérable institut pour se dissoudre dans l'air damascène. Certains hantaient la bibliothèque, la nuit ; ils se promenaient entre les rayonnages, pendant des heures, en espérant que la matière imprimée finirait par couler, par les imprégner de science et terminaient, au petit jour, désespérés de tout, effondrés dans un coin jusqu'à ce que les bibliothécaires les secouent à l'ouverture. D'autres étaient plus subversifs ; Sarah me racontait qu'un jeune chercheur roumain passait son temps à dissimuler derrière une rangée d'ouvrages particulièrement inaccessible ou oubliée une denrée périssable (souvent un citron, mais aussi, parfois, une pastèque *entière*) pour voir si, à l'odeur, le personnel arrivait à localiser l'objet pourrissant, ce qui avait fini par provoquer une réaction énergique des autorités : elles interdirent par voie d'affiche "l'introduction de toute matière organique dans le dépôt sous peine d'exclusion définitive".

Le bibliothécaire, agréable et chaleureux, avec un visage hâlé d'aventurier, était spécialiste des poèmes que les marins arabes employaient autrefois comme aide-mémoire pour la navigation, et il rêvait souvent d'expéditions à la voile, entre le Yémen et Zanzibar, à bord d'un boutre chargé de khat et d'encens, sous les étoiles de l'océan Indien, rêves qu'il aimait à partager avec tous les lecteurs fréquentant son institution, qu'ils aient ou non des rudiments de nautisme : il racontait les tempêtes qu'il avait affrontées et les naufrages auxquels il avait échappé, ce qui à Damas (où l'on se souciait traditionnellement bien plus des chameaux des caravanes et de la piraterie tout à fait terrestre des Bédouins au désert) était magnifiquement exotique.

Les directeurs étaient des professeurs d'université, généralement peu préparés à se retrouver à la tête d'une structure aussi imposante; ils se contentaient souvent de barricader la porte de leur bureau et d'attendre, plongés dans les œuvres complètes de Jahiz ou d'Ibn Taymiyya, que le temps passe, laissant à leurs lieutenants le soin d'organiser la production dans l'usine à savoir.

Les Syriens regardaient d'un œil amusé ces érudits en herbe baguenauder dans leur capitale et, contrairement à l'Iran où la République islamique était très tatillonne sur les activités de recherche, le régime de Hafez el-Assad laissait une paix royale à ces scientifiques, archéologues compris. Les Allemands avaient à Damas leur institut d'archéologie, où officiait Bilger, mon logeur (l'appartement de Sarah, à ma grande tristesse, était trop petit pour que je puisse y demeurer), et à Beyrouth le fameux Orient Institut de la vénérable Deutsche Morgenländische Gesellschaft dirigé par la coranique et non moins vénérable Angelika Neuwirth. Bilger avait retrouvé à Damas un camarade de Bonn, spécialiste d'art et d'urbanisme ottomans, Stefan Weber, que je n'ai pas revu depuis bien longtemps ; je me demande s'il dirige toujours le département des arts de l'Islam du musée de Pergame à Berlin – Weber louait une belle maison arabe au cœur de la vieille ville, dans une ruelle du quartier chrétien, à Bab Touma ; une demeure damascène traditionnelle, avec sa grande cour, sa fontaine de pierre noire et blanche, un *iwan*, une coursive à l'étage, cette maison suscitait les jalousies de l'ensemble de la communauté orientaliste. Sarah, comme tout le monde d'ailleurs, adorait ce Stefan Weber qui parlait parfaitement arabe et dont le savoir en matière d'architecture ottomane était éblouissant, deux qualités qui lui valaient l'envie et l'inimitié rentrée de Bilger, lequel ne supportait, en matière de compétence et d'éblouissement, que les siens propres. Son appartement était à son image : clinquant et démesuré. Il se trouvait à Jisr el-Abyad, "le pont blanc" : ce quartier luxueux au début des pentes du mont Qassioun, tout près du palais présidentiel et des habitations des personnages importants du régime, devait son nom à un pont sur un bras de la rivière Barada servant plus souvent à se débarrasser des ordures ménagères qu'à canoter, mais dont les rives étroites étaient plantées d'arbres, ce qui aurait pu en faire une promenade agréable, si elle avait été munie de trottoirs dignes de ce nom. La "Résidence Bilger" était entièrement décorée dans le goût saoudien ou koweïtien : tout, depuis les poignées de portes jusqu'aux robinets, y était peint en doré ; les plafonds croulaient sous les moulures néo-rococo ; les canapés étaient recouverts de tissus noir et or. Les chambres étaient équipées de pieux réveille-matin : ces maquettes de la mosquée du Prophète à Médine gueulaient d'une voix nasillarde l'appel à la prière à l'aube si l'on oubliait de les débrancher. Il y avait deux salons, une salle à manger avec une table (toujours noire et or, pieds à palmettes brillantes) pour vingt convives et cinq chambres à coucher. La nuit, si d'aventure on se trompait d'interrupteur, des dizaines d'appliques en tubes néons plongeaient l'appartement dans une lumière vert pâle et peuplaient les murs des quatre-vingt-dix-neuf noms d'Allah, miracle pour moi tout à fait effrayant mais qui ravissait Bilger : “Il n'y a rien de plus beau que de voir la technologie au service du kitsch.” Les deux terrasses offraient un panorama magnifique sur la ville et l'oasis de Damas, y petit-déjeuner ou dîner dans la fraîcheur était un délice. Outre l'appartement et la voiture, l'équipage de Bilger comprenait un cuisinier et un homme à tout faire ; le cuisinier venait au moins trois fois par semaine pour préparer les repas de gala et les réceptions que le roi Bilger offrait à ses hôtes ; l'homme à tout faire (vingt ans, plutôt drôle, vif et agréable, kurde originaire de Qamishli, où Bilger l'avait enrôlé sur une fouille) s'appelait Hassan, dormait dans une petite pièce derrière la cuisine et s'occupait des tâches ménagères, courses, nettoyage, lessive, ce qui, vu que son maître (j'ai du mal à penser “son employeur”) s'absentait souvent, lui laissait beaucoup de loisirs ; il étudiait l'allemand au Goethe Institut et l'archéologie à l'université de Damas et m'avait expliqué que Bilger, qu'il vénérait comme un demi-dieu, lui offrait cette situation pour lui permettre de poursuivre ses études dans la capitale. L'été, au moment des grands chantiers archéologiques, ce sympathique étudiant factotum reprenait son travail de fouilleur et accompagnait son mentor sur les chantiers de Jéziré, où on le mettait à la pelle, bien sûr, mais aussi au tri et au dessin de la céramique, mission qui l'enchantait et dans laquelle il était passé maître : il reconnaissait au premier coup d'œil les sigillées, les poteries grossières ou les glaçures islamiques à partir de tessons minuscules.

Pour les travaux de prospection sur des tells encore vierges, Bilger l'emmenait toujours avec lui et cette proximité faisait jaser, bien sûr – je me souviens de clins d'œil graveleux lorsqu'on évoquait le couple, d'expressions comme "Bilger et *son* étudiant" ou pire "le grand Fritz et son mignon", sans doute parce que Hassan était objectivement jeune et très beau, et parce que l'orientalisme entretient une relation certaine non seulement avec l'homosexualité, mais plus généralement avec la domination sexuelle des puissants sur les faibles, des riches sur les pauvres. Il me semble aujourd'hui que pour Bilger, contrairement à d'autres, ce n'était pas la jouissance du corps de Hassan qui l'intéressait, mais l'image de nabab, de bienfaiteur tout-puissant que sa propre générosité lui renvoyait – au cours des trois mois passés chez lui à Damas, jamais je n'ai été témoin d'une quelconque familiarité physique entre eux, bien au contraire ; dès que j'en avais l'occasion je démentais les rumeurs courant sur leur compte. Bilger voulait ressembler aux archéologues de jadis, aux Schliemann, aux Oppenheim, aux Dieulafoy ; personne ne voyait, ne pouvait voir, à quel point ces rêves devenaient une forme de folie, douce encore, comparée à celle qui est la sienne aujourd'hui, c'est certain, Bilger le prince des archéologues était un doux dingue et à présent c'est un fou furieux ; à bien y réfléchir tout était déjà joué à Damas, dans ses largesses et sa démesure : je sais que malgré son salaire mirobolant il est rentré à Bonn criblé de dettes, ce dont il était fier, fier d'avoir tout claqué, disait-il, tout flambé en réceptions luxueuses, en émoluments pour ses acolytes, en mirifiques babouches, tapis d'Orient et même en antiquités de contrebande, des monnaies hellénistiques et byzantines surtout, qu'il rachetait à des antiquaires principalement à Alep. Le comble, pour un archéologue ; il montrait, comme Schliemann, ses trésors à ses invités, mais il ne les volait pas sur les sites qu'il fouillait – il se contentait, disait-il, de *récupérer* les objets qui étaient sur le marché pour *éviter qu'ils ne disparaissent.* Il faisait les honneurs de ses *nomismata* à ses invités, expliquait la vie des empereurs qui les avaient frappés, les Phocas, les Comnènes, donnait la provenance probable de ces pièces, le plus souvent des Villes mortes du Nord ; le jeune Hassan était chargé de l'entretien de ces merveilles brillantes ; il les lustrait, les disposait harmonieusement sur les présentoirs de feutre noir, sans se rendre compte du danger extraordinaire qu'elles pouvaient représenter : Bilger ne risquait sans doute que le scandale, ou l'expulsion et la confiscation de ses onéreux jouets, mais Hassan pouvait dire adieu, s'il était pris, à ses études, voire même à un œil, quelques doigts et son innocence.

Les grands discours de Bilger avaient quelque chose d'obscène : on aurait dit un militant écologiste drapé dans un manteau de renard doré ou d'hermine qui explique pourquoi et comment il faut préserver la vie animale, avec de grands gestes d'augure antique. Ce fut une soirée particulièrement arrosée et embarrassante, où tous les présents (jeunes chercheurs, petits diplomates) ressentirent une honte terrifiante, au milieu des canapés noirs et des néons verts, lorsque Bilger, l'élocution appesantie par l'alcool, debout au centre du demi-cercle de ses convives, se mit à déclamer ses dix commandements de l'archéologie, les raisons absolument objectives pour lesquelles il était le plus compétent des savants étrangers présents en Syrie et comment, grâce à lui, la science allait *bondir vers l'avenir* – le jeune Hassan, assis par terre à ses côtés, lui lançait des regards admiratifs ; le verre de whisky vide dans la main de Bilger, secoué par ses effets de manche, versait par moments quelques gouttes de glaçons fondus sur les cheveux bruns du Syrien, horrible baptême païen dont le jeune homme, perdu dans la contemplation du visage de son maître, concentré pour comprendre son anglais raffiné à la limite de la pédanterie, ne semblait pas s'apercevoir. J'ai raconté cette scène biblique à Sarah, qui n'y avait pas assisté, et elle ne m'a pas cru ; comme toujours elle pensait que j'exagérais et j'eus toutes les difficultés du monde à la convaincre que cet épisode avait bel et bien eu lieu.

Nous devons tout de même à Bilger de magnifiques expéditions au désert, et surtout une nuit dans une tente de Bédouins entre Palmyre et Rusafa, une nuit où le ciel est si pur et les étoiles si nombreuses qu'elles descendent jusqu'au sol, plus bas que le regard, une nuit comme seuls, j'imagine, les marins peuvent en voir, en été, quand la mer est aussi calme et sombre que la *badiyé* syrienne. Sarah était enchantée de pouvoir vivre, à quelques détails près, les aventures d'Annemarie Schwarzenbach ou de Marga d'Andurain soixante ans plus tôt dans le Levant du mandat français ; elle était là pour ça ; elle ressentait, me confiait-elle dans ce bar de l'hôtel Baron à Alep, ce qu'Annemarie écrivait au même endroit le 6 décembre 1933 à Klaus Mann :

Il m'arrive souvent, au cours de cet étrange voyage, à cause de la fatigue, ou lorsque j'ai beaucoup bu, que tout *devienne flou : plus rien d'hier ; plus un seul visage n'est là. C'est une grande frayeur et, aussi, une tristesse.*

Annemarie évoque ensuite *la figure inflexible* d'Erika Mann qui se tient au milieu de cette désolation et dont elle imagine que son frère sait le rôle qu'elle joue dans ce chagrin – elle n'a d'autre choix que de continuer son voyage, où irait-elle en Europe ? La famille Mann elle aussi va devoir commencer son exil, qui la mènera aux États-Unis en 1941 et sans doute, si elle avait pu se résoudre à fuir définitivement l'illusion suisse et l'emprise de sa mère, Annemarie Schwarzenbach n'aurait jamais eu ce stupide accident de vélo qui lui coûta la vie en 1942 et la fige à jamais dans la jeunesse, à l'âge de trente-quatre ans – elle en a vingt-cinq lors de ce premier voyage au Moyen-Orient, plus ou moins comme Sarah. Ce premier soir à Alep, après nous être installés au Baron et avoir fêté la découverte de la fiche d'arrivée d'Annemarie dans le registre de l'hôtel, nous sommes allés dîner à Jdaydé, faubourg chrétien de la vieille ville, où les demeures traditionnelles étaient petit à petit restaurées pour être transformées en hôtels et en restaurants luxueux – le plus ancien et le plus célèbre d'entre eux, au début d'une ruelle étroite donnant sur une petite place, s'appelait Sissi House, ce qui avait beaucoup fait rire Sarah, elle me disait "mon pauvre, tu es poursuivi par Vienne et Franz Josef, rien à faire" et avait insisté pour que nous y dînions : il faut avouer que, même si je ne suis pas ce qu'on peut appeler un sybarite ni un gourmet, le cadre, la nourriture et l'excellent vin libanais qu'on y servait (surtout la compagnie de Sarah, dont la beauté était mise en valeur par le *cortile* ottoman, les pierres, les tissus, les moucharabiehs de bois) ont ancré ce soir-là dans mon souvenir ; nous étions des princes, des princes d'Occident que l'Orient accueillait et traitait comme tels, avec raffinement, obséquiosité, suave langueur et cet ensemble, conforme à l'image que notre jeunesse avait construite du mythe oriental, nous donnait l'impression d'habiter enfin les terres perdues des *Mille et Une Nuits*, réapparues pour nous seuls : aucun étranger, dans ce début de printemps, pour en gâcher l'exclusivité ; nos commensaux étaient une riche famille alépine célébrant l'anniversaire d'un patriarche et dont les femmes, en bijoux, vêtues de chemises en dentelle blanches et de stricts gilets de laine noirs, souriaient sans cesse à Sarah.

Le houmous, le *moutabbal* ou les grillades nous paraissaient meilleurs qu'à Damas, transcendés, sublimés ; le *soujouk* était plus sauvage, la *bastourma* plus parfumée et le nectar de la Bekaa plus entêtant qu'à l'accoutumée.

Nous sommes rentrés à l'hôtel par le chemin des écoliers, dans la pénombre des ruelles et des bazars fermés – aujourd'hui tous ces lieux sont en proie à la guerre, brûlent ou ont brûlé, les rideaux de fer des boutiques déformés par la chaleur de l'incendie, la petite place de l'Évêché maronite envahie d'immeubles effondrés, son étonnante église latine à double clocher de tuiles rouges dévastée par les explosions : est-ce qu'Alep retrouvera jamais sa splendeur, peut-être, on n'en sait rien, mais aujourd'hui notre séjour est doublement un rêve, à la fois perdu dans le temps et rattrapé par la destruction. Un rêve avec Annemarie Schwarzenbach, T. E. Lawrence et tous les clients de l'hôtel Baron, les morts célèbres et les oubliés, que nous rejoignions au bar, sur les tabourets ronds à l'assise en cuir, devant les cendriers publicitaires, les deux bizarres cartouchières de chasseur ; un rêve de musique alépine, le chant, le luth, la cithare – il vaut mieux penser à autre chose, se retourner, s'endormir pour effacer, effacer le Baron, Alep, les obus, la guerre et Sarah, essayons plutôt, d'un mouvement d'oreiller, de la retrouver au Sarawak mystérieux, coincé entre la jungle de Bornéo et les pirates de la mer de Chine.

Dieu sait par quelle association j'ai maintenant cette mélodie dans la tête ; même les yeux fermés en essayant de respirer profondément il faut que le cerveau travaille, que ma boîte à musique intime se mette à jouer au moment le plus importun, est-ce que c'est un signe de folie, je l'ignore, je n'entends pas de voix, j'entends des orchestres, des luths, des chants ; ils m'encombrent les oreilles et la mémoire, se déclenchent tout seuls comme si, alors qu'une agitation s'éteint, une autre, comprimée sous la première, débordait la conscience – je sais qu'il s'agit d'une phrase du *Désert* de Félicien David, ou je crois le savoir, il me semble reconnaître ce vieux Félicien, premier grand musicien oriental, oublié comme tous ceux qui se sont consacrés corps et âme aux liens entre l'Est et l'Ouest, sans s'arrêter aux combats des ministres de la Guerre ou des Colonies, rarement joué aujourd'hui, peu enregistré et pourtant adulé par les compositeurs de son temps comme *ayant brisé quelque chose*, comme ayant fait naître *un grondement neuf*, *une sonorité nouvelle*, Félicien David natif du Sud de la France, du Vaucluse ou du Roussillon et mort (cela j'en suis sûr, c'est suffisamment idiot pour qu'on se le rappelle) à Saint-Germain-en-Laye, affreuse commune des environs de Paris qui s'organise autour d'un château rempli jusqu'aux meneaux de silex taillés et de pierrailles bien gauloises, Félicien David mort lui aussi de la tuberculose en 1876, un saint homme, parce que tous les saint-simoniens étaient des saints, des fous, des fous et des saints, comme Ismaÿl Urbain le premier Français algérien, ou premier Algérien de France, dont il serait temps que les Français se souviennent, le premier homme, premier orientaliste à avoir œuvré à une *Algérie pour les Algériens* dès les années 1860, contre les Maltais, les Siciliens, les Espagnols et les Marseillais qui formaient l'embryon des colons rampant dans les ornières tracées par les bottes des militaires : Ismaÿl Urbain avait l'oreille de Napoléon III et peu s'en fallut que le sort du monde arabe n'en fût changé, mais les politiciens français et anglais sont des couards retors qui se regardent surtout le *fait-pipi* dans la glace, et Ismaÿl Urbain l'ami d'Abd el-Kader mourut, et il n'y avait plus rien à faire, la politique de la France et de la Grande-Bretagne était prise de bêtise, engluée dans l'injustice, la violence et la veulerie.

Entretemps, il y avait eu Félicien David, Delacroix, Nerval, tous ceux qui visitèrent la façade de l'Orient, d'Algésiras à Istanbul, ou son arrière-cour, de l'Inde à la Cochinchine ; entretemps, cet Orient avait révolutionné l'art, les lettres et la musique, surtout la musique : après Félicien David, rien ne serait comme avant. Cette pensée est peut-être un vœu pieux, tu exagères, dirait Sarah, mais bon Dieu, j'ai démontré tout cela, j'ai écrit tout cela, j'ai montré que la révolution dans la musique aux XIXe et XXe siècles devait tout à l'Orient, qu'il ne s'agissait pas de "procédés exotiques", comme on le croyait auparavant, que l'exotisme avait un sens, qu'il faisait entrer des éléments extérieurs, de l'altérité, qu'il s'agit d'un large mouvement, qui rassemble entre autres Mozart, Beethoven, Schubert, Liszt, Berlioz, Bizet, Rimski-Korsakov, Debussy, Bartók, Hindemith, Schönberg, Szymanowski, des centaines de compositeurs dans toute l'Europe, sur toute l'Europe souffle le vent de l'altérité, tous ces grands hommes utilisent ce qui leur vient de l'Autre pour modifier le Soi, pour l'abâtardir, car le génie veut la bâtardise, l'utilisation de procédés extérieurs pour ébranler la dictature du chant d'église et de l'harmonie, pourquoi est-ce que je m'énerve tout seul contre mon oreiller maintenant, sans doute parce que je suis un pauvre universitaire sans succès avec sa thèse révolutionnaire dont personne ne tire aucune conséquence. Aujourd'hui personne ne s'intéresse plus à Félicien David devenu extraordinairement célèbre le 8 décembre 1844 après la première du *Désert* au Conservatoire à Paris, ode-symphonie en trois parties pour récitant, ténor solo, chœur d'hommes et orchestre, composée à partir des souvenirs du voyage en Orient du compositeur, entre Le Caire et Beyrouth ; dans la salle il y a Berlioz, Théophile Gautier et tous les saint-simoniens, dont Enfantin le grand maître de la religion nouvelle, lui qui partit en Égypte pour trouver une épouse à enfanter, un messie femme, et réconcilier ainsi l'Orient et l'Occident, les unir dans la chair, Barthélemy Enfantin projettera le canal de Suez et les Chemins de fer de Lyon, il cherchera à intéresser l'Autriche et un Metternich vieillissant à ses projets orientaux sans succès, l'homme d'État ne le reçut pas, à la suite d'une conspiration catholique et malgré les conseils de Hammer-Purgstall qui avait vu là une idée de génie pour faire entrer l'Empire en Orient. Barthélemy Enfantin grand fornicateur mystique, premier gourou moderne et entrepreneur génial est assis dans la salle à côté de Berlioz qui ne cache pas ses sympathies pour l'aspect social de la doctrine saint-simonienne.

Le désert envahit Paris – "de l'avis unanime, c'était le plus bel orage que la musique ait rendu, nul maître n'a été plus loin", écrit Théophile Gautier dans *La Presse*, en décrivant la tempête qui assaille la caravane au désert ; c'est aussi la première "Danse des almées", motif érotique dont on connaît la fortune postérieure et, surprise des surprises, le premier "Chant du muezzin", le premier appel à la prière musulmane qui retentisse à Paris : "C'est à cette heure matinale, la voix du muezzin que nous entendons", écrit Berlioz dans *Le Journal des débats* le 15 décembre, "David s'est borné ici, non pas au rôle d'imitateur, mais à celui de simple arrangeur ; il s'est effacé tout à fait pour nous faire connaître, dans son étrange nudité et dans la langue arabe même, le chant bizarre du muezzin. Le dernier vers de cette espèce de cri mélodique finit par une gamme composée d'intervalles plus petits que des demi-tons, que M. Béfort a exécutée fort adroitement, mais qui a causé une grande surprise à l'auditoire. Un contralto, un vrai contralto féminin (M. Béfort, père de trois enfants) dont la voix étrange a un peu désorienté, ou plutôt orienté le public en éveillant chez lui des idées de harem, etc. Après la prière du muezzin, la caravane reprend sa marche, s'éloigne et disparaît. Le désert reste seul." Le désert reste toujours seul, et l'ode symphonique est un tel succès que David la joue dans l'Europe entière, et principalement en Allemagne et en Autriche, où les saint-simoniens cherchent, toujours en vain, à étendre leur influence ; Félicien David rencontrera Mendelssohn l'année suivante, dirigera à Francfort, à Potsdam devant la cour de Prusse, à Munich et à Vienne, en décembre, quatre concerts viennois, un immense succès auquel assistera bien sûr Hammer-Purgstall, qui en concevra un peu de nostalgie, raconte-t-il, de cet Orient maintenant si lointain pour lui.

Bien sûr, on peut reprocher à David ses difficultés à retranscrire les rythmes arabes dans sa partition, mais c'est oublier que les compositeurs ottomans eux-mêmes ont du mal à transposer leurs propres rythmes en notation "occidentale" ; ils tendent à les simplifier, comme le fait David, et il faudra attendre Béla Bartók et son voyage en Turquie pour que cette notation se précise, même si, entretemps, le grand Francisco Salvador Daniel, élève de Félicien David, professeur de violon à Alger, premier grand ethnomusicologue avant la lettre nous a laissé un magnifique *Album de chansons arabes, mauresques et kabyles* : Rimski-Korsakov reprendra ces mélodies offertes par Borodine dans plusieurs œuvres symphoniques. Francisco Salvador Daniel, ami de Gustave Courbet et de Jules Vallès, socialiste et communard, directeur du Conservatoire pendant la Commune, Francisco Salvador Daniel finira exécuté par les versaillais, pris les armes à la main sur une barricade, ayant remplacé son violon par un fusil – pas de sépulture sur cette terre pour Francisco Salvador Daniel, mort à quarante ans et absolument oublié depuis, en France en Espagne ou en Algérie, pas de sépulture à part les traces de ses mélodies dans les œuvres de Massenet, de Delibes, de Rimski, sans doute plus abouties, mais qui ne seraient rien sans la matière fournie par Francisco Salvador. Je me demande quand ces gens seront tirés de l'oubli, quand est-ce qu'on leur rendra justice, tous ceux qui ont œuvré, par amour de la musique, pour la connaissance des instruments, des rythmes et des modes des répertoires arabes, turcs ou persans. Ma thèse et mes articles, un tombeau pour Félicien David, un tombeau pour Francisco Salvador Daniel, un tombeau bien sombre, où l'on n'est pas dérangé dans son sommeil éternel.

0 H 55

Je préfère être dans mon lit les yeux dans le noir allongé sur le dos la nuque contre un oreiller moelleux qu'au désert, même en compagnie de Félicien David, même en compagnie de Sarah, le désert est un endroit extraordinairement inconfortable, et je ne parle même pas du désert de sable, où l'on bouffe de la silice à longueur de journée, à longueur de nuit, on en a dans tous les orifices, les oreilles, les narines et même le nombril, mais du désert de pierres à la syrienne, des cailloux, des rocailles, des montagnes rocheuses, des tas, des cairns, des collines avec, de-ci, de-là, des oasis où l'on ne sait comment affleure une terre rougeoyante, et la *badiyé* s'y couvre alors de champs, de blé d'hiver ou de dattiers. En Syrie il faut dire que "désert" était un nom tout à fait usurpé, il y avait du monde jusque dans les régions les plus reculées, des nomades ou des soldats, et il suffisait qu'une femme s'arrête pour uriner derrière une butte au bord de la route pour qu'aussitôt un Bédouin pointe son nez et observe d'un air blasé l'arrière-train laiteux de l'Occidentale ahurie, Sarah en l'occurrence, que nous avons vue courir vers la bagnole, débraillée, retenant son pantalon d'une main, comme si elle avait aperçu une goule : Bilger et moi avons d'abord cru qu'un chacal, voire un serpent ou un scorpion s'en était pris à ses fesses mais, remise de sa frayeur, elle nous a expliqué en riant aux éclats qu'un keffieh rouge et blanc était apparu derrière une pierre, et que sous le keffieh se tenait un nomade hâlé, debout, les bras croisés, le visage inexpressif, observant en silence ce qui pour lui aussi devait être une apparition étrange, une femme inconnue à croupetons dans son désert. Un vrai personnage de dessin animé, disait Sarah hilare en se reculottant sur la banquette arrière, quelle trouille j'ai eue, et Bilger d'ajouter avec superbe : "Cette région est habitée depuis le troisième millénaire avant Jésus-Christ, tu viens d'en avoir la preuve".

Autour de nous on ne distinguait pourtant que des kilomètres de poussière mate sous le ciel laiteux – nous étions entre Palmyre et Deir ez-Zor, sur l'interminable route qui relie la cité antique la plus fameuse de Syrie à l'Euphrate aux roseaux impénétrables, en pleine expédition sur les traces d'Annemarie Schwarzenbach et de Marga d'Andurain, la troublante reine de Palmyre qui avait dirigé, aux temps du mandat français sur la Syrie, l'hôtel Zénobie, situé au bord des ruines de la cité caravanière, à la lisière des champs de colonnes brisées et de temples dont la pierre douce se teignait d'ocre avec le soleil du soir. Palmyre surplombée d'une montagne rocheuse couronnée par une vieille forteresse arabe du XVIe siècle, Qalat Fakhr ed-Din Ibn Maan : la vue sur le site, la palmeraie et les tours funéraires y est si époustouflante que nous avions décidé, avec une bande d'orientalistes en herbe de Damas, d'y camper. Comme des soldats, des colons ou des archéologues de jadis, sans nous embarrasser ni des règlements, ni du confort, nous avions résolu (poussés en cela par Sarah et Bilger : tous deux, pour des raisons bien différentes, étaient absolument enthousiastes à l'idée de cette expédition) de passer la nuit dans la vieille citadelle ou sur son parvis, quoi que puissent en penser ses gardiens. Ce château ramassé sur lui-même, compact, bloc de Lego sombres sans ouverture à part ses meurtrières, invisibles de loin, semble en équilibre instable au sommet de la pente caillouteuse ; depuis le bas du site archéologique, on pourrait croire qu'il penche et menace, au gré d'une tempête plus puissante qu'à l'accoutumée, de glisser sur les graviers jusqu'en ville, comme un enfant sur une luge – mais plus l'on s'approchait, plus la route déroulait ses lacets sur l'arrière de la montagne, plus l'édifice prenait, dans les yeux des voyageurs, sa masse réelle, sa vraie taille : celle d'un donjon abrupt bien protégé à l'est par un fossé profond, celle d'un bâtiment solide, aux saillants mortels, qui ne donnait pas du tout envie d'être un soldat ayant pour mission d'en venir à bout. Le prince druze du Liban Fakhr ed-Din qui l'avait fait édifier en connaissait un rayon en architecture militaire – la chose paraissait imprenable autrement que par la faim et la soif : on imaginait ses gardiens assiégés désespérer de Dieu, sur leur tas de cailloux, en contemplant la fraîcheur de l'oasis, dont les palmiers dessinaient un profond lac vert au-delà des ruines de la ville antique.

La vue y était magique – au lever et au coucher du soleil, la lumière rasante embrasait tour à tour le temple de Baal, le camp de Dioclétien, l'agora, le tétrapyle, les murs du théâtre et on imaginait sans peine l'émerveillement de ces Anglais du XVIIIe siècle qui découvrirent l'oasis et rapportèrent les premières vues de Palmyre, la Fiancée du Désert : ces dessins allaient faire le tour de l'Europe, aussitôt gravés à Londres et diffusés sur tout le continent. Bilger racontait même que ces reproductions étaient à l'origine de nombreuses façades et colonnades néoclassiques dans l'architecture européenne : nos capitales devaient beaucoup aux chapiteaux palmyréens, un peu du désert de Syrie vivait dans la clandestinité à Londres, à Paris ou à Vienne. J'imagine qu'aujourd'hui les pillards s'en donnent à cœur joie et démontent les bas-reliefs des tombes, les inscriptions, les statues pour les revendre à des amateurs sans scrupules et Bilger lui-même, n'eût été sa folie, se serait sans doute porté acquéreur de ces miettes arrachées au désert – dans le désastre syrien les obus et les tractopelles ont remplacé les pinceaux des archéologues ; on raconte que les mosaïques sont démontées au marteau-piqueur, que les Villes mortes ou les sites de l'Euphrate sont fouillés au bulldozer et les pièces intéressantes revendues en Turquie ou au Liban, les vestiges sont une richesse du sous-sol, une ressource naturelle, comme le pétrole, ils ont de tout temps été exploités. En Iran dans la montagne près de Shiraz un jeune homme un peu perdu nous proposa d'acheter une momie, une momie du Luristan complète avec ses bijoux en bronze, ses pectoraux, ses armes – nous avons mis du temps à comprendre ce qu'il nous offrait, tant le mot "momie" paraissait absolument incongru dans ce village montagnard, qu'est-ce que vous voulez que nous fassions d'une momie, lui répondis-je, "eh bien c'est joli, c'est utile et on peut la revendre si on a besoin d'argent" : le gamin (il ne devait pas avoir plus de vingt ans) se proposait de nous livrer la momie en question en Turquie, et comme la conversation s'éternisait c'est Sarah qui a trouvé une façon très intelligente de nous débarrasser de l'importun : nous pensons que les antiquités iraniennes doivent rester en Iran, l'Iran est un grand pays qui a besoin de toutes ses antiquités, nous ne souhaitons rien faire qui puisse nuire à l'Iran, et cette douche nationale a paru refroidir l'ardeur de l'archéologue amateur, obligé d'acquiescer, même si, intérieurement, il était peu convaincu par la soudaine ferveur nationaliste de ces deux étrangers. En regardant le jeune homme quitter le petit parc où il nous avait abordés, j'ai imaginé un moment la momie, vénérable cadavre, traverser le Zagros et les montagnes du Kurdistan à dos d'âne pour rejoindre la Turquie puis l'Europe ou les États-Unis, passager clandestin âgé de deux mille ans empruntant la même route dangereuse que les armées d'Alexandre ou les Iraniens qui fuyaient le régime.

Les pilleurs de tombes de Syrie ne proposent pas de momies, que je sache, mais des animaux en bronze, des sceaux-cylindres, des lampes à huile byzantines, des croix, des monnaies, des statues, des bas-reliefs et même des entablements ou des chapiteaux sculptés – à Palmyre les vieilles pierres étaient si nombreuses que le mobilier de jardin de l'hôtel Zénobie en était entièrement constitué : chapiteaux pour les tables, fûts de colonne pour les bancs, moellons pour les plates-bandes, la terrasse empruntait largement aux ruines qu'elle jouxtait. L'hôtel, de plain-pied, avait été construit par un grand architecte oublié, Fernando de Aranda, fils de Fernando de Aranda musicien à la cour d'Abdulhamid à Istanbul, successeur de Donizetti comme chef de l'orchestre et des fanfares militaires impériales : à Palmyre j'étais donc un peu chez moi, le désert retentissait des accents lointains de la musique de la capitale ottomane. Fernando de Aranda fils avait fait toute sa carrière en Syrie, où il était mort dans les années 1960, et avait construit plusieurs bâtiments importants à Damas, dans un style qu'on aurait pu qualifier d'*art nouveau orientalisant*, dont la gare du Hedjaz, l'université, nombre de grandes demeures et l'hôtel Zénobie de Palmyre, qui ne s'appelait pas encore Zénobie, mais Kattané, du nom de la société d'investissement qui l'avait commandité à l'étoile montante de l'architecture moderne syrienne, en prévision de l'ouverture de la région aux voyageurs – le bâtiment fut abandonné avant même d'être terminé, laissé aux soins de la garnison française de Palmyre (méharistes, aviateurs, petits officiers sans avenir) qui veillait sur les affaires bédouines et l'immense territoire désertique jusqu'à l'Irak et la Jordanie, où sévissaient les Britanniques. L'œuvre de Fernando de Aranda, déjà de dimensions modestes, s'était vue amputée d'une aile, ce qui donnait à sa façade un air plutôt biscornu : le fronton au-dessus de la porte d'entrée, avec ses deux pilastres et ses palmettes, ne régentait plus une noble symétrie, mais le début d'un renfoncement où se tenait la terrasse de l'hôtel et ce déséquilibre donnait à l'ensemble un air claudicant, susceptible de provoquer, selon les sentiments que vous inspirent les boiteux, la tendresse ou le mépris. Tendresse ou mépris encouragés d'ailleurs par l'intérieur de la bâtisse, aux étranges vieilles chaises en paille dans le lobby, aux chambres minuscules et étouffantes, aujourd'hui rénovées, mais qui, à l'époque, arboraient des images jaunies du ministère du Tourisme syrien et des bédouineries poussiéreuses. Sarah et moi penchions plutôt pour la tendresse, elle à cause d'Annemarie Schwarzenbach et de Marga d'Andurain, moi heureux de voir les fruits insoupçonnés que le maître de musique ottoman avait, par l'intermédiaire de son fils, offerts au désert de Syrie.

L'emplacement de l'hôtel Zénobie était extraordinaire : sur le côté de la ville antique, on avait sous les yeux, à quelques dizaines de mètres à peine, le temple de Baal et si on était assez chanceux pour obtenir une des chambres qui donnaient sur la façade avant, on dormait pour ainsi dire au milieu des ruines, la tête dans les étoiles et les rêves anciens, bercé par les conversations de Baalshamin, dieu du soleil et de la rosée, avec Ishtar la déesse au lion. Ici régnait Tammuz, l'Adonis des Grecs, que chantait Badr Shakir Sayyab l'Irakien dans ses poèmes ; on s'attendait à voir l'oasis se couvrir d'anémones rouges, nées du sang de ce mortel dont le seul crime fut de trop passionner les déesses.

Ce jour-là il n'était pas question d'hôtel, puisque nous avions eu l'étrange idée de dormir dans la citadelle de Fakhr ed-Din pour profiter, au coucher du soleil et à son lever, de la beauté de la ville. Bien sûr nous ne possédions aucun matériel de camping ; Bilger et moi avions entassé dans son

4×4 cinq ou six couvertures qui nous tiendraient lieu de matelas et de sacs de couchage, des oreillers, des assiettes, des couverts, des verres, des bouteilles de vin libanais et d'arak et même le petit barbecue en métal de sa terrasse. Qui participait à cette expédition à part Sarah, je revois une historienne française souriante, brune aux cheveux longs, et son compagnon, tout aussi brun et souriant – je crois qu'aujourd'hui il est journaliste et arpente le Moyen-Orient pour nombre de médias français : à l'époque il rêvait d'un poste prestigieux dans une université américaine, je crois que Sarah est restée en contact avec ce couple attachant qui alliait la beauté à l'intelligence. C'est bizarre tout de même que je n'aie pas conservé d'amis de Damas à part Sarah et Bilger le Fou, ni Syriens, ni orientalistes, je me rends compte à quel point je devais être insupportable d'exigence et de prétention, heureusement j'ai fait beaucoup de progrès depuis, sans que cela ne se traduise, en termes d'amitiés nouvelles, par une vie sociale démesurée, il faut bien le reconnaître. Si Bilger n'était pas devenu dément, si Sarah n'était pas si inatteignable, ils constitueraient sans doute le lien avec tout ce passé qui frappe à ma porte dans la nuit, comment s'appelaient donc ce couple d'historiens français, Jeanne peut-être, non, Julie et lui François-Marie, je revois sa figure maigre, sa barbe sombre et, mystère de l'harmonie d'un visage, son humour et son regard malicieux qui compensaient la dureté de l'ensemble, la mémoire est la seule chose qui ne me fasse pas défaut, qui ne vacille pas comme le reste de mon corps – en fin de matinée nous avions acheté de la viande chez un boucher de la ville moderne de Palmyre : le sang d'un agneau fraîchement abattu tachait le trottoir devant la vitrine où pendaient, à un crochet de fer, les poumons, la trachée et le cœur de l'animal; en Syrie nul ne pouvait oublier que la chair tendre des brochettes provenait d'un mammifère égorgé, un mammifère laineux et bêlant dont les viscères ornaient toutes les devantures.

Dieu est le grand ennemi des moutons ; on se demande pour quelle horrible raison Il choisit de remplacer, au moment du sacrifice, le fils d'Abraham par un bélier plutôt que par une fourmi ou une rose, condamnant ainsi les pauvres ovins à l'hécatombe pour les siècles des siècles. C'est bien sûr Sarah (amusante coïncidence biblique) qui fut chargée des emplettes, non seulement car la vue du sang et des abats tièdes ne la gênait pas, mais surtout parce que sa connaissance du dialecte et sa grande beauté assuraient toujours la qualité de la marchandise et un prix plus que raisonnable, quand on la laissait payer : il n'était pas rare que les boutiquiers hypnotisés par l'éclat de cet ange auburn au sourire carmin cherchent à le retenir le plus longtemps possible dans leur échoppe en refusant notamment de percevoir le prix de leurs denrées. La ville moderne de Palmyre, au nord de l'oasis, était un quadrilatère bien ordonné de maisons basses en pauvre béton, limité au nord et au nord-est par un aéroport et une sinistre prison, la plus célèbre de toute la Syrie, une prison noir et rouge sang, couleurs prémonitoires du drapeau syrien que la dynastie Assad s'était acharnée à déployer sur tout le territoire : dans ses geôles, les tortures les plus atroces étaient quotidiennes, les supplices médiévaux systématiques, une routine sans autre but que l'effroi général, l'épandage de la peur sur tout le pays comme du fumier.

Ce qui intéressait surtout Sarah à Palmyre, au-delà de l'éblouissante beauté des ruines et les monstruosités du régime Assad, c'étaient les traces du séjour d'Annemarie Schwarzenbach et son étrange logeuse Marga d'Andurain, patronne de l'hôtel Zénobie au début des années 1930 – autour du feu, devant la citadelle de Fakhr ed-Din, nous avons passé grande partie de la nuit à raconter des histoires, tour à tour, une vraie *Séance*, une *Maqâma*, genre noble de la littérature arabe où les personnages se passent la parole pour explorer, chacun à son tour, un sujet donné : nous avons écrit, cette nuit-là, la *Maqâma tadmoriyya*, la Séance de Palmyre.

Le gardien du fort était un vieil homme sec en keffieh armé d'un fusil de chasse ; sa mission consistait à fermer, avec une chaîne et un cadenas impressionnants, la grille d'accès au château – il était tout à fait surpris par notre délégation. Nous avions laissé les arabisantes négocier avec lui et observions, Bilger, François-Marie et moi, en retrait, le déroulement des palabres : le garde champêtre était inflexible, la grille devait être fermée le soir au couchant et rouverte à l'aube, c'était sa mission et il entendait l'accomplir, même si cela ne convenait pas aux touristes ; notre projet tombait à l'eau et nous nous demandions comment nous avions imaginé une seconde qu'il pût en être autrement, par prétention colonialiste sans doute. Sarah ne baissait pas les bras ; elle continuait à argumenter face au Palmyréen qui jouait machinalement avec la bretelle de son arme tout en nous jetant, par moments, des regards inquiets : il devait se demander pourquoi nous le laissions aux prises avec cette jeune femme alors que nous, trois hommes, nous tenions là, à deux mètres, à observer placidement le conciliabule. Julie vint nous mettre au courant de l'avancée des négociations ; le gardien était tenu d'accomplir son devoir, l'ouverture et la fermeture. En revanche nous pouvions rester à l'intérieur de la citadelle, donc enfermés jusqu'à l'aube, cela ne dérangeait point sa mission. Sarah avait accepté, comme base de départ, ces conditions – elle essayait, en sus, d'obtenir la clé du cadenas, ce qui nous permettrait de quitter le noble donjon en cas d'urgence sans avoir à attendre la délivrance de l'aurore comme dans un conte de fées. Il faut bien avouer que la perspective d'être enfermés à l'intérieur d'une forteresse inexpugnable, à quelques kilomètres de la prison la plus sinistre de Syrie, me faisait un peu frémir – le bâtiment n'était qu'un tas de cailloux, sans commodité aucune, des pièces vides autour d'un bref *cortile* encombré d'éboulis, des escaliers sans garde-corps montant jusqu'aux terrasses plus ou moins crénelées où tournoyaient les chauves-souris. Fort heureusement, le gardien était à bout de patience ; après nous avoir une dernière fois proposé d'entrer, et comme nous hésitions toujours à nous reclure volontairement (avions-nous réellement tout ce dont nous avions besoin ? Des allumettes, du papier journal, de l'eau ?), il finit par fermer sa grille sans plus attendre, pressé de rentrer chez lui ; Sarah lui posa une dernière question, à laquelle il sembla répondre par l'affirmative, avant de nous tourner le dos pour descendre vers la vallée des tombes, droit dans la pente.

— Il nous a officiellement permis de nous installer ici.

Ici signifiait le bref parvis rocheux situé entre l'ancien pont-levis et l'arche du portail. Le soleil avait disparu derrière notre colline ; ses derniers rayons éclaboussaient d'or les colonnades, irisaient les palmes ; la légère brise transportait un parfum de pierres chaudes mêlé, par instants, de caoutchouc et d'ordures ménagères brûlés ; en contrebas, un homme minuscule promenait un chameau sur la piste ovale du grand stade de poussière où s'organisaient les courses de dromadaires qui attiraient les nomades de toute la contrée, ces Bédouins que Marga d'Andurain aimait tant.

Notre campement était bien plus spartiate que ceux des explorateurs d'autrefois : on raconte que Lady Hester Stanhope, première reine de Tadmor, fière aventurière anglaise aux mœurs d'acier, dont l'Orient suçota la fortune et la santé jusqu'à sa mort en 1839 dans un village des montagnes libanaises, avait besoin de sept chameaux pour transporter son équipage et que la tente où elle reçut les émirs de la contrée était de loin la plus somptueuse de toute la Syrie ; la légende veut que, outre son pot de chambre, seul accessoire indispensable au désert, disait-elle, la nièce de William Pitt transportât un dîner de gala à Palmyre, un dîner royal où les vaisselles et les mets les plus raffinés furent sortis des malles, à la plus grande surprise des commensaux ; tous les cheikhs et les émirs de la contrée furent éblouis par Lady Hester Stanhope, dit-on. Notre repas à nous se composait exclusivement d'agneau grillé, foin de sauce anglaise et d'ortolans, juste quelques brochettes, les premières brûlées, les secondes crues, au gré de notre feu capricieux dans le *manqal* de Bilger. De la viande que nous enroulions dans ce pain azyme délicieux, cette galette de blé cuite sur un dôme de métal qui au Moyen-Orient sert à la fois de féculent, d'assiette et de fourchette. Nos flammes devaient se voir à des kilomètres à la ronde, comme un phare, et nous nous attendions à ce que la police syrienne vienne nous déloger, mais Eshmoun veillait sur les orientalistes, et personne ne nous dérangea avant l'aube, à part la bise glaciale : il faisait un froid de gueux.

Serrés autour du petit barbecue dont la chaleur était aussi illusoire que celle des millions d'étoiles autour de nous, emmitouflés dans les couvertures en laine bleu ciel de Bilger, un verre à la main, nous écoutions Sarah raconter des histoires ; la petite cavité rocheuse résonnait légèrement et donnait du relief à sa voix, de la profondeur à son timbre – même Bilger qui ne comprenait pourtant qu'assez mal le français avait renoncé à ses péroraisons pour l'entendre expliquer les aventures de Lady Stanhope, qui nous avait précédés sur ce rocher, femme au destin exceptionnel disait-elle et je peux comprendre sa passion pour cette dame dont les motivations étaient aussi mystérieuses que le désert lui-même : qu'est-ce qui poussa Lady Hester Stanhope, riche et puissante, nièce d'un des hommes politiques les plus brillants de l'époque, à tout quitter pour s'installer dans le Levant ottoman, où elle n'eut de cesse de gouverner, de régenter le petit domaine qu'elle s'y était taillé, dans le Chouf, entre druzes et chrétiens, comme une ferme du Surrey ? Sarah raconta une anecdote sur la façon dont elle administrait ses villageois : “Ses gens la respectaient singulièrement, disait Sarah, bien que sa justice orientale se trompât parfois. Elle savait l'importance que les Arabes attachent au respect des femmes, et punissait sans pitié toute infraction à la sévère continence qu'elle exigeait de ses serviteurs. Son interprète et son secrétaire, fils d'un Anglais et d'une Syrienne, et qu'elle aimait beaucoup, vint lui dire un jour qu'un autre de ses gens, nommé Michel Toutounji, avait séduit une jeune Syrienne du village, et qu'il les avait vus l'un et l'autre assis sous un cèdre du Liban. Toutounji soutenait que c'était faux. Lady Hester convoqua tout le village sur la pelouse devant le château, elle s'assit sur des coussins, ayant à sa droite son gouverneur, à sa gauche Toutounji, enveloppés de leurs manteaux comme nous de ces couvertures, dans une attitude respectueuse. Les paysans formaient un cercle ; « Toutounji, dit-elle en écartant de ses lèvres le long tuyau d'ambre de cette pipe qu'on la voit toujours fumer sur les gravures, vous êtes accusé d'une liaison criminelle avec Fattoum Aisha, fille syrienne, qui est là devant moi. Vous le niez. Vous autres, continua-t-elle en s'adressant aux paysans, si vous savez quelque chose à ce sujet, dites-le. Je veux faire justice. Parlez. » Tous les villageois répondirent qu'ils n'avaient aucune connaissance de ce fait. Alors elle se retourna vers son secrétaire, qui, les mains croisées sur la poitrine, attendait la sentence. « Vous imputez à ce jeune homme qui entre dans le monde, et qui n'a que sa réputation pour fortune, des choses abominables. Appelez vos témoins : où sont-ils ? – Je n'en ai pas, répondit-il humblement, mais je l'ai vu. – Votre parole est sans valeur devant le témoignage de tous les gens du village et la bonne renommée du jeune homme » ; puis, prenant le ton sévère d'un juge, elle se tourna vers l'accusé Michel Toutounji : « Si vos yeux et vos lèvres ont commis le crime, si vous avez regardé cette femme, si vous l'avez séduite et embrassée, alors votre œil et vos lèvres en porteront le châtiment. Qu'on le saisisse et qu'on le tienne ! Et toi, barbier, rase le sourcil gauche et la moustache droite du jeune homme. » Ce qui fut dit fut fait « *sam'an wa tâ'atan*, j'écoute et j'obéis », comme dans les contes. Quatre ans plus tard, Lady Stanhope, qui se félicitait d'une justice si peu nuisible au condamné, reçut une lettre où Toutounji s'amusait à lui raconter que l'histoire de la séduction était bien vraie, et que sa moustache et son sourcil se portaient bien."

Cette parodie orientaliste de jugement à la Haroun el-Rachid fascinait Sarah ; qu'elle fût avérée ou non (et, au vu des mœurs de la dame, il était probable qu'elle le soit) importait moins que de montrer à quel point l'Anglaise avait intégré les mœurs supposées de ces druzes et chrétiens libanais de la montagne où elle résidait et comment sa légende avait colporté ces attitudes ; elle nous décrivait avec passion la gravure où on la voit, âgée déjà, assise dans une posture noble, hiératique, celle d'un prophète ou d'un juge, sa longue pipe à la main, loin, très loin des images alanguies des femmes dans les harems ; Sarah nous expliquait son refus de porter le voile et son choix de s'habiller certes "à la turque", mais en homme. Elle racontait la passion que Lady Hester inspira à Lamartine, le poète orateur, l'ami de Liszt et de Hammer-Purgstall, avec lequel il partage une histoire de l'Empire ottoman : pour les Français un poète sans égal, mais aussi un prosateur de génie – comme Nerval, mais dans une moindre mesure, Lamartine se révélait dans son voyage en Orient, sortait de ses gonds parisiens, ouvrait sa phrase ; le politicien s'affranchissait, face à la beauté de l'inconnu, de ses effets de manches et de son lyrisme toussotant. Peut-être, et c'est bien triste, fallut-il la perte de sa fille Julia, morte de tuberculose à Beyrouth, pour que le Levant cristallise en lui la douleur et la mort; il fallut, comme la Révélation pour d'autres, la pire blessure, la souffrance ultime afin que ses yeux, sans le népenthès d'Hélène de Troie, encombrés de larmes, dessinent le portrait magnifique, de beauté sombre, d'un Levant originel : une source magique qui à peine découverte se met à cracher la mort. Lamartine venait en Orient pour voir le chœur d'une église qui s'est révélé muré, visiter la cella d'un temple qu'on a condamné; il se tenait droit face à l'autel, sans s'apercevoir que les rayons du couchant inondaient le transept derrière lui. Lady Stanhope le fascine car elle est au-delà de ses interrogations; elle est dans les étoiles, disait Sarah; elle lit le destin des hommes dans les astres – à peine arrivé, elle propose à Lamartine de lui révéler son avenir; celle qu'il appelle "la Circé des déserts" lui explique ensuite, entre deux pipes parfumées, son syncrétisme messianique. Lady Stanhope lui révèle que l'Orient est sa patrie véritable, la patrie de ses pères et qu'il y reviendra, elle le devine à ses pieds : "Voyez, dit-elle, le cou-de-pied est très élevé, il y a entre votre talon et vos doigts, quand votre pied est à terre, un espace suffisant pour que l'eau y passe sans vous mouiller – c'est le pied de l'Arabe; c'est le pied de l'Orient; vous êtes un fils de ces climats et nous approchons du jour où chacun rentrera dans la terre de ses pères. Nous nous reverrons."

Cette anecdote podologique nous avait beaucoup fait rire; François-Marie n'avait pas pu s'empêcher d'enlever ses godasses pour vérifier s'il était appelé à revenir en Orient ou non – à son grand désespoir il avait, disait-il, "le pied bordelais", et il retournerait, à la fin des temps, non pas au désert, mais dans une bastide de l'Entre-Deux-Mers, du côté de chez Montaigne, ce qui, tout bien pesé, était aussi enviable.

Maintenant que j'y pense, les pieds de Sarah ont un pont parfait, sous lequel coulerait aisément une petite rivière ; elle parlait dans la nuit et c'était notre magicienne du désert, ses récits enchantaient le scintillant métal des pierres et des étoiles – les aventurières de l'Orient n'avaient pas toutes connu l'évolution mystique de Mme Stanhope, la recluse anglaise du mont Liban, son trajet vers le dépouillement de ses biens, son abandon progressif de ses oripeaux occidentaux, la construction graduelle de son propre monastère, monastère d'orgueil ou d'humilité ; toutes les voyageuses n'avaient pas reçu l'illumination tragique de Lady Hester ou d'Isabelle Eberhardt au désert, loin de là – c'est François-Marie qui reprit la parole, malgré une interruption de Bilger non seulement pour servir à boire, mais surtout pour essayer de raconter lui aussi une histoire, une partie des aventures d'Alois Musil, dit Lawrence de Moravie ou Alois d'Arabie, orientaliste et espion des Habsbourg que les Français ne connaissaient pas – surtout une tentative pour redevenir le centre de l'attention : désastreuse tentative, qui aurait précipité bien des commensaux dans le sommeil, tant son français était incompréhensible ; par suffisance ou présomption, il refusait de parler anglais. Fort heureusement, et alors que je commençais à avoir honte pour lui et pour Alois Musil, il fut habilement interrompu par François-Marie. Ce spécialiste de l'histoire du mandat français au Levant s'appuya sur Lady Hester et Lawrence de Moravie pour ramener diplomatiquement la conversation à Palmyre. La destinée de Marguerite d'Andurain dite Marga représentait pour lui l'antithèse de celle de Stanhope, d'Eberhardt ou de Schwarzenbach, leur double noir, leur ombre. Nous nous réchauffions grâce à l'accent de François-Marie et surtout au vin libanais qu'avait débouché

Bilger ; les longues boucles rousses de ma voisine rougeoyaient au gré des dernières braises qui modelaient son visage de demi-teintes graves. La vie de Marga d'Andurain était pour François-Marie l'histoire d'un échec tragique – la belle aventurière était née à la toute fin du XIXe siècle au sein d'une bonne famille de Bayonne (ce détail fut évidemment mis en relief par l'historien gascon ; il avait remis ses chaussures pour protéger ses arpions du froid), puis mariée jeune à son cousin, petit noble basque promis à un grand avenir, mais qui se révéla plutôt mou et velléitaire, passionné presque exclusivement de chevaux. Marga était, elle, au contraire, d'une force, d'une vitalité et d'une débrouillardise exceptionnelles. Après une brève tentative d'élevage d'équidés en Argentine avant-guerre, le couple débarque à Alexandrie en novembre 1925 et s'installe au Caire, en face du salon de thé Groppi, place Soliman-Pacha, centre de la ville "européenne". Marga avait le projet d'y ouvrir un institut de beauté et un commerce de perles artificielles. Très vite, elle fréquente la belle société cairote, et notamment les aristocrates britanniques du Gezira Sporting Club sur l'île de Zamalek. C'est de cette époque que date l'adjonction du titre de "comtesse" à son nom de famille : elle s'anoblit pour ainsi dire par contagion. Deux ans plus tard, elle décide d'accompagner une amie anglaise dans un voyage en Palestine et en Syrie, voyage dont le guide serait le major Sinclair, responsable du service de renseignement des armées à Haïfa. C'est en sa compagnie que Marga parvient pour la première fois à Palmyre, après une épuisante route depuis Damas où, fatiguée et jalouse, l'amie britannique a préféré les attendre. Les relations tendues entre la France et la Grande-Bretagne au Levant, la récente rébellion syrienne et sa répression sanglante font que les militaires français sont assez soupçonneux quant aux activités des étrangers sur le territoire de leur mandat – la garnison de Palmyre va donc s'intéresser de près au couple qui s'installe à l'hôtel construit par Fernando de Aranda. Il est fort probable que Sinclair et Marga y devinrent amants ; leur liaison alimenta les rapports des officiers français désœuvrés, rapports qui parvinrent jusqu'au colonel Catroux, alors en charge du renseignement à Beyrouth.

L'aventure palmyréenne de l'élégante comtesse d'Andurain commençait par une accusation d'espionnage qui empoisonnait déjà ses relations avec les autorités françaises du Levant – cette réputation d'espionne devait ressurgir tout au long de sa vie, chaque fois que la presse ou l'administration s'intéresseraient à elle.

Quelques mois plus tard, Sinclair mourait, suicidé par amour, selon la rumeur. Entretemps, Marga d'Andurain s'était installée à Palmyre avec son mari. Elle était tombée amoureuse – non plus d'un major anglais, mais du site, des Bédouins et du désert ; elle avait acquis quelques terrains où elle pensait se consacrer (comme en Argentine) à l'élevage. Elle raconte dans ses Mémoires ses chasses à la gazelle en compagnie des nomades, ses nuits sous la tente, la tendresse filiale qu'elle éprouve pour le cheikh qui commande cette tribu. Très vite, le couple d'Andurain renonce à l'agriculture pour se voir confier par les autorités mandataires la gestion de l'hôtel (alors le seul de la ville) de Palmyre, en déshérence, hôtel qu'on lui permettra même (apparemment, ajoutait François-Marie ; il y a souvent, comme pour tout témoignage, une légère différence entre ce que Marga raconte et le reste des sources) d'acheter quelque temps plus tard : elle décide d'appeler l'établissement l'hôtel Zénobie, en hommage à la reine du IIIe siècle après J.-C. vaincue par Aurélien. Tous les touristes de l'époque passent donc chez les d'Andurain ; Marga s'occupe de l'hôtel pendant que son mari se distrait comme il peut, montant à cheval ou fréquentant les officiers de la garnison palmyréenne qui veillent sur le terrain d'aviation et commandent une petite troupe de méharistes, restes de la Seconde Armée d'Orient, décimée par le conflit mondial et la révolte syrienne.

Cinq ans plus tard, Marga d'Andurain s'ennuie. Ses enfants ont grandi ; la reine de Palmyre se rend compte que son royaume n'est qu'un tas de cailloux et de poussière, certes romantique, mais sans aventure ni gloire. C'est alors qu'elle conçoit un projet fou, inspiré par les personnages féminins qui peuplent son imaginaire, Lady Stanhope, Jane Digby l'amoureuse, Lady Anne Blunt la petite-fille de Byron ou Gertrude Bell, qui est morte quelques années plus tôt et dont elle a appris l'incroyable histoire auprès de Sinclair et de ses amis britanniques. Elle rêve d'aller plus loin que tous ces modèles et d'être la première femme européenne à se rendre en pèlerinage à La Mecque, puis de traverser le Hedjaz et le Nejd pour parvenir au golfe Persique et pêcher (ou tout simplement acheter) des perles. Au début 1933, Marga trouve un moyen de mener à bien son voyage : contracter un mariage blanc avec Suleyman Dikmari, un méhariste de Palmyre originaire d'Oneiza dans le Nejd, de la tribu des Mutayrs, qui souhaite rentrer chez lui, mais n'en a pas les moyens financiers. C'est un homme simple, illettré ; il n'a jamais quitté le désert. Il accepte, moyennant une forte somme qui lui sera payée au retour, d'accompagner la soi-disant comtesse en Arabie, à La Mecque et Médine, puis sur la côte à Bahreïn et de la ramener en Syrie. Avant de partir elle lui fait bien sûr jurer devant témoins qu'il ne cherchera pas à consommer le mariage et qu'il lui obéira en tout. À l'époque (et j'ai à ce moment l'impression que François-Marie, très en verve, ne nous donne ces précisions que pour le plaisir de faire montre de ses connaissances historiques) le Nejd et le Hedjaz viennent d'être unifiés par le prince Ibn Séoud, qui a défait et chassé les Hachémites de son territoire – il ne reste aux descendants des chérifs de La Mecque que l'Irak et la Jordanie, où ils sont soutenus par les Britanniques. L'Arabie Saoudite naît juste au moment où Marga d'Andurain décide d'entreprendre son pèlerinage. Le pays se distingue par son identité bédouine et majoritairement wahhabite, puritaine et intransigeante. Le royaume est interdit aux non-musulmans ; bien évidemment, Ibn Séoud se méfie de possibles interventions britanniques ou françaises dans son pays à peine unifié. Toutes les légations sont confinées à Djeddah, port de La Mecque, sur la mer Rouge, un trou entre deux rochers, sans eau douce, infesté de requins et de cancrelats, où l'on a le choix entre mourir de soif, d'insolation ou d'ennui – sauf au moment du pèlerinage : point d'arrivée dans la péninsule des musulmans de l'océan Indien et de l'Afrique, la petite ville voit transiter des dizaines de bateaux transportant des milliers de pèlerins, avec tous les risques (policiers, sanitaires, moraux) que cela comporte. C'est dans ce décor qu'accostent Marga d'Andurain et son "mari-passeport", comme elle l'appelle, au début du pèlerinage, après une conversion officielle à l'islam et un mariage (compliqué) en Palestine. Elle s'appelle à présent Zeynab (en hommage, toujours, à la reine de Palmyre Zénobie). Malheureusement pour elle, les choses tournent vite très mal : le médecin responsable de l'immigration lui apprend que la loi du Hedjaz requiert un délai de deux ans entre la conversion et l'admission au pèlerinage. Suleyman le Bédouin est donc envoyé à La Mecque solliciter un permis exceptionnel au roi Abdelaziz. Marga-Zeynab ne peut pas l'accompagner, mais ne peut pas non plus, par décence, se loger seule à l'hôtel – elle est donc confiée à la garde du harem du gouverneur de Djeddah, où elle restera recluse quelques jours, essuyant toutes les humiliations, mais réussissant à se faire accepter par les épouses et les filles du gouverneur. Elle nous livre d'ailleurs, disait

François-Marie, un intéressant témoignage sur la vie dans un harem de province, un des rares que nous possédions pour cette région et cette période. Finalement, Suleyman rentre de La Mecque sans avoir obtenu de permis exceptionnel pour sa femme ; il doit donc l'emmener dans sa famille, près d'Oneiza. Entretemps, Zeynab est redevenue Marga : elle fréquente Jacques Roger Maigret, consul de France (il représente d'ailleurs la France à Djeddah pendant dix-sept ans, dix-sept longues années, sans se plaindre outre mesure, jusqu'en 1945 ; j'espère, disait François-Marie, qu'on l'a au moins fait chevalier ou commandeur de quelque ordre républicain pour ce règne interminable), et surtout son fils, auquel elle offre ses premiers émois érotiques : pour le tout jeune homme, l'arrivée de la belle Marga dans le royaume du puritanisme wahhabite est un rayon de soleil – malgré la différence d'âge, il l'emmène se baigner secrètement en dehors de la ville ; il promène Zeynab, dans son long voile noir, à travers les ruelles de Djeddah. Marga pousse la provocation jusqu'à introduire clandestinement son jeune amant dans la chambre d'hôtel que le pouvoir du consul (bien qu'elle ne soit légalement plus française) a réussi à lui dégotter pour la tirer du harem. Suleyman insiste pour poursuivre un voyage que la comtesse n'a plus du tout envie de mener à bien : elle craint d'être retenue prisonnière, loin dans le désert, là où l'influence de Maigret ne pourrait plus la tirer d'affaire.

Une nuit, on frappe à sa porte : la police royale. Elle cache son amant sous le lit, comme dans une comédie de boulevard, croyant qu'il s'agit d'une affaire de mœurs – mais la chose est autrement plus grave : son mari-passeport a expiré. Suleyman est mort, empoisonné, et a accusé sa femme Zeynab de lui avoir donné un remède mortel pour se débarrasser de lui. Marga d'Andurain est jetée en prison, dans un cachot atroce, qui concentre toutes les horreurs de Djeddah : chaleur, humidité, cafards volants, puces, crasse, excréments.

Elle va y passer deux mois.

Elle risque la peine de mort pour meurtre et adultère.

Son sort est entre les mains du qadi de La Mecque.

Le consul Maigret ne donne pas cher de sa peau.

Le 30 mai, *L'Orient*, quotidien de Beyrouth, annonce sa mort par pendaison.

François-Marie marque une pause – je ne peux m'empêcher de jeter un coup d'œil sur l'hôtel Zénobie, dont on aperçoit la masse sombre loin en contrebas, puis sur le visage de Sarah, qui sourit de l'effet ménagé par le conteur. Marga d'Andurain n'est effectivement pas morte pendue au Hedjaz, mais vingt ans plus tard, assassinée de la plus sordide façon sur son voilier à Tanger alors qu'elle se préparait à se lancer dans la contrebande d'or depuis la zone internationale. Suleyman Dikmari n'est que le second cadavre sur sa route marquée par la mort violente. Le dernier sera le sien, abandonné à la mer lesté d'un plot en béton, dans la baie de Malabata.

François-Marie poursuit son récit ; il explique que Marga a été aperçue donnant à son mari, le matin de son décès, lors de leur dernière entrevue, un cachet blanc. Elle allègue qu'il s'agit d'un cachet de Kalmine, remède inoffensif dont elle fait un usage constant : on a retrouvé dans ses bagages quelque dix boîtes de ce médicament, contenant principalement de la quinine et de la codéine. Un échantillon est envoyé au Caire pour analyse. Entretemps, sans qu'elle le sache, la presse orientale relate ses aventures. On décrit l'espionne franco-britannique, la Mata Hari du désert, prisonnière des geôles d'Abdelaziz ; on l'exécute une fois, on la ressuscite le lendemain ; on imagine une conspiration selon laquelle les services d'Ibn Séoud auraient liquidé le pauvre Bédouin pour contraindre Marga d'Andurain à rentrer chez elle.

Finalement, puisqu'aucune autopsie n'a été pratiquée, conformément à la stricte loi religieuse du royaume, et que l'analyse de la Kalmine réalisée au Caire a démontré que la poudre des cachets est sans danger, elle est acquittée faute de preuves après deux mois de détention.

François-Marie regardait l'assistance avec un petit sourire ironique ; on sentait qu'il avait quelque chose à ajouter. Je pensais à la Kalmine, dont le nom m'avait frappé ; je me suis rappelé ces boîtes en métal bleues qui décoraient la salle de bains de ma grand-mère à Saint-Benoît-la-Forêt, et où était inscrit "malaise, fatigue, fièvre, insomnie, douleurs" ; je me suis souvenu que c'était les laboratoires Métadier qui fabriquaient cette panacée et que Paul Métadier, premier balzacien de Touraine, avait transformé le château de Saché en musée Balzac. Tout est lié. Balzac, après l'affaire Jane Digby – Lady Ell', avait un lien de plus avec Palmyre. Marga d'Andurain ignorait certainement, lorsqu'elle reçut en cadeau par la poste, après la publication de sa version des faits dans *L'Intransigeant*, cent cachets de Kalmine envoyés directement par le laboratoire pour la remercier de cette publicité gratuite, que la fortune de la Kalmine à laquelle elle avait participé permettrait de rendre hommage, dans ce château qu'il appréciait, au grand homme de lettres. Paul Métadier n'aurait certainement pas envoyé ces remèdes promotionnels s'il avait soupçonné qu'en réalité c'était bien un cachet estampillé "Laboratoires Métadier – Tours" qui avait empoisonné Suleyman Dikmari le guerrier de la tribu des Mutayrs ; François-Marie tenait cette information des souvenirs inédits de Jacques d'Andurain, fils cadet de la comtesse. Jacques d'Andurain racontait comment, à Beyrouth, au moment du départ de sa mère vers La Mecque, celle-ci lui avait confié ses doutes vis-à-vis de Suleyman, selon elle le seul véritable "maillon faible" de son voyage ; Suleyman, le désir de Suleyman, la virilité de Suleyman étaient les obstacles les plus incontrôlables de l'équipée. Elle serait à sa merci, à La Mecque, au Nejd ; son "mari-passeport" aurait droit (ou ainsi l'imaginait-elle) de vie et de mort sur elle : il était logique qu'elle eût, elle aussi, la possibilité de le tuer. Elle demanda donc à son fils d'acquérir pour son compte, à Beyrouth, du poison, sous prétexte de tuer un chien, un gros chien, un très gros chien, vite et sans douleur. Elle conserva cette substance dans un cachet de Kalmine, débarrassé de son contenu originel.

On n'en sait pas plus.

François-Marie nous regardait, content de son petit effet. Sarah reprit la parole ; elle s'était levée pour se réchauffer les mains un instant aux braises mourantes.

— Il y a une coïncidence amusante, Annemarie Schwarzenbach passe à Palmyre au cours de son deuxième voyage au Levant, de Beyrouth à Téhéran, en compagnie de son mari Claude Clarac, secrétaire d'ambassade en Iran. Elle raconte son séjour au Zénobie et sa rencontre avec Marga d'Andurain dans une nouvelle intitulée *Beni Zaïnab*. Elle pense qu'il est fort possible qu'elle ait effectivement empoisonné son mari… Ou du moins, qu'elle en a le caractère. Pas d'une empoisonneuse, mais d'une femme si décidée qu'elle est prête à balayer tous les obstacles entre elle et le but qu'elle s'est fixé.

Julie et François-Marie avaient l'air d'accord.

— C'est une existence entièrement marquée par la violence, une métaphore de la violence coloniale, une parabole. Peu de temps après son retour à Palmyre, une fois ses ennuis administratifs plus ou moins terminés, son mari Pierre d'Andurain est assassiné sauvagement à coups de couteau. On conclut à une vengeance de la famille de Suleyman, même si Marga et son fils soupçonnent (et dénoncent) un complot d'officiers français qui tireraient les ficelles. Elle rentre en France avant la guerre ; elle passe l'Occupation entre Paris et Nice, vivant de trafics divers, bijoux, opium ; en 1945 son fils aîné se suicide. En décembre 1946 elle est arrêtée et placée en garde à vue pour l'empoisonnement de son filleul, Raymond Clérisse, par ailleurs agent du renseignement de la Résistance : c'est à ce moment que la presse se déchaîne. On lui attribue pas moins de quinze meurtres, des affaires d'espionnage, une collaboration avec la bande de Bonny et Lafont, les truands gestapistes parisiens et Dieu sait combien d'autres forfaits. Tous ces articles en disent long sur les fantasmes français à la Libération – entre imaginaire colonial, espionite de guerre, souvenirs de Mata Hari et des crimes du Dr Petiot, le médecin aux soixante-trois cadavres, qui vient d'être guillotiné. Elle est finalement relâchée faute de preuves quelques jours plus tard. Là aussi, elle avoue à mots couverts à son fils, peu de temps avant sa propre mort, sa responsabilité dans l'affaire – c'est plus ou moins tout ce que l'on sait du sombre destin de la reine de Palmyre.

Sarah fit remarquer à quel point l'association sexualité-Orient-violence avait du succès dans l'opinion publique, jusqu'à aujourd'hui ; un roman sensationnaliste, à défaut d'être sensationnel, reprenait les aventures de la comtesse d'Andurain, *Marga, comtesse de Palmyre*. D'après elle, ce livre, sans s'embarrasser de vraisemblance ni respecter les faits, insistait lourdement sur les aspects les plus "orientaux" de l'affaire : la luxure, la drogue, l'espionnage et la cruauté. Pour Sarah, ce qui rendait le personnage de Marga si intéressant était sa passion de la liberté – liberté si extrême qu'elle s'étendait au-delà de la vie même d'autrui. Marga d'Andurain avait aimé les Bédouins, le désert et le Levant pour cette liberté, peut-être tout à fait mythique, sûrement exagérée, dans laquelle elle pensait pouvoir s'épanouir ; elle n'avait pas été à la hauteur de ses rêves, ou plutôt si, elle s'y était entêtée, à tel point que cette belle liberté s'était corrompue en un orgueil criminel qui finit par lui être fatal.

Le miracle de sa vie étant d'ailleurs qu'elle n'ait pas rencontré plus tôt la hache du bourreau ou le poignard de la vengeance, courant la vie en faisant des pieds de nez au Destin et à la loi pendant des années.

Bilger s'était levé à son tour pour se réchauffer un peu – l'air était de plus en plus glacial, limpide ; en bas de notre colline, les lumières de la ville s'éteignaient peu à peu, il devait être aux environs de minuit. L'hôtel Zénobie était toujours illuminé, je me demandais si le personnel actuel de l'établissement se souvenait de cette fausse comtesse véritable assassine et de son mari mort au milieu de ce désert gris acier qui n'était pas du tout, dans la nuit froide, un endroit agréable, ni même (je m'en serais voulu d'avouer cette pensée à mes compagnons) paré de l'irrésistible beauté que certains lui prêtaient.

L'indulgence de Sarah envers les criminelles, les traîtresses et les empoisonneuses est toujours un mystère ; ce penchant pour les bas-fonds de l'âme n'est pas sans rappeler la passion de Faugier pour ceux des villes – que je sache Sarah n'a jamais été espionne et n'a tué personne, Dieu merci, mais elle a toujours eu un intérêt pour l'horreur, pour les monstres, le crime et les entrailles : quand j'ai eu abandonné, ici à Vienne, mon *Standard* dont la couleur cul de singe sied si bien au teint des lecteurs, dans ce café Maximilien près de la Votivkirche, après avoir écarté l'expédition dans le mouroir de Kafka, elle m'a contraint (en maugréant tout ce que je pouvais, quel idiot, drôle de façon de se rendre aimable, parfois je fais – nous faisons – exactement le contraire de ce que le cœur commanderait) à visiter le musée du Crime : au rez-de-chaussée et au sous-sol d'une jolie maison du XVIIIe siècle à Leopoldstadt, nous avons donc visité le musée de la Police de Vienne, un musée officiel, pour ainsi dire *estampillé* viennois, le musée des assassins et des assassinés, avec crânes défoncés ou percés de balles, armes des crimes, pièces à conviction, photographies, atroces photographies de corps mutilés, de cadavres découpés pour être dissimulés dans des paniers d'osier et abandonnés aux ordures. Sarah observait ces horreurs avec un calme intérêt, le même, imaginais-je, que celui de Sherlock Holmes ou d'Hercule Poirot, le héros d'Agatha Christie que l'on croisait partout en Orient, d'Istanbul à Palmyre en passant par Alep – son époux était archéologue, et les archéologues furent les premiers parasites qui sautèrent sur le râble oriental, depuis Vivant Denon et l'expédition d'Égypte : la conjonction de l'intérêt romantique pour la ruine et du renouveau de la science historique poussa des dizaines d'archéologues vers l'est, origine de la civilisation, de la religion et accessoirement producteur d'objets monnayables en prestige ou en espèces sonnantes et trébuchantes ; la mode égyptienne, puis nabatéenne, assyrienne, babylonienne, perse encombrait les musées et les antiquaires de débris de toutes sortes, comme les antiquités romaines à la Renaissance – les ancêtres de Bilger parcouraient l'Empire ottoman de Bithynie jusqu'en Élam, emmenant souvent leurs femmes avec eux, femmes qui devinrent, comme Jeanne Dieulafoy ou Agatha Christie, écrivaines, quand elles ne s'adonnaient pas elles-mêmes, telles Gertrude Bell ou Annemarie Schwarzenbach, aux joies archéologiques. L'archéologie était, avec la mystique, une des formes d'exploration les plus fécondes du Proche et Moyen-Orient et Bilger en convenait, cette nuit-là à Palmyre, quand, réchauffé par le vin libanais il daigna participer, en anglais cette fois-ci, à notre Séance, cette *Maqâma tadmoriyya*, avec toute l'éloquence britannique qu'il avait rapportée de son séjour à Oxford, d'où étaient sortis tant de distingués orientalistes – il était resté debout ; sa figure ronde était entièrement dans l'ombre et on n'en distinguait que la limite blonde des cheveux courts, une auréole. La bouteille à la main, selon son habitude, il apporta sa contribution au désert, comme il disait, en nous parlant des archéologues et des botanistes qui avaient contribué à l'exploration de l'Arabie mystérieuse : Bilger, pourtant si urbain, avait lui aussi rêvé du désert, et pas uniquement en suivant les aventures de Kara Ben Nemsi à la télévision ; avant de devenir un spécialiste de la période hellénistique, il avait essayé sans succès de "faire son trou" dans l'archéologie de l'Arabie préislamique – la geste des explorateurs de la péninsule n'avait pas de secrets pour lui. Il commença par balayer l'intérêt de personnages comme cette Marga d'Andurain qu'il venait de découvrir. En termes de violence, de folie et d'excentricités, les voyageurs au Nejd, au Hedjaz ou dans le Djebel Chammar offraient des récits bien plus extraordinaires – et même, ajoutait-il avec grandiloquence, de vrais chefs-d'œuvre littéraires. Il se lança ensuite dans une histoire compliquée de l'exploration de l'Arabie dont je n'ai pas retenu grand-chose, mis à part les noms du Suisse Burckhardt, des Anglais Doughty et Palgrave, du Français Huber et de l'Allemand Euting – sans oublier les incontournables du désert, Richard Burton l'homme aux mille vies et les époux Blunt, incorrigibles hippophiles qui sillonnèrent les sables à la recherche des plus beaux chevaux dont ils cultivèrent ensuite la lignée, le noble *stud* arabe, dans leur haras du Sussex – Anne Blunt m'était d'ailleurs la plus sympathique de tout ce tas d'explorateurs, car elle était violoniste et ne possédait rien de moins qu'un Stradivarius pour instrument. Un Stradivarius au désert.

Il y aurait peut-être une apostille à rajouter à mon ouvrage, une coda, voire un codicille,

Des différentes fformes de ffolie en Orient
Addendum
La Caravane des travestis

qui rendrait compte de la passion de mes confrères d'autrefois pour le déguisement et les costumes locaux – beaucoup de ces explorateurs politiques ou scientifiques se crurent obligés de se travestir, autant pour le confort que pour passer inaperçus : Burton en pèlerin dans la caravane de La Mecque ; le sympathique orientaliste hongrois Armin Vambery, l'ami du comte de Gobineau, en vagabond mystique (crâne rasé, robe de Boukhara) pour explorer la Transoxiane depuis Téhéran ; Arthur Conolly, premier joueur du Grand Jeu, qui finira démasqué et décapité à Boukhara, en marchand persan ; Julius Euting en Bédouin, T. E. Lawrence (qui avait bien lu son Kipling) en guerrier des Howeitats – tous racontent le plaisir un peu enfantin qu'il y a (quand on aime le danger) à se faire passer pour ce qu'on n'est pas, la palme revenant aux explorateurs du Sud du Sahara et du Sahel, René Caillié le conquérant de Tombouctou se travestissant en Égyptien et surtout Michel Vieuchange, jeune amoureux du désert dont il ignorait tout ou presque, qui se déguise d'abord en femme puis en outre à sel pour entrevoir un quart d'heure la ville de Smara, certes mythique mais ruinée et abandonnée depuis longtemps par ses habitants, avant de retrouver son grand sac de jute, malade, ballotté au gré des pas des chameaux pendant des jours, sans lumière dans une chaleur de four : il finit par expirer d'épuisement et de dysenterie à Agadir, âgé seulement de vingt-six ans. Sarah préfère la simplicité de quelques âmes plus sincères ou moins folles, certaines au destin malheureusement tout aussi tragique, comme Isabelle Eberhardt, amoureuse de l'Algérie et de la mystique musulmane – Isabelle s'habillait certes en cavalier arabe et se faisait appeler Si Mahmoud, mais sa passion pour l'Islam et sa foi étaient on ne peut plus profondes ; elle finit tragiquement noyée par une inondation subite, à Aïn Sefra, dans ce Sud oranais qu'elle aimait tant. Sarah rappelait souvent, à son propos, qu'elle avait même conquis le général Lyautey, pourtant d'ordinaire peu passionné par les excentricités, à tel point qu'il passa des jours, désespéré, à la recherche de son corps d'abord et de ses journaux ensuite – il finit par les trouver, ces carnets, dans les ruines du gourbi d'Isabelle, et le manuscrit complet de *Sud oranais* fut arraché à la boue par les militaires avec une patience de philatélistes décollant des timbres.

La vraie question de Bilger à Palmyre, qui ne se souciait guère de mystique et de déguisements, mis à part les anecdotes divertissantes sur les affabulateurs de tout poil qui peuplaient ces contrées (les plus drôles concernaient bien évidemment les aventures du Français Charles Huber et de l'Allemand Julius Euting, véritables Laurel et Hardy d'Arabie), était celle du rapport entre archéologie et espionnage, entre science militaire et science tout court. Comment rassurer aujourd'hui les Syriens sur nos activités, râlait Bilger, si nos prédécesseurs les plus fameux ont joué un rôle politique, secret ou public, au Moyen-Orient ? Il était désespéré par ce constat : les archéologues célèbres avaient tous, à un moment ou un autre, trempé dans des affaires d'État. Il fallut le rassurer : heureusement ou malheureusement, les archéologues n'avaient pas été les seuls à servir les militaires, bien au contraire ; à peu près toutes les branches de la science (linguistes, spécialistes de science religieuse, historiens, géographes, littérateurs, ethnologues) avaient eu des rapports avec leurs gouvernements d'origine en temps de guerre. Bien sûr tous n'avaient pas nécessairement porté les armes comme T. E. Lawrence ou mon compatriote Alois Musil Lawrence de Moravie mais beaucoup (femmes comprises, comme Gertrude Bell, ajoutait Sarah) avaient, à un moment ou un autre, mis leurs connaissances au service de la nation européenne dont ils étaient les ressortissants. Certains par conviction nationaliste, d'autres pour le gain, financier ou académique, qu'ils pouvaient en retirer ; d'autres enfin malgré eux – c'étaient leurs travaux, leurs livres, les récits de leurs explorations qui étaient utilisés par les soldats. On savait que les cartes ne servaient qu'à faire la guerre, disait François-Marie, eh bien les récits de voyage aussi. Depuis que Bonaparte en Égypte en 1798 avait mis à contribution les savants pour rédiger sa proclamation aux Égyptiens et essayer de passer pour leur libérateur, les scientifiques, les artistes et leurs travaux s'étaient retrouvés à participer, bon gré mal gré, aux enjeux politiques et économiques de l'époque. Il n'était néanmoins pas possible, soutenait Sarah, de condamner tout ce petit monde en bloc ; autant reprocher à la chimie la poudre et la balistique à la physique : il fallait ramener les choses à l'individu et s'abstenir de fabriquer un discours général qui devenait à son tour une construction idéologique, un objet sans autre portée que sa propre justification.

Le débat est devenu houleux ; Sarah avait lâché le Grand Nom, le loup était apparu au milieu du troupeau, dans le désert glacial : Edward Saïd. C'était comme invoquer le Diable dans un couvent de carmélites ; Bilger, épouvanté à l'idée qu'on puisse l'associer à un quelconque *orientalisme*, commença immédiatement une autocritique embarrassée, en reniant père et mère ; François-Marie et Julie étaient plus nuancés sur la question, tout en reconnaissant que Saïd avait posé une question brûlante mais pertinente, celle des rapports entre savoir et pouvoir en Orient – je n'avais pas d'opinion, et je n'en ai toujours pas, je crois ; Edward Saïd était un excellent pianiste, il a écrit sur la musique et créé avec Daniel Barenboïm l'orchestre West-östlicher Divan, géré par une fondation basée en Andalousie, où l'on s'attache à la beauté dans le partage et la diversité.

Les voix commençaient à être vaincues par le vin, le froid et la fatigue ; nous avons installé nos lits de fortune à même le rocher du parvis. Julie et François-Marie d'un côté, Sarah et moi de l'autre – Bilger et sa bouteille avaient préféré (sans doute plus malins que nous) se réfugier dans la voiture, garée quelques mètres en contrebas ; nous les avons retrouvés au petit matin, Bilger assis sur le siège du conducteur, le visage écrasé contre la vitre couverte de buée, et la bouteille vide coincée dans le volant, pointant son goulot accusateur vers la figure de l'archéologue endormi.

Deux couvertures dessous, deux dessus, voilà notre couche palmyréenne ; Sarah s'était roulée en boule contre moi, le dos près de mon ventre. Elle m'avait demandé gentiment si cela ne me dérangeait pas : j'avais essayé de ne pas laisser paraître mon enthousiasme, non bien sûr, nullement, et je bénissais la vie nomade – ses cheveux sentaient l'ambre et le feu de bois ; je n'osais pas bouger, de peur de troubler sa respiration, dont le rythme m'envahissait ; j'essayais d'inspirer comme elle, *adagio* d'abord, puis *largo* ; j'avais auprès de ma poitrine la longue courbure de son dos, barrée par le soutien-gorge, dont je sentais l'agrafe contre mon bras replié ; elle avait froid aux jambes et les avait un peu entortillées dans les miennes – le nylon était doux et électrique à la fois contre mes mollets. Mes genoux dans le creux des siens, il ne fallait pas que je pense trop à cette proximité, ce qui était bien sûr impossible : un désir immense, que je réussissais à étouffer, me consumait malgré tout, en silence. L'intimité de cette position était à la fois chaste et érotique, à l'image de l'Orient lui-même, et avant d'enfouir pour quelques heures mes paupières dans ses boucles, j'ai jeté un dernier regard, au-delà de la laine bleue, vers le ciel de Palmyre, pour le remercier d'être si inhospitalier.

Le réveil fut cocasse ; les voix des premiers touristes nous secouèrent juste avant l'aube – ils étaient souabes et leur dialecte chantant n'avait rien à faire à Palmyre. Avant de repousser la couverture sous laquelle nous grelottions, enlacés comme des perdus, je rêvais que je m'éveillais dans une auberge près de Stuttgart : totalement désorienté, j'ouvris les yeux sur un groupe de chaussures de randonnée, de grosses chaussettes, de jambes, certaines velues, d'autres non, surmontées de shorts couleur sable. Je suppose que ces bonnes gens devaient être aussi embarrassés que nous ; ils voulaient profiter du lever de soleil sur les ruines et tombaient au milieu d'un campement d'orientalistes. J'ai été pris d'une honte terrible ; j'ai rabattu immédiatement le tissu sur nos têtes, dans un réflexe idiot, ce qui était encore plus ridicule. Sarah s'était réveillée elle aussi et pouffait de rire ; arrête, chuchotait-elle, ils vont s'imaginer qu'on est nus là-dessous – les Allemands devaient deviner nos corps sous les couvertures et entendre nos messes basses ; il est hors de question que je sorte d'ici, j'ai murmuré. Sortir était une expression toute relative, puisque nous étions dehors, mais comme les enfants se cachent dans une grotte imaginaire, au fond de leurs draps, il était exclu que je retrouve le monde extérieur avant le départ de ces envahisseurs. Sarah se prêtait au jeu de bon gré, en riant ; elle avait ménagé un courant d'air qui nous permettait de ne pas étouffer complètement ; elle espionnait par un repli la position des guerriers ennemis autour de nous, qui paraissaient ne pas vouloir quitter le parvis. Je respirais son haleine, l'odeur de son corps au réveil. Elle était tout contre moi, allongée sur le ventre – j'ai osé passer mon bras autour de ses épaules, dans un geste, pensais-je, qui pouvait sembler fraternel. Elle a tourné le visage et m'a souri ; j'ai prié pour qu'Aphrodite ou Ishtar transforme notre abri en rochers, nous rende invisibles et nous laisse là pour l'éternité, dans ce recoin de bonheur que j'avais fabriqué sans le vouloir, grâce à ces chevaliers croisés souabes envoyés par un dieu inspiré : elle me regardait, immobile et souriante, les lèvres à quelques centimètres des miennes. J'avais la bouche sèche, j'ai détourné le regard, j'ai grogné je ne sais quelle absurdité et à peu près au même moment nous avons entendu la voix de François-Marie retentir : *"Good morning ladies and gentlemen, welcome to Fakhr ed-Din's Castle"*; nous avons risqué un coup d'œil hors de notre tente improvisée et éclaté de rire, ensemble, en voyant que le Français était sorti de son sac de couchage, la tignasse en bataille, juste vêtu d'un caleçon aussi noir que les poils qui couvraient son torse, pour saluer les visiteurs de l'aube – ce djinn réussit presque immédiatement à les mettre en fuite, mais je ne fis pas un geste pour relever le voile qui nous recouvrait, et Sarah non plus : elle restait là, si proche de moi. La lumière naissante parsemait de taches claires l'intérieur de notre caverne. Je me suis retourné, sans savoir pourquoi; je me suis mis en boule, j'avais froid, elle m'a serré contre elle, je sentais son souffle dans mon cou, ses seins sur mon dos, son cœur avec le mien, et j'ai fait semblant de me rendormir, ma main dans la sienne, alors que le soleil de Baal allait réchauffer doucement ce qui n'en avait plus besoin.

Notre première nuit dans le même lit (elle dirait plus tard qu'on ne pouvait raisonnablement parler d'un même *lit*) me laissait un souvenir impérissable, des os endoloris et un catarrhe peu glorieux : je terminai notre expédition la goutte au nez, rougissant de ces sécrétions pourtant anodines, comme si mon tarin révélait au monde extérieur, d'une façon symbolique, ce que mon inconscient avait secrètement ourdi la nuit entière.

Les touristes avaient fini par nous déloger, ou du moins par nous contraindre à nous lever et à rompre nos faisceaux, la bataille étant perdue d'avance – patiemment, en brûlant des brindilles, nous avons réussi à faire bouillir de l'eau pour préparer un café turc; je me revois assis sur le rocher, à contempler la palmeraie, loin au-delà des temples, une tasse à la main. Je comprenais le vers jusque-là énigmatique de Badr Shakir Sayyab, “Tes yeux sont une forêt de palmiers à l’aurore / ou un balcon, avec la lune loin au-dehors” qui ouvre *Le Chant de la pluie*; Sarah était heureuse que j’évoque le pauvre poète de Bassora, perdu dans la mélancolie et la maladie. Cette nuit, ce matin, cette couverture avait créé entre nous une intimité, nos corps s’étaient apprivoisés, et ils ne souhaitaient plus se quitter – ils continuaient à se serrer, à se blottir l’un contre l’autre dans une familiarité que le froid ne justifiait plus.

Est-ce à ce moment-là que l’idée m’est venue de mettre ce poème en musique, sans doute; est-ce la douceur glaciale de cette nuit au désert, les yeux de Sarah, le matin de Palmyre, les mythes flottant sur les ruines qui ont fait naître ce projet, c’est du moins ainsi que j’aime l’imaginer – peut-être y avait-il aussi un jeu du destin, c’est à mon tour d’être seul, malade et mélancolique dans Vienne endormie, comme Sayyab l’Irakien, Sayyab dont le sort me touchait tant à Damas. Il ne faut pas que je pense à l’avenir terrifiant que les livres de médecine me prédisent comme des pythies, à qui pourrais-je confier ces craintes, à qui pourrais-je révéler que j’ai peur de dégénérer, de pourrir comme Sayyab, peur que mes muscles et ma cervelle petit à petit se liquéfient, peur de tout perdre, de me défaire de tout, de mon corps et de mon esprit, par morceaux, par bribes, par squames, jusqu’à ne plus être capable de me souvenir, de parler ou de me mouvoir, est-ce que ce trajet a déjà commencé, c’est cela le plus terrible, est-ce que déjà en ce moment je suis moins que ce que j’étais hier, incapable de m’apercevoir de ma déchéance – bien sûr je m’en rends compte dans mes muscles, dans mes mains crispées, dans les crampes, les douleurs, les crises de fatigue extrême qui peuvent me clouer au lit, ou au contraire l’insomnie, l’hyperactivité, l’impossibilité de s’arrêter de penser ou de parler seul. Je ne veux pas me plonger dans ces noms de maladie, les toubibs ou les astronomes aiment à donner leurs propres noms à leurs découvertes, les botanistes, ceux de leurs femmes – on peut à la limite comprendre la passion de certains pour parrainer des astéroïdes, mais pourquoi ces grands docteurs ont-ils laissé leurs patronymes à des affections terrifiantes et surtout incurables, leur nom est synonyme aujourd'hui d'échec, d'échec et d'impuissance, les Charcot, Creutzfeldt, Pick, Huntington, autant de toubibs qui sont (dans un étrange mouvement métonymique, le guérisseur pour l'inguérissable) devenus la maladie elle-même et si le nom de la mienne est bientôt confirmé (le médecin est un obsédé du diagnostic ; des symptômes épars doivent être regroupés et prendre *sens* dans un ensemble : le bon Dr Kraus sera soulagé de me savoir mortellement atteint, enfin un syndrome connu, nommé comme par Adam lui-même) ce sera après des mois d'examens, d'errance de service en service, d'hôpital en hôpital – il y a deux ans, Kraus m'a envoyé consulter un Esculape spécialiste des maladies infectieuses et tropicales, persuadé que j'avais rapporté un parasite d'un de mes voyages, et j'eus beau lui expliquer que l'Iran ne regorge pas de vibrions agressifs ni d'infusoires exotiques (et surtout que je n'avais pas quitté l'Europe depuis des années), en bon Viennois, pour qui le vaste monde commence de l'autre côté du Danube, Kraus prit son air entendu et rusé, typique des savants lorsqu'ils souhaitent dissimuler leur ignorance, pour me gratifier d'un "on ne sait jamais", phrase à laquelle son orgueil de Diafoirus souhaitait faire dire "moi, je sais, j'ai ma pensée de derrière". Je me suis donc retrouvé face à un professionnel des infections allogènes, avec mes pauvres symptômes (migraines ophtalmiques, insomnies, crampes, douleurs très handicapantes dans le bras gauche), d'autant plus ennuyé de patienter dans un couloir d'hôpital que (bien évidemment)

Sarah était à Vienne à ce moment-là, que nous avions d'urgentes et horribles visites touristiques sur le feu. Il avait fallu que je lui explique mon rendez-vous au centre hospitalier, mais sans avouer pourquoi : j'avais trop peur qu'elle ne m'imagine contagieux, ne s'inquiète de sa propre santé et ne me mette en quarantaine – il serait peut-être temps que je lui raconte mes difficultés, je n'ai pas encore osé, mais si demain la maladie me transforme en animal priapique et baveux ou en chrysalide desséchée dans sa chaise percée alors je ne pourrai plus rien lui dire, il sera trop tard. (Quoi qu'il en soit, perdue comme elle l'est apparemment au Sarawak, comment lui expliquer, quelle lettre écrire, et surtout pourquoi lui écrire à elle, que représente-t-elle pour moi, ou plutôt, encore plus mystérieux, que représenté-je pour elle ?) Je n'ai pas le courage non plus de parler à Maman, comment annoncer à une mère qu'elle va se retrouver, à près de soixante-quinze ans, à torcher son fils, à le nourrir à la cuiller jusqu'à ce qu'il s'éteigne, assez rabougri pour pouvoir retourner dans sa matrice, c'est une atrocité que je ne peux pas commettre, Dieu nous préserve, je préfère encore crever seul avec Kraus. Ce n'est pas le mauvais bougre, Kraus, je le déteste mais c'est mon seul allié, contrairement aux médecins de l'hôpital, qui sont des singes, malins et imprévisibles. Ce spécialiste des maladies tropicales portait une blouse blanche ouverte sur un pantalon de toile bleue ; il était un peu gras, avec une grosse figure ronde et un accent de Berlin. Comme c'est comique, j'ai pensé, il faut bien évidemment qu'un spécialiste des infections exotiques soit allemand, nous notre empire a toujours été européen, pas d'îles Samoa et de Togoland où étudier les fièvres pestilentielles. Sarah m'a posé la question, alors ce rendez-vous, tout va bien ? Je lui ai répondu tout va bien, le praticien ressemblait à Gottfried Benn, ce qui l'a immédiatement fait éclater de rire, comment ça, à Gottfried Benn, mais Benn ressemblait à M. Tout-le-Monde – exactement, Gottfried Benn ne ressemble à rien de particulier, donc ce docteur est son portrait craché. Pendant toute la consultation je m'étais imaginé dans un lazaret sur le front belge en 1914 ou dans une horrible clinique pour maladies vénériennes de la république de Weimar, Gottfried Benn observait ma peau à la recherche de traces de parasitose ou de "Dieu sait quoi d'autre", persuadé que l'humanité était toujours *infectée* par le Mal. Je n'ai d'ailleurs jamais donné suite aux absurdes demandes d'examens du Dr Benn, déféquer dans une boîte en plastique étant absolument au-dessus de mes forces, ce que je n'ai bien évidemment pas avoué à Sarah – il faut dire, à ma décharge, qu'être ausculté par l'auteur de *Morgue* ou de *Chair* ne vous met pas en confiance. Pour noyer le poisson devant Sarah, je me suis alors lancé dans une comparaison embarrassée entre Benn et Georg Trakl, qu'il faut à la fois rapprocher et opposer ; Trakl le subtil homme secret dont la poésie obscurcissait le réel pour l'enchanter, Trakl le sensible Salzbourgeois dont le lyrisme dissimule, cache le *moi* dans une complexe forêt symbolique, Trakl le maudit, drogué, amoureux fou de sa sœur et du suc du pavot, dont l'œuvre est parcourue de lune et de sang, sang du sacrifice, sang menstruel, sang de la défloration, rivière souterraine coulant jusqu'aux charniers de la bataille de Grodek en 1914 et aux mourants des premiers combats de Galicie – Trakl, peut-être, sauvé par son décès si prématuré des horribles choix politiques de Benn, c'est Sarah qui m'opposa cette atroce sentence, mourir jeune préserve parfois des terrifiantes erreurs de l'âge mûr ; imagine que Gottfried Benn soit mort en 1931, disait-elle, est-ce que tu le jugerais de la même façon s'il n'avait pas écrit *L'État nouveau et les intellectuels*, et tenu des propos aussi horribles contre les écrivains antifascistes ?

Cet argument était selon moi spécieux ; beaucoup n'étaient pas morts en 1931 sans pour autant exalter "la victoire de nouveaux États autoritaires" comme Benn ; chez Benn le corps n'est pas la coupole de l'âme, il n'est qu'un misérable instrument qu'il faut améliorer par la génétique, pour obtenir une race meilleure, plus performante. Que les médecins soient ensuite horrifiés par les conséquences de leurs propres théories ne les absout pas. Que Benn s'éloigne finalement des nazis peu de temps après leur arrivée au pouvoir ne l'absout pas. Les Benn ont participé à l'illusion nazie. Leur effroi postérieur face à leur Golem ne les excuse en rien.

Voilà que reviennent la tachycardie et la sensation d'étouffement. Les images de mort, les ossements fracassés dans la mélancolie de Trakl, la lune, l'ombre du frêne à l'automne, où soupirent les esprits des massacrés ; sommeil et mort, aigles sinistres – "Sœur à la mélancolie d'orage, regarde, une barque s'enfonce sous les étoiles, vers le visage muet de la nuit" –, la plainte sauvage des bouches brisées. Je voudrais retourner au désert, ou dans les poèmes de Sayyab, l'Irakien au visage si pauvre, les oreilles démesurées et décollées, mort dans la misère, la solitude et la douleur à Koweït, où il hurlait au golfe Persique : "Ô Golfe, toi qui offres la perle, la coquille et la mort", sans autre réponse que l'écho, porté par la brise d'Orient, "toi qui offres la perle, la coquille et la mort", et voilà l'agonie, le silence bruissant où résonnent seules mes propres paroles, je me noie dans ma propre respiration, dans la panique, je suis un poisson hors de l'eau. Vite sortir la tête de l'oreiller, ce profond marais d'angoisse, allumer la lampe, respirer dans la lumière.

Je respire encore dans la lumière.

Mes livres sont tous face à moi et me regardent, horizon calme, mur de prison. Le luth d'Alep est un animal à panse rebondie et courte jambe fine, une gazelle boiteuse, comme celles que chassaient les princes omeyyades ou Marga d'Andurain dans le désert syrien. La gravure de Ferdinand-Max Bredt lui ressemble; *Les Deux Gazelles*, la jeune fille aux yeux noirs, en pantalon bouffant qui nourrit le bel animal de sa main.

J'ai soif. Combien de temps me reste-t-il à vivre? Qu'est-ce que j'ai raté pour me retrouver seul dans la nuit éveillé le cœur battant les muscles tremblants les yeux brûlants, je pourrais me lever, mettre mon casque sur mes oreilles et écouter de la musique, chercher la consolation dans la musique, dans l'oud de Nadim, par exemple, ou dans un quatuor de Beethoven, un des derniers – quelle heure est-il au Sarawak, si j'avais osé embrasser Sarah ce matin-là à Palmyre au lieu de lâchement me retourner tout aurait peut-être été différent; parfois un baiser change une vie entière, le destin s'infléchit, se courbe, fait un détour. Déjà en rentrant à Tübingen après le colloque de Hainfeld, lorsque je retrouvai mon amoureuse du moment (Sigrid est-elle devenue la brillante traductrice qu'elle rêvait d'être, je n'en sais rien), je réalisai à quel point notre lien pourtant profond et quotidien paraissait fade à côté de ce que j'avais entrevu auprès de Sarah : je passai les mois suivants à penser à elle et à lui écrire, plus ou moins régulièrement mais toujours en cachette, comme si j'avais la certitude que dans ces lettres pourtant innocentes était à l'œuvre une force si puissante qu'elle mettait en danger ma relation avec Sigrid. Si ma vie sentimentale (regardons les choses en face) est un tel échec, c'est sans doute parce que j'y ai toujours, consciemment ou non, conservé une place pour Sarah et que cette attente m'a empêché, jusqu'ici, d'être entier dans une histoire d'amour. Tout est sa faute, le vent d'un jupon balaye un homme plus sûrement qu'un typhon, c'est bien connu; si elle n'avait pas soigneusement entretenu l'ambiguïté, si elle avait été claire, nous n'en serions pas là, assis au milieu de la nuit à fixer la bibliothèque la main encore sur l'olive en bakélite (objet agréable, au demeurant) de l'interrupteur de la lampe de chevet. Un jour viendra où je ne pourrai même plus accomplir ce geste pourtant simple, manœuvrer l'interrupteur, mes doigts seront si gourds, si raides que je peinerai à mettre de la lumière dans ma nuit.

Je devrais me lever pour boire mais si je quitte mon lit je ne me recoucherai pas avant l'aube, il faudrait toujours avoir une bouteille d'eau à portée de main, une outre de peau, comme au désert, une outre qui donne aux liquides son parfum caractéristique de chèvre et de goudron : le pétrole et l'animal, voilà le goût de l'Arabie – Leopold Weiss aurait été d'accord, lui qui passa des mois à dos de chameau entre Médine et Riyad ou entre Ta'ef et Ha'il dans les années 1930, Leopold Weiss de son nom musulman Muhammad Asad, le plus brillant correspondant au Moyen-Orient de son époque, pour le *Frankfurter Zeitung* et la plupart des grands journaux de la république de Weimar, Leopold Weiss, Juif originaire de Galicie éduqué à Vienne pas très loin d'ici : voilà l'homme ou plutôt le livre responsable de mon départ pour Damas après mon séjour à Istanbul. Je me revois, dans mes dernières semaines à Tübingen, alors que Sigrid prenait un chemin qui s'éloignait, au fil des jours, inexorablement du mien, éloignement que mon voyage en Turquie avait encore accentué, je me revois, entre deux lettres à cette étoile distante qu'était Sarah, découvrir émerveillé les souvenirs spirituels de Muhammad Asad, cet extraordinaire *Chemin de La Mecque* que je lisais comme le Coran soi-même, assis sur un banc face au Neckar, sous un saule, en pensant "si Dieu a besoin d'intermédiaires alors Leopold Weiss est un saint", tant son témoignage parvenait à mettre des mots sur l'inquiétude qui me tenait depuis mon expérience stambouliote – je me rappelle précisément de phrases qui m'avaient serré la poitrine et mis des larmes dans les yeux : "Cet ensemble sonore et solennel est différent de tous les autres chants humains. Alors que mon cœur bondit dans un amour ardent de cette ville et de ses voix, je commence à ressentir que toutes mes randonnées n'ont jamais eu qu'une signification : chercher à saisir le sens de cet appel…" Le sens de l'appel à la prière, de cet *Allah akbar* modulé au sommet de tous les minarets du monde depuis l'âge du Prophète, le sens de cette mélodie unique qui m'avait moi aussi bouleversé quand je l'avais entendue pour la première fois à Istanbul, ville où pourtant cet *adhan* est des plus discrets, noyé dans le vacarme de la modernité. Assis sur mon banc à Tübingen, dans un décor pourtant bien éloigné de l'Arabie, je ne pouvais lever les yeux de ces mots, *chercher à saisir le sens de cet appel*, comme si j'avais face à moi la Révélation, alors qu'à mes oreilles retentissait cette voix du muezzin, plus claire que jamais, cette voix, ce chant qui avait fasciné Félicien David ou ce Leopold Weiss mon compatriote jusqu'à transformer leur vie – moi aussi je voulais chercher à saisir le sens de ce cri, le suivre, encore tout empli du souvenir de la mosquée de Suleyman ; il fallait que je parte, il fallait que je découvre ce qu'il y avait derrière ce voile, l'*origine* de ce chant. On peut dire que ma vie spirituelle a été le même désastre que ma vie sentimentale. Je me retrouve aujourd'hui aussi désemparé qu'autrefois, sans la consolation de la foi – je ne fais sans doute pas partie des élus ; peut-être manqué-je de la volonté de l'ascète ou de l'imagination créatrice du mystique ; peut-être la musique, finalement, était-elle ma seule vraie passion. Le désert s'est révélé (c'est le cas de le dire) un tas de cailloux ; les mosquées sont restées pour moi aussi vides que les églises ; les vies des saints, des poètes, leurs textes, dont je percevais pourtant la beauté, brillaient tels des prismes sans que la lumière, la lumière avicennienne, l'essence, ne me parvienne jamais – je suis condamné au matérialisme utopique d'Ernst Bloch, qui dans mon cas est une résignation, le "paradoxe de Tübingen". À Tübingen, j'entrevoyais trois chemins possibles : la religion, comme pour Leopold Weiss *alias* Muhammad Asad ; l'utopie, comme dans *L'Esprit de l'utopie* et *Le Principe Espérance* de Bloch ; la folie et la réclusion de Hölderlin, dont la tour projetait une ombre inquiétante, entre les saules pleureurs et les barques de bois du Neckar, sur toute la ville. Pourquoi diantre avais-je choisi de profiter des largesses relatives de la Communauté européenne envers les étudiants en me rendant à Tübingen, et pas à Paris, à Rome ou à Barcelone comme tous mes camarades, je ne m'en souviens plus exactement ; sans doute la perspective de joindre la poésie de Hölderlin, l'orientalisme d'Enno Littmann et la philosophie de la musique d'Ernst Bloch me paraissait un beau programme. J'avais dévoré les milliers de pages de la traduction de Littmann des *Mille et Une Nuits* et commencé à apprendre l'arabe auprès de ses successeurs. Il était étrange d'imaginer que cent ans auparavant Tübingen et même Strasbourg (où officiaient entre autres Theodor Nöldeke et Euting) avaient été, jusqu'à ce que la Première Guerre mondiale bouscule les savants, les villes les plus orientales de l'Empire allemand. Dans ce grand réseau orientaliste, Enno Littmann était un des nœuds allemands les plus importants ; c'est lui qui édita par exemple les journaux de voyage de ce fameux Euting dont les aventures en Arabie, racontées par Bilger, nous avaient tant fait rire à Palmyre ; épigraphe, spécialiste de langues sémitiques, Littmann parcourt le Sud de la Syrie dès 1900 à la recherche d'inscriptions nabatéennes ; il décrit, dans une lettre à Eduard Meyer, spécialiste de l'Orient ancien, une campagne de fouilles dans le Hauran en hiver – aux prises avec le froid, le vent et les orages de neige, il relate sa rencontre avec un Bédouin qui se fait appeler Kelb Allah, “le chien de Dieu” : ce surnom si humble lui est une révélation. Comme chez Leopold Weiss, l’humilité de la vie nomade est une des images les plus fortes de l’Islam, le grand renoncement, le dépouillement des oripeaux mondains dans la nudité du désert – c’est cette pureté, cette solitude qui m’attirait moi aussi. Je voulais rencontrer ce Dieu si présent, si naturel que ses humbles créatures, dans le dénuement complet, s’appellent *les chiens de Dieu*. Deux visions s’opposaient vaguement dans mon esprit : d’un côté, le monde des *Mille et Une Nuits*, urbain, merveilleux, foisonnant, érotique et de l’autre celui du *Chemin de La Mecque*, du vide et de la transcendance ; Istanbul avait signifié ma découverte d’une version contemporaine de la première forme – j’espérais que la Syrie me permette non seulement de retrouver, dans les ruelles de Damas et d’Alep aux noms enchantés, la rêverie et la douceur sensuelle des *Nuits*, mais aussi d’entrevoir, au désert cette fois-ci, la lumière avicennienne du Tout. Car, alliée à Muhammad Asad, ma fréquentation d’Ernst Bloch, de *Traces* et de son petit texte sur Avicenne avait (au grand désespoir de Sigrid, à qui je lisais à voix haute, la pauvre, des extraits interminables de ces ouvrages) induit dans mon esprit un désordre fertile mais confus, où le matérialiste utopique prenait par la main le mystique musulman, conciliait Hegel avec Ibn Arabi, le tout en musique ; des heures durant, assis en tailleur dans le profond fauteuil défoncé qui me tenait lieu de cellule, face à notre lit, un casque sur les oreilles, sans me laisser distraire par les allées et venues de Sigrid (jambes blanches, ventre musclé, seins hauts et durs) je fréquentais les penseurs : René Guénon, devenu au Caire le cheikh Abd el-Wahid Yahya, qui passa trente ans à suivre la boussole infaillible de la Tradition, depuis la Chine jusqu’à l’Islam, en passant par l’hindouisme, le bouddhisme et le christianisme, sans quitter l’Égypte, et dont les travaux sur l'initiation et la transmission de la Vérité me fascinaient. Je n'étais pas le seul ; nombre de mes camarades, surtout les Français, avaient lu les livres de Guénon, et ces lectures avaient déclenché pour beaucoup la quête de l'étincelle mystique, certains chez les musulmans sunnites ou chiites, d'autres chez les chrétiens orthodoxes et les Églises d'Orient, d'autres encore, comme Sarah, chez les bouddhistes. Dans mon cas, je dois bien avouer que les travaux de Guénon ne firent qu'ajouter à ma confusion.

Fort heureusement, le réel vous remet les idées en place ; un formalisme stérile me paraissait régner chez toutes les confessions en Syrie et mon élan spirituel se brisa bien vite contre les simagrées de mes condisciples qui allaient se rouler par terre la bave aux lèvres dans des séances de *zikr* deux fois par semaine comme on va au gymnase, un gymnase où les transes me semblaient venir un peu trop vite pour être honnêtes : répéter à l'infini "*la ilâha illâ Allah*, il n'y a de dieu qu'Allah" en secouant la tête dans un couvent de derviches était sans doute de nature à vous mettre dans des états bizarres, mais cela relevait plus de l'illusion psychologique que du miracle de la foi, du moins telle que la décrivait, dans sa belle sobriété, le compatriote Leopold Weiss. Partager mes interrogations avec Sigrid n'était pas chose facile : mes pensées étaient si confuses qu'elle n'y comprenait rien, ce qui n'était pas étonnant ; son monde à elle, les langues slaves, était bien loin du mien. Nous nous retrouvions autour de la musique russe ou polonaise, autour de Rimski, de Borodine, de Szymanowski, certes, mais moi c'était *Schéhérazade* ou *Le Chant du muezzin amoureux*, l'Orient en eux, et pas les rives de la Volga ou de la Vistule qui me passionnaient – la découverte du *Muezzin amoureux* de Karol Szymanowski, de ses *"Allah akbar"* au beau milieu des vers en polonais, de cet amour insensé ("Si je ne t'aimais pas, serais-je le fou qui chante ? Et mes chaudes prières qui s'envolent vers Allah, n'est-ce pas pour te dire que je t'aime?") diffusé par les mélismes et la colorature me paraissait une belle variation européenne sur un thème oriental : Szymanowski avait été très impressionné par son voyage en Algérie et en Tunisie en 1914, par les fêtes des nuits de ramadan, *passionné* même, et c'était cette passion qui affleurait dans ce *Chant du muezzin amoureux*, chant par ailleurs assez peu arabe : Szymanowski se contentait d'y reprendre les secondes augmentées et les mineures typiques des *imitations* de la musique arabe, sans se soucier des quarts de ton introduits par Félicien David – mais ce n'était pas son propos; Szymanowski n'avait pas besoin, dans cette évocation, de se défaire de l'harmonie, d'y briser la tonalité. Mais ces quarts de ton, il les avait entendus; il les utilisera dans *Mythes*, et je suis persuadé qu'à l'origine de ces pièces qui transformèrent radicalement le répertoire pour violon du XXe siècle se trouve la musique arabe. Une musique arabe digérée, cette fois-ci, non plus un élément exogène mis en œuvre pour obtenir un effet exotique, mais bel et bien une possibilité de renouvellement : une force d'évolution, pas une révolution, comme il l'affirmait si justement lui-même. Je ne me souviens plus si à Tübingen je connaissais déjà les poèmes de Hafez et *Le Chant de la nuit* sur des vers de Roumi, le chef-d'œuvre de Szymanowski – je ne crois pas.

Il m'était difficile de partager mes nouvelles passions avec Sigrid; Karol Szymanowski réalisait pour elle une partie de l'âme polonaise, rien d'oriental; elle préférait les *Mazurkas* au *Muezzin*, les danses des Tatras à celles de l'Atlas. Sa vision était elle aussi tout à fait justifiée.

Peut-être libérés des correspondances de l'âme, nos corps s'en donnaient à cœur joie : je ne sortais de mon fauteuil dogmatique que pour bondir sur le lit et rejoindre le torse, les jambes et les lèvres qui s'y trouvaient. Les images de la nudité de Sigrid m'excitent encore aujourd'hui, elles n'ont rien perdu de leur puissance, sa maigre blancheur, allongée sur le ventre, les jambes légèrement disjointes, quand seul un trait rose, entouré de carmin et de blondeur, naissait des draps clairs, je revois parfaitement ses fessiers durs, deux courts plateaux, rejoindre les hanches, et la crémaillère des vertèbres culminer au-dessus du repli où se rejoignent les pages du livre entrouvert des cuisses dont la peau, jamais exposée aux rayons du jour, est un sorbet parfait qui glisse sous la langue, quand ma main s'attarde à descendre la pente duveteuse du mollet avant de jouer dans les sillons parallèles de l'intérieur du genou, ça me donne envie d'éteindre à nouveau la lumière, de préciser ces visions sous ma couette, de retrouver en imagination les nuages de Tübingen, si propices à l'exploration de la féminité, il y a plus de vingt ans : aujourd'hui la perspective de devoir m'habituer à la présence d'un corps, qu'on s'habitue au mien, m'épuise d'avance – une immense paresse, une flemme proche du désespoir ; il faudrait séduire, oublier la honte de mon physique tout disgracieux, tout maigre, marqué par l'angoisse et la maladie, oublier l'humiliation de la mise à nu, oublier la honte et l'âge qui vous rend lent et gourd et cela me semble impossible, cet oubli, sauf avec Sarah, bien sûr, dont le nom s'invite toujours au creux de mes pensées les plus secrètes, son nom, son visage, sa bouche, sa poitrine, ses mains et avec cette charge d'érotisme allez vous rendormir maintenant, dans ces tourbillons féminins au-dessus de moi, des anges, des anges de luxure et de beauté – il y a quoi, deux semaines de ce dîner avec Katharina Fuchs, je ne l'ai évidemment pas rappelée, ni croisée à l'université, elle va penser que je l'évite, et c'est juste, je l'évite, malgré le charme indéniable de sa conversation, son charme indéniable, je ne vais pas la rappeler, soyons sincères, plus le dîner approchait de sa fin plus j'étais effrayé de la tournure que pouvaient prendre les événements, Dieu sait pourtant que je m'étais efforcé d'être beau, que j'avais noué sur ma chemise blanche ce petit foulard de soie lie-de-vin qui me donne un air artiste tout à fait chic, je m'étais peigné, aspergé d'eau de Cologne, j'espérais donc quelque chose de ce dîner en tête à tête, bien sûr, j'espérais coucher avec Katharina Fuchs, mais je ne pouvais m'empêcher de regarder fondre la bougie dans son candélabre en étain comme l'annonce d'une catastrophe, Katharina Fuchs est une excellente collègue, une collègue précieuse, c'est sûr qu'il valait mieux dîner avec elle que lutiner des étudiantes comme certains. Katharina Fuchs est une femme de mon âge et de ma condition, une Viennoise drôle et cultivée qui mange proprement et ne fait pas de scandales en public. Katharina Fuchs est spécialiste de la relation entre musique et cinéma, elle peut parler pendant des heures de *La Symphonie des brigands* et des films de Robert Wiene ; Katharina Fuchs a un visage agréable, des pommettes rouges, des yeux clairs, des lunettes très discrètes, des cheveux châtains et de longues mains aux ongles soignés ; Katharina Fuchs porte deux bagues ornées de diamants – qu'est-ce qui m'a pris de manigancer ce dîner avec elle, et même de rêver dormir avec elle, la solitude et la mélancolie, sans doute, quelle détresse. Dans ce restaurant italien élégant Katharina Fuchs m'a posé des questions sur la Syrie, sur l'Iran, elle s'est intéressée à mes travaux, la bougie se consumait en jetant une ombre orange sur la nappe blanche, de petites couilles de cire pendaient du rebord du chandelier gris : je n'ai jamais vu *La Symphonie des brigands* – tu devrais, disait-elle, je suis sûre que ce film te passionnerait, j'imaginais me déshabiller devant Katharina Fuchs, oh je suis sûr que c'est un chef-d'œuvre, et qu'elle se mette nue devant moi dans ces sous-vêtements de dentelle rouge dont j'apercevais une bretelle de soutien-gorge, je peux te le prêter si tu veux, je l'ai en DVD, elle avait des seins intéressants et d'une taille respectable, ici le tiramisu est excellent, et moi-même, quel caleçon portais-je ? Le rose à carreaux qui tombe à cause de son élastique foutu ? Pauvres de nous, pauvres de nous, quelle misère que le corps, il est hors de question que je me déshabille devant qui que ce soit aujourd'hui, pas avec cette loque lamentable sur les hanches, ah oui, un tiramisu, c'est un peu – comment dirais-je – mou, oui, c'est le mot, le tiramisu est souvent trop mou pour moi, non merci.

Est-ce qu'elle a pris un dessert finalement ? Il me fallait fuir mon incapacité à trouver le courage de l'intimité, fuir et oublier, quelle humiliation j'ai fait subir à Katharina Fuchs, elle doit me haïr aujourd'hui, en plus j'ai dû sans le vouloir l'empêcher de déguster son tiramisu si mou – il faut être italien pour avoir l'idée de *ramollir* dans du café des biscuits à la cuiller, tout le monde sait qu'il est impossible de les tremper dans quoi que ce soit, ils ont l'air durs mais aussitôt qu'on les trempe ils commencent à pendre lamentablement, pendre et tomber dans la tasse. Quelle idée de fabriquer du mou. Katharina Fuchs m'en veut c'est sûr, elle n'avait aucune envie de coucher avec moi, elle m'en veut de l'avoir plantée là à la sortie du restaurant comme si j'étais pressé de la quitter, comme si sa compagnie m'avait horriblement ennuyé, bonsoir bonsoir, un taxi qui passe, je le prends bonsoir, quel affront, j'imagine que Sarah rigolerait beaucoup si je lui racontais cette histoire, jamais je n'oserai lui raconter cette histoire, le type qui file à l'anglaise parce qu'il a peur d'avoir mis le matin son caleçon rose et blanc à l'élastique lâché.

Sarah m'a toujours trouvé drôle. C'était un peu vexant au début qu'elle rie dès que je lui confie mes pensées intimes. Si j'avais osé l'embrasser sous cette tente palmyréenne improvisée au lieu de me retourner pris par la trouille tout aurait été différent, tout aurait été différent, ou pas, en tout cas nous n'aurions pas évité la catastrophe de l'hôtel Baron ni celle de Téhéran, l'Orient des passions me fait faire de drôles de choses, de drôles de choses, aujourd'hui nous sommes comme un vieux couple, Sarah et moi. Le rêve de tout à l'heure flotte encore dans l'air, Sarah alanguie dans cette crypte mystérieuse. Sarawak, Sarawak. C'est à elle que je devrais m'intéresser, vieil égoïste que je suis, vieux lâche, elle souffre elle aussi. Cet article reçu ce matin ressemble à une bouteille à la mer, un terrifiant signe d'angoisse. Je réalise qu'il y a le nom de Sarah dans Sarawak. Encore une coïncidence. Un signe du destin, du karma, dirait-elle. C'est sans doute moi qui délire. Son obsession de la mort et de la perversion, crime, supplice, suicide, anthropophagie, tabous, tout cela n'est qu'un intérêt scientifique. Comme l'intérêt de Faugier pour la prostitution et les bas-fonds. Comme mon intérêt pour la musique iranienne et pour les opéras orientalistes. Quelle maladie de désespoir avons-nous pu contracter ? Sarah malgré ses années de bouddhisme, de méditation, de sagesse et de voyages. Finalement Kraus a sans doute eu raison de m'envoyer chez un spécialiste des maladies exotiques, Dieu sait quelle pourriture de l'âme j'ai pu attraper dans ces terres lointaines. Comme les croisés, premiers orientalistes, revenaient dans leurs sombres villages de l'Ouest chargés d'or, de bacilles et de chagrin, conscients d'avoir, au nom du Christ, détruit les plus grandes merveilles qu'ils aient jamais vues. Pillé les églises de Constantinople, brûlé Antioche et Jérusalem. Quelle vérité nous a brûlés, nous, quelle beauté avons-nous entrevue avant qu'elle nous élude, quelle douleur, comme Lamartine au Liban, nous a secrètement ravagés, douleur de la vision de l'Origine ou de la Fin je n'en sais rien, la réponse n'était pas dans le désert, pas pour moi en tout cas, mon *Chemin de La Mecque* était d'une autre nature – contrairement à Muhammad Asad *alias* Leopold Weiss, la *badyié* syrienne m'était plus érotique que spirituelle : après notre nuit palmyréenne, sortis de notre couverture nous nous séparâmes de Julie et François-Marie pour poursuivre notre expédition avec Bilger le Fou, vers le nord-est et l'Euphrate, *via* un vieux château omeyyade perdu dans le temps et les cailloux et une ville byzantine fantôme, Rasafé aux hautes murailles, où siège peut-être aujourd'hui le nouveau commandeur des croyants, Ombre de Dieu sur terre, calife des égorgeurs et des pillards de l'État islamique en Irak et en Syrie, que Dieu le protège car il ne doit pas être facile d'être calife de nos jours, surtout calife d'une bande de soudards digne des lansquenets de Charles mettant Rome à sac. Il est possible qu'ils mettent un jour La Mecque et Médine à sac, qui sait, avec leurs noirs étendards dignes des drapeaux de la révolution abbasside au VIIIe siècle, voilà qui serait un changement dans l'équilibre géopolitique de la région, que le royaume d'Ibn Séoud l'ami de Leopold Weiss se disloque sous les coups de sabre des barbus grands égorgeurs d'infidèles. Si j'avais la force, j'aimerais écrire un long article sur Julien Jalaleddin Weiss homonyme de Leopold, tout aussi converti, qui vient de mourir d'un cancer, un cancer qui coïncide tellement avec la destruction d'Alep et de la Syrie qu'on peut se demander si les deux événements ne sont pas liés – Weiss vivait entre les mondes ; il était devenu le plus grand joueur de qanoun d'Orient et d'Occident, un immense savant, aussi. L'ensemble Al-Kindi qu'il avait fondé a accompagné les plus grands chanteurs du monde arabe, Sabri Mudallal, Hamzi Shakkour, ou Lotfi Bouchnaq. Sarah me l'avait présenté à Alep, elle l'avait rencontré grâce à Nadim, qui jouait parfois avec lui – il vivait dans un palais mamelouk perdu dans le dédale de la vieille ville, à deux pas des piles de savons et de têtes de moutons des souks, une austère façade de pierre derrière laquelle s'ouvrait une cour enchanteresse ; les pièces d'hiver débordaient d'instruments de musique, des luths, des cithares, des flûtes de roseau, des percussions. Ce bel homme blond me fut immédiatement antipathique – je n'aimai ni sa prétention, ni son savoir, ni ses grands airs de sultan oriental ni, surtout, l'admiration enfantine que lui portaient Nadim et Sarah, et cette mauvaise foi jalouse me fit longtemps ignorer la beauté de cette œuvre placée sous le signe de la rencontre, de l'échange et de l'interrogation de la *tradition*, de la transmission de la musique savante, principalement religieuse. Peut-être fallut-il mon séjour en Iran et mes travaux avec During pour que ce questionnement prenne tout son sens en moi. Il faudrait écrire sur l'hommage que Weiss et Al-Kindi rendent à Oussama Ibn Mounqidh, prince de Shaizar, ville-forteresse au bord de l'Oronte en Syrie, combattant, chasseur et homme de lettres témoin et acteur, au cours de sa très longue vie qui coïncide presque entièrement avec notre XIIe siècle, des croisades et de l'établissement des royaumes francs au Levant. J'imagine ce prince amoureux des lances et des faucons, des arcs et des chevaux, des poèmes et des chanteurs face aux lourdes armes franques, à la violente sobriété de ces ennemis venus de si loin qu'il fallut bien du temps et des batailles pour les domestiquer, pour poncer un peu la couche de barbarie sur leurs armures – les Francs finirent par apprendre l'arabe, par goûter les abricots et le jasmin, et par nourrir un certain respect envers ces contrées qu'ils venaient délivrer des infidèles ; le prince de Shaizar, après une vie de batailles et de chasses aux lions, connut l'exil – c'est dans cet exil, dans la forteresse de Hosn Kayfa, au bord du Tigre, loin des combats, âgé de près de quatre-vingts ans, qu'il composa des traités aussi divers et magnifiques qu'un *Éloge des femmes*, une *Épître des bâtons* consacrée aux bâtons miraculeux, depuis le bâton de Moïse jusqu'à la canne que le prince Oussama utilisait lui-même dans ses vieux jours et qui prend, dit-il, en pliant sous son poids, la forme de l'arc puissant de sa jeunesse farouche ; un *Traité du sommeil et des songes* et cette autobiographie extraordinaire, *Le Livre de l'instruction par l'exemple*, qui est à la fois un manuel d'histoire, un traité de cynégétique et un bréviaire de littérature. Oussama Ibn Mounqidh trouva aussi le temps de rassembler son œuvre poétique, dont l'ensemble Al-Kindi mit des extraits en musique.

Aujourd'hui le caravansérail de Jalaleddin Weiss à Alep a brûlé, et lui-même est mort, mort peut-être de voir ce qu'il avait construit (un monde d'extase partagée, de possibilité de passages, de participation à l'altérité) jeté aux flammes de la guerre ; il a rejoint Oussama sur les rives d'un autre fleuve, le grand combattant qui disait de la guerre :

La valeur est certes une épée plus solide que toutes les armures
Mais elle ne protège pas plus le lion de la flèche
Qu'elle ne console le vaincu de la honte et de la ruine.

Je me demande ce que penserait Oussama Ibn Mounqidh le brave de ces images hilarantes de combattants du djihad d'aujourd'hui photographiés en train de brûler des instruments de musique, car *non islamiques* : des instruments provenant sans doute d'anciennes fanfares militaires libyennes, des tambours, des tambours et des trompettes arrosés d'essence et enflammés devant une troupe respectueuse de barbus, aussi contents que s'ils brûlaient Satan soi-même. Les mêmes tambours et trompettes, à peu de chose près, que les Francs ont copiés à la musique militaire ottomane des siècles plus tôt, les mêmes tambours et trompettes que les Européens décrivaient avec terreur, car ils signifiaient l'approche des janissaires turcs invincibles, accompagnés des *mehter*, et aucune image ne représente mieux la terrifiante bataille que les djihadistes livrent en réalité contre l'histoire de l'Islam que ces pauvres types en treillis, dans leur bout de désert, en train de s'acharner sur de tristes instruments martiaux dont ils ignorent la provenance.

Il n'y avait pas un seul guerrier médiéval ni égorgeur déguenillé sur la jolie piste asphaltée entre Palmyre et Rasafé, juste une guérite plantée au bord de la route désolée où somnolaient, à l'ombre d'une pauvre tôle, des appelés syriens dans leur uniforme d'hiver marron foncé malgré la chaleur, préposés à l'ouverture d'une chaîne qui barrait le passage et que Bilger n'a vue qu'au dernier moment, obligé de freiner à mort à en faire hurler les pneus du 4×4 sur le bitume surchauffé : qui s'attend à un barrage non signalé en plein désert ? Les deux appelés, suants, le crâne presque rasé, la veste blousante mal coupée couleur excrément de chameau couverte de poussière ont ouvert de grands yeux, attrapé leurs armes, se sont approchés du Range Rover blanc, ont observé les trois étrangers à l'intérieur, ont hésité, ont esquissé une question qu'ils n'ont finalement pas osé poser ; l'un a baissé la chaîne, l'autre a mouliné un grand signe du bras, et Bilger a remis les gaz.

Sarah a soupiré, Bilger avait avalé sa langue. Pour quelques secondes du moins.

LE CONDUCTEUR *(bravache)*. J'ai quand même failli me prendre cette putain de chaîne à cent vingt à l'heure.

LE PASSAGER *(devant, respectueusement effrayé)*. Tu pourrais essayer de rouler un peu moins vite et d'être plus attentif.

LA PASSAGÈRE *(à l'arrière, en français avec une pointe d'angoisse)*. Vous croyez que leurs fusils étaient chargés ?

LE CONDUCTEUR *(incrédule)*. Une saloperie de barrage au milieu du désert, ce n'est pas courant.

LA PASSAGÈRE *(toujours en français, inquiétude mêlée de curiosité scientifique)*. Franz, il y avait un panneau, mais je n'ai pas eu le temps de le lire.

LE PASSAGER *(dans la même langue)*. Je n'ai pas fait attention, désolé.

LE CONDUCTEUR *(sûr de lui et en allemand)*. Il doit y avoir une base militaire pas loin d'ici.

LE PASSAGER *(nonchalant)*. Oui, d'ailleurs j'aperçois un char de combat tout là-bas à droite.

LA PASSAGÈRE *(en anglais à l'adresse du conducteur, inquiète)*. Il y a deux types avec une mitrailleuse dans le fossé, ralentis, ralentis !

LE CONDUCTEUR *(vulgaire et soudain énervé)*. Qu'est-ce que ces f… de p… foutent sur ma route ?

LE PASSAGER *(flegmatique)*. Je crois qu'il s'agit d'un bataillon d'infanterie en manœuvres.

LA PASSAGÈRE *(de plus en plus inquiète et de nouveau en français)*. Mais regarde, bon sang, regarde, il y a des canons sur la colline, là-bas ! Et d'autres mitrailleuses à gauche ! Faites demi-tour, faites demi-tour !

LE CONDUCTEUR *(très germaniquement sûr de lui, à l'adresse du passager)*. S'ils nous ont laissés passer, c'est qu'on a le droit de passer. Je vais juste ralentir un peu.

LE PASSAGER *(moins sûr de lui, en français)*. Euh oui. Il faut juste être prudent.

LA PASSAGÈRE *(vexée)*. C'est dingue quand même, regarde tous ces soldats qui courent là-bas à droite. Et ces nuages de poussière, c'est le vent, peut-être ?

LE PASSAGER *(soudain inquiet)*. Je crois que ce sont plutôt des véhicules qui foncent à travers le désert. Des chars, vraisemblablement.

LE MÊME *(au conducteur)*. Tu es sûr qu'on est sur la bonne route ? D'après ta boussole on va plutôt nord-ouest que nord. Direction Homs.

LE CONDUCTEUR *(vexé)*. J'ai pris cette route des centaines de fois. À moins qu'ils n'aient asphalté une deuxième piste récemment, c'est la bonne.

LE PASSAGER *(l'air de ne pas y toucher)*. C'est vrai qu'elle a l'air toute neuve, cette route.

LA PASSAGÈRE *(enfonçant le clou)*. Ce bitume est trop lisse pour être honnête.

LE CONDUCTEUR *(franchement en colère)*. C'est bon, bande de lâches, je vais faire demi-tour. Quels pieds tendres vous faites !

Bilger avait fini par faire machine arrière, doublement enragé, de s'être trompé de chemin d'abord, et d'avoir été arrêté par une armée en manœuvres ensuite – de retour au *checkpoint* les deux planqués poussiéreux nous ont baissé la lourde chaîne avec le même flegme qu'à l'aller ; nous avons eu le temps de déchiffrer, avec Sarah, l'écriteau de bois mal écrit qui disait "Terrain militaire – Danger – Défense d'entrer". Il est étrange de penser que ces chars et ces mitrailleuses que nous avions vus manœuvrer servent aujourd'hui à lutter contre la rébellion, à écraser des villes entières et en massacrer les habitants. Nous nous moquions si souvent des soldats syriens déguenillés, assis à l'ombre de leurs jeeps ex-soviétiques en panne au bord de la route, le capot ouvert, qui attendaient une improbable dépanneuse. Comme si cette armée n'avait pour nous aucun pouvoir de destruction, aucune force de combat ; le régime Assad et ses chars nous paraissaient des jouets de carton-pâte, des marionnettes, des effigies vides de sens sur les murs des villes et des villages ; nous ne voyions pas, au-delà du délabrement apparent de l'armée et des dirigeants, la réalité de la peur, de la mort et de la torture poindre derrière les affiches, la possibilité de la destruction et de la violence extrême derrière l'omniprésence des soldats, tout mal habillés qu'ils fussent.

Bilger avait brillé, ce jour-là : vexé comme un pou par sa propre erreur, il avait boudé une grande partie de la journée et une fois revenus presque au point de départ, à quelques kilomètres de Palmyre où se trouvait effectivement un embranchement que nous avions raté et une autre route, en bien moins bon état (ce qui expliquait que nous l'ayons manquée) qui s'enfonçait plein nord à travers les collines de cailloux, il avait insisté pour se racheter et nous faire découvrir un endroit magique, le fameux Qasr el-Heyr, vieux palais omeyyade datant de la fin du VIIe siècle, un palais de plaisirs, un rendez-vous de chasse où les califes de Damas venaient chasser les gazelles, entendre de la musique et boire, boire avec leurs compagnons le vin si épais, si épicé, si fort qu'il fallait le couper avec de l'eau – les poètes de l'époque décrivaient ce mélange, racontait Sarah ; la rencontre du nectar et de l'eau était explosive, des étincelles surgissaient ; dans la coupe, le mélange était rouge comme l'œil du coq. Il y avait eu à Qasr el-Heyr, expliquait Bilger, de magnifiques fresques de scènes de chasse et de beuveries – de chasse et de beuveries, mais aussi de musique : sur une des plus célèbres, on voit un musicien avec un luth accompagner une chanteuse, et même si, bien évidemment, ces fresques avaient été déplacées, l'idée de voir ce fameux château nous excitait au plus haut point. Bien sûr j'ignorais que c'était Alois Musil qui avait redécouvert et décrit ce château pour la première fois au cours de sa seconde expédition. Pour y parvenir, il fallait suivre la petite route asphaltée plein nord pendant une vingtaine de kilomètres, puis virer à l'est sur le dédale de pistes qui s'enfonçaient dans le désert ; notre carte était très succincte, mais Bilger se faisait fort de trouver le château en question, où il était déjà allé et qui, disait-il, se voyait de très loin, comme une forteresse.

Le soleil de l'après-midi se reflétait blanc sur les pierriers ; çà et là, au milieu de la monotonie, poussait on ne sait comment un buisson d'épineux pelés ; de loin en loin on apercevait un petit groupe de tentes noires. Cette partie de la *badiyé* n'était pas plate, loin de là, mais les reliefs ne possédant aucune végétation particulière, ni aucune ombre, on avait le plus grand mal à les appréhender : une tente aperçue une seconde plus tôt disparaissait soudain derrière une hauteur invisible, comme par magie, ce qui rendait l'orientation encore plus compliquée ; parfois on descendait dans de larges dépressions, des cirques où on aurait pu cacher sans difficulté tout un régiment de méharistes. Le 4×4 bringuebalait sur les cailloux et commençait à faire des bonds spectaculaires dès que Bilger dépassait les trente à l'heure ; il fallait qu'il parvienne à soixante afin que, volant pour ainsi dire sur les pierres, la machine vibre beaucoup moins et que les passagers ne soient pas secoués comme dans un fauteuil de massage infernal – mais cette vitesse demandait une grande concentration : une bosse soudaine, un trou ou un gros caillou envoyaient valdinguer la bagnole ; le crâne de ses occupants heurtait alors violemment le plafond et la mécanique grinçait affreusement. Bilger était donc accroché des deux mains à son cerceau, les dents serrées, les yeux fixés sur la piste ; les muscles de ses avant-bras saillaient, les tendons du poignet apparents – il me faisait penser à un film de guerre de mon enfance, où un soldat de l'Afrikakorps conduisait une jeep à tombeau ouvert quelque part en Libye, non pas sur du sable comme de coutume, mais sur des pierres aiguës et coupantes, et le soldat suait, les doigts blanchis par la pression sur le volant, comme Bilger. Sarah ne paraissait pas se rendre compte de la difficulté de l'exercice ; elle nous lisait en français et à haute voix la nouvelle d'Annemarie Schwarzenbach des *Beni Zaïnab*, la rencontre à Palmyre avec Marga d'Andurain dont il avait tant été question la veille : nous lui demandions régulièrement si lire dans des circonstances pareilles ne lui donnait pas mal au cœur, mais non, malheureusement, à part les sursauts du livre devant ses yeux au gré des cahots, rien ne paraissait la gêner. Bilger ne se privait pas de faire des remarques ironiques, en allemand bien sûr : “Tu as bien fait d’apporter un livre audio, c’est agréable pendant les longs voyages. Ça me permet d’améliorer mon français.” J’aurais tant aimé être près d’elle sur le siège arrière ; j’espérais sans trop y croire que la nuit prochaine nous partagerions de nouveau la même couverture et que cette fois-ci je trouverais le courage de me jeter à l’eau, ou plutôt à la bouche – Bilger disait que nous serions sans doute obligés de bivouaquer à Qasr el-Heyr : impossible de rouler dans le désert la nuit, ce qui arrangeait bien mes affaires.

J’allais être exaucé, pas exactement dans le sens de mes espérances, mais néanmoins exaucé : nous dormirions dans le désert. Trois heures plus tard, nous roulions toujours plus ou moins vers l’est à une vitesse oscillant entre cinq et soixante à l’heure. Comme aucun de nous n’avait pensé à regarder le compteur kilométrique au moment de l’embranchement, nous ne savions pas réellement la distance que nous avions parcourue ; la carte n’était d’aucun secours : pour elle, il n’y avait qu’une seule piste est-ouest dans le secteur, alors que, sur le terrain, des dizaines de chemins se croisaient et se recroisaient sans cesse ; seuls la petite boussole du tableau de bord de Bilger et le soleil nous indiquaient plus ou moins le nord.

Bilger commençait à s’énerver. Il jurait tout ce qu’il pouvait, tapait sur son volant ; il disait que c’était impossible, que nous aurions déjà dû croiser l’autoroute Palmyre – Deir ez-Zor, regarde la carte, criait-il, c’est impossible, c’est complètement impossible, c’est ABSOLUMENT IMPOSSIBLE, mais il fallait se rendre à l’évidence : nous étions perdus. Enfin, pas perdus, mais égarés. Je crois me rappeler que c’était Sarah qui avait introduit cette nuance pour ménager l’orgueil de Bilger, nuance que j’avais eu toutes les peines du monde à rendre en allemand : cela n’avait que très moyennement consolé Bilger qui pestait à mi-voix, un enfant auquel son jouet résiste. Nous avons fait une longue pause pour gravir à pied un tertre rocheux d'où la vue panoramique nous offrirait peut-être un amer – la grand-route de Deir ez-Zor ou le fameux château omeyyade lui-même. Mais ce qui nous semblait être un promontoire se révéla plus ou moins au même niveau que les environs, il n'y avait rien à voir, c'était juste notre voiture qui se trouvait un peu plus bas que le niveau général du désert. Cette tache verte loin vers le nord (était-ce réellement le nord ?) était un champ de blé de printemps ou un carré d'herbe, ces points noirs des groupes de tentes. Nous ne risquions pas grand-chose, si ce n'est de ne pas voir Qasr el-Heyr aujourd'hui. L'après-midi était bien avancé – le soleil commençait à descendre derrière nous, au grand désespoir de Bilger ; je pensais à Alois Musil, grand découvreur de châteaux omeyyades, et à ses missions d'exploration : en 1898, après avoir étudié tous les documents occidentaux sur la région de Maan et les relations des voyageurs à la bibliothèque de l'université Saint-Joseph des jésuites de Beyrouth, il s'était lancé, à dos de chameau, en compagnie de quelques gendarmes ottomans "prêtés" par le *kaimmakam* d'Akaba, dans le désert pour localiser le fameux château d'agrément de Qasr Tuba, dont personne n'avait plus entendu parler depuis des siècles, sauf les Bédouins. Quel courage, quelle foi ou quelle folie animait le petit prêtre catholique de Bohême pour qu'il s'enfonce ainsi dans le vide, l'arme à l'épaule, au milieu de tribus de nomades toutes plus ou moins hostiles au pouvoir ottoman et qui se livraient régulièrement au pillage ou à la guerre ? Avait-il ressenti, lui aussi, l'effroi du désert, cette angoisse solitaire qui serre la poitrine dans l'immensité, la grande violence de l'immensité qu'on imagine recéler bien des dangers et des douleurs – peines et périls de l'âme et du corps mêlés, la soif, la faim, certes, mais aussi la solitude, l'abandon, le désespoir; il était amusant de penser, du haut de ce petit amas de cailloux sans importance, que les cousins Musil, Alois et Robert, avaient, chacun et d'une façon très différente, fait l'expérience du délaissement, de la déréliction : Robert dans les débris de la Vienne impériale, Alois à des milliers de kilomètres de là, parmi les nomades; tous deux avaient arpenté des ruines. Je me rappelais le début de *L'Homme sans qualités* (est-ce réellement le début?), lorsqu'Ulrich croise des rôdeurs armés de matraques plombées qui le laissent pour mort sur le trottoir viennois; il est secouru par une jeune femme très belle qui le prend dans sa voiture et il disserte ironiquement, au cours du trajet, sur les similitudes entre l'expérience de la violence et celle de la mystique : pour Alois le cousin, le désert était très certainement, pensais-je en observant Sarah peiner dans les graviers sur la pente du petit tertre comme Ulrich venait de rencontrer sa Bona Dea sous les coups de matraque, le désert était très certainement le lieu de l'illumination comme de la déréliction, où Dieu se montrait aussi par son absence, par ses contours, contradiction qu'Ulrich, dans le roman de Robert Musil, pointait du doigt : "Les deux ailes d'un grand oiseau multicolore et muet. Il avait mis l'accent sur les ailes et sur l'oiseau muet multicolore, pensée de peu de sens, mais chargée de cette énorme sensualité grâce à laquelle la vie apaise d'un seul coup, dans son corps sans limites, toutes les contradictions rivales; il s'aperçut que sa voisine n'avait rien compris; néanmoins, la douce chute de neige qu'elle répandait dans la voiture n'avait fait que s'épaissir encore." Sarah est cette chute de neige sur le désert, pensais-je alors qu'elle m'avait presque rejoint au haut de ce promontoire d'où il n'y avait rien à observer.

Je crois que je suis en train de m'assoupir, que je m'endors doucement, la face caressée par une brise du désert, dans le

9e arrondissement de cette Nouvelle Vienne qu'aucun des deux Musil n'a connue, sous ma couette sur mon oreiller qui sont une tente de nomade intérieure, aussi profonde et spacieuse que celle qui nous accueillit cette nuit-là, la nuit au désert : ainsi les guides d'Alois Musil, un camion-benne bringuebalant s'était soudain arrêté près de nous, nous croyant en détresse ; ses occupants (figures hâlées et ridées enveloppées dans des keffiehs rouges, moustaches raides coupant en deux les visages) nous avaient expliqué que le château que nous cherchions se trouvait encore loin vers le nord-est, à trois bonnes heures de piste et que nous ne l'atteindrions jamais avant la nuit : ils nous avaient invités à dormir sous leur tente noire, dans la plus grande tradition bédouine. Nous n'étions pas les seuls invités : installé dans le "salon" se trouvait déjà un étrange colporteur, marchand ambulant du désert qui vendait, dans d'immenses sacs de nylon gris, comme des outres démesurées, des centaines d'objets en plastique moulé, timbales, passoires, seaux, claquettes, jouets d'enfants, ou en fer-blanc, théières, cafetières, plats, couverts : ses gigantesques besaces devant la tente ressemblaient à deux grosses larves avachies ou aux haricots dégénérés d'une plante infernale. Ce colporteur était originaire du Nord de la Syrie et n'avait pas de véhicule : il parcourait la *badiyé* au gré des camions et des tracteurs des nomades, de tente en tente, jusqu'à ce qu'il ait tout vendu, et s'en retournait alors à Alep refaire ses stocks dans le dédale des souks. Il reprenait sa tournée une fois son fourbi à nouveau rassemblé, descendait l'Euphrate en autobus, puis sillonnait tout le territoire compris entre le fleuve, Palmyre et la frontière irakienne, profitant (abusant, aurait pensé un Occidental) de l'hospitalité des nomades, qui étaient autant ses clients que ses logeurs. Ce T. E. Lawrence de la casserole devait sans doute être un peu espion et renseigner les autorités sur les faits et gestes de ces tribus qui entretenaient des liens étroits avec l'Irak, la Jordanie, l'Arabie Saoudite et même le Koweït : j'étais très surpris d'apprendre que je me trouvais dans une maison (ainsi nomme-t-on, en arabe, la tente) du clan des Mutayrs, fameuse tribu guerrière qui s'allia avec Ibn Séoud au début des années 1920 et permit son accession au pouvoir, avant de se rebeller contre lui. La tribu du mari-passeport de Marga. Muhammad Asad le Juif d'Arabie raconte comment il participa lui-même à une opération d'espionnage au Koweït pour le compte d'Ibn Séoud, contre les Mutayrs de Faysal Dawish. Ces grands guerriers paraissaient (du moins dans leur version syrienne) des plus pacifiques : ils étaient éleveurs de moutons et de chèvres, possédaient un camion et quelques poules. Par pudeur, Sarah s'était attaché les cheveux comme elle avait pu dans la voiture alors que nous suivions le camion des Bédouins jusqu'à leur tente : le soleil couchant, lorsqu'elle quitta le véhicule, embrasa sa chevelure juste avant qu'elle ne pénètre l'ombre portée de la toile noire ; pas de seconde nuit à la belle étoile, tout contre Sarah, quelle malchance, pensais-je, quelle foutue malchance que de ne pas avoir réussi à rejoindre ce château perdu. L'intérieur de la maison en peau était sombre et accueillant ; une paroi de roseaux entremêlés de tissages rouges et verts divisait la tente en deux, un côté pour les hommes, un autre pour les femmes. Le chef de cette demeure, le patriarche, était un très vieil homme au sourire doré par les prothèses, bavard comme une pie : il parlait trois mots de français, qu'il avait appris avec l'armée du Levant dans laquelle il avait servi aux temps du mandat français sur la Syrie : "Debout ! Couché ! Marchez !", ordres qu'il criait deux par deux avec une joie intense, "debout-couché ! couchémarchez !", heureux non seulement du simple plaisir de la réminiscence, mais aussi de la présence d'un auditoire francophone censé goûter ces injonctions martiales – notre arabe était trop limité (surtout celui de Bilger, restreint à "creusez, pelle, pioche", autre version du "deboutcouchémarchez") pour bien comprendre les nombreux récits de ce chef de clan octogénaire, mais Sarah réussissait, autant par empathie que grâce à ses connaissances linguistiques, à suivre les histoires du vieil homme et, plus ou moins, à nous en traduire le sens général quand il nous échappait. Bien sûr, la première question de Sarah au Mathusalem local concerna Marga d'Andurain la comtesse de Palmyre – l'avait-il connue ? Le cheikh se gratta la barbe et secoua la tête, non, il en avait entendu parler, de cette *comta* palmyréenne, mais rien de plus – pas de contact avec la légende, Sarah devait être déçue. Nous buvions une décoction d'écorce de cannelle, douce et parfumée, assis en tailleur sur les tapis de laine posés à même la terre ; un chien noir avait hurlé à notre approche, le gardien du bétail, qui protégeait les bêtes des chacals, voire des hyènes : les histoires de hyènes que nous racontaient le grand-père, ses fils et le colporteur faisaient dresser les cheveux sur la tête. Sarah était aux anges, immédiatement remise de sa déception de ne pas avoir rencontré un des derniers témoins du règne de Marga d'Andurain l'empoisonneuse du désert ; elle se retournait souvent vers moi avec un sourire complice, et je savais qu'elle retrouvait dans ces récits magiques les contes de goules et autres animaux fantastiques qu'elle avait étudiés : la hyène, presque disparue de ces contrées, rassemblait sur elle les légendes les plus extraordinaires. Le vieux cheikh était un conteur de premier ordre, un grand comédien ; il faisait taire, d'un bref geste de la main, ses fils ou le colporteur pour avoir le plaisir de raconter lui-même une histoire qu'il connaissait – la hyène, disait-il, hypnotise les hommes qui ont le malheur de croiser son regard ; ils sont alors contraints à la suivre à travers le désert jusqu'à sa grotte, où elle les tourmente et finit par les dévorer. Elle poursuit dans leurs rêves ceux qui réussissent à lui échapper ; son contact fait naître d'horribles pustules – pas étonnant que ces pauvres bestioles aient été copieusement massacrées, pensai-je. Le chacal quant à lui était méprisable mais inoffensif ; son long cri perçait la nuit – je trouvais ces gémissements particulièrement sinistres, mais ils n'avaient rien à voir, soutenaient les Bédouins, avec l'atroce appel de la hyène, qui avait le pouvoir de vous figer sur place, de vous glacer de terreur : tous ceux qui avaient entendu ce feulement rauque s'en souvenaient leur vie entière.

Après ces considérations de zoologie surnaturelle nous essayâmes, Sarah et moi (comme Alois Musil, imaginais-je, avec ses propres nomades), d'obtenir des informations sur les sites archéologiques des environs, les temples, les châteaux, les villes oubliées que seuls les Bédouins pouvaient connaître – cette démarche énervait le roi Bilger, certain que des générations d'orientalistes avaient "épuisé le désert" ; les Grabar, Ettinghausen ou Hillenbrand s'étaient employés des années durant à décrire les ruines islamiques pendant que leurs confrères spécialistes de l'Antiquité relevaient les forts et villages romains ou byzantins : plus rien à découvrir, pensait-il – effectivement, nos hôtes nous parlèrent de Qasr el-Heyr et de Rasafé, non sans y ajouter des histoires de trésors cachés qui amusèrent moyennement Bilger, encore légèrement vexé par son erreur d'orientation. Il m'expliqua, en allemand, que les autochtones observaient les excavations des archéologues et creusaient à leur tour dès que ceux-ci avaient tourné casaque : ces corneilles de l'archéologie étaient une plaie bien connue des chantiers, dont les abords finissaient, exagérait Bilger, encombrés de trous et de monticules de terre, comme ravagés par des taupes démesurées.

Les femmes, dans leurs longues robes sombres rehaussées de broderies, ont apporté le dîner ; du pain rond sans levain, du miel, du thym sauvage sec mêlé de sumac et de sésame, du fromage, du lait, du yaourt – n'eût été son terrible goût de brûlé, on aurait pu confondre le fromage avec du savon, sec et salé. Tous les laitages avaient d'ailleurs ce même goût de brûlé, qui est resté pour moi le goût du désert, pays du lait, du miel et de l'incendie. Le vieil homme mangeait peu, insistait beaucoup pour que nous reprenions de ceci ou de cela ; Sarah avait engagé la conversation avec une des femmes, une des plus jeunes, me semblait-il – par une pudeur peut-être exagérée, j'essayais d'éviter de trop les regarder. Nous parlions toujours de mystères et de découvertes. Le colporteur se leva et sortit, sans doute pour satisfaire un besoin naturel (je réalisai que contrairement aux campings du Salzkammergut, cette tente n'avait pas de sanitaires à proximité : Maman n'aurait pas du tout apprécié ; elle m'aurait aussi mis en garde contre la nourriture, même si le puissant arôme de roussi semblait indiquer que le lait avait été bouilli) et le cheikh profita de son absence (ce qui confirmait que le colporteur était suspecté d'être un informateur) pour nous confier, à voix basse, qu'il y avait effectivement des ruines oubliées et mystérieuses, loin au sud-ouest, à la frontière du désert et de la montagne basaltique qui sépare la *badiyé* de la plaine du Hauran, une cité entière, disait le vieil homme, couverte d'ossements ; j'avais eu le plus grand mal à comprendre ce mot, *os, ossements* et j'avais dû interroger Sarah, que signifie *'adhm* ? D'après le cheikh, il s'agissait des ruines d'une des cités détruites par la colère de Dieu, comme il était écrit dans le Coran – il en parlait avec effroi, disait que l'endroit était maudit et que jamais, au grand jamais, les Bédouins ne campaient à proximité : ils se contentaient de contempler les montagnes d'ossements et de décombres, de se recueillir et de passer leur chemin. Bilger levait les yeux au ciel d'un air exaspéré et tout à fait discourtois pour notre hôte : elle est facile à trouver, cette cité, se moquait-il, d'après la Bible il suffit de prendre à droite au carrefour de la femme pétrifiée. J'essayais d'en savoir plus, s'agissait-il d'os d'animaux ? Un cimetière de chameaux, peut-être ? Une éruption volcanique ? Mes questions faisaient rire le vieil homme, non, les dromadaires ne se cachent pas pour mourir dans un endroit secret, ils crèvent là où ils se trouvent, s'allongent et meurent comme tout le monde. Bilger m'assura que les volcans étaient éteints en Syrie depuis des dizaines de milliers d'années, ce qui rendait peu probable la thèse de l'éruption ; il semblait considérer tout cela comme des calembredaines issues de l'imagination superstitieuse des autochtones. J'imaginais, sur les pentes d'un cratère de basalte lunaire, les restes d'une ancienne forteresse et d'une ville disparue, recouverts des ossements de leurs habitants, morts dans Dieu sait quelle catastrophe – vision de cauchemar, noire, sélène. Le colporteur regagna la tente, je m'absentai à mon tour ; il faisait nuit ; le froid paraissait monter des pierres droit vers le ciel, glacé d'étoiles. Je me suis éloigné de la tente pour uriner, le chien m'a accompagné un moment avant de m'abandonner pour aller flairer plus loin l'obscurité. Au-dessus de moi, alors que nous ne l'avions pas aperçue la veille, haute dans le ciel, montrant l'ouest, la Palestine et la Méditerranée brillait, soudaine révélation, une comète à longue chevelure de poussière luisante.

2 H 20

Je suis allongé avec Sarah nue à mes côtés; ses longues tresses forment un ruisseau, ralenti par les rochers des vertèbres. Je suis tourmenté par le remords; je l'observe et je suis empli de remords. Le bateau nous emmène vers Beyrouth : le dernier voyage de la Lloyd autrichienne, Trieste – Alexandrie – Jaffa – Beyrouth. Je sens confusément que Sarah ne va pas se réveiller avant l'arrivée demain à Beyrouth, où Nadim nous attend pour le mariage. Tant mieux. Je détaille son corps svelte, musclé, presque maigre; elle ne bronche pas quand je joue un moment avec son sexe, elle dort profondément. Je sais que je ne devrais pas être là. La culpabilité m'étouffe. Par le hublot, je vois la mer déployer son infinité verdâtre, hivernale, striée d'écume au sommet des vagues; je quitte la cabine, les longs couloirs sont tapissés de velours rouge, éclairés par des appliques de bronze, j'erre dans la chaleur moite du bateau, c'est énervant de se perdre ainsi dans des corridors étouffants alors que je suis en retard; sur les portes des cabines, des plaques ovales indiquent le nom des occupants, leurs dates de naissance et de mort – j'hésite à frapper à celle de Kathleen Ferrier, puis de Lou Andreas-Salomé, mais je n'ose pas les déranger, j'ai trop honte de m'être perdu, honte d'avoir été obligé d'uriner dans le couloir, dans un magnifique porte-parapluie, avant que l'hôtesse (robe de soirée transparente, j'observe longuement ses sous-vêtements) ne me prenne par le bras, “Franz, on vous attend en haut, venez, nous allons passer par les coulisses. Stefan Zweig est furieux, il veut vous déshonorer, vous provoquer en duel ; il sait que vous n’aurez pas le courage de l’affronter et que vous serez exclu de la *Burschenschaft*.”

J’essaye de l’embrasser sur la bouche, elle se laisse faire, sa langue est douce et tiède, je passe une main sous sa robe, main qu’elle retire affectueusement, en murmurant *“nein, nein, nein, Liebchen”*, je suis vexé mais je comprends. Il y a foule dans le grand foyer autour de nous, le Dr Kraus fait un triomphe, nous applaudissons à tout rompre la fin des *Geistervariationen* de Schumann. J’essaye d’en profiter pour soulever de nouveau la robe de l’hôtesse, elle me repousse toujours aussi tendrement. J’ai hâte que les choses sérieuses commencent. Le colonel est en grande conversation avec le Dr Kraus ; il m’explique que Kraus ne supporte pas que sa femme joue mieux du piano que lui, et je suis d’accord, Lili Kraus est une immense pianiste, rien à voir avec vous, cher docteur. Je renverse mon verre de lait sur le grand uniforme du colonel, tous les aigles sont constellés, heureusement, le lait ne tache pas les uniformes, contrairement aux robes de soirée, que l’hôtesse est contrainte de retirer : elle la roule en boule avant de la dissimuler dans un placard.

— Qu’allons-nous devenir ? Ce pays est si petit et si vieux, colonel, qu’il ne sert à rien de le défendre. Il vaut mieux en changer.

— C’est effectivement la solution au problème syrien, dit-il.

Dehors la guerre fait toujours rage ; on ne peut pas sortir, nous allons devoir rester enfermés sous cet escalier.

— Ce n’est pas là que tu as caché ta robe de mariée ? Celle que j’ai tachée sans le vouloir ?

Restons calmes, restons calmes. Nous sommes étroitement enlacés dans le noir, mais l'hôtesse ne s'intéresse pas à moi, je sais qu'elle n'a d'yeux que pour Sarah. Il faut faire quelque chose, mais quoi ? La mer d'Irlande est déchaînée, vous n'arriverez certainement pas avant deux ou trois jours. Deux ou trois jours ! Monsieur Ritter, dit doucement Kraus, je pense que nous pouvons changer de maladie, maintenant. Il est temps, vous avez raison. Il est temps. Franz, regardez comme cette jeune femme se caresse ! Mettez votre visage entre ses jambes, ça vous changera.

Kraus continue à débiter ses absurdités, j'ai froid, il faut à tout prix que je retrouve ma cabine et Sarah endormie, j'abandonne l'hôtesse à sa masturbation, le cœur serré. C'est bientôt à vous, monsieur Ritter. C'est bientôt à vous. La mer est effectivement démontée, aujourd'hui. Jouez-nous donc quelque chose, pour passer le temps ! Ce luth n'est pas à moi, mais je devrais pouvoir improviser un morceau. Quel mode préférez-vous ? *Nahawand ? Hedjazi ? Hedjazi !* Voilà qui sied tout à fait aux circonstances. Allez, cher Franz, jouez-nous donc notre valse, vous vous rappelez ? Oh oui *La Valse de mort*, bien sûr que je m'en souviens, *fa*, *fa-la*, *fa-la#-si*, *si*, *si*. Mes mains courent sur le manche de l'oud au son de violon. Le bar de ce bateau, le foyer de l'opéra, est ouvert sur la mer et les embruns éclaboussent les musiciens et leurs instruments. Impossible de jouer dans ces conditions, cher public. Quelle déception ! Nous qui voulions tant entendre *La Valse de mort ! Den Todeswalzer !* Nous allons droit vers le naufrage, réjouissez-vous. Je me réjouis, cher public, chers amis. Chers amis, le Dr Zweig a une allocution à faire (encore ce vieux Zweig à la longue figure, quel ennui). Je quitte la scène avec mon luth pour lui laisser la place, il y a une grosse flaque d'eau sous la chaise. Zweig me gronde, me passe la main dans les cheveux et me dit d'aller m'asseoir. Mesdames, messieurs, crie-t-il, c'est la guerre ! Montjoie ! Saint-Denis ! C'est la guerre ! Qu'on se réjouisse !

Tous applaudissent, les militaires, les marins, les femmes, le couple Kraus et même Sarah, je suis bien surpris qu'elle soit là, je me précipite vers elle, tu es réveillée ? Tu es réveillée ? Je cache le luth derrière mon dos, pour qu'elle ne voie pas que je l'ai volé à Nadim – je l'ai volé ? Je sais que la police me recherche pour ce crime affreux que j'ai commis jadis. Arrive-t-on bientôt ? C'est la guerre, dis-je. Ils se réjouissent tous de mourir au combat. Vienne va devenir la nouvelle capitale de la Syrie. On parlera arabe sur le Graben.

Il ne faut surtout pas que Sarah apprenne, pour le meurtre et le corps. Docteur Kraus ! Docteur Kraus ! Vos iris ont encore poussé sur nos cadavres ! Quel horrible printemps, avec cette pluie interminable, on ne se croirait pas en Orient. Tout pourrit. Tout moisit. Les os n'en finissent pas de se décomposer. Nous aurons une belle vendange, cette année, le vin des morts sera abondant. Chut, murmure Sarah, ne mentionne pas le vin des morts, c'est un secret. Un philtre ? Peut-être. D'amour ou de mort ? Tu verras.

Un marin chante, au loin, "vers l'est s'en va le navire, frais souffle le vent vers notre pays, mon enfant d'Irlande, vers où va ta vie ?"

Ce qui fait bien rire Sarah. Elle ressemble à Molly Bloom, pensé-je, celle qui pousse son chariot dans les rues étroites, pour vendre des coquillages. Dieu que la mer est vaste !

Combien d'enfants aurons-nous, docteur Kraus ?

Combien ?

Il serait impensable que je me livre à ce genre de prédictions, je suis un médecin sérieux, monsieur Ritter. Ne partagez pas cette seringue, vous allez vous contaminer l'un l'autre.

Franz, tu as de belles veines, tu sais ?

Monsieur Ritter, je vous aurai mis en garde.

Franz, tu as de très belles veines, répète Sarah.
Sueur, sueur, sueur.

Horreur. Quelle horreur, mon Dieu. La lumière est encore allumée, je tiens toujours l'interrupteur. Cette image de Sarah une seringue à la main, heureusement que je me réveille avant l'irréparable, Sarah m'injectant un liquide nauséabond, son *vin des morts* sous le regard vicieux du Dr Kraus, quelle atrocité, dire que certaines personnes trouvent plaisant de rêver. Respirons, respirons. C'est très pénible cette sensation de manquer d'air comme si on se noyait dans son sommeil. Heureusement que je ne me rappelle pas mes rêves à part les dernières secondes, ils s'effacent presque immédiatement de ma mémoire, heureusement. J'échappe à la culpabilité de l'inconscient, à la sauvagerie du désir. Cet étrange sentiment m'étreint souvent en rêve. À croire que j'ai réellement commis un crime atroce qui menace d'être découvert. Le vin des morts. L'article de Sarah m'obsède, quelle idée de m'envoyer ce texte depuis le Sarawak, à moi qui suis malade et si fragile en ce moment. Je réalise à quel point elle me manque. À quel point je l'ai manquée. À quel point elle est peut-être malade et fragile elle aussi, dans sa jungle verdoyante, avec ses ex-coupeurs de têtes grands vendangeurs de cadavres. Quel voyage. Voilà du travail pour le charlatan de la Berggasse, le voisin de Mme Kafka. Finalement on en revient toujours au même. Je crois me souvenir que Jung, premier orientaliste inconscient, avait découvert qu'une de ses patientes rêvait le Livre des morts tibétain dont elle n'avait jamais entendu parler, ce qui mit la puce à l'oreille du disciple et le lança sur la piste de l'inconscient collectif et des archétypes. Moi je rêve non pas le Livre des morts tibétain ou égyptien mais les recoins du cerveau de Sarah. Tristan et Iseult. Les philtres d'amour et de mort. Dik el-Jinn le Fou. Le vieux poète de Homs fou de jalousie au point de tuer celle qu'il aimait. Mais ce n'est rien, disait Sarah, Dik el-Jinn était si passionné, déchiré de douleur d'avoir détruit l'objet de sa passion qu'avec les cendres du cadavre de sa bien-aimée mêlées d'argile il modela une coupe, une coupe mortelle, magique et mortelle, dans laquelle il buvait du vin, premier vin de Mort, qui lui inspirait de sublimes poèmes d'amour. Il buvait dans le corps de son aimée, il buvait le corps de son amour, et cette folie dionysiaque devenait apollinienne par le jeu des vers, de la métrique classée et réglée où s'ordonnait l'énergie de sa passion nécrophage pour celle qu'il avait tuée par jalousie, cédant aux rumeurs et à la haine : "Je t'ai rendue à la nudité la plus complète, chantait-il, j'ai mélangé ton visage à la terre et même, si j'avais pu supporter de te voir pourrir, j'aurais laissé ta figure morte au grand soleil."

On comprend qu'il s'imbibe, ce poète de Homs qui vécut près de soixante-dix ans, s'enivrait-il encore dans sa coupe mortelle au soir de sa vie, c'est possible, c'est probable. Pourquoi Sarah s'intéresse-t-elle à ces atrocités, nécrophagie, magie noire, passions dévorantes ? Je la revois au musée du Crime de Vienne, déambulant le sourire aux lèvres dans cette cave de Leopoldstadt, au milieu des crânes percés de balles et des matraques d'assassins de tous calibres, politiques, crapuleux, amoureux, jusqu'à l'acmé sordide de l'exposition, un vieux panier en osier poussiéreux dans lequel on retrouva, au début du XXe siècle, un corps de femme, bras et jambes coupés, une femme-tronc dont on ne nous épargnait pas les photographies d'époque, nue et mutilée, pubis aussi noir que les épaules et les cuisses où avaient saigné les membres absents. Un peu plus loin se trouvait aussi une femme éventrée, violée avant ou après son éviscération. "Vous êtes drôles, vous autres Autrichiens, disait Sarah, vous pouvez montrer des images de femmes torturées à mort, mais vous censurez la seule représentation de plaisir de tout ce musée.” Il s’agissait d’une peinture, dans la partie de l’exposition consacrée aux bordels viennois, montrant, dans un décor orientalisant, une odalisque se caressant, les jambes écartées ; un censeur contemporain avait placé un grand carré noir sur sa main et ses parties intimes. La légende disait sobrement “Tableau décoratif provenant d’une maison close”. J’avais honte bien évidemment de me retrouver avec Sarah à commenter une telle image ; je regardai ailleurs en rougissant, ce qu’elle prit pour un aveu : la reconnaissance de la perversion viennoise – les femmes torturées à la cave, l’érotisme censuré et la plus prude chasteté au-dehors.

Je me demande bien pourquoi je pense à cela maintenant, une traînée d’onirisme peut-être, une chevelure de comète, une rémanence sensuelle contaminant la mémoire de la puissance du désir, je devrais accepter que la nuit est morte, me lever et passer à autre chose, corriger ce mémoire sur Gluck ou relire mon article sur *Mârouf, savetier du Caire*, l’opéra tiré de la traduction des *Mille et Une Nuits* de Charles Mardrus ; j’aimerais beaucoup le faire parvenir à Sarah, ce serait ma réponse à son opus sur le vin des morts au Sarawak mystérieux. Je pourrais lui envoyer un mail, mais je sais que si je lui écris je vais passer les prochains jours vissé à l’ordinateur comme un benêt à attendre sa réponse. Finalement on était bien au musée du Crime, au moins elle était là, je serais même allé au musée des Pompes funèbres ou à la Narrenturm contempler une fois de plus, dans l’ancienne tour des Fous, d’horribles anomalies génétiques et des pathologies terrifiantes, si elle avait souhaité s’y rendre.

Il ne manque pas grand-chose à cet article sur *Mârouf, savetier du Caire*, juste une touche de je-ne-sais-quoi, tiens je pourrais directement *demander conseil* à Sarah, pas juste le lui expédier, ce serait une manœuvre tout à fait intelligente pour prendre contact avec elle, au lieu de lui avouer tout de go tu me manques ou lui rappeler subtilement la femme nue du musée du Crime (te souviens-tu, chère Sarah, de l'émoi qui m'étreignit quand nous contemplâmes ensemble une image pornographique dans une cave sanglante ?), elle aussi a étudié l'œuvre du Dr Mardrus et surtout de son épouse Lucie, premier personnage de sa collection de femmes d'orientalistes, avec Lou Andreas-Salomé et Jane Dieulafoy. Mardrus le Caucasien des lettres, dont le grand-père avait combattu les Russes dans les rangs de l'imam Schamyl, voilà un homme que j'aurais aimé rencontrer, Mardrus, dans ce Paris si mondain des années 1890 ; il fréquenta Mallarmé, puis Apollinaire ; sitôt débarqué du paquebot des Messageries maritimes où il officiait comme médecin du bord il devint, grâce à son charme et son érudition, la coqueluche des salons parisiens – c'est ce qu'il me faudrait, pour rédiger mon grand œuvre, un séjour de quelques années dans une cabine de navire, entre Marseille et Saigon. Mardrus traduit en mer les milliers de feuillets des *Mille et Une Nuits* ; il a grandi au Caire, étudié la médecine à Beyrouth, l'arabe est pour ainsi dire sa langue maternelle, voilà le grand avantage qu'il a sur nous, orientalistes non orientaux, le gain de temps dans l'apprentissage de la langue. La redécouverte des *Nuits* par la traduction de Mardrus provoque une vague d'adaptations, d'imitations, de prolongations du chef-d'œuvre, comme cinquante ans plus tôt *Les Orientales* d'Hugo, les poèmes de Rückert ou le *Divan* de Goethe. Cette fois-ci on pense que c'est l'Orient lui-même qui insuffle directement sa force, son érotisme, sa puissance exotique dans l'art du tournant du siècle ; on aime la sensualité, la violence, le plaisir, les aventures, les monstres et les génies, on les copie, on les commente, les multiplie ; on croit voir enfin, sans intermédiaire, le vrai visage de l'Orient éternel et mystérieux : mais c'est l'Orient de Mardrus, toujours un reflet, encore un Tiers-Orient ; c'est l'Orient, en fin de compte, de Mallarmé et de *La Revue blanche*, l'érotisme de Pierre Louÿs, une représentation, une interprétation. Comme dans le *Conte de la Mille Deuxième Nuit* de Joseph Roth ou la *Schéhérazade* de Hofmannsthal, les motifs des *Nuits* sont utilisés pour suggérer, créer une tension dans un contexte européen ; le désir du shah, dans le roman de Roth, de coucher avec la comtesse W. déclenche une intrigue tout à fait viennoise, comme les ballets de la *Schéhérazade* de Rimski ou les danses de Mata Hari servent à émoustiller le bourgeois parisien : finalement, peu importe leur rapport avec un soi-disant Orient *réel*. Nous-mêmes, au désert, sous la tente des Bédouins, pourtant face à la réalité la plus tangible de la vie nomade, nous nous heurtions à nos propres représentations qui parasitaient, par leurs attentes, la possibilité de l'expérience de cette vie qui n'était pas la nôtre ; la pauvreté de ces femmes et de ces hommes nous paraissait emplie de la poésie des anciens, leur dénuement nous rappelait celui des ermites et des illuminés, leurs superstitions nous faisaient voyager dans le temps, l'exotisme de leur condition nous empêchait de comprendre, certainement, leur vision de l'existence de la même façon qu'eux nous voyaient, avec notre femme en cheveux, notre 4×4 et notre arabe rudimentaire, comme des idiots originaux, dont ils enviaient peut-être l'argent, voire la voiture, mais certainement pas le savoir ou l'intelligence, ni même la technique : le vieux cheikh nous avait raconté que les derniers Occidentaux qu'il avait recueillis, européens sans aucun doute, étaient venus en camping-car et que l'horrible ronronnement de leur générateur (pour le frigo, on suppose) l'avait empêché de dormir toute la nuit. Seul le colporteur, pensai-je en urinant sous la comète de Halley, en scrutant l'obscurité pour vérifier que le chien ne s'apprêtait pas à me bouffer les choses, partage réellement la vie de cette tribu, puisqu'il y participe ; huit mois par an, il renonce à tout pour fourguer ses babioles. Nous autres restons des voyageurs, enfermés dans le soi, susceptibles, qui sait, de se transformer eux-mêmes au contact de l'altérité, mais certainement pas d'en faire l'expérience profonde. Nous sommes des espions, nous avons le contact rapide et furtif des espions. Chateaubriand, lorsqu'il invente la littérature de voyage avec *Itinéraire de Paris à Jérusalem*, en 1811, longtemps avant Stendhal et ses *Mémoires d'un touriste*, plus ou moins au moment de la parution du *Voyage en Italie* de Goethe, Chateaubriand espionne au profit de l'art ; il n'est certes plus l'explorateur qui espionne pour la science, ou pour l'armée : il espionne principalement pour la littérature. L'art a ses espions, au même titre que l'histoire ou les sciences naturelles ont les leurs. L'archéologie est une forme d'espionnage, la botanique, la poésie aussi ; les ethnomusicologues sont les espions de la musique. Les espions sont des voyageurs, les voyageurs sont des espions. "Méfie-toi des histoires des voyageurs", dit Saadi dans le *Golestân*. Ils ne voient rien. Ils croient voir, mais n'observent que des reflets. Nous sommes prisonniers des images, des représentations, dirait Sarah, et seuls ceux qui, comme elle ou comme le colporteur, font le choix de se défaire de leur vie (si une telle chose est réellement possible) peuvent parvenir à autrui. Je me rappelle le bruit de mon urine tombant sur les pierres dans le silence enivrant du désert ; je me rappelle mes petites pensées, bien futiles au regard de l'infinité des êtres ; je n'avais pas conscience des fourmis et des araignées que je noyais dans l'urée. Nous sommes condamnés, comme dit Montaigne dans son dernier *Essai*, à penser comme on pisse, en chemin, vite et furtivement, en espions. Seul l'amour, pensai-je en regagnant la tente, en frémissant de froid et de désir au souvenir de la nuit précédente, nous ouvre vers autrui ; l'amour comme renoncement, comme fusion – rien d'étonnant à ce que ces deux absolus, le désert et l'amour, se soient rencontrés pour donner un des monuments les plus importants de la littérature universelle, la folie de Majnoun qui hurla sa passion pour Leyla aux cailloux et aux vipères à cornes, Leyla qu'il aima, aux environs de l'an 750, dans une tente toute pareille. La paroi en peau de chèvre était refermée ; la lumière de la lampe à gaz filtrait par une petite porte, il fallait se baisser pour entrer. Bilger était à moitié allongé sur un matelas de laine, un verre d'infusion de cannelle à la main ; Sarah avait disparu. Elle avait été invitée à passer du côté des femmes, dans la deuxième pièce de la tente, tandis que nous restions, Bilger et moi, avec les hommes. On me déroula une couche recouverte d'un édredon qui sentait bon le feu de bois et l'animal. Le vieil homme s'était allongé, le colporteur s'était enroulé dans un grand manteau noir, une position de prophète. Je suis au désert, comme Qays le Fou de Leyla, si amoureux qu'il a renoncé à son être pour vivre avec les gazelles au milieu de la steppe. À moi aussi, on m'a enlevé Sarah, me privant de ma seconde nuit contre elle, chaste nuit d'amour pur, et j'aurais pu crier à la lune ou à la comète des vers désespérés chantant la beauté de ma bien-aimée, que les conventions sociales venaient d'arracher à mes soins. Je pensais aux longues courses de Qays Majnoun dans le désert, pour pleurer de désespoir sur les traces du campement de la famille de Leyla, en me grattant furieusement, persuadé que la laine ou le coton de mon matelas débordait de puces et autres bestioles enragées promptes à me dévorer les guiboles.

J'entendais Bilger ronfler en sourdine ; dehors un mât ou une drisse cliquetait dans la brise, on aurait pu se croire dans un voilier au mouillage – j'ai fini par m'endormir. C'est une lune ronde, au ras du sol, peu avant l'aurore, qui m'a réveillé, alors qu'on ouvrait la tente sur l'immensité doucement bleutée : l'ombre d'une femme soulevait le pan de tissu et le parfum du désert (terre sèche, cendre, animaux) tourbillonnait autour de moi, dans le caquètement encore discret des poules qui glanaient, horribles monstres furtifs dans la pénombre, les miettes de pain de notre dîner ou les insectes nocturnes que notre chaleur avait attirés – puis l'aurore a passé ses doigts de rose au travers de la brume, bousculant la lune, et tout a paru s'animer de concert : le coq a chanté, le vieux cheikh a chassé les gallinacés trop aventureux d'un revers de couverture, le colporteur s'est levé, a passé le manteau dans lequel il s'était enroulé le soir autour de ses épaules et est sorti – seul Bilger dormait toujours ; j'ai jeté un coup d'œil à ma montre, il était 5 heures du matin. Je me suis levé à mon tour ; les femmes s'affairaient devant la tente, elles m'ont adressé un petit signe de la main. Le colporteur faisait ses ablutions parcimonieusement, avec une aiguière en plastique bleu : un des objets qu'il vendait, imaginai-je. À part les légers rougeoiements du ciel à l'est, la nuit était toujours profonde et glacée ; le chien dormait encore, en boule contre la paroi extérieure. Je me demandais si j'allais apercevoir Sarah sortir elle aussi, elle dormait peut-être, comme le chien, comme Bilger. Je suis resté là, à regarder le ciel s'ouvrir, avec dans la tête l'oratorio de Félicien David, le premier à avoir rendu en musique la simplicité terrifiante du désert.

S'il était déjà 5 heures je pourrais me lever, épuisé comme chaque matin, vaincu par la nuit ; impossible d'échapper à ces souvenirs de Sarah, je me demande s'il vaut mieux les chasser ou m'abandonner tout à fait au désir et à la réminiscence. Je suis paralysé assis dans mon lit, depuis combien de temps fixé-je la bibliothèque, immobile, la tête ailleurs, la main toujours accrochée à l'interrupteur, un marmot qui serre son hochet ? Quelle heure est-il ? Le réveil est la canne de l'insomniaque, je devrais m'acheter un réveil-mosquée comme ceux de Bilger à Damas, mosquée de Médine ou de Jérusalem, en plastique doré, avec une petite boussole incorporée pour la direction de la prière – voilà la supériorité du musulman sur le chrétien : en Allemagne on vous impose les Évangiles au creux du tiroir de la table de nuit, dans les hôtels musulmans on vous colle une petite boussole contre le bois du lit, ou on vous dessine une rose des vents marquant la direction de La Mecque sur le bureau, boussole et rose des vents qui peuvent servir certes à localiser la péninsule arabique, mais aussi, si le cœur vous en dit, Rome, Vienne ou Moscou : on n'est jamais perdu dans ces contrées. J'ai même vu des tapis de prière avec une petite boussole intégrée au tissage, tapis qu'on avait immédiatement envie de faire voler, puisqu'ils étaient ainsi préparés pour la navigation aérienne : un jardin dans les nuages, avec, comme le tapis de Salomon de la légende juive, un dais de colombes pour se protéger du soleil – il y aurait beaucoup à écrire sur le tapis volant, sur ces belles illustrations, promptes à susciter la rêverie, de princes et de princesses assis en tailleur, dans des costumes somptueux, au beau milieu d'un ciel de légende, rougeoyant à l'occident, tapis qui doivent sans doute plus aux contes de Wilhelm Hauff qu'aux *Mille et Une Nuits* proprement dites, plus aux costumes et aux décors de la *Schéhérazade* des ballets russes qu'aux textes des auteurs arabes ou persans – une fois encore, une construction conjointe, un travail complexe du temps où l'imaginaire se superpose à l'imaginaire, la création à la création, entre l'Europe et le Dar el-Islam. Les Turcs et les Persans connaissent des *Nuits* les versions d'Antoine Galland et de Richard Burton, et ne les traduisent que rarement de l'arabe ; ils imaginent, à leur tour, sur ce qu'ont traduit d'autres avant eux : la Schéhérazade qui retrouve l'Iran au XXe siècle a beaucoup voyagé, elle s'est chargée de la France de Louis XIV, de l'Angleterre victorienne, de la Russie tsariste ; son visage même provient d'un mélange entre les miniatures safavides, les costumes de Paul Poiret, les élégantes de Georges Lepape et les femmes iraniennes d'aujourd'hui. "Du destin cosmopolite des objets magiques", voilà un titre pour Sarah : il y serait question, pêle-mêle, de lampes à génies, de tapis volants et de babouches mirifiques ; elle y montrerait comment ces objets sont le fait d'efforts successifs communs, et comment ce que l'on considère comme purement "oriental" est en fait, bien souvent, la reprise d'un élément "occidental" modifiant lui-même un autre élément "oriental" antérieur, et ainsi de suite ; elle en conclurait que l'*Orient* et l'*Occident* n'apparaissent jamais séparément, qu'ils sont toujours mêlés, présents l'un dans l'autre et que ces mots – Orient, Occident – n'ont pas plus de valeur heuristique que les directions inatteignables qu'ils désignent. J'imagine qu'elle parachèverait le tout par une projection politique sur le cosmopolitisme comme seul point de vue possible sur la question. Moi aussi, si j'étais plus – plus quoi ? Plus brillant, moins malade, moins velléitaire je pourrais développer cet article dérisoire sur *Mârouf, savetier du Caire*, Henri Rabaud et Charles Mardrus et construire une vraie synthèse sur ce fameux Tiers-Orient dans la musique française, autour des élèves de Massenet peut-être, Rabaud lui-même, mais aussi Florent Schmitt, Reynaldo Hahn, Ernest Chausson et surtout Georges Enesco, voilà un cas intéressant, un "Oriental" qui revient à l'"Orient" en passant par la France. Tous les élèves de Massenet ont composé des mélodies de désert ou de caravanes sur des poèmes orientalistes, depuis *La Caravane* de Gautier ("La caravane humaine au Sahara du monde...") aux *Petites Orientales* de Jules Lemaître –, je me suis toujours demandé qui était ce Jules Lemaître – sans doute bien différents de la caravane d'"À travers le désert", air du deuxième acte de *Mârouf*, quand Mârouf, pour tromper les marchands et le sultan, s'invente une riche caravane de milliers de chameaux et de mules qui devrait arriver d'un jour à l'autre et décrit en détail son chargement précieux, à grand renfort *d'orientalisme*, ce qui est assez vertigineux : il y a un *rêve d'Orient* dans les récits arabes eux-mêmes, rêve de pierreries, de soieries, de beauté, d'amour et ce rêve qui, pour nous, est un songe oriental est en fait une rêverie biblique et coranique ; il ressemble aux descriptions du Paradis du Coran, où l'on nous présentera des vases d'or et des coupes remplies de tout ce que notre goût pourra désirer, et tout ce qui charmera nos yeux, où nous aurons des fruits en abondance, dans des jardins et des sources, où nous porterons des vêtements de soie fine et de brocart, où nous aurons pour épouses des houris aux beaux yeux, où l'on nous servira à boire un nectar cacheté de musc. La caravane de Mârouf – celle des *Mille et Une Nuits* – utilise *ironiquement* ces éléments : bien sûr, sa description est exagérée, outrée ; c'est un mensonge, un mensonge fait pour séduire l'assistance, un catalogue merveilleux, *de rêve*. On trouverait dans les *Nuits* beaucoup d'exemples de ce second degré, de cet orientalisme dans l'Orient. L'air de la caravane d'Henri Rabaud rajoute un mouvement à cette construction : la traduction de Mardrus du conte *L'Histoire du gâteau échevelé au miel d'abeille* est adaptée sous le titre de *Mârouf, savetier du Caire* par un librettiste, Lucien Népoty, puis mise en musique par Rabaud, avec une orchestration brillante : là encore, Massenet est dans l'ombre, caché derrière une dune de ce désert imaginaire à travers lequel cheminent, en *sol* mineur bien sûr, dans les trilles des cordes et les glissandos des vents, les chameaux et les mules de cette extraordinaire caravane d'étoffes, de rubis et de saphirs gardée par mille mamelouks beaux comme des lunes. Très ironiquement, la musique exagère, force le trait : on entend le bâton des muletiers frapper les ânes à chaque mesure, figuralisme ma foi assez ridicule s'il n'était justement pas drôle, exagéré, fait pour duper les marchands et le sultan : il faut qu'on l'entende, cette caravane, pour qu'ils y croient ! Et, miracle de la musique autant que de la parole, ils y croient !

Je suppose que Reynaldo Hahn avait lu, tout comme son ami Marcel Proust, les *Nuits* dans la nouvelle traduction de Mardrus ; tous deux étaient à la première de *Mârouf* en 1914, en tout cas. Hahn salue la partition de son ancien camarade du Conservatoire dans une importante revue spécialisée ; il note la qualité de la musique, dont la hardiesse n'altère jamais la pureté ; il en remarque la finesse, la fantaisie, l'intelligence et surtout l'absence de vulgarité dans la "justesse du sens oriental". Il salue en fait l'apparition d'un orientalisme "à la française" qui soit plus proche de Debussy que des débauches de violence et de sensualité des Russes – autant de cultures musicales, autant d'Orients, autant d'exotismes.

Je me demande d'ailleurs s'il faut que j'étende l'article, avec tous ces Orients superposés, à une couche de plus, celle de Roberto Alagna au Maroc. Après tout, cela donnerait un côté un peu "magazine" à une contribution ma foi plutôt sérieuse, et puis cela ferait rire Sarah, cette image du sémillant ténor européen en Orient au XXIe siècle – cette vidéo est vraiment impayable. Dans un festival à Fez, une version *arabe*, avec oud et qanoun, d'"À travers le désert", l'air de la caravane de Rabaud : on imagine d'ici les bonnes intentions des organisateurs, la parodie désamorcée, la caravane retrouvant le *vrai* désert de l'authentique, des instruments et du décor authentiques – et, l'enfer étant, comme on sait, pavé de bonnes intentions, tout tombe à plat. L'oud ne sert à rien, le qanoun, peu à l'aise dans la progression harmonique de Rabaud, lâche juste des virgules convenues dans les silences de la voix ; Alagna, en djellaba blanche, chante comme sur la scène de l'Opéra-Comique, mais un micro à la main ; les percussions (cymbales frottées et clés entrechoquées) essayent de meubler par tous les moyens le grand, l'immense vide découvert par cette mascarade ; le joueur de qanoun semble souffrir le martyre en entendant une si mauvaise musique : seul Alagna le Magnifique paraît ne s'apercevoir de rien, tout à ses grands gestes et ses chameliers, quelle rigolade, mon Dieu, si Rabaud entendait ça il mourrait une seconde fois. C'est peut-être la punition, d'ailleurs, de Rabaud – le destin le punit pour son comportement pendant la Seconde Guerre mondiale, son philonazisme, son empressement à dénoncer les professeurs juifs du Conservatoire de musique dont il était le directeur. Heureusement son successeur, en 1943, sera plus éclairé, plus courageux et essayera de sauver ses élèves plutôt que de les remettre à l'occupant. Henri Rabaud rejoint la longue liste des orientalistes (artistes ou scientifiques) qui ont collaboré directement ou indirectement avec le régime nazi – me faut-il insister sur ce moment de sa vie, épisode bien plus tardif que la composition de *Mârouf* en 1914, je n'en sais rien. Tout de même, le compositeur dirigera lui-même, à l'Opéra, la centième de *Mârouf, savetier du Caire* le 4 avril 1943 (jour d'un terrifiant bombardement qui détruisit les usines Renault et fit plusieurs centaines de morts dans l'Ouest parisien) devant un parterre d'uniformes allemands et de vichystes notoires. Au printemps 1943, alors qu'on se battait encore en Tunisie mais qu'on savait que l'Afrikakorps et Rommel étaient vaincus, que les espoirs nazis de conquérir l'Égypte étaient bien loin, est-ce que *Mârouf, savetier du Caire* prenait un sens spécial, un pied de nez à l'occupant allemand, sans doute pas. Juste un moment de cette *bonne humeur* que tout le monde s'accorde à trouver dans l'œuvre, *bonne humeur* pour oublier la guerre, *bonne humeur* dont je me demande si, en de telles circonstances, elle n'avait pas quelque chose de criminel : on chantait "À travers le désert, mille chameaux chargés d'étoffes marchent sous le bâton de mes caravaniers", alors que six jours plus tôt, à quelques kilomètres de là, partait un convoi (le cinquante-troisième) de mille Juifs français du camp de Drancy vers la Pologne et l'extermination. Cela intéressait beaucoup moins les Parisiens et leurs hôtes allemands que les défaites de Rommel en Afrique, beaucoup moins que les aventures de Mârouf le Savetier, de sa femme Fattouma la Calamiteuse et la caravane imaginaire. Et sans doute le vieil Henri Rabaud, à la baguette trente ans après la première de *Mârouf*, se contrefout-il de ces convois atroces. J'ignore si Charles Mardrus est dans la salle – c'est possible mais, âgé de soixante-quinze ans, il vit depuis le début des hostilités reclus à Saint-Germain-des-Prés, sort très peu, laisse passer la guerre comme d'autres la pluie. On raconte qu'il quitte son appartement uniquement pour se rendre aux Deux-Magots ou dans un restaurant iranien dont on se demande comment, en pleine occupation, il parvient à trouver du riz, du safran et de la viande d'agneau. Je sais en revanche que Lucie Delarue-Mardrus n'est pas à la centième de *Mârouf*; elle est chez elle en Normandie, où elle ressasse des souvenirs d'Orient – elle est en train de rédiger ce qui sera son dernier livre, *El Arab*, *l'Orient que j'ai connu*; elle y raconte ses voyages entre 1904 et 1914 en compagnie de Mardrus son mari. Elle mourra peu de temps après la parution de ces derniers Mémoires, en 1945 : ce livre et son auteure fascinaient Sarah; c'est sans doute en ce sens que je pourrais solliciter son concours pour l'article – une fois de plus, nos intérêts se croisent; moi Mardrus et les adaptations musicales de sa traduction par Rabaud ou Honegger, elle Lucie Delarue, poétesse et romancière prolixe, mystérieuse, qui vécut dans les années 1920 une passion avec Natalie Barney, pour qui elle écrit ses poèmes les plus célèbres, *Nos secrètes amours*, aussi à l'aise dans la poésie érotique homosexuelle que dans les odes normandes et les poèmes pour enfants. Ses souvenirs de voyages avec J.-C. Mardrus sont époustouflants, Sarah les cite dans son livre sur les femmes et l'Orient. C'est à Lucie Delarue-Mardrus que nous devons cette phrase extraordinaire : "Les Orientaux n'ont aucun sens de l'Orient. Le sens de l'Orient, c'est nous autres les Occidentaux, nous autres les roumis qui l'avons. (J'entends les roumis, assez nombreux tout de même, qui ne sont pas des mufles.)" Pour Sarah, ce passage résume à lui seul l'orientalisme, l'orientalisme en tant que rêverie, l'orientalisme comme déploration, comme exploration toujours déçue. Effectivement, les roumis se sont approprié le territoire du rêve, ce sont eux qui, après les conteurs arabes classiques, l'exploitent et le parcourent, et tous les voyages sont une confrontation avec ce songe. Il y a même un courant fertile qui se construit *sur* ce rêve, sans avoir besoin de voyager, dont le représentant le plus illustre est sans doute Marcel Proust et sa *Recherche du temps perdu*, cœur symbolique du roman européen : Proust fait des *Mille et Une Nuits* un de ses modèles – le livre de la nuit, le livre de la lutte contre la mort. Comme Schéhérazade se bat chaque soir, après l'amour, contre la sentence qui pèse sur elle en racontant une histoire au sultan Shahryâr, Marcel Proust prend toutes les nuits la plume, beaucoup de nuits, dit-il, "peut-être cent, peut-être mille", pour lutter contre le temps. Plus de deux cents fois au cours de sa *Recherche*, Proust fait allusion à l'Orient et aux *Nuits*, qu'il connaît dans les traductions de Galland (celle de la chasteté de l'enfance, celle de Combray) et de Mardrus (celle, plus trouble, plus érotique, de l'âge adulte) – il tisse le fil d'or du merveilleux arabe tout au long de son immense roman ; Swann entend un violon comme un génie hors d'une lampe, une symphonie révèle "toutes les pierreries des *Mille et Une Nuits*". Sans l'Orient (ce songe en arabe, en persan et en turc, apatride, qu'on appelle l'Orient) pas de Proust, pas de *Recherche du temps perdu*.

Avec mon tapis volant et sa boussole incorporée, vers où mettrais-je le cap ? L'aube de Vienne en décembre n'aura rien à voir avec celle du désert : l'aurore aux doigts de suie maculant le grésil, voilà l'épithète de l'Homère du Danube. Un temps à ne pas mettre un orientaliste dehors. Décidément je suis un savant de cabinet, rien à voir avec Bilger, Faugier ou Sarah qui n'étaient heureux qu'au volant de leurs 4×4, dans les bas-fonds les plus, comment dire, *exaltants* ou tout simplement "sur le terrain", comme disent les ethnologues – je reste un espion, un mauvais espion, j'aurais sans doute produit le même savoir si je n'avais jamais quitté Vienne pour ces contrées lointaines et inhospitalières où l'on vous accueille avec des pendus et des scorpions, j'aurais fait la même carrière médiocre si je n'avais jamais voyagé – mon article le plus cité s'intitule "Le premier opéra orientaliste oriental : *Majnoun et Leyla* de Hadjibeyov", et il est bien évident que je n'ai jamais mis les pieds en Azerbaïdjan, où l'on patauge, me semble-t-il, dans le pétrole et le nationalisme ; à Téhéran, nous n'étions pas très loin de Bakou, et lors de nos excursions au bord de la Caspienne, nous nous trempions les pieds dans la même eau que les rivages azéris quelques dizaines de kilomètres plus au nord, bref, il est assez déprimant de penser que le monde universitaire se souviendra de moi pour mon analyse des rapports entre Rossini, Verdi et Hadjibeyov. Ce décompte informatique des citations et des indexations conduit l'Université à sa perte, personne ne se lancera plus aujourd'hui dans de longs travaux difficiles et coûteux, mieux vaut publier des notules bien choisies que de vastes ouvrages d'érudition – je ne me fais pas d'illusions quant à la qualité réelle de l'article Hadjibeyov, il est repris dans toutes les publications qui traitent du compositeur, machinalement, comme une des rares contributions européennes aux études sur Hadjibeyov l'Azéri, et tout l'intérêt que je voyais dans ce travail, l'émergence d'un orientalisme *oriental*, passe bien évidemment à la trappe. Pas la peine d'aller à Bakou pour ça. Il faut pourtant que je sois juste : si je n'étais pas allé en Syrie, si je n'avais pas eu une minuscule expérience fortuite du désert (et une déconvenue amoureuse, reconnaissons-le) je ne me serais jamais passionné pour Majnoun le Fou de Leyla au point de commander, chose compliquée à l'époque, une partition du *Majnoun et Leyla* de Hadjibeyov ; je n'aurais même jamais su que l'amoureux qui hurle sa passion aux gazelles et aux rochers avait inspiré foule de romans en vers, en persan ou en turc, dont celui de Fouzouli qu'adapte Hadjibeyov – moi je criais ma passion à Sarah, non pas ma passion pour elle, mais pour Majnoun, tous les *Majnoun*, et mon enthousiasme lui paraissait du plus haut comique : je nous revois dans les fauteuils en cuir de l'Institut français de recherche en Iran où, sans penser à mal (sans penser à mal ?), elle me demandait des nouvelles de ma "collection", comme elle l'appelait, quand elle me voyait rentrer de la librairie un paquet sous le bras, alors, demandait-elle, toujours fou de Leyla ? Et il fallait bien que j'acquiesce, un fou de Leyla, ou un *Khosrow et Shirin*, ou un *Vis et Ramin*, bref un roman d'amour classique, une passion empêchée qui se dénouait dans la mort. Perverse, elle me lançait "Et la musique, dans tout cela ?" avec un faux air de reproche, et j'avais trouvé une réponse : Je prépare le texte *définitif et universel* sur l'amour en musique, depuis les troubadours jusqu'à Hadjibeyov en passant par Schubert et Wagner, et je disais cela en la regardant dans les yeux, et elle éclatait de rire, un rire monstrueux, de djinn ou de fée, de péri, un rire coupable, voilà que je reviens à Sarah, rien à faire. Quel philtre avons-nous bu, s'agit-il du vin de Styrie à Hainfeld, du vin libanais de Palmyre, de l'arak de l'hôtel Baron à Alep, ou du vin des morts, drôle de philtre, qui ne fonctionne *a priori* que dans un sens – non, à l'hôtel Baron d'Alep le mal était déjà fait, quelle honte, mon Dieu quelle honte, j'avais réussi à me débarrasser de Bilger resté sur l'Euphrate, dans l'horrible Raqqa à la sinistre horloge, et à emmener (encore vibrant de la nuit de Palmyre) Sarah jusqu'aux délices d'Alep, où elle retrouvait, pleine d'émotion, Annemarie Schwarzenbach, les lettres à Klaus Mann, et toute la mélancolie de la Suissesse androgyne. La description qu'Ella Maillart donne d'Annemarie dans *La Voie cruelle* n'est pourtant pas propre à susciter la passion : une droguée geignarde, jamais contente, d'une maigreur maladive dans des jupes-culottes ou des pantalons bouffants, accrochée au volant de sa Ford, cherchant dans le voyage, dans la souffrance du long voyage entre Zurich et Kaboul, une bonne excuse à sa douleur : triste portrait. On avait du mal à apercevoir, au-delà de la description de cette loque au visage d'ange, l'antifasciste convaincue, la combattante, l'écrivain cultivée et pleine de charme dont tombèrent amoureuses Erika Mann ou Carson McCullers – peut-être parce que la sobre Ella Maillart, la nonne gyrovague, n'était pas du tout la personne indiquée pour la décrire ; peut-être parce qu'en 1939, Annemarie était à l'image de l'Europe, pantelante, effrayée, en fuite. Nous parlions d'elle dans ce restaurant caché au creux d'une ruelle de pierre, ce Sissi House aux serveurs en costume noir et chemise blanche ; Sarah me racontait la vie brève et tragique de la Suissesse, la redécouverte récente de ses textes, morcelés, éparpillés, et de sa personnalité, elle aussi morcelée entre la morphine, l'écriture et une probable homosexualité bien difficile à vivre dans ce milieu si conservateur des bords du lac de Zurich.

Le temps se refermait sur nous ; ce restaurant aux chaises de paille, cette nourriture délicieuse et intemporelle, ottomane, arménienne, dans ces petites assiettes de céramique glaçurée, le souvenir si récent des Bédouins et des rives désolées de l'Euphrate aux citadelles ruinées, tout cela nous calfeutrait dans une étrange intimité, aussi accueillante, enveloppante et solitaire que les rues étroites, sombres, ceintes des hauts murs des palais. J'observais Sarah à la chevelure de cuivre, au regard brillant, au visage illuminé, au sourire de corail et de nacre, et ce parfait bonheur, à peine écorné par l'évocation de la mélancolie sous les traits d'Annemarie, appartenait autant aux années 1930 qu'aux années 1990, autant au XVIe siècle ottoman qu'au monde composite – sans lieu ni temps – des *Mille et Une Nuits*. Tout, autour de nous, participait de ce décor, depuis les insolites napperons de dentelle jusqu'aux vieux objets (candélabres Biedermeier, aiguières arabes de métal) posés sur les appuis des fenêtres en ogive donnant sur le patio couvert et au coin des marches de l'escalier si raide, aux belles balustrades de fer forgé, menant vers des moucharabiehs encadrés de pierres noires et blanches ; j'écoutais Sarah parler syrien avec le maître d'hôtel et les dames alépines de la table d'à côté, et j'avais de la chance, me semblait-il, d'être entré dans cette bulle, dans le cercle magique de sa présence qui allait devenir ma vie quotidienne puisqu'il était absolument clair pour moi, après la nuit de Tadmor et la bataille contre les chevaliers souabes, que nous étions devenus – quoi ? Un couple ? Des amants ?

Mon pauvre Franz, tu te berces toujours d'illusions, aurait dit Maman dans son français si doux, tu as toujours été comme ça, un rêveur, mon pauvre petit. Pourtant tu as lu *Tristan et Iseult*, *Vis et Ramin*, *Majnoun et Leyla*, il y a des forces à vaincre, et la vie est très longue, parfois, la vie est très longue, aussi longue que l'ombre sur Alep, l'ombre de la destruction. Le temps a repris ses droits sur le Sissi House ; l'hôtel Baron est encore debout, ses volets fermés dans un profond sommeil, en attendant que les égorgeurs de cet État islamique y établissent leur quartier général, le transforment en prison, en coffre-fort ou finissent par le dynamiter : ils dynamiteront ma honte et son souvenir toujours brûlant, avec la mémoire de tant de voyageurs, la poussière retombera sur Annemarie, sur T. E. Lawrence, sur Agatha Christie, sur la chambre de Sarah, sur le large couloir (carrelage aux motifs géométriques, murs laqués crème) ; les plafonds si hauts s'effondreront sur le palier où gisaient deux grandes maies en cèdre, cercueils de nostalgie avec leurs plaques funéraires, *"London – Baghdad in 8 days by Simplon Orient Express and Taurus Express"*, les débris engloutiront l'escalier d'apparat gravi sur un coup de tête un quart d'heure après que Sarah eut décidé d'aller se coucher aux environs de minuit : je me revois frapper à sa porte, deux battants de bois à la peinture jaunie, les phalanges tout près des trois chiffres de métal, avec l'angoisse, la détermination, l'espoir, l'aveuglement, le serrement de poitrine de celui qui se lance, qui veut retrouver dans un lit l'être deviné sous une couverture à Palmyre et poursuivre, s'accrocher, s'enfouir dans l'oubli, dans la saturation des sens, afin que la tendresse chasse la mélancolie, que l'exploration avide d'autrui ouvre les remparts du soi.

Aucun des mots ne me revient, aucune parole, tout est heureusement effacé ; ne me restent que son visage un peu grave et la montée de la douleur, la sensation de redevenir soudain un objet dans le temps, écrasé par le poing de la honte et propulsé vers la disparition.

2 H 50

Je m'en veux d'être aussi lâche, lâche et honteux, bon je vais me lever, j'ai soif. Wagner a lu *Le Monde comme volonté et comme représentation* de Schopenhauer en septembre 1854, juste au moment où il commence à imaginer *Tristan et Isolde*. Il y a un chapitre sur l'amour, dans *Le Monde comme volonté et comme représentation*. Schopenhauer n'a jamais aimé personne comme son chien Atma, chien sanskritique au nom d'âme. On raconte que Schopenhauer a désigné son chien comme légataire universel, je me demande si c'est vrai. Gruber va peut-être faire de même. Ce serait amusant. Gruber et son cabot doivent dormir, eux, on n'entend rien là-haut. Quelle malédiction que l'insomnie. Quelle heure est-il ? Je ne me rappelle plus très bien les théories de Schopenhauer sur l'amour. Je crois qu'il sépare l'amour comme illusion liée au désir sexuel d'une part et l'amour universel, la compassion, d'autre part. Je me demande ce qu'en pensait Wagner. Il doit y avoir des centaines de pages écrites sur Schopenhauer et Wagner et je n'en ai lu aucune. Parfois la vie est désespérante.

Philtre d'amour, Potion de mort, Mort d'amour.

Je vais aller me faire une petite infusion, tiens.

Adieu au sommeil.

Un jour je composerai un opéra qui s'intitulera *Le Chien de Schopenhauer*, où il sera question d'amour et de compassion, d'Inde védique, de bouddhisme et de gastronomie végétarienne. Le chien en question sera un labrador mélomane que son maître emmène à l'opéra, un chien wagnérien. Comment s'appellera ce chien ? Atma ? Günter. Voilà un beau nom, Günter. Le chien sera le témoin de la fin de l'Europe, de la ruine de la culture et du retour de la barbarie ; au dernier acte le fantôme de Schopenhauer surgira des flammes pour sauver le chien (le chien seulement) de la destruction. La deuxième partie aura pour titre *Günter, chien allemand* et racontera le voyage du chien à Ibiza et son émotion en découvrant la Méditerranée. Le chien parlera de Chopin, de George Sand et de Walter Benjamin, de tous les exilés qui ont trouvé l'amour ou la paix dans les Baléares ; Günter finira sa vie heureux, sous un olivier, en compagnie d'un poète auquel il inspirera de beaux sonnets sur la nature et l'amitié.

Voilà, je deviens fou. Je deviens complètement fou. Va te faire une infusion, un sachet de mousseline qui te rappellera les fleurs séchées de Damas et d'Alep, les roses d'Iran. Évidemment le rejet ce soir-là à l'hôtel Baron te brûle encore un peu des années après, malgré toutes les formes qu'elle y a mises, malgré tout ce qui a pu se produire par la suite, malgré Téhéran, les voyages ; bien sûr il a fallu affronter son regard le lendemain matin, sa gêne, ma gêne, tu es tombé des nues, tombé des nuages, elle avait prononcé le nom de Nadim, et le voile s'était déchiré. Égoïste, je lui ai battu froid pendant les mois et même les années suivantes – jaloux, jaloux, c'est triste à dire, l'orgueil écorné, quelle réaction stupide. Malgré ma vénération pour Nadim, malgré les soirées entières passées à l'entendre jouer, à l'écouter improviser et apprendre à reconnaître, péniblement, un à un, les modes, les rythmes et les phrases types de la musique traditionnelle, malgré toute l'amitié qui semblait naître entre nous, malgré la générosité de Nadim je me suis refermé autour de mon orgueil blessé, j'ai fait l'huître, comme Balzac. J'ai suivi mon chemin de Damas en solitaire et maintenant me voilà debout à chercher mes pantoufles, on cherche ses pantoufles en sifflant *Weinen, Klagen, Sorgen, Zagen*, les pieds sur la descente de lit, ce tapis de prière (sans boussole) du Khorassan acheté au bazar de Téhéran qui a appartenu à Sarah et qu'elle n'a jamais récupéré. On attrape sa robe de chambre, on s'emmêle dans les manches trop larges de ce manteau d'émir bédouin brodé d'or qui déclenche toujours les commentaires sarcastiques ou soupçonneux du facteur et des employés du gaz, on découvre ses mules sous le lit, on se dit qu'on est bien bête de s'énerver pour si peu, on marche jusqu'à sa bibliothèque, attiré par les tranches des livres tel le papillon par la bougie, on caresse (à défaut de corps, de peau à caresser) les œuvres poétiques de Fernando Pessoa sur leur lutrin, on les ouvre au hasard pour le plaisir de sentir glisser sous les doigts le papier bible, on tombe évidemment (à cause du signet) sur l'*Opiarium* d'Álvaro de Campos : "C'est avant l'opium que mon âme est souffrante. / Sentir la vie : convalescence, déclin / Alors je vais chercher dans l'opium qui console / Un Orient à l'orient de l'Orient." Une des grandes odes de Campos, cette créature de Pessoa – un voyageur, *Canal de Suez, à bord, mars 1914* : on pense que cette signature est antidatée, Pessoa a triché, il a voulu créer avec Álvaro de Campos un poète "à la française", un Apollinaire, amant de l'Orient et des paquebots, un moderne. L'*Opiarium* est une copie magnifique, qui en devient plus authentique qu'un original : il fallait une "enfance" à Campos, des poèmes de jeunesse, de spleen, d'opium et de voyages. On pense à Henry Jean-Marie Levet, poète du spleen, de l'opium et des paquebots, on cherche dans sa bibliothèque (pas très loin, rayon "poètes français oubliés", à côté de Louis Brauquier, poète maritime, employé des Messageries, autre "étoile" de Sarah) et on trouve ses *Cartes postales*, livre minuscule : les œuvres complètes de Levet tiennent dans la paume de la main, on y compte ses textes avec les doigts. Il est mort de la tuberculose à trente-deux ans en 1906, ce diplomate débutant, envoyé en mission en Inde et en Indochine, qui fut consul à Las Palmas et dont nous chantions les poèmes, à Téhéran : on se souvient d'avoir écrit quelques chansons sur ses vers, d'affreux airs de jazz pour amuser les camarades, on regrette qu'aucun vrai compositeur ne se soit penché sur ces textes, pas même Gabriel Fabre, l'ami des poètes, musicien encore plus oublié qu'Henry Levet lui-même – les deux hommes furent voisins, rue Lepic à Paris, et Levet lui dédia sa *Carte postale* de Port-Saïd :

On regarde briller les feux de Port-Saïd,
Comme les Juifs regardaient la Terre promise :
Car on ne peut débarquer ; c'est interdit
– Paraît-il – par la convention de Venise

À ceux du pavillon jaune de quarantaine.
On n'ira pas à terre calmer ses sens inquiets
Ni faire provision de photos obscènes
Et de cet excellent tabac de Latakieh…

Poète, on eût aimé, pendant la courte escale
Fouler une heure ou deux le sol des Pharaons
Au lieu d'écouter miss Florence Marshall
Chanter The Belle of New York, *au salon.*

On aimerait découvrir un jour, dans une malle oubliée, une partition de Fabre sur les vers de Levet – pauvre Gabriel Fabre, qui sombra dans la folie ; il passa ses dix dernières années abandonné de tous, à l'asile. Il avait mis en musique Mallarmé, Maeterlinck, Laforgue et même des poèmes chinois, de très anciens poèmes chinois, dont on aime à imaginer que c'était Henry Levet son voisin qui lui en avait offert la traduction. Des mises en musique sans génie, malheureusement, de pâles mélodies – voilà ce qui devait plaire aux poètes : les *mots* y avaient plus d'importance que le chant. (On peut d'ailleurs tout à fait imaginer que cette généreuse modestie coûta à Gabriel Fabre sa part de fortune posthume, trop occupé qu'il était à assurer celle des autres.)

Sarah chérit les *Cartes postales* comme un trésor aussi précieux que les œuvres de Pessoa – elle affirme d'ailleurs que le jeune Álvaro de Campos s'est inspiré d'Henry Levet, qu'il avait lu dans l'édition de Fargue et Larbaud. La figure de cet Henry dandy et voyageur, mort si jeune dans les bras de sa mère l'émeut – on comprend pourquoi. Elle racontait, à Téhéran, dans les profonds fauteuils en cuir havane de l'Institut français de recherche en Iran, comment, adolescente, à Paris, elle aimait les paquebots, la rêverie des paquebots, les Messageries maritimes et toutes les lignes coloniales. Faugier la taquinait en affirmant que c'était une passion de garçon, que les bateaux, comme les trains, avaient toujours été des jouets de garçon, et qu'il ne connaissait pas de fille *digne de ce nom* qui se soit passionnée pour de telles choses, la marine à vapeur, les transmetteurs d'ordres en cuivre, les manches à air, les bouées, les grosses boules d'or des compas, les casquettes brodées et les fières lignes d'étrave. Sarah admettait que l'aspect technique ne l'intéressait que moyennement (même si elle était capable, affirmait-elle, de se rappeler les caractéristiques des navires, telle taille, tant de tonneaux, tant de tirant d'eau, telle vitesse), elle aimait avant tout les noms des paquebots et surtout de leurs lignes : Marseille – Port-Saïd – Suez – Aden – Colombo – Singapour – Saigon – Hong Kong – Shanghai – Kobe – Yokohama en trente-cinq jours, deux fois par mois le dimanche, à bord du *Tonkin*, du *Tourane* ou du *Cao-Bang*, qui jaugeait 6 700 tonneaux au moment de son naufrage par temps de brouillard devant l'île de Poulo-Condore, atroce bagne dont il relevait les gardes-chiourmes, au large de Saigon. Elle rêvait ces lents itinéraires maritimes, la découverte des ports, les escales ; les salles à manger de luxe avec leurs boiseries d'acajou ; les fumoirs, les boudoirs, les cabines spacieuses, les menus de gala, qui devenaient de plus en plus exotiques au fur et à mesure des escales, et la mer, la mer, le liquide originel remué sans état d'âme par les astres, comme le barman secoue un shaker d'argent.

> *L'*Armand-Béhic *(des Messageries maritimes)*
> *File quatorze nœuds sur l'océan Indien…*
> *Le soleil se couche en des confitures de crimes,*
> *Dans cette mer plate comme avec la main.*

Car il y a un Orient au-delà de l'Orient, c'est le rêve des voyageurs d'autrefois, le songe de la vie coloniale, le rêve cosmopolite et bourgeois des wharfs et des steamers. On aime imaginer Sarah jeune fille, dans un appartement tout à fait terrien du 16e arrondissement de Paris, rêver, allongée un livre à la main, les yeux au plafond, rêver qu'elle embarque pour Saigon – que voyait-elle en ces heures étrangères, dans cette chambre où on aurait aimé entrer comme un vampire, pour se poser, mouette ou goéland, sur le bois du lit, bastingage d'un paquebot bercé par le soir, entre Aden et Ceylan ? Loti en Turquie, Rimbaud en Abyssinie, Segalen en Chine, ces lectures de fin d'enfance française, qui fabriquent des vocations d'orientalistes ou de rêveurs comme le *Siddhartha* de Hesse et *Le Quatuor d'Alexandrie* de Durrell – on a tous de mauvaises raisons pour faire les choses, nos destins, dans leur jeunesse, sont aussi facilement infléchis que le cap d'un bouchon muni d'une aiguille ; Sarah aimait la lecture, l'étude, le rêve et les voyages : que sait-on des voyages quand on a dix-sept ans, on en apprécie le son, les mots, les cartes et toute sa vie, ensuite, on cherche à retrouver, dans le réel, ses illusions d'enfant. Segalen le Breton, Levet de Montbrison ou Hesse du Wurtemberg rêvent et à leur tour fabriquent du rêve comme Rimbaud avant eux, Rimbaud ce démon voyageur dont on a l'impression que la vie, sa vie durant, cherche à l'entourer de chaînes pour l'empêcher de partir, jusqu'à l'amputer d'une jambe, pour être sûr qu'il ne bouge plus – mais même unijambiste il s'offrira un aller-retour infernal Marseille-Ardennes, avec un horrible moignon qui le fait atrocement souffrir, sur les cahots de ces chemins de France, autant de divines ornières où il a caché des poèmes qui explosent en souvenirs à chaque tour de roues, à chaque grincement du métal contre le métal, à chaque remugle enroué de la vapeur. Terrifiant été de douleur, dont le voyant à tête de forçat mourra – on ne lui refusera ni le secours de la morphine, ni celui de la religion ; le premier poète de France, l'homme des échappées folles, des collines du Nord jusqu'à Java la mystérieuse s'éteint le 10 novembre 1891 à l'hôpital de la Conception à Marseille, aux environs de 14 heures, avec une jambe en moins et une énorme tumeur à l'aine. Sarah plaignait cet enfant de trente-six ans (quatre ans de plus que Levet, des centaines de vers et de kilomètres de plus, dix ans passés en Orient) qui écrivait à sa sœur, depuis son lit d'hôpital : “Où sont les courses à travers monts, les cavalcades, les promenades, les déserts, les rivières et les mers ? À présent l'existence de Cul-de-jatte !”

Il faudra ajouter un volume de plus à notre Grand Œuvre,

Des différentes fformes de ffolie en Orient
Volume second
Gangrène & tuberculose

et établir le catalogue des affligés, des phtisiques, des syphilitiques, de ceux qui finirent par développer une atroce pathologie, un chancre, une couperose, des champignons pestilentiels, des bubons purulents, des crachats sanguinolents jusqu'à l'amputation ou l'asphyxie, comme Rimbaud ou Levet, ces martyres de l'Orient – et moi-même, malgré mon déni, je pourrais me consacrer un chapitre, voire deux, "Maladies mystérieuses" et "Maladies imaginaires" et m'accorder une mention au paragraphe "Diarrhées et courantes" qui, plus que tout autre affection, sont les vraies compagnes de l'orientaliste : aujourd'hui, sur indication du Dr Kraus, je suis condamné à boire du yaourt et manger des herbes, un foutiment d'herbes, depuis les épinards jusqu'aux *sabzi* iraniens, ce qui est aussi désagréable, mais moins spectaculaire qu'une attaque de tourista : Faugier, dans un autobus entre Téhéran et la mer Caspienne, la nuit, en pleine tempête de neige, fut contraint à palabrer rudement avec le chauffeur qui refusait de s'arrêter sur le bas-côté de cette route de montagne bordée de congères et lui enjoignait d'attendre la pause, prévue un peu plus tard – Marc, pâle comme un linge, tortillant des fesses, a agrippé le conducteur par le col, l'a menacé de se vider sur son plancher et l'a convaincu de stopper. Je revois distinctement Faugier courir ensuite dans la neige, puis disparaître (tomber) derrière un talus ; quelques secondes plus tard, dans la lumière des phares striée par les flocons, nous avons eu la surprise de voir s'élever un beau nuage de vapeur, comme les signaux de fumée dans les dessins animés, ce qui a fait éclater de rire le chauffeur. Une minute plus tard le pauvre Faugier remontait péniblement, grelottant de froid, blanchi, trempé, un pâle sourire soulagé sur le visage. Effectivement, quelques kilomètres plus loin, l'autocar s'arrêtait pour laisser descendre des passagers à un carrefour en pleine montagne – derrière nous, la grande épaule du massif du Damavand et ses six mille mètres de roche obscurcissaient un peu plus l'hiver ; devant nous, des forêts de chênes et de charmes, denses et abruptes, descendaient jusqu'à la plaine littorale. Le chauffeur insista pour que Faugier boive une tasse de thé de son thermos ; le thé guérit tout, disait-il ; deux sympathiques voyageuses offrirent au malade des cerises aigres confites, qu'il refusa avec une sainte horreur ; un vieux monsieur tenait absolument à lui donner une demi-banane, censée (c'est du moins ainsi que nous comprîmes l'expression persane) ralentir le ventre – Faugier courut se réfugier quelques minutes dans les toilettes de la station-service, avant d'aborder la descente vers Âmol, descente qu'il supporta bravement, raide comme la justice, la sueur au front, les dents serrées.

Plutôt qu'au thé, aux fruits confits ou aux bananes, il soigna sa chiasse à l'opium, ce qui finit par donner des résultats spectaculaires : il me rejoignit, quelques semaines plus tard, du côté obscur de la défécation, celui des constipés chroniques.

Nos maux d'orientalistes n'étaient bien sûr que de petits désagréments comparés à ceux de nos illustres prédécesseurs, aux bilharzioses, aux trachomes et autres ophtalmies de l'armée d'Égypte, à la malaria, à la peste et au choléra des temps anciens – l'ostéosarcome de Rimbaud n'a *a priori* rien d'exotique et aurait tout aussi bien pu l'affecter à Charleville, même si le poète aventurier l'attribue aux fatigues du climat, aux longues marches à pied et à cheval. La descente de Rimbaud malade vers Zeilah et le golfe d'Aden fut autrement plus pénible que celle de Faugier vers la Caspienne, "seize nègres porteurs" pour sa civière, trois cents kilomètres de désert des monts du Harar à la côte, dans d'horribles souffrances, en douze jours, douze jours de martyre qui le laissent complètement épuisé à son arrivée à Aden, à tel point que le médecin de l'Hôpital européen décide de lui couper immédiatement la jambe, avant de revenir sur sa décision et préférer qu'Arthur Rimbaud aille se faire amputer ailleurs : Rimbald le marin, comme le surnommait son ami Germain Nouveau, attrape un vapeur à destination de Marseille, l'*Amazone*, le 9 mai 1891. De l'explorateur du Harar et du Choa, cet "homme aux semelles de vent", Sarah récitait des passages entiers –

La tempête a béni mes éveils maritimes.
Plus léger qu'un bouchon j'ai dansé sur les flots
Qu'on appelle rouleurs éternels de victimes,
Dix nuits, sans regretter l'œil niais des falots !

Et tous écoutaient, dans ces profonds fauteuils iraniens où Henry Corbin lui-même avait devisé avec d'autres sommités de la lumière orientale et de Sohrawardi ; on observait Sarah se transformer en Bateau, en pythie rimbaldienne –

Et dès lors, je me suis baigné dans le Poème
De la Mer, infusé d'astres, et lactescent,
Dévorant les azurs verts ; où, flottaison blême
Et ravie, un noyé pensif parfois descend ;

Ses yeux brillaient, son sourire devenait encore plus éclatant ; elle luisait, elle resplendissait de poésie, ce qui effrayait un peu les scientifiques présents. Faugier riait en disant qu'il fallait "museler la muse en elle" et la mettait gentiment en garde contre ces "assauts de romantisme", ce qui la faisait à son tour rire aux éclats. Nombreux pourtant étaient les orientalistes européens dont la vocation devait beaucoup aux rêves de la vie coloniale : ventilateurs aux pales de bois exotiques, boissons fortes, passions autochtones et amours ancillaires. Ces douces illusions paraissent plus présentes chez les Français et les Anglais que chez les autres peuples de l'orientalisme ; les Allemands, dans l'ensemble, avaient des songes bibliques et archéologiques ; les Espagnols, des chimères ibériques, d'Andalousie musulmane et de Gitans célestes ; les Hollandais, des visions d'épices, de poivriers, de camphriers et de navires dans la tempête, au large du cap de Bonne-Espérance. Sarah et son maître et directeur de l'institut, Gilbert de Morgan, étaient en ce sens tout à fait français : ils se passionnaient non seulement pour les poètes persans, mais aussi pour ceux que l'Orient en général avait inspirés, les Byron, Nerval, Rimbaud, et ceux qui avaient cherché, comme Pessoa à travers Álvaro de Campos, un "Orient à l'orient de l'Orient".

Un Orient extrême au-delà des flammes de l'Orient moyen, on se prend à penser qu'autrefois l'Empire ottoman était "l'homme malade de l'Europe" : aujourd'hui l'Europe est son propre homme malade, vieilli, un corps abandonné, pendu à son gibet, qui s'observe pourrir en croyant que *Paris sera toujours Paris*, dans une trentaine de langues différentes, y compris le portugais. "L'Europe est un gisant qui repose sur ses coudes", écrit Fernando Pessoa dans *Message*, ces œuvres poétiques complètes sont un oracle, un sombre oracle de la mélancolie. En Iran on croise dans les rues des mendiants armés d'oiseaux, ils attendent le passant pour lui prédire l'avenir : contre un petit billet le volatile (perruche jaune ou verte, le plus rusé des oiseaux) désigne de son bec un papier plié ou roulé qu'on vous tend, un vers de Hafez y est inscrit, on nomme cette pratique *fâl-e Hafez*, l'oracle de Hafez : je vais essayer l'oracle de Pessoa, voir ce que me réserve le Portugais champion du monde de l'inquiétude.

Quelques pages après l'*Opiarium*, on laisse glisser le doigt au hasard en fermant les yeux, puis on les rouvre : "Grands sont les déserts et tout est désert", ça alors, de nouveau le désert, au hasard page 428, au hasard toujours Álvaro de Campos, on se prend alors à rêver quelque temps que tout est effectivement lié, que chaque mot, chaque geste est relié à tous les mots et tous les gestes. Tous les déserts le désert, "J'allume une cigarette pour remettre à plus tard le voyage / Pour remettre à plus tard tous les voyages / Pour remettre à plus tard l'univers en entier".

Il y a tout l'univers dans une bibliothèque, aucun besoin d'en sortir : à quoi bon quitter la Tour, disait Hölderlin, la fin du monde a déjà eu lieu, aucune raison d'aller en faire l'expérience soi-même ; on s'attarde, l'ongle entre deux pages (si douces, si crème) où Álvaro de Campos, le dandy ingénieur, devient plus vrai que Pessoa son double de chair. Grands sont les déserts et tout est désert. Il y a un Orient portugais comme chaque langue de l'Europe a un Orient, un Orient en elles et un Orient au-dehors – on aurait envie, comme on saute, en Iran, le dernier mercredi de l'année, par-dessus un feu de camp pour se porter bonheur, de sauter les flammes de Palestine, de Syrie et d'Irak, les flammes du Levant, pour atterrir à pieds joints dans le Golfe ou en Iran. L'Orient portugais commence à Socotra et à Hormuz, étapes sur la route des Indes, îles prises par Afonso de Albuquerque le Conquérant au début du XVIe siècle. On est toujours devant sa bibliothèque, son Pessoa à la main ; on est debout à la proue d'un navire assoiffé – un navire de regrets, assoiffé de naufrages, une fois le cap de Bonne-Espérance passé rien ne l'arrête plus : les vaisseaux de l'Europe remontent vers le nord, Portugais en tête. L'Arabie ! Le Golfe ! Le golfe Persique est la traînée de bave du crapaud mésopotamien, sueur chaude, lisse, à peine troublée sur ses bords par les mottes de pétrole, noires et collantes, les bouses des tankers, ces ruminants de la mer. On tangue ; on se rattrape à un livre épais, à un montant de bois, on s'est pris les pieds dans un cordage – non, dans sa robe de chambre, vieille cape de corsaire, emberlificotée autour du lutrin. On contemple ses trésors sur ses étagères, trésors oubliés, enfouis sous la poussière, un chameau de bois, un talisman d'argent syrien gravé de symboles antiques (on pense se rappeler que cette amulette illisible avait pour fonction de calmer, peut-être même de guérir, autrefois, les fous dangereux), une miniature sur bois, petit diptyque aux charnières de cuivre verdi, représentant un arbre, un faon et deux amants, sans que l'on sache exactement à quel roman d'amour appartient cette scène champêtre achetée chez un des antiquaires de l'avenue Manoutchehri de Téhéran. On s'imagine retourner à Darakeh ou à Darband, haut dans les montagnes au nord de la ville, excursion du vendredi, au bord d'un ruisseau à l'écart de la foule, en pleine nature, sous un arbre, avec une jeune femme au foulard gris, au manteau bleu, entourés de coquelicots, fleur du martyre qui aime ces pierriers, ces ravines et y ressème chaque printemps ses graines minuscules – le bruit de l'eau, le vent, les parfums d'épices, de charbon, un groupe de jeunes gens proches mais invisibles, en contrebas dans la combe, dont seuls parviennent les rires et les odeurs de repas ; on reste là, à l'ombre épineuse d'un grenadier géant, à jeter des cailloux dans l'eau, à manger des cerises et des prunes confites en espérant, en espérant quoi ? Un chevreuil, un ibex, un lynx, il n'en vient aucun ; personne ne passe à part un vieux derviche à l'étrange chapeau, tout droit sorti du *Masnavi* de Roumi, qui monte vers on ne sait quels sommets, quels refuges, sa flûte de roseau en bandoulière, son bâton à la main. On le salue en disant *"Yâ Ali!"* un peu effrayé par ce présage, l'irruption du spirituel dans une scène qu'on voudrait des plus temporelles au contraire, amoureuse. "Écoute la flûte, comme elle raconte des histoires, elle se plaint de la séparation, lorsqu'on l'a coupée, dans la roselière ; ses pleurs attristent hommes et femmes." Existe-t-il une traduction complète du *Masnavi* de Roumi en allemand ? Ou en français ? Vingt-six mille rimes, treize mille vers. Un des monuments de la littérature universelle.

Une somme de poésie et de sagesse mystique, des centaines d'anecdotes, de récits, de personnages. Rückert n'a malheureusement traduit que quelques ghazals, il ne s'est pas attaqué au *Masnavi*. Rückert est de toute façon si mal édité de nos jours. On trouve soit de grêles anthologies contemporaines bon marché, soit des éditions de la fin du XIXe ou du début du XXe siècle, sans notes, sans commentaires, bourrées de fautes ; l'édition scientifique est en cours, semble-t-il, "l'édition de Schweinfurt" ("Bel endroit, horrible nom", disait le poète), lente, en dix ou douze volumes, introuvable, hors de prix – un luxe pour bibliothèques universitaires. Pourquoi n'y a-t-il pas de Pléiade en Allemagne ou en Autriche ? Voilà une invention que l'on pourrait envier à la France, ces doux recueils à la souple couverture de cuir si soigneusement édités, avec des introductions, des appendices, commentés par des savants, où l'on trouve l'ensemble de la littérature française et étrangère. Rien à voir avec les luxueux volumes du Deutscher Klassiker Verlag, beaucoup moins populaires, qu'on ne doit pas souvent offrir à Noël. Si Friedrich Rückert était français, il serait dans la Pléiade – il y a bien trois volumes de Gobineau, l'orientaliste racialiste spécialiste de l'Iran. La Pléiade est bien plus qu'une collection, c'est une affaire d'État. L'entrée d'un tel ou un tel sous la protection du rhodoïd et du cuir de couleur déchaîne les passions. Le comble pour un écrivain étant bien sûr d'y entrer *de son vivant* – profiter de son tombeau, faire l'expérience (qu'on suppose agréable) de la gloire posthume sans encore engraisser les pissenlits par la racine. Le pire (mais je ne pense pas que le cas soit attesté) serait, après y être entré, d'en être exclu de son vivant. Un bannissement *ad vitam*. Car on en sort, de cette divine collection, et à Téhéran, cela donna lieu à une scène digne de l'*Épître sur les merveilles des professeurs* de Jâhez : le directeur de l'Institut français de recherche en Iran, éminent orientaliste, fulminait dans son bureau au point de le quitter, d'arpenter le vestibule en hurlant "c'est un scandale!", "une honte!" et provoquant immédiatement la panique chez ses employés : la douce secrétaire (que les sautes d'humeur de son patron effrayent grandement) se cache derrière ses dossiers, l'informaticien plonge sous une table un tournevis à la main, jusqu'au débonnaire secrétaire général qui se trouve une cousine ou une vieille tante à appeler urgemment et se répand en d'interminables formules de politesse, très fort, au téléphone.

SARAH *(sur le seuil de son bureau, inquiète)*. Mais que se passe-t-il ? Gilbert, ça va ?

MORGAN *(le foudre à la main)*. C'est un énorme scandale, Sarah, vous ne savez pas encore ? Accrochez-vous ! Quel affront pour la société savante ! Quelle déroute pour les lettres !

SARAH *(vacillante, apeurée, la voix blanche)*. Mon Dieu je m'attends au pire.

MORGAN *(heureux de pouvoir partager sa douleur)*. Vous n'allez pas y croire : ils viennent de virer Germain Nouveau de la Pléiade.

SARAH *(ébahie, incrédule)*. Non ? Mais comment ça ? On ne peut pas virer quelqu'un de la Pléiade ! Pas Germain Nouveau !

MORGAN *(atterré)*. Si. C'est fait. *Exit* Nouveau. Adieu. La réédition ne reprend que Lautréamont, tout seul, sans Germain Nouveau. C'est la débâcle.

SARAH *(tire machinalement sur le crayon à papier qui retient son chignon ; ses cheveux tombent sur ses épaules, en vrac ; elle ressemble à une pleureuse antique)*. Il faut faire quelque chose, une pétition, mobiliser la communauté scientifique…

MORGAN *(grave, résigné)*. C'est trop tard… Le Lautréamont est sorti hier. Et l'éditeur informe qu'il n'y a pas de Germain Nouveau seul prévu pour les années à venir.

Sarah *(indignée)*. Quelle horreur. Pauvre Nouveau ! Pauvre Humilis !

Franz *(observe la scène depuis la porte du bureau des chercheurs invités)*. Il se passe quelque chose de grave ? Je peux vous aider ?

Sarah *(passant sa mauvaise humeur sur le pauvre étranger)*. Je ne vois pas en quoi l'Autriche ou même l'Allemagne pourrait nous être d'un quelconque secours en ce moment précis, merci.

Morgan (idem, *sans la moindre pointe d'ironie)*. Vous tombez en plein deuil national, Franz.

Franz *(passablement vexé, en refermant la porte du bureau)*. Toutes mes condoléances, alors.

J'ignorais absolument qui pouvait bien être ce Germain Nouveau dont la déchéance précipitait la science dans la douleur et l'affliction : je l'appris assez tôt, par Sarah évidemment, qui m'asséna un séminaire complet sur le sujet, un séminaire et des remontrances, car de toute évidence je n'avais pas lu son article "Germain Nouveau au Liban et en Algérie" paru dans *Lettres françaises*, dont, à ma grande honte, le titre m'était pourtant vaguement familier. Une demi-heure après le deuil national elle m'invitait à prendre le thé funèbre "en haut", dans le salon de l'appartement des hôtes, pour me morigéner : Germain Nouveau était un compagnon de route de Rimbaud (qu'il avait suivi à Londres) et de Verlaine (qu'il avait suivi dans l'ivrognerie et le catholicisme), compagnon certes sans la gloire ni de l'un, ni de l'autre, mais excellent poète et ayant lui aussi vécu une existence des plus singulières, n'ayant rien à envier aux deux précédents. Homme du Sud, il était arrivé très jeune à la capitale, très jeune mais assez âgé pour fréquenter les estaminets du Quartier latin et de Montmartre. Il voulait devenir poète.

Cette idée est tout à fait surprenante aujourd'hui, qu'on puisse quitter Marseille en 1872 et se rendre à Paris en espérant devenir poète, deux ou trois sonnets en poche, quelques francs-or, et le nom des cafés où se retrouve la bohème : chez Tabourey, chez Polidor… J'imagine un jeune homme d'Innsbruck ou de Klagenfurt se mettre en route de nos jours pour Vienne avec pour tout viatique une missive de son professeur d'allemand et ses poèmes dans son iPad, il aura bien du mal à trouver des confrères – de l'absinthe tchèque et des drogues de toutes sortes pour se dérégler les sens, très certainement, mais de la poésie, macache. Il est (fort heureusement pour la poésie) probable que je connaisse très mal ma ville, vu que je ne fréquente pas les cafés le soir, et encore moins les poètes, qui m'ont toujours paru des séducteurs suspects, surtout au début du XXIe siècle. Germain Nouveau était un vrai poète, il a cherché Dieu dans l'ascèse et la prière et est devenu fou, atteint de "délire mélancolique avec idées mystiques" selon ses médecins de Bicêtre où il a été interné pour la première fois pendant six mois. Comme le remarquait Sarah dans son article, la première crise de délire de Nouveau correspond exactement avec la descente du Harar de Rimbaud, et dure jusqu'à la mort de ce dernier ; Nouveau quitte l'asile quand Rimbaud meurt, en novembre 1891. Bien sûr Germain Nouveau ignorait le sort si triste de son ancien compagnon de route mais après l'échec de son installation au Liban et de longues errances en France, Germain tente de nouveau l'aventure orientale, à Alger ; il y écrit une missive à Arthur Rimbaud, adressée à Aden, pour lui confier son projet : devenir peintre décorateur, à Alexandrie ou à Aden, et lui demande, au nom de leur vieille amitié, des *tuyaux*. "Je n'ai pas vu Verlompe depuis bientôt deux ans", écrit-il. Sarah trouvait très émouvante cette lettre à un disparu ; Verlompe-Verlaine aurait pu lui apprendre la mort de Rimbaud, survenue justement deux ans plus tôt. Un chuchotement dans la nuit. Il est agréable de penser qu'aujourd'hui encore, des chercheurs tentent de démontrer, avec acharnement à défaut de preuves, que c'est Germain Nouveau qui est l'auteur des *Illuminations* et non pas Rimbald le marin – on n'en saura vraisemblablement jamais rien.

Sarah avait patiemment retracé les aventures (les mésaventures, plutôt) de Germain Nouveau à Beyrouth et à Alger. Lui aussi avait rêvé d'Orient, au point de chercher à s'y établir comme enseignant dans un collège grec catholique de Beyrouth. Sarah avait parcouru toutes les institutions grecques catholiques du Liban pour essayer de retrouver, dans des archives dispersées par le temps et les guerres, les lettres d'engagements, et surtout la raison de son renvoi, quelques semaines après son arrivée, de son poste de professeur – sans succès. Seule subsiste une légende, qui veut que Germain ait eu une liaison avec la mère d'un de ses élèves. Mais au vu de ses états de service français et des nombreux rapports atterrés de ses supérieurs en France ("Cet homme est tout sauf un enseignant", disait un proviseur) Sarah pense plutôt que c'est son incompétence qui valut la porte à Germain Nouveau. Il reste à Beyrouth, sans argent, sans emploi, jusqu'à l'automne, cherchant à se faire payer ses gages. On raconte qu'il tomba amoureux d'une jeune femme aveugle qu'il envoyait mendier pour deux à Bab Idriss; c'est peut-être cette femme (aveugle ou pas) qu'il décrit dans un de ses sonnets du Liban, qui sont autant de peintures orientalistes :

Oh! Peindre tes cheveux du bleu de la fumée,
Ta peau dorée et d'un ton tel qu'on croit voir presque
Une rose brûlée! et ta chair embaumée,
Dans des grands linges d'ange, ainsi qu'en une fresque.

Il finit peut-être par obtenir gain de cause et quelque dédommagement, ou bien être rapatrié par le consulat de France vers Marseille, sur le paquebot *Tigre* des Messageries maritimes, qui fait escale à Jaffa – le très chrétien Germain Nouveau ne peut résister à la proximité des Lieux saints et se rend à pied à Jérusalem, puis à Alexandrie, en mendiant son pain ; il embarque à nouveau quelques semaines plus tard sur *La Seyne* qui rejoint Marseille et retrouve Verlaine, l'absinthe et les cafés parisiens au début de l'année 1885.

J'ouvre cette Pléiade qui rassemble Nouveau et Lautréamont, l'Orient de Germain avec l'Uruguay d'Isidore, cette Pléiade dans laquelle aujourd'hui Ducasse de Lautréamont trône seul, débarrassé de son rival accidentel – c'est le destin d'Humilis, selon le nom qu'il s'est choisi ; le poète mendiant, le fol en Christ n'a jamais souhaité rééditer le peu de son œuvre publiée, et aujourd'hui (c'est du moins la conclusion de Sarah) elle brille, *Stella maris*, comme une étoile cachée derrière les nuages de l'oubli.

C'est fou que je mourrai du reste,
Mais oui, Madame, j'en suis sûr,
Et d'abord... de ton moindre geste,
Fou... de ton passage céleste
Qui laisse un parfum de fruit mûr,

De ton allure alerte et franche,
Oui, fou d'amour, oui, fou d'amour,
Fou de ton sacré... coup de hanche,
Qui vous fiche au cœur la peur... blanche,
Mieux qu'un roulement de tambour.

Le pauvre il est effectivement mort fou, fou d'amour et fou du Christ, et Sarah pense, avec raison peut-être, que ses mois beyrouthins et son pèlerinage à Jérusalem ont été (tout comme la “rencontre” de saint Benoît Labre, son patron et celui de Verlaine) les débuts de ce trouble mélancolique qui conduisirent à la crise de 1891 : il traçait des signes de croix sur le sol avec la langue, marmonnait d’incessantes prières, se défaisait de ses vêtements. En proie à des hallucinations auditives, il ne répondait plus aux sollicitations extérieures. On l’interna. Et soit qu’il prît sur lui de dissimuler le mieux possible les marques de sa sainteté, soit que l’effet de l’absinthe passât, quelques mois plus tard on le relâcha – il attrapa alors son sac et son bâton et s’en fut à Rome à pied, comme saint Benoît Labre au XVIIIe siècle :

C’est Dieu qui conduisait à Rome,
Mettant un bourdon dans sa main,
Ce saint qui ne fut qu’un pauvre homme,
Hirondelle de grand chemin,
Qui laissa tout son coin de terre,
Sa cellule de solitaire,
Et la soupe du monastère,
Et son banc qui chauffe au soleil,
Sourd à son siècle, à ses oracles,
Accueilli des seuls tabernacles,
Mais vêtu du don des miracles
Et coiffé du nimbe vermeil.

La pratique de la misère : voilà comment Sarah appelle la règle de saint Germain le Nouveau. Les témoins racontent qu’au cours de ses dernières années à Paris, avant de partir pour le Sud, il vivait dans une mansarde, où il dormait sur un carton ; que plus d’une fois on le vit, armé d’un crochet, chercher sa nourriture dans les poubelles. Il enjoignit à ses amis de brûler ses œuvres, intenta des procès à ceux qui les publièrent malgré lui ; il passa les dix dernières années de son existence en prière, à jeûner plus que de raison, à se contenter du pain que lui donnait l'hospice : il finit par mourir d'inanition, d'un trop long carême, juste avant la Pâque, sur son grabat, avec les poux et les araignées pour seule compagnie. Sarah trouvait extraordinaire qu'on ne connût de son grand œuvre, *La Doctrine de l'amour*, uniquement ce qu'un admirateur et ami, le comte de Larmandie, en avait appris par cœur. Aucun manuscrit. Larmandie disait : Comme les explorateurs des villes mortes, j'ai dérobé et caché dans mon cœur, pour les restituer au soleil, les joyaux d'un roi disparu. Cette transmission, avec toutes les ombres d'incertitudes qu'elle projetait sur l'œuvre (Nouveau n'écrivit-il pas à Larmandie, lorsqu'il découvrit "son" recueil ainsi piraté : "Vous me faites dire n'importe quoi !"), rapprochait Nouveau des grands textes anciens, des mystiques des premiers temps et des poètes orientaux, dont les vers étaient retenus oralement avant d'être écrits, souvent des années plus tard. Sarah m'expliquait, dans ces fameux fauteuils, devant un thé, à l'étage, *l'amour* qu'elle portait à Nouveau, sans doute car elle avait le pressentiment qu'elle-même, un peu plus tard, allait à son tour choisir l'ascèse et la contemplation, même si la tragédie qui serait responsable de ce choix n'avait pas encore eu lieu. Elle s'intéressait déjà au bouddhisme, suivait des enseignements, pratiquait la méditation – ce que j'avais du mal à prendre au sérieux. Est-ce que j'ai quelque part le "Germain Nouveau au Liban et en Algérie" de Sarah, j'ai sorti hier soir la plupart des tirés à part de ses articles – centre de la bibliothèque, rayon de Sarah. Reposer le Pessoa sur son lutrin, ranger Nouveau à côté de Levet, les textes de Sarah sont placés au milieu de la critique musicale, pourquoi, je ne m'en souviens plus. Peut-être pour que ses œuvres soient derrière la boussole de Bonn, non c'est idiot, pour que Sarah soit au centre de la bibliothèque comme elle l'est de ma vie, c'est tout aussi idiot, à cause du format et des jolies couleurs des tranches de ses livres, c'est bien plus probable. On regarde au passage l'Orient portugais, la photo encadrée de l'île d'Hormuz, Franz Ritter bien plus jeune assis sur le fût du vieux canon ensablé, près du fort ; la boussole dans sa boîte, juste devant *Orients féminins*, premier livre de Sarah, *Désorients*, la version abrégée de sa thèse et *Dévorations*, son ouvrage sur le cœur mangé, le cœur révélateur et toutes sortes de saintes horreurs du cannibalisme symbolique. Un livre presque viennois, qui mériterait d'être traduit en allemand. Il est vrai qu'en français on parle d'une passion *dévorante*, ce qui est tout le propos du livre – entre passion et ingestion gloutonne. Le mystérieux article du Sarawak n'est d'ailleurs qu'un prolongement de ce bouquin, un peu plus avant dans l'atroce. Le vin des morts. Le jus de cadavre.

Cette photo de l'île d'Hormuz est vraiment belle. Sarah est douée pour la photographie. De nos jours c'est un art galvaudé, tout le monde photographie tout le monde, avec des téléphones, avec des ordinateurs, avec des tablettes – cela donne des millions d'images affligeantes, des flashs disgracieux qui écrasent les visages censés être mis en valeur, des flous très peu artistiques, des contre-jours navrants. À l'époque de l'argentique on avait plus de soin, me semble-t-il. Mais peut-être pleuré-je encore sur des ruines. Quel incurable nostalgique je suis. Il faut dire que je me trouve plutôt séduisant, sur ce cliché. À tel point que Maman en a encadré un agrandissement. La chemise bleue à carreaux, les cheveux courts, les lunettes de soleil, le menton bien appuyé sur le poing droit, un air de penseur face au bleu clair du golfe Persique et au cyan du ciel. Tout au fond, on aperçoit la côte et sans doute Bandar Abbas ; à ma droite, le rouge et ocre des murs effondrés de la forteresse portugaise. Et le canon. Dans mon souvenir il y avait un second canon qui n'apparaît pas sur le cliché. C'était l'hiver, et nous étions contents d'avoir quitté Téhéran – il avait neigé abondamment pendant quelques jours, et ensuite une vague de froid avait pris la ville dans la glace. Les *djoub*, ces canaux au bord des trottoirs, étaient invisibles, recouverts de neige, et faisaient d'excellents pièges à piétons, et même à voitures : on voyait çà et là des Paykan renversées, deux roues enfoncées dans ces petites rivières au détour d'un virage. Au nord de Vanak, les immenses platanes de l'avenue Vali-Asr se déchargeaient sur les passants de fruits douloureux de neige glacée, au gré du vent. À Shémiran régnait un silence calmé, dans des parfums de feu de bois et de charbon. Place Tadjrish, on se réfugiait dans le petit bazar pour échapper au courant d'air gelé qui semblait couler des montagnes par la vallée de Darband. Même Faugier avait renoncé à fréquenter les parcs ; toute la moitié nord de Téhéran, depuis l'avenue Enqelâb, était engourdie par la neige et le gel. L'agence de voyages se trouvait sur cette avenue, d'ailleurs, près de la place Ferdowsi ; Sarah avait pris les billets, avion direct pour Bandar Abbas par une nouvelle compagnie au nom chantant d'Aria Air, dans un magnifique Iliouchine de trente ans d'âge réformé par Aeroflot où tout était encore écrit en russe – je lui en ai voulu, quelle idée, des économies de bouts de chandelles, gagner quelques centaines de rials sur la différence de prix mais risquer sa peau, je me revois la sermonner dans l'aéroplane, de bouts de chandelles, tes économies, tu me la copieras, tu me copieras cent fois "Je ne voyagerai plus jamais dans des compagnies loufoques utilisant de la technologie soviétique", elle riait, mes sueurs froides la faisaient rire, j'ai eu une trouille bleue au décollage, l'engin vibrait tout ce qu'il pouvait comme s'il allait se disloquer sur place. Mais non. Pendant les deux heures de vol j'ai été très attentif aux bruits ambiants. J'ai eu de nouveau une belle suée quand ce fer à repasser a fini par se poser, aussi légèrement qu'une dinde sur sa paille. Le steward a annoncé vingt-six degrés Celsius à l'arrivée. Le soleil cognait, et Sarah a vite commencé à pester contre son manteau islamique et son foulard noir – le golfe Persique était une masse de brume blanchâtre légèrement bleutée à la base; Bandar Abbas une ville plate, qui se jetait sur une très longue plage, où un large môle en béton, très haut, s'enfonçait loin dans la mer. Nous sommes passés déposer nos bagages à l'hôtel, un bâtiment qui paraissait tout récent (ascenseur flambant neuf, peintures éclatantes) mais dont les chambres étaient, elles, totalement en ruine : vieilles armoires défoncées, tapis élimés, dessus-delit mouchetés de brûlures de cigarettes, tables de nuit branlantes et lampes de chevet cabossées. Nous eûmes un peu plus tard le fin mot de l'histoire : l'hôtel se trouvait certes dans un bâtiment neuf, mais son contenu (le chantier ayant dû consumer entièrement l'argent de son propriétaire) avait été tout simplement déplacé tel quel de l'établissement antérieur et, nous apprit le réceptionniste, le mobilier avait en plus quelque peu souffert du déménagement. Sarah y vit immédiatement une magnifique métaphore de l'Iran contemporain : nouvelles constructions, mêmes vieilleries. Moi j'aurais aimé un peu plus de confort, voire de beauté, cette dernière qualité semblant totalement absente du centre-ville de Bandar Abbas : il fallait beaucoup d'imagination (beaucoup) pour y retrouver le port antique où passa Alexandre le Grand en route pour le pays des Ichtyophages, l'ancien Porto Comorão des Portugais, le débarcadère des marchandises des Indes, la cité portuaire reprise avec l'aide des Anglais, nommée Port Abbas en hommage à Shah Abbas, le souverain qui reconquit pour la Perse cette porte sur le détroit d'Hormuz en même temps que l'île du même nom, mettant ainsi fin à la présence lusophone dans le golfe Persique. Les Portugais avaient appelé Bandar Abbas "le port de la crevette", et une fois nos bagages déposés dans nos horribles chambres nous nous mîmes en quête d'un restaurant où déguster ces immenses crevettes blanches de l'océan Indien que nous voyions débarquer, toutes brillantes dans la glace, chez le poissonnier du bazar de Tadjrish à Téhéran. Le *tchelow meygou*, ragoût de ces décapodes nageurs, était effectivement délicieux – entretemps Sarah avait enfilé un manteau islamique plus léger, de coton crème, et caché ses cheveux sous un foulard fleuri. La promenade au bord de l'eau nous confirma qu'il n'y avait rien à voir à Bandar Abbas à part une enfilade d'immeubles plus ou moins modernes ; sur la plage, on apercevait çà et là des femmes en tenue traditionnelle, avec le masque de cuir décoré qui leur donnait un air assez inquiétant, monstrueux personnages d'un bal masqué morbide ou d'un roman d'Alexandre Dumas. Le bazar croulait sous les dattes de toutes sortes, de Bam ou de Kerman, des montagnes de dattes, séchées ou fraîches, noires ou claires qui alternaient avec les pyramides rouges, jaunes et brunes de piment, de curcuma et de cumin. Au milieu de la jetée se trouvait le port de passagers, un ponton qui s'avançait droit dans la mer sur une centaine de mètres – le fond était sableux et en pente très douce ; les embarcations les plus volumineuses ne pouvaient s'approcher du bord. Le plus curieux étant que des embarcations volumineuses, il n'y en avait pas, juste de petites vedettes, des canots automobiles assez étroits, équipés d'énormes moteurs hors-bord, le même genre d'esquifs que les Gardiens de la Révolution, me semblait-il, utilisaient pendant la guerre pour attaquer pétroliers et cargos. Pour embarquer, il fallait donc descendre une échelle de métal depuis le ponton jusqu'au canot en contrebas : le quai ne servait, en réalité, qu'à rassembler les passagers potentiels. Du moins pour ceux qui souhaitaient (et ils n'étaient pas nombreux) se rendre dans l'île d'Hormuz : les voyageurs pour Kish ou Qeshm, les deux grandes îles voisines, prenaient place sur des ferrys confortables, ce qui me fit lâchement insinuer à Sarah “tiens, pourquoi n’irions-nous pas plutôt à Qeshm ?” : elle ne prit même pas la peine de répondre et s’engagea, aidée par un marin, dans la descente de l’échelle vers la barcasse qui se balançait sur les flots trois mètres en contrebas. Pour me donner du courage je pensai au Lloyd autrichien, dont les fiers navires quittaient Trieste pour sillonner les mers du globe, et aussi aux dériveurs que j’avais, une fois ou deux, barrés sur le lac de Trauen. L’unique avantage de la vitesse démesurée de notre barcasse, dont seul l’axe du moteur et l’hélice touchaient l’eau, la proue pointant inutilement vers le ciel, fut de raccourcir le temps de la traversée, que je passais agrippé au plat-bord, en essayant de ne pas tomber ridiculement en arrière, puis en avant, chaque fois qu’une minuscule vague menaçait de nous transformer en une forme insolite d’hydravion. Il était certain que le capitaine et seul membre d’équipage avait autrefois piloté un engin suicide et que l’échec de sa mission (le suicide) le hantait encore vingt ans après la fin du conflit. Je n’ai aucun souvenir de notre atterrissage à Hormuz, preuve de mon émotion ; je revois le fort portugais, objet des convoitises de Sarah – une large tour presque carrée, au sommet effondré, des pierres rouges et noires, deux murets assez bas, des voûtes à arcs brisés et de vieux canons rouillés, face au détroit. L’île était un gros rocher sec, un roc qui paraissait désertique – il y avait pourtant un petit village, quelques chèvres et des Gardiens de la Révolution : contrairement à ce que nous redoutions, ces Pasdaran en tenue sable n’allaient pas nous accuser d’espionnage, ils étaient au contraire enchantés de pouvoir échanger quelques mots avec nous, et de nous indiquer le chemin qui permettait de contourner le fort. Imagine, disait Sarah, les marins portugais du XVIe siècle qui se retrouvaient ici, sur ce caillou, à garder le détroit. Ou en face, à Porto Comorão, d’où provenaient toutes les denrées nécessaires aux soldats et aux artisans, y compris l'eau. C'est sans doute ici qu'a été utilisé le mot *nostalgie* pour la première fois. Des semaines de mer pour se retrouver sur cet îlot, dans la canicule humide du Golfe. Quelle solitude…

Elle se représentait – bien mieux que moi il faut l'admettre – les tourments de ces aventuriers portugais qui avaient bravé le cap des Tempêtes et le géant Adamastor, "roi des vagues profondes" dans l'opéra de Meyerbeer, pour coloniser ce rocher tout rond, les perles du Golfe, les épices et les soieries de l'Inde. Afonso de Albuquerque était, m'apprit Sarah, l'artisan de la politique du roi du Portugal dom Manuel, politique bien plus ambitieuse que ne pouvait le laisser deviner la modestie de ses ruines : en s'établissant dans le Golfe, en prenant à revers les mamelouks d'Égypte dont ils avaient déjà défait la flotte de la mer Rouge, les Portugais souhaitaient non seulement établir un faisceau de ports de commerce de Malacca jusqu'en Égypte, mais aussi, dans une dernière croisade, libérer Jérusalem des infidèles. Ce rêve portugais était encore à demi méditerranéen ; il correspondait à ce mouvement de basculement où la Méditerranée cesse peu à peu d'être l'unique enjeu politique et économique des puissances maritimes. Les Portugais de la fin du XVe siècle rêvaient *à la fois* des Indes et du Levant, ils étaient (du moins dom Manuel et son aventurier Albuquerque) entre deux eaux, entre deux rêves et deux époques. Au début du XVIe, Hormuz était impossible à tenir sans un appui sur le continent, que ce soit côté perse comme aujourd'hui, ou côté omanais comme à l'époque de ce sultanat d'Hormuz auquel mit fin, avec ses canons et ses vingt-cinq navires, Afonso de Albuquerque gouverneur des Indes.

Je pensais quant à moi que la *saudade* est, comme son nom l'indique, un sentiment aussi très arabe et très iranien, et que ces jeunes Pasdars sur leur île, pour peu qu'ils soient originaires de Shiraz ou de Téhéran et ne rentrent pas chez eux tous les soirs, devaient se réciter des poèmes autour d'un feu de camp pour tromper leur tristesse – pas des vers de Camões, c'est certain, comme Sarah juchée sur le canon rouillé. Nous nous assîmes dans le sable à l'ombre d'un vieux muret, face à la mer, chacun dans sa *saudade* : moi *saudade* de Sarah, trop proche pour que je n'aie pas le désir de m'enfouir dans ses bras, et elle *saudade* de l'ombre triste de Badr Shakir Sayyab qui se reflétait sur le Golfe, loin vers le nord, entre Koweït et Bassora. Le poète à la longue figure était passé en Iran en 1952, sans doute à Abadan et Ahvaz, pour fuir la répression en Irak, sans que l'on ne sache quoi que ce soit de son parcours iranien. "Je crie vers le Golfe / Ô Golfe, tu offres la perle, la coquille et la mort / et l'écho revient, comme un sanglot / Tu offres la perle, la coquille et la mort", ces vers que je ressasse moi aussi me reviennent comme un écho, le *Chant de la pluie* de l'Irakien chassé de l'enfance et du village de Jaykour par la mort de sa mère, lancé dans le monde et la douleur, un exil infini, comme cette île du golfe Persique jonchée de coquillages morts. Il y avait dans son œuvre des échos de T. S. Eliot, qu'il avait traduit en arabe ; il s'était rendu en Angleterre, où il avait terriblement souffert de la solitude, d'après ses lettres et ses textes – il avait fait l'expérience de l'*Unreal City*, était devenu une ombre parmi les ombres du London Bridge. *"Here, said she, is your card, the drowned Phoenician Sailor. (Those are pearls that were his eyes, look!)"* La naissance, la mort, la résurrection, la terre en jachère, aussi stérile que la plaine d'huile du Golfe. Sarah fredonnait mon lied sur les vers du *Chant de la pluie*, lent et grave, aussi funèbre que prétentieux, là où Sayyab avait été modeste jusqu'au bout. Heureusement que j'ai arrêté de composer des mélodies, il me manquait l'humilité de Gabriel Fabre, sa compassion. Sa passion, sans doute aussi.

Nous avons récité des vers de Sayyab et d'Eliot devant le vieux fort portugais jusqu'à ce que deux chèvres viennent nous tirer de notre contemplation, des chèvres au poil d'un brun-rouge, accompagnées d'une petite fille au regard brillant de curiosité ; les chèvres étaient douces, sentaient très fort, elles ont commencé à nous bousculer du museau, doucement mais fermement : cette attaque homérique mit fin à notre intimité, l'enfant et ses animaux ayant visiblement décidé de passer l'après-midi avec nous. Elles poussèrent l'obséquiosité jusqu'à nous raccompagner (sans rien dire, sans répondre à aucune de nos questions) à l'embarcadère d'où repartaient les canots pour Bandar Abbas : Sarah trouvait comique cette fillette qui ne se laissait pas approcher et, contrairement aux caprinés, fuyait dès qu'on tendait la main vers elle, mais revenait à un ou deux mètres de nous quelques secondes plus tard, moi plutôt effrayante, surtout pour son mutisme incompréhensible.

Les Pasdars de l'embarcadère n'ont pas eu l'air le moins du monde troublés par cette môme qui nous collait aux basques avec ses biquettes. Sarah s'est retournée pour saluer l'enfant de la main, sans déclencher aucune réaction de sa part, pas même un geste. Nous avons discuté longtemps pour comprendre la raison d'un comportement aussi sauvage ; je soutenais que la gosse (dix-douze ans tout au plus) devait être dérangée, ou sourde, peut-être ; Sarah la croyait juste timide : c'est sans doute la première fois qu'elle entend parler une langue étrangère, disait-elle, ce qui me paraissait improbable. Quoi qu'il en soit, cette étrange apparition fut, avec les militaires, les seuls habitants que nous aperçûmes de l'île d'Hormuz. Le pilote du retour n'était pas celui de l'aller, mais son embarcation et sa technique nautique étaient exactement les mêmes – à ceci près qu'il nous débarqua sur la plage, relevant son moteur et échouant son bateau sur le fond sableux, à quelques mètres du bord. Nous eûmes donc la chance de pouvoir tremper nos pieds dans l'eau du golfe Persique et vérifier deux choses : l'une, c'est que les Iraniens sont moins stricts qu'on pourrait le penser, et qu'aucun policier caché sous un galet ne se précipita sur Sarah pour lui ordonner de dissimuler ses chevilles (partie pourtant tout à fait érotique du corps féminin, d'après les censeurs) et baisser ses bas de pantalons ; l'autre, plus triste, est que si j'avais douté un seul instant de la présence d'hydrocarbures dans la région, je pouvais être tout à fait rassuré : j'avais la plante d'un pied maculée de taches épaisses et collantes qui malgré des soins acharnés dans la douche de l'hôtel me laissèrent longtemps une auréole marronnasse sur la peau et les orteils : je regrettai vivement les détergents spécialisés de Maman, les petits flacons du Doktor je ne sais quoi, dont j'imagine, à tort sans doute, que l'efficacité est due à des années d'expériences inavouables pour détacher des uniformes nazis, difficiles à ravoir, comme dit Maman des nappes blanches.

À propos de chèvres et de chiffons il faut absolument que je donne cette robe de chambre à raccourcir, je vais finir par me péter la gueule et m'assommer contre un coin de meuble, adieu Franz, adieu, finalement le Moyen-Orient aura eu raison de toi, mais pas du tout un terrifiant parasite, des vers qui dévorent les yeux de l'intérieur ou un empoisonnement par la peau des pieds, mais juste un manteau bédouin trop long, la revanche du désert – on devine l'entrefilet dans la presse, "Tué par son horrible goût vestimentaire : l'universitaire fou se déguisait en Omar Sharif dans *Lawrence d'Arabie*". En Omar Sharif ou plutôt en Anthony Quinn, l'Auda Abou Tayya du film – Auda le fier Bédouin des Howeitats, tribu de guerriers courageux qui prirent Akaba aux Ottomans avec Lawrence en 1917, Auda l'homme farouche des plaisirs de la guerre, le guide obligé de tous les orientalistes au désert : il accompagna aussi bien Alois Musil le Morave que Lawrence l'Anglais ou le père Antonin Jaussen l'Ardéchois. Ce père dominicain formé à Jérusalem rencontra aussi les deux précédents, qui devinrent ainsi les trois mousquetaires de l'orientalisme, avec Auda Abou Tayya comme d'Artagnan. Deux prêtres, un aventurier et un combattant bédouin grand sabreur de Turcs – malheureusement les hasards de la politique internationale voulurent que Musil combattît dans le camp opposé à celui de Jaussen et Lawrence ; Auda, quant à lui, commença la Grande Guerre avec l'un et la termina allié aux deux autres, quand Faysal, fils du chérif Hussein de La Mecque, réussit à le convaincre de mettre ses valeureux cavaliers au service de la Révolte arabe.

Il n'est point douteux par ailleurs que Jaussen, si son pays lui avait demandé son avis, eût préféré se ranger du côté du prêtre explorateur autrichien, avec qui il aurait pris plaisir à deviser, au cours des longues expéditions à chameau dans le pierrier du Châm, de théologie et d'antiquités arabes, plutôt que du côté du Britannique efflanqué, dont l'étrange mystique exhalait d'affreux relents de paganisme et le gouvernement des remugles de sourde trahison. Antonin Jaussen et Alois Musil furent donc contraints par les événements (contraints relativement : tous deux, alors qu'ils étaient protégés des militaires par leurs bures, se portèrent volontaires) à s'affronter pour la domination de l'Orient arabe et plus précisément de ces tribus guerrières entre *badiyé* syrienne et Hedjaz familières des razzias et des guerres de clans. Auda *alias* Anthony Quinn n'en voulait ni à l'un, ni à l'autre ; c'était un homme pragmatique qui appréciait surtout les batailles, les armes et la poésie belliqueuse des temps anciens. On raconte que son corps était couvert des cicatrices de ses blessures, ce qui excitait la curiosité des femmes à son endroit ; d'après la légende il se maria une bonne vingtaine de fois, et eut de très nombreux enfants.

Tiens, j'ai oublié d'éteindre la chaîne hi-fi. Je ne me suis toujours pas acheté ce casque infrarouge qui permet d'écouter de la musique sans être attaché par un fil. Je pourrais me promener jusqu'à la cuisine avec Reza Shadjarian ou Franz Schubert dans les oreilles. Quand j'allume la bouilloire, l'ampoule du plafonnier vacille toujours un peu. Les choses sont liées. La bouilloire est en communication avec le plafonnier, même si, en théorie, les deux objets n'ont rien à voir. L'ordinateur portable bâille sur la table, à demi ouvert, comme une grenouille d'argent. Où ai-je donc rangé ces sachets d'infusion ? J'écouterais bien un peu de musique iranienne, du *tar*, du *tar* et du *zarb*. La radio, l'ami des insomniaques. Il n'y a que des insomniaques pour écouter *Die Ö1 Klassiknacht* dans leur cuisine. Schumann. Je mettrais ma main à couper que c'est Schumann, trio à cordes. Impossible de se tromper.

Ah, voilà. *Samsara Chai* ou *Red Love* – décidément, on n'en sort pas. Qu'est-ce qui m'a pris d'acheter ces trucs. *Samsara Chai* doit être du thé, en plus. Bon bon bon, un petit coup de *Red Love*. Pétales de roses, framboises séchées, fleurs d'hibiscus, d'après l'emballage. Pourquoi n'ai-je pas de camomille dans mes tiroirs ? Ou de verveine, voire de mélisse ? L'herboristerie du coin de la rue a fermé il y a cinq ou six ans, une dame très sympathique, elle m'appréciait beaucoup, j'étais son seul client semblait-il ; il faut dire que l'âge de sa boutique n'était pas assez vénérable pour inspirer confiance, c'était juste un horrible magasin des années 1970, sans aucun charme dans le délabrement ni rien de particulier sur les étagères en formica. Depuis je suis contraint à acheter *Samsara Love* ou Dieu sait quoi au supermarché.

Eh oui, Schumann, je le savais. Mon Dieu il est 3 heures du matin. Les informations sont toujours déprimantes, malgré la voix plutôt rassurante (grâce à sa mollesse) du locuteur. Un otage décapité en Syrie, dans le désert, par un bourreau à l'accent londonien. On imagine toute une mise en scène pour effrayer le spectateur occidental, le sacrificateur masqué de noir, l'otage agenouillé, la tête penchée – ces atroces vidéos d'égorgements sont à la mode depuis une dizaine d'années, depuis la mort de Daniel Pearl à Karachi en 2002, et même avant peut-être, en Bosnie et en Tchétchénie, combien ensuite ont été exécutés de la même manière, des dizaines, des centaines de personnes, en Irak et ailleurs : on se demande pourquoi ce mode d'exécution, l'égorgement jusqu'à décollation au couteau de cuisine, peut-être ignorent-ils la puissance du sabre ou de la hache. Au moins les Saoudiens, qui décapitent des myriades de pauvres diables chaque année, le font avec tout le poids de la tradition, pour ainsi dire – au sabre, qu'on imagine manié par un géant : l'exécuteur abat d'un seul coup l'arme sur la nuque du condamné, brisant immédiatement ses cervicales et (mais c'est finalement accessoire) séparant la tête des épaules, comme au temps des sultans. *Les Mille et Une Nuits* sont remplies de décapitations, selon le même *modus operandi*, le sabre sur la nuque ; dans les romans de chevalerie aussi, on décapite "à tour de bras", comme disent les Français, à l'épée ou à la hache, la tête placée sur un billot ainsi Milady, la femme d'Athos dans *Les Trois Mousquetaires*, c'était me souvient-il un privilège de la noblesse, d'être décapité au lieu d'être écartelé, brûlé ou étranglé – la Révolution française mettra bon ordre à cela, en inventant la guillotine ; en Autriche nous avions notre gibet, proche du garrot espagnol, étranglement tout à fait manuel. Bien sûr il y avait un exemple de ce gibet au musée du Crime, Sarah avait pu découvrir son fonctionnement et la personnalité du bourreau le plus célèbre de l'histoire de l'Autriche, Josef Lang, grâce à cette extraordinaire photographie datant des années 1910 où on le voit, chapeau melon sur la tête, moustache, nœud papillon, un grand sourire aux lèvres, juché sur son escabeau derrière le cadavre d'un homme proprement exécuté, pendant, mort, bien étranglé, et autour de lui les assistants, tout aussi souriants. Sarah observa ce cliché et soupira "Le sourire du travailleur devant le travail bien fait", montrant qu'elle avait parfaitement compris la psychologie de Josef Lang, pauvre type atrocement normal, bon père de famille qui se vantait de vous faire mourir en expert, "dans des sensations agréables". "Quelle passion pour la mort, tout de même, que celle de tes concitoyens", disait Sarah. Pour les souvenirs macabres. Et même les têtes des morts – il y a quelques années tous les journaux de Vienne parlaient de l'enterrement d'un crâne, le crâne de Kara Mustapha, rien de moins. Le grand vizir qui avait dirigé le second siège de Vienne en 1683 et perdu la bataille avait été étranglé, sur ordre du sultan, à Belgrade où il s'était replié – je me revois raconter à Sarah incrédule qu'après le cordon de soie Kara Mustapha fut décapité *post mortem*, que la peau de son visage fut ensuite ôtée pour être envoyée à Istanbul comme preuve de sa mort, et son crâne enterré (avec le reste de ses ossements, on suppose) à Belgrade. Où les Habsbourgeois le découvrirent, dans la tombe correspondante, cinq ans plus tard, en occupant la ville. Le crâne de Kara Mustapha, Mustapha le Noir, fut offert à je ne sais quel prélat viennois, qui l'offrit lui-même à l'Arsenal, puis au musée de la Ville, où il fut exposé des années durant, jusqu'à ce qu'un conservateur scrupuleux pensât que cette vieillerie morbide n'avait plus sa place parmi les illustres collections d'histoire de Vienne, et décidât de s'en défaire. Le crâne de Kara Mustapha, dont la tente était plantée à deux pas d'ici, à quelques centaines de mètres du glacis, vers le Danube, ne pouvant aller à la poubelle, on lui trouva une sépulture dans une niche anonyme. Est-ce que cette relique de Turc avait quelque chose à voir avec la mode des têtes de Turcs moustachus qui ornent les frontons de notre belle ville ? Voilà une question pour Sarah, je suis sûr qu'elle est incollable sur la décapitation, les Turcs, leurs têtes, les otages et même le poignard du bourreau – là-bas au Sarawak elle doit entendre les mêmes nouvelles que nous, le même journal parlé, ou peut-être pas, qui sait. Au Sarawak il est peut-être question des dernières décisions du sultan de Brunei et pas du tout des assassins masqués de l'Islam de farce macabre au drapeau noir. C'est une histoire si européenne, finalement. Des victimes européennes, des bourreaux à l'accent londonien. Un islam radical nouveau et violent, né en Europe et aux États-Unis, des bombes occidentales, et les seules victimes qui comptent sont en fin de compte des Européens. Pauvres Syriens. Leur destin intéresse bien peu nos médias, en réalité. Le terrifiant nationalisme des cadavres. Auda Abou Tayya le fier guerrier de Lawrence et Musil se battrait sans doute aujourd'hui avec l'État islamique, nouveau djihad mondial après bien d'autres – qui a eu l'idée le premier, Napoléon en Égypte ou Max von Oppenheim en 1914 ? Max von Oppenheim l'archéologue de Cologne est déjà âgé au moment du déclenchement des hostilités, il a déjà découvert Tell Halaf ; comme beaucoup d'orientalistes et d'arabisants de l'époque il rejoint la Nachrichtenstelle für Orient, office berlinois censé regrouper les renseignements d'intérêt militaire en provenance de l'Est. Oppenheim est un habitué des cercles du pouvoir ; c'est lui qui a convaincu Guillaume II d'effectuer son voyage officiel en Orient et le pèlerinage de Jérusalem ; il croit au pouvoir du panislamisme, dont il s'est entretenu avec Abdülhamid le Sultan Rouge soi-même. Cent ans après, les orientalistes allemands étaient plus au fait des réalités orientales que les arabisants de Bonaparte, qui tentèrent les premiers, sans grand succès, de faire passer le petit Corse pour le libérateur des Arabes du joug turc. La première expédition coloniale européenne au Proche-Orient fut un beau fiasco militaire. Napoléon

Bonaparte ne connut pas le succès escompté comme sauveur de l'Islam et concéda une très cuisante défaite aux perfides Britanniques – décimés par la peste, la vermine et les boulets anglais, les derniers lambeaux de la glorieuse armée de Valmy durent être abandonnés sur place, les seules disciplines bénéficiant un tant soit peu de l'aventure étant, par ordre d'importance, la médecine militaire, l'égyptologie et la linguistique sémitique. Est-ce que les Allemands et les Autrichiens ont pensé à Napoléon en lançant leur appel au djihad global en 1914 ? L'idée (soumise par Oppenheim l'archéologue) était d'appeler à la désobéissance des musulmans du monde, des tabors marocains, des tirailleurs algériens et sénégalais, des musulmans indiens, des Caucasiens et des Turkmènes que la Triple Entente envoyait se battre sur le Front européen et de désorganiser par des émeutes ou des actions de guérilla les colonies musulmanes anglaises, françaises et russes. L'idée plut aux Autrichiens et aux Ottomans, et le djihad fut proclamé en arabe au nom du sultan-calife à Istanbul le 14 novembre 1914 dans la mosquée de Mehmet le Conquérant, sans doute pour donner tout le poids symbolique possible à cette fatwa du reste assez complexe, puisqu'elle n'appelait pas à la guerre sainte contre tous les infidèles et excluait des impies les Allemands, les Autrichiens et les représentants des pays neutres. Je vois se dessiner un troisième tome à l'ouvrage qui me vaudra la gloire :

Des différentes fformes de ffolie en Orient
Volume troisième
Portraits d'orientalistes en commandeurs des croyants

Cet appel fut immédiatement suivi d'un défilé solennel jusqu'aux ambassades d'Allemagne et d'Autriche, puis d'une première action guerrière : après les discours, un policier turc vida son arme à bout portant sur une noble horloge anglaise dans le hall du Grand Hôtel Tokatliyan, coup de pistolet de départ du djihad, s'il faut en croire les souvenirs du drogman allemand Schabinger, un des artisans de cette proclamation solennelle qui précipita toutes les forces orientalistes dans la bataille. Alois Musil fut dépêché auprès de ses chères tribus bédouines et d'Auda Abou Tayya le belliqueux pour s'assurer de leur soutien. Les Britanniques et les Français ne furent pas en reste ; ils mobilisèrent leurs savants pour lancer un contre-djihad, les Lawrence, Jaussen, Massignon et compagnie, avec le succès que l'on sait : la grande cavalcade de Faysal et d'Auda Abou Tayya dans le désert. Le début de la légende de Lawrence d'Arabie qui, malheureusement pour les Arabes, se terminera dans les mandats français et anglais sur le Moyen-Orient. J'ai dans mon ordinateur l'article de Sarah sur les soldats coloniaux français et le djihad allemand, avec les images de ce camp modèle pour prisonniers de guerre musulmans près de Berlin où défilent tous les ethnologues et orientalistes de l'époque ; un article "de divulgation" pour une revue illustrée, *L'Histoire* ou Dieu sait quelle publication du même genre, voilà qui accompagnera à merveille la tisane et le journal parlé,

On ne connaît ces deux hommes que par les archives conservées dans les collections du ministère de la Défense, qui a patiemment digitalisé les quelque un million trois cent trente mille fiches du million trois cent et quelques mille morts pour la France entre 1914 et 1918. Ces fiches manuscrites, remplies d'une belle écriture de pleins et déliés, à l'encre noire, sont succinctes ; y sont inscrits les nom, prénoms, date et lieu de naissance du soldat décédé, le grade, le corps d'armée auquel il appartient, son matricule, et cette ligne terrifiante, qui ne connaît pas les euphémismes des civils : "Genre de mort". Le *genre de mort* ne s'embarrasse pas de poésie ; le *genre de mort* est pourtant une poésie sourde, brutale, où les mots se déploient en images effrayantes de “tué à l’ennemi”, “blessures”, “maladie”, “torpillé et coulé” dans une infinité de variantes et de répétitions – de ratures, aussi ; la mention “blessure” peut être biffée, surchargée par “maladie” ; “disparu” peut être rayé par la suite, remplacé par “tué à l’ennemi”, ce qui signifie qu’on a retrouvé, plus tard, le corps de ce disparu qui ne reviendrait donc pas ; cette non-réapparition vivant lui vaut la mention “mort pour la France” et les honneurs qui en découlent. Ensuite, toujours sur la fiche, est inscrit le lieu où le *genre de mort* en question a fait son œuvre, c’est-à-dire mettre un terme définitif au parcours du soldat sur cette terre. On sait donc très peu de chose des deux combattants qui nous intéressent ici. Même leur état civil est partiel, comme souvent pour les soldats coloniaux. Juste une année de naissance. Des prénoms et un nom de famille inversés. Je suppose pourtant qu’ils sont frères. Frères d’armes, au moins. Ils sont originaires de la même ville de Niafounké au bord du fleuve Niger, au sud de Tombouctou, dans ce Soudan français de l’époque qu’on appelle aujourd’hui le Mali. Ils sont nés à deux ans d’intervalle, en 1890 et 1892. Ils sont bambaras, du clan des Tamboura. Ils s’appellent Baba et Moussa. Ils sont versés dans deux régiments différents. Ils sont volontaires, du moins c’est ainsi que l’on appelle les coloniaux raflés : les gouverneurs de chaque région sont tenus de fournir leur quota de soldats ; on est peu regardant, à Bamako ou à Dakar, sur la façon dont ils les obtiennent. On ignore tout autant ce que Baba et Moussa laissent en quittant le Mali, un métier, une mère, une femme, des enfants. On peut en revanche deviner leurs sentiments, au moment du départ, la fierté de l’uniforme, un peu ; la peur de l’inconnu, sans doute, et surtout cette grande déchirure vive qui signe le départ du pays natal. Baba a eu de la chance, et Moussa moins. Baba est d’abord versé dans un bataillon du génie, il échappe de peu à un départ pour la boucherie des Dardanelles et restera de longs mois cantonné en Afrique, aux Somalies.

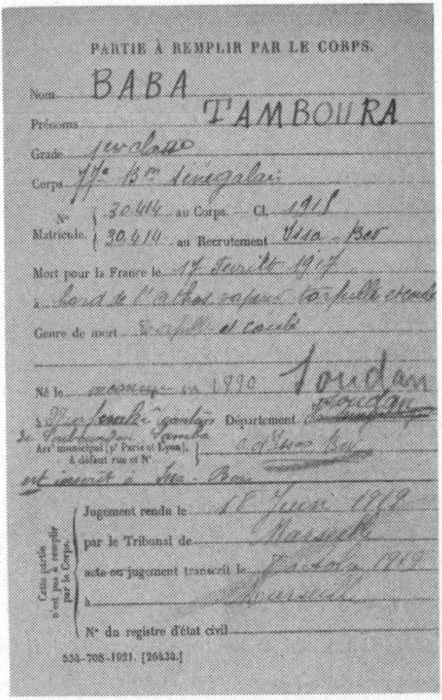

PARTIE À REMPLIR PAR LE CORPS.

Nom BABA

Prénoms TAMBOURA

Grade

Corps

N° Matricule { 30.414 au Corps. Cl. 1911
{ 30.414 au Recrutement

Mort pour la France le 17 avril 1917

à

Genre de mort

Né le 1890 Soudan

à Département

Arr' municipal (p' Paris et Lyon), à défaut rue et N°

Cette partie n'est pas à remplir par le Corps.

Jugement rendu le

par le Tribunal de

acte ou jugement transcrit le

à

N° du registre d'état civil

534-708-1921. [26434.]

Parvenu en France à Marseille au début 1916, Moussa sera formé au métier des armes au camp de Fréjus, avant d'être engagé au printemps 1916 à Verdun. On imagine la force de la découverte de l'Europe pour ces tirailleurs sénégalais. Les forêts d'arbres inconnus, les calmes rivières qui strient les plaines si vertes au printemps, les surprenantes vaches aux taches noires et blanches. Et soudain, après un détour par un camp à l'arrière et une marche interminable depuis Verdun, c'est l'enfer. Des tranchées, des barbelés, des obus, tellement d'obus que le silence devient un bien rare et inquiétant. Les coloniaux découvrent la mort en même temps que les biffins blancs à leurs côtés. Jamais l'expression "chair à canon" n'a été aussi justifiée. Les hommes se démontent comme des mannequins sous l'effet des explosifs, se déchirent comme du papier sous les shrapnels, hurlent, saignent, les remblais regorgent de débris humains broyés par le moulin à poivre de l'artillerie. 700 000 hommes tombent à Verdun, de part et d'autre de la Meuse. Ensevelis, brûlés vifs, déchiquetés par les mitrailleuses ou les millions d'obus qui labourent le terrain. Moussa, comme tous ses camarades, fait l'expérience de la peur, d'abord, puis de la très grande peur, puis de l'immense frayeur ; il trouve le courage au cœur de l'effroi, le courage de suivre un caporal pour monter à l'assaut d'une position trop bien défendue qu'il faudra renoncer à conquérir, après avoir vu ses frères d'armes tomber autour de soi, sans que l'on comprenne trop bien pour quelle étrange raison on est soi-même indemne. Le secteur a un nom de circonstance, le Mort-Homme ; on a peine à croire qu'il ait pu y avoir un village dans ce charnier que les pluies de printemps transforment en marécage où flottent, au lieu de plantes aquatiques, des doigts et des oreilles. Moussa Tamboura sera finalement capturé le 24 mai 1916, avec la majeure partie de son escouade, devant cette cote 304 que 10 000 soldats viennent de mourir pour défendre en vain.

À peu près au même moment, alors que Moussa, qui vient d'échapper de peu à la mort, se demande si son frère est toujours en vie, Baba plante sa tente aux environs de Djibouti. Son bataillon va être reformé, avec d'autres éléments coloniaux. Des soldats devraient arriver d'Indochine pour les rejoindre avant de se rendre en France.

Pour Moussa la captivité, pourquoi le nier, est un soulagement ; les Allemands réservent un traitement spécial aux soldats musulmans. Moussa Tamboura est envoyé dans un camp de prisonniers au sud de Berlin, à mille kilomètres du front. Pendant le voyage, il pense sans doute que les paysages allemands ressemblent à ce qu'il a pu voir du Nord de la France. Le camp où il est interné s'appelle le "camp du Croissant", Halbmond-Lager, à Zossen près de Wünsdorf ; il est réservé aux prisonniers “mahométans”, ou présumés tels. On y trouve des Algériens, des Marocains, des Sénégalais, des Maliens, des Somalis, des Gurkhas de l’Himalaya, des sikhs et des musulmans indiens, des Comoriens, des Malais et, dans un camp voisin, des musulmans de l’Empire russe, Tatars, Ouzbeks, Tadjiks et Caucasiens. Le camp est conçu comme un petit village, avec une jolie mosquée en bois de style ottoman ; il s’agit de la première mosquée des environs de Berlin. Une mosquée de guerre.

Moussa devine que les combats sont terminés pour lui, que jamais les obus ne le rattraperont aussi loin, au fond de la Prusse ; il hésite à s’en réjouir. Certes, il ne risque plus l’horrible blessure, pire que la mort, mais la sensation de la défaite,

de l'exil, l'éloignement sont d'autres douleurs plus insidieuses – sur le front, la tension constante, le combat quotidien contre les mines et les mitrailleuses occupaient l'esprit. Là, entre les baraquements et la mosquée, on se retrouve entre survivants; on se raconte à l'infini les histoires du pays, en bambara, et la langue résonne étrangement ici, si loin du fleuve Niger, au milieu de toutes ces langues et de tous ces destins. Le ramadan commence le 2 juillet cette année-là; le jeûne dans les jours interminables de l'été du Nord est un vrai supplice – à peine cinq heures de nuit noire. Moussa n'est plus de la chair à canon, mais de la chair à ethnologues, orientalistes et propagandistes : tous les savants de l'Empire visitent le camp et s'entretiennent avec les prisonniers, pour apprendre leurs mœurs, leurs coutumes; ces hommes en blouses blanches les photographient, les décrivent, leur mesurent le crâne, leur font raconter des histoires de leurs pays, qu'ils enregistrent pour ensuite étudier leurs langues et dialectes. De ces enregistrements des camps de Zossen sortiront beaucoup d'études linguistiques comme celles, par exemple, de Friedrich Carl Andreas, le mari de Lou Andreas-Salomé, sur les langues iraniennes du Caucase.

La seule image que nous possédions de Moussa Tamboura a été prise dans ce camp. Il s'agit d'un film de propagande à l'usage du monde musulman, qui montre la fête de l'Aïd à la fin du ramadan, le 31 juillet 1916. Un noble prussien en est l'invité d'honneur, ainsi que l'ambassadeur turc à Berlin. On aperçoit Moussa Tamboura en compagnie de trois de ses camarades, en train de préparer un feu rituel. Tous les prisonniers musulmans sont assis; tous les Allemands sont debout, avec de belles moustaches. La caméra s'attarde ensuite sur les Gurkhas, sur les beaux sikhs, sur les Marocains, les Algériens; l'ambassadeur de la Porte a l'air absent, et le prince, plein de curiosité pour ces soldats ex-ennemis d'un genre nouveau, dont on aimerait beaucoup qu'ils désertent en masse ou se rebellent

الجهاد

عدد -٦٠-

EL DSCHIHAD

Berlin den 15. Juli 1917

Zeitung für die muhammedanischen Kriegsgefangenen

Nr. 60.
Arabische Ausgabe

الأحوال السياسية

contre l'autorité coloniale : on cherche à montrer que l'Allemagne est l'amie de l'Islam, comme elle l'est de la Turquie. Un an auparavant, à Istanbul, tous les orientalistes de l'Empire allemand ont rédigé un texte en arabe classique appelant les musulmans du monde entier au djihad contre la Russie, la France et la Grande-Bretagne, dans l'espoir de soulever les troupes coloniales contre leurs maîtres. D'où la caméra, que Moussa Tamboura ne paraît pas remarquer, tout absorbé qu'il est par la construction du feu.

Dans le camp modèle de Zossen, on rédige et publie à quinze mille exemplaires un journal, sobrement intitulé *Le Djihad*, "journal pour les prisonniers de guerre mahométans" qui paraît simultanément en arabe, en tatar et en russe ; un second, *Le Caucase*, destiné aux Géorgiens et un troisième, *Hindustan*, en deux éditions, ourdou et hindi. Les traducteurs et les rédacteurs de ces publications sont des prisonniers, des orientalistes et des "indigènes" acquis à la politique de l'Allemagne, la plupart issus des provinces de l'Empire ottoman. Max von Oppenheim, le célèbre archéologue, fut un des responsables de la publication arabe. Le ministère des Affaires étrangères et le ministère de la Guerre espèrent être à même de "réutiliser" les soldats coloniaux, après leur "reconversion" tant espérée à la nouvelle guerre sainte.

On connaît mal les répercussions réelles du djihad allemand dans les territoires concernés ; elles furent sans doute presque nulles. On ne sait même pas si l'annonce en est parvenue jusqu'à Baba Tamboura à Djibouti, par exemple. Baba ignore que son frère participe malgré lui à l'entreprise allemande ; il l'imagine mort ou vif sur le front, dont les échos arrivent, à travers la censure, jusqu'aux confins de la mer Rouge : héroïsme, gloire et sacrifice, voilà ce que Baba se représente de la guerre. Il est certain que son frère est un héros, là-bas, en France, qu'il se bat avec valeur. Il est moins certain de ses propres sentiments, mélange confus de désir d'action et d'appréhension. Finalement, début décembre 1916, alors que l'hiver glacial de Berlin s'annonce pour Moussa, Baba apprend que son bataillon va enfin être envoyé, *via* Port-Saïd et le canal de Suez, sur le front en métropole. Ce sont 850 tirailleurs qui doivent s'embarquer, fin décembre, sur le paquebot *Athos* des Messageries maritimes, un beau navire presque neuf de 160 mètres de long et 13 000 tonneaux, en provenance de Hong Kong avec à son bord une cargaison de 950 coolies chinois qui occupent déjà les cales – finalement, le départ n'aura lieu que début février, alors que, à Berlin, Moussa est malade, toussant et grelottant de froid dans l'hiver prussien.

L'*Athos* quitte Port-Saïd le 14 février 1917 et, trois jours plus tard, quand les tirailleurs commencent tout juste à s'habituer à la sauvagerie de la mer, au fond de leurs cales de troisième classe, à quelques milles de l'île de Malte, l'*Athos* croise la route de l'U-Boot allemand n° 65 qui lui expédie une torpille en plein travers bâbord. L'attaque fera 750 victimes parmi les passagers, dont Baba, qui n'aura vu de la guerre que sa fin subite, féroce, une explosion terrifiante suivie de cris de douleur et de panique, cris et corps vite noyés par l'eau qui envahit les cales, les entreponts, les poumons. Moussa n'apprendra jamais le décès de son frère, puisque lui-même, quelques jours plus tard, meurt *de maladie en captivité à l'hôpital du camp de Zossen*, s'il faut en croire le *genre de mort* de sa fiche de "mort pour la France", aujourd'hui seule trace de cette douleur de l'exil au Camp du croissant.

Quelle folie que cette première guerre réellement mondiale. Mourir noyé dans l'obscurité d'une cale, quelle atrocité. Je me demande si cette mosquée djihadiste existe toujours, au sud de Berlin, dans ces plaines sablonneuses de la marche de Brandebourg découpées par les lacs, dentelées par les marécages. Il faudrait que je demande à Sarah – une des premières mosquées d'Europe du Nord, la guerre a bien des conséquences étranges. Ce djihad allemand fabrique les compagnons de lit les plus incongrus – les savants Oppenheim ou Frobenius, les militaires, les diplomates turcs et allemands, et jusqu'aux Algériens en exil ou aux Syriens pro-ottomans comme Chékib Arslan le druze. Comme aujourd'hui la guerre sainte est tout sauf spirituelle.

On raconte que les Mongols faisaient des pyramides de têtes coupées pour effrayer les habitants des contrées qu'ils envahissaient – finalement les djihadistes en Syrie utilisent la même méthode, l'horreur et l'effroi, en appliquant à des hommes une atroce technique de sacrifice réservée jusqu'ici aux moutons, la gorge tranchée puis le cou incisé avec peine jusqu'à séparation au nom de la guerre sainte. Encore une horrible chose construite en commun. Le djihad, l'idée à première vue la plus étrangère, extérieure, exogène qu'il soit, est un long et étrange cheminement collectif, la synthèse d'une histoire atroce et cosmopolite – Dieu nous préserve de la mort et *Allah akbar*, *Red Love*, décapitation et Mendelssohn-Bartholdy, *Octuor à cordes*.

Dieu merci les informations sont terminées, retour à la musique, Mendelssohn et Meyerbeer, les ennemis jurés de Wagner, surtout Meyerbeer, objet de toute la haine wagnérienne, terrifiante haine dont je me suis toujours demandé si elle était la cause ou la conséquence de son antisémitisme : Wagner devient peut-être antisémite parce qu'il est atrocement jaloux du succès et de l'argent de Meyerbeer. Wagner n'en est pas à une contradiction près : dans *Le Judaïsme dans la musique* il insulte Meyerbeer, ce même Meyerbeer auquel il a passé la brosse à reluire pendant des années, ce même Meyerbeer qu'il a rêvé d'imiter, ce même Meyerbeer qui l'a aidé à faire jouer *Rienzi* et *Le Vaisseau fantôme*. "Les gens se vengent des services qu'on leur rend", disait Thomas Bernhard, voilà une phrase pour Wagner. Richard Wagner n'est pas à la hauteur de ses œuvres. Wagner est de mauvaise foi, comme tous les antisémites. Wagner se venge des services que lui a rendus Meyerbeer. Dans ses considérations ressenties, Wagner reproche à Meyerbeer et à Mendelssohn de pas avoir de langue maternelle et donc de baragouiner un idiome qui, des générations plus tard, reflète toujours "la prononciation sémite". Cette absence de langage personnel les condamne à l'absence de style propre et au pillage. L'horrible cosmopolitisme de Mendelssohn et Meyerbeer les empêche d'atteindre l'art. Quelle extraordinaire imbécillité. Or Wagner n'est pas un imbécile, il est donc de mauvaise foi. Il a conscience que ses propos sont idiots. C'est sa haine qui parle. Il est aveuglé par sa haine, comme il le sera par sa femme Cosima Liszt lors de la réédition de son pamphlet, cette fois-ci sous son nom, vingt ans plus tard. Wagner est un criminel. Un criminel haineux. Si Wagner connaît Bach et cette harmonie dont il sait si magnifiquement faire usage pour révolutionner la musique, c'est à Mendelssohn qu'il le doit. Mendelssohn qui tire, à Leipzig, Bach de l'oubli relatif dans lequel il était tombé. Je revois cette photo atroce où un policier allemand très content de lui, avec casque à pointe et moustaches, pose devant la statue de Mendelssohn enchaînée à une grue, prête à être démolie, au milieu des années 1930. Ce policier, c'est Wagner. On dira ce qu'on voudra, mais même Nietzsche était dégoûté par la mauvaise foi de Wagner. Et peu importe si c'est pour des raisons personnelles, lui aussi, qu'il rejette le petit policier de Leipzig. Il a raison d'être dégoûté par Wagner l'anti-cosmopolite, perdu dans l'illusion de la Nation. Les seuls Wagner acceptables sont Mahler et Schönberg. La seule grande œuvre audible de Wagner, c'est *Tristan et Isolde*, car c'est la seule qui ne soit pas atrocement allemande ou chrétienne. Une légende celte ou d'origine iranienne, ou inventée par un auteur médiéval inconnu, qu'importe. Mais il y a Vis et Ramin dans Tristan et Iseult. Il y a la passion de Majnoun le Fou pour Leyla, la passion de Khosrow pour Shirin. Un berger et une flûte. *Désolée et vide, la mer*. L'abstraction de la mer et de la passion. Pas de Rhin, d'or, ni d'ondines nageant ridiculement sur scène. Ah les mises en scènes de Wagner lui-même à Bayreuth, ça devait être quelque chose, en termes de *kitsch* bourgeois et de prétention. Les lances, les casques ailés. Comment s'appelait la jument offerte par Louis II le Fou pour la scène ? Un nom ridicule que j'ai oublié. Il doit y avoir des images de cette carne illustre ; la pauvre, il fallait lui mettre du coton dans les oreilles et des œillères pour ne pas qu'elle prenne peur ni ne broute les voilages des ondines. Il est amusant de penser que le premier wagnérien d'Orient fut le sultan ottoman Abdülaziz, qui envoya à Wagner une grosse somme d'argent pour le théâtre du festival à Bayreuth – malheureusement il mourut avant de pouvoir profiter des lances, des casques, de la jument et de l'acoustique sans pareille du lieu qu'il avait contribué à ériger.

Le nazi iranien du musée Abguineh de Téhéran était peut-être wagnérien, qui sait – quelle surprise quand ce type rond et moustachu d'une trentaine d'années nous a abordés entre deux vases magnifiques dans cette salle presque déserte, le bras levé en gueulant *"Heil Hitler!"*. J'ai d'abord imaginé une blague de très mauvais goût, pensé que l'homme croyait que j'étais allemand et qu'il s'agissait d'une manière d'insulte, puis j'ai réalisé qu'avec Faugier nous parlions français. L'énergumène nous observait en souriant, toujours le bras levé, j'ai répondu qu'est-ce qui vous prend, ça ne va pas ? Faugier à mes côtés était hilare. L'homme a eu tout d'un coup l'air contrit, un air de chien battu, et a soufflé ce soupir de désespoir, "ah, vous n'êtes pas allemands, comme c'est triste". Triste *indeed*, nous ne sommes ni allemands ni philonazis, malheureusement, rigola Faugier. Le bonhomme avait l'air particulièrement désolé, il se lança dans une longue diatribe hitlérienne, avec des accents pathétiques ; il insistait sur le fait que Hitler était "beau, très beau, Hitler *qashang, kheyli qashang*", beuglait-il en serrant le poing sur un trésor invisible, le trésor des Aryens, sans doute. Il expliqua longuement que Hitler avait révélé au monde que les Allemands et les Iraniens formaient un seul peuple, que ce peuple était amené à présider aux destinées de la planète, et qu'il était selon lui bien triste, oui, bien triste que ces idées magnifiques ne se soient pas encore concrétisées. Cette vision de Hitler en héros iranien avait quelque chose d'effrayant et de comique à la fois, au milieu des coupes, des rhytons et des plats décorés. Faugier essaya de poursuivre plus avant la discussion, de savoir ce que le dernier nazi d'Orient (ou peut-être pas le dernier) "avait dans le ventre", ce qu'il connaissait réellement des théories national-socialistes et surtout de leurs conséquences, mais abandonna bien vite, car les réponses du jeune illuminé se limitaient à de grands gestes autour de lui pour signifier sans doute "Regardez ! Regardez ! Voyez la grandeur de l'Iran !", comme si ces vénérables verroteries étaient en elles-mêmes une émanation de la supériorité de la race aryenne.

L'homme était très courtois ; malgré sa déception de ne pas être tombé sur deux Allemands nazis, il nous souhaita une excellente journée, un magnifique séjour en Iran, insista pour savoir si nous avions besoin de quoi que ce fût, lissa ses belles moustaches à la Guillaume II, claqua des talons et s'en alla, nous abandonnant, selon l'expression de Faugier, comme deux ronds de flan, abasourdis et désemparés. Cette évocation du vieil Adolf au cœur du petit palais néo-seldjoukide du musée Abguineh et de ses merveilles était si incongrue qu'elle nous laissait un drôle de goût dans la bouche – entre éclats de rire et consternation. Un peu plus tard, après notre retour à l'institut, je relatai cette rencontre à Sarah. Comme nous, elle commença par en rire ; puis elle s'interrogea sur le sens de ce rire – l'Iran nous paraissait si éloigné des questions européennes qu'un nazi iranien n'était qu'un original inoffensif, décalé ; là où en Europe cet homme aurait déclenché notre colère et notre indignation, ici, nous avions du mal à croire qu'il en saisisse le sens profond. Et les théories raciales liées à l'aryanité nous semblaient aujourd'hui aussi absurdes que les mesures du crâne pour découvrir la position de la bosse des langues. Pure illusion. Pourtant cette rencontre disait beaucoup, ajoutait Sarah, de la puissance de la propagande du Troisième Reich en Iran – comme pendant la Première Guerre mondiale, et souvent avec le même personnel (dont l'incontournable Max von Oppenheim), l'Allemagne nazie avait cherché à s'attirer les faveurs des musulmans pour prendre à revers, en Asie centrale soviétique, en Inde et au Moyen-Orient, les Anglais et les Russes et avait de nouveau appelé au djihad. Les sociétés savantes (des universités jusqu'à la Deutsche Morgenländische Gesellschaft) étaient à ce point nazifiées depuis les années 1930 qu'elles s'étaient prêtées au jeu : on consulta même les orientalistes islamologues pour savoir si le Coran prédisait d'une façon ou d'une autre l'avènement du Führer, ce à quoi, malgré toute leur bonne volonté, les savants ne purent répondre positivement. Ils proposèrent tout de même de rédiger des textes en arabe dans ce sens. Il fut même envisagé de diffuser en terre d'Islam un *Portrait du Führer en commandeur des croyants* tout à fait réjouissant, avec turban et décorations inspirées de la grande époque ottomane, propre à édifier les foules musulmanes. Goebbels, choqué par cette image horrible, mit un terme à l'opération. La mauvaise foi nazie était prête à utiliser des "sous-hommes" pour des fins militaires justifiées, mais pas au point de poser un turban ou un tarbouche sur la tête de son guide suprême. L'orientalisme SS, et notamment l'*Obersturmbannführer* Viktor Christian, éminent directeur de sa branche viennoise, dut se contenter d'essayer de "désémitiser" l'histoire ancienne et de démontrer, au prix de la supercherie, la supériorité historique des Aryens sur les Sémites en Mésopotamie et d'inaugurer une "école pour mollahs" à Dresde, où devaient être formés les imams SS chargés de l'édification des musulmans soviétiques : dans leurs approximations théoriques, les nazis eurent toutes les peines du monde à décider si cette institution devait former des imams ou des mollahs, et quel nom il convenait de donner à cette étrange entreprise.

Faugier rejoignit la conversation ; nous avions fait du thé ; le samovar frémissait doucement. Sarah attrapa un morceau de candi qu'elle laissa fondre dans sa bouche ; elle avait retiré ses chaussures et replié ses mollets sous ses cuisses dans le fauteuil en cuir. Un disque de setar meublait les silences – c'était l'automne, ou l'hiver, il faisait déjà sombre. Faugier tournait en rond, comme tous les jours au coucher du soleil. Il allait réussir à tenir encore une heure, puis l'angoisse se ferait trop forte et il serait obligé d'aller fumer sa pipe ou son joint d'opium, avant de s'en remettre à la nuit. Je me rappelais ses propres conseils d'expert, autrefois à Istanbul

– apparemment il ne les avait pas suivis. Il était, huit ans plus tard, devenu opiomane ; il était terriblement inquiet à l'idée de rentrer en Europe, où sa drogue serait bien plus difficile à trouver. Il savait ce qui allait se produire ; il finirait par prendre de l'héroïne (qu'il fumait déjà un peu, rarement, à Téhéran) et connaîtrait la douleur de l'addiction ou l'agonie du sevrage. L'idée du retour, outre les difficultés matérielles qu'elle entraînait (fin de l'allocation de recherche, absence de perspectives immédiates d'emploi dans cette société secrète qu'est l'Université française, ce monastère laïque où le noviciat peut durer la vie entière), se doublait de cette terrifiante lucidité sur son état, sa peur panique de l'adieu à l'opium – qu'il compensait par une activité débordante, il multipliait les promenades (comme ce jour-là le musée Abguineh où il m'avait emmené), les rencontres, les expéditions louches, les nuits blanches, pour essayer d'agrandir le temps et oublier dans le plaisir et les stupéfiants que son séjour touchait à sa fin, augmentant ainsi de jour en jour son anxiété. Gilbert de Morgan, le directeur, n'était d'ailleurs pas mécontent de se débarrasser de lui – il faut dire que la noblesse surannée du vieil orientaliste s'accommodait assez mal de la verve, de la liberté et des étranges sujets d'étude de Faugier. Morgan était persuadé que c'était "le contemporain" qui lui valait tous ses ennuis non seulement avec les Iraniens, mais aussi avec l'ambassade de France. Les lettres (classiques, si possible), la philosophie et l'histoire ancienne, voilà tout ce qui trouvait grâce à ses yeux. Vous vous rendez compte, disait-il, on m'envoie encore un politicien. (C'est ainsi qu'il appelait les étudiants d'histoire contemporaine, de géographie ou de sociologie.) Ils sont fous à Paris. On se bat pour essayer d'obtenir des visas pour les chercheurs, et on se retrouve à présenter des dossiers dont on sait très bien qu'ils ne vont pas plaire du tout aux Iraniens. Du coup il faut mentir. Quelle folie.

La folie était en effet un élément clé de la recherche européenne en Iran. La haine, le travestissement des sentiments, la jalousie, la peur, la manipulation étaient les seuls liens que la communauté des savants, en tout cas dans leurs rapports aux institutions, arrivait à développer. Folie collective, dérives personnelles – il fallait que Sarah soit forte pour ne pas trop souffrir de cette ambiance. Morgan avait trouvé un nom simple pour sa politique de gestion : le knout. À l'ancienne. L'administration iranienne n'était-elle pas plurimillénaire ? Il fallait revenir à de sains principes d'organisation : le silence et le fouet. Bien sûr cette méthode infaillible avait l'inconvénient de ralentir (comme pour les pyramides, ou le palais de Persépolis) passablement les travaux. Elle augmentait aussi la pression sur les épaules de Morgan, qui du coup passait son temps à se plaindre ; il n'avait le temps de ne rien faire d'autre, disait-il, que de surveiller ses administrés. Les chercheurs étaient un peu épargnés. Sarah était épargnée. Faugier beaucoup moins. Les étrangers de passage, le Polonais, l'Italien ou moi comptions pour du beurre, comme disent les Français. Gilbert de Morgan nous méprisait respectueusement, nous ignorait avec égards, nous laissait profiter de toutes les facilités de son institut, et surtout du grand appartement au-dessus des bureaux, où Sarah sirotait son thé, où Faugier ne tenait pas en place, où nous parlions des théories du fou du musée Abguineh (nous avions fini par décider qu'il était fou), d'Adolf Hitler posant avec un tarbouche ou un turban sur le crâne et de son lointain inspirateur, le comte de Gobineau, l'inventeur de l'aryanité : l'auteur de l'*Essai sur l'inégalité des races humaines* était aussi un orientaliste, premier secrétaire de la légation de France en Perse, puis ambassadeur, qui fit deux séjours en Iran au milieu du XIXe siècle – ses œuvres ont droit à trois beaux volumes dans cette fameuse collection de la Pléiade qui avait si injustement, d'après Morgan et Sarah, éjecté le pauvre Germain Nouveau. Le premier raciste de France, l'inspirateur de Houston Stewart Chamberlain, grand théoricien de la germanité haineuse qui le découvrit sur les conseils de Cosima Liszt et de Wagner, amis de Gobineau depuis novembre 1876 : Gobineau est aussi un wagnérien ; il écrira une cinquantaine de lettres à Wagner et à Cosima. Il ne pouvait mieux tomber, malheureusement, pour la postérité de la partie la plus noire de son œuvre ; c'est par le cercle de Bayreuth (Chamberlain principalement, qui épousera Eva Wagner) que ses théories aryennes sur l'évolution des races humaines suivent leur horrible chemin. Mais comme le faisait remarquer Sarah, Gobineau n'est pas antisémite, au contraire. Il considère la "race juive" comme étant une des plus nobles, savantes et industrieuses, des moins décadentes, des plus préservées du déclin général. L'antisémitisme, c'est Bayreuth, c'est Wagner, Cosima, Houston Chamberlain, Eva Wagner qui l'ajoutent. La liste effarante des disciples de Bayreuth, les terrifiants témoignages, Goebbels tenant la main de Chamberlain pendant son agonie, Hitler à son enterrement, Hitler ami intime de Winifred Wagner – quelle injustice quand on y pense, l'aviation alliée lance deux bombes incendiaires sur le Gewandhaus de Leipzig de ce pauvre Mendelssohn et pas une seule sur le théâtre du Festival de Bayreuth. Même les Alliés ont été malgré eux complices des mythes aryens – la destruction du théâtre de Bayreuth aurait été une grande perte pour la musique, certes. Qu'importe, on l'aurait reconstruit à l'identique, mais Winifred Wagner et son fils auraient connu un peu de cette destruction qu'ils avaient si bien déclenchée sur le monde, un peu de cette douleur de la perte en voyant partir en fumée l'héritage criminel de leur beau-père et grand-père. Si les bombes peuvent racheter le crime. Il est rageant de penser qu'un des liens qui unissent Wagner à l'Orient (au-delà des influences reçues à travers Schopenhauer, Nietzsche ou la lecture de l'*Introduction à l'histoire du bouddhisme indien* de Burnouf) soit l'admiration de Wagner pour l'ouvrage du comte de Gobineau *Essai sur l'inégalité des races humaines* – qui sait, Wagner a peut-être lu aussi *Trois Ans en Asie* ou les *Nouvelles asiatiques*. Cosima Wagner elle-même traduisit en allemand, pour les *Bayreuther Blätter*, une étude de Gobineau, *Ce qui se passe en Asie*; Gobineau rendit souvent visite aux Wagner. Il les accompagne à Berlin pour la première triomphale du *Ring*, en 1881, cinq ans après la création à Bayreuth, deux ans avant la mort du maître à Venise, maître qui pense encore, dit-on, à la fin de sa vie, à l'écriture d'un opéra bouddhiste, *Les Vainqueurs*, dont le titre à l'air si peu bouddhiste faisait rire Sarah aux éclats – au moins autant que certaines remarques de ce pauvre Gobineau : elle était allée chercher ses œuvres complètes "à la cave", c'est-à-dire dans la bibliothèque de l'institut, et je nous revois, alors que le second mouvement de l'*Octuor* de Mendelssohn commence, en train de lire à haute voix des fragments de *Trois Ans en Asie*. Même Faugier avait arrêté ses circonvolutions angoissées pour se pencher sur la prose du pauvre orientaliste.

Le personnage de Gobineau avait quelque chose de touchant – c'était un poète atroce et un romancier sans grand génie; seuls ses récits de voyage et les nouvelles qu'il tira de ses souvenirs semblaient présenter un réel intérêt. Il était aussi sculpteur, et avait même exposé quelques bustes, dont une *Valkyrie*, une *Sonata appassionata* et une *Reine Mab* (Wagner, Beethoven, Berlioz : le bonhomme avait du goût), des marbres plutôt expressifs, d'une belle finesse, d'après les critiques. Il avait été assez fameux, dans les cercles du pouvoir; il avait rencontré Napoléon III, sa femme et ses ministres; il eut toute une carrière de diplomate, en poste en Allemagne, puis deux fois en Perse, en Grèce, au Brésil, en Suède et en Norvège ; il fréquenta Tocqueville, Renan, Liszt et de nombreux orientalistes de son temps, August Friedrich Pott le sanskritiste allemand ou Jules Mohl l'iranisant français, premier traducteur du *Shah Namé*. Julius Euting lui-même, grand savant oriental de la Strasbourg allemande, racheta entièrement et pour le compte du Reich l'ensemble de l'héritage Gobineau après sa mort : les sculptures, les manuscrits, les lettres, les tapis, tout ce qu'un orientaliste laisse derrière lui comme breloques : le hasard et la Première Guerre mondiale ont fait que cette collection est redevenue française en 1918 – il est étrange de penser que les millions de morts de cette guerre idiote n'avaient pour objectif, en dernière instance, que de priver l'Autriche des plages adriatiques et de récupérer les vieilleries de la succession Gobineau, bogartées par les Teutons. Malheureusement, tous ces gens sont morts pour rien : il y a des millions d'Autrichiens en vacances en Istrie et en Vénétie, et l'université de Strasbourg a renoncé depuis longtemps, dans son petit musée, à exposer les reliques de Gobineau, victime du racisme théorique de son siècle, qui brûlent les mains des conservateurs successifs de l'endroit.

Le comte de Gobineau avait la démocratie en horreur – "Je hais mortellement le pouvoir populaire", disait-il. Il savait être d'une grande violence ironique envers la bêtise supposée des temps, celle d'un monde peuplé d'insectes, armés d'instruments de ruine, "attachés à jeter à terre ce que j'ai respecté, ce que j'ai aimé ; un monde qui brûle les villes, abat les cathédrales, ne veut plus de livres, ni de musique, ni de tableaux et substitue à tout la pomme de terre, le bœuf saignant et le vin bleu", écrit-il dans son roman *Les Pléiades*, qui s'ouvre par cette longue diatribe contre les imbéciles qui n'est pas sans rappeler les discours des intellectuels d'extrême droite d'aujourd'hui. Le fondement des théories racistes de Gobineau était la déploration : le sentiment de la longue décadence de l'Occident, le ressentiment envers le vulgaire. Où est l'empire de Darius, où est la grandeur de Rome ? Mais contrairement à ses disciples postérieurs, il ne voyait pas dans "l'élément juif" le responsable de la déchéance de la race aryenne. Pour lui (et c'est évidemment un élément qui ne devait pas être du goût de Wagner ou de Chamberlain), le meilleur exemple de la pureté de la race aryenne est la noblesse française, ce qui est plutôt comique. Cette œuvre de jeunesse, *Essai sur l'inégalité des races humaines*, doit autant aux approximations linguistiques qu'aux balbutiements des sciences humaines – mais Gobineau verra, en Perse, au cours de ses deux missions comme représentant de la France impériale, la réalité de l'Iran ; il sera convaincu, en découvrant Persépolis ou Ispahan, d'avoir vu juste quant à la grandeur des Aryens. Le récit de son séjour est brillant, souvent drôle, jamais *raciste* au sens moderne du terme, du moins en ce qui concerne les Iraniens. Sarah nous lisait des passages qui faisaient rire même Faugier l'angoissé. Je me rappelle cette phrase : "J'avoue que, parmi les périls qui attendent un voyageur en Asie, je mets au premier rang, sans nulle contestation, et sans me soucier des prétentions blessées des tigres, des serpents et des maraudeurs, les dîners britanniques qu'on est obligé de subir." Sentence absolument réjouissante. Gobineau en rajoutait, sur les mets "proprement sataniques" servis par les Anglais et chez qui, dit-il, on sort de table malade ou affamé, "martyrisé ou mort de faim". Ses impressions d'Asie allient les descriptions les plus savantes aux considérations les plus comiques.

Cette tisane a un goût acidulé de bonbon, artificiel, un goût anglais, aurait dit Gobineau. Loin des fleurs d'Égypte ou d'Iran. Il va falloir que je révise mon jugement sur l'*Octuor* de Mendelssohn, c'est encore plus intéressant que je ne l'imaginais. *Ö1 Klassiknacht*, ma vie est tout de même assez sinistre, je pourrais être en train de lire au lieu de ressasser de vieux souvenirs iraniens en écoutant la radio. Le fou du musée Abguineh. Dieu que Téhéran était triste. Le deuil éternel, la grisaille, la pollution. Téhéran ou la peine capitale. Cette tristesse était renforcée, encadrée, par la moindre lumière ; les fêtes abracadabrantes de la jeunesse dorée du nord de la ville, si elles nous distrayaient sur le moment, me précipitaient ensuite, par leur contraste éclatant avec la mort de l'espace public, dans un spleen profond. Ces jeunes femmes magnifiques qui dansaient, dans des tenues et des poses très érotiques, en buvant des bières turques ou de la vodka, sur de la musique interdite en provenance de Los Angeles remettaient ensuite leurs foulards et leurs manteaux et se perdaient dans la foule de la bienséance islamique. Cette différence si iranienne entre le *biroun* et l'*andaroun*, l'intérieur et l'extérieur de la maison, le privé et le public, que remarque déjà Gobineau, était poussée à l'extrême par la République islamique. On entrait dans un appartement ou une villa du nord de Téhéran et on se retrouvait soudain au milieu d'une jeunesse en maillot de bain qui s'amusait, un verre à la main, autour d'une piscine, parlait parfaitement anglais, français ou allemand et oubliait, dans l'alcool de contrebande et le divertissement, le gris du dehors, l'absence de futur au sein de la société iranienne. Il y avait quelque chose de désespéré dans ces soirées ; un désespoir dont on sentait qu'il pouvait se transformer, pour les plus courageux ou les moins nantis, en cette énergie violente propre aux révolutionnaires. Les descentes de la milice des mœurs étaient, selon les périodes et les gouvernements, plus ou moins fréquentes ; on entendait des bruits, selon lesquels un tel aurait été arrêté, un tel passé à tabac, une telle humiliée par un examen gynécologique pour prouver qu'elle n'avait pas eu de relations sexuelles hors mariage. Ces récits, qui me rappelaient toujours l'atroce examen proctologique subi par Verlaine en Belgique après son algarade avec Rimbaud, faisaient partie du quotidien de la ville. Les intellectuels et les universitaires, pour beaucoup, n'avaient plus l'énergie de la jeunesse, ils se divisaient en plusieurs catégories : ceux qui avaient réussi, bon an, mal an, à se construire une existence plus ou moins confortable "en marge" de la vie publique ; ceux qui redoublaient d'hypocrisie pour profiter le plus possible des prébendes du régime et ceux qui, nombreux, souffraient d'une dépression chronique, d'une tristesse sauvage qu'ils soignaient plus ou moins bien en se réfugiant dans l'érudition, dans les voyages imaginaires ou les paradis artificiels. Je me demande ce que devient Parviz – le grand poète à barbe blanche ne m'a pas donné de ses nouvelles depuis des lustres, je pourrais lui écrire, il y a si longtemps que je ne l'ai pas fait. Quel prétexte trouver ? Je pourrais traduire en allemand un de ses poèmes, mais c'est une expérience terrifiante de traduire d'une langue qu'on ne connaît pas vraiment, on a l'impression de nager dans le noir – un lac calme ressemble à une mer démontée, un bassin d'agrément à une rivière profonde. À Téhéran c'était plus simple, il était là et pouvait m'expliquer, presque mot à mot, le sens de ses textes. Peut-être n'est-il même plus à Téhéran. Peut-être vit-il en Europe ou aux États-Unis. Mais j'en doute. La tristesse de Parviz (comme celle de Sadegh Hedayat) venait justement du double échec de ses brèves tentatives d'exil, en France et en Hollande : l'Iran lui manquait ; il était rentré au bout de deux mois. Évidemment, de retour à Téhéran, il avait suffi de quelques minutes pour qu'il déteste de nouveau ses concitoyens. Chez les femmes de la police des frontières en *marnaé* qui prennent votre passeport à l'aéroport de Mehrâbad, racontait-il, on ne reconnaît ni le bourreau, ni la victime ; elles portent la cagoule noire de l'exécuteur médiéval ; elles ne vous sourient pas ; elles sont flanquées de soudards en parka kaki armés de fusils d'assaut G3 *made in the Islamic Republic of Iran*, dont on ne sait s'ils sont là pour les protéger des étrangers qui débarquent de ces avions impurs ou les fusiller au cas où elles leur manifesteraient trop de sympathie. On ignore toujours (et Parviz soufflait cela avec une résignation ironique, un mélange tout à fait iranien de tristesse et d'humour) si les femmes de la Révolution iranienne sont les maîtresses ou les otages du pouvoir. Les fonctionnaires en tchador de la Fondation des déshérités sont parmi les femmes les plus riches et les plus puissantes d'Iran. Les fantômes sont mon pays, disait-il, ces ombres, ces corneilles du peuple auxquelles on attache solidement leur voile noir quand on les exécute par pendaison, pour éviter une indécence, parce que l'indécence ici n'est pas la mort, qui est partout, mais l'oiseau, l'envol, la couleur, surtout la couleur de la chair des femmes, si blanche, si blanche – elle ne voit jamais le soleil et risquerait d'aveugler les martyrs par sa pureté. Chez nous, les bourreaux en capuche noire de deuil sont aussi les victimes que l'on pend à loisir pour les punir de leur irréductible beauté, et on pend, et on pend, et on fouette, on bastonne à plaisir ce que l'on aime et trouve beau, et la beauté elle-même prend le fouet, à son tour la corde, la hache et accouche du coquelicot des martyrs, fleur sans parfum, pure couleur, pur hasard du talus, rouge, rouge, rouge – tout maquillage est interdit à nos fleurs du martyre, car elles sont la douleur même et meurent nues, elles, elles ont le droit de mourir rouges sans être revêtues de noir, les fleurs du martyre. Les lèvres sont toujours trop rouges pour l'État qui y voit une concurrence indécente – seuls les saints et les martyrs peuvent souffler la douceur rouge de leur sang sur l'Iran, cela est interdit aux femmes qui doivent par décence teinter leurs lèvres de noir, de noir, et faire preuve de discrétion quand nous les étranglons, regardez ! Regardez ! Nos jolis morts n'ont rien à envier à personne, ils se balancent noblement au haut des grues, décemment exécutés, ne venez pas nous reprocher notre manque de technologie, nous sommes un peuple de beauté. Nos chrétiens, par exemple, sont magnifiques. Ils célèbrent la mort sur la Croix et se souviennent de leurs martyrs tout comme nous. Nos zoroastriens sont magnifiques. Ils portent des masques de cuir où le feu reflète la grandeur de l'Iran, ils donnent leurs corps à pourrir et nourrissent les oiseaux de leur chair morte. Nos bouchers sont magnifiques. Ils égorgent les bêtes avec le plus grand respect comme au temps des prophètes et de la lumière de Dieu. Nous sommes grands comme Darius, plus grands, Anoushirvan, plus grands, Cyrus, plus grands, les prophètes ont prêché la ferveur révolutionnaire et la guerre, à la guerre nous avons respiré dans le sang comme dans les gaz de combat.

Nous avons su respirer dans le sang, emplir nos poumons de sang et profiter pleinement de la mort. Nous avons transmuté la mort en beauté des siècles durant, le sang en fleurs, en fontaines de sang, rempli les vitrines des musées d'uniformes maculés de sang et de lunettes brisées par le martyre et nous en sommes fiers, car chaque martyr est un coquelicot qui est rouge qui est un peu de beauté qui est ce monde. Nous avons fabriqué un peuple liquide et rouge, il vit dans la mort et est heureux en Paradis. Nous avons tendu une toile noire sur le Paradis pour le protéger du soleil. Nous avons lavé nos cadavres dans la rivière du Paradis. Paradis est un mot persan. Nous y donnons à boire aux passants l'eau de la mort sous les tentes noires du deuil. Paradis est le nom de notre pays, des cimetières où nous vivons, le nom du sacrifice.

Parviz ne savait pas parler en prose ; pas en français, en tout cas. En persan il gardait sa noirceur et son pessimisme pour ses poèmes, il était beaucoup moins grave, plein d'humour ; ceux qui, comme Faugier ou Sarah, connaissaient assez bien la langue pour en profiter riaient souvent aux éclats – il racontait avec plaisir des histoires drôles, salaces, dont on se serait étonné, partout ailleurs dans le monde, qu'un grand poète les connaisse. Parviz parlait aussi souvent de son enfance à Qom dans les années 1950. Son père était un religieux, un penseur, qu'il appelle toujours "l'homme en noir" dans ses textes, si ma mémoire est bonne. C'est grâce à "l'homme en noir" qu'il lit les philosophes de la tradition persane, depuis Avicenne jusqu'à Ali Shariati – et les poètes mystiques. Parviz connaissait par cœur un nombre extraordinaire de vers classiques, de Roumi, de Hafez, de Khadjou, de Nezami, de Bidel, et modernes, de Nima, de Shamlou, de Sepehri ou d'Akhavan-Sales. Une bibliothèque ambulante – Rilke, Essenine, Lorca, Char, il savait sur le bout des doigts (en persan et en version originale) des milliers de poèmes. Le jour de notre rencontre, en apprenant que j'étais viennois, il avait cherché dans sa mémoire, comme on parcourt une anthologie, et était revenu de ce bref voyage intérieur avec un poème de Lorca, en espagnol, *"En Viena hay diez muchachas, un hombro donde solloza la muerte y un bosque de palomas disecadas"*, auquel je ne comprenais goutte, évidemment, il a fallu qu'il traduise, "À Vienne il y a dix jeunes filles, une épaule sur laquelle la mort sanglote et une forêt de pigeons empaillés", puis il m'a regardé très sérieusement et m'a demandé "c'est vrai ? Je n'y suis jamais allé."

C'est Sarah qui est intervenue à ma place, "oh c'est vrai, oui, surtout pour les pigeons empaillés.

— Voilà qui est intéressant, une ville taxidermiste."

Je n'étais pas sûr que la conversation aille dans un sens qui me fût très favorable, alors j'ai fait les gros yeux à Sarah, ce qui l'a immédiatement réjouie, voilà l'Autrichien qui se vexe, il n'y a rien qui ne la mette plus en joie que d'exposer publiquement mes défauts – l'appartement de Parviz était petit mais confortable, rempli de livres et de tapis ; étrangement, il se trouvait dans une avenue au nom de poète, Nezami ou Attâr, je ne sais plus. On oublie facilement les choses importantes. Il faut que j'arrête de penser à voix haute, si jamais on m'enregistrait, quelle honte. J'ai peur de passer pour fou. Pas un fou comme le fou du musée Abguineh ou comme l'ami Bigler mais un cinglé quand même. Le type qui parle à sa radio et son ordinateur portable. Qui discute avec Mendelssohn et sa tasse de *Red Love* acidulé. J'aurais pu rapporter moi aussi un samovar d'Iran, tiens. Je me demande ce que Sarah a fait du sien. Rapporter un samovar plutôt que des disques, des instruments de musique et les œuvres de poètes que je ne comprendrai jamais. Est-ce que je parlais tout seul, autrefois ? Est-ce que j'inventais des rôles, des voix, des personnages ? Mon vieux Mendelssohn, il faut que je t'avoue que je connais en fin de compte assez mal ton œuvre. Que veux-tu, on ne peut pas tout écouter, tu n'es pas fâché j'espère. Je connais ta maison, par contre, à Leipzig. Le petit buste de Goethe sur ton bureau. Goethe ton parrain, ton premier maître. Goethe qui entendit deux enfants prodiges, le petit Mozart et toi. J'ai vu tes aquarelles, tes beaux paysages suisses. Ton salon. Ta cuisine. J'ai vu le portrait de la femme que tu aimais et les souvenirs de tes voyages en Angleterre. Tes enfants. J'ai imaginé une visite de Clara et Robert Schumann, tu sortais précipitamment de ton cabinet de travail pour les accueillir. Clara était resplendissante ; elle portait une petite coiffe, ses cheveux attachés sur l'arrière, quelques anglaises tombaient sur ses tempes et encadraient son visage. Robert avait des partitions sous le bras et un peu d'encre sur sa manchette droite, tu as ri. Vous vous êtes tous assis au salon. Le matin même tu avais reçu une lettre d'Ignaz Moscheles de Londres t'annonçant son accord pour venir enseigner à Leipzig dans le tout nouveau conservatoire que tu venais de fonder. Moscheles ton professeur de piano. Tu annonces ces excellentes nouvelles à Schumann. Vous allez donc travailler tous ensemble. Si Schumann accepte, bien entendu. Et il accepte. Puis vous déjeunez. Puis vous sortez vous promener, je vous ai toujours imaginés grands marcheurs, Schumann et toi. Il te reste quatre ans à vivre. Dans quatre ans Moscheles et Schumann porteront ton cercueil.

Sept ans plus tard, ce sera Schumann qui plongera, à Düsseldorf, dans le Rhin et la démence.

Je me demande, mon vieux Mendel, ce qui me prendra d'abord, la mort ou la folie.

"Docteur Kraus ! Docteur Kraus ! Je vous enjoins de répondre à cette question. Il paraît, d'après les dernières investigations de ces légistes de l'âme que sont les psychiatres *post mortem*, que Schumann n'était pas plus aliéné que vous et moi. Qu'il était tout simplement triste, profondément triste des difficultés de sa relation amoureuse, de la fin de sa passion, tristesse qu'il oubliait dans l'alcool. Clara l'a laissé mourir abandonné pendant deux longues années au fond de son asile, voilà la vérité, docteur Kraus. La seule personne (avec Brahms, mais vous serez d'accord, Brahms ne compte pas) qui lui a rendu visite, Bettina von Arnim, la sœur de Brentano, le confirme d'ailleurs. D'après elle Schumann était enfermé injustement. Ce n'est pas Hölderlin dans sa tour. D'ailleurs le dernier grand cycle pour piano de Schumann, les *Chants de l'aube*, composé à peine six mois avant son internement, est inspiré par Hölderlin et dédié à Bettina Brentano von Arnim. Est-ce que Schumann pensait à la tour de Hölderlin au bord du Neckar, est-ce qu'il en avait peur, Kraus, qu'en pensez-vous ?

— L'amour peut nous dévaster, j'en ai la conviction profonde, docteur Ritter. Mais on ne peut jurer de rien. En tout cas je vous recommande de prendre ces médicaments pour vous reposer un peu, mon ami. Vous avez besoin de calme et de repos. Et non, je ne vous prescrirai pas d'opium pour *ralentir votre métabolisme*, comme vous dites. On n'éloigne pas l'instant de la mort en *ralentissant son métabolisme*, en étirant le temps, docteur Ritter, c'est une idée tout à fait enfantine.

— Mais enfin, cher Kraus, que donnait-on à Schumann pendant deux ans dans son asile à Bonn ? Du bouillon de poule ?

— Je l'ignore, docteur Ritter, je n'en sais foutre rien. Je sais juste que les médecins de l'époque ont diagnostiqué une *melancholia psychotica* qui a nécessité son internement.

— Ah les médecins sont terribles, jamais vous ne contrediriez un confrère ! Des charlatans, Kraus ! Des charlatans ! Des vendus ! *Melancholia psychotica, my ass !* Il se portait comme un charme, c'est ce qu'affirme la Brentano ! Il a juste eu un petit coup de moins bien. Un petit coup de moins bien, le Rhin l'a réveillé, l'a même revivifié, en bon Allemand le Rhin l'a ressuscité, les ondines lui ont caressé les parties et hop ! Figurez-vous, Kraus, que déjà avant la visite de la Brentano il réclamait du papier à musique, une édition des *Caprices* de Paganini et un atlas. Un atlas, Kraus ! Schumann voulait voir le monde, quitter Endenich et son bourreau le Dr Richarz. Voir le monde ! Il n'y avait aucune raison pour l'enterrer dans cette maison de fous. C'est sa femme, la responsable de ses malheurs. Clara qui, malgré tous les rapports qu'elle recevait d'Endenich, n'est jamais allée le chercher. Clara qui a suivi *à la lettre* les recommandations criminelles de Richarz. C'était déjà Clara la responsable de cette crise que la médecine a transformée en un long enterrement. C'est la passion, la fin de la passion, l'angoisse de l'amour qui l'a rendu malade.

— Que voulez-vous dire par là, docteur Ritter, en finissant votre horrible philtre de pétales artificiels, croyez-vous que vous-même, peut-être, n'êtes pas si gravement atteint ? Que vous avez, vous aussi, juste « un petit coup de moins bien » dû à une question amoureuse et pas une longue et terrifiante maladie ?

— Docteur Kraus j'aimerais tellement que vous ayez raison. J'aimerais tellement avoir raison aussi pour Schumann. Les *Chants de l'aube* sont si… Si uniques. Hors du temps de Schumann, en dehors de son écriture. Schumann était *hors de lui* quand il a écrit les *Chants de l'aube*, quelques semaines avant la nuit fatale, juste avant les ultimes *Variations des esprits* qui m'ont toujours effrayé, composées autour du (pendant) le plongeon dans le Rhin. *Mi* bémol majeur. Un thème né d'une hallucination auditive, acouphène mélodique ou révélation divine, pauvre Schumann. *Mi* bémol majeur, la tonalité de la sonate des *Adieux* de Beethoven. Les fantômes et les adieux. L'aube, les adieux. Pauvre Eusebius. Pauvre Florestan, pauvres compagnons de David. Pauvres de nous."

3 H 45

Parfois je me demande si je n'ai pas moi-même des hallucinations. Voilà que j'évoque les *Adieux* de Beethoven et que *Die Ö1 Klassiknacht* annonce la sonate opus 111 du même Beethoven. Peut-être est-ce qu'ils programment la musique *à rebours*, Schumann tardif, puis Mendelssohn, Beethoven ; il manque Schubert – si je reste assez longtemps à l'écoute je suis sûr qu'ils joueront une symphonie de Schubert, musique de chambre d'abord, piano ensuite, il ne manque que l'orchestre. J'ai pensé aux *Adieux* et c'est la trente-deuxième, que Thomas Mann appelle "l'adieu à la sonate" dans *Le Docteur Faustus*. Est-ce que le monde devient vraiment conforme à mes désirs ? C'est ce magicien de Mann qui apparaît maintenant dans ma cuisine ; quand je parle de ma jeunesse à Sarah, je mens toujours, je lui dis "ma vocation de musicologue vient du *Docteur Faustus*, c'est en lisant *Le Docteur Faustus* à quatorze ans que j'ai eu la révélation de la musique", quel immense mensonge. Ma vocation de musicologue n'existe pas. Au mieux je suis Serenus Zeitblom, docteur, créature de pure invention ; au pire Franz Ritter, qui rêvait, enfant, d'être horloger. Vocation inavouable. Comment expliquer au monde, cher Thomas Mann, cher Magicien, que, enfant, ma passion allait aux montres et aux pendules ? On me prendra tout de suite pour un conservateur constipé (que je suis, par ailleurs), on ne verra pas en moi le rêveur, le créateur obsédé par le temps. Or, du temps à la musique il n'y a qu'un pas, mon cher Mann. C'est ce que je me dis quand je suis triste. Certes, tu n'as pas progressé dans le monde des merveilleuses mécaniques, des coucous et des clepsydres, mais tu as conquis le temps par la musique. La musique, c'est le temps domestiqué, le temps reproductible, le temps en forme. Et comme pour les montres et les horloges, on voudrait qu'il soit parfait, ce temps, qu'il ne dévie pas d'une microseconde, vous voyez où je veux en venir, docteur Mann, cher prix Nobel, phare des lettres européennes. Ma vocation d'horloger me vient de mon grand-père, qui m'apprenait, très tendrement, très doucement, l'amour des beaux mécanismes, des engrenages calés à la loupe, des justes ressorts (la difficulté du ressort circulaire, disait-il, contrairement au poids vertical, est qu'il déploie plus d'énergie au début qu'à la fin de la décontraction ; il faut donc compenser, par des limitations subtiles, son extension sans l'user outre mesure). Ma ferveur horlogère me prédestinait à l'étude de la musique, où il est aussi question de ressorts et de contrepoids, de ressorts archaïques, de pulsation et de cliquetis et donc, voilà le but ultime de cette digression, je ne mens pas à Sarah, pas vraiment, quand je lui dis que j'avais la vocation de la musicologie, qui est à la musique ce que l'horlogerie est au temps, *mutatis mutandis*. Ah docteur Mann je vous vois froncer les sourcils, vous n'avez jamais été poète. Vous avez écrit *le* roman de la musique, *Faustus*, tout le monde s'accorde là-dessus, sauf ce pauvre Schönberg, qui, d'après ce que l'on dit, en avait été fort jaloux. Ah, ces musiciens. Jamais contents. Des ego disproportionnés. Vous dites que Schönberg est Nietzsche plus Mahler, un génie inimitable, et il se plaint. Il se plaint que vous ne l'appeliez pas Arnold Schönberg, mais Adrian Leverkühn, sans doute. Peut-être aurait-il été très heureux que vous lui consacriez six cents pages de roman, quatre ans de votre génie, en l'appelant par son nom, Schönberg, même si en fin de compte ce n'était pas lui, mais un Nietzsche lecteur d'Adorno, père d'un enfant mort. Un Nietzsche syphilitique, bien sûr, comme Schubert, comme Hugo Wolf. Docteur Mann, sans vouloir vous vexer, cette histoire de bordel me semble un rien exagérée. Voyez mon cas, on peut attraper des affections tout à fait exotiques sans être obligé de tomber amoureux d'une prostituée déclassée à cause d'une maladie professionnelle. Quelle histoire terrifiante, cet homme qui suit l'objet de son amour au-delà du bordel et couche avec elle tout en sachant qu'il va contracter sa terrible bactérie. C'est peut-être pour cela que Schönberg vous en a voulu, d'ailleurs, cette façon de prétendre sans en avoir l'air qu'il était syphilitique. Imaginez sa vie sexuelle après la parution du *Docteur Faustus*, le pauvre. Les doutes de ses partenaires. Bien sûr j'exagère et personne n'a jamais pensé à cela. Pour vous la maladie s'opposait à la *santé* nazie. Revendiquer le corps et l'esprit malades, c'est affronter directement ceux qui ont décidé d'assassiner tous les aliénés dans les premières chambres à gaz. Vous avez raison. Vous auriez peut-être pu choisir une autre affection, la tuberculose, par exemple. Excusez-moi, pardon, évidemment c'était impossible. Et la tuberculose, même si vous n'aviez pas écrit *La Montagne magique*, suppose l'isolement de la société, le regroupement des malades entre eux dans de glorieux sanatoriums, alors que la syphilis est une malédiction que l'on garde pour soi, une de ces maladies de solitude qui vous rongent dans l'intimité. Des tuberculeux et des syphilitiques, voilà l'histoire de l'art en Europe – le public, le social, la tuberculose, ou l'intime, le honteux, la syphilis. Plutôt que dionysiaque ou apollinien, je propose ces deux catégories pour l'art européen. Rimbaud : tuberculeux. Nerval : syphilitique. Van Gogh ?

Syphilitique. Gauguin ? Tuberculeux. Rückert ? Syphilitique. Goethe ? Un grand tuberculeux, voyons ! Michel-Ange ? Atrocement tuberculeux. Brahms ? Tuberculeux. Proust ? Syphilitique. Picasso ? Tuberculeux. Hesse ? Devient tuberculeux après des débuts syphilitiques. Roth ? Syphilitique. Les Autrichiens en général sont syphilitiques, sauf Zweig, qui est bien sûr le modèle du tuberculeux. Regardez Bernhard : absolument, terriblement syphilitique, malgré sa maladie des poumons. Musil : syphilitique. Beethoven ? Ah, Beethoven. On s'est demandé si la surdité de Beethoven n'était pas due à la syphilis, pauvre Beethoven, on lui a trouvé *a posteriori* tous les maux. Hépatite, cirrhose alcoolique, syphilis, la médecine s'acharne sur les grands hommes, c'est certain. Sur Schumann, sur Beethoven. Savez-vous ce qui l'a tué, monsieur Mann ? Ce que l'on sait aujourd'hui de source plus ou moins sûre ? Le plomb. Le saturnisme. Oui monsieur. Pas plus de syphilis que de beurre en broche, comme on dit en France. Et d'où venait ce plomb, je vous le donne en mille ? Des médecins. Ce sont les odieux traitements absurdes de ces charlatans qui ont tué Beethoven et qui l'ont sans doute aussi rendu sourd. Terrifiant, vous ne trouvez pas ? Je me suis rendu deux fois à Bonn. Une première fois quand j'étais étudiant en Allemagne, et une seconde fois plus récemment pour donner une conférence sur l'Orient de Beethoven et *Les Ruines d'Athènes*, à l'occasion de laquelle j'ai retrouvé le fantôme de mon ami Bilger. Mais c'est une autre histoire. Connaissez-vous les appareils acoustiques de Beethoven de la Beethovenhaus à Bonn ? Il n'y a rien de plus effrayant. De lourds marteaux, des boîtes de conserve emmanchées, on a l'impression qu'il faut deux mains pour les tenir. Ah voilà l'opus 111. Au début, nous sommes toujours dans la sonate. Pas encore d'Adieu. L'ensemble du premier mouvement est construit sur les surprises et les décalages : la majestueuse introduction, par exemple. On a l'impression de prendre un train en marche, d'avoir manqué quelque chose ; on entre dans un monde qui a déjà commencé à tourner avant notre naissance, un peu désorientés par la septième diminuée – les colonnes d'un temple antique, ces *forti*. Le portique d'un univers neuf, un portique de dix mesures, sous lequel nous passons au *do* mineur, ensemble la puissance et la fragilité. Courage, allégresse, grandiloquence. Les manuscrits de la trente-deuxième se trouvent-ils aussi dans les salles Bodmer à Bonn ? Docteur Mann, je sais que vous l'avez rencontré, le fameux Hans Conrad Bodmer. Le plus grand collectionneur beethovénien. Il a patiemment tout rassemblé, tout acheté, entre 1920 et 1950, les partitions, les lettres, les meubles, les objets les plus divers ; il en remplissait sa villa zurichoise, et montrait ces reliques aux grands interprètes de passage, les Backhaus, les Cortot, les Casals. À grands coups de francs suisses, Bodmer a reconstitué Beethoven comme on reconstitue un vase antique brisé. Recollé ce qui avait été éparpillé pendant près de cent ans. Vous savez quel est celui qui m'émeut le plus, parmi tous ces objets, docteur Mann ? Le bureau de Beethoven ? Celui que possédait Stefan Zweig, sur lequel il écrivit la plupart de ses livres, et qu'il a fini par vendre avec sa collection de manuscrits à son ami Bodmer ? Non. Son écritoire de voyage ? Ses sonotones ? Non plus. Sa boussole. Beethoven possédait une boussole. Une petite boussole de métal, en cuivre ou en laiton, qu'on voit dans une vitrine à côté de sa canne. Un compas de poche, rond, avec un couvercle, très proche des modèles d'aujourd'hui me semble-t-il. Un beau cadran en couleur avec une magnifique rose des vents. On sait que Beethoven était un grand marcheur. Mais il marchait autour de Vienne, en ville l'hiver, et dans la campagne l'été. Pas besoin de boussole pour quitter Grinzing ou trouver l'Augarten – est-ce qu'il emportait ce compas au cours de ses excursions dans la forêt viennoise, ou lorsqu'il traversait les vignes pour rejoindre le Danube à Klosterneuburg ? Avait-il envisagé un grand voyage ? L'Italie, peut-être ? La Grèce ? Est-ce que Hammer-Purgstall l'avait convaincu de voir l'Orient ? Hammer avait proposé à Beethoven de mettre en musique des textes "orientaux", les siens, mais aussi des traductions. Apparemment le maître n'y a jamais consenti. Il n'y a pas de lieder "orientaux" de Beethoven en dehors des *Ruines d'Athènes* de l'horrible Kotzebue. Il y a juste la boussole. J'en possède une réplique – enfin un modèle approchant. Je n'ai pas souvent l'occasion de m'en servir. Je crois qu'elle n'est jamais sortie de cet appartement. Elle marque donc toujours la même direction, à l'infini, sur son étagère, le couvercle fermé. Assidûment tendue par le magnétisme, sur sa goutte d'eau, la double aiguille rouge et bleue marque l'est. Je me suis toujours demandé où Sarah avait trouvé cet artefact bizarre. Ma boussole de Beethoven montre l'est. Oh ce n'est pas juste le cadran, non non, dès que vous essayez de vous orienter, vous vous apercevez que cette boussole pointe vers l'est et non pas vers le nord. Une boussole de farces & attrapes. J'ai longtemps joué avec, incrédule, j'ai fait des dizaines d'essais, à la fenêtre de la cuisine, à la fenêtre du salon, à la fenêtre de la chambre et, effectivement, elle indique l'est. Sarah se tenait le ventre de rire, de me voir tourner cette foutue boussole dans tous les sens. Elle me disait "alors, tu t'y retrouves ?" Et il était absolument impossible de s'orienter avec cet instrument. Je pointais vers la Votivkirche, l'aiguille se stabilisait rapidement, bien immobile, je tournais la roue pour placer le N sous l'aiguille, mais alors l'azimut affirmait que la Votivkirche se trouvait à l'est au lieu d'être au sud. Elle est fausse, tout simplement, elle ne marche pas. Sarah pouffait, très heureuse de sa blague, tu ne sais même pas te servir d'une boussole ! Je te dis qu'elle indique l'est !

Et effectivement, miraculeusement, si on plaçait le E sous l'aiguille au lieu du N, alors tout, par enchantement, retrouvait sa place : le nord au nord, le sud au sud, la Votivkirche au bord du Ring. Je ne comprenais pas comment cela était possible, par quelle magie il pouvait exister une boussole qui indique l'est et non pas le nord. Le magnétisme terrestre s'insurge contre cette hérésie, cet objet possède une magie noire ! Sarah avait les larmes aux yeux tellement elle riait de me voir aussi déconcerté. Elle refusait de m'expliquer le truc ; j'étais terriblement vexé ; je tournai et retournai ce foutu cadran dans tous les sens. La sorcière responsable de l'enchantement (ou, du moins, de son achat : même les plus grands magiciens achètent leurs tours) finit par avoir pitié de mon manque d'imagination et me confier qu'en réalité il y avait *deux* aiguilles séparées par un carton ; l'aiguille aimantée se trouvait en dessous, invisible, et la seconde, assujettie à la première, faisait un angle de quatre-vingt-dix degrés avec l'aimant, indiquant donc toujours l'axe est-ouest. Quel intérêt ? À part avoir immédiatement sous les yeux la direction de Bratislava ou de Stalingrad sans faire de calculs, je ne voyais pas.

— Franz, tu manques de poésie. Tu possèdes à présent une des rares boussoles qui pointent vers l'orient, la boussole de l'Illumination, l'artefact sohrawardien. Un bâton de sourcier mystique.

Vous vous demandez, cher monsieur Mann, ce que Sohrawardi, grand philosophe persan du XIIe siècle décapité à Alep sur l'ordre de Saladin pouvait avoir comme relation avec la boussole de Beethoven (ou du moins sa version trafiquée par Sarah). Sohrawardi, natif de Sohraward dans le Nord-Ouest de l'Iran et découvert pour l'Europe (et aussi en grande partie pour les Iraniens) par Henry Corbin (vous ai-je déjà parlé des fauteuils en cuir de Corbin dans lesquels nous mangions des pistaches à Téhéran ?), le spécialiste de

Heidegger passé à l'Islam, qui consacre à Sohrawardi et ses successeurs un volume entier de son grand œuvre, *En Islam iranien*. Henry Corbin est sans doute un des penseurs européens les plus influents en Iran, dont le long travail d'édition et d'exégèse a participé au renouveau, dans la tradition, de la pensée chiite. Et notamment au renouveau de l'exégèse de Sohrawardi, le fondateur de la "théosophie orientale", de la sagesse des Lumières, héritier de Platon, de Plotin, d'Avicenne et de Zoroastre. Alors que la métaphysique musulmane s'éteignait, dans la ténèbre occidentale, avec la mort d'Averroès (et l'Europe latine s'en est tenue là) elle continuait à briller à l'est dans la théosophie mystique des disciples de Sohrawardi. C'est cette voie que montre ma boussole, d'après Sarah, le chemin de la Vérité, dans le soleil levant. Le premier orientaliste au sens strict, c'est ce décapité d'Alep, cheikh de l'illumination orientale, de l'*Ishraq*, les lumières de l'Est. Mon ami Parviz Baharlou le poète de Téhéran, l'érudit à la joyeuse tristesse, nous parlait souvent de Sohrawardi, de ce savoir de l'*Ishraq* et de son rapport avec la tradition mazdéenne de l'Iran antique, ce trait d'union souterrain qui unissait l'Iran chiite moderne avec la Perse ancienne. Pour lui, ce courant était bien plus intéressant et subversif que celui, initié par Ali Shariati, de relecture du chiisme comme arme de combat révolutionnaire, qu'il appelait "la rivière sèche", car la tradition n'y coulait pas, le flux spirituel en était absent. Selon Parviz, les mollahs iraniens au pouvoir n'avaient malheureusement que faire ni de l'un, ni de l'autre : non seulement les idées révolutionnaires de Shariati n'avaient plus cours (Khomeiny déjà, au début de la Révolution, avait condamné sa pensée en tant qu'innovation blâmable) mais l'aspect théosophique et mystique était gommé de la religion du pouvoir au profit de la sécheresse du *velayat-e faqih*, le "gouvernement du juriste" : les clercs, jusqu'à la parousie du Mahdi, l'imam caché qui apportera la justice sur la terre, sont les responsables de l'administration terrestre, les intermédiaires non pas spirituels, mais temporels du Mahdi. Cette théorie avait provoqué, en son temps, les foudres de grands ayatollahs comme l'ayatollah Shariatmadari qui avait formé, à Qom, le père de Parviz. Parviz ajoutait d'ailleurs que le *velayat-e faqih* avait eu des conséquences gigantesques sur les vocations – le nombre d'aspirants mollahs s'était multiplié par cent, car un magistère temporel permettait de se remplir les poches bien plus aisément (et Dieu sait si elles sont profondes, les poches des mollahs) qu'un sacerdoce spirituel riche en récompenses dans l'au-delà mais assez peu rémunérateur pour ce bas monde : les turbans ont donc fleuri, en Iran, au moins autant que les fonctionnaires dans l'Empire austro-hongrois, c'est dire. À tel point que certains religieux se plaignent aujourd'hui que les clercs soient plus nombreux que les fidèles dans les mosquées, qu'on trouve trop de bergers et de moins en moins de moutons à tondre, à peu près comme il y avait, à la fin de la Vienne impériale, plus de commis que d'administrés. Parviz lui-même expliquait que vivant dans le Paradis de l'Islam sur terre, il ne voyait pas pour quelle raison il serait allé à la mosquée. Les seuls rassemblements religieux où il y ait foule, disait-il, sont les meetings politiques des uns et des autres : on affrète quantité d'autobus pour aller chercher les habitants du sud de la ville et ils y montent allègrement, heureux de cette promenade gratuite et du repas qu'on leur offre à la fin de la prière en commun.

Pourtant l'Iran philosophique et mystique était toujours là, et coulait comme une rivière souterraine sous les pieds de mollahs indifférents ; les tenants de l'*erfân*, la connaissance spirituelle, poursuivaient la tradition de la pratique et du commentaire. Les grands poètes persans participaient de cette prière du cœur, inaudible peut-être dans le fracas de Téhéran, mais dont le battement sourd était un des rythmes les plus intimes de la ville, du pays. À fréquenter les intellectuels et les musiciens, on en oubliait presque le masque noir du régime, ce drap de deuil tendu sur toutes choses à sa portée, on s'affranchissait presque du *zahir*, l'apparent, pour se rapprocher du *bâtin*, du ventre, du caché, des puissances de l'aube. Presque, car Téhéran savait aussi, par surprise, vous déchirer l'âme et vous renvoyer à la tristesse la plus superficielle, où il n'y avait ni extase ni musique – le fou néo-gobinien du musée Abguineh, par exemple, avec son salut hitlérien et sa moustache, ou bien ce mollah croisé à l'université, professeur de je-ne-sais-plus-quoi, qui nous prit à partie en nous expliquant que nous autres, chrétiens, avions trois dieux, prônions les sacrifices humains et buvions du sang : nous n'étions donc pas de simples mécréants, mais *stricto sensu* de terrifiants païens. C'était, à bien y penser, la première fois qu'on me faisait porter le nom de *chrétien* : la première fois que l'évidence de mon baptême était utilisée par autrui pour me désigner et (en la circonstance) me mépriser, tout comme, au musée Abguineh, c'était la première fois qu'on m'imposait le nom d'Allemand pour me propulser parmi les hitlériens. Cette violence de l'identité plaquée par l'autre et prononcée telle une condamnation, Sarah la ressentait bien plus fortement que moi. Le Nom qu'elle aurait pu porter devait, en Iran, rester secret : même si la République islamique protégeait officiellement les Juifs iraniens, la petite communauté présente à Téhéran depuis quatre millénaires était la proie des brimades et des suspicions ; les dernières miettes du judaïsme achéménide étaient parfois arrêtées, torturées et pendues après des procès retentissants qui relevaient plus de la sorcellerie médiévale que de la justice moderne, accusées – entre mille autres chefs d'accusation farfelus – d'avoir frelaté des médicaments et tenté d'empoisonner les musulmans d'Iran pour le compte, bien sûr, de l'État d'Israël, dont l'évocation, à Téhéran, avait la puissance des monstres et des loups dans les contes enfantins. Et même si Sarah n'était, en réalité, pas plus juive que catholique, il fallait se méfier (vu la facilité avec laquelle la police fabriquait des espions) et dissimuler les quelques liens qu'elle pouvait entretenir avec cette entité sioniste que les discours officiels iraniens désiraient si ardemment anéantir.

Il est étrange de penser qu'aujourd'hui en Europe on pose si facilement le nom de "musulman" sur tous ceux qui portent un patronyme d'origine arabe ou turc. La violence des identités imposées.

Oh, la deuxième exposition du thème. On doit l'entendre à la loupe. Tout s'efface. Tout fuit. On s'avance dans des terrains neufs. Tout fugue. Il faut reconnaître que vos pages sur la trente-deuxième sonate de Beethoven sont propres à provoquer la jalousie des musicologues, cher Thomas Mann. Ce conférencier bègue, Kretzschmar, qui joue du piano en beuglant ses commentaires pour surpasser ses propres *fortissimi*. Quel personnage. Un bègue pour parler d'un sourd. Pourquoi n'y a-t-il pas de troisième mouvement à l'opus 111 ? J'aimerais vous soumettre ma propre théorie. Ce fameux troisième mouvement est présent *en creux*. Par son absence. Il est dans les cieux, dans le silence, dans l'avenir. Puisqu'on l'attend, ce troisième mouvement, il brise la dualité de l'affrontement des deux premières parties. Ce serait un mouvement lent. Lent, si lent ou si rapide qu'il dure dans une tension infinie. C'est au fond la même question que celle de la résolution de l'accord de Tristan. Le double, l'ambigu, le trouble, le fuyant. La fugue. Ce faux cercle, cet impossible retour est inscrit par Beethoven lui-même au tout début de la partition, dans le *maestoso* que nous venons d'écouter. Cette septième diminuée. L'illusion de la tonalité attendue, la vanité des espérances humaines, si facilement trompées par le destin. Ce que nous croyons entendre, ce que nous croyons attendre.

L'espoir majestueux de la résurrection, de l'amour, de la consolation n'est suivi que du silence. Il n'y a pas de troisième mouvement. C'est terrifiant, n'est-ce pas ? L'art et les joies, les plaisirs et les souffrances des hommes résonnent dans le vide. Toutes ces choses auxquelles nous tenons, la fugue, la sonate, tout cela est fragile, dissous par le temps. Écoutez cette fin de premier mouvement, le génie de cette coda qui se termine en l'air, suspendue après ce long chemin harmonique – même l'espace entre les deux mouvements est incertain. De la fugue à la variation, de la fuite à l'évolution. La petite aria poursuit, *adagio molto*, sur un rythme des plus surprenants, la marche vers la simplicité du rien. Illusion, encore, que l'Essence ; on ne la découvre pas plus dans la variation qu'on ne la cerne par la fugue. On croit être touché par la caresse de l'amour, et on se retrouve à dévaler un escalier cul par-dessus tête. Un escalier paradoxal qui ne mène qu'à son point de départ – ni au paradis, ni à l'enfer. Le génie de ces variations, vous en conviendrez sans doute, monsieur Mann, réside aussi dans leurs transitions. C'est là que se trouve la vie, la vie fragile, dans le lien entre toutes choses. La beauté c'est le passage, la transformation, toutes les manigances du vivant. Cette sonate est vivante, justement parce qu'elle passe de la fugue à la variation et débouche sur le rien. "Qu'est-ce qu'il y a dans l'amande ? Le rien. Il s'y tient et s'y tient." Bien sûr vous ne pouvez pas connaître ces vers de Paul Celan, monsieur Mann, vous étiez mort au moment de leur parution.

Un rien
étions-nous, sommes-nous, resterons-
nous rien qui fleurit
la rose du rien, la rose de
personne.

Tout mène à ce fameux troisième mouvement, en silence majeur, une rose de rien, une rose de personne.

Mais je prêche un converti, cher Thomas Mann, je sais que vous êtes d'accord avec moi. Cela vous ennuie-t-il si j'éteins la radio ? Finalement Beethoven me rend triste. Surtout ce trille interminable juste avant la variation finale. Beethoven me renvoie au néant ; à la boussole d'Orient, au passé, à la maladie et à l'avenir.

Ici la vie s'achève à la tonique ; simplement, *pianissimo*, en *do* majeur, un accord tout blanc suivi d'un quart de soupir. Et le rien.

L'important est de ne pas perdre l'est. Franz, ne perds pas l'est. Éteins la radio, arrête cette conversation à haute voix avec le fantôme de Mann le magicien. Mann l'ami de Bruno Walter. Ami jusque dans l'exil, ami de trente-cinq ans. Thomas Mann, Bruno Walter et le cas Wagner. L'aporie Wagner, toujours. Bruno Walter le disciple de Mahler, que la bourgeoisie munichoise finira par chasser de son poste de chef d'orchestre car, sémite, il souillait la musique allemande. Il ne faisait pas assez reluire la statue wagnérienne. Il deviendra aux États-Unis un des plus grands chefs de tous les temps. Pourquoi suis-je si remonté contre Wagner ce soir ? C'est peut-être l'influence de la boussole de Beethoven, celle qui marque l'est. Wagner est le *zahir*, l'apparent, le sinistre Occident sec. Il barre les rivières souterraines. Wagner est un barrage, avec lui le ruisseau de la musique européenne déborde. Wagner ferme tout. Détruit l'opéra. Le noie. L'œuvre totale devient totalitaire. Qu'y a-t-il dans son amande ? Le Tout. L'illusion du Tout. Le chant, la musique, la poésie, le théâtre, la peinture avec nos décors, les corps avec nos acteurs et même la nature avec notre Rhin et nos chevaux. Wagner, c'est la République islamique.

Malgré son intérêt pour le bouddhisme, malgré sa passion pour Schopenhauer, Wagner transforme toute cette altérité en *soi* chrétien. *Les Vainqueurs*, opéra bouddhiste, devient *Parsifal*, opéra chrétien. Nietzsche est le seul qui a su s'éloigner de cet aimant. Qui a su en percevoir le danger. Wagner : tuberculeux. Nietzsche : syphilitique. Nietzsche penseur, poète, musicien. Nietzsche voulait *méditerraniser* la musique. Il aimait les exotiques exubérances de *Carmen*, le son de l'orchestre de Bizet. Il aimait. Nietzsche voyait l'amour dans le soleil allé avec la mer à Rapallo, dans les lumières secrètes de la côte italienne, où les verts les plus denses souffrent dans le mercure. Nietzsche avait compris que la question de Wagner n'était pas tant les sommets qu'il avait pu atteindre que l'impossibilité de sa succession, la mort d'une tradition qui n'était plus vivifiée (dans le même) par l'altérité. L'horrible modernité wagnérienne. *L'appartenance à Wagner, cela se paie cher*. Wagner a voulu être un rocher isolé, il a précipité les barques de tous ses successeurs sur les récifs.

Pour Nietzsche, le christianisme retrouvé de *Parsifal* est insupportable. Le Graal de Perceval sonne presque comme une injure personnelle. L'enfermement dans le soi, dans l'illusion catholique.

Wagner est une calamité pour la musique, affirme Nietzsche. Une maladie, une névrose. Le remède, c'est *Carmen*, la Méditerranée et l'Orient espagnol. La bohémienne. Un mythe de l'amour bien différent de celui de Tristan. Il faut abâtardir la musique, Nietzsche ne dit rien d'autre. Nietzsche a assisté à une vingtaine de représentations de *Carmen*. Le sang, la violence, la mort, les taureaux ; l'amour comme coup du sort, comme cette fleur qu'on vous jette et qui vous condamne à la souffrance. Cette fleur qui sèche avec vous en prison sans perdre son parfum. Un amour païen. Tragique. Pour Bizet, l'Orient, c'est l'Italie

– c'est en Sicile que le jeune Georges Bizet, prix de Rome, découvre les traces des Maures, les ciels brûlants de passion, les citronniers, les mosquées devenues des églises, les femmes vêtues de noir des nouvelles de Mérimée, ce Mérimée que Nietzsche adorait. Dans une lettre, le voyant moustachu (la lettre dite "du poisson volant", où il déclare vivre "de manière étrange sur la crête des vagues") explique que la *cohérence tragique* de Mérimée passe dans l'opéra de Bizet.

Bizet a épousé une Juive et inventé une Bohémienne. Bizet a épousé la fille d'Halévy le compositeur de *La Juive*, l'œuvre la plus jouée de l'Opéra de Paris, jusque dans les années 1930. On raconte que Bizet mourut en dirigeant *Carmen*, pendant le trio des Tarots, au moment même où les trois cartomanciennes gitanes prononçaient le mot *la mort! la mort!* en retournant la carte fatale. Je me demande si c'est vrai. Il y a tout un réseau de mortelles bohémiennes dans la littérature et la musique, depuis Mignon, l'androgyne du *Wilhelm Meister* de Goethe jusqu'à Carmen en passant par la sulfureuse Esméralda d'Hugo – jeune adolescent j'étais terriblement effrayé par *Isabelle d'Égypte*, le roman d'Achim von Arnim, le mari de Bettina Brentano; je me rappelle encore le début du texte, si sombre, quand la vieille Gitane montre à la jeune Bella un point sur la colline en lui disant c'est un gibet, auprès d'un ruisseau; c'est ton père qui est pendu là-haut. Ne pleure pas, lui dit-elle, cette nuit nous irons jeter son corps dans la rivière, pour qu'il soit ramené en Égypte; prends ce plat de viande et ce verre de vin et va célébrer en son honneur le repas funèbre. Et j'imaginais, sous cette lune implacable, la jeune enfant contempler au loin la potence où se balançait le cadavre de son père; je voyais Bella, seule, manger cette viande et boire ce vin en pensant au duc des Gitans, ce père dont elle allait devoir descendre de la potence le cadavre pour le confier au torrent, torrent si puissant qu'il avait le pouvoir de ramener les corps de l'autre côté de la Méditerranée, en Égypte, patrie des Morts et des Bohémiens, et dans mon imagination encore enfantine, toutes les péripéties terrifiantes de la suite des aventures de Bella, la fabrication de l'homuncule magique, la rencontre avec le jeune Charles Quint, tout cela n'était rien en comparaison avec cet horrible commencement, les restes du duc Michel grinçant dans la nuit au haut des bois de justice, l'enfant seule avec son repas funèbre. Ma Gitane à moi, c'est Bella, plus que Carmen : la première fois où je fus admis à accompagner mes parents à l'Opéra de Vienne, rite de passage de tout fils de bourgeois, c'était pour une représentation de *Carmen* que dirigeait Carlos Kleiber – j'avais été fasciné par l'orchestre, le son de l'orchestre, le nombre de ses musiciens ; par les robes froufroutantes des chanteuses et l'érotisme brûlant des danses, mais terriblement choqué par l'horrible phonétique française de ces déesses : las, au lieu d'un excitant accent espagnol, Carmen était russe, et Micaëla allemande, elle disait aux soldats "Non non, cheu refiendré", ce qui me semblait (quel âge pouvais-je avoir, douze ans peut-être) absolument tordant. Je m'attendais à un opéra français situé dans l'Espagne sauvage, et je ne comprenais absolument rien ni aux dialogues parlés, ni aux arias, prononcés dans une sorte de sabir martien dont j'ignorais qu'il était, malheureusement, celui de l'opéra d'aujourd'hui. Sur scène, c'était un gigantesque tohu-bohu bondissant, des Gitanes, des militaires, des ânes, des chevaux, de la paille, des couteaux, on s'attendait à voir sortir des coulisses un vrai taureau qu'Escamillo (russe, lui aussi) aurait achevé sur place ; Kleiber bondissait à son pupitre pour essayer de faire jouer l'orchestre plus fort, plus fort, toujours plus fort, avec des accents si outrés que même les ânes, les chevaux, les cuisses sous les robes et les seins dans les décolletés paraissaient une sage parade de village – les triangles frappaient à s'en démettre l'épaule, les cuivres soufflaient si puissamment qu'ils faisaient voler les cheveux des violonistes et les jupons des cigarières, les cordes couvraient les voix des chanteurs, obligés de beugler comme des baudets ou des juments pour se faire entendre, perdant toute nuance ; seul le chœur des enfants, "Avec la garde montante", etc., paraissait s'amuser de cette emphase, gueulant eux aussi à qui mieux mieux en brandissant leurs armes de bois. Il y avait tellement de monde sur scène qu'on se demandait comment on pouvait s'y mouvoir sans tomber dans la fosse d'orchestre, des chapeaux, des toques, des bonnets, des roses dans les coiffures, des ombrelles, des fusils, une masse, un magma de vie et de musique d'une confusion sans limite renforcée, dans ma mémoire (mais la mémoire exagère toujours), par la diction des acteurs, renvoyant le texte à des borborygmes – heureusement que ma mère, patiemment, m'avait raconté auparavant l'histoire funeste de l'amour de don José pour Carmen ; je me rappelle parfaitement ma question, mais pourquoi est-ce qu'il la tue ? Pourquoi tuer l'objet de son amour ? S'il l'aime, pourquoi la poignarder ? Et s'il ne l'aime plus, s'il a épousé Micaëla, alors comment peut-il ressentir encore suffisamment de haine pour la tuer ? Cette histoire me paraissait hautement improbable. Il me semblait très étrange que Micaëla, seule, réussisse à découvrir le repaire des contrebandiers dans la montagne, alors que la police n'y parvenait pas. Je ne comprenais pas non plus pourquoi, à la fin du premier acte, don José laissait Carmen échapper à la prison, alors qu'il la connaissait à peine. Elle avait balafré d'un coup de couteau une pauvre jeune fille, tout de même. Don José n'avait-il aucun sens de la justice ? Était-il déjà un assassin en puissance ? Ma mère soupirait que je ne comprenais rien à la force de l'amour. Heureusement, l'exubérance kleibérienne me permit d'oublier le récit et de me concentrer sur les corps de ces femmes dansant sur scène, sur leurs vêtements et leurs poses suggestives, sur la séduction lascive de leurs danses. Les bohémiennes sont une histoire de passion. Depuis *La Petite Gitane* de Cervantès, les Tsiganes ont représenté en Europe une altérité de désir et de violence, un mythe de liberté et de voyage – jusque dans la musique : par les personnages qu'ils fournissent aux opéras, mais aussi par les mélodies et les rythmes. Franz Liszt décrit, dans son *Des bohémiens et de leurs musiques en Hongrie*, après une sinistre introduction antisémite de quatre-vingt-dix pages consacrés aux Juifs dans l'art et la musique (toujours les absurdes arguments wagnériens : dissimulation, cosmopolitisme, absence de création, de génie, au profit de l'imitation et du talent : Bach et Beethoven, génies, contre Meyerbeer et Mendelssohn, talentueux imitateurs), la *liberté* comme caractéristique première de "cette étrange race" bohémienne. Le cerveau lisztien, rongé par le concept de race et l'antisémitisme, se débat pour sauver les Gitans – s'ils s'opposent aux Juifs, assène-t-il, c'est qu'ils ne cachent rien, qu'ils n'ont pas de Bible et de Testament propre ; ils sont voleurs, les Gitans, certes, car ils ne se plient à aucune norme, comme l'amour dans *Carmen*, "qui n'a jamais jamais connu de loi". Les enfants de bohème courent après "l'électrique étincelle d'une sensation". Ils sont prêts à tout pour *sentir*, à n'importe quel prix, dans la communion avec la nature. Le Tsigane n'est jamais aussi heureux que lorsqu'il s'endort dans un bois de bouleaux, nous apprend Liszt, lorsqu'il hume les émanations de la nature par tous les pores. Liberté, nature, rêve, passion : les bohémiens de Liszt sont le peuple romantique par excellence. Mais là où Liszt est le plus profond, le plus amoureux, sans doute, c'est quand il oublie les frontières de la race qu'il vient de poser sur les *Rommy* et s'intéresse à leur contribution à la musique hongroise, aux motifs tsiganes qui nourrissent la musique hongroise – *l'épopée* bohémienne alimente la musique, Liszt va se faire le rhapsode de ces aventures musicales. Le mélange avec les éléments tatars (selon les origines, à l'époque, des Hongrois mystérieux) signe la naissance de la musique hongroise. Contrairement à l'Espagne, où les Zingari ne donnent rien de bon (une vieille guitare au chant de scie dans la paresse d'une grotte du Sacromonte ou des palais en ruine de l'Alhambra ne peut être considérée comme de la musique, dit-il), c'est dans les immenses plaines de Hongrie que le feu gitan va trouver selon lui sa plus belle expression – j'imagine Liszt en Espagne, dans la splendeur oubliée des restes almohades, ou dans la mosquée de Cordoue, chercher passionnément des Gitans pour entendre leur musique ; à Grenade, il a lu les *Tales of the Alhambra* de Washington Irving, il a entendu les têtes des Abencérages tomber sous le sabre des bourreaux, dans le bassin de la fontaine aux lions – Washington Irving l'Américain, l'ami de Mary Shelley et de Walter Scott, le premier écrivain à faire revivre la geste des musulmans d'Espagne, le premier à récrire la chronique de la conquête de Grenade et à vivre quelque temps dans l'Alhambra. Il est étrange que Liszt n'ait pas entendu, dans les chants autour de cette mauvaise guitare, comme il dit, autre chose que des banalités : il reconnaît néanmoins qu'il a joué de malchance. Le chanceux, c'est Domenico Scarlatti, qui a sans doute, lors de son long séjour en Andalousie, à la petite cour de Séville, écouté bien des traces des musiques maures perdues, transportées par les Gitans dans le flamenco naissant ; cet air vivifie la musique baroque et participe, à travers l'originalité de Scarlatti, à l'évolution de la musique européenne. La passion gitane, par les marges, dans les paysages hongrois et les collines andalouses, transmet son énergie à la musique dite "occidentale" – une pierre de plus à l'idée de Sarah de la "construction commune". C'est d'ailleurs la contradiction de Liszt : en isolant dans la "race" gobinienne l'apport gitan, il l'éloigne, le neutralise ; cet apport qu'il reconnaît, il ne peut le concevoir que comme un flux ancien, qui coula, de "ce peuple étranger comme les Juifs", dans la musique hongroise des premiers temps : ses rhapsodies s'intitulent *Rhapsodies hongroises*, et non pas *Rhapsodies gitanes*... Ce grand mouvement d'exclusion "nationale", la construction historique de la musique "allemande", "italienne", "hongroise" comme étant l'expression de la nation homonyme, en parfaite adéquation avec elle, est immédiatement contredit, en réalité, par ses théoriciens même. Les envolées modales de quelques sonates de Scarlatti, les altérations de la gamme gitane (Liszt parle de "chatoiements très bizarres et d'un éclat offusquant") sont autant de coups de couteau dans l'harmonie classique, le coup de couteau de Carmen, lorsqu'elle balafre d'une croix de Saint-André le visage d'une des cigarières. Je pourrais suggérer à Sarah de se pencher sur les Gitans d'Orient, si peu étudiés, les Cingânés turcs, les Nawars syriens, les Loulis iraniens – nomades ou sédentaires que l'on retrouve de l'Inde au Maghreb en passant par l'Asie centrale depuis l'époque sassanide et le roi Bahrâm Gour. Dans la poésie persane classique, les Gitans sont libres, joyeux, musiciens ; ils ont la beauté de la lune, ils dansent et séduisent – ce sont des objets d'amour et de désir. Je ne sais rien de leur musique, est-elle différente de celle de l'Iran ou, au contraire, est-elle le substrat sur lequel poussent les modes iraniens ? Entre l'Inde et les plaines d'Europe de l'Ouest bat le sang libre de leurs langues mystérieuses, de tout ce qu'ils ont transporté avec eux dans leurs déplacements – en dessinant une autre carte, secrète, celle d'un immense pays qui va de la vallée de l'Indus jusqu'au Guadalquivir.

Je tourne autour de l'amour. Je remue ma petite cuiller dans la tasse vide. Est-ce que j'ai envie d'une autre infusion ?

Ce qui est sûr, c'est que je n'ai pas sommeil. Que cherche à me dire le Destin, cette nuit ? Je pourrais me tirer les cartes, si j'avais la moindre compétence en la matière je me jetterais sur les Tarots. *Madame Sosostris, famous clairvoyante, is known to be the wisest woman in Europe, with a wicked pack of cards.* Voilà ma carte, Le Marin Phénicien Noyé. Le pendu oriental aquatique, en somme. *Craignez la mort par noyade.* Ou, chez Bizet :

Mais si tu dois mourir,
Si le mot redoutable
Est écrit par le sort,
Recommence vingt fois,
La carte impitoyable
Répétera : la mort !
Encore ! Encore !
Toujours la mort !
Encore ! Le désespoir !
Toujours la mort !

Mourir de la main de Carmen ou de Mme Sosostris, c'est du pareil au même, kifkif bourricot, disent les Français. L'annonce de la mort prochaine, comme dans la belle sobriété du post-scriptum d'une des dernières lettres de Nietzsche, le géant aux moustaches d'argile,

P.-S. : Cet hiver, je reste à Nice. Mon adresse estivale est : Sils-Maria, Haute-Engadine, Suisse. J'ai cessé d'enseigner à l'université. Je suis aux trois quarts aveugle.

qui résonne comme une épitaphe. On a du mal à imaginer qu'il y ait une dernière nuit, qu'on soit déjà aux trois quarts aveugle. Sils en Engadine compte parmi les plus beaux paysages de montagne d'Europe, dit-on. Le lac de

Sils et le lac de Silvaplana dont Nietzsche allait faire le tour à pied. Nietzsche le Perse, Nietzsche le lecteur de l'Avesta, dernier ou premier zoroastrien d'Europe, aveuglé par la lumière du feu d'Ahura Mazda la Grande Clarté. Toujours on se croise et se recroise; Nietzsche amoureux de Lou Salomé, cette même Lou qui épousera un orientaliste, Friedrich Carl Andreas, spécialiste des langues iraniennes, orientaliste qui manquera de se tuer à coups de couteau, car elle lui refusait son corps, jusqu'à le rendre fou de désir; Nietzsche croise Annemarie Schwarzenbach à Sils-Maria, où les Schwarzenbach possédaient un somptueux chalet; Annemarie Schwarzenbach croise le fantôme de Nietzsche à Téhéran, où elle séjourne à plusieurs reprises; Annemarie Schwarzenbach croise Thomas Mann et Bruno Walter à travers Erika et Klaus Mann, auxquels elle adresse ces lettres éperdues de Syrie et d'Iran. Annemarie Schwarzenbach croise Arthur de Gobineau sans le savoir dans la vallée du Lahr, à quelques dizaines de kilomètres au nord de Téhéran. La boussole marque toujours l'est. En Iran, Sarah m'emmène visiter ces endroits, les uns après les autres : la villa de Farmaniyé où Annemarie résida avec son époux le jeune diplomate français Claude Clarac, belle maison aux colonnades néo-perses, avec un magnifique jardin, aujourd'hui résidence de l'ambassadeur d'Italie, homme affable, enchanté de nous faire les honneurs de sa demeure et d'apprendre que la Suissesse mélancolique y a vécu quelque temps – Sarah brille dans l'ombre des arbres, ses cheveux sont ces poissons dorés chatoyant dans l'eau brune; son bonheur de découvrir cette maison se transforme en un interminable sourire; je suis si heureux moi-même de son plaisir enfantin que je me sens empli d'une jubilation printanière, puissante comme le parfum des innombrables roses de Téhéran. La villa est somptueuse – les faïences qadjares sur les murs racontent les histoires des héros persans; le mobilier, pour beaucoup d'époque, oscille entre vieille Europe et Iran immortel. Le bâtiment a été modifié et agrandi dans les années 1940, inextricable mélange entre architecture néogothique italienne et XIXe siècle persan, plutôt harmonieux. La ville autour de nous, si âpre souvent, s'adoucit dans cette vision de Sarah agenouillée sur une margelle et de sa main blanche, déformée par l'eau d'un bassin couvert de nénuphars. Je la retrouve en Iran quelques mois après Paris et la soutenance de sa thèse, de longs mois après son mariage et ma jalousie, après Damas, Alep et la porte refermée de la chambre de l'hôtel Baron, claquée contre mon visage – la douleur s'efface peu à peu, toutes les douleurs s'effacent, la honte est un sentiment qui imagine l'autre en soi, qui prend en charge la vision d'autrui, un dédoublement, et maintenant, en traînant mes savates vers le salon et mon bureau, en me cognant comme d'habitude au porte-parapluie de porcelaine invisible dans le noir, je me dis que j'ai été bien pitoyable de lui battre froid ainsi, et d'intriguer en même temps de toutes les façons possibles et imaginables afin de la retrouver en Iran, cherchant des sujets de recherche, des bourses, des invitations pour me rendre à Téhéran, complètement aveuglé par cette idée fixe, au point de bouleverser mes chers plans universitaires ; tout le monde me demandait, à Vienne, pourquoi Téhéran, pourquoi la Perse ? Istanbul et Damas, passe encore, mais l'Iran ? et il me fallait inventer des raisonnements biscornus, des interrogations sur "le sens de la tradition musicale", sur la poésie persane classique et ses échos dans la musique européenne ou asséner un très péremptoire : "je dois revenir aux sources", qui avait l'avantage de faire taire immédiatement les curieux, certains que j'avais été touché par la grâce ou, plus fréquemment, par le vent de la folie.

Tiens j'ai machinalement réveillé mon ordinateur, Franz, je sais ce que tu vas faire, tu vas fouiller dans de vieilles histoires, dans tes carnets de Téhéran, relire les courriers de Sarah et tu sais que ce n'est pas une bonne idée, tu ferais mieux de reprendre une infusion et d'aller te recoucher. Ou alors corrige, corrige ce mémoire infernal sur les opéras orientalistes de Gluck.

Une bouffée d'opium iranien, une bouffée de mémoire, c'est un genre d'oubli, d'oubli de la nuit qui avance, de la maladie qui gagne, de la cécité qui nous envahit. C'est peut-être ce qui manquait à Sadegh Hedayat lorsqu'il ouvrit le gaz en grand à Paris en avril 1951, une pipe d'opium et de mémoire, une compagnie : le plus grand prosateur iranien du XXe siècle, le plus sombre, le plus drôle, le plus méchant finit par s'abandonner à la mort par épuisement ; il se laisse aller, il ne résiste plus, sa vie ne lui semble pas digne d'être poursuivie, ici ou là-bas – la perspective de rentrer à Téhéran lui est aussi insupportable que celle de rester à Paris, il flotte, il flotte dans ce studio qu'il a eu tant de mal à obtenir, rue Championnet à Paris, Ville Lumière, dans laquelle il en voit si peu. À Paris, il aime les brasseries, le cognac et les œufs durs, car il est végétarien depuis fort longtemps, depuis ses voyages en Inde ; à Paris il aime le souvenir de la ville qu'il a connue dans les années 1920, et cette tension entre le Paris de sa jeunesse et celui de 1951 – entre sa jeunesse et 1951 – est une douleur quotidienne, dans ses promenades au Quartier latin, dans ses longues flâneries en banlieue. Il fréquente (c'est beaucoup dire) quelques Iraniens, exilés comme lui ; ces Iraniens le trouvent un peu hautain, un rien méprisant, ce qui est vraisemblablement le cas. Il n'écrit plus beaucoup. "Je n'écris que pour mon ombre, projetée par la lampe sur le mur ; il faut que je me fasse connaître d'elle." Il brûlera ses derniers textes. Personne n'a autant aimé et haï l'Iran que Hedayat, racontait Sarah. Personne n'a été aussi attentif à la langue de la rue, aux personnages de la rue, aux bigots, aux humbles, aux puissants. Personne n'a su construire une critique à la fois aussi sauvage et un éloge aussi immense de l'Iran que Hedayat. C'était peut-être un homme triste, surtout à la fin de sa vie, à la fois acide et amer, mais ce n'est pas un écrivain triste, loin de là.

Comme Hedayat, Paris m'a toujours intimidé ; l'étrange violence qu'on y ressent, l'odeur d'arachide tiède du métropolitain, l'habitude qu'ont ses habitants de courir au lieu de marcher, les yeux vers le bas, prêts à tout renverser sur leur passage pour parvenir à destination ; la crasse, qui paraît s'accumuler dans la ville sans discontinuer au moins depuis Napoléon ; le fleuve si noble et si contraint dans ses berges pavées, parsemées de monuments altiers et disparates ; le tout, sous l'œil mou et laiteux du Sacré-Cœur, me semble toujours d'une beauté baudelairienne, monstrueuse. Paris capitale du XIXe siècle et de la France. Je n'ai jamais pu me défaire, à Paris, de mes hésitations de touriste et mon français, même si je mets un point d'honneur à ce qu'il soit châtié, sobre, parfait, y est toujours en exil – j'ai l'impression de comprendre un mot sur deux, et pis encore, comble de l'humiliation, on me fait souvent répéter mes phrases : depuis Villon et la fin du Moyen Âge, à Paris on ne parle que le jargon. Et j'ignore si ces traits de caractère font paraître Vienne ou Berlin douces et provinciales ou si, au contraire, c'est Paris qui reste enfoncée dans sa province, isolée au cœur de cette Île-de-France dont le nom est peut-être à l'origine de la singularité de la ville et de ses habitants. Sarah est une vraie Parisienne, si cet adjectif a réellement un sens – en tout cas elle y est née, y a grandi et, pour elle, "il n'est bon bec que de Paris". Et pour moi aussi – il me faut admettre que Sarah, même amaigrie par le surmenage, les yeux légèrement cernés, les cheveux plus courts qu'à l'accoutumée, comme si elle était entrée au monastère ou en prison, les mains pâles et presque osseuses, son alliance devenue trop grande bringuebalant à son doigt, restait l'idéal de la beauté féminine. Quel prétexte avais-je trouvé pour ce bref séjour parisien, je ne m'en souviens plus ; je logeais dans un petit hôtel tout près de la place Saint-Georges, une de ces places aux proportions miraculeuses transformées en enfer par l'invention de l'automobile – ce que j'ignorais, c'est qu'"à deux pas de la place Saint-Georges" (disait la brochure de l'hôtel que j'avais dû choisir, inconsciemment, à cause des consonances amicales du nom de ce saint, beaucoup plus familier que, mettons, Notre-Dame-de-Lorette ou Saint-Germain-l'Auxerrois) signifiait aussi malheureusement à deux pas de la place Pigalle, monument gris élevé à toutes sortes d'atrocités visuelles où les rabatteurs des bars à entraîneuses vous attrapaient par le bras pour vous proposer de boire un verre et ne vous lâchaient qu'après vous avoir copieusement traité, certains du sursaut de virilité que déclencheraient ces invectives, de pédale ou d'impuissant. Curieusement, cette place Pigalle (et les rues adjacentes) se trouvait entre Sarah et moi. L'appartement de Sarah et Nadim était situé un peu plus haut, place des Abbesses, à mi-chemin de l'ascension qui vous mène (ô Paris !) des putains de Pigalle aux moinillons du Sacré-Cœur et, au-delà de la Butte où les communards roulaient leurs canons, vers la dernière demeure de Sadegh Hedayat. Nadim était en Syrie au moment de ma visite, ce qui arrangeait bien mes affaires. Plus je grimpais pour rejoindre Sarah, dans ces ruelles qui passent sans prévenir du sordide au touristique, puis du touristique au bourgeois, plus je me rendais compte que j'avais encore de l'espoir, un fol espoir qui refusait de dire son nom, et ensuite, en descendant le grand escalier de la rue du Mont-Cenis, après m'être un peu perdu et avoir croisé un surprenant vignoble coincé entre deux maisons dont les vieux ceps m'ont rappelé Vienne et Nussdorf, marche après marche vers la mairie du 18e arrondissement, vers la pauvreté et la simplicité des faubourgs qui succèdent à l'ostentation montmartroise, cet espoir se dilua dans le gris qui paraissait attrister même les arbres de la rue Custine, engoncés dans leurs grilles de fonte, cette limitation si parisienne à l'acharnement végétal (rien ne représente plus l'esprit moderne que cette étrange idée, la grille d'arbre. On a beau vous persuader que ces imposants morceaux de ferraille sont là pour protéger le marronnier ou le platane, pour leur bien, pour éviter qu'on ne nuise à leurs racines, il n'existe pas, je crois, de représentation plus terrible de la lutte à mort entre la ville et la nature, ni de signe plus éloquent de la victoire de la première sur la seconde) et lorsque je parvins enfin, après quelques hésitations, une mairie, une église et un bruyant rond-point à la rue Championnet, Paris avait eu raison de mon espérance. L'endroit aurait pu être agréable, charmant même ; certains immeubles étaient élégants, avec leurs cinq étages et attique sous des toitures de zinc, mais la plupart des boutiques paraissaient abandonnées ; la rue était déserte, raide, interminable. En face de chez Hedayat se trouvait un curieux ensemble, une maison basse et ancienne, du XVIIIe siècle sans doute, accolée à un gros bâtiment en briques marquant l'entrée d'un parking pour autobus parisiens. En attendant Sarah, j'eus tout le temps d'observer les fenêtres du 37 *bis*, là où Sadegh Hedayat avait décidé d'en finir avec l'existence, ce qui, sous le ciel atone, d'un gris pâle, n'incitait pas particulièrement à la gaieté. Je pensais à cet homme de quarante-huit ans colmatant la porte de sa cuisine avec des torchons avant d'ouvrir le gaz, de s'allonger par terre sur une couverture et de s'endormir à jamais. L'orientaliste Roger Lescot avait plus ou moins achevé sa traduction de *La Chouette aveugle*, mais les éditions Grasset n'en voulaient plus ou n'avaient plus les moyens de la publier. José Corti, libraire et éditeur des surréalistes, sera fasciné par le texte qui sortira deux ans après la disparition de l'auteur. *La Chouette aveugle* est un rêve de mort. Un livre violent, d'un érotisme sauvage, où le temps est un abîme dont le contenu reflue en vomissure mortelle. Un livre d'opium.

Sarah arrivait. Elle marchait vite, son cartable en bandoulière, la tête légèrement penchée ; elle ne m'avait pas aperçu. Je l'ai reconnue, malgré la distance, à la couleur de sa chevelure, à l'espoir qui s'insinuait de nouveau dans mon cœur en un serrement angoissé. Elle est devant moi, jupe longue, bottines, immense écharpe terre de Sienne. Elle me tend les mains, sourit, dit qu'elle est très heureuse de me revoir. Bien sûr je n'aurais pas dû lui faire remarquer immédiatement qu'elle avait beaucoup maigri, qu'elle était pâle, les yeux cernés, ce n'était pas très malin ; mais j'étais tellement surpris par ces transformations physiques, tellement poussé à la futilité par l'angoisse, que je n'ai pas pu m'en empêcher, et la journée, cette journée que j'avais provoquée, travaillée, attendue, imaginée s'engagea sur un chemin lamentable. Sarah était vexée – elle essaya de ne rien en montrer, et une fois notre visite à l'appartement de Hedayat terminée (enfin surtout la visite de la cage d'escalier, le locataire actuel du studio ayant refusé de nous ouvrir : il était, d'après Sarah qui l'avait eu la veille au téléphone, très superstitieux et terrorisé à l'idée qu'un mystérieux étranger ait pu mettre fin à ses jours sur le linoléum de sa cuisine), alors que nous remontions la rue Championnet vers l'ouest, puis la rue Damrémont en direction du cimetière de Montmartre, avant de nous arrêter pour déjeuner dans ce restaurant turc, elle gardait un silence poisseux, je m'enfonçai dans un bavardage hystérique – les noyés se débattent, secouent bras et jambes ; j'essayais de la dérider, ou du moins de l'intéresser ; je lui racontai les dernières nouvelles de Vienne, pour autant qu'il y ait des nouvelles à Vienne, j'enchaînai sur les lieder orientaux de

Schubert, ma passion de l'époque, puis sur Berlioz, dont nous allions voir la tombe, et ma lecture très personnelle des *Troyens* – jusqu'à ce qu'elle s'arrête au beau milieu du trottoir et me regarde avec un demi-sourire :

— Franz, tu me soûles. C'est incroyable. Tu parles sans interruption depuis deux kilomètres. Mon Dieu ce que tu peux être bavard !

J'étais très fier de l'avoir enivrée de mes belles paroles et n'entendais pas m'arrêter en si bonne voie :

— Tu as raison, je cause, je cause et je ne te laisse pas en placer une. Alors dis-moi, cette thèse, ça avance ? Tu termines bientôt ?

Ce qui eut un effet inattendu à défaut d'inespéré : Sarah souffla un grand soupir, là, sur le trottoir de la rue Damrémont, se prit le visage dans les mains, puis secoua la tête, leva les bras au ciel et poussa un long hurlement. Un cri exaspéré, un appel aux dieux, une supplique pleine de rage qui me laissa sans voix, surpris, blessé, les yeux ronds. Puis elle se tut, se tourna vers moi et soupira à nouveau :

— Allez viens, on va déjeuner.

Il y avait un restaurant sur le trottoir d'en face ; un restaurant au décor exotisant, des tentures, des coussins, des objets de toutes sortes, des vieilleries aussi poussiéreuses que la vitrine, opaque de crasse, sans clients à part nous, car il était tout juste midi et les Parisiens, se targuant sans doute d'influences plus méridionales, d'une liberté plus grande que le reste de leurs concitoyens, déjeunent tard. Si d'aventure ils déjeunaient dans cet endroit. Il m'apparut que nous étions les seuls clients de la semaine, et peut-être du mois, tant le patron (avachi à une table, essayant de battre son record personnel de Tetris) avait l'air surpris de nous voir. Patron dont le physique pâlot, l'accent, la mauvaise humeur et les tarifs prouvaient qu'il était tout à fait parisien : foin de douceur orientale, nous étions tombés sur le seul restaurant turc tenu par un autochtone, qui ne daigna abandonner son ordinateur pour nous accueillir qu'en soupirant et après avoir terminé sa partie.

C'était à mon tour de me taire, mortellement touché par le hurlement ridicule de Sarah. Mais pour qui se prenait-elle donc ? Je m'intéresse à elle et qu'obtiens-je ? Des cris d'orfraie. Des simagrées de chouette. Après quelques minutes de ce silence vengeur, ma moue dissimulée derrière la carte de l'estaminet, elle consentit à s'excuser.

— Franz, pardon, pardonne-moi, je regrette, je ne sais pas ce qui m'a pris. Mais on ne peut pas dire que tu facilites les choses.

(Mortellement vexé, avec des accents pathétiques) – Ce n'est rien, n'en parlons plus. Voyons plutôt ce qu'il y a de mangeable dans cette somptueuse auberge où tu nous as amenés.

— On peut aller ailleurs si tu préfères.

(Définitif, avec une pointe d'hypocrisie) – On ne peut pas quitter un restaurant après s'être assis et avoir lu la carte. Ça ne se fait pas. Comme vous dites en France : quand le vin est tiré, il faut le boire.

— Je peux prétexter un malaise. Si tu ne changes pas d'attitude, je vais *avoir* un malaise.

(Sournois, toujours dissimulé derrière le menu) – Tu es indisposée ? Ça expliquerait tes sautes d'humeur.

— Franz, tu vas réussir à me mettre vraiment hors de moi. Si tu continues, je m'en vais, je retourne travailler.

(Lâche, effrayé, confus, reposant soudain la carte) – Non, non, ne pars pas, je disais cela pour t'embêter, je suis sûr que c'est très bon ici. Délicieux, même.

Elle se mit à rire. Je ne me rappelle plus ce que nous avons mangé, je me souviens juste du petit *ding* du four à micro-ondes qui résonnait dans le restaurant désert juste avant l'arrivée des plats. Sarah me parla de sa thèse, de

Hedayat, de Schwarzenbach, de ses chers personnages ; de ces miroirs entre Orient et Occident qu'elle voulait briser, disait-elle, par la continuité de la promenade. Mettre au jour les rhizomes de cette construction commune de la modernité. Montrer que les "Orientaux" n'en étaient pas exclus, mais que, bien au contraire, ils en étaient souvent les inspirateurs, les initiateurs, les participants actifs ; montrer, au bout du compte, que les théories de Saïd étaient devenues malgré elles un des instruments de domination les plus subtils qui soient : la question n'était pas que Saïd ait raison ou tort, dans sa vision de l'orientalisme ; le problème c'était la brèche, la fissure ontologique que ses lecteurs avaient admise entre un Occident dominateur et un Orient dominé, brèche qui, en s'ouvrant bien au-delà de la science coloniale, contribuait à la réalisation du modèle ainsi créé, achevait *a posteriori* le scénario de domination contre lequel la pensée de Saïd souhaitait lutter. Alors que l'histoire pouvait être lue d'une tout autre façon, disait-elle, écrite d'une tout autre façon, dans le partage et la continuité. Elle parla longuement de la sainte trinité postcoloniale, Saïd, Bhabha, Spivak ; de la question de l'impérialisme, de la différence, du XXIe siècle où, face à la violence, nous avions plus que jamais besoin de nous défaire de cette idée absurde de l'altérité absolue de l'Islam et d'admettre non seulement la terrifiante violence du colonialisme, mais aussi tout ce que l'Europe devait à l'Orient – l'impossibilité de les séparer l'un l'autre, la nécessité de changer de perspective. Il fallait trouver, disait-elle, au-delà de la bête repentance des uns ou de la nostalgie coloniale des autres, une nouvelle vision qui inclue l'autre en soi. Des deux côtés.

Le décor était de circonstance : les faux tissus anatoliens associés aux bibelots *made in China* et aux mœurs très parisiennes du tenancier paraissaient le meilleur exemple pour accréditer sa thèse.

L'Orient est une construction imaginale, un ensemble de représentations dans lequel chacun, où qu'il se trouve, puise à l'envi. Il est naïf de croire, poursuivait Sarah à haute voix, que ce coffre d'images orientales est aujourd'hui spécifique à l'Europe. Non. Ces images, cette malle au trésor, sont accessibles à tous et tous y ajoutent, au gré des productions culturelles, de nouvelles vignettes, de nouveaux portraits, de nouvelles musiques. Des Algériens, des Syriens, des Libanais, des Iraniens, des Indiens, des Chinois puisent à leur tour dans ce bahut de voyage, dans cet imaginaire. Je vais prendre un exemple très actuel et frappant : les princesses voilées et les tapis volants des studios Disney peuvent être vus comme "orientalistes" ou "orientalisants" ; ils correspondent en réalité à la dernière expression de cette construction récente d'un imaginaire. Ce n'est pas pour rien que ces films sont non seulement autorisés en Arabie Saoudite, mais même omniprésents. Tous les courts métrages didactiques (pour apprendre à prier, à jeûner, à vivre en bon musulman) les copient. La prude société saoudienne contemporaine est un film de Walt Disney. Le wahhabisme est un film de Disney. Ce faisant, les cinéastes qui travaillent pour l'Arabie Saoudite rajoutent des images dans le fonds commun. Autre exemple, très choquant : la décapitation en public, celle du sabre recourbé et du bourreau en blanc, ou encore plus effrayante, de l'égorgement jusqu'à décollation. C'est aussi le produit d'une construction commune à partir de sources musulmanes transformées par toutes les images de la modernité. Ces atrocités prennent leur place dans ce monde imaginal ; elles poursuivent la construction commune. Nous, Européens, les voyons avec l'horreur de l'altérité ; mais cette altérité est tout aussi effrayante pour un Irakien ou un Yéménite. Même ce que nous rejetons, ce que nous haïssons ressortit à ce monde imaginal commun. Ce que nous identifions dans ces atroces décapitations comme “autre”, “différent”, “oriental”, est tout aussi “autre”, “différent” et “oriental” pour un Arabe, un Turc ou un Iranien.

Je l’écoutais d’une oreille distraite, absorbé dans sa contemplation : malgré les cernes et la maigreur, son visage était puissant, déterminé et tendre à la fois. Son regard brûlait du feu de ses idées ; sa poitrine paraissait plus menue que quelques mois auparavant ; le décolleté de son pull en cachemire noir dévoilait des festons de la même couleur, limite d’un corsage dont une ligne fine, sous la laine, au milieu de l’épaule, laissait deviner la bretelle. Les taches de rousseur de son sternum suivaient la limite de la dentelle et remontaient jusqu’à la clavicule ; j’apercevais la naissance de l’os au-dessus duquel pendaient des boucles d’oreilles, deux pièces héraldiques imaginaires gravées de blasons inconnus. Ses cheveux étaient attachés haut, retenus par un petit peigne d’argent. Ses mains claires aux longues veines bleutées brassaient l’air au gré de son discours. Elle avait à peine touché au contenu de son assiette. Je repensais à Palmyre, au contact de son corps, j’aurais voulu me blottir contre elle jusqu’à disparaître. Elle était passée à un tout autre sujet, ses difficultés avec Gilbert de Morgan, son directeur de thèse que j’avais, me rappelait-elle, croisé à Damas ; elle était inquiète de ses sautes d’humeur, de ses crises d’alcoolisme et de désespoir – et surtout de sa propension malheureuse à chercher le salut dans le sourire des étudiantes de première et deuxième année. Il s’y frottait comme si la jeunesse était contagieuse. Et elles n’étaient pas toutes d’accord pour se laisser vampiriser. Cette évocation m’inspira un sourire salace et un petit ricanement qui me valut une belle engueulade, Franz, ce n’est pas drôle, tu es aussi machiste que lui. Les femmes ne sont pas des objets, etc. Se rendait-elle compte de mon désir à moi, tout maquillé qu’il fût, tout déguisé de prévenance et de respect ? Elle changea encore de sujet. Sa relation avec Nadim était de plus en plus compliquée. Ils s'étaient mariés, me confiait-elle, pour faciliter la venue de Nadim en Europe. Après quelques mois à Paris, la Syrie lui manquait ; à Damas ou à Alep, c'était un concertiste réputé ; en France, un migrant de plus. Sarah était si absorbée par son travail de thèse qu'elle n'avait malheureusement eu que peu de temps à lui consacrer ; Nadim prenait en grippe son pays d'accueil, voyait partout des racistes, des islamophobes ; il rêvait de rentrer en Syrie, ce que la récente obtention d'un titre de séjour définitif venait enfin de lui permettre. Ils étaient plus ou moins séparés, dit-elle. Elle se sentait coupable. Elle était manifestement épuisée ; des larmes brillèrent soudain dans ses yeux. Elle ne réalisait pas les espoirs égoïstes que ces révélations suscitaient en moi. Elle s'est excusée, j'ai essayé de la rassurer maladroitement, après la thèse tout ira mieux. Après la thèse elle se retrouverait sans poste, sans argent, sans projets, dit-elle. Je crevais d'envie de lui hurler que je l'aimais passionnément. Cette phrase s'est transformée dans ma bouche, est devenue une proposition bizarre, tu pourrais t'installer à Vienne quelque temps. D'abord interloquée elle a ensuite souri, merci, c'est très gentil. C'est gentil de te préoccuper pour moi. Très. Et la magie étant un phénomène rare et passager, cet instant a vite été interrompu par le patron : il nous a balancé une addition que nous n'avions pas demandée dans une affreuse coupelle en bambou ornée d'un oiseau peint. "*Bolboli khoun djegar khorad o goli hâsel kard*, un rossignol peiné qui perdait son sang a donné naissance à une rose", pensai-je. J'ai juste dit "pauvre Hafez", Sarah a immédiatement compris à quoi je faisais allusion, et elle a ri.

Puis nous nous sommes mis en route vers le cimetière de Montmartre et la compagnie rassurante des tombes.

4 H 30

Étranges, les dialogues qui s'instaurent dans la géographie aléatoire des cimetières, pensais-je en me recueillant devant Heinrich Heine l'orientaliste ("Où sera le dernier repos du promeneur fatigué, sous les palmiers du Sud ou les tilleuls du Rhin ?" – rien de tout cela : sous les marronniers de Montmartre), une lyre, des roses, un papillon de marbre, un visage fin penché vers l'avant, entre une famille Marchand et une dame Beucher, deux tombes noires encadrant le blanc immaculé de Heine qui les surplombe en triste gardien. Un réseau souterrain relie les sépultures entre elles, Heine aux musiciens Hector Berlioz et Charles Valentin Alkan tout proches ou à Halévy le compositeur de *La Juive*, ils sont tous là, ils se tiennent compagnie, se serrent les coudes. Théophile Gautier l'ami du *bon Henri Heine* un peu plus loin, Maxime Du Camp qui accompagna Flaubert en Égypte et connut le plaisir avec Kutchuk Hanim ou Ernest Renan le très chrétien, il doit y avoir bien des débats secrets entre ces âmes, la nuit, des conversations animées transmises par les racines des érables et les feux follets, des concerts souterrains et silencieux auxquels assiste la foule assidue des défunts. Berlioz partageait son tombeau avec sa *poor Ophelia*, Heine était apparemment seul dans le sien, et cette pensée, pour si enfantine qu'elle fût, me provoqua une légère tristesse.

Sarah déambulait au hasard, se laissait guider par les noms du passé, sans consulter le plan obtenu gracieusement à l'accueil – ses pas nous menèrent tout naturellement à Marie du Plessis la Dame aux camélias et à Louise Colet qu'elle me présenta, si l'on peut dire. J'étais surpris par le nombre de chats qu'on trouve dans les cimetières parisiens, compagnons des poètes morts comme ils l'ont toujours été des vivants : un matou énorme, vert-de-gris, paressait sur un beau gisant inconnu, dont le noble drapé ne semblait se soucier ni des affronts des pigeons ni de la tendresse du mammifère.

Tous couchés ensemble, les chats, les bourgeois, les peintres et les chanteurs de variétés – le mausolée le plus fleuri, où se pressaient les touristes, était celui de la chanteuse Dalida, Italienne d'Alexandrie, tout près de l'entrée : une statue en pied de l'artiste, entourée de boules de buis, s'avançait, d'un pas, dans une robe transparente, vers les badauds ; derrière elle un soleil éclatant projetait ses rayons d'or sur une plaque de marbre noir, au centre d'un arc monumental d'un gris moiré : on aurait été bien en peine de deviner quelle déité vénérait la chanteuse de son vivant, à part peut-être Isis à Philae ou Cléopâtre à Alexandrie. Cette irruption du rêve oriental dans la résurrection des corps ne déplaisait sans doute pas à nombre de peintres jouissant de l'éternel repos au cimetière de Montmartre, dont Horace Vernet (son sarcophage était très sobre, une simple croix de pierre qui contrastait avec la peinture foisonnante de cet orientaliste martial) ou Théodore Chassériau, qui combine la précision érotique d'Ingres avec la fureur de Delacroix. Je l'imagine en grand conciliabule avec Gautier, son ami, de l'autre côté du cimetière – ils parlent de femmes, de corps de femmes, et discutent des mérites érotiques de la statue de la chanteuse alexandrine. Chassériau a fait le voyage d'Algérie, vécu un temps à Constantine, où il a posé son chevalet et peint, lui aussi, la chaste beauté mystérieuse des Algériennes. Je me demande si Halil Pasha possédait un tableau de Chassériau, sans doute : le diplomate ottoman ami de Sainte-Beuve et de Gautier, futur ministre des Affaires étrangères à Istanbul, possédait une collection magnifique de peintures orientalistes et de scènes érotiques : il acheta *Le Bain turc* d'Ingres, et il est plaisant de penser que ce Turc originaire d'Égypte, issu d'une grande famille de serviteurs de l'État, collectionnait de préférence les toiles orientalistes, les femmes d'Alger, les nus, les scènes de harem. Il y aurait un beau roman à écrire sur la vie de Halil Pasha d'Égypte, qui rejoint le corps diplomatique d'Istanbul plutôt que celui de son pays natal car, explique-t-il dans la lettre en français qu'il écrit au grand vizir, "il a des problèmes oculaires causés par la poussière du Caire". Il commence sa brillante carrière à Paris, comme commissaire égyptien de l'Exposition internationale de 1855, puis participe l'année suivante au congrès mettant fin à la guerre de Crimée. Il aurait pu rencontrer Faris Chidiac le grand auteur arabe cher au cœur de Sarah, qui donne son immense roman à imprimer à Paris au même moment, dans l'imprimerie des frères Pilloy, sise 50, boulevard de Montmartre, à un jet de pierre de ces tombes que nous visitions si religieusement. Halil Pasha est enterré à Istanbul, je crois ; un jour j'aimerais aller fleurir la tombe de cet Ottoman des deux rives – j'ignore tout à fait qui il fréquenta ici à Vienne, entre 1870 et 1872, pendant que Paris vivait une guerre puis une révolution de plus, cette Commune qui allait contraindre son ami Gustave Courbet à l'exil. Halil Pasha rencontre Courbet lors de son second séjour parisien, et lui commande des toiles – d'abord le tendre *Sommeil*, acheté pour vingt mille francs, évocation de la luxure et de l'amour homosexuel, deux femmes endormies, nues, enlacées, une brune et une blonde, dont les chevelures et les carnations s'opposent merveilleusement. On donnerait cher pour avoir une transcription de la conversation qui donna lieu à cette commande, et plus cher encore pour avoir assisté à la suivante, celle de la commande de *L'Origine du monde* : le jeune Ottoman s'offre un sexe de femme en gros plan, peint par un des artistes les plus doués pour le réalisme de la chair, tableau absolument scandaleux, direct et sans détour qui restera dissimulé au grand public pendant des décennies. On imagine le plaisir de Halil Pasha à posséder un tel joyau secret, une vulve brune et deux seins, que le petit format rend facile à dissimuler, dans son cabinet de toilette, derrière un voile vert, s'il faut en croire Maxime Du Camp, qui déteste autant Courbet que les fantaisies et la richesse de l'Ottoman. L'identité de la propriétaire de cette toison pubienne si brune et de ces seins de marbre reste encore à déterminer; Sarah aimerait beaucoup qu'il s'agisse du sexe de Marie-Anne Detourbay *alias* Jeanne de Tourbey, qui mourut comtesse de Loynes, fit rêver Gustave Flaubert et fut la maîtresse – la muse – d'une bonne partie de ce Tout-Paris littéraire des années 1860, y compris peut-être celle du fringant Halil Bey. La tombe de Jeanne de Tourbey se trouvait quelque part dans ce cimetière de Montmartre, pas très loin de celles de Renan ou Gautier qu'elle avait reçus dans son salon, à l'époque où on lui donnait le nom terrifiant de "demi-mondaine" ; nous ne l'avons pas trouvée, cette tombe, soit que la végétation la dissimulât, soit que les autorités, fâchées d'héberger des os pelviens si scandaleux, eussent décidé d'en soustraire le sarcophage au regard concupiscent des passants. Sarah aimait à imaginer, sous les marronniers de la grande avenue bordée de mausolées, que pour Halil Bey ce sexe doucement entrouvert était le souvenir d'une femme désirée, dont il avait demandé à Courbet de dissimuler le visage par discrétion; il pouvait ainsi contempler son intimité sans risquer de compromettre la demoiselle.

Quelle que soit l'identité réelle du modèle, si on la découvre un jour, il n'en reste pas moins que nous devons à l'Empire ottoman et à un de ses plus éminents diplomates un des joyaux de la peinture érotique européenne. Les Turcs eux-mêmes n'étaient pas insensibles aux beautés des mirages orientalistes, loin de là, disait Sarah – témoins Halil Bey le diplomate collectionneur ou le premier peintre orientaliste d'Orient, l'archéologue Osman Hamdi, auquel nous devons la découverte des sarcophages de Saïda et de magnifiques tableaux de "scènes de genre" orientales.

Cette promenade dans le monde merveilleux du souvenir avait redonné de l'énergie à Sarah ; elle oubliait la rédaction de sa thèse pour voyager d'une tombe à l'autre, d'une époque à l'autre, et lorsque l'ombre noire du pont Caulaincourt (les sépultures qu'il surplombe sont dans l'obscurité éternelle) et de ses piliers de métal riveté commença à envahir la nécropole, il nous fallut à regret quitter le passé pour retrouver l'ébullition de la place de Clichy : j'avais dans la tête un bizarre mélange de pierres tombales et de sexes féminins, un camposanto tout à fait païen, dessinant en imagination une *Origine du monde* aussi rousse que la chevelure de Sarah descendant vers la grande place encombrée d'autobus de touristes.

Malgré tous mes efforts ce bureau est aussi encombré que le cimetière de Montmartre, un affreux bordel. J'ai beau ranger, ranger, ranger, rien n'y fait. Les livres et les papiers s'y accumulent avec la force d'une marée montante dont on attendrait vainement le jusant. Je déplace, j'ordonne, j'empile ; le monde s'obstine à déverser sur mon minuscule espace de travail ses tombereaux de merde. Pour poser l'ordinateur je dois chaque fois pousser ces déchets comme on balaye un tas de feuilles mortes. Publicités, factures, relevés de comptes qu'il faut trier, classer, archiver. Une cheminée, voilà la solution. Une cheminée ou une déchiqueteuse à papier, la guillotine du fonctionnaire. À Téhéran un vieux diplomate français nous avait raconté qu'autrefois, quand la prude République islamique interdisait l'importation d'alcool même aux ambassades, les scribes consulaires morfondus avaient transformé une vieille déchiqueteuse manuelle en pressoir et faisaient du vin dans leur cave, en collaboration avec les Italiens d'en face, pour se désennuyer ; ils commandaient des hectogrammes de bon raisin d'Oroumiyé, le pressaient, le vinifiaient dans des bassines de buanderie et le mettaient en bouteille. Ils avaient même imprimé de jolies étiquettes, avec un petit croquis de leur légation, *Cuvée Neauphle-le-Château*, du nouveau nom que l'Iran révolutionnaire avait imposé à l'ancienne avenue de France, avenue Neauphle-le-Château. Ces dignes descendants des moines de l'abbaye de Thélème s'offraient donc un peu de consolation dans leur cloître, et on raconte qu'à l'automne toute l'avenue sentait fort la vinasse, dont l'odeur acide s'échappait des soupiraux et narguait les policiers iraniens en faction devant les augustes édifices. Les crûs étaient bien sûr sujets aux aléas non seulement de la qualité du raisin, mais aussi de celle de la main-d'œuvre : les fonctionnaires étaient souvent renouvelés, et tel ou tel œnologue (par ailleurs comptable, agent d'état civil ou chiffreur) était parfois rappelé dans la mère patrie, provoquant le désespoir de la communauté si ce départ devait se produire avant la mise en bouteilles.

Je n'ai accordé foi à ces récits que lorsque le diplomate a exhumé à nos yeux ébaubis une de ces divines ampoules : malgré la poussière, l'étiquette était encore lisible ; le niveau de liquide avait baissé d'un bon quart et le bouchon, couvert de moisissures, à demi sorti du goulot, était un bubon renflé, verdâtre et strié de veines violettes qui ne donnait pas du tout envie de le retirer. Je me demande si la déchiqueteuse en question est toujours dans un sous-sol de l'ambassade de France à Téhéran. Sans doute. Un instrument de ce genre ferait merveille dans mon bureau – finie la paperasse, transformée en languettes de papier, en écheveau facile à mettre en pelote et à balancer. "Les étudiants dans la ligne de l'Imam" avaient patiemment reconstitué, à Téhéran, tous les câbles et rapports de l'ambassade américaine, des jours durant; des garçons et des filles s'étaient attelés au gigantesque puzzle des corbeilles yankees, avaient sagement recollé les feuilles passées à la déchiqueteuse, prouvant ainsi qu'il valait bien mieux, en Iran, se servir de ces machines pour presser du raisin plutôt que pour détruire des documents secrets : tous les télégrammes confidentiels avaient été publiés par "Les étudiants dans la ligne de l'Imam" qui avaient pris d'assaut l'ambassade, "nid d'espions" ; une dizaine de volumes étaient parus, et les stries sur les pages montraient, si besoin était, les prodiges de patience dont il avait fallu faire preuve pour remettre bout à bout ces bandes de trois millimètres de large dans le seul but d'embarrasser l'oncle Sam en rendant publiques ses cachotteries. Je me demande si de nos jours les destructeurs de papier fonctionnent encore de la même façon ou si un ingénieur états-unien a été sommé de les améliorer pour éviter qu'une cohorte d'étudiants tiers-mondistes puisse déchiffrer, armé seulement de loupes, les secrets les mieux gardés du Département d'État. Après tout, WikiLeaks n'est que la version postmoderne des bâtons de colle des révolutionnaires iraniens.

Mon ordinateur est un ami fidèle, sa lumière bleutée un tableau mouvant dans la nuit – il faudrait que je change cette image, cette toile de Paul Klee est là depuis si longtemps qu'on ne la voit même plus, recouverte par les icônes du bureau qui s'accumulent comme des papiers virtuels. On a ses rituels, ouvrir le courrier, virer les indésirables, les promotions, les newsletters, aucun message, en réalité, parmi les quinze nouveaux. Juste des scories, des résidus de l'avalanche perpétuelle de merde qu'est le monde d'aujourd'hui. J'espérais un mail de Sarah. Bon, il faut prendre l'initiative. Nouveau. À Sarah. Objet, de Vienne. Très chère j'ai reçu ce matin – non, hier matin, hop – ton tiré à part, j'ignorais qu'on en imprimait encore... Merci beaucoup, mais quelle horreur ce vin des morts ! Je suis préoccupé, du coup. Vas-tu bien ? Que fais-tu au Sarawak ? Ici c'est la routine. Le marché de Noël vient d'ouvrir au milieu de l'université. Atroces odeurs de vin chaud et de saucisses. Est-ce que tu comptes repasser en Europe bientôt ? Donne de tes nouvelles. Je t'embrasse fort. Envoyé sans réfléchir à 4 h 39. J'espère qu'elle ne va pas s'en rendre compte, c'est un peu pathétique d'envoyer des messages à 4 h 39 du matin. Elle sait que je me couche tôt, d'habitude. Elle va peut-être s'imaginer que je rentre d'une soirée. Je pourrais cliquer sur son nom et tous ses mails m'apparaîtraient d'un coup, triés par ordre chronologique. Ce serait trop triste. J'ai encore un dossier intitulé Téhéran, je ne jette rien. Je ferais un bon archiviste. Pourquoi est-ce que je lui ai parlé de vin chaud et de saucisses, quel imbécile. Bien trop décontracté pour être honnête, ce courrier. On ne peut pas rattraper un message une fois qu'il est jeté dans le Grand Mystère des flux électroniques. C'est dommage. Tiens, j'avais oublié ce texte écrit après mon retour de Téhéran. Pas son contenu glaçant. Je revois Gilbert de Morgan dans son jardin à Zafaraniyé. Cette étrange confession, quelques semaines avant que Sarah ne quitte l'Iran si précipitamment. Il n'y a pas de hasard, dirait-elle. Pourquoi ai-je tenu à faire le récit de cet après-midi-là ? Pour me débarrasser de ce souvenir poisseux, pour en discuter encore et encore avec Sarah, pour l'enjoliver de toutes mes connaissances sur la Révolution iranienne ou pour le plaisir, si rare, d'écrire en français ?

“Il n’est pas dans mes habitudes de parler d’amour, et encore moins de parler de moi, mais puisque vous vous intéressez à ces chercheurs en Orient perdus dans leur sujet d’étude il faut que je vous raconte une histoire tout à fait exceptionnelle et en bien des aspects terrifiante, qui me touche de près. Vous vous souvenez sans doute que je me trouvais ici, à Téhéran, entre 1977 et août 1981. J’ai assisté à la Révolution et au début de la guerre Iran-Irak, jusqu’à ce que les relations entre la France et l’Iran soient à ce point tendues qu’on nous évacue et que l’Institut français d’iranologie soit mis en sommeil.”

Gilbert de Morgan parlait d’une voix un peu gênée ; la fin d’après-midi était étouffante ; le sol était une dalle de four qui renvoyait la chaleur accumulée pendant la journée. La pollution glissait son voile rosâtre sur les montagnes encore enflammées par les derniers rayons du soleil ; même la treille dense au-dessus de nos têtes paraissait accuser la sécheresse de l’été. La gouvernante Nassim Khanom nous avait servi des rafraîchissements, une délicieuse eau de bergamote glacée à laquelle Morgan rajoutait de longues rasades de vodka arménienne : le niveau d’alcool, dans le joli carafon, baissait régulièrement et Sarah, qui avait déjà été témoin des penchants atrabilaires de son maître, l’observait d’un air légèrement inquiet, me semblait-il – mais peut-être s’agissait-il seulement d’une attention soutenue. La chevelure de Sarah luisait dans le soir. Nassim Khanom nous tournait autour pour apporter toutes sortes de douceurs, pâtisseries ou candi safrané et, au milieu des roses et des pétunias, on oubliait le bruit de la rue, les klaxons et même les effluves de gasoil des autobus qui passaient en trombe juste de l’autre côté du mur du jardin en faisant légèrement vibrer le sol et tinter les glaçons dans les verres. Gilbert de Morgan poursuivait son récit, sans prêter attention ni aux mouvements de Nassim Khanom, ni au vacarme de l'avenue Vali-Asr ; des marques de sueur grandissaient autour de ses aisselles et sur sa poitrine.

"Il faut que je vous raconte l'histoire de Frédéric Lyautey, poursuivait-il, un jeune homme originaire de Lyon, chercheur débutant lui aussi, spécialiste de poésie persane classique, qui fréquentait l'université de Téhéran au moment des premières manifestations contre le shah. Malgré nos mises en garde, il était de tous les cortèges ; il se passionnait pour la politique, pour les ouvrages d'Ali Shariati, pour les clercs en exil, pour les activistes de tout poil. À l'automne 1977, au cours des manifestations qui suivirent la mort de Shariati à Londres (on était certain, à l'époque, qu'il avait été assassiné), Lyautey a été arrêté une première fois par la SAVAK, la police secrète, puis remis en liberté presque immédiatement lorsqu'on s'aperçut qu'il était français ; remis en liberté après, tout de même, un léger passage à tabac, comme il disait, qui nous effraya tous : on l'a vu réapparaître à l'institut couvert de bleus, les yeux gonflés et surtout, plus terrifiant encore, deux ongles en moins à la main droite. Il ne paraissait pas affecté outre mesure par cette épreuve ; il en riait presque et ce courage apparent, au lieu de nous rassurer, nous inquiétait : même les plus forts auraient été ébranlés par la violence et la torture, mais Lyautey en tirait une énergie bravache, un sentiment de supériorité si bizarre qu'il nous faisait soupçonner que sa raison, au moins autant que son corps, avait été touchée par les tortionnaires. Il était scandalisé par la réaction de l'ambassade de France qui, racontait-il, lui avait signifié que, somme toute, c'était bien fait pour lui, qu'il n'avait pas à se mêler de ces manifestations qui ne le regardaient pas et qu'il se le tienne pour dit. Lyautey avait assiégé le bureau de l'ambassadeur Raoul Delaye pendant des jours, avec son bras encore en écharpe et sa main bandée, pour lui expliquer sa façon de penser, jusqu'à ce qu'il réussisse à l'apostropher à l'occasion d'une réception : nous étions tous présents, archéologues, chercheurs, diplomates et nous avons vu Lyautey, les pansements crasseux, le cheveu long et gras, perdu dans un jean trop grand, prendre à partie le si civil Delaye qui ignorait absolument qui il était – il faut dire à la décharge de l'ambassadeur que contrairement à aujourd'hui les chercheurs et étudiants français étaient nombreux à Téhéran. Je me souviens parfaitement de Lyautey, rouge et postillonnant, en train de cracher sa rancœur et ses messages révolutionnaires à la face de Delaye jusqu'à ce que deux gendarmes se jettent sur le forcené, qui se mit à déclamer des poèmes en persan, hurlant et gesticulant, des vers très violents que je ne connaissais pas. Un peu consternés, nous vîmes comment, dans un coin des jardins de l'ambassade, Lyautey dut faire état de sa qualité de membre de l'Institut d'iranologie pour que les gendarmes acceptent de le laisser partir sans le confier à la police iranienne.

Bien sûr, la plupart des présents l'avaient reconnu et de bonnes âmes s'empressèrent d'informer l'ambassadeur de l'identité de l'importun : blême de colère, Delaye promit de faire expulser d'Iran ce « fou furieux », mais, ému soit par les tortures que le jeune homme avait subies, soit par son patronyme et la relation qu'il pouvait avoir avec feu le maréchal du même nom, il n'en fit rien ; pas plus que les Iraniens, dont on peut supposer qu'ils avaient d'autres chats à fouetter que de s'occuper des révolutionnaires allogènes, ne le mirent dans le premier avion pour Paris, ce qu'ils durent sans doute regretter par la suite.

Toujours est-il qu'au sortir de cette réception, nous le trouvâmes tranquillement assis sur le trottoir, devant l'ambassade d'Italie, à quelques pas de la porte de la résidence, en train de fumer ; il semblait parler tout seul, ou continuer à marmonner ces vers inconnus, un illuminé ou un mendiant, et j'ai un peu honte d'avouer que si un camarade n'avait pas insisté pour que nous le ramenions chez lui, j'aurais enfilé l'avenue de France dans l'autre sens en abandonnant Lyautey à son sort.

« L'affaire Lyautey » fut évoquée dès le surlendemain par Charles-Henri de Fouchécour, alors directeur de notre institut, qui avait dû se faire remonter les bretelles par l'ambassade; Fouchécour est un grand savant, aussi sut-il oublier presque immédiatement l'incident pour se replonger dans ses chers miroirs aux princes, et alors que nous aurions dû nous inquiéter de la santé de Lyautey, nous préférâmes, tous, amis, chercheurs, autorités, nous en désintéresser."

Gilbert de Morgan marqua une pause dans son récit pour vider son verre en y faisant rouler des glaçons qui n'avaient pas eu le temps de fondre; Sarah me jeta de nouveau un coup d'œil inquiet, même si rien dans le discours posé du maître ne laissait percevoir la moindre trace d'ébriété – je ne pouvais m'empêcher de penser que lui aussi, comme ce Lyautey dont il racontait l'histoire, portait un patronyme célèbre, du moins en Iran : Jacques de Morgan fut le fondateur, après Dieulafoy, de l'archéologie française en Perse. Est-ce que Gilbert avait un lien de parenté avec le pilleur de tombes officiel de la IIIe République française, je n'en sais rien. Le soir tombait sur Zafaraniyé et le soleil commençait enfin à disparaître dans le feuillage des platanes. L'avenue Vali-Asr devait être un gigantesque embouteillage à cette heure – tellement bouchée qu'il ne servait plus à rien de klaxonner, ce qui amenait un peu de calme dans le jardin de la minuscule villa où Morgan, après s'être resservi un verre, continuait à raconter son histoire :

"Nous n'avons plus rien su de Fred Lyautey pendant quelques semaines – il apparaissait de temps en temps à l'institut, prenait un thé avec nous sans rien dire de spécial et repartait. Son aspect physique était redevenu normal; il ne participait pas à nos discussions sur l'agitation sociale et politique ; il nous regardait juste en souriant, avec un air vaguement supérieur, peut-être un rien méprisant, en tout cas tout à fait irritant, comme s'il était le seul à comprendre les événements en cours. La Révolution était en marche, même si, début 1978, dans les cercles que nous fréquentions, personne ne pouvait croire à la chute du shah – et pourtant, la dynastie Pahlavi n'avait plus qu'un an devant elle.

Vers la fin février (c'était peu de temps après le « soulèvement » de Tabriz) j'ai revu Lyautey au café Naderi, par hasard. Il était en compagnie d'une jeune femme magnifique, pour ne pas dire sublime, une étudiante en lettres françaises appelée Azra, que j'avais déjà vue une ou deux fois et, pourquoi le cacher, remarquée pour sa grande beauté. J'étais estomaqué de la retrouver en compagnie de Lyautey. À l'époque, il parlait si bien persan qu'il pouvait passer pour iranien. Même ses traits s'étaient légèrement transformés, son teint avait un peu foncé, me semblait-il, et je pense qu'il teignait ses cheveux, qu'il portait mi-longs, à l'iranienne. Il se faisait appeler Farid Lahouti, parce qu'il trouvait que cela ressemblait à Fred Lyautey."

Sarah l'a interrompu : "Lahouti comme le poète ?

— Ou comme le marchand de tapis du bazar, allez savoir. Toujours est-il que les serveurs, qu'il connaissait tous, lui donnaient du *Agha-ye Lahouti* par-ci, *Agha-ye Lahouti* par-là, à tel point que je me demande s'il n'avait pas fini lui-même par croire que c'était son vrai nom de famille. C'était absolument ridicule et cela nous énervait au plus haut point, par jalousie sans doute, car son persan était vraiment parfait : il maîtrisait tous les registres, la langue parlée aussi bien que les méandres du persan classique. J'ai su plus tard qu'il avait même réussi à obtenir, Dieu sait comment, une carte d'étudiant au nom de Farid Lahouti, une carte avec sa photographie. Il faut que je l'avoue, j'étais choqué de le découvrir là, en compagnie d'Azra, au café Naderi – qui était un peu notre repaire. Pourquoi l'avait-il amenée précisément à cet endroit ? À l'époque il y avait beaucoup de cafés et de bars à Téhéran, rien à voir avec aujourd'hui. J'ai imaginé qu'il voulait qu'on la voie avec lui. Ou peut-être était-ce une simple coïncidence. Toujours est-il que je me suis assis avec eux, soupira Morgan, et qu'une heure après je n'étais plus le même."

Il regardait son verre, concentré sur la vodka, sur ses souvenirs ; peut-être voyait-il un visage dans le liquide, un fantôme.

"J'étais ensorcelé par la beauté, la grâce, la finesse d'Azra."

Sa voix avait baissé d'un ton. Il parlait tout seul. Sarah m'a jeté un coup d'œil du genre "il est complètement soûl". J'avais envie d'en savoir plus, d'apprendre ce qui avait bien pu se produire ensuite, au café Naderi, en pleine révolution – j'y suis allé, dans ce café où Sadegh Hedayat avait ses habitudes, Sarah m'y a traîné ; comme tous les cafés du Téhéran postrévolutionnaire, l'endroit était un peu déprimant, non pas parce qu'on ne pouvait plus y boire d'alcool, mais parce que les jeunes qui y vidaient leurs faux Pepsi en se regardant dans les yeux ou les poètes qui y lisaient le journal une cigarette aux lèvres avaient tous l'air un peu tristes, abattus, écrasés par la République islamique ; le café Naderi était un vestige, une trace du jadis, une mémoire du centre-ville d'autrefois, ouvert et cosmopolite, et donc prompt à propulser ses clients dans une profonde nostalgie.

Sarah attendait que Gilbert de Morgan poursuive son histoire ou s'effondre, vaincu par la vodka arménienne, sur le gazon bien ras du petit jardin devant la terrasse ; je me demandais si nous ne ferions pas mieux de partir, de redescendre vers le bas de la ville, mais la perspective de nous retrouver dans un immense embouteillage par cette chaleur n'était pas très encourageante. Le métro était suffisamment éloigné de la petite villa de Zafaraniyé pour que, à pied, on soit sûr de l'atteindre trempés de sueur, surtout Sarah, sous son manteau islamique et son *roupouch*. Il valait mieux rester encore un peu dans ce jardin si iranien, à savourer les nougats d'Ispahan offerts par Nassim Khanom, voire à jouer une petite partie de croquet dans l'herbe tendre, restée verte grâce aux soins du locataire et à l'ombre des grands arbres, jusqu'à ce que la température baisse un peu, que les hautes montagnes semblent aspirer, autour du coucher du soleil, la chaleur des vallées.

Morgan marqua une longue pause un peu embarrassante pour l'auditoire. Il ne nous regardait plus ; il observait, dans son verre vide, les reflets des rayons du soleil transformer les glaçons en diamants fragiles. Il finit par relever la tête.

"Je ne sais pas pourquoi je vous raconte tout cela, excusez-moi."

Sarah se retourna vers moi, comme pour chercher mon approbation – ou s'excuser de l'hypocrite platitude de sa phrase suivante :

"Vous ne nous ennuyez pas du tout, au contraire. La Révolution est une période passionnante."

La Révolution tira immédiatement Morgan de sa rêverie.

"C'était un grondement qui enflait, chaque fois plus sourd, chaque fois plus puissant, tous les quarante jours. Fin mars, pour la commémoration des morts de Tabriz, il y eut des manifestations dans plusieurs grandes villes d'Iran. Puis d'autres encore le 10 mai, et ainsi de suite. *Arbein*. Le deuil des quarante jours. Le shah avait pourtant pris des mesures pour contenter l'opposition – remplacement des chefs les plus sanglants de la SAVAK, fin de la censure et liberté de la presse, libération de nombreux prisonniers politiques. À tel point qu'en mai la CIA transmettait à son gouvernement une note célèbre, dans laquelle ses agents en poste en Iran affirmaient que « la situation était en passe de redevenir normale et que l'Iran n'était pas dans une situation prérévolutionnaire, encore moins révolutionnaire ». Mais le grondement s'est encore amplifié. Sommé de lutter contre l'inflation, la principale revendication du peuple, le Premier ministre Djemshid Amouzegar avait appliqué une politique draconienne : il avait systématiquement refroidi l'activité, coupé net les investissements publics, arrêté les grands chantiers d'État, mis en place des systèmes d'amendes et d'humiliations contre les « profiteurs », principalement les commerçants du bazar qui répercutaient les hausses de prix. Cette politique rigoureuse avait été couronnée de succès : en deux ans, il avait organisé la crise économique, et magistralement réussi à remplacer l'inflation par un chômage massif, urbain, et à s'aliéner non seulement les classes moyennes et les ouvriers, mais aussi la bourgeoisie commerçante traditionnelle. C'est-à-dire qu'en fait, à part son immense famille qui dépensait ostensiblement les milliards du pétrole un peu partout dans le monde et quelques généraux corrompus paradant dans les conventions d'armement et les salons de l'ambassade des États-Unis, Reza Shah Pahlavi n'avait plus aucun soutien réel en 1978. Il flottait au-dessus de tous. Même ceux qui s'étaient enrichis grâce à lui, ceux qui avaient profité de l'éducation gratuite, ceux qui avaient appris à lire grâce à ses campagnes d'alphabétisation, bref tous ceux dont il pensait naïvement qu'ils auraient dû lui être reconnaissants souhaitaient son départ. Ses seuls partisans l'étaient par défaut.

Nous autres jeunes scientifiques français, nous suivions les événements de plus ou moins loin, avec nos camarades iraniens ; mais personne, je dis bien personne (à part peut-être nos services de renseignement à l'ambassade, mais j'en doute) ne pouvait imaginer ce qui nous attendait l'année suivante. Sauf Frédéric Lyautey, bien sûr, qui non seulement *imaginait* ce qui pouvait se produire, le renversement du shah, la Révolution, mais le *souhaitait*. Il était révolutionnaire. Nous le voyions de moins en moins. Je savais par Azra qu'il militait, comme elle, dans un groupuscule « islamiste » (le mot avait un autre sens à l'époque) progressiste qui voulait l'application des idées révolutionnaires d'Ali Shariati. J'ai demandé à Azra si Lyautey s'était converti – elle m'a regardé avec un air tout à fait surpris, sans comprendre. Pour elle, bien évidemment, Lahouti était tellement iranien que son chiisme *allait de soi* et que, s'il avait dû se convertir, c'était il y a bien longtemps. Bien sûr, et je tiens à insister là-dessus, des religieux plus ou moins illuminés il y en a toujours eu et il y en aura toujours dans l'iranologie et l'islamologie en général. Un jour je vous raconterai l'histoire de cette collègue française qui au moment du décès de Khomeiny en 1989 pleura toutes les larmes de son corps en criant « Emâm est mort ! Emâm est mort ! » et faillit mourir de chagrin à Béhesht-e Zahra, au milieu de la foule, aspergée d'eau de rose par les hélicoptères, le jour de l'enterrement. Elle avait découvert l'Iran quelques mois plus tôt. Ce n'était pas le cas de Lyautey. Ce n'était pas un dévot, je le sais. Il n'avait ni le zèle des convertis, ni cette force mystique que l'on ressent chez certains. C'est incroyable, mais il était simplement chiite comme n'importe quel Iranien, avec naturel et simplicité. Par empathie. Je ne suis même pas sûr qu'il fût réellement croyant. Mais les idées de Shariati sur le « chiisme rouge », le chiisme du martyre, de l'action révolutionnaire face au « chiisme noir » du deuil et de la passivité l'enflammaient. La possibilité que l'Islam soit une force de renouveau, que l'Iran puise en lui-même les concepts de sa propre révolution l'enthousiasmait. Tout comme Azra et des millions d'autres Iraniens. Ce que je trouvais amusant (et je n'étais pas le seul) c'est que Shariati avait été formé en France ; il avait suivi les cours de Massignon et de Berque ; Lazard avait dirigé sa thèse. Ali Shariati, le plus iranien ou du moins le plus chiite des penseurs de la Révolution, avait construit sa réflexion auprès des orientalistes français. Voilà qui devrait vous plaire, Sarah. Une pierre de plus pour votre concept cosmopolite de « construction commune ». Est-ce qu'Edward Saïd mentionne Shariati ?

— Euh, oui, je crois, dans *Culture et impérialisme*. Mais je ne me souviens plus en quels termes."

Sarah s'était mordu la lèvre avant de répondre ; elle détestait être prise en défaut. Dès notre retour, elle allait se précipiter à la bibliothèque – et hurler si d'aventure les œuvres complètes de Saïd ne s'y trouvaient pas. Morgan profita de ce détour de la conversation pour se resservir un petit verre de vodka, Dieu merci sans insister pour que nous l'accompagnions. Deux oiseaux voletaient autour de nous et se posaient parfois sur la table pour essayer de picorer des graines. Leur poitrine était jaune, leur tête et leur queue, bleutées. Morgan faisait de grands gestes plutôt comiques pour les effrayer, comme s'il s'agissait de mouches ou de frelons. Il avait beaucoup changé depuis Damas et même depuis Paris et la soutenance de la thèse de Sarah où je l'avais vu avant d'arriver à Téhéran. C'est à cause de sa barbe, de ses cheveux collés par plaques, de ses vêtements d'un autre âge, de son cartable, en skaï bleu et noir, cadeau promotionnel d'Iran Air dans les années 1970, de son blouson couleur crème, noirci aux coudes et au long de la fermeture éclair ; c'est pour son haleine, chaque fois plus chargée, c'est pour tous ces détails fragiles accumulés sur son corps que nous pensions qu'il tombait, qu'il était en chute libre. L'aspect un peu négligé que présentent parfois certains universitaires, par nature savants et distraits, n'était pas ici en cause. Sarah imaginait qu'il avait contracté une de ces maladies de l'âme qui vous dévorent dans la solitude ; à Paris, disait-elle, il soignait cette affection au vin rouge, dans son petit deux-pièces, où les bouteilles s'alignaient devant la bibliothèque, sous les respectables divans des poètes classiques persans. Et ici, à Téhéran, à la vodka arménienne. Ce grand professeur était d'une prodigieuse amertume, alors que sa carrière me paraissait brillante, tout à fait enviable, même ; il était respecté internationalement ; il gagnait des sommes sans doute mirobolantes grâce à son nouveau poste à l'étranger et pourtant, il tombait. Il tombait, et cherchait à se rattraper dans sa chute, à se rattraper aux branches, surtout aux femmes, aux jeunes femmes, il cherchait à s'accrocher aux sourires, aux regards qui lui taraudaient l'âme blessée, des baumes douloureux sur une plaie à vif. Sarah le connaissait depuis plus de dix ans, et elle redoutait de se retrouver seule avec lui, surtout s'il avait bu : non pas que le vieux savant fût un redoutable tigre, mais elle voulait lui éviter une humiliation, et un sentiment de rejet qui n'aurait qu'accentué sa mélancolie si elle avait été obligée de le remettre à sa place. Je pensais quant à moi que l'éminent professeur, grand spécialiste de poésie lyrique persane et européenne, qui connaissait sur le bout des doigts aussi bien Hafez que Pétrarque, Nima Youshidj que Germain Nouveau présentait juste tous les symptômes du démon de midi, ou plutôt du démon de 3 heures, vu son âge ; ce climatère, chez un séducteur invétéré, un homme dont les ruines montraient qu'il avait été beau et charismatique, me semblait propre à déclencher une morosité certaine, morosité entrecoupée de phases maniaques désespérées, comme celle à laquelle nous assistions, au milieu des roses et des oiseaux, de la bergamote et du nougat, dans la chaleur qui pesait plus lourd sur Téhéran que tous les voiles de l'Islam.

“Après notre rencontre, nous nous sommes croisés régulièrement, avec Azra, au long de l’année 1978. Elle était officiellement la « fiancée » de Frédéric Lyautey, ou plutôt de Farid Lahouti, avec qui elle passait son temps à militer, à manifester, à discuter de l’avenir de l’Iran, de la possibilité puis de la réalité de la Révolution. Le shah fit pression, pendant l’été, sur le gouvernement irakien voisin pour qu’il expulse Khomeiny de Nadjaf, pensant ainsi le couper de l’opposition interne. Khomeiny se retrouva en banlieue parisienne à Neauphle-le-Château, avec toute la puissance des médias occidentaux dans les mains. Certes beaucoup plus loin de Téhéran, mais infiniment plus près des oreilles et des cœurs de ses compatriotes. Une fois encore, la mesure prise par le shah se retournait contre lui. Khomeiny appela à la grève générale et paralysa le pays, toutes les administrations, et surtout, plus grave pour le régime, l’industrie pétrolière. Farid et Azra participèrent à l’occupation du campus de l’université de Téhéran, puis aux affrontements avec l’armée qui allaient conduire aux émeutes du 4 novembre 1978 : la violence devenait générale, Téhéran était en flammes. L’ambassade de Grande-Bretagne brûla en partie ; des boutiques, des bars, des banques, des postes brûlèrent – tout ce qui représentait l’empire du shah ou l’influence occidentale fut attaqué. Le lendemain matin, le 5 novembre, j’étais avec Azra chez moi. Elle était passée sans prévenir vers 9 heures du matin, plus belle que jamais, malgré son air attristé. Elle était absolument irrésistible. Elle flottait dans le vent brûlant de liberté qui soufflait sur l’Iran. Elle avait un visage si harmonieux, sculpté d’ombres, fin, les lèvres couleur grains de grenade, le teint légèrement bistre ; elle exhalait le santal et le sucre tiède. Sa peau était un talisman de baume, qui faisait perdre la raison à tous ceux qu’elle effleurait. La douceur de sa voix était telle qu’elle aurait consolé un mort. Parler, échanger des paroles avec Azra était si hypnotique que très vite vous vous laissiez bercer sans répondre, vous deveniez un faune, assoupi par le souffle d'un archange. En ce milieu d'automne, la lumière était encore splendide ; j'ai préparé un thé, le soleil inondait mon minuscule balcon, qui donnait sur une petite *koutché* parallèle à l'avenue Hafez. Elle était venue une seule fois chez moi, avec une partie de la petite bande du Naderi, avant l'été. La plupart du temps, nous nous croisions dans des cafés. Je passais ma vie dehors. Je hantais ces bistrots dans l'espoir de la voir. Et voilà qu'elle débarquait chez moi, à 9 heures du matin, après avoir traversé à pied une ville livrée au chaos ! Elle s'était souvenue de l'adresse. La veille, me raconta-t-elle, elle avait été témoin des affrontements entre les étudiants et l'armée sur le campus. Les soldats avaient tiré, des jeunes étaient morts, elle était encore tremblante d'émotion. La confusion était si grande qu'elle avait mis des heures à quitter la fac et à rentrer chez ses parents, qui lui avaient formellement interdit de retourner à l'université – elle avait désobéi. Téhéran est en guerre, disait-elle. La ville sentait l'incendie ; un mélange de pneus et d'ordures brûlés. Le couvre-feu allait être déclaré. Couvrir le feu, voilà la politique du shah. Il annoncerait l'après-midi même la formation d'un gouvernement militaire en disant : « Peuple d'Iran, vous vous êtes soulevé contre l'oppression et la corruption. En tant que shah d'Iran et Iranien, je ne peux que saluer cette révolution de la Nation iranienne. J'ai entendu le message de votre révolution, peuple d'Iran. » J'avais vu moi aussi, de ma fenêtre, la fumée des émeutes, entendu les cris et les bruits de vitrines brisées sur l'avenue Hafez, vu des dizaines de jeunes hommes courir dans mon impasse – cherchaient-ils un bar ou un restaurant au nom occidental à attaquer ? Les consignes de l'ambassade étaient claires, il fallait rester chez soi. Attendre la fin de l'orage.

Azra était inquiète, elle ne tenait pas en place. Elle avait peur pour Lyautey. Elle l'avait perdu de vue au cours d'une manifestation trois jours plus tôt. Elle n'avait plus de nouvelles. Elle l'avait appelé mille fois, était passée chez lui, était allée à l'université de Téhéran malgré l'interdiction de ses parents pour le trouver. Sans succès. Elle était terriblement anxieuse et la seule personne qu'elle connaissait de ses « amis français », c'était moi."

L'évocation d'Azra et de la Révolution donnait à Morgan un air un peu alarmant. Sa passion était devenue froide ; son visage restait impassible, immergé dans le souvenir ; il regardait son verre en parlant, il le serrait à deux mains, calice profane de la mémoire. Sarah montrait des signes de gêne, d'ennui peut-être, voire des deux. Elle croisait et décroisait les jambes, tapotait le bras de son fauteuil en osier, jouait machinalement avec une sucrerie avant de finir par la reposer, sans l'ingérer, dans sa sous-tasse de verre.

"C'était la première fois que nous parlions de Lyautey. D'habitude Azra évitait le sujet par pudeur ; moi par jalousie. Il faut que je le reconnaisse : je n'avais aucune envie de m'intéresser au sort de ce fou. Il m'avait volé l'objet de ma passion. Il pouvait bien se trouver au diable, ça m'était absolument égal. Azra était chez moi, cela suffisait à mon bonheur. Je comptais bien en profiter le plus longtemps possible. Je lui ai donc dit qu'il était fort probable que Lyautey appelle ou qu'il passe chez moi sans prévenir, comme à son habitude, ce qui était bien évidemment un mensonge.

Elle est restée une grande partie de la journée. Elle a rassuré ses parents par téléphone, leur disant qu'elle se trouvait en sécurité chez une amie. Nous regardions la télévision en écoutant la BBC en même temps. Nous entendions les cris, les sirènes dans la rue. Parfois il nous semblait percevoir des coups de feu. On voyait la fumée s'élever au-dessus de la ville. Assis tous les deux sur le sofa. Je me rappelle jusqu'aux couleurs de ce canapé. Ce moment me poursuit depuis des années. La violence de ce moment. La douceur de ce moment, le parfum d'Azra sur mes mains."

Sarah en laissa tomber sa tasse; l'objet rebondit, roula jusque dans l'herbe sans se briser. Elle se leva de sa chaise pour la ramasser. Morgan détailla longuement ses jambes, puis ses hanches, sans chercher à se dissimuler. Sarah ne se rasseyait pas; elle restait debout dans le jardin à regarder l'étrange façade biscornue de la villa. Morgan chassa de nouveau les mésanges d'un revers de la main et se resservit, sans glace cette fois-ci. Il marmonna quelque chose en persan, des vers d'un poème sans doute, il me sembla percevoir une rime. Sarah s'était mise à arpenter la petite propriété; elle observait chaque rosier, chaque grenadier, chaque cerisier du Japon. J'imaginais ses pensées, sa gêne, sa douleur même d'entendre la confession de son maître. Morgan ne parlait pour personne. La vodka faisait son effet, j'imaginai que d'ici peu il se mettrait à pleurer des larmes d'ivrogne, s'apitoyant définitivement sur son sort. Je n'étais pas sûr d'avoir envie de l'écouter jusqu'au bout, mais avant que Sarah ne revienne et ne me donne l'occasion de me lever à mon tour, Morgan reprit son histoire, d'une voix toujours plus profonde et essoufflée :

"Avouez que la tentation était trop forte. Être là à ses côtés, proche à la toucher… Je me souviens de sa surprise glacée lorsque je lui dévoilai ma passion. Par malchance elle était – comment dire – indisposée. Comme dans *Vis et Ramin*, le roman d'amour. Le souvenir de l'antique romance m'a réveillé. J'ai pris peur. J'ai fini par la raccompagner à la fin de l'après-midi. Il a fallu contourner le centre-ville ravagé, occupé par l'armée. Azra marchait en regardant par terre. Puis je suis rentré seul. Je n'oublierai jamais cette soirée. Je me sentais à la fois heureux et triste.

Lyautey a fini par réapparaître dans un hôpital militaire du nord de la ville. Il avait pris un mauvais coup sur le crâne, les autorités ont prévenu l'ambassade qui a appelé l'institut. J'ai immédiatement sauté dans une voiture pour me rendre à son chevet. Devant sa porte se trouvait un officier de l'armée ou de la police au poitrail couvert de médailles qui s'excusa, avec toute la politesse iranienne, de cette erreur. Mais vous savez, disait-il en souriant ironiquement, il n'est pas facile de distinguer un Iranien d'un Français au milieu d'une manifestation violente. Surtout un Français qui crie des slogans en persan. Lyautey était couvert de bandages. Il paraissait épuisé. Il commença par me dire que le shah n'en avait plus pour longtemps, j'ai acquiescé. Je lui ai ensuite expliqué qu'Azra le cherchait, qu'elle était morte d'inquiétude ; il m'a demandé de l'appeler pour la rassurer – je lui ai proposé de lui remettre une lettre en mains propres le soir même s'il le voulait. Il m'a chaudement remercié de cette attention. Il a rédigé un bref billet sous mes yeux en persan. Il devait rester encore trois jours en observation. Je suis allé ensuite à l'ambassade ; j'ai passé la fin de la journée à convaincre nos chers diplomates que, pour son bien, il fallait renvoyer Lyautey en France. Qu'il était fou. Qu'il se faisait appeler Farid Lahouti, qu'il usurpait une identité iranienne, qu'il militait, qu'il était dangereux pour lui-même. Puis je suis passé chez Azra pour lui remettre le mot de Fred. Elle ne m'a pas fait entrer, ne m'a pas octroyé un regard, elle est restée derrière la porte entrebâillée qu'elle a claquée sitôt le papier entre ses mains. Quatre jours plus tard, à sa sortie de la clinique, officiellement rapatrié pour raisons de santé, Fred Lyautey était dans l'avion pour Paris. En réalité, expulsé par les Iraniens sur intervention de l'ambassade, il avait interdiction de revenir en Iran.

J'avais donc Azra pour moi. Mais il fallait la convaincre de me pardonner mes élans, que je regrettais amèrement.

Elle était très affectée par le départ de Lyautey, qui lui écrivait de Paris pour lui dire qu'il était victime d'un complot monarchiste et reviendrait « en même temps que la liberté en Iran ». Dans ces missives, il m'appelait « son seul ami français, le seul Français en qui il avait confiance à Téhéran ». À cause des grèves qui paralysaient la poste, il m'écrivait à moi par la valise diplomatique en me chargeant de transmettre. Une ou deux lettres par jour, que je recevais par paquets de huit ou dix chaque semaine. Je ne pouvais m'empêcher de les lire, ces lettres, et elles me rendaient fou de jalousie. De longs poèmes érotiques en persan, d'une beauté inouïe. Des chants d'amour désespérés, des odes sombres illuminées par le soleil d'hiver de l'amour que je devais apporter jusqu'à la boîte de l'intéressée. Porter moi-même ces lettres à Azra me déchirait chaque fois le cœur de rage impuissante. C'était une vraie torture – la vengeance inconsciente de Lyautey. Je ne faisais le facteur que dans l'espoir de croiser Azra au bas de son immeuble. Parfois la douleur était si forte que je brûlais quelques-unes de ces enveloppes après les avoir ouvertes – quand les poèmes étaient trop beaux, trop érotiques, trop susceptibles de renforcer l'amour d'Azra pour Lahouti, quand ils me faisaient trop souffrir, je les détruisais.

Au mois de décembre, la Révolution prit encore de l'ampleur. Le shah était reclus dans le palais de Niavaran, on avait l'impression qu'il n'en sortirait plus que les pieds devant. Le gouvernement militaire était bien évidemment incapable de réformer le pays et les administrations étaient toujours paralysées par les grèves. Malgré le couvre-feu et l'interdiction des manifestations, l'opposition continuait à s'organiser ; le rôle du clergé, en Iran comme en exil, devenait de plus en plus prépondérant. Le calendrier religieux n'aidait pas : décembre correspondait au mois de *muharram*. La célébration du martyre de l'imam Hossein promettait de donner lieu à des manifestations massives. Une fois de plus, c'est le shah lui-même qui précipita sa chute ; face à la pression des clercs, il autorisa les marches religieuses pacifiques du 10 *muharram*, *Ashura*. Des millions de personnes défilèrent dans tout le pays. Téhéran était prise par la foule. Étrangement, il n'y eut pas d'incident notoire. On sentait que l'opposition avait atteint une telle masse, une telle puissance que la violence était dorénavant inutile. L'avenue Reza-Shah était un grand fleuve humain qui se jetait dans la place Shahyad devenu un lac frémissant que surplombait, comme un rocher, le monument à la royauté dont on sentait qu'il changeait de sens, qu'il devenait un monument à la Révolution, à la liberté et à la puissance du peuple. Je pense que tous les étrangers présents à Téhéran ces jours-là se rappellent l'impression de force extraordinaire qui émanait de cette foule. Au nom de l'imam Hossein abandonné par les siens, au nom de la justice face à la tyrannie, l'Iran était debout. Nous avons tous su ce jour-là que le régime allait tomber. Nous avons tous cru ce jour-là que l'ère de la démocratie commençait.

En France, Frédéric Lyautey, avec sa folle détermination, avait proposé ses services à Khomeiny à Neauphle-le-Château comme interprète : il fut pendant quelques semaines l'un des nombreux secrétaires de l'imam ; il répondait pour lui aux courriers des admirateurs français. L'entourage du religieux se méfiait de lui, on pensait qu'il était un espion, ce qui le faisait terriblement souffrir – il me téléphonait souvent, avec un ton très amical, commentait les dernières nouvelles de la Révolution, me disait la chance que j'avais d'être sur place pendant ces moments « historiques ». Il ignorait apparemment mes manigances pour le faire expulser et ma passion pour Azra. Elle ne lui avait rien raconté. De fait c'est lui qui la poussa à revenir vers moi. Le père d'Azra fut arrêté à son domicile le 12 décembre et envoyé dans un lieu tenu secret, vraisemblablement à la prison d'Evin. On n'arrêtait pourtant presque plus personne, à cette période ; le shah cherchait à négocier avec l'opposition pour en finir avec le gouvernement militaire et, dans une dernière volonté de réforme, convoquer par la suite des élections libres. L'arrestation du père d'Azra, simple enseignant dans un lycée et récent militant du parti Toudeh, était un mystère. La Révolution paraissait inéluctable, mais la machine répressive continuait bizarrement à tourner dans l'ombre, d'une façon absurde – personne ne comprenait pourquoi cet homme avait été raflé, alors que la veille ou l'avant-veille, des millions d'autres criaient « mort au shah » ouvertement dans la rue. Le 14 décembre, il y eut une contre-manifestation en faveur du régime, quelques milliers de nervis et de soldats en civil défilèrent à leur tour en brandissant des portraits des Pahlavi. Nous ne pouvions évidemment pas prévoir les événements, pas deviner qu'un mois plus tard le shah serait contraint à quitter le pays. L'angoisse de la famille d'Azra était d'autant plus forte que la confusion et l'énergie révolutionnaire étaient au plus haut. C'est Lyautey qui, par téléphone, convainquit Azra de la nécessité de me contacter. Elle m'appela peu avant Noël ; je n'avais pas envie de rentrer en France pour les fêtes ; croyez-le ou non, je ne voulais pas m'éloigner d'elle. J'allais enfin la revoir. En un mois et demi, ma passion n'avait fait que croître. Je me haïssais et je désirais Azra à m'en taper la tête contre les murs."

Sarah s'était rapprochée de la table de jardin ; elle était toujours debout, les mains sur le dossier de sa chaise, en observateur, en arbitre. Elle écoutait d'un air lointain, presque méprisant. J'esquissai un signe de tête dans sa direction, un signe qui pour moi signifiait "on s'en va ?" auquel elle ne répondit pas. J'étais (comme elle sans doute) partagé entre l'envie de connaître la fin de l'histoire et une certaine honte mêlée de pudeur qui me donnait envie de fuir cet érudit perdu dans ses souvenirs passionnés et révolutionnaires. Morgan ne paraissait pas se rendre compte de nos hésitations ; il semblait trouver tout à fait normal que Sarah reste debout ; il aurait sans doute poursuivi ses réminiscences seul si nous étions partis. Il ne s'interrompait que pour une gorgée de vodka ou un regard poisseux vers le corps de Sarah. La gouvernante n'avait pas reparu, elle s'était réfugiée à l'intérieur, elle avait sans doute mieux à faire qu'observer son patron s'enivrer.

"Azra me demandait de faire jouer mes relations pour obtenir des renseignements sur la détention de son père. Sa mère, m'apprit-elle, envisageait les possibilités les plus folles, que son père ait en réalité mené une double vie, qu'il soit un agent soviétique, etc. Lyautey m'avait vu, depuis son lit d'hôpital, en grande conversation avec un officier bardé de médailles ; sa folie en avait conclu que je connaissais personnellement tous les chefs de la SAVAK. Je n'ai pas détrompé Azra. Je lui ai demandé de venir chez moi pour en parler, ce qu'elle a refusé. Je lui ai proposé de nous retrouver au café Naderi, lui assurant qu'entretemps j'aurais enquêté sur la situation de son père. Elle a accepté. Ma joie était sans limites. Nous étions le premier jour du mois de *dey*, le solstice d'hiver ; je suis allé à une lecture de poésie : une jeune femme lisait *Croyons au début de la saison froide*, de Forough Farrokhzad, et notamment *J'ai de la peine pour le jardin*, dont le chagrin simple et profond me gela l'âme, je ne sais pas pourquoi – je le connais encore à moitié par cœur, ce poème, *kasi be fekr-e golhâ nist, kasi be fekr-e mâhihâ nist*, « il n'y a personne pour penser aux fleurs, personne pour penser aux poissons, personne ne veut croire que le jardin se meurt ». Je suppose que la perspective de revoir Azra m'avait rendu extrêmement sensible à toutes les sollicitations extérieures. La poésie de Forough m'emplissait d'une tristesse de neige ; ce jardin abandonné avec son bassin vide et ses mauvaises herbes était le portrait de ma déréliction. Après la lecture, tout le monde a bu un verre – contrairement à moi, la compagnie était plutôt joyeuse, vibrante d'espoir révolutionnaire : on ne parlait que de la fin du gouvernement militaire et de la possible nomination de Shahpur Bakhtiar, opposant modéré, au poste de Premier ministre. Certains allaient même jusqu'à prédire l'abdication rapide du shah. Beaucoup s'interrogeaient sur les réactions de l'armée – les généraux tenteraient-ils un coup d'État, soutenus par les Américains ? Cette hypothèse « chilienne » effrayait tout le monde. Le souvenir cuisant du renversement de Mossadegh en 1953 était plus présent que jamais. Je tournais en rond dans cette soirée. On me demanda à plusieurs reprises des nouvelles de Lahouti, j'éludai la question et changeai vite d'interlocuteur. La plupart des présents – étudiants, jeunes professeurs, écrivains débutants – connaissaient Azra. J'appris par un des convives que depuis le départ de Lyautey elle ne sortait plus.

Je posai quelques questions à un ami de l'ambassade à propos du père d'Azra – il m'envoya paître immédiatement. Si c'est un Iranien on ne peut rien faire. Un binational, encore, à la limite… En plus en ce moment c'est un vrai bordel dans l'administration, on ne saurait même pas à qui s'adresser. Il mentait sans doute. J'ai donc été moi-même contraint au mensonge. Azra s'assit en face de moi au café Naderi ; elle portait un épais pull en laine à chevrons, sur lequel brillaient ses cheveux noirs ; elle ne me regarda pas dans les yeux, ni ne me serra la main ; elle me salua d'une voix minuscule. J'ai commencé par m'excuser longuement de mes erreurs du mois précédent, de ma brusquerie, puis je lui ai parlé d'amour, de ma passion pour elle, avec toute la douceur dont j'étais capable. Ensuite j'ai évoqué mon enquête au sujet de son père; je l'ai assurée que j'obtiendrais des résultats très vite, sans doute dès le lendemain. Je lui ai dit que la voir si inquiète et si abattue me rendait très triste, et que je ferais tout ce que je pouvais pourvu qu'elle me rende visite à nouveau. Je l'ai suppliée. Elle regardait toujours ailleurs, les serveurs, les clients, la nappe blanche, les chaises laquées. Ses yeux vibraient. Elle restait silencieuse. Je n'avais pas honte. Je n'ai toujours pas honte. Si vous n'avez jamais été bouleversé par la passion vous ne pouvez pas comprendre."

Nous, nous avions honte – Morgan s'avachissait de plus en plus sur la table; je voyais Sarah médusée, pétrifiée par la tournure de la confession; j'imaginais la colère monter en elle. J'étais embarrassé; je n'avais qu'une envie, c'était quitter ce jardin brûlant – il était tout juste 7 heures. Les oiseaux jouaient entre ombre et soleil couchant. Je me suis levé à mon tour.

J'ai moi aussi fait quelques pas dans le petit jardin. La villa de Morgan à Zafaraniyé était un endroit magique, une maison de poupée, sans doute construite pour le gardien d'une grande demeure disparue depuis, ce qui expliquerait son emplacement bizarre, presque au bord de l'avenue Vali-Asr. Morgan l'avait louée à un de ses amis iraniens. La première fois que j'y suis allé, à l'invitation du maître, en hiver, peu de temps avant notre voyage à Bandar Abbas, alors que la neige recouvrait tout, que les rosiers nus brillaient de givre, il y avait un feu dans la cheminée – cheminée orientale, dont le linteau arrondi et le manteau en pointe rappelaient celles du palais de Topkapi à Istanbul. Partout, des tapis précieux aux couleurs vives et pourtant nuancées, des violets, des bleus, des orangés; aux murs, des faïences de l'époque qadjare et des miniatures de grand prix. Le salon était petit, bas de plafond, il convenait à l'hiver;

le professeur y récitait des poèmes de Hafez dont il tentait, depuis des années, d'apprendre l'ensemble du *Divan* par cœur, comme les savants d'autrefois : il affirmait qu'apprendre Hafez par cœur était la seule façon de comprendre intimement ce qu'il appelait *l'espace* du ghazal, l'enchaînement des vers, l'agencement des poèmes, le retour des personnages, des thèmes ; savoir Hafez, c'était faire l'expérience intime de l'amour. "J'ai peur que mes larmes trahissent mon chagrin et que ce mystère fasse le tour du monde. Hafez, toi qui tiens le musc de ses cheveux dans ta main, retiens ton souffle, sinon le zéphyr va éventer ton secret !" Pénétrer le mystère, ou les mystères – mystères phonétiques, mystères métriques, mystères de métaphores. Las, le poète du XIVe siècle rejetait le vieil orientaliste : malgré tous ses efforts, retenir l'ensemble des quatre cent quatre-vingts ghazals qui composent le *Divan* s'avérait impossible. Il mélangeait l'ordre des vers, en oubliait certains ; les règles esthétiques du recueil, et notamment l'unité de chacun des distiques, parfaits comme des perles enfilées une à une sur le fil de la métrique et de la rime pour produire le collier du ghazal, faisaient qu'il était facile d'en oublier. Sur les quatre mille vers que contient l'œuvre, se lamentait Morgan, j'en sais peut-être trois mille cinq cents. Il m'en manque toujours cinq cents. Toujours. Ce ne sont jamais les mêmes. Certains apparaissent, d'autres s'en vont. Ils composent un nuage de fragments qui s'interpose entre la Vérité et moi.

Ces considérations mystiques au coin du feu, nous les prenions pour l'expression d'une lubie littéraire, la dernière tocade d'un érudit – les révélations de l'été leur donneraient un tout autre sens. Le secret, l'amour, la culpabilité, nous entrevoyions leur source. Et si j'ai écrit ce texte grave et solennel en rentrant à Vienne c'est sans doute pour les consigner à mon tour, autant que pour retrouver, par la prose, la présence de Sarah partie, endeuillée, bouleversée, affronter la tristesse à Paris. Quelle sensation étrange de se relire. Un miroir vieillissant. Je suis attiré et repoussé par ce moi ancien comme par un autre. Un premier souvenir, intercalé entre le souvenir et moi. Une feuille de papier diaphane que la lumière traverse pour y dessiner d'autres images. Un vitrail. *Je* est dans la nuit. L'être est toujours dans cette distance, quelque part entre un soi insondable et l'autre en soi. Dans la sensation du temps. Dans l'amour, qui est l'impossibilité de la fusion entre soi et l'autre. Dans l'art, l'expérience de l'altérité.

Nous n'arrivions pas plus à partir que Morgan à achever son récit – il poursuivait sa confession, peut-être aussi surpris par sa capacité à parler que par la nôtre à l'écouter. Malgré tous mes signes, Sarah, quoique révoltée, restait accrochée à sa chaise de jardin de métal ajouré.

"Azra a finalement accepté de revenir chez moi. Et même plusieurs fois. Je lui racontais des mensonges sur son père. Le 16 janvier, suivant les conseils de son état-major, le shah quitta l'Iran, soi-disant « pour des vacances » et laissa le pouvoir à un gouvernement de transition dirigé par Shahpur Bakhtiar. Les premières mesures de Bakhtiar furent la dissolution de la SAVAK et la libération de tous les prisonniers politiques. Le père d'Azra n'a pas réapparu. Je crois que personne n'a jamais su ce qu'il était devenu. La Révolution semblait accomplie. Un Boeing d'Air France ramena l'ayatollah Khomeiny à Téhéran deux semaines plus tard, contre l'avis du gouvernement. Des centaines de milliers de personnes l'accueillirent comme le Mahdi. Je n'avais qu'une peur, c'est que Lyautey soit dans l'avion. Mais non. Il viendrait très bientôt, annonçait-il à Azra dans ces lettres que je lisais. Il s'inquiétait de la tristesse, du silence, de la froideur d'Azra. Il l'assurait de son amour; plus que quelques jours, disait-il, et nous serons bientôt réunis, courage. Il ne comprenait pas cette douleur et cette honte dont elle lui parlait, disait-il, sans lui en donner les raisons.

Azra était si triste, lors de nos rencontres, que petit à petit je finissais par être dégoûté de moi-même. Je l'aimais passionnément et je la voulais heureuse, joyeuse, passionnée elle aussi. Mes caresses ne lui tiraient que des larmes froides. Je possédais peut-être sa beauté, mais elle m'échappait. L'hiver était interminable, glacial et sombre. Autour de nous, l'Iran basculait dans le chaos. Nous avions cru un instant la Révolution achevée, et elle ne faisait que commencer. Les religieux et les partisans de Khomeiny luttaient contre les démocrates modérés. Quelques jours après son retour en Iran, Khomeiny avait nommé son propre Premier ministre parallèle, Mehdi Bazargan. Bakhtiar était devenu un ennemi du peuple, le dernier représentant du shah. On commençait à entendre crier des slogans en faveur d'une « République islamique ». Dans chaque quartier, un comité révolutionnaire était organisé. Enfin organisé si l'on peut dire. Les armes fleurissaient. Les gourdins, les matraques, puis, après le ralliement d'une partie de l'armée, le 11 février, les fusils d'assaut : les partisans de Khomeiny occupèrent tous les bâtiments administratifs et même les palais de l'empereur. Bazargan devint le premier chef de gouvernement nommé non plus par le shah, mais par la Révolution – en réalité par Khomeiny. On avait la sensation d'un danger, d'une catastrophe imminente. Les forces révolutionnaires étaient si disparates qu'il était impossible de deviner quelle forme pourrait prendre un nouveau régime. Les communistes du parti Toudeh, les marxisto-musulmans, les Moudjahidin du Peuple, les religieux khomeynistes partisans du *velâyat-e faqih*, les libéraux pro-Bakhtiar et même les autonomistes kurdes s'affrontaient plus ou moins directement pour le pouvoir. La liberté d'expression était totale et on publiait à tour de bras, des journaux, des pamphlets, des recueils de poèmes. L'économie était dans un état catastrophique ; le pays était si désorganisé que les produits de base commençaient à manquer. L'opulence de Téhéran semblait avoir disparu en une nuit. Malgré tout, nous nous retrouvions entre camarades et nous mangions des boîtes et des boîtes de caviar de contrebande aux gros grains verdâtres, avec du pain *sangak* et de la vodka soviétique – nous achetions tout cela en dollars. Certains commençaient à avoir peur d'un effondrement total du pays et cherchaient des devises étrangères.

Je savais depuis peu pourquoi Lyautey ne rentrait pas en Iran : il était hospitalisé dans une clinique de la banlieue parisienne. Grave dépression, hallucinations, délire. Il ne parlait plus que persan et était persuadé de s'appeler réellement Farid Lahouti. Les médecins pensaient qu'il s'agissait d'un surmenage et d'un choc lié à la Révolution iranienne. Ses lettres à Azra devenaient encore plus nombreuses ; plus nombreuses et chaque fois plus sombres. Il ne lui parlait pas de son hospitalisation, uniquement des tourments de l'amour, de l'exil, de sa douleur. Des images revenaient souvent, la braise devenue anthracite, dure et friable, dans l'absence ; un arbre aux branches de glace tué par le soleil d'hiver ; un étranger face au mystère d'une fleur qui ne s'ouvre jamais. Comme lui-même ne le mentionnait pas, je n'ai pas révélé à Azra l'état de santé de Lyautey. Mon chantage et mes mensonges me pesaient. Je voulais qu'Azra soit à moi entièrement ; posséder son corps n'était qu'un avant-goût d'un plaisir plus complet encore. J'essayais d'être attentionné, de la séduire, et de ne plus la contraindre. Plus d'une fois j'ai été sur le point de lui révéler la vérité, toute la vérité, mon ignorance quant à la situation de son père, l'état de Lyautey à Paris, mes manigances pour le faire expulser. Mes mystifications étaient en réalité des preuves d'amour. Je n'avais menti que par passion, et j'espérais qu'elle comprendrait.

Azra se rendait compte que son père ne rentrerait vraisemblablement jamais. Tous les prisonniers du shah étaient déjà libérés, vite remplacés dans les prisons par les partisans et soldats de l'ancien régime. Le sang coulait – on exécutait à la hâte les militaires et les hauts fonctionnaires. Le Conseil révolutionnaire de Khomeiny voyait maintenant Mehdi Bazargan, son propre Premier ministre, comme un obstacle à l'instauration de la République islamique. Ces premiers affrontements, et plus tard la transformation des Comités en « Gardiens de la Révolution » et « Volontaires des Opprimés » préparaient le terrain pour la confiscation du pouvoir. Tout à l'exubérance révolutionnaire, les classes moyennes et les formations politiques les plus puissantes (parti Toudeh, Front démocratique, Moudjahidin du Peuple) paraissaient ne pas se rendre compte de la montée des périls. Le tribunal révolutionnaire itinérant dirigé par Sadegh Khalkhali dit le Boucher, à la fois juge et bourreau, était déjà en marche. Malgré tout cela, dès la fin mars, à la suite d'un référendum promu entre autres par les communistes et les moudjahidin, l'empire d'Iran devint la République islamique d'Iran, et se lança dans la rédaction de sa Constitution.

Azra avait apparemment abandonné les thèses de Shariati pour se rapprocher du Toudeh communiste. Elle continuait à militer, participait aux manifestations et publiait des articles féministes dans les journaux proches du Parti. Elle avait aussi rassemblé certains des poèmes de Farid Lahouti, les plus politiques, en un petit recueil qu'elle avait confié rien de moins qu'à Ahmad Shamlou lui-même – déjà le poète le plus en vue de l'époque, le plus novateur, le plus puissant, qui l'avait trouvé (alors qu'il n'était pas tendre pour la poésie de ses contemporains) magnifique : il fut abasourdi d'apprendre que ce Lahouti était en réalité un orientaliste français et fit publier quelques-uns de ces textes dans des revues influentes. Ce succès me rendit fou de jalousie. Même interné à des milliers de kilomètres, Lyautey s'arrangeait pour me rendre la vie impossible. J'aurais dû détruire toutes ces maudites lettres au lieu de me contenter d'en jeter seulement quelques-unes aux flammes. En mars, au moment où le printemps revenait, où le Nouvel An iranien consacrait l'an 1 de la Révolution, au moment où l'espoir de tout un peuple grandissait avec les roses, espoir qui brûlerait aussi sûrement que les roses, alors que je faisais des plans pour épouser l'objet de ma passion, ce stupide recueil, à cause de l'estime de quatre intellectuels, renforçait le lien entre Azra et Fred. Elle ne parlait plus que de cela. À quel point un tel avait apprécié ces poèmes. Comment l'acteur machin allait lire ces vers dans une soirée organisée par tel ou tel magazine à la mode. Ce triomphe donnait à Azra la force de me mépriser. Je sentais son mépris dans ses gestes, dans son regard. Sa culpabilité s'était transformée en une haine méprisante envers moi et tout ce que je représentais, la France, l'Université. J'étais en train d'intriguer pour lui obtenir une bourse de thèse, afin que, à la fin de mon séjour en Iran, nous puissions rentrer ensemble à Paris. Je voulais l'épouser. Elle envoyait tout promener avec mépris. Et pire encore : elle se refusait à moi. Elle venait jusqu'à mon appartement pour me narguer, pour me parler de ces poèmes, de la Révolution et me repoussait. Deux mois plus tôt je la tenais contre moi et à présent je n'étais plus qu'un déchet abject qu'elle rejetait avec horreur."

Gilbert renversa son verre en chassant d'un geste trop ample les oiseaux qui s'étaient enhardis à picorer les miettes de sucreries jusque sur la table. Il se resservit aussitôt, et sécha son petit godet d'une lampée bien sentie. Il avait des larmes dans les yeux, des larmes qui ne paraissaient pas provenir de la violence de l'alcool. Sarah s'était rassise. Elle observait les deux oiseaux voleter jusqu'au couvert des arbustes. Je savais qu'elle balançait entre la compassion et la colère; elle regardait ailleurs, mais ne partait pas. Morgan restait silencieux, comme si l'histoire était terminée. Nassim Khanom a soudain réapparu. Elle a retiré les tasses, les sous-tasses, les coupelles de candi. Elle portait un *rou-pouch* bleu foncé noué fort sous le menton, une blouse grise à motifs bruns; elle n'a pas adressé un regard à son employeur. Sarah lui a souri; elle lui a rendu son sourire, lui a proposé du thé ou de la limonade. Sarah l'a gentiment remerciée de ses efforts, à l'iranienne. J'ai réalisé que je mourais de soif, j'ai vaincu ma timidité pour demander à Nassim Khanom un peu plus de limonade : ma phonétique persane était si terrifiante qu'elle ne m'a pas compris. Sarah est venue à mon secours, comme d'habitude. J'ai eu l'impression, ô combien vexante, qu'elle répétait exactement ce que je venais de dire – mais cette fois-ci, Nassim Khanom comprit instantanément. J'imaginai sur-le-champ un complot, par lequel cette dame respectable me rangeait du côté des hommes, du côté de son terrifiant patron, qui restait toujours silencieux, les yeux rougis de vodka et de souvenir. Sarah perçoit mon désarroi vexé, l'interprète mal; elle me fixe un moment, comme si elle me prenait la main pour nous extraire de la boue tiède de cette fin d'après-midi, et cette tendresse soudaine tend si fort les liens entre nous qu'un enfant pourrait jouer à l'élastique avec, au milieu de ce jardin sinistre, brûlé par l'été.

Morgan n'avait plus rien à ajouter. Il remuait son verre, encore et encore, les yeux dans le passé. Il est temps de partir. J'ai tiré sur ces fameuses cordes invisibles et Sarah s'est levée en même temps que moi.

Merci, Gilbert, pour ce magnifique après-midi. Merci. Merci.

J'engloutis le verre de limonade que Nassim Khanom vient d'apporter. Gilbert ne se lève pas, il marmonne des vers persans auxquels je n'entends goutte. Sarah est debout ; elle place son voile de soie violette sur ses cheveux. Je compte machinalement les taches de rousseur de son visage. Je pense Azra, Sarah, presque les mêmes sons, les mêmes lettres. La même passion. Morgan lui aussi regarde Sarah. Assis, il a les yeux fixés sur ses hanches dissimulées par le manteau islamique qu'elle vient d'enfiler malgré la chaleur.

"Qu'est devenue Azra ?" je pose la question pour détourner son regard du corps de Sarah, bêtement, jalousement, comme on rappelle à un homme le prénom de sa femme pour que ses phonèmes le fouettent, avec le bon Dieu et la Loi morale.

Morgan se tourne vers moi, un air de peine sur le visage :

"Je ne sais pas. On m'a raconté qu'elle avait été exécutée par le régime. C'est probable. Des milliers de militants ont disparu au début des années 1980. Hommes et femmes. La Patrie en danger. L'agression irakienne, au lieu d'affaiblir le régime comme prévu, l'a renforcé, lui a donné une excuse pour se débarrasser de toute l'opposition intérieure. Les jeunes Iraniens qui avaient vécu entre le shah et la République islamique, cette classe moyenne (horrible expression) qui avait crié, écrit, lutté en faveur de la démocratie, tous ont fini pendus dans une obscure prison, tués sur le front ou contraints à l'exil. J'ai quitté l'Iran peu après le début de la guerre ; j'y suis revenu huit ans plus tard, en 1989. Ce n'était plus le même pays. L'université était pleine d'anciens combattants incapables d'aligner deux mots devenus étudiants par la grâce du Bassij. Étudiants qui deviendraient professeurs. Professeurs ignares qui formeraient à leur tour des élèves destinés à la médiocrité. Tous les poètes, tous les musiciens, tous les savants étaient en exil intérieur, écrasés par la dictature du deuil. Tous à l'ombre des martyrs. À chaque mouvement de cil, on leur rappelait un martyr. Leurs rues, leurs impasses, leurs épiceries portaient des noms de martyrs. Des morts, du sang. De la poésie de mort, des chants de morts, des fleurs de mort. La lyrique devenait des noms d'offensives : *Aurore I*, *Aurore II*, *Aurore III*, *Aurore IV*, *Aurore V*, *Kerbela I*, *Kerbela II*, *Kerbela III*, *Kerbela IV* et ainsi de suite jusqu'à la parousie du Mahdi. J'ignore où et quand est morte Azra. Dans la prison d'Evin, sans doute. Je suis mort avec elle. Bien avant. En 1979, l'an 1 de la Révolution, l'année 1357 du calendrier hégirien solaire. Elle n'a plus souhaité me voir. C'est aussi simple que cela. Elle s'est dissoute dans sa honte. Alors que Khomeiny se débattait pour consolider son pouvoir, Azra, forte de son amour pour les poèmes de Lahouti, me quittait définitivement. Elle avait appris la vérité, disait-elle. Une vérité – de quelle façon j'avais intrigué pour éloigner son amant, comment j'avais menti à propos de son père – pas *la* vérité. La vérité, c'est mon amour pour elle, qu'elle avait pu constater à chaque instant où nous étions ensemble. C'est la seule vérité. Je n'ai jamais été entier qu'à ces moments où nous étions réunis. Je ne me suis jamais marié. Je n'ai jamais fait de promesse à quiconque. Je l'ai attendue toute ma vie.

Fred Lyautey n'a pas eu ma patience. Lahouti s'est pendu à un orme avec un drap, dans le parc de sa clinique, en décembre 1980. Azra ne l'avait pas revu depuis près de deux ans. Une bonne âme lui a appris sa mort. Pourtant Azra n'est pas venue à la soirée d'hommage que nous avons organisée pour Lyautey à l'institut. Aucun de ces fameux poètes qui soi-disant respectaient son œuvre n'est venu, d'ailleurs. Ce fut une belle soirée, recueillie, fervente, intime. Il m'avait désigné, avec sa grandiloquence habituelle, comme son « ayant droit pour ses affaires littéraires ». J'ai brûlé tous ses papiers dans un évier, avec les miens. Tous les souvenirs de cette période. Les photos se contorsionnaient, jaunes dans les flammes ; les cahiers se consumaient, lents comme des bûches."

Nous sommes partis. Gilbert de Morgan récitait encore de mystérieux poèmes. Il nous fit un petit geste de la main quand nous passâmes le portillon dans le mur du jardin. Il restait seul avec sa gouvernante et cette famille d'oiseaux que l'on appelle *Spechte* en allemand, souvent coiffés de rouge, qui niche dans les troncs d'arbres.

Dans le taxi qui nous ramenait vers le centre de Téhéran, Sarah répétait "quel pauvre type, mon Dieu, pourquoi nous raconter ça, quelle ordure", sur un ton incrédule, comme si, au bout du compte, elle ne parvenait pas à admettre la réalité du récit de Gilbert de Morgan, pas à se convaincre que cet homme, qu'elle fréquentait depuis plus de dix ans, qui avait tant compté dans sa vie professionnelle, était en réalité un autre, un Faust qui n'aurait pas eu besoin de Méphisto pour vendre son âme au Mal et posséder Azra, un personnage dont tout le savoir se construisait sur une imposture morale d'une envergure telle qu'elle en devenait invraisemblable. Sarah ne pouvait envisager la véracité de cette histoire pour la bonne et simple raison que c'était lui-même qui la racontait. Il ne pouvait être assez fou pour s'autodétruire, et donc – c'était du moins le raisonnement de Sarah, la façon de se protéger de Sarah – il mentait. Il affabulait. Il voulait qu'on le blâme pour Dieu sait quelle obscure raison. Il endossait peut-être les horreurs d'un autre. Si elle lui en voulait et le traitait de pourriture, c'était surtout pour nous avoir aspergés de ces bassesses et de ces trahisons. Il ne peut pas avouer aussi simplement qu'il a violé et fait chanter cette fille, quand même, il ne peut pas raconter ça aussi froidement, dans son jardin, en buvant de la vodka, et je sentais sa voix hésiter. Elle était au bord des larmes, dans ce taxi qui dévalait, pied au plancher, l'autoroute Modarres, appelée autrefois, aux temps d'Azra et de Farid, l'autoroute du Roi des Rois. Je n'étais pas persuadé que Morgan mentît. Au contraire, la scène à laquelle nous venions d'assister, ce règlement de comptes avec lui-même, me paraissait d'une honnêteté extraordinaire, jusque dans ses implications historiques.

L'air du crépuscule était tiède, sec, électrique ; il sentait l'herbe brûlée des platebandes et tous les mensonges de la nature.

Finalement je crois qu'il m'était plutôt sympathique, ce Gilbert de Morgan à la longue figure. Est-ce qu'il se savait déjà malade, le jour de cette confession ? C'est probable – deux semaines plus tard il quittait l'Iran définitivement pour raisons de santé. Je ne me rappelle pas avoir fait lire ce texte à Sarah ; je devrais le lui envoyer, dans une version expurgée des commentaires la concernant. Est-ce qu'elle serait intéressée ? Elle lirait sans doute ces pages d'une autre façon. L'histoire d'amour de Farid et Azra deviendrait une parabole de l'impérialisme et de la Révolution. Sarah opposerait les caractères de Lyautey et de Morgan ; elle en tirerait une réflexion sur la question de l'altérité : Fred Lyautey la niait totalement et plongeait dans autrui, croyait devenir l'autre, et y parvenait presque, dans la folie ; Morgan cherchait à la posséder, cette altérité, à la dominer, la tirer vers lui pour se l'approprier et en jouir. Il est tout à fait déprimant de penser que Sarah est incapable de lire une histoire d'amour pour ce qu'elle est, une histoire d'amour, c'est-à-dire l'abdication de la raison dans la passion ; c'est *symptomatique*, dirait le bon docteur. Elle résiste. Pour Sarah l'amour n'est qu'un faisceau de contingences, au mieux le potlatch universel, au pire un jeu de domination au miroir du désir. Quelle tristesse. Elle cherche à se protéger de la douleur des affects, c'est certain. Elle veut contrôler ce qui a la possibilité de l'atteindre ; elle se défend par avance des coups qu'on pourrait lui porter. Elle s'isole.

Tous les orientalistes, ceux d'hier comme ceux d'aujourd'hui, se posent cette question de la différence, du soi, de l'autre – peu de temps après le départ de Morgan, alors que mon idole le musicologue Jean During venait d'arriver à Téhéran, nous avons eu la visite de Gianroberto Scarcia, éminent spécialiste italien de littérature persane, élève de l'immense Bausani, le père de l'iranologie italienne. Scarcia était un homme extraordinairement brillant, érudit, drôle ; il s'était intéressé, entre autres, à la littérature persane d'Europe : cette expression, *littérature persane d'Europe*, fascinait Sarah. Qu'on ait pu composer des poèmes classiques en persan à quelques kilomètres de Vienne jusqu'à la fin du XIXe siècle la ravissait tout autant (plus encore, peut-être) que le souvenir des poètes arabes de Sicile, des Baléares ou de Valence. Scarcia soutenait même que le dernier poète persan d'Occident, comme il l'appelait, était un Albanais qui avait composé deux romans en vers et écrit des ghazals érotiques jusque dans les années 1950, entre Tirana et Belgrade. La langue de Hafez avait continué à irriguer le vieux continent après la guerre des Balkans et même la Seconde Guerre mondiale. Ce qui était fascinant, ajoutait Scarcia avec un sourire enfantin, c'est que ces textes poursuivaient la grande tradition de la poésie classique, mais en la nourrissant de modernité – tout comme Naïm Frashëri, le chantre de la nation albanaise, ce dernier poète persan d'Occident compose aussi en albanais et même en turc et en grec. Mais à un moment bien différent : au XXe siècle l'Albanie est indépendante, et la culture turco-persane est mourante dans les Balkans. “Quelle position étrange, disait Sarah captivée, que celle d'un poète qui écrit dans une langue que personne ou presque, dans son pays, ne comprend plus, ne veut plus comprendre !” Et Scarcia, avec une étincelle de malice dans son regard si clair, ajoutait qu'il faudrait écrire une histoire de la littérature arabo-persane d'Europe pour redécouvrir ce patrimoine oublié. L'autre en soi. Scarcia eut un air triste : "Malheureusement, une grande partie de ces trésors a été détruite avec les bibliothèques de Bosnie au début des années 1990. Ces traces d'une Europe différente dérangent. Mais il reste des livres et des manuscrits à Istanbul, en Bulgarie, en Albanie et à l'université de Bratislava. Comme vous dites, chère Sarah, l'orientalisme doit être un humanisme." Sarah ouvrit de grands yeux – Scarcia avait donc lu son article sur Ignaz Goldziher, Gershom Scholem et l'orientalisme juif. Scarcia avait tout lu. Du haut de ses quatre-vingts ans, il voyait le monde avec une curiosité jamais démentie.

La construction d'une identité européenne comme sympathique puzzle de nationalismes a effacé tout ce qui ne rentrait plus dans ses cases idéologiques. Adieu différence, adieu diversité.

Un humanisme basé sur quoi ? Quel universel ? Dieu, qui se fait bien discret dans le silence de la nuit ? Entre les égorgeurs, les affameurs, les pollueurs – l'unité de la condition humaine peut-elle encore fonder quelque chose, je n'en sais rien. Le savoir, peut-être. Le savoir et la planète comme nouvel horizon. L'homme en tant que mammifère. Résidu complexe d'une évolution carbonique. Un rot. Une punaise. Il n'y a pas plus de vie dans l'homme que dans une punaise. Autant. Plus de matière, mais autant de vie. Je me plains du Dr Kraus mais ma condition est assez enviable au regard de celle d'un insecte. L'espèce humaine ne fait pas de son mieux, ces temps-ci. On a envie de se réfugier dans ses livres, ses disques et ses souvenirs d'enfance. D'éteindre la radio. Ou de se noyer dans l'opium, comme Faugier. Il était là lui aussi lors de la visite de Gianroberto Scarcia. Il revenait d'une expédition dans les bas-fonds. Ce si joyeux spécialiste de la prostitution concoctait un lexique d'argot persan, un dictionnaire des horreurs – les termes techniques de la drogue, bien sûr, mais aussi les expressions des prostitués mâles et femelles qu'il fréquentait. Faugier marchait à voile et à vapeur, comme disent les Français ; il nous racontait ses excursions, dans son franc-parler de Gavroche et j'avais souvent envie de me boucher les oreilles. Si on n'écoutait que lui, on aurait pu imaginer que Téhéran était un gigantesque lupanar pour toxicomanes – image très exagérée mais pas tout à fait dépourvue de réalité. Un jour en descendant de la place Tadjrish en taxi, le chauffeur, très âgé et dont le volant paraissait dévissé pour ne pas être sensible à ses violents tremblements, m'avait posé la question très directement, presque de but en blanc : combien coûte une pute, en Europe ? Il avait fallu qu'il répète cette phrase plusieurs fois, tant le mot, *djendé*, me paraissait au moins aussi difficile à prononcer qu'à comprendre : je ne l'avais jamais entendu dans la bouche de personne. J'ai dû péniblement justifier mon ignorance ; le vieil homme se refusait à croire que je n'aie jamais fréquenté de prostituées. De guerre lasse, je finis par lâcher un chiffre au hasard, qui lui sembla rocambolesque ; il se mit à rire, et à dire ah, je comprends mieux pourquoi vous n'allez pas aux putes ! À ce prix-là, il vaut mieux se marier ! Il me raconta que pas plus tard que la veille, il avait grimpé une putain dans son taxi. “Après 8 heures du soir, disait-il, les femmes seules sont souvent des putains. Celle d'hier m'a proposé ses services.”

Il zigzaguait sur l'autoroute, pied au plancher, doublait par la droite, klaxonnait, tout en secouant son cerceau comme un damné ; il se tournait pour me regarder et la vieille Paykan profitait de sa distraction pour dériver dangereusement vers la gauche.

“Vous êtes musulman ?

— Non, chrétien.

— Moi je suis musulman, mais j'aime beaucoup les putes. Celle d'hier, elle voulait vingt dollars.

— Ah.

— Vous trouvez ça cher aussi ? Ici, elles sont putes parce qu'elles ont besoin d'argent. C'est triste. Ce n'est pas comme en Europe.

— En Europe ce n'est pas très gai non plus, remarquez.

— En Europe elles y prennent du plaisir. Ici non."

Je l'ai lâchement laissé à ses certitudes. Le vieillard s'est interrompu un moment pour passer en contrebande entre un autobus et un énorme 4×4 japonais. Sur les plates-bandes, au bord de l'autoroute, des jardiniers taillaient les rosiers.

"Vingt dollars c'était trop cher. J'ai dit « Fais-moi un prix ! J'ai l'âge d'être ton grand-père ! »

— Ah.

— Je sais m'y prendre, avec les putes."

En arrivant à l'institut j'ai raconté cette histoire extraordinaire à Sarah, qu'elle n'a pas fait rire du tout, et à Faugier, qui l'a trouvée hilarante. C'était peu de temps avant qu'il soit agressé par des Bassijis ; il avait pris quelques coups de trique, sans que le motif de l'algarade ne soit réellement clair – attentat politique visant la France ou "simple affaire de mœurs", on n'en savait pas plus. Faugier soignait ses bleus par le rire et l'opium, et s'il se refusait à entrer dans les détails de l'affrontement, il répétait à qui voulait l'entendre que "la sociologie était vraiment un sport de combat". Il me faisait penser au Lyautey du récit de Morgan – il refusait de prendre acte de la violence dont il avait été l'objet. Nous savions que l'Iran pouvait être un pays potentiellement dangereux, où les sbires du pouvoir, officiels ou occultes, s'embarrassaient de peu de gants, mais nous pensions tous être protégés par nos nationalités et nos statuts d'universitaires – nous nous trompions. Les remous internes au pouvoir iranien pouvaient bien nous atteindre, sans que l'on sache réellement pourquoi. Le principal intéressé ne s'y trompait pourtant pas : ses recherches étaient ses mœurs, ses mœurs participaient de ses recherches, et le danger était une des raisons pour lesquelles ces sujets l'attiraient. Il soutenait qu'on avait plus de chances de prendre un coup de couteau dans un bar louche à Istanbul qu'à Téhéran, et il avait sans doute raison. De toute façon son séjour en Iran touchait à sa fin (au grand soulagement de l'ambassade de France) ; cette trempe, cette raclée, disait-il, sonnait comme un sinistre chant de départ et ses ecchymoses un cadeau en souvenir de la République islamique. Les goûts de Faugier, sa passion du trouble, ne l'empêchaient pas d'être terriblement lucide sur sa condition – il était son propre objet d'études ; il admettait que, comme beaucoup d'orientalistes et de diplomates qui ne l'avouent pas facilement, s'il avait choisi l'Est, la Turquie et l'Iran, c'était par désir érotique du corps oriental, une image de lascivité, de permissivité qui le fascinait depuis l'adolescence. Il rêvait aux muscles d'hommes huilés dans les gymnases traditionnels, aux voiles de danseuses parfumées, aux regards – masculins et féminins – rehaussés de khôl, aux brumes de hammams où tous les phantasmes devenaient réalité. Il s'imaginait en explorateur du désir, et il l'était devenu. Cette image orientaliste de l'almée et de l'éphèbe, il en avait fouillé la réalité, et cette réalité l'avait passionné au point de se substituer à son songe initial ; il aimait ses vieilles danseuses prostituées, ses entraîneuses des cabarets sinistres d'Istanbul ; il aimait ses travestis iraniens outrageusement maquillés, ses rencontres furtives au fond d'un parc de Téhéran. Tant pis si les bains turcs étaient parfois sordides et crasseux, tant pis si les joues mal rasées des éphèbes grattaient comme des étrilles, il avait toujours la passion de l'exploration – de la jouissance et de l'exploration, ajoutait Sarah, à qui il avait fait lire son “journal de terrain”, comme il disait : l’idée que Sarah puisse se plonger dans une pareille lecture m’était bien évidemment odieuse, j’étais atrocement jaloux de cette relation étrange, par journal interposé. Même si je savais que Sarah n’avait aucune attirance pour Faugier, ni Marc pour elle, imaginer que Sarah puisse ainsi percevoir son intimité, les détails de sa vie *scientifique* qui en ce cas précis correspondaient à ceux de sa vie *sexuelle* m’était insupportable. Je voyais Sarah à la place de Louise Colet lisant le journal d’Égypte de Flaubert.

“Almées – ciel bleu – les femmes sont assises devant leurs portes – sur des nattes de palmier ou debout – les maquerelles sont avec elles – vêtements clairs, les uns par-dessus les autres qui flottent au vent chaud.”

Ou, bien pire.

“Je descends avec Sophia Zoughaira – très corrompue, remuant, jouissant, petite tigresse. Je macule le divan.

Second coup avec Kutchuk – je sentais en l’embrassant à l’épaule son collier rond sous mes dents – son con me polluait comme avec des bourrelets de velours – je me suis senti féroce.”

Et ainsi de suite, toute la perversion dont les orientalistes sont capables. Penser à Sarah en train de savourer la prose (infâme, cela va sans dire) de ce bellâtre érotomane dont j’étais certain qu’il était capable d’écrire une horreur du genre *son con me polluait* était une pure torture. Comment Flaubert a-t-il pu infliger ce supplice à Louise Colet, c’est incompréhensible ; il fallait que le styliste normand soit bien persuadé de son génie. Ou peut-être pensait-il, comme Faugier au fond, que ces notes étaient *innocentes*, que l’obscénité qui s’y mettait en scène n’était pas du domaine du réel, mais d’un autre ordre, de la science ou du voyage, une enquête qui éloignait ces considérations pornographiques de son être, de sa propre chair : lorsque

Flaubert écrit “coup, recoup plein de tendresse”, ou “sa motte plus chaude que son ventre me chauffait comme avec un fer”, quand il raconte comment, une fois Kutchuk endormie dans ses bras, il joue à écraser des punaises sur le mur, punaises dont l’odeur se mêle au santal du parfum de la jeune femme (le sang noir des insectes dessine de jolis traits sur la chaux), Flaubert est persuadé que ces observations suscitent l’intérêt, et non le dégoût : il s’étonne que Louise Colet soit horrifiée par ce passage sur la ville d’Esna. Il cherche à se justifier dans une lettre au moins aussi atroce : “En entrant à Jaffa, raconte-t-il, je humais en même temps l’odeur des citronniers et celle des cadavres.” Pour lui, l’horreur est partout ; elle se mêle à la beauté ; la beauté et le plaisir ne seraient rien sans la laideur et la douleur, il faut les ressentir ensemble. (Louise Colet sera à ce point frappée par ce manuscrit qu’elle se rendra elle aussi en Égypte, dix-huit ans plus tard, en 1869, à l’occasion des cérémonies de l’inauguration du canal de Suez, alors que toute l’Europe se presse au bord du Nil – elle verra les almées et leurs danses, qu’elle trouvera vulgaires ; elle sera choquée par deux Allemands à ce point hypnotisés par les grelots de leurs colliers qu’ils disparaîtront, manqueront le bateau et réapparaîtront quelques jours après, “honteusement épuisés et souriants” ; elle s’arrêtera elle aussi à Esna, mais pour contempler les dégâts du temps sur le corps de cette pauvre Kutchuk Hanim : elle aura sa revanche.)

Le désir d’Orient est aussi un désir charnel, une domination par le corps, un effacement de l’autre dans la jouissance : nous ne savons rien de Kutchuk Hanim, cette danseuse prostituée du Nil, à part sa puissance érotique et le nom de la danse qu’elle exécute, *L’Abeille* ; à part ses vêtements, ses mouvements, la matière de son con, nous en ignorons tout, ni phrase, ni sentiment – elle était sans doute la plus célèbre des almées d’Esna, ou peut-être la seule. Nous possédons pourtant un second témoignage sur Kutchuk, d'un Américain celui-là, qui visite la ville deux ans avant Flaubert et publiera ses *Nile Notes of a Howadji* à New York – George William Curtis y consacre deux chapitres à Kutchuk ; deux chapitres poétiques, bouffis de références mythologiques et de métaphores voluptueuses *(Ô Vénus !)*, le corps de la danseuse ployant comme le tuyau du narghilé et le serpent du péché originel, un corps "profond, oriental, intense et terrible". Nous ne connaîtrons de Kutchuk que son pays d'origine, la Syrie nous dit Flaubert, la Palestine selon Curtis, et une seule parole, *buono* – d'après Curtis *"one choice italian word she knew"*. *Buono*, toute la sordide jouissance débarrassée des pesanteurs de la bienséance occidentale que Kutchuk a pu susciter, les pages de *Salammbô* et de *La Tentation de saint Antoine* qu'elle a inspirées, et rien de plus.

Marc Faugier s'intéresse, dans son "observation participative", aux récits de vie, aux voix des almées et des khawals du XXIe siècle ; il interroge leurs itinéraires personnels, leurs souffrances, leurs joies ; en ce sens, il relie les passions orientalistes originelles aux aspirations des sciences sociales d'aujourd'hui, tout aussi fasciné que Flaubert par le mélange de beauté et d'horreur, par le sang de la punaise écrasée – et la douceur du corps qu'il possède.

Avant de pouvoir songer au beau, il fallait se plonger dans la plus profonde horreur et l'avoir parcourue tout entière, disait Sarah – Téhéran sentait de plus en plus la violence et la mort, entre l'agression de Faugier, la maladie de Morgan, les pendaisons et le deuil perpétuel de l'imam Hossein. Heureusement, il y avait la musique, la tradition, les instrumentistes iraniens que je rencontrais grâce à Jean During, digne successeur de la grande école orientaliste de Strasbourg – au sein de l'Islam rigoriste et puritain brillent encore les feux de la musique, des lettres et de la mystique, de l'humour et de la vie. Pour chaque pendu, mille concerts, mille poèmes ; pour chaque tête coupée mille séances de *zikr* et mille éclats de rire. Si seulement nos journalistes voulaient bien s'intéresser à autre chose qu'à la douleur et la mort – il est 5 h 30 du matin, c'est le silence de la nuit ; l'écran est un monde en soi, un monde où il n'y a plus ni temps, ni espace. *Ishq*, *hawa*, *hubb*, *mahabba*, les mots arabes de la passion, de l'amour des humains et de Dieu, qui est le même. Le cœur de Sarah, divin ; le corps de Sarah, divin ; les mots de Sarah, divins. Iseult, Tristan. Tristan, Iseult. Iseult, Tristan. Les philtres. L'Unité. Azra et Farid à la tragique fortune, les êtres écrasés sous la Roue du Destin. Où se trouve la lumière de Sohrawardi, quel Orient montrera la boussole, quel archange vêtu de pourpre viendra nous ouvrir le cœur sur l'amour ? *Eros*, *philia* ou *agapé*, quel ivrogne grec en sandales viendra de nouveau, accompagné d'une joueuse de flûte, le front ceint de violettes, nous rappeler la folie de l'amour ? Khomeiny a écrit des poèmes d'amour. Des poèmes où il est question de vin, d'ivresse, de l'Amant pleurant l'Aimé, de roses, de rossignols transmettant des messages d'amour. Pour lui le martyre était un message d'amour. La souffrance une douce brise. La mort un coquelicot. C'est dire. J'ai l'impression que de nos jours seul Khomeiny parle d'amour. Adieu la compassion, vive la mort.

J'étais jaloux de Faugier sans raison, je sais bien qu'il souffrait, qu'il souffrait le martyre, qu'il fuyait, qu'il avait fui, qu'il s'était fui lui-même depuis bien longtemps, jusqu'à finir à Téhéran sur un tapis, recroquevillé, les genoux sous le menton, convulsif ; ses tatouages, racontait Sarah, se mêlaient aux ecchymoses pour former des dessins mystérieux ; il était à demi nu, il respirait mal, disait-elle, il gardait les yeux ouverts et fixes, je l'ai bercé comme un enfant, ajoutait Sarah terrifiée, j'ai été obligée de le bercer comme un enfant, au milieu de la nuit sur le jardin de l'éternel printemps dont les fleurs rouges et bleues devenaient effrayantes dans la pénombre – Faugier se débattait entre l'angoisse et le manque, l'angoisse amplifiait le manque et le manque l'angoisse, et ces deux monstres l'assaillaient dans la nuit. Des géants, des créatures fantastiques le torturaient. La peur, la détresse dans la solitude absolue du corps. Sarah le consolait. Elle disait être restée jusqu'à l'aube auprès de lui ; au petit jour, il s'endormit, la main dans la sienne, toujours sur le tapis où la crise l'avait jeté. La dépendance de Faugier (à l'opium puis, plus tard, comme il l'avait prédit lui-même, à l'héroïne) se doublait d'une autre addiction, au moins aussi forte, à cet autre oubli qu'est le sexe, le plaisir charnel et le rêve oriental ; son chemin vers l'est s'arrêtait là, sur ce tapis, à Téhéran, dans sa propre impasse, dans cette aporie, entre soi et autre, qu'est l'identité.

"Le sommeil est bon, la mort meilleure", dit Heinrich Heine dans son poème *Morphine*, "peut-être meilleur encore serait ne jamais être né". Je me demande si quelqu'un tenait la main de Heine dans ses longs mois de souffrance, quelqu'un qui ne fût pas le frère Sommeil à la couronne de pavot, celui qui caresse doucement le front du malade et délivre son âme de toute douleur – et moi, vivrai-je mon agonie seul dans ma chambre ou à l'hôpital, il ne faut pas penser à cela, détournons le regard de la maladie et de la mort, comme Goethe, qui a toujours évité les agonisants, les cadavres et les enterrements : le voyageur de Weimar s'arrange chaque fois pour échapper au spectacle du décès, échapper à la contagion de la mort ; il s'imagine un ginkgo, cet arbre d'Extrême-Orient, immortel, l'ancêtre de tous les arbres, dont la feuille bilobée représente si magnifiquement l'Union dans l'amour qu'il en a envoyé une, séchée, à Marianne Willemer – "Ne sens-tu pas, à mes chants, que je suis Un et double ?" La jolie Viennoise (joues rebondies, formes généreuses) a trente ans, Goethe soixante-cinq. Pour Goethe, l'Orient est à l'opposé de la mort ; regarder vers l'est, c'est détourner les yeux de la Faux. Fuir. Dans la poésie de Saadi et de Hafez, dans le Coran, dans l'Inde lointaine ; le *Wanderer* marche vers la vie. Vers l'Orient, la jeunesse et Marianne, contre la vieillesse et son épouse Christiane. Goethe devient Hatem, et Marianne Suleika. Christiane mourra seule à Weimar, Goethe ne lui tiendra pas la main, Goethe n'assistera pas à son enterrement. Est-ce que je me détourne, moi aussi, de l'inévitable en m'obsédant pour Sarah, en fouillant dans la mémoire de cet ordinateur pour retrouver sa lettre de Weimar,

Très cher François-Joseph,

C'est assez étrange de se trouver en Allemagne, dans cette langue, si proche de toi, sans pour autant que tu sois là. Je ne sais pas si tu as déjà fait le voyage de Weimar ; je suppose que oui, Goethe, Liszt et même Wagner, j'imagine que ça a dû t'attirer. Je me rappelle que tu as étudié un an à Tübingen – pas très loin d'ici me semble-t-il. Je suis en Thuringe depuis deux jours : neige, neige, neige. Et froid glacial. Tu te demandes ce que je fais ici – un colloque, bien sûr. Un colloque comparatiste sur la littérature de voyage au XIX*e siècle. Sommités. Rencontré Sarga Moussa, grand spécialiste des visions de l'Orient au* XIX*e. Magnifique contribution sur le voyage et la mémoire. Un peu jalouse de son savoir, d'autant plus qu'il parle parfaitement allemand, comme la plupart des invités. J'ai présenté pour la nième fois un papier sur les voyages de Faris Chidiac en Europe, dans une version différente, certes, mais j'ai toujours la sensation de rabâcher. La rançon de la gloire.*

Nous avons bien sûr visité la maison de Goethe – on a l'impression que le maître va se lever de son fauteuil pour saluer, tellement l'endroit semble préservé. La maison d'un collectionneur – des objets partout. Des cabinets, des meubles classeurs pour les dessins, des tiroirs pour les minéraux, des squelettes d'oiseaux, des moulages grecs et romains. Sa chambre, minuscule, à côté de son grand bureau, sous les toits. Le fauteuil où il est mort. Le portrait de son fils August, qui est mort deux ans avant son père, à Rome. Le portrait de sa femme Christiane, qui est morte quinze ans avant lui. La chambre de Christiane, avec ses bibelots : un bel éventail, un jeu de cartes, quelques flacons, une tasse bleue avec en lettres dorées une inscription assez touchante, À la Fidèle. *Une plume. Deux petits portraits, un jeune et un moins jeune. C'est une sensation étrange que de parcourir cette maison où, dit-on, tout est resté tel qu'en 1832. Un peu l'impression de visiter un tombeau, momies incluses.*

Le plus surprenant, c'est la relation de Weimar à l'Orient – à travers Goethe, bien sûr, mais aussi Herder, Schiller et l'Inde ou bien Wieland et son Djinnistan. *Sans parler des ginkgos (méconnaissables en cette saison) qui peuplent la ville depuis plus d'un siècle, à tel point qu'on leur a même consacré un musée. Mais j'imagine que tu sais tout cela – moi je l'ignorais. Le versant oriental du classicisme allemand. Une fois de plus, on se rend compte à quel point l'Europe est une construction cosmopolite… Herder, Wieland, Schiller, Goethe, Rudolf Steiner, Nietzsche… On a l'impression qu'il suffit de soulever une pierre à Weimar pour qu'un lien avec l'Est lointain apparaisse. Mais on reste bien en Europe – la destruction n'est jamais très loin. Le camp de concentration de Buchenwald se trouve à quelques kilomètres d'ici, il paraît que la visite est terrifiante. Je n'ai pas le courage d'y aller.*

Weimar a été bombardée trois fois massivement en 1945. Tu imagines ? Bombarder une ville de soixante mille habitants sans enjeu militaire, alors que la guerre est presque gagnée ? Pure violence, pure vengeance. Bombarder le symbole de la première république parlementaire allemande, chercher à détruire la maison de Goethe, celle de Cranach, les archives de Nietzsche… avec des centaines de tonnes de bombes larguées par de jeunes aviateurs fraîchement débarqués de l'Iowa ou du Wyoming, qui mourront à leur tour brûlés vifs dans la carlingue de leurs avions, difficile d'y percevoir le moindre sens, je préfère me taire.

J'ai un souvenir pour toi ; tu te rappelles mon article sur Balzac et la langue arabe ? Eh bien je pourrais en écrire un de plus, regarde cette belle page, que tu dois connaître :

الديوان الشرقي للمؤلف الغربي

West-oestlicher
DIVAN.
von
GOETHE.
Stuttgard,
in der Cottaischen Buchhandlung
1819.

C'est celle de l'édition originale du Divan. *Ici aussi il y a de l'arabe, ici aussi il y a des différences entre l'arabe et l'allemand, comme tu peux le voir : en arabe, c'est* Le Divan oriental de l'écrivain occidental. *Je trouve ce titre très intrigant, peut-être à cause de l'apparition du scripteur "occidental". Ce n'est plus un objet mixte, comme dans l'original allemand, un divan "occidentoriental", mais un recueil d'Orient composé par un homme d'Occident. Du côté arabe des choses, il ne s'agit pas de mélange, de fusion de l'un et de l'autre, mais d'un objet oriental séparé de son auteur. Qui a traduit ce titre pour Goethe ? Ses professeurs de Iéna ? Au musée Goethe, j'ai vu une page d'exercices d'arabe – le maître s'amusait apparemment à apprendre (avec une jolie calligraphie de débutant) des mots extraits du recueil de Heinrich von Diez, un des premiers orientalistes prussiens,* Denkwürdigkeiten von Asien in Künsten und Wissenschaften. *(Mon Dieu que l'allemand est une langue difficile, j'ai mis cinq minutes à recopier ce titre.)*

Il y a toujours de l'autre en soi. Comme dans le plus grand roman du XIX*e siècle,* Les Jambes croisées ou la Vie et les aventures de Fariac *de Faris Chidiac dont j'ai parlé cet après-midi, cet immense texte arabe imprimé à Paris en 1855 aux dépens de Raphaël Kahla, un exilé de Damas. Je ne résiste pas à t'en montrer la page de titre :*

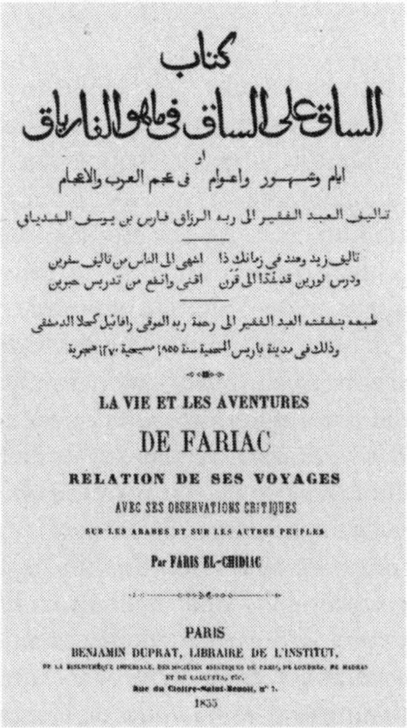
كتاب
الساق على الساق في ما هو الفارياق
او
ايام وشهور واعوام في عجم العرب والاعجام
تاليف العبد الفقير الى ربه الرزاق فارس بن يوسف الشدياق

تاليف زيد وعمرو في زمانك ذا — اشهى الى الناس من تاليف سفرين
ودرس لورين قد تغدا الى قرن — اقنى وانفع من تدريس حبرين

طبعه بنفقته العبد الفقير الى رحمة ربه المولى رافائيل كحلا الدمشقي
وذلك في مدينة باريس المحمية سنة ١٨٥٥ مسيحية ١٢٧٠ هجرية

LA VIE ET LES AVENTURES

DE FARIAC

RELATION DE SES VOYAGES

AVEC SES OBSERVATIONS CRITIQUES

SUR LES ARABES ET SUR LES AUTRES PEUPLES

Par FARIS EL-CHIDIAC

PARIS

BENJAMIN DUPRAT, LIBRAIRE DE L'INSTITUT,

DE LA BIBLIOTHÈQUE IMPÉRIALE, DES SOCIÉTÉS ASIATIQUES DE PARIS, DE LONDRES, DE MADRAS ET DE CALCUTTA, ETC.

Rue du Cloître-Saint-Benoit, n° 7.

1855

Vu d'ici, la mixité du titre de Chidiac répond à celle de Goethe ; on a l'impression que les cent cinquante ans suivants n'ont cherché qu'à découper patiemment ce que les deux grands hommes avaient rassemblé.

À Weimar on trouve aussi (en vrac) un retable de Cranach avec un magnifique démon difforme et verdâtre ; la maison de Schiller, celle de Liszt ; l'université du Bauhaus ; de jolis palais baroques ; un château ; le souvenir de la Constitution d'une république fragile ; un parc avec des hêtres centenaires ; une petite église en ruine qu'on dirait droit sortie (sous la neige) d'un tableau de Schinkel ; quelques néonazis ; des saucisses, des centaines de saucisses de Thuringe, sous toutes leurs formes, crues, séchées, grillées, et mon meilleur souvenir germanique,

Bien à toi,

Sarah

pour oublier, en la relisant, que la mort me prendra sans doute avant l'âge de Goethe ou de Faris Chidiac le grand Libanais, au moins il y a peu de chances que je meure aux commandes d'un bombardier, touché par un obus de DCA ou descendu par un chasseur, ça c'est plus ou moins écarté, même si l'accident d'avion est toujours possible : par les temps qui courent on peut prendre un missile russe en plein vol ou être déchiqueté par un attentat terroriste, ce n'est pas rassurant. J'ai appris l'autre jour par le *Standard* qu'un djihadiste de quatorze ans avait été arrêté alors qu'il préparait un attentat dans une gare de Vienne, un bébé djihadiste de Sankt Pölten, repaire de terroristes, c'est bien connu, et cette nouvelle aurait de quoi faire sourire si elle n'était pas un signe des temps – bientôt des hordes de Styriens se précipiteront sur les mécréants viennois en hurlant "Jésus est grand !", et déclencheront la guerre civile. Je ne me rappelle pas d'attentat à Vienne depuis l'aéroport de Schwechat et les Palestiniens d'Abou Nidal dans les années 1980, à Dieu ne plaise, à Dieu ne plaise, mais on ne peut pas dire que Dieu donne le meilleur de lui-même, ces temps-ci. Les orientalistes non plus – j'entendais un spécialiste du Moyen-Orient préconiser qu'on laisse partir tous les aspirants djihadistes en Syrie, qu'ils aillent se faire pendre ailleurs ; ils mourraient sous les bombes ou dans des escarmouches et on n'en entendrait plus parler. Il suffisait juste d'empêcher les survivants de revenir. Cette séduisante suggestion pose tout de même un problème moral, peut-on raisonnablement envoyer nos régiments de barbus se venger de l'Europe sur des populations civiles innocentes de Syrie et d'Irak ; c'est un peu comme balancer ses ordures dans le jardin du voisin, pas joli joli. Pratique, certes, mais pas très éthique.

5 H 33

Sarah se trompe, je ne suis jamais allé à Weimar. Un concentré d'Allemagne, effectivement. Une réduction pour collectionneurs. Une image. Quelle force chez Goethe. Tomber amoureux à soixante-cinq ans du *Divan* de Hafez et de Marianne Willemer. Tout lire à travers les binocles de l'amour. L'amour génère l'amour. La passion comme moteur. Goethe machine désirante. La poésie comme carburant. J'avais oublié ce frontispice bilingue du *Divan*. Nous avons tous oublié ces dialogues, pressés de refermer les œuvres sur la nation sans entrevoir l'espace qui s'ouvre entre les langues, entre l'allemand et l'arabe, dans la gouttière de la reliure, au pli des livres, dans le blanc tournant. On devrait plus s'intéresser aux adaptations musicales du *Divan occidentoriental*, Schubert, Schumann, Wolf, des dizaines de compositeurs sans doute, jusqu'aux émouvants *Goethe Lieder* pour mezzo-soprano et clarinettes de Luigi Dallapiccola. C'est beau de voir à quel point Hafez et la poésie persane ont irrigué l'art bourgeois européen, Hafez et bien sûr Omar Khayyam – Khayyam le savant irrévérencieux a même sa statue pas loin d'ici, au milieu du Centre international de Vienne, une statue offerte il y a quelques années par la République islamique d'Iran, pas revancharde contre le poète du vin fâché avec Dieu. Un jour j'aimerais emmener Sarah sur le Danube voir ce monument qui trône au beau milieu des immeubles des Nations unies, ces quatre savants de marbre blanc sous leur dais de pierre brune, encadré par des colonnes rappelant celles de l'apadana de Persépolis. Khayyam, propulsé par la traduction d'Edward FitzGerald, envahit l'Europe des lettres ; le mathématicien oublié du Khorassan devient un poète européen de premier plan dès 1870 – Sarah s'est penchée sur le cas Khayyam à travers le commentaire et l'édition de Sadegh Hedayat, un Khayyam réduit à l'essentiel, réduit aux quatrains provenant des recensions les plus anciennes. Un Khayyam sceptique plus que mystique. Sarah expliquait l'immense fortune mondiale d'Omar Khayyam par la simplicité universelle de la forme du quatrain, d'abord, puis par la diversité du corpus : tour à tour athée, agnostique ou musulman, amoureux hédoniste ou contemplatif, ivrogne invétéré ou buveur mystique, le savant du Khorassan, tel qu'il nous apparaît dans les quelque mille quatrains qui lui sont attribués, a de quoi plaire à tous – même à Fernando Pessoa, qui composera, au long de sa vie, près de deux cents quatrains inspirés par sa lecture de la traduction de FitzGerald. Sarah avouait sans peine que ce qu'elle préférait de Khayyam, c'était l'introduction de Hedayat et les poèmes de Pessoa ; elle aurait volontiers rassemblé les deux, en fabriquant un assez beau monstre, un centaure ou un sphinx, Sadegh Hedayat introduisant les quatrains de Pessoa, à l'ombre de Khayyam. Pessoa aimait lui aussi le vin,

La joie suit la douleur, et la douleur la joie.
Nous buvons du vin car c'est fête, parfois
Nous buvons du vin dans la grande douleur.
Mais de l'un ou l'autre vin, il en reste quoi ?

et était au moins aussi sceptique et désespéré que son ancêtre persan. Sarah me parlait des tavernes de Lisbonne où Fernando Pessoa allait boire, entendre de la musique ou de la poésie, et effectivement, elles ressemblaient dans son récit aux *meykhané* iraniennes, à tel point que Sarah ajoutait ironiquement que Pessoa était un hétéronyme de Khayyam, que le poète le plus occidental et le plus atlantique d'Europe était en réalité un avatar du dieu Khayyam,

Après les roses, échanson, tu as versé
Le vin dans ma coupe et tu t'es éloigné.
Qui est plus fleur que toi, qui t'es enfui ?
Qui est plus vin que toi, qui t'es refusé ?

et dans d'interminables conversations avec l'ami Parviz, à Téhéran, elle s'amusait à retraduire en persan les quatrains de Pessoa, pour retrouver, disaient-ils, le goût de ce qui était perdu – l'esprit de l'ivresse.

Parviz nous avait conviés à un concert privé où un jeune chanteur, accompagné d'un joueur de *târ* et d'un *tombak*, chantait des quatrains de Khayyam. Le chanteur (trente ans peut-être, chemise blanche à col rond, pantalon noir, beau visage sombre et grave) avait une très belle voix de ténor que le salon étroit où nous nous trouvions permettait d'entendre dans toutes ses nuances ; le percussionniste brillait – richesse de sons nets et clairs, dans les graves comme dans les aigus, phrasé impeccable dans les rythmes les plus complexes, ses doigts sonnaient contre la peau du *zarb* avec une précision et une vitesse étonnantes. Le joueur de *târ* était un adolescent de seize ou dix-sept ans, et c'était un de ses premiers concerts ; il semblait porté par la virtuosité de ses deux aînés, exalté par le public ; dans les improvisations instrumentales, il explorait les *gousbé* du mode choisi avec un savoir et une expressivité qui, pour mes oreilles de débutant, compensaient largement son manque d'expérience. La brièveté des paroles chantées, quatre vers de

Khayyam, permettait aux musiciens, quatrain après quatrain, d'explorer des rythmes et des modes différents. Parviz était enchanté. Il m'inscrivait scrupuleusement les textes des quatrains sur mon carnet. Mon enregistreur allait me permettre, ensuite, de m'entraîner à cet exercice terrifiant qu'est la transcription. J'avais déjà noté des instruments, *setar* ou *tombak*, mais jamais encore la voix, et j'étais curieux de voir, calmement, sur le papier, comment s'organise l'alternance de brèves et de longues de la métrique persane dans le chant savant ; comment le chanteur transpose le mètre ou les syllabes du vers pour les inclure dans un rythme, et de quelle façon les phrases musicales traditionnelles du *radif* étaient transformées, revivifiées par l'artiste selon les poèmes chantés. La rencontre d'un texte du XIIe siècle, d'un patrimoine musical millénaire et de musiciens contemporains qui actualisaient, dans leur individualité, face à un public donné, l'ensemble de ces possibles.

Verse-moi de ce vin, que je lui dise adieu
Adieu au nectar rose comme tes joues en feu.
Las, mon repentir est aussi droit et sincère
Que l'arabesque des boucles de tes cheveux.

Les musiciens étaient, tout comme nous, assis en tailleur sur un tapis de Tabriz rouge au médaillon central bleu foncé ; la laine, les coussins et nos corps rendaient l'acoustique très sèche, d'une chaleur sans réverbération aucune ; à ma droite Sarah était assise sur les talons, son épaule touchait la mienne. Le parfum du chant nous emportait ; les vagues sourdes et profondes du tambour, si proche, paraissaient déborder nos cœurs attendris par les trilles du *târ* ; nous respirions avec le chanteur, retenions notre souffle pour le suivre dans les hauteurs de ces longs enchaînements de notes liées, claires, sans vibrato, sans hésitations, jusqu'à ce que soudain, parvenu au milieu de ce ciel sonore, il se lance dans une série de figures de voltige, une suite de mélismes et de trémolos si nuancés, si émouvants, que mes yeux s'emplissaient de larmes contenues, honteusement ravalées pendant que le *târ* répondait à la voix en reprenant, modulée encore et encore, la phrase que le chanteur venait de dessiner entre les nuages.

Tu bois du vin, tu es face à la vérité,
Devant les souvenirs de tes jours en allés,
Les saisons de la rose, les amis enivrés.
Dans cette triste coupe, tu bois l'éternité.

Je sentais la chaleur du corps de Sarah contre moi, et mon ivresse était double – nous écoutions à l'unisson, aussi synchrones dans les battements de nos cœurs et nos respirations que si nous avions chanté nous-mêmes, touchés, emportés par le miracle de la voix humaine, la communion profonde, l'humanité partagée, dans ces rares instants où, comme dit Khayyam, on boit l'éternité. Parviz était lui aussi ravi – le concert terminé, après de longs applaudissements et un bis, alors que notre hôte, un médecin mélomane de ses amis, nous invitait à passer à des nourritures plus terrestres, il sortit de sa réserve habituelle et partagea son enthousiasme avec nous, en riant, dansant d'un pied sur l'autre pour désengourdir ses jambes ankylosées par la longue station en tailleur, lui aussi à demi enivré par la musique et récitant encore ces poèmes que nous venions d'entendre chantés.

L'appartement de Réza le médecin se trouvait au douzième étage d'une tour toute neuve près de la place Vanak. Par beau temps on devait voir tout Téhéran jusqu'à Varamine. Une lune roussâtre s'était levée au-dessus de ce que j'imaginais être l'autoroute de Karaj, qui serpentait, flanquée de son chapelet d'immeubles, entre les collines jusqu'à y disparaître. Parviz parlait persan avec Sarah ; épuisé par l'émotion de la musique, je n'avais plus la force de suivre leur conversation ; je rêvais, les yeux dans la nuit, hypnotisés par le tapis de lumières jaunes et rouges du sud de la ville, aux caravansérails d'autrefois, ceux qu'avaient fréquentés Khayyam ; entre Nishapour et Ispahan, il s'était sans doute arrêté à Reyy, première capitale de ses protecteurs seldjouks, bien avant que la tempête mongole ne la transforme en un tas de cailloux. Depuis la tour de guet où je me trouvais, on aurait pu voir passer le mathématicien poète, dans une longue caravane de chevaux et de chameaux de Bactriane, escortée par des soldats pour contrer la menace des ismaïliens d'Alamut. Sarah et Parviz parlaient musique, je comprenais les mots *dastgâh*, *segâh*, *tchahârgâh*. Khayyam, comme beaucoup de philosophes et mathématiciens de l'Islam classique, a lui aussi composé une épître sur la musique, qui utilise sa théorie des fractions pour définir les intervalles entre les notes. L'humanité à la recherche de l'harmonie et de la musique des sphères. Les invités et les musiciens devisaient autour d'un verre. De jolis carafons colorés contenaient toutes sortes de boissons ; le buffet débordait de légumes farcis, de gâteaux d'herbes, de pistaches énormes, dont l'amande était d'une belle couleur rose foncé ; Parviz nous initia (sans grand succès en ce qui me concerne) au *White Iranian*, cocktail de son invention consistant à mélanger du yaourt liquide *dough*, de l'eau-de-vie iranienne et un tour de poivre. Parviz et notre hôte le médecin se plaignaient de l'absence de vin – c'est dommage, Khayyam voudrait du vin, beaucoup de vin, disait Parviz ; du vin d'Oroumiyé, du vin de Shiraz, du vin du Khorassan… C'est tout de même un monde, renchérissait le toubib, vivre dans le pays qui a le plus chanté le vin et la vigne, et en être privé. Vous pourriez en faire, répondis-je en pensant à l'expérience diplomatique de la "cuvée Neauphle-le-Château". Parviz me regarda avec un air dégoûté – nous respectons trop le Nectar pour boire les infects jus de raisin vinifiés dans les cuisines téhéranaises. J'attendrai que la République islamique en autorise la consommation, ou du moins la tolère officiellement. Le vin est trop cher au marché noir, et souvent mal conservé. La dernière fois que je suis allé en Europe, renchérissait notre hôte, dès mon arrivée je me suis acheté trois bouteilles de shiraz australien que j'ai bues seul, tout un après-midi, en regardant les Parisiennes passer sous mon balcon. Le Paradis ! Le Paradis ! *Ferdows, Ferdows !* Quand je me suis effondré, même mes rêves étaient parfumés.

J'imaginais sans peine les effets que l'ingestion de trois flacons de rouge des antipodes pouvait avoir sur un Téhéranais qui n'en buvait jamais. Moi-même, après une vodka orange et un *White Iranian*, j'étais un peu gris. Sarah paraissait apprécier l'horrible mixture de Parviz, où le yaourt coagulait un peu sous l'effet de l'arak. Le médecin nous racontait les glorieuses années 1980, quand la pénurie de boisson était telle que le praticien détournait des quantités fabuleuses d'éthanol à quatre-vingt-dix degrés pour fabriquer toute sorte de mélanges, avec des cerises, de l'orge, du jus de grenade, etc. Jusqu'à ce que, pour éviter les vols, on y ajoute du camphre, ce qui le rend impossible à boire, ajoutait Réza avec un air de tristesse. Et tu te rappelles, intervenait Parviz, quand la République islamique a commencé à censurer les doublages des films et des séries étrangères ? Grand moment. Tout à coup on regardait un western, un type rentrait dans un saloon, colts sur les hanches, et disait en persan au barman : "Une limonade !" Et le barman lui servait un verre minuscule d'un liquide ambré que le cowboy s'enfilait d'un trait, avant de répéter : "Encore une limonade !" C'était tordant. Maintenant on ne s'en aperçoit même plus, ajoutait Parviz. Je ne sais pas, il y a des lustres que je ne regarde plus la télé iranienne, avoua Réza.

Après ces considérations éthyliques et avoir fait honneur au buffet, nous sommes rentrés ; j'étais encore tout retourné par le concert – dans un état un peu second. Des phrases musicales me revenaient, par bribes ; j'avais toujours dans l'oreille la pulsation du tambour, les éclairs du luth, les oscillations interminables de la voix. Je songeais avec mélancolie à ceux qui avaient la chance de pouvoir faire naître de telles émotions, qui possédaient un talent musical ou poétique ; Sarah, de son côté de la banquette arrière du taxi, devait rêver à un monde où on réciterait Khayyam à Lisbonne et Pessoa à Téhéran. Elle portait un manteau islamique bleu foncé et un foulard à pois blancs d'où dépassaient quelques mèches de ses cheveux roux. Elle était appuyée contre la portière, tournée vers la vitre et la nuit de Téhéran qui défilait autour de nous ; le chauffeur secouait la tête pour chasser le sommeil ; la radio diffusait des cantilènes un peu sinistres où il était question de mourir pour la Palestine. Sarah avait la main droite à plat sur le faux cuir du siège, sa peau était la seule clarté dans l'habitacle, en la prenant dans la mienne j'attraperais la chaleur et la lumière du monde : à ma grande surprise, sans immédiatement se tourner vers moi, c'est elle qui a serré fort mes doigts dans les siens, et attiré ma main vers elle – pour ne plus la lâcher, pas même lorsque nous sommes arrivés à destination, pas même, des heures plus tard, lorsque l'aurore rouge enflamma le mont Damavand pour envahir ma chambre et éclairer, au milieu des draps sillonnés de chair, son visage pâli par la fatigue, son dos infiniment nu où paressait, bercé par les vagues de son souffle, le long dragon des vertèbres et les traces de son feu, ces taches de rousseur qui remontaient jusque sur la nuque, autant d'astres de brûlures éteintes, la galaxie que je parcourais du doigt en dessinant des voyages imaginaires pendant que Sarah, de l'autre côté de son corps, serrait ma main gauche au bas de sa poitrine. Et je caressais son cou qu'un rayon fin et rose, aiguisé par la persienne, rendait féerique ; au plus bruissant de l'aube, encore surpris par cette intimité totale, par sa douce haleine de jeûne et de lointain alcool, émerveillé par l'éternité, par l'éternelle possibilité d'enfin m'enfouir dans ses cheveux, de parcourir à loisir ses pommettes, ses lèvres, abasourdi par la tendresse de ses baisers, vifs et riants, brefs ou profonds, estomaqué, le souffle court, d'avoir pu la laisser me déshabiller sans aucune honte ni gêne, aveuglé par sa beauté, par la réciproque simplicité de la nudité après des minutes ou des heures d'étoffes, de frottements de coton, de soie, d'agrafes, de minuscules maladresses, de tentatives d'oubli dans l'unisson du corps, du cœur, de l'Orient, dans le grand ensemble du désir, le grand chœur du désir où se placent tant de paysages, de passé et d'avenir, j'ai entrevu dans la nuit de Téhéran Sarah nue. Elle m'a caressé, je l'ai caressée, et rien en nous ne cherchait à se rassurer par le mot amour tant nous étions dans la beauté la plus fangeuse de l'amour, qui est l'absolue présence auprès d'autrui, dans autrui, le désir à chaque instant assouvi, à chaque seconde reconduit, car nous trouvions chaque seconde une couleur nouvelle à désirer dans ce kaléidoscope de la pénombre – Sarah soupirait et riait, elle soupirait et riait et j'avais peur de ce rire, j'en avais peur autant que je le désirais, autant que je voulais l'entendre, comme aujourd'hui dans la nuit de Vienne, alors que je cherche à attraper les souvenirs de Sarah comme un animal les étoiles filantes. J'ai beau fouiller ma mémoire il ne reste de cette nuit auprès d'elle que des éclairs. Éclair du premier contact de nos lèvres, maladroitement après nos joues, des lèvres gourdes et avides, qui se perdent aussi sur les doigts qui parcourent nos visages, qui guérissent des fronts qui se cognent, par surprise, par cette étrange maladresse de la surprise de se découvrir en train de s'embrasser, enfin, sans que rien, quelques minutes auparavant, ne nous ait réellement préparés à ce serrement de cœur, ce manque d'air, ni les années passées à l'envisager, ni les rêves, les nombreux rêves soudain relégués à ce propos charnel, affadis, effacés par les éclairs d'un début de réalité, le goût d'un souffle, d'un regard si proche qu'on en ferme les yeux, qu'on les rouvre, qu'on ferme ceux qui nous observent, de nos lèvres, on baise ces yeux, on les ferme de nos lèvres et on réalise la taille d'une main lorsque les doigts enfin se croisent, ne se tiennent plus mais s'emboîtent.

Éclair illuminant le contre-jour de son torse dressé, horizon barré du marbre blanc de sa poitrine, sous lequel nagent les cercles de son ventre ; éclair d'une pensée, *si* majeur, j'ai pensé *si* majeur, et m'être perdu un moment loin du présent, m'être vu, en *si* majeur, auteur des gestes d'un autre, témoin, quelques secondes, de mes propres interrogations, pourquoi *si* majeur, comment échapper au *si* majeur, et cette pensée était si incongrue, si effrayée, que je me suis paralysé un moment, loin de tout, et Sarah a perçu (rythme calmé, douce caresse sur ma poitrine) mes hésitations avant de m'en tirer simplement, par le miracle de sa tendresse.

Éclair de chuchotements dans la nuit, d'équilibres arrondis par le frottement des voix contre les corps, vibrations de l'air tendu de Téhéran, de la douce ivresse prolongée de la musique et de la compagnie – que nous sommes-nous dit cette nuit-là que le temps n'ait pas effacé, l'éclat sombre d'un œil souriant, la langueur d'un sein, le goût d'une peau légèrement rugueuse sous la langue, le parfum d'une sueur, l'acidité troublante de plis dévorés, aqueux, sensibles, où débordent les lentes vagues du jouir ; la pulpe de phalanges aimées dans mes cheveux, sur mes épaules, sur ma verge, que j'essayais de dissimuler à ses caresses, avant de m'abandonner, moi aussi, m'offrir en partage pour que se poursuive l'union, que la nuit avance vers l'aube inéluctable : l'un et l'autre de profil, sans savoir quels liquides accompagnent quels souffles, dans une pose de statues emboîtées, nos mains serrées sur sa poitrine, les genoux dans le creux des genoux, les regards accrochés, tordus, du caducée, les langues brûlantes refroidies souvent par la morsure, au cou, à l'épaule, en essayant de tenir tant bien que mal cette bride de nos corps qu'un prénom murmuré lâche, délie en syllabes ouvertes, répand en phonèmes, étouffés par la puissance de l'étreinte.

Avant que l'aurore rouge des guerriers du Livre des Rois ne descende du Damavand, dans le silence essoufflé, encore stupéfait, émerveillé par la présence de Sarah contre moi, alors qu'on l'oublie à Téhéran, qu'on ne l'entend jamais, discret, noyé dans les sons de la ville, retentit l'appel à la prière – un miracle fragile dont on ne sait s'il provient d'une mosquée voisine ou d'un appartement proche, l'*adhan* tombe sur nous, nous enveloppe, sentence ou bénédiction, onguent sonore, "Alors que mon cœur bondit dans un amour ardent de cette ville et de ses voix, je commence à ressentir que toutes mes randonnées n'ont jamais eu qu'une signification : chercher à saisir le sens de cet appel", disait Muhammad Asad, et enfin j'en comprends le sens, un sens, celui de la douceur du partage et de l'amour, et je sais que Sarah, comme moi, pense aux vers des troubadours, à la triste aubade ; l'appel se mêle au chant des premiers oiseaux, passereaux urbains, nos rossignols des pauvres ("*Sahar bolbol hekâyat bâ Sabâ kard*, À l'aube le rossignol parle à la brise"), aux glissements des automobiles, aux parfums de goudron, de riz et de safran qui sont l'odeur de l'Iran, à jamais associée, pour moi, au goût de pluie salée de la peau de Sarah : nous restons immobiles, interdits, à écouter les strates sonores de ce moment aveugle, en sachant qu'il signifie à la fois l'amour et la séparation dans la lumière du jour.

6 H 00

Pas encore de réponse. Est-ce qu'il y a internet à Kuching, capitale du Sarawak ? Oui bien sûr. Il n'existe plus d'endroit sur terre où il n'y ait pas internet. Même au milieu des guerres les plus atroces, heureusement ou malheureusement, on trouve une connexion. Même dans son monastère de Darjeeling, Sarah avait un web café à proximité. Impossible d'échapper à l'écran. Même dans la catastrophe.

À Téhéran, lorsque dès le lendemain de cette nuit si douce elle a sauté dans le premier avion pour Paris, le vol du soir d'Air France, tremblante de douleur et de culpabilité, après avoir passé la journée, sans fermer l'œil une minute, de bureau de police en bureau de police pour régler ces sordides histoires de visa dont les Iraniens ont le secret, armée d'un papier expédié en urgence par l'ambassade de France, qui attestait du gravissime état de santé de son frère et priait les autorités iraniennes de bien vouloir faciliter son départ, alors qu'elle avait la sensation intime, au son de la voix de sa mère, que Samuel était déjà décédé, quoi qu'on lui en dise, détruite par le choc, la distance, l'incompréhension, l'incrédulité face à cette annonce, le soir même, pendant qu'elle se retournait sans dormir dans son siège au milieu des étoiles impassibles, je me précipitai sur internet pour lui envoyer des lettres, des lettres et des lettres qu'elle lirait, espérai-je bêtement, à son arrivée.

Je passai moi aussi la nuit sans fermer l'œil, dans une tristesse rageuse et incrédule.

Sa mère l'avait appelée sans succès toute la soirée et jusqu'au matin, désespérée, avait joint l'institut, le consulat, remué ciel et terre et enfin, alors que Sarah avait pudiquement, en me lançant un baiser de loin, fermé la porte de la salle de bains pour dissimuler sa présence à l'intrus, on était venu me trouver pour m'avertir – l'accident s'était produit dans l'après-midi précédent, l'accident, l'événement, la découverte, on n'en savait rien encore, il fallait que Sarah rappelle sa mère chez elle, et c'était les mots *chez elle*, pas à l'hôpital, pas Dieu sait où, mais *chez elle* qui lui avaient fait pressentir la tragédie. Elle s'était précipitée sur le téléphone, je revois le cadran et ses mains hésiter, se tromper, je me suis éclipsé, je suis sorti, moi aussi, autant par bienséance que par lâcheté.

Cette dernière journée, j'ai erré avec elle dans les basfonds de la justice iranienne, au bureau des passeports, royaume des pleurs et de l'iniquité, où des illégaux afghans aux vêtements maculés de ciment et de peinture, menottés, abattus, défilaient devant nous encadrés par des Pasdaran et cherchaient un peu de consolation dans les regards des présents ; nous avons attendu des heures sur ce banc de bois limé, sous les portraits du premier et du second Guide de la Révolution et toutes les dix minutes Sarah se levait pour aller au guichet, répéter toujours la même question et le même argument, “*bâyad emshab beravam*, il me faut partir ce soir, il me faut partir ce soir”, et chaque fois le fonctionnaire lui répondait “demain”, “demain”, “vous partirez demain”, et dans l'égoïsme de la passion j'avais l'espoir qu'effectivement elle ne parte que le lendemain, que je puisse passer une soirée, une nuit de plus avec elle, la consoler, imaginais-je, de la catastrophe que nous ne faisions qu'entrevoir et le plus atroce, dans cette antichambre déglinguée, sous le regard courroucé de Khomeiny et les grosses lunettes de myope de Khamenei, était que je ne pouvais pas la prendre dans mes bras, pas même lui tenir la main ni essuyer les larmes de rage, d'angoisse et d'impuissance sur son visage, craignant que cette marque d'indécence et d'offense à la morale islamique ne diminue encore un peu plus ses chances d'obtenir son visa de sortie. Finalement, alors que tout espoir de décrocher le coup de tampon magique semblait perdu, un officier (la cinquantaine, courte barbe grise, un ventre plutôt débonnaire dans une veste d'uniforme impeccable) est passé devant nous pour rejoindre son bureau ; ce bon père de famille a écouté l'histoire de Sarah, l'a prise en pitié et, avec cette grandeur magnanime qui n'appartient qu'aux puissantes dictatures, après avoir paraphé un obscur document, il a appelé son subordonné pour lui enjoindre de bien vouloir apposer sur le passeport de la ci-devant le sceau théoriquement inaccessible, lequel subordonné, le même fonctionnaire inébranlable qui nous avait envoyés paître sans ménagements toute la matinée, s'est acquitté derechef de sa tâche, avec un léger sourire d'ironie ou de compassion, et Sarah s'est envolée vers Paris.

Si majeur – l'aube qui met fin à la scène d'amour ; la mort. Est-ce que le *Chant de la nuit* de Szymanowski, qui relie si bien les vers de Roumi le mystique à la longue nuit de Tristan et Isolde passe par le *si* majeur ? Je ne m'en souviens pas, mais c'est probable. Une des plus sublimes compositions symphoniques du siècle dernier, sans aucun doute. La nuit de l'Orient. L'Orient de la nuit. La mort et la séparation. Avec ces chœurs brillant comme des amas d'étoiles.

Szymanowski a aussi mis en musique des poèmes de Hafez, deux cycles de chansons composés à Vienne, peu avant la Première Guerre mondiale. Hafez. On a l'impression que le monde tourne autour de son mystère, comme l'Oiseau de Feu mystique autour de la montagne. "Hafez, chut ! Personne ne connaît les mystères divins, tais-toi ! À qui vas-tu demander ce qu'il est advenu du cycle des jours ?" Autour de son mystère et de ses traducteurs, depuis Hammer-Purgstall jusqu'à Hans Bethge, dont les adaptations de poésie "orientale" seront si souvent mises en musique. Szymanowski, Mahler, Schönberg ou Viktor Ullmann, tous utiliseront les versions de Bethge. Bethge, voyageur presque immobile qui ne savait ni l'arabe, ni le persan, ni le chinois. L'original, l'essence, se tiendrait entre le texte et ses traductions, dans un pays entre les langues, entre les mondes, quelque part dans le *nâkodjââbad*, le lieu-du-non-où, ce monde imaginal où la musique prend aussi sa source. Il n'y a pas d'original. Tout est en mouvement. Entre les langages. Entre les temps, le temps de Hafez et celui de Hans Bethge. La traduction comme pratique métaphysique. La traduction comme méditation. Il est bien tard pour penser à ces choses. C'est le souvenir de Sarah et de la musique qui me pousse vers ces mélancolies. Ces grands espaces de la vacuité du temps. Nous ignorions ce que la nuit recelait de douleur ; quelle longue et étrange séparation s'ouvrait là, après ces baisers – impossible d'aller me recoucher, pas encore d'oiseau ou de muezzin dans la ténèbre de Vienne, le cœur battant de souvenirs, de manque aussi puissant que celui de l'opium peut-être, manque de souffles et de caresses.

Sarah a réussi une carrière brillante ; on l'invite constamment dans les colloques les plus prestigieux, alors qu'elle est toujours une nomade universitaire, qu'elle n'a pas de "poste", comme on dit, contrairement à moi, qui possède exactement l'inverse : une sécurité, certes, dans un campus confortable, avec des étudiants plaisants, dans la ville où j'ai grandi, mais une renommée proche du néant. Au mieux puis-je compter sur un raout de temps en temps à l'université de Graz, voire de Bratislava ou de Prague pour me dérouiller les jambes. Il y a des années que je ne suis pas retourné au Moyen-Orient, pas même à Istanbul. Je pourrais rester des heures devant cet écran à parcourir les articles et les apparitions publiques de Sarah, à reconstituer ses périples, colloques à Madrid, à Vienne, à Berlin, au Caire, à Aix-en-Provence, à Boston, à Berkeley, jusqu'à Bombay, Kuala Lumpur ou Djakarta, la carte du savoir mondial.

Parfois j'ai l'impression que la nuit est tombée, que la ténèbre occidentale a envahi l'Orient des lumières. Que l'esprit, l'étude, les plaisirs de l'esprit et de l'étude, du vin de Khayyam ou de Pessoa n'ont pas résisté au XXe siècle, que la construction cosmopolite du monde ne se fait plus dans l'échange de l'amour et de la pensée mais dans celui de la violence et des objets manufacturés. Les islamistes en lutte contre l'Islam. Les États-Unis, l'Europe, en guerre contre l'autre en soi. À quoi sert de tirer Anton Rubinstein et ses *Lieder de Mirza Schaffy* de l'oubli. À quoi bon se souvenir de Friedrich von Bodenstedt, de ses *Mille et Un Jours en Orient* et de ses descriptions des soirées autour de Mirza Schaffy le poète azéri à Tiflis, de ses cuites au vin géorgien, de ses éloges titubants des nuits du Caucase et de la poésie persane, des poèmes que l'Allemand gueulait, fin saoul, dans les rues de Tbilissi. Bodenstedt, encore un traducteur oublié. Un voyageur. Un créateur, surtout. Le livre des *Lieder de Mirza Schaffy* fut pourtant un des grands succès de la littérature "orientale" en Allemagne au XIXe. Tout comme l'adaptation musicale d'Anton Rubinstein en Russie. À quoi bon se rappeler les orientalistes russes et leurs belles rencontres avec la musique et la littérature d'Asie centrale. Il faut avoir l'énergie de Sarah pour toujours se reconstruire, toujours regarder en face le deuil et la maladie, avoir la persévérance de continuer à fouiller dans la tristesse du monde pour en tirer la beauté ou la connaissance.

Très cher Franz,

Je sais, je ne t'écris pas ces temps-ci, je ne donne pas beaucoup de nouvelles, je me noie dans le voyage. Je suis au Viêtnam pour quelque temps, au Tonkin, en Annam et en Cochinchine. Je suis à Hanoi en 1900. Je te vois ouvrir de grands yeux : au Viêtnam ? Oui, un projet sur l'imaginaire colonial, figure-toi. Sans malheureusement quitter Paris. Sur l'opium. Je me plonge dans les récits de Jules Boissière l'intoxiqué, le pauvre fonctionnaire occitan qui mourut de sa passion à trente-quatre ans après avoir fumé bien des pipes et affronté les jungles du Tonkin, le froid, la pluie, la violence et la maladie avec pour seule compagnie la lumière sombre de la lampe à opium – l'histoire de l'image de l'opium dans la littérature coloniale est extraordinairement intéressante. Le processus d'essentialisation de l'opium comme "extrême-oriental", ce que la "bonne, douce drogue", comme dit Boissière, concentre de mysticisme, de clarté au cœur de la violence coloniale. Pour Boissière, l'opium, c'est le lien avec le Vietnamien ; ils partagent non seulement les pipes et les litières, mais aussi la douleur du manque et la violence des temps. Le fumeur est un être à part, un sage qui appartient à la communauté des voyants : un visionnaire et un mendiant fragile. L'opium est la noirceur lumineuse qui s'oppose à la cruauté de la nature et à la férocité des hommes. On fume après avoir combattu, après avoir supplicié, après avoir observé les têtes arrachées par les sabres, les oreilles sciées par les coupe-coupe, les corps ravagés par la dysenterie ou le choléra. L'opium est un langage, un monde commun ; seule la pipe et la lampe ont le pouvoir de vous faire pénétrer "l'âme de l'Asie". La drogue (fléau précolonial introduit par le commerce impérial, redoutable arme de domination) devient la clé d'un univers étranger qu'il faut pénétrer, puis ce qui représente le mieux ce monde, l'image qui le montre le plus parfaitement pour les foules occidentales.

Voilà par exemple deux cartes postales expédiées de Saigon dans les années 1920. La jeunesse des modèles donne l'impression que l'opium est une pratique non seulement extraordinairement répandue, mais aussi acceptée, éternelle, rurale, naturelle ; la boîte noire, cadenassée, renferme sans doute tous les secrets de ces pays si exotiques *où l'on s'adonne à cette passion* enfantine. *Portrait de l'indigène en enfant drogué.*

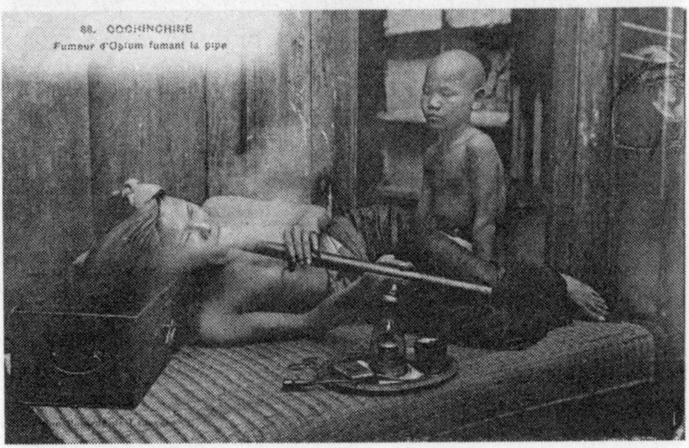

"Il faut toujours s'intoxiquer : ce pays a l'opium, l'Islam le haschisch, l'Occident la femme. Peut-être l'amour est-il surtout le moyen qu'emploie l'Occident pour s'affranchir de sa condition d'homme", écrit Malraux dans La Condition humaine*; cette phrase pour le moins curieuse montre bien comment l'opium devient l'apanage de l'Extrême-Orient, de quelle façon se fabriquent nos représentations ; il ne s'agit pas, bien sûr, de remettre en question la réalité des ravages de l'opium en Chine ou au Viêtnam, mais de voir comment se construit cet imaginaire, et de quelle façon il sert la propagande coloniale.*

Je me rappelle Marc perdu dans l'opium à Téhéran et je me demande s'il n'a pas succombé à un grand rêve, si toutes ses justifications scientifiques ne sont pas des excuses inconscientes pour plonger, comme nous tous, dans des territoires oniriques où l'on échappe à soi-même.

Je t'explique tout cela, mais en réalité j'aimerais surtout, moi aussi, m'allonger sur une natte, la tête contre une valise, aspirer l'oubli vaporeux, confier mon âme au népenthès et oublier toutes les douleurs de la perte. Mon opium à moi, ce sont ces textes et ces images que je vais chercher chaque jour dans les bibliothèques parisiennes, ces papillons de mots que je collectionne, que j'observe sans penser à autre chose, cette mer de vieux livres dans laquelle je cherche à me noyer – malheureusement, malgré tout je pense à mon frère, j'ai l'impression de claudiquer, d'être toujours bancale et parfois, lorsque je tombe sur un texte trop violent ou trop émouvant j'ai bien du mal à retenir mes larmes, alors je m'enferme dans ma chambre, je prends un de ces comprimés modernes qui n'ont sans doute ni le charme, ni la puissance de l'opium et je dors vingt-quatre heures de rang.

Vous qui souffrez, voilà le trésor qui vous reste :
Fumez. Et vous, soyez bénis dieux indulgents
Qui mîtes le bonheur à la merci d'un geste.

C'est l'épitaphe qu'Albert de Pouvourville écrit pour son ami Jules Boissière à Hanoi, dans la pagode du Lac. J'aimerais que le bonheur soit à la merci d'un geste. Je sais que tu penses à moi ; je lis tes lettres tous les jours, j'essaye d'y répondre sans y parvenir, j'ai peur que tu m'en veuilles, alors je m'enfouis dans mes recherches comme une enfant se cache sous sa couette.

Écris-moi tout de même, je t'embrasse,

Sarah

Sarah s'est reconstruite en allant plus loin vers l'est, plus profondément en elle-même, avançant dans cette quête spirituelle et scientifique qui lui a permis d'échapper à son propre malheur – je préfère rester dans mon appartement viennois, quitte à souffrir l'insomnie, la maladie et le chien de Gruber. Je n'ai pas son courage. La guerre n'a jamais été le meilleur moment pour notre congrégation. Les archéologues transformés en espions, les linguistes en orfèvres de la propagande, les ethnologues en gardes-chiourmes. Sarah fait bien de s'exiler dans ces terres mystérieuses et lointaines où l'on s'intéresse au commerce du poivre et des concepts philosophiques, beaucoup moins aux égorgeurs et aux artificiers. *À l'orient de l'Orient*, comme dit Pessoa. Que trouverais-je, dans la Chine lointaine, au royaume de Siam, chez les peuples martyrs du Viêtnam et du Cambodge ou aux Philippines, vieilles îles conquises par les Espagnols qui semblent, sur la carte, hésiter entre un côté et l'autre du monde, penchées sur l'immensité pacifique, dernière barrière fermant la mer de Chine, ou aux Samoa, point le plus à l'est de la langue allemande, ou le plus à l'ouest, colonie pacifique de l'empire de Bismarck rachetant aux Espagnols les dernières miettes de leurs possessions australes, que trouvera-t-on à l'occident de l'Occident, là où se boucle la ceinture de la planète, quelques ethnologues tremblotants et administrateurs des colonies suants qui noient leur spleen dans l'alcool et la violence sous l'œil désolé des autochtones, des entreprises d'import-export, des banques offshore, des touristes, ou bien du savoir, de la musique, de l'amour, des rencontres, des échanges – la dernière trace du colonialisme allemand est une bière, comme il se doit, la Tsingtao, du nom de la capitale du comptoir de Kiautschou, dans le Nord-Est de la Chine mystérieuse ; quelques milliers d'Allemands habitaient ce territoire loué à l'Empire céleste pour quatre-vingt-dix-neuf ans que les troupes japonaises assistées d'un contingent britannique finirent par prendre d'assaut à l'automne 1914, peut-être attirés par sa grande brasserie en briques qui continue, encore aujourd'hui, à exporter des millions de bouteilles dans le monde entier – une boucle bouclée de plus, la bière ex-coloniale qui colonise à son tour, un siècle plus tard, la planète capitaliste. J'imagine les machines et les maîtres brasseurs arriver d'Allemagne en 1900 et débarquer dans cette baie magnifique entre Shanghai et Pékin que les canonnières germaniques viennent d'arracher à la dynastie mandchoue accablée par les puissances occidentales comme une plaie par les vers : les Russes s'octroient Port-Arthur, les Français Fort-Bayard, les Allemands Tsing-Tau, sans compter les concessions dans les villes de Tien-Tsin ou de Shanghai. Même notre pauvre Autriche-Hongrie obtiendra un bout de terrain à Tien-Tsin qu'elle s'empressera, dit-on, de couvrir de bâtiments de style viennois, une église, quelques immeubles, des boutiques. Tien-Tsin à cent soixante kilomètres de Pékin devait ressembler à l'Exposition européenne, quartier français, anglais, allemand, russe, autrichien, belge et même italien, en quelques kilomètres on avait l'impression d'avoir parcouru l'Europe hautaine et colonisatrice, cette Europe de brigands et d'aventuriers qui avaient pillé et incendié le palais d'Été de Pékin dès 1860, s'acharnant sur les pavillons de jardin, les faïences, les ornements en or, les fontaines et même les arbres, les soldats anglais et français s'arrachaient les richesses du palais comme de vulgaires ladres avant d'y mettre le feu, et on retrouverait des assiettes chinoises impériales et des récipients de bronze jusque sur les marchés de Londres ou de Paris, produits du pillage et de la violence. Peter Fleming, frère du créateur de James Bond et compagnon de voyage d'Ella Maillart en Asie, raconte dans son livre sur les fameux 55 jours de Pékin, où les représentants de onze nations européennes soutinrent le siège du quartier des légations par les Boxers et l'armée impériale, Peter Fleming raconte qu'un orientaliste pleura, inconsolable, lorsque le feu détruisit le seul exemplaire complet du *Yung Lo Ta Tien*, l'immense encyclopédie des Ming, compilée au xve siècle et englobant tout le savoir du monde, onze mille volumes, onze mille volumes, vingt-trois mille chapitres, des millions et des millions d'idéogrammes manuscrits partis en fumée dans le vrombissement des flammes de la bibliothèque impériale, dont la malchance voulut qu'elle fût située à côté de la légation britannique. Un sinologue inconnu pleura : un des rares êtres conscients, dans l'effervescence guerrière, de ce qui venait de disparaître ; il se trouvait là, au milieu de la catastrophe, et sa propre mort lui devenait soudain indifférente, il avait vu la connaissance partir en fumée, le legs des savants anciens s'effacer – pria-t-il, empli de haine, un dieu inconnu pour que les flammes anéantissent aussi bien les Anglais que les Chinois ou est-ce que, hébété par la douleur et la honte, il se contenta de regarder les flammèches et les papillons de papier incandescent envahir la nuit d'été, les yeux protégés de la fumée par ses larmes de rage, on n'en sait rien. La seule chose qui est claire, aurait dit Sarah, c'est que la victoire des étrangers sur les Chinois donna lieu à des massacres et des pillages d'une violence inouïe, les missionnaires eux-mêmes, paraît-il, goûtant au plaisir du sang et aux joies de la vengeance en compagnie des soldats des glorieuses nations alliées. À part le sinologue inconnu, personne ne sanglota sur l'encyclopédie détruite, semble-t-il ; on la rangea dans la liste des victimes de guerre, des victimes de la conquête économique et de l'impérialisme face à un empire récalcitrant qui refusait obstinément de se laisser dépecer.

À l'orient de l'Orient on n'échappe pas non plus à la violence conquérante de l'Europe, à ses marchands, ses soldats, ses orientalistes ou ses missionnaires – les orientalistes sont la version, les missionnaires le thème : là où les savants traduisent et importent des savoirs étrangers, les religieux exportent leur foi, apprennent des langues locales pour mieux y rendre intelligibles les Évangiles. Les premiers dictionnaires de tonkinois, de chinois ou de khmer sont rédigés par des hommes de mission, qu'ils soient jésuites, lazaristes ou dominicains. Ces missionnaires ont payé un lourd tribut à la propagation de la Foi – il faudra leur consacrer un tome de mon grand œuvre :

Des différentes fformes de ffolie en Orient
Volume quatrième
L'Encyclopédie des décapités

Les empereurs de Chine et d'Annam, entre autres, ont martyrisé une quantité non négligeable de colporteurs de Jésus, pour beaucoup béatifiés et même canonisés ensuite par Rome, martyrs du Viêtnam, de Chine ou de Corée, dont les souffrances n'ont rien à envier aux martyrs romains, tel saint Théophane Vénard le mal nommé, qu'il fallut cinq coups de sabre pour décapiter non loin de Hanoi : le jeune Français témoigne de sa foi au bord du fleuve Rouge, dans les années 1850, au moment où l'offensive de la France en Annam contraint l'empereur à durcir les persécutions contre les chrétiens. On le représente calmement agenouillé face à la rivière, le bourreau à ses côtés : le premier coup de sabre, trop rapide et mal ajusté, rate la nuque et ne fait qu'entailler la joue ; Théophane continue à prier. Le second coup, peut-être parce que l'exécuteur est encore plus tendu par son premier échec, touche le côté de la gorge, répand un peu le sang du missionnaire mais n'interrompt pas ses oraisons ; il faudra que le tranche-tête (on l'imagine grand, gras, chauve, comme dans les films, mais il était peut-être petit, chevelu et surtout, dit-on, ivrogne, ce qui expliquerait d'une façon tout à fait plausible ses ratages) lève son bras cinq fois pour que le chef du martyr finisse par rouler, que son corps s'effondre et que ses prières se taisent. Sa tête sera placée sur une pique, pour l'exemple, sur la berge du fleuve Rouge ; son corps enterré dans le limon – des catéchumènes voleront les deux à la faveur de la nuit, ils offriront au torse une vraie sépulture dans un cimetière chrétien et à la tête une cloche de verre pour qu'elle soit conservée comme relique par l'évêché de Hanoi, et cent cinquante ans plus tard le jeune prêtre des Missions étrangères de Paris sera canonisé, en compagnie de nombre de ses frères découpés, étranglés, brûlés ou décapités.

Genre de mort : tête tranchée au sabre, crucifixion, démembrement, éviscération, noyade, tortures diverses, réciteraient les fiches des missionnaires en Asie.

À quel saint demanderai-je le réconfort dans mon agonie, saint Théophane Vénard ou d'autres saints massacrés, ou tout simplement saint Martin, le saint de mon enfance, dont j'étais si fier, en Autriche, lors des retraites au flambeau du 11 Novembre – pour mes concitoyens de Vienne saint Martin n'est pas saint Martin *de Tours*, dont j'avais vu enfant le tombeau dans la basilique du même nom (dorée, orientale plus que gauloise) avec Grand-Mère et Maman, ce qui, dans ma religiosité enfantine, me donnait une proximité privilégiée avec le légionnaire au manteau découpé, proximité associée aux roseaux des bords de Loire, aux bancs de sable, aux colonnes de porphyre du sépulcre souterrain et silencieux où reposait ce saint si charitable que, disait Grand-Mère, on pouvait solliciter son intercession à tout propos, ce que je ne manquais pas de faire, maladroitement sans doute, pour réclamer bonbons, sucreries et jouets. Mes dévotions au soldat-évêque étaient tout à fait intéressées, et à Vienne, lorsque nous nous rendions à la campagne au milieu de l'automne pour manger l'oie de la Saint-Martin, ce volatile un peu sec était pour moi directement lié à Tours ; il en arrivait sans doute en volant – si une cloche était capable de revenir de Rome pour annoncer la Résurrection, une oie pouvait bien voler de Touraine jusqu'en Autriche pour rendre hommage au saint en se couchant, toute rôtie, entre les marrons et les *Serviettenknödel*. Étrangement, saint Benoît, bien que le village de Grand-Mère portât son nom, n'a jamais été pour moi autre chose que des phonèmes : sans doute car, dans l'esprit d'un enfant, un légionnaire partageant son manteau avec un pauvre est bien plus attirant qu'un moine italien, si important fût-il pour la spiritualité médiévale – saint Benoît est pourtant le patron des agonisants, voilà mon intercesseur, je pourrais peut-être investir dans une image de saint Benoît, faire une infidélité à mon icône de saint Christophe. Le géant chananéen mourut lui aussi décapité, à Samos ; c'est le saint du passage, celui qui fait traverser les fleuves, qui porta le Christ d'une rive à l'autre, patron des voyageurs et des mystiques. Sarah aimait les saints orientaux. Saint André de Constantinople ou Syméon le Fou, elle racontait les histoires de ces fols en Christ qui usaient de leur folie pour dissimuler leur sainteté – folie, à l'époque, signifiant l'altérité des mœurs, différence inexplicable des actes :

Syméon qui, trouvant un chien mort sur la route à l'entrée d'Émèse, lui noue une corde autour du cou et le traîne derrière lui comme s'il était vivant ; Syméon toujours, qui joue à éteindre les cierges de l'office en y lançant des noix, puis, lorsqu'on veut le chasser, grimpe sur la chaire pour bombarder l'assistance de ses fruits secs, jusqu'à chasser les fidèles de l'église ; Syméon dansant, battant des mains et des pieds, qui raille les moines et mange des lupins comme un ours.

Bilger est peut-être un saint, qui sait. Le premier saint archéologue, qui dissimule sa sainteté dans une folie impénétrable. Peut-être a-t-il connu l'illumination au désert, sur les chantiers de fouilles, face aux traces du passé qu'il tirait du sable et dont la sagesse biblique le pénétrait petit à petit jusqu'à devenir, un jour plus clair que les autres, un immense arc-en-ciel. Bilger est en tout cas le plus sincère d'entre nous ; il ne se contente pas d'une légère faille, d'insomnies, de maladies indéchiffrables comme les miennes, ni de la soif spirituelle de Sarah ; il est aujourd'hui l'explorateur de sa profonde altérité.

Sarah était aussi très friande de missionnaires, martyrisés ou non ; ils sont, disait-elle, la vague souterraine, le pendant mystique et savant de la canonnière – l'un et l'autre avancent ensemble, les soldats suivant ou précédant de peu les religieux et les orientalistes, qui parfois sont les mêmes. Parfois les trois à la fois : religieux, orientalistes et soldats, comme Alois Musil, le père dominicain Jaussen ou Louis Massignon, la sainte trinité de 1917. La première traversée du Tibet, par exemple (et j'étais content de pouvoir apprendre ce haut fait de goupillon national à Sarah) fut l'œuvre d'un jésuite autrichien de Linz, Johannes Gruber, peut-être un ancêtre de mon voisin : ce saint homme du XVIe siècle, mathématicien à ses heures, missionnaire, fut, en rentrant de Chine, le premier Européen à visiter Lhassa. Sarah, dans sa longue exploration des terres du bouddhisme, a rencontré d'autres missionnaires, d'autres orientalistes, dont elle me faisait souvent la chronique, au moins aussi passionnante que celle des espions du désert – le père Évariste Huc par exemple, dont la bonhomie d'homme du Sud (si ma mémoire est bonne il était originaire de Montauban au bord du Tarn, rose patrie d'Ingres le peintre cher au cœur des orientalistes et de Halil Pasha) enchanta un goûter viennois au fond assez tendu, assez terne, lors d'une visite de Sarah, la première après le décès de Samuel. Elle était à Darjeeling, à l'époque. D'horribles musées viennois, des souvenirs d'orientalistes, et une étrange distance que nous essayions de combler à coups de science et de discours savants. Ce séjour m'avait paru très long. Sarah m'irritait. J'étais à la fois fier de lui montrer ma vie viennoise et atrocement déçu de ne pas retrouver immédiatement l'intimité de Téhéran. Tout n'était que maladresses, impatiences, chamailleries et incompréhensions. J'aurais voulu l'emmener au musée du Belvédère ou sur les traces de mon enfance à Mariahilf, et elle ne s'intéressait qu'à des horreurs ou des centres bouddhiques. J'avais passé ces mois dans son souvenir, j'avais tant investi dans l'attente, construit un personnage imaginaire, si parfait qu'il allait, d'un coup, remplir ma vie – quel égoïsme, quand j'y pense. Je n'ai jamais pris la mesure de son deuil, de la douleur, du sentiment d'injustice que peut représenter la perte brutale d'un être si proche, malgré ses lettres :

Cher Franz, merci de ce message diplomatique, qui a réussi à me faire sourire – ce qui est plutôt difficile en ce moment. Tu me manques beaucoup. Ou plutôt tout me manque beaucoup. J'ai l'impression d'être hors du monde, je flotte dans le deuil. Il suffit que je croise le regard de ma mère pour que nous nous mettions toutes deux à pleurer. À pleurer pour la tristesse de l'autre, ce vide que nous voyons chacune sur nos visages épuisés. Paris est une tombe, des lambeaux de souvenirs. Je poursuis mes incursions dans les territoires littéraires de l'opium. Je ne sais plus très bien où j'en suis.

Je t'embrasse tristement et à bientôt,

Sarah

Franz Ritter a écrit :

Très chère Sarah,

Ah si tu savais comme c'est difficile parfois d'être à la hauteur de ses prétentions quand on n'a pas la chance d'être français, comme il est laborieux de s'élever par la seule force de son intelligence aux sommets de tes compatriotes et de comprendre leurs sublimes motivations, leurs préoccupations et leurs émois !!! J'étais l'autre soir invité à dîner chez le conseiller culturel de ton grand pays, et j'ai pu mesurer tout le chemin qui restait encore à parcourir au mien avant de lui parvenir à la cheville. Le conseiller est musicien ; tu te rappelles qu'il ne manquait pas une occasion de s'entretenir avec moi de l'Opéra ou de la Philharmonie de Vienne. Célibataire, il reçoit beaucoup, dans sa belle villa de Niavaran. J'étais très flatté de l'invitation. Venez, m'a-t-il dit, j'ai invité des amis iraniens, nous allons jouer de la musique et dîner. Sans chichis, à la fortune du pot.

Je suis arrivé à l'heure convenue, vers 20 heures, après avoir marché un quart d'heure dans la neige parce que la Paykan du taxi patinait et refusait de monter plus haut. Je parviens au portail, je sonne, j'attends, je sonne à nouveau : rien. Je décide donc de profiter de l'occasion pour faire un petit tour dans la nuit glacée, surtout, je dois l'avouer, parce que rester immobile signifiait m'exposer à une mort certaine. Je déambule quelques minutes au hasard et, repassant devant la demeure, je croise l'employée de maison qui en sort : je me précipite, l'interroge, et elle me dit :

— Ah, c'est vous qui avez sonné. Monsieur joue de la musique avec ses amis, et il ne répond jamais quand il joue.

Sans doute parce que le salon de musique est de l'autre côté de la villa et qu'on n'y entend pas la sonnette. Bien bien bien. Je me précipite à l'intérieur et m'avance dans le vestibule aux imposantes colonnes doriques, aux éclairages classiques comme la musique qui y parvient, clavecin, flûte, Couperin ? Je traverse le grand salon en prenant bien soin de ne pas marcher sur les tapis précieux. Je me demande si je dois attendre là, et tu me connais, je suis plutôt poli, j'attends donc, debout, une pause pour entrer dans le salon de musique, comme au Musikverein. J'ai le temps de bien regarder les tableaux, les sculptures d'éphèbes en bronze et, horreur ! les traces de boue neigeuse qu'ont laissées partout sur le marbre mes chaussures mal essuyées. Honte. Un Teuton débarque dans ce havre de beauté. On suivait très bien mon parcours hésitant qui faisait le tour des tapis, allait d'une statue à l'autre. Honte plus grande encore. Qu'à cela ne tienne : j'avise une boîte nacrée qui a l'air de contenir des mouchoirs, je m'en saisis, espérant que la sonate dure suffisamment longtemps pour que j'aie le temps de ma basse besogne, je m'agenouille la boîte à la main et j'entends :

— Ah, vous êtes là ? Que faites-vous donc, vous voulez jouer aux billes ? Mais entrez, voyons, entrez.

Effectivement, la boîte contenait des billes de porcelaine, ne me demande pas comment j'ai pu la confondre avec une boîte de mouchoirs, je ne saurais pas répondre : l'émotion esthétique sans doute, on se dit que dans un tel décor une boîte de kleenex ne peut qu'être nacrée.

Ridicule, je me suis ridiculisé, me voilà soupçonné de vouloir jouer aux billes sur le tapis pendant qu'on fait de la grande musique. Un béotien. Le musicologue autrichien joue aux billes sur les tapis d'Orient plutôt que d'écouter Couperin.

Je soupire, repose précieusement la boîte et suis le conseiller vers le salon de musique susdit : un canapé, deux fauteuils, quelques tableaux orientalistes, d'autres sculptures, une épinette, les musiciens (le claveciniste conseiller, un flûtiste iranien) et le public, un jeune homme avec un sourire très sympathique.

— Je vous présente : Mirza, Abbas. Franz Ritter, musicologue autrichien, élève de Jean During.

Nous nous serrons la main ; je m'assois, et ils se remettent à jouer, ce qui me laisse le temps d'oublier un moment ma honte et de rire de moi-même. Le conseiller chantonnait un peu en jouant, les yeux fermés pour se concentrer. Une belle musique, ma foi, vibrante profondeur de la flûte, fragile cristal du clavecin.

Au bout de cinq minutes, ils achèvent le morceau, j'applaudis. Le conseiller se lève :

— Bon, il est temps de se mettre à cette fondue. Par ici, les gourmets.

Ah oui, j'ai omis de te préciser que j'étais invité pour une fondue savoyarde, mets suffisamment rare à Téhéran pour qu'on ne rate pas l'occasion. Quand le conseiller me l'avait proposé, j'avais répondu :

— Une fondue ? Je n'en ai jamais mangé.

— Jamais ? Il n'y a pas de fondue en Autriche ? Eh bien, c'est l'occasion de vous initier. C'est bien meilleur que la raclette, même suisse. Plus raffiné. Oui, plus raffiné. Et avec cette neige, c'est le plat idéal.

Le conseiller culturel s'intéresse à tous les arts, y compris la cuisine.

Donc, nous voilà partis tous les quatre à l'office. Je pensais arriver, malgré les précautions du conseiller et sa fortune du pot, dans un dîner un peu snob avec grands et petits plats servis à table, et je me retrouve un tablier sur les hanches, "à la bonne franquette", comme vous dites.

Il m'incombe la tâche de couper le pain. Bien. Je coupe, sous la surveillance du chef, qui contrôle la taille de mes morceaux. Le chef est Mirza, aussi président du Club des gourmets dont j'apprends qu'il se réunit une fois par semaine chez le conseiller.

— La semaine dernière, oh, des cailles, des cailles sublimes, me raconte-t-il. Succulent. Bien sûr, ce soir c'est la simplicité, rien à voir. Fondue, charcuterie, vin blanc. Toute l'originalité réside dans le pain iranien et les sabzi, *évidemment. On va se régaler.*

Le conseiller observe ses convives s'affairer avec un air ravi, il aime l'animation dans sa cuisine, on le sent. Il tranche délicatement le jambon et la rosette, en dispose les rondelles sur un grand plat de faïence iranienne bleue. Je n'ai pas mangé de cochon depuis des mois, et j'ai l'impression d'une transgression extraordinaire. Nous mettons le couvert, discutons en finissant les apéritifs, et il est temps de passer à table. On sort les piques, prépare les sabzi *qui donnent, avec le* sangak, *un air multiculturel à ce dîner païen. Et là le conseiller s'exclame, d'un air très peu diplomatique :*

— Bon, strip-fondue, celui qui perd son morceau de pain enlève sa chemise. Et il part d'un grand éclat de rire, qui lui fait lever les yeux au ciel en secouant la tête de droite à gauche. Choqué, je m'accroche à ma pique.

On sert le vin, délicieux d'ailleurs, un graves blanc. Mirza inaugure, plonge son pain dans le fromage fondu, et le ressort sans encombre, en tirant de petits filaments. J'essaye à mon tour : il faut reconnaître que c'est excellent.

La conversation tourne autour du vin.

Le conseiller lance, avec un air satisfait :

— Je vous annonce que je suis maintenant actionnaire dans les côtes-du-rhône. Oui mes chers amis.

Je peux lire l'envie sur le visage des deux autres sybarites.

— Ah, c'est bien, ça. Ils hochent la tête de concert. Les côtes-du-rhône !

Ils parlent pèse-moûts, cuves et fermentation. Je suis plutôt occupé à me battre avec la fondue, dont je m'aperçois que, lorsqu'elle refroidit, ce n'est pas du gâteau, si tu me passes l'expression, surtout avec un morceau de pain iranien, car mou et perméable, et donc ne supportant pas une immersion prolongée dans le jus tiède sans se désagréger dangereusement. J'ai failli à plusieurs reprises y laisser ma chemise.

Bref, je n'ai pas beaucoup mangé.

Enfin, la fondue se termine sans incident, personne ne perdant autre chose que ses illusions dans la marmite. Viennent dessert, café, digestif et discours sur l'art, précisément dans l'ordre marrons glacés de Provence, expresso italien, cognac, et "le fond et la forme". Je bois les paroles du conseiller, qui passent toutes seules avec le cognac VSOP :

— Je suis un esthète, dit-il. L'esthétique est dans toute chose. Parfois, même la forme fait sens, au fond.

— Ce qui nous ramène à la fondue, dis-je.

Je reçois un regard noir des deux esthètes adjoints, mais le conseiller, qui a de l'humour, fait un petit hoquet nerveux, hoho, avant de reprendre, l'air inspiré :

— L'Iran est le pays des formes. Un pays es-thé-tiquement for-mel.

Tu vois, tout cela me laisse des loisirs pour beaucoup penser à toi. J'espère t'avoir fait sourire dans ces moments si tristes.

Je t'embrasse très fort,

Franz

Paris est une tombe et je lui raconte des histoires mondaines et humoristiques, dessine des caricatures de gens qui lui sont indifférents, quel idiot, quelle honte – parfois l'absence, l'impuissance désespérée vous donnent les gestes désordonnés d'un noyé. Ce conseiller alliait d'ailleurs une profonde sympathie pour l'Iran et une culture immense. Je mens, qui plus est, je ne lui explique pas ces longues semaines de Téhéran sans elle, passées presque exclusivement avec Parviz à lire de la poésie, le grand Parviz, l'ami qui écoutait avec patience tout ce que je ne disais pas.

Excepté Parviz, il ne me restait plus de proches à Téhéran. Faugier avait fini par rentrer, physiquement détruit, moralement perdu dans son objet d'études, dans un rêve opiacé. Il me dit adieu comme s'il partait pour l'autre monde, gravement, avec une sobre gravité assez effrayante chez ce dandy autrefois exubérant – je revoyais l'homme d'Istanbul, le Gavroche séducteur, le prince des nuits d'Istanbul et de Téhéran, et il s'était dissous, avait presque disparu. Je ne sais pas ce qu'il est devenu. Nous en avons discuté à plusieurs reprises avec Sarah, et une seule chose est plus ou moins certaine : Marc Faugier, malgré toutes ses compétences, toutes ses publications, n'appartient plus au monde universitaire. Même Google n'a plus de ses nouvelles.

De nouveaux chercheurs étaient arrivés, entre autres un compatriote, un Autrichien élève de Bert Fragner, le directeur de l'Institut d'études iraniennes de l'Académie des sciences de Vienne, cette même Académie des sciences qu'avait fondée, en son temps, le cher Hammer-Purgstall. Ce compatriote historien n'était pas le mauvais bougre, il n'avait qu'un seul défaut, c'était de parler en marchant – il arpentait les couloirs en réfléchissant à voix basse, des heures durant, des kilomètres de couloirs arpentés, et cette monodie aussi savante qu'inintelligible me tapait farouchement sur les nerfs. Quand il ne déambulait pas, il se lançait dans d'interminables parties de go avec un autre nouveau venu, norvégien celui-ci : un Norvégien exotique qui jouait de la guitare, du flamenco, à un si haut niveau qu'il participait chaque année à un festival à Séville. Tout ce que le monde pouvait offrir comme rencontres saugrenues : un Autrichien philatéliste passionné par l'histoire des timbres iraniens jouant au go avec un Norvégien guitariste gitan versé dans l'étude de l'administration pétrolière.

J'ai vécu ces dernières semaines chez Parviz ou, en dehors d'une ou deux mondanités comme cette invitation chez le conseiller culturel mélomane, reclus, entouré par les objets que Sarah n'avait pas pu emporter dans son départ précipité vers Paris : beaucoup de livres, le tapis de prière du Khorassan, d'une magnifique couleur mauve, que j'ai toujours auprès de mon lit, un samovar électrique argenté, une collection de copies de miniatures anciennes. Parmi les livres, les œuvres d'Annemarie Schwarzenbach, bien sûr, et notamment *La Vallée heureuse* et *La Mort en Perse*, dans lesquels la Suissesse décrit la vallée du Lahr, au pied du mont Damavand. Nous avions projeté de nous y rendre avec Sarah, dans cette haute vallée aride où s'écoulent les eaux du plus haut sommet d'Iran, vallée où le comte de Gobineau lui aussi avait planté sa tente cent cinquante ans plus tôt – le majestueux cône blanchi de neige striée de basalte en été, l'image, avec le mont Fuji ou le Kilimandjaro, de la montagne parfaite, se dressant solitaire au milieu du ciel, dépassant, du haut de ses cinq mille six cents mètres, les pics environnants. Il y avait aussi un volumineux livre d'images autour de la vie d'Annemarie ; de nombreux clichés qu'elle avait pris elle-même au cours de ses voyages et des portraits réalisés par d'autres, notamment son mari le secrétaire d'ambassade Clarac – sur l'un d'entre eux on la voit à demi nue, les épaules étroites, les cheveux courts, l'eau de la rivière jusqu'aux genoux, les bras le long du corps, vêtue seulement d'un short noir. La nudité de sa poitrine, la position de ses mains, ballantes le long de ses cuisses et son visage surpris lui donnent un air fragile, d'une inexpressivité triste ou vulnérable, dans le paysage grandiose de la vallée d'altitude bordée de joncs, d'épineux et surplombée par les pentes sèches et rocheuses des montagnes. J'ai passé des soirs entiers de solitude à feuilleter ce livre de photographies, dans ma chambre, et regretté de ne pas posséder d'images de Sarah, d'album à parcourir pour me retrouver en sa compagnie – je me rattrapai avec Annemarie Schwarzenbach ; j'ai lu le récit de son voyage avec Ella Maillart de Suisse jusqu'en Inde. Mais c'est dans les deux textes de fièvre amoureuse, de mélancolie narcotique qu'Annemarie situe en Iran, et dont l'un est le reflet plus distancé de l'autre, très intime, que je cherchais quelque chose de Sarah, ce que m'en aurait raconté Sarah, la raison profonde de sa passion pour la vie et l'œuvre de cet "ange inconsolable". Les deux ouvrages étaient soulignés et annotés à l'encre ; on pouvait retracer, selon la couleur des annotations, les passages qui avaient trait à l'angoisse, à l'indicible peur qui prenait la narratrice la nuit, ceux relatifs à la drogue et à la maladie et ceux concernant l'Orient, la vision de l'Orient de la jeune femme. En lisant ses notes (pattes de mouches, marginalia noires qu'il me fallait plus déchiffrer que lire) je pouvais entrevoir, ou je croyais entrevoir, une des questions fondamentales qui sous-tendaient non seulement l'œuvre de Sarah, mais rendaient si attachants les textes d'Annemarie Schwarzenbach – l'Orient comme résilience, comme quête de la guérison d'un mal obscur, d'une angoisse profonde. Une quête psychologique. Une recherche mystique sans dieu, sans transcendance autre que les tréfonds du soi, recherche qui, dans le cas de Schwarzenbach, se soldait par un triste échec. Il n'y a rien dans ces parages pour faciliter sa guérison, rien pour alléger sa peine : les mosquées restent vides, le mihrab n'est qu'une niche dans un mur ; les paysages sont asséchés par l'été ou inaccessibles en hiver. Elle avance dans un monde déserté. Et même lorsqu'elle trouve l'amour, auprès d'une jeune femme mi-turque, mi-tcherkesse et pense emplir de vie les parages désolés qu'elle a laissés près des pentes du Damavand flamboyant, ce qu'elle découvre, c'est la mort. La maladie de l'aimée et la visite de l'Ange. L'amour ne nous laisse pas plus partager les souffrances d'autrui qu'il ne guérit les nôtres. Au fond, nous sommes toujours seuls, disait Annemarie Schwarzenbach, et je craignais, en déchiffrant ses notes en marge de *La Mort en Perse*, que ce soit aussi la pensée profonde de Sarah, pensée sans doute, au moment où je lisais ces lignes, amplifiée par le deuil, comme pour moi par la solitude.

Son intérêt et sa passion pour le bouddhisme ne sont pas qu'une recherche de guérison, mais un sentiment profond, dont je sais qu'il était présent bien avant la mort de son frère – son départ pour l'Inde après ses détours par l'Extrême-Orient des bibliothèques parisiennes n'était pas une surprise, même si je le pris comme une gifle, il faut bien le reconnaître, comme un abandon. C'était moi qu'elle laissait avec l'Europe et j'entendais bien le lui faire payer, je dois l'admettre, je voulais me venger de sa souffrance. Il a fallu ce mail particulièrement touchant, où il est question de Darjeeling et d'Andalousie,

Darjeeling, 15 juin

Très cher Franz,

Me voici donc de retour à Darjeeling après un passage éclair en Europe : Paris, deux jours pour la famille, puis Grenade, deux jours pour un colloque ennuyeux (tu sais ce que c'est) et deux jours pour rentrer, via *Madrid, Delhi et Calcutta. J'aurais aimé passer par Vienne (vue d'ici l'Europe est si petite qu'on envisage facilement de la traverser sur un coup de tête) mais je n'étais pas sûre que tu sois là. Ou que tu aurais vraiment eu envie de me voir.*

Chaque fois que je rentre à Darjeeling j'ai l'impression de retrouver le calme, la beauté, la paix. Les théiers dévalent les collines ; ce sont de petits arbustes aux feuilles allongées, au port arrondi, qu'on plante serrés : vus d'en haut, les champs ressemblent à une mosaïque de boutons verts et denses, de boules moussues envahissant les pentes de l'Himalaya.

La mousson va bientôt arriver, il va pleuvoir en un mois plus que chez toi en une année. Le grand nettoyage. Les montagnes vont suinter, dégouliner, dégorger ; chaque rue, chaque venelle, chaque sente va se transformer en un torrent sauvage. Les pierres, les ponts, les maisons même, parfois, sont emportés.

Je loue une petite chambre pas très loin du monastère où enseigne mon maître. La vie est simple. Je médite chez moi tôt le matin, puis je vais au monastère recevoir les enseignements ; l'après-midi je lis ou j'écris un peu, le soir à nouveau méditation, puis sommeil, et ainsi de suite. La routine me convient bien. J'essaye d'apprendre un peu de népalais et de tibétain, sans grand succès. La langue vernaculaire, ici, c'est l'anglais. Tiens, tu sais quoi ? J'ai découvert qu'Alexandra David-Néel avait été chanteuse, soprano. Et même commencé une carrière : figure-toi qu'elle a été engagée à l'opéra de Hanoi et de Haiphong… Où elle a chanté Massenet, Bizet, etc. Le programme de l'opéra de Hanoi devrait t'intéresser! L'orientalisme en Orient, l'exotisme dans l'exotisme, c'est pour toi! Alexandra David-Néel fut ensuite l'une des premières exploratrices du Tibet et une des premières femmes bouddhistes d'Europe. Tu vois, je pense à toi.

Un jour il faudra que nous reparlions de Téhéran, et même de Damas. Je suis consciente de ma part de responsabilité dans toute cette histoire, qu'on pourrait appeler "notre histoire", si ce n'était pas aussi grandiloquent. J'aimerais beaucoup passer te voir à Vienne. On discuterait, un peu; on se promènerait – j'ai encore tout un tas de musées horribles à voir. Par exemple, le musée des Pompes funèbres. Mais non, c'est une blague. Bon, c'est un peu décousu tout cela. Sans doute parce que j'aimerais énoncer des choses que je n'ose pas dire, revenir à des épisodes sur lesquels on n'aime pas revenir – je ne t'ai jamais remercié pour tes lettres à la mort de Samuel. La chaleur et la compassion que j'y ai trouvées brillent encore jusqu'à aujourd'hui. Aucun mot de réconfort ne m'a touchée comme les tiens.

Bientôt deux ans. Deux ans déjà. Les bouddhistes ne parlent pas de "conversion", on ne se convertit pas au bouddhisme, on y prend refuge. On se réfugie auprès du Bouddha. C'est exactement ce que j'ai fait. Je me suis réfugiée ici, dans le Bouddha, dans le dharma, *dans la* sangha. *Je vais suivre la direction que marquent ces trois boussoles. Je me sens un peu consolée. Je découvre, en moi et autour de moi, une énergie nouvelle, une force qui ne demande en rien que j'abdique ma raison, bien au contraire. Ce qui compte c'est l'expérience.*

Je te vois sourire… C'est difficile à partager. Imagine que je me lève à l'aube avec plaisir, que je médite une heure avec plaisir, que j'écoute et étudie des textes très anciens et très sages qui me dévoilent le monde bien plus naturellement que tout ce que j'ai pu lire ou entendre jusqu'à présent. Leur vérité s'impose très rationnellement. Il n'y a rien à croire. Il n'est pas question de "foi". Il n'y a plus que les êtres, perdus dans la souffrance, il n'y a plus que la conscience très simple et très complexe d'un monde où tout est lié, un monde sans substance. J'aimerais te faire découvrir tout cela, mais je sais que chacun fait ce chemin pour lui-même – ou pas.

Changeons de sujet – à Grenade j'ai entendu une intervention qui m'a passionnée, au milieu de torrents d'ennui, une étincelle de beauté dans des flots de bâillements. Il s'agissait d'un papier sur la poésie lyrique hébraïque d'Andalousie dans ses rapports avec la poésie arabe, à travers les poèmes d'Ibn Nagrila, poète combattant (il fut vizir) dont on raconte qu'il composait même sur le champ de bataille. Quelle beauté que ces vers et leurs "frères" arabes! Encore habitée par ces chants d'amour tout à fait terrestres, descriptions de visages, de lèvres, de regards, je suis allée me promener à l'Alhambra. Il faisait très beau, et le ciel contrastait avec les murs rouges des bâtiments, la couleur bleue les encadrait, comme une image. J'ai été prise d'un sentiment étrange; j'avais l'impression d'avoir devant moi tout le tumulte du Temps. Ibn Nagrila était mort bien avant la splendeur de l'Alhambra, et pourtant il chantait les fontaines et les jardins, les roses et le printemps – ces fleurs du Généralife ne sont plus les mêmes fleurs, les pierres des murs elles-mêmes ne sont plus les mêmes pierres; je pensais aux détours de ma famille, de l'histoire, qui me ramenaient là où, vraisemblablement, mes lointains ancêtres avaient vécu et j'ai eu la sensation très forte que toutes les roses ne sont qu'une seule rose, toutes les vies une seule vie, que le temps est un mouvement aussi illusoire que la marée ou le parcours du soleil. Une question de point de vue. Et peut-être parce que je sortais de ce congrès d'historiens attachés à écrire patiemment le récit des existences, j'ai eu la vision de l'Europe aussi indistincte, aussi multiple, aussi diverse que ces rosiers de l'Alhambra qui plongent leurs racines, sans s'en apercevoir, si profondément dans le passé et l'avenir, au point qu'il est impossible de dire d'où ils surgissent réellement. Et cette sensation vertigineuse n'était pas désagréable, au contraire, elle me réconciliait un moment avec le monde, me dévoilait un instant la pelote de laine de la Roue.

Je t'entends rire d'ici. Mais je t'assure que c'était un moment singulier, très rare. À la fois l'expérience de la beauté et la sensation de sa vacuité. Bon, sur ces bonnes paroles je vais devoir te laisser, l'heure avance. Demain j'irai jusqu'au web café pour "poster" cette missive. Réponds-moi vite, parle-moi un peu de Vienne, de ta vie à Vienne, de tes projets…

Je t'embrasse,

Bien à toi,

Sarah

pour que je me retrouve tout à coup désarmé, surpris, aussi amoureux qu'à Téhéran, plus encore, peut-être – qu'avais-je fait pendant ces deux années, je m'étais enfoncé dans ma vie viennoise, dans l'université ; j'avais écrit des articles, poursuivi quelques recherches, publié un livre dans une obscure collection pour savants ; j'avais senti les débuts de la maladie, les premières insomnies. Prendre refuge. Voilà une belle expression. De belles pratiques. Lutter contre la souffrance, ou plutôt essayer d'échapper à ce monde, cette Roue du Destin, qui n'est que souffrance. En recevant cette lettre andalouse je me suis effondré : Téhéran me revenait en plein, les souvenirs de Damas aussi, Paris, Vienne, soudain teintés, comme un simple rayon suffit à donner sa tonalité au ciel immense du soir, de tristesse et d'amertume. Le Dr Kraus ne me trouvait pas très en forme. Maman s'inquiétait de ma maigreur et de mon apathie. J'essayais de composer, pratique (à part les jeux sur les vers de Levet à Téhéran) abandonnée depuis bien des années, d'écrire, de mettre sur le papier, ou plutôt sur l'éther de l'écran, mes souvenirs d'Iran, de trouver une musique qui leur ressemble, un chant. J'essayais vainement de découvrir, autour de moi, à l'université ou au concert, un visage neuf sur lequel poser ces sentiments encombrants et rebelles qui ne voulaient de personne d'autre que Sarah ; je finissais par fuir, comme l'autre soir avec Katharina Fuchs, ce que j'avais moi-même cherché à déclencher.

Belle surprise : alors que je me débattais dans le passé, Nadim est venu donner un récital à Vienne, avec un ensemble alépin ; j'ai acheté une place au troisième rang d'orchestre – je ne l'avais pas prévenu de ma présence. Modes *rast*, *bayati* et *hedjazi*, longues improvisations soutenues par une percussion, dialogue avec un *ney*, et cette flûte de roseau, longue et grave, se mariait à merveille avec le luth de Nadim, si brillant. Sans chanteur, Nadim s'appuyait pourtant sur des mélodies traditionnelles ; le public (toute la communauté arabe de Vienne était là, ambassadeurs compris) reconnaissait les chansons avant qu'elles ne se perdent dans les variations, et on pouvait presque entendre la salle fredonner ces airs à voix basse, avec une ferveur recueillie, vibrante de passion respectueuse. Nadim souriait en jouant – l'ombre de sa courte barbe donnait, par contraste, encore plus de luminosité à son visage. Je savais qu'il ne pouvait pas m'apercevoir, aveuglé par le contre-jour de la poursuite. Après le bis, pendant les très longs applaudissements, j'ai hésité à prendre la tangente, à rentrer chez moi sans le saluer, à fuir ; la salle s'est rallumée, j'hésitais toujours. Que lui dire ? De quoi parler, à part de Sarah ? Est-ce que j'avais réellement envie de l'entendre ?

Je me suis fait indiquer sa loge ; le couloir était encombré d'officiels qui attendaient pour saluer les artistes. Je me suis senti plutôt ridicule, au milieu de ces gens ; j'avais peur – de quoi ? Qu'il ne me reconnaisse pas ? Qu'il soit aussi embarrassé que moi ? Nadim est bien plus généreux – à peine sa tête a-t-elle franchi la porte de la loge que sans même ces quelques secondes d'hésitation qui séparent un inconnu d'un vieux camarade il a fendu la foule pour me serrer dans ses bras, en disant j'espérais bien que tu sois là, *old friend*.

Au cours du dîner qui a suivi, entourés de musiciens, de diplomates et de personnalités, assis l'un en face de l'autre, Nadim m'apprit qu'il avait très peu de nouvelles de Sarah, qu'il ne l'avait pas revue depuis l'enterrement de Samuel à Paris ; elle se trouvait quelque part en Asie, rien de plus. Il me demanda si je savais qu'ils avaient divorcé longtemps auparavant, et cette question me blessa terriblement ; Nadim ignorait notre proximité. Malgré lui, par cette simple phrase il m'arrachait à elle. J'ai changé de sujet, nous avons évoqué nos souvenirs de Syrie, les concerts à Alep, mes quelques cours de luth à Damas avec lui, nos soirées, l'*ouns*, ce si beau mot arabe qu'on utilise pour les réunions d'amitié. La guerre civile qui commençait déjà, je n'osais pas l'évoquer.

Un diplomate jordanien (impeccable costume sombre, chemise blanche, lunettes à branches dorées) s'est soudain mêlé à la conversation, il avait bien connu le maître de l'oud irakien Mounir Bachir à Amman, disait-il – j'ai souvent remarqué, dans ce genre de dîners musicaux, que les présents mentionnent facilement les Grands Interprètes qu'ils ont rencontrés ou entendus, sans que l'on sache si ces comparaisons implicites sont des éloges ou des humiliations ; ces évocations déclenchent souvent, chez les musiciens, des sourires gênés, empreints de colère contenue devant la goujaterie des soi-disant admirateurs. Nadim sourit au Jordanien avec un air las, entendu ou blasé, oui Mounir Bachir était le plus grand et non, il n'avait jamais eu la chance de le rencontrer, même s'ils avaient un ami en commun, Jaladeddin Weiss. Le nom de Weiss nous ramena immédiatement en Syrie, à nos souvenirs, et le diplomate finit par se tourner vers son voisin de droite, fonctionnaire onusien, et nous abandonner à nos réminiscences. Le vin et la fatigue aidant, Nadim, dans cet état d'exaltation épuisée qui suit les grands concerts, me confia à brûle-pourpoint que Sarah avait été l'amour de sa vie. Malgré l'échec de leur mariage. Si l'existence avait été plus simple, pour moi, ces années-là, dit-il. Si nous avions eu cet enfant, dit-il. Cela aurait changé bien des choses, dit-il. Le passé c'est le passé. D'ailleurs demain c'est son anniversaire, dit-il.

J'ai observé les mains de Nadim, je revoyais ses doigts glisser sur le noyer du luth ou manier le plectre, cette plume d'aigle qu'il faut serrer sans l'étouffer. La nappe était blanche, il y avait des graines de courge vertes tombées de la croûte d'un morceau de pain à côté de mon verre, dans lequel des bulles montaient doucement vers la surface de l'eau ; des bulles minuscules, qui formaient une fine ligne verticale sans que l'on puisse deviner, dans la transparence absolue de l'ensemble, d'où elles pouvaient bien provenir. J'avais soudain ces mêmes bulles dans l'œil, je n'aurais pas dû les regarder, elles montaient et montaient – leur finesse d'aiguilles, leur obstination sans source, sans autre but que l'ascendance et la disparition, leur légère brûlure me faisaient fermer fort les paupières, incapable de relever le regard vers Nadim, vers autrefois, vers ce passé dont il venait de prononcer le nom et plus je gardais la tête basse, plus la brûlure, aux commissures des yeux, devenait intense, les bulles grandissaient et grandissaient, elles cherchaient, comme dans le verre, à atteindre l'extérieur, il fallait que je les en empêche.

J'ai prétexté un besoin urgent et je me suis lâchement enfui, après m'être sommairement excusé.

Darjeeling, 1er mars

Très cher François-Joseph,

Merci de ce magnifique cadeau d'anniversaire. C'est le plus beau bijou qu'on m'ait jamais offert – et je suis ravie que ce soit toi qui l'aies découvert. Il va trouver une place de choix dans ma collection. Je ne connais ni cette langue, ni cette musique, mais l'histoire de cette chanson est absolument magique. Sevdah ! Saudade ! *Je l'inclurai, si tu le permets, dans un prochain article. Toujours ces constructions communes, ces allers-retours, ces masques superposés. Vienne,* Porta Orientis *; toutes les villes d'Europe sont des portes d'Orient. Tu te souviens de cette littérature persane d'Europe dont parlait Scarcia à Téhéran ? Toute l'Europe est en Orient. Tout est cosmopolite, interdépendant. J'imagine cette* sevdalinka *résonner entre Vienne et Sarajevo comme la* saudade *des fados de Lisbonne, et je me sens un peu… Un peu quoi ? Vous me manquez, l'Europe et toi. Je ressens fortement la* sankhara dukkha, *la souffrance omniprésente, qui est peut-être le nom bouddhique de la mélancolie. Le mouvement de la roue du* samsara. *Le passage du temps, la souffrance de la conscience de la finitude. Il ne faut pas s'y abandonner. Je vais méditer ; je t'inclus toujours dans mes visualisations, tu es derrière moi, avec les gens que j'aime.*

Je t'embrasse, salue le Strudlhofstiege pour moi,

S.

Franz Ritter a écrit :

> *Très chère Sarah,*
>
> *Joyeux anniversaire !*
> *J'espère que tout va bien dans ton monastère. Tu n'as pas trop froid ? Je t'imagine assise en tailleur face à un bol de riz dans une cellule glaciale, et c'est un peu inquiétant, comme vision. Je suppose que ta lamaserie ne ressemble pas à celle de* Tintin au Tibet, *mais peut-être auras-tu la chance de voir un moine léviter. Ou d'entendre les grands cors tibétains, je crois que ça fait un raffut de tous les diables. Apparemment, il y en a de*

longueurs différentes, selon les tonalités ; ces instruments sont si imposants qu'il est très difficile d'en moduler le son avec le souffle et la bouche. J'ai cherché des enregistrements dans notre sonothèque, pas grand-chose au rayon "musique tibétaine". Mais trêve de bavardages. Je me permets de te déranger dans ta contemplation car j'ai un petit cadeau d'anniversaire pour toi.

Le folklore bosniaque comprend des chansons traditionnelles appelées sevdalinke. Le nom provient d'un mot turc, sevdah, emprunté à l'arabe sawda qui signifie "la noire". C'est, dans le Canon de médecine d'Avicenne, le nom de l'humeur noire, la melan kholia des Grecs, la mélancolie. Il s'agit donc de l'équivalent bosniaque du mot portugais saudade, qui (contrairement à ce que soutiennent les étymologistes) provient lui aussi de l'arabe sawda – et de la même bile noire. Les sevdalinke sont l'expression d'une mélancolie, comme les fados. Les mélodies et l'accompagnement sont une version balkanique de la musique ottomane. Fin du préambule étymologique. Maintenant, ton cadeau :

Je t'offre une chanson, une sevdalinka : Kraj tanana šadrvana, qui raconte une petite histoire. La fille du sultan, à la tombée du jour, écoute tinter les eaux claires de sa fontaine ; tous les soirs, un jeune esclave arabe observe en silence, fixement, la magnifique princesse. Le visage de l'esclave blêmit chaque fois davantage ; il finit par devenir pâle comme la mort. Elle lui demande son prénom, d'où il vient et quelle est sa tribu ; il lui répond simplement qu'il s'appelle Mohammed, qu'il est originaire du Yémen, de la tribu des Asra : ce sont ces Asra, dit-il, qui meurent quand ils aiment.

Le texte de cette chanson au motif turco-arabe n'est pas, comme on pourrait le croire, un vieux poème de l'époque ottomane. C'est une œuvre de Safvet-beg

Bašagić – une traduction d'un poème célèbre de Heinrich Heine, Der Asra. *(Tu te rappelles la tombe de ce pauvre Heine au cimetière de Montmartre ?)*

Safvet-beg, né en 1870 à Nevesinje en Herzégovine, a fait ses études à Vienne à la fin du XIXe *siècle ; il savait le turc, il a appris l'arabe et le persan auprès des orientalistes viennois. Il a rédigé une thèse austro-hongroise en allemand ; il a traduit Omar Khayyam en bosniaque. Cette* sevdalinka *joint Heinrich Heine à l'ancien Empire ottoman – le poème orientaliste devient oriental. Il retrouve (après un long chemin imaginaire, qui passe par Vienne et Sarajevo) la musique de l'Orient.*

C'est une des sevdalinke *les plus connues et les plus chantées en Bosnie, où peu parmi ceux qui l'entendent savent qu'elle provient de l'imagination du poète de la* Lorelei, *Juif né à Düsseldorf et mort à Paris. Tu peux l'écouter facilement (je te recommande les versions de Himzo Polovina) par internet.*

J'espère que ce petit cadeau te plaît,
Je t'embrasse très fort,
À bientôt j'espère,

Franz

Je voulais lui raconter ma rencontre avec Nadim, le concert, les fragments de leur intimité qu'il m'avait confiés, mais j'en étais incapable et ce cadeau d'anniversaire étrange s'est imposé en lieu et place d'une confession pénible. Pensée de 7 heures du matin : je suis d'une lâcheté inouïe, j'ai planté là un vieil ami pour une histoire de jupons, comme dirait Maman. J'ai laissé ces doutes en moi, ces doutes imbéciles que Sarah aurait balayés d'un de ses gestes définitifs, enfin je crois, je ne l'ai pas interrogée sur ces questions. Elle ne m'a jamais reparlé de Nadim en des termes autres que respectueux et distants. Mes pensées sont si confuses que j'ignore si Nadim m'est un ami, un ennemi ou un lointain souvenir fantôme dont l'apparition à Vienne, shakespearienne, ne faisait que brouiller encore plus mes sentiments contradictoires, la traîne de cette comète qui avait enflammé mon ciel à Téhéran.

Je me dis "il est temps d'oublier tout cela, Sarah, le passé, l'Orient" et pourtant je suis la boussole de mon obsession vers la page d'accueil de ma messagerie, toujours pas de nouvelles du Sarawak, il est 13 heures là-bas, se prépare-t-elle à déjeuner, beau temps, entre vingt-trois et trente degrés, d'après le monde illusoire de l'informatique. Quand Xavier de Maistre publie *Voyage autour de ma chambre*, il n'imagine pas que cent cinquante ans plus tard ce type d'exploration deviendra la norme. Adieu casque colonial, adieu moustiquaires, je visite le Sarawak en peignoir. Ensuite je vais faire un tour dans les Balkans, écouter une *sevdalinka* en regardant des images de Višegrad. Puis je traverse le Tibet, de Darjeeling jusqu'aux sables du Taklamakan, désert des déserts, et j'atteins Kashgar, ville des mystères et des caravanes – devant moi, à l'ouest, se dressent les Pamirs ; derrière eux le Tadjikistan et le corridor du Wakhan qui se tend comme un doigt crochu, on pourrait glisser sur ses phalanges jusqu'à Kaboul.

C'est l'heure de l'abandon, celle de la solitude et de l'agonie ; la nuit tient bon, elle ne se décide pas encore à basculer dans le jour, ni mon corps dans le sommeil, tendu, le dos durci, les bras lourds, une ébauche de crampe dans le mollet, le diaphragme douloureux, je devrais m'allonger, pourquoi se recoucher maintenant, à deux pas de l'aube.

Ce serait le moment de la prière, le moment d'ouvrir *L'Horloge des veilleurs* et de prier ; Seigneur ayez pitié de ceux, comme moi, qui n'ont pas la foi et attendent un miracle qu'ils ne sauront pas voir. Pourtant le miracle a été proche de nous. Certains ont senti le parfum de l'encens au désert, autour des monastères des Pères ; ils ont entendu, dans l'immensité des pierres, le souvenir de saint Macaire, l'ermite qui, un jour, au soir de sa vie, tua de sa main une puce : il fut triste de sa vengeance et pour se punir resta six mois nu dans les pierriers, jusqu'à ce que son corps ne fût plus qu'une plaie. Et il mourut en paix, "laissant au monde le souvenir de grandes vertus". Nous avons vu la colonne de Siméon le Stylite, ce rocher érodé dans sa grande basilique rose, saint Siméon homme d'étoiles, que les astres découvraient nu, les soirs d'été, sur son pilier immense, au creux des vallons syriens ; aperçu saint Joseph de Copertino, aérien et bouffon, que la bure et la lévitation transformaient en colombe au milieu des églises ; suivi les pas de saint Nicolas l'Alexandrin, parti lui aussi rejoindre les sables du désert, qui sont Dieu en poudre dans le soleil, et les traces de ceux moins illustres que recouvrent doucement les cailloux, les graviers, les pas, les ossements caressés à leur tour par la lune, friables dans l'hiver et l'oubli : les pèlerins noyés devant Acre, les poumons pleins de l'eau qui érode la Terre promise, le chevalier barbare et anthropophage qui fit rôtir les infidèles à Antioche avant de se convertir à l'unicité divine dans la sécheresse orientale, le sapeur tcherkesse des remparts de Vienne, qui creusa à la main le destin de l'Europe, trahit et fut pardonné, le petit sculpteur médiéval ponçant sans trêve un Christ de bois en lui chantant des berceuses comme à une poupée, le kabbaliste d'Espagne enfoui dans le Zohar, l'alchimiste en robe pourpre au mercure insaisissable, les mages de Perse dont la chair morte ne souillait jamais la terre, les corbeaux qui éclataient les yeux des pendus comme des cerises, les fauves déchiquetant les condamnés dans l'arène, la sciure, le sable qui absorbe leur sang, les hurlements et les cendres du bûcher, l'olivier tordu et fertile, les dragons, les griffons, les lacs, les océans, les sédiments interminables où sont emprisonnés des papillons millénaires, les montagnes disparaissant dans leurs propres glaciers, caillou après caillou, seconde après seconde, jusqu'au magma soleil liquide, toutes les choses chantent les louanges de leur créateur – mais la foi me rejette, même au fond de la nuit. À part le satori des claquettes de maître-nageur dans la mosquée de Soliman le Magnifique, pas d'échelle pour regarder grimper les anges, pas de caverne où dormir deux cents ans, bien gardé par un chien, près d'Éphèse; seule Sarah a trouvé, dans d'autres grottes, l'énergie de la tradition et sa voie vers l'illumination. Son long chemin vers le bouddhisme commence par un intérêt scientifique, par la découverte, dans *Les Prairies d'or* de Massoudi, de l'histoire de Boudasaf, lorsqu'au début de sa carrière elle travaillait sur le merveilleux : son parcours vers l'est traverse l'Islam classique, la chrétienté, et même les mystérieux Sabéens du Coran, que Massoudi, depuis le fond de son VIIIe siècle, pense avoir été inspirés par ce Boudasaf, première figure musulmane du Bouddha qu'il associe à Hermès le Sage. Elle a patiemment reconstitué les transformations de ces récits, jusqu'à leur pendant chrétien, la vie des saints Barlaam et Josaphat, version syriaque de l'histoire du bodhisattva et de son chemin vers l'éveil; elle s'est passionnée pour la vie du prince Siddharta Gautama lui-même, Bouddha de notre ère, et ses enseignements. Je sais qu'elle a de *l'amour* pour le Bouddha et pour la tradition tibétaine dont elle a adopté les pratiques de méditation, pour les personnages de Marpa le traducteur et de son élève Milarepa, le noir magicien qui réussit, autour de l'an mille, en se pliant à la terrifiante discipline imposée par son maître, à atteindre l'illumination en une seule vie, ce qui fait rêver tous les aspirants à l'éveil – dont Sarah. Elle a vite abandonné l'opium colonial pour se concentrer sur le Bouddha; elle s'enthousiasma pour l'exploration du Tibet, pour les savants, missionnaires et aventuriers qui ont, à l'époque moderne, divulgué le bouddhisme tibétain en Europe avant que, dès les années 1960, de grands maîtres autochtones ne s'installent aux quatre coins de l'Occident et ne commencent à transmettre eux-mêmes l'énergie spirituelle. Comme un jardinier énervé qui croyant détruire une mauvaise herbe en dissémine les graines aux quatre vents, en occupant le Tibet, en brûlant les monastères et envoyant quantité de moines en exil, la Chine a semé le bouddhisme tibétain dans l'univers.

Jusqu'à Leopoldstadt : en sortant de notre visite du musée du Crime, musée des femmes découpées, des exécuteurs et des bordels, dans une de ces petites rues où Vienne hésite entre maisons basses, bâtiments XIXe et immeubles modernes, à deux pas du marché des Carmélites, alors que je regardais mes pieds, pour ne pas trop la regarder elle, et qu'elle réfléchissait à haute voix sur l'âme viennoise, le crime et la mort, Sarah s'arrêta soudain pour me dire tiens, regarde, un centre bouddhique ! Et elle se mit à lire les programmes dans la vitrine, s'extasiant sur les noms des Tout Précieux tibétains qui parrainaient cette *gompa* en exil – elle était surprise que cette communauté appartienne à la même école tibétaine qu'elle, bonnets rouges ou jaunes, je ne sais plus, je n'ai jamais été foutu de me rappeler la couleur du chapeau ou les noms des grands Réincarnés qu'elle révère, mais j'étais heureux des auspices qu'elle déchiffrait dans cette rencontre, des éclats dans ses yeux et de son sourire, envisageant même secrètement qu'elle puisse, peut-être, un jour, faire de ce centre à Leopoldstadt sa nouvelle caverne – les auspices étaient nombreux ce jour-là, étrange mélange de notre passé commun : deux rues plus bas, nous avons croisé la rue Hammer-Purgstall ; j'avais oublié (si je l'avais jamais su) que le vieil orientaliste était titulaire d'une rue à Vienne. La plaque le mentionnait comme "fondateur de l'Académie des sciences", et c'est très certainement cette qualité, plus que sa passion pour les textes orientaux, qui lui avait valu cette distinction. Le colloque de Hainfeld me tournait dans la tête alors que Sarah (pantalon noir, pull à col roulé rouge, manteau noir sous ses mèches flamboyantes) continuait à discourir sur le destin. Un mélange d'images érotiques, de souvenirs de Téhéran et du château de Hammer en Styrie me dévorait, j'ai pris son bras et, pour ne pas quitter tout de suite le quartier, ne pas retraverser le canal, j'ai obliqué vers la Taborstrasse.

Dans cette pâtisserie où nous nous sommes arrêtés, établissement cossu au décor néobaroque, Sarah parlait de missionnaires et j'avais l'impression, pendant qu'elle devisait de Huc le lazariste de Montauban, que cet océan de paroles n'avait d'autre but que de dissimuler son embarras ; même si l'histoire de ce père Huc, si fasciné par son voyage à Lhassa et ses débats avec les moines bouddhistes qu'il rêva pendant les vingt années suivantes d'y retourner, était plutôt intéressante, j'avais du mal à lui prêter l'attention nécessaire. Je voyais partout les ruines de notre relation manquée, l'impossibilité douloureuse de retrouver un même tempo, une même mélodie, et ensuite, alors qu'elle s'échinait à m'inculquer des rudiments de philosophie, le Bouddha, le *dharma*, la *sangha*, en buvant son thé, je ne pouvais m'empêcher de regretter ces mains veinées de bleu autour de la tasse, ces lèvres maquillées du même rouge que son pull qui laissaient une légère marque sur la porcelaine, sa carotide battant sous l'angle de son visage, et j'avais la certitude que la seule chose qui nous réunissait à présent, au-delà des souvenirs fondus autour de nous comme une neige maculée, c'était cette gêne commune, ce bavardage gauche qui ne cherchait qu'à remplir le silence du désarroi. Téhéran avait disparu. La complicité des corps s'était effacée. Celle des âmes était en voie de disparition. Cette seconde visite à Vienne ouvrait un long hiver que la troisième n'a fait que confirmer – elle voulait travailler sur Vienne comme *Porta Orientis* et ne dormait même plus chez moi, ce qui, au fond, m'évitait de rester languissant, immobile et solitaire dans mon lit, à espérer toute la nuit qu'elle vienne m'y rejoindre ; j'entendais les pages de son livre tourner, puis voyais sa lampe s'éteindre, sous ma porte, et j'écoutais longtemps sa respiration, ne renonçant qu'à l'aube à l'espoir qu'elle apparaisse à contre-jour sur le seuil de ma chambre, même juste pour un baiser sur mon front, qui aurait éloigné les monstres de l'obscurité.

Sarah ignorait que Leopoldstadt où se trouvait cette pâtisserie avait été le haut lieu de la vie juive de Vienne au XIXe siècle, avec les plus grands temples de la ville, dont la magnifique, dit-on, synagogue turque de style mauresque – tous ces bâtiments furent détruits en 1938, expliquais-je, et il n'en restait que des plaques commémoratives et quelques images d'époque. Près d'ici avaient grandi Schönberg, Schnitzler ou Freud – les noms qui me venaient à l'esprit, parmi tant d'autres, comme celui d'un camarade de lycée, le seul Juif que j'aie assidûment fréquenté à Vienne : il se faisait appeler Seth, mais son prénom était en réalité Septimus, car il était le septième et dernier enfant d'un couple très sympathique de professeurs originaires de Galicie. Ses parents n'étaient pas religieux : en guise d'éducation culturelle, ils obligeaient leur fils à traverser toute la ville deux après-midi par semaine jusqu'à Leopoldstadt pour prendre des leçons de littérature yiddish auprès d'un vieux maître lituanien miraculeusement échappé à la catastrophe que les tempêtes du XXe siècle avaient fini par installer dans la Taborstrasse. Ces enseignements étaient pour Septime un vrai pensum ; ils consistaient, entre deux études de grammairiens du XVIIIe siècle et de subtilités dialectales, à lire des pages et des pages d'Isaac Singer et à les commenter. Un jour mon ami s'était plaint à son maître :

— Maître, serait-il possible de changer, ne serait-ce qu'une fois, d'auteur ?

Le maître devait avoir beaucoup d'humour, car Septime s'était vu infliger, en guise de punition, la mémorisation d'une très longue nouvelle d'Israël Joshua Singer, grand frère du précédent ; je le revois réciter cette histoire de trahison des heures durant, jusqu'à la savoir par cœur. Son prénom romain, sa franche camaraderie et ses cours de culture yiddish en faisaient pour moi un être d'exception. Septimus Leibowitz est devenu depuis un des plus grands historiens du Yiddishland d'avant la Destruction, tirant, dans de longues monographies, tout un monde matériel et linguistique de l'oubli. Il y a trop longtemps que je ne l'ai pas vu, alors que nos bureaux se trouvent à moins de deux cents mètres l'un de l'autre, dans une des cours de ce campus miraculeux de l'université de Vienne que le monde entier nous envie – lors de sa dernière visite Sarah a trouvé notre *cortile*, que nous partageons avec les historiens de l'art, absolument magnifique : elle s'est extasiée sur notre patio, avec ses deux grands portiques et le banc où elle attendait tranquillement, un livre à la main, que je termine mon cours. J'espérais, en bâclant mon exposé sur les *Pagodes* de Debussy, qu'elle ne s'était pas perdue et avait suivi mes indications pour trouver notre porte cochère dans la Garnisongasse ; je ne pouvais m'empêcher d'aller regarder par la fenêtre toutes les cinq minutes, à tel point que les étudiants devaient se demander quelle mouche météorologique avait bien pu me piquer, pour sonder avec une telle anxiété le ciel de Vienne, d'un gris par ailleurs tout à fait habituel. À la fin du séminaire j'ai descendu l'escalier quatre à quatre, puis essayé de retrouver un pas et une démarche normale en parvenant au rez-de-chaussée ; elle lisait tranquillement sur le banc, un grand foulard orange autour des épaules. Depuis le début de la matinée, je doutais : fallait-il que je lui fasse visiter le département ? J'hésitais entre ma fierté enfantine à lui montrer mon bureau, la bibliothèque, les salles de cours et la honte qui me prendrait si nous croisions des collègues, surtout féminines : comment la présenter ? Sarah, une amie, et voilà, tout le monde a des amis. Sauf qu'on ne m'a jamais vu dans ce département avec personne d'autre que d'honorables confrères ou ma mère, et encore, très rarement. Justement, il est peut-être temps que cela change, pensais-je. Venir avec une star de la recherche internationale, une femme charismatique, voilà qui redorerait peut-être mon blason, pensais-je. Mais peut-être pas, pensais-je. Peut-être croira-t-on que je veux épater la galerie, avec cette sublime rousse au foulard orange. Et au fond, ai-je vraiment envie de dilapider un capital précieux en conversations de couloir ? Sarah reste trop peu de temps pour le perdre avec des collègues qui pourraient la trouver à leur goût. Déjà qu'elle ne dort pas chez moi, avec l'excuse douteuse de profiter de Dieu sait quel palace, ce n'est pas pour l'abandonner aux mains de professeurs graveleux ou de harpies jalouses.

Sarah était plongée dans un énorme livre de poche et souriait ; elle souriait au livre. La veille je l'avais retrouvée dans un café du centre, nous avions flâné sur le Graben, mais comme le rabot tarde à mettre à nu la chaleur du bois sous un vieux vernis, en la voyant là, absorbée dans sa lecture, son foulard autour des épaules, dans ce décor si familier, si quotidien, je fus submergé par une vague immense de mélancolie, mouvement d'eau et de sel, de tendresse et de nostalgie. Elle a eu quarante-cinq ans et pourrait passer pour une étudiante. Un peigne sombre retient ses cheveux, une fibule d'argent brille sur son châle. Elle n'est pas maquillée. Elle a une joie enfantine sur le visage.

Elle a fini par remarquer que je l'observais, s'est levée, a refermé son livre. Me suis-je précipité sur elle, l'ai-je pillée de baisers jusqu'à ce qu'elle disparaisse en moi, non, pas du tout. Je l'ai embrassée maladroitement sur la joue, de loin.

— Alors, tu as vu, c'est pas mal ici, hein ?

— Ça va ? C'était bien ton cours ? Cet endroit est magnifique, dis donc, quelle merveille ce campus !

Je lui expliquai que cet immense ensemble était auparavant l'ancien hôpital général de Vienne, fondé au XVIIIe siècle, agrandi tout au long du XIXe, et offert au savoir il y a seulement quelques années. Je lui fis les honneurs du site – la grande place, les librairies ; l'ancien oratoire juif de l'hôpital *(– la guérison pour les âmes –)* qui est aujourd'hui un monument aux victimes du nazisme, petite construction en forme de dôme qui rappelle les mausolées des saints dans les villages syriens. Sarah n'arrêtait pas de répéter "Quelle belle université". "Un autre genre de monastère", répondais-je, ce qui la faisait sourire. En traversant les cours successives nous sommes arrivés à la large tour de briques ronde, pataude et lézardée de l'ancien asile de fous, qui domine de ses cinq étages un petit parc où un groupe d'étudiants, assis dans l'herbe malgré le temps menaçant, devisait en mangeant des sandwiches. Les fenêtres longues et très étroites, les tags sur la façade et les palissades d'un interminable chantier de rénovation achevaient de donner au bâtiment un air absolument sinistre – peut-être parce que je savais ce que la Narrenturm contenait comme horreurs, le musée d'Anatomie pathologique, un ramassis de bocaux de formol remplis d'atroces tumeurs, de malformations congénitales, de créatures bicéphales, de fœtus difformes, de chancres syphilitiques et de calculs vésicaux dans des pièces à la peinture écaillée, aux armoires poussiéreuses, au sol mal nivelé où l'on trébuche après les carreaux manquants, gardé par des carabins en blouse blanche dont on se demande si, pour se distraire, ils ne s'enivrent pas à l'alcool de préparation médicinale, testant un jour le jus d'un phallus affecté de gigantisme et le lendemain celui d'un embryon mégalocéphale, espérant naïvement en acquérir les propriétés symboliques. Toute l'horreur de la nature à l'état pur. La douleur des corps morts a remplacé celle des esprits aliénés et les seuls cris qu'on y entend, de nos jours, sont les hurlements de terreur des quelques touristes qui parcourent ces cercles d'affliction qui valent ceux de l'Enfer.

Sarah eut pitié de moi : ma description lui suffit, elle n'insista pas (signe, croyais-je naïvement, de ce que la pratique du bouddhisme avait calmé sa passion des horreurs) pour visiter cette immense décharge de la médecine d'autrefois. Nous nous sommes assis sur un banc pas très loin des étudiants ; fort heureusement Sarah ne pouvait pas comprendre la teneur de leur conversation, assez peu scientifique. Elle rêvait à haute voix, elle parlait de cette Narrenturm, l'associait au gros roman qu'elle était en train de lire : c'est la tour de don Quichotte, disait-elle. La tour des Fous. *Don Quichotte* est le premier roman arabe, tu sais. Le premier roman européen et le premier roman arabe, regarde, Cervantès l'attribue à Sayyid Hamid Ibn al-Ayyil, qu'il écrit Cide Hamete Benengeli. Le premier grand fou de la littérature apparaît sous la plume d'un historien morisque de la Manche. Il faudrait récupérer cette tour pour en faire un musée de la folie, qui commencerait avec les saints orientaux fols en Christ, les don Quichotte, et inclurait pas mal d'orientalistes. Un musée du mélange et de la bâtardise.

— On pourrait même offrir un appartement à l'ami Bilger, au dernier étage, avec des vitres pour pouvoir l'observer.

— Ce que tu peux être méchant. Non, au dernier étage il y aurait l'original arabe du *Quichotte*, écrit deux cent quarante ans plus tard, *La Vie et les aventures de Fariac*, de Faris Chidiac.

Elle poursuivait ses explorations des territoires du rêve. Mais elle avait sans doute raison, ce ne serait peut-être pas une mauvaise idée, un musée de l'autre en soi dans la tour des Fous, à la fois un hommage et une exploration de l'altérité. Un musée vertigineux, aussi vertigineux que cet asile tout rond aux cellules regorgeant de débris de cadavres et de jus mortels dignes de son article sur le Sarawak – depuis quand s'y trouve-t-elle, quelques mois tout au plus, de quand date le dernier message qu'elle m'a envoyé,

Très cher Franz,

Je vais bientôt quitter Darjeeling.

Il y a une semaine, mon maître m'a parlé, après les enseignements. Il vaut mieux que je retrouve le monde, dit-il. Il pense que ma place n'est pas ici. Ce n'est pas une punition, dit-il. C'est difficile à admettre. Tu me connais, je suis blessée et découragée. C'est l'orgueil qui parle, je le sais. J'ai l'impression d'être une enfant injustement grondée, et je souffre de voir à quel point mon ego est puissant. Comme si, dans la déception, tout ce que j'ai appris ici disparaissait. La souffrance, dukkha, *est la plus forte. La perspective de retrouver l'Europe – c'est-à-dire Paris – m'épuise d'avance. On me propose peut-être un poste à Calcutta pour l'École française d'Extrême-Orient. Rien d'officiel, juste chercheuse associée, mais au moins ça me donne un point de chute. Encore de nouveaux territoires. Travailler sur l'Inde me passionnerait – sur les représentations de l'Inde en Europe, sur les images de l'Europe en Inde. Sur l'influence de la pensée indienne aux* XIX*e* *et* XX*e* *siècles. Sur les missionnaires chrétiens en Inde. Comme je l'ai fait pendant deux ans sur le bouddhisme. Bien sûr tout cela ne nourrit pas sa femme, mais je pourrais peut-être trouver quelques cours à donner par-ci par-là. La vie est si facile en Inde. Ou si difficile.*

J'imagine ta réaction (j'entends ton ton pénétré et sûr de toi) : Sarah, tu fuis. Non, tu dirais plutôt : tu fugues. L'Art de la

fuite. Après toutes ces années, je n'ai plus beaucoup d'attaches en France – quelques collègues, deux ou trois vieilles copines de lycée que je n'ai pas vues depuis dix ans. Mes parents. Parfois je m'imagine retrouver leur appartement, ma chambre d'adolescente, à côté de celle de Samuel encombrée de reliques et j'en tremble. Les quelques mois que j'y ai passés après son décès, plongée dans l'opium colonial, me donnent encore des frissons dans le dos. Mon maître est la personne qui me connaît le mieux au monde, et il a sans doute raison : un monastère n'est pas un endroit où se cacher. Le non-attachement n'est pas une fuite. Enfin c'est ce que j'ai compris. Pourtant, même si j'y réfléchis profondément, j'ai du mal à voir la différence... Cette injonction est pour moi si brutale qu'elle est incompréhensible.

Je t'embrasse, je t'écrirai plus longuement très vite,

S.

P.-S. : Je relis cette lettre et je n'y vois que la confusion de mes propres sentiments, le produit de mon orgueil. Quelle image vas-tu avoir de moi ! Je ne sais pas pourquoi je t'écris tout cela – ou plutôt si, ça je le sais. Pardonne-moi.

Du printemps dernier, pas d'autres signes malgré mes nombreuses missives, comme d'habitude – je l'ai tenue au courant de mes moindres faits et gestes, de mes investigations musicales ; je me suis inquiété de sa santé sans l'embêter avec les difficultés de la mienne, mes innombrables rendez-vous avec le Dr Kraus ("Ah, docteur Ritter, heureusement que je vous ai. Quand vous serez guéri ou mort je vais m'ennuyer terriblement") pour retrouver le sommeil et la raison, et je me suis lassé. Le silence vient à bout de tout. Tout s'enferme dans le silence. Tout s'y éteint, ou s'y endort.

Jusqu'au nouvel épisode de ses considérations sur le cannibalisme symbolique reçu hier matin. Le vin des morts du Sarawak. Elle rapproche cette pratique d'une légende médiévale, un poème d'amour tragique, dont la première occurrence apparaît dans le *Roman de Tristan* de Thomas – Iseult soupire pour Tristan, et de sa tristesse naît une sombre chanson, qu'elle chante aux dames de sa compagnie ; ce lai raconte le sort de Guirun, surpris par une ruse du mari de son amour et tué sur-le-champ. Le mari ôta alors le cœur de Guirun, et le fit manger à celle que Guirun aimait. Ce récit est ensuite transposé de nombreuses fois ; de nombreuses femmes furent condamnées à avaler le cœur de leurs amants, dans de terrifiants banquets. La vie du troubadour Guillem de Cabestany se termine ainsi, assassiné et le cœur dévoré sous la contrainte par sa maîtresse, avant qu'elle ne soit tuée à son tour. Parfois la plus extrême violence a des conséquences insoupçonnées ; elle permet aux amants d'être définitivement l'un dans l'autre, de dépasser le fossé qui sépare soi d'autrui. L'amour se réalise dans la mort, soutient Sarah, ce qui est bien triste. Je me demande quelle est la place la moins enviable, si c'est celle du mangé ou de la mangeuse, malgré toutes les précautions culinaires dont s'entourent les récits médiévaux pour décrire l'horrible recette du cœur amoureux.

Tiens, la nuit commence à s'éclaircir. On entend quelques oiseaux. Évidemment je commence à avoir sommeil. J'ai les yeux qui se ferment. Je n'ai pas corrigé ce mémoire, pourtant j'avais promis à cette étudiante –

Très cher Franz,

Pardonne-moi de ne pas avoir donné de nouvelles plus tôt – je ne t'ai pas écrit pendant si longtemps que je ne savais plus comment briser ce silence ; je t'ai donc envoyé cet article – j'ai bien fait.

Je suis au Sarawak depuis le début de l'été ; après un bref séjour à Calcutta (ville encore plus folle que tu l'imagines) et à Java, où j'ai croisé les ombres de Rimbaud et de Segalen. Au Sarawak je ne connaissais rien ni personne à part la saga de la famille Brooke, et c'est bien parfois de s'abandonner à la nouveauté et la découverte. J'ai suivi une très sympathique anthropologue dans la forêt, c'est elle qui m'a mise sur la piste (si je puis dire) du vin des morts et m'a permis de passer quelque temps chez les Berawans.

Comment vas-tu ? Tu ne peux pas imaginer à quel point ton (bref) message m'a réjouie. J'ai beaucoup pensé à Damas et à Téhéran, ces derniers jours. Au temps qui passe. J'imaginais mon article dans un sac de toile au fond d'un bateau, puis à bord d'un train, dans la sacoche d'un cycliste, dans ta boîte aux lettres et enfin dans tes mains. Un sacré voyage pour quelques pages.

Parle-moi un peu de toi...

Je t'embrasse fort et à très vite j'espère,

Sarah

Franz Ritter a écrit :

> *Très chère j'ai reçu hier matin ton tiré à part, j'ignorais qu'on en imprimait encore... Merci beaucoup, mais quelle horreur ce vin des morts ! Je suis préoccupé, du coup. Vas-tu bien ? Que fais-tu au Sarawak ? Ici c'est la routine. Le marché de Noël vient d'ouvrir au milieu de l'université. Atroces odeurs de vin chaud et de saucisses. Est-ce que tu comptes repasser en Europe bientôt ? Donne de tes nouvelles.*
>
> *Je t'embrasse fort.*
>
> *Franz*

Le cœur n'est pas mangé, il bat – bien sûr elle ne pense pas que je suis moi aussi devant l'écran. Répondre. Mais va-t-elle bien ? Qu'est-ce que c'est que cette histoire de

Berawans, je me suis inquiété au point d'être incapable de trouver le sommeil. Rien de bien neuf dans ma vieille ville. Combien de temps reste-t-elle au Sarawak ? Mentir : quelle coïncidence, je venais de me lever quand son message est arrivé. Embrasser, signer et envoyer vite, pour ne pas lui laisser la possibilité de repartir vers Dieu sait quels pays mystérieux.

Et attendre.

Et attendre. Non, je ne peux pas rester là à relire indéfiniment ses courriers en attendant que

Franz !

C'est étrange et agréable de te savoir là, de l'autre côté du monde, et de penser que ces messages vont bien plus vite que le soleil. J'ai la sensation que tu m'écoutes.

Tu me dis que mon article sur les Berawans du Sarawak t'inquiète – je suis contente que tu penses à moi ; effectivement je ne me sens pas très en forme, je suis un peu triste, en ce moment. Mais ça n'a rien à voir avec le Sarawak, ce sont les hasards du calendrier : un jour, on tombe sur la date et on plonge dans la commémoration – tout se teinte alors légèrement de deuil, malgré soi, et cette petite brume met quelques jours à se dissiper.

Comme tu l'as lu, les Berawans placent les corps de leurs morts dans des jarres en terre cuite sur les vérandas des "longues maisons", ces habitations collectives équivalentes de nos villages où peuvent vivre jusqu'à cent familles. Ils laissent le cadavre se décomposer. Le liquide de décomposition s'écoule par un bambou creux placé au bas de la jarre. Comme pour le vin de riz. Ils attendent que cette vie finisse de s'écouler du corps pour le déclarer mort. La mort, pour eux, est un long processus, pas un instant. Ce résidu liquide de la putréfaction est un manifeste de la vie encore présente. Une vie fluide, tangible, buvable.

Au-delà de l'horreur que cette tradition peut provoquer chez nous, il y a une grande beauté dans cette coutume. C'est la mort qui s'échappe du corps, et pas seulement la vie. Les deux ensemble, toujours. Ce n'est pas juste un cannibalisme symbolique, comme celui de Dik el-Jinn le Fou d'amour qui s'enivrait avec la coupe pétrie des cendres de sa passion. C'est une cosmogonie.

La vie est une longue méditation sur la mort.

Tu te rappelles la Mort d'Isolde, dont tu m'as si longuement parlé ? Tu y entendais un amour total, dont Wagner lui-même n'était pas conscient. Un moment d'amour, d'union, d'unité avec le Tout, d'unité entre les lumières de l'Est et la ténèbre occidentale, entre le texte et la musique, entre la voix et l'orchestre. Moi j'y entends l'expression de la passion, la karuna. *Pas seulement Éros cherchant l'éternité. La musique comme "expression universelle de la souffrance du monde", disait Nietzsche. Cette Isolde aime, au moment de sa mort, tant, qu'elle aime le monde entier. La chair allée avec l'esprit. C'est un instant fragile. Il contient le germe de sa propre destruction. Toute œuvre contient en germe sa propre destruction. Comme nous. Nous ne sommes ni à la hauteur de l'amour, ni à celle de la mort. Pour cela il faudrait l'éveil, la conscience. Sinon nous ne fabriquons qu'un jus de cadavre, tout ce qui sort de nous n'est qu'un élixir de souffrance.*

Tu me manques. Le rire me manque. Un peu de légèreté. J'aimerais beaucoup être à tes côtés. J'en ai assez des voyages. Non, ce n'est pas vrai – je n'en aurai jamais assez des voyages, mais j'ai compris quelque chose, peut-être avec Pessoa :

On dit que le bon Khayyam repose
À Nishapour parmi les fragrantes roses
Mais ce n'est pas Khayyam qui gît là-bas,
C'est ici qu'il se trouve, et c'est lui nos roses.

Je crois maintenant deviner ce que voulait me dire mon maître, à Darjeeling, quand il m'a recommandé de partir. Le monde a besoin de mixité, de diasporas. L'Europe n'est plus mon continent, je peux donc y retourner. Participer aux réseaux qui s'y croisent, l'explorer en étrangère. Y apporter quelque chose. Donner, à mon tour, et mettre en lumière le don de la diversité.

Je vais venir un peu à Vienne, qu'en penses-tu? Je viendrai te chercher à l'université, je m'assiérai sur le banc dans la jolie cour, je t'attendrai en regardant tour à tour la lumière de ton bureau et les lecteurs de la bibliothèque ; un prof aura laissé la fenêtre de sa salle ouverte ; la musique envahira le patio, et j'aurai, comme la dernière fois, la sensation d'être dans un monde amical, rassurant, de plaisir et de savoir. Je rirai à l'avance de ta surprise renfrognée à me voir là, tu diras "Tu aurais pu prévenir, tout de même", et tu auras ce geste tendre à demi gêné, un peu guindé, qui te fait avancer le buste vers moi pour m'embrasser tout en reculant d'un pas, les mains dans le dos. J'aime beaucoup ces hésitations, elles me rappellent Alep, et Palmyre, et surtout Téhéran, elles sont douces et tendres.

Nous ne sommes pas des êtres illuminés, malheureusement. Nous concevons par moments la différence, autrui, nous nous entrevoyons nous débattre dans nos hésitations, nos difficultés, nos erreurs. Je vais venir te chercher à l'université, nous passerons devant la tour des Fous, notre tour, tu pesteras contre l'état de délabrement et d'abandon du bâtiment et du "musée des horreurs" qu'il contient ; tu diras "c'est absolument inadmissible ! L'université devrait avoir honte !" et tes emportements me feront rire ; puis nous descendrons le Strudlhofstiege pour déposer ma valise chez toi et tu seras un peu embarrassé, tu éviteras mon regard. Tu sais, il y a quelque chose que je ne t'ai jamais raconté : à mon dernier passage à Vienne, j'ai accepté de loger dans cet hôtel luxueux qu'on m'avait proposé, tu t'en souviens? Au lieu de dormir chez toi? Cela t'avait terriblement fâché. Je crois que c'était dans l'espoir inavoué, un peu enfantin, que tu m'y accompagnerais, que nous reprendrions, dans une belle chambre inconnue, ce que nous avons commencé à Téhéran.

Tout à coup, j'ai le mal de toi,
Que c'est beau Vienne,
Que c'est loin Vienne,

S.

Elle est gonflée, quand même. *Guindé*, d'après mon dictionnaire, signifie "qui manque de naturel en s'efforçant de paraître digne", quelle honte. Elle exagère. Elle sait vraiment se rendre détestable, parfois. Si seulement elle connaissait mon état, mon terrifiant état, si elle savait dans quelles affres je me débats elle ne se moquerait pas de moi de cette façon. C'est l'aube; c'est au point du jour que les gens meurent, dit Victor Hugo. Sarah. Isolde. Non, pas Isolde. Détournons le regard de la mort. Comme Goethe. Goethe qui refuse de voir les cadavres, de s'approcher de la maladie. Il refuse la mort. Il détourne les yeux. Il pense devoir sa longévité à la fuite. Regardons ailleurs. J'ai peur, j'ai peur. J'ai peur de mourir et peur de répondre à Sarah.

Que c'est beau Vienne, que c'est loin Vienne, c'est une citation, mais de quoi, de qui, un Autrichien? Grillparzer? Ou bien Balzac? Même traduit en allemand cela ne me dit rien. Mon Dieu mon Dieu que répondre, que répondre, convoquons le djinn Google comme le génie de la lampe, Génie es-tu là, ah, foin de littérature, c'est un extrait d'une horrible chanson française, une horrible chanson française, voilà le texte complet, trouvé en 0,009 seconde – mon Dieu, elles sont longues ces paroles. La vie est longue, la vie est très longue parfois, surtout en écoutant cette Barbara, "Si je t'écris ce soir de Vienne", quelle idée, enfin, Sarah qu'est-ce qui t'a passé par la tête, avec tous les textes que tu connais par cœur, Rimbaud, Roumi, Hafez – cette Barbara a un visage inquiétant, espiègle ou démoniaque, mon Dieu je déteste les chansons françaises, Édith Piaf à la voix de rabot, Barbara triste à déraciner un chêne, j'ai trouvé ma réponse, je vais recopier un autre passage de chanson, Schubert et l'hiver, voilà, à moitié aveuglé par l'aurore qui pointe vers le Danube, la lumière atone de l'espoir, il faut tout voir à travers les bésicles de l'espoir, chérir l'autre en soi, le reconnaître, aimer ce chant qui est tous les chants, depuis les *Chants de l'aube* des trouvères, de Schumann et tous les ghazals de la création, on est toujours surpris par ce qui toujours vient, la réponse du temps, la souffrance, la compassion et la mort ; le jour, qui n'en finit pas de se lever ; l'Orient des lumières, l'Est, la direction de la boussole et de l'Archange empourpré, on est surpris par le marbre du Monde veiné de souffrance et d'amour, au point du jour, allez, il n'y a pas de honte, il n'y a plus de honte depuis longtemps, il n'est pas honteux de recopier cette chanson d'hiver, pas honteux de se laisser aller aux sentiments,

Je referme les yeux,
Mon cœur bat toujours ardemment.
Quand reverdiront les feuilles à la fenêtre ?
Quand tiendrai-je mon amour entre mes bras ?

et au tiède soleil de l'espérance.

Des différentes fformes de ffolie en Orient

ENVOI

À Peter Metcalf et son “Wine of the Corpse, Endocannibalism and the Great Feast of the Dead in Borneo”, publié dans *Representations* en 1987, dont l’article “Du vin des morts du Sarawak” s’inspire – une contribution bien plus profonde et savante en réalité que ce qu’en disent Franz et Sarah.

Au Berliner Künstlerprogramm du Deutscher Akademischer Austauschdienst qui m’a accueilli à Berlin et permis de me plonger dans l’orientalisme allemand.

À tous les chercheurs dont les travaux m’ont nourri, orientalistes d’autrefois et érudits modernes, historiens, musicologues, spécialistes de littérature ; j’ai essayé autant que possible, quand leur nom est mentionné, de ne pas trahir leurs points de vue.

À mes vieux maîtres, Christophe Balay et Ricardo Zipoli ; au Cercle des orientalistes mélancoliques ; à mes camarades de Paris, de Damas et de Téhéran.

Aux Syriens.

OUVRAGE RÉALISÉ
PAR L'ATELIER GRAPHIQUE ACTES SUD
REPRODUIT ET ACHEVÉ D'IMPRIMER
EN JUILLET 2017
PAR NORMANDIE ROTO IMPRESSION S.A.S.
À LONRAI
POUR LE COMPTE DES ÉDITIONS
ACTES SUD
LE MÉJAN
PLACE NINA-BERBEROVA
13200 ARLES

DÉPÔT LÉGAL
1re ÉDITION : AOÛT 2017

N° impr. : 1701861

(Imprimé en France)